人命
大如天！

上册

森 廉声 著

大宋提刑官

北方联合出版传媒(集团)股份有限公司
万卷出版有限责任公司

图书在版编目（CIP）数据

大宋提刑官 / 钱林森，廉声著 . 一 沈阳 : 万卷出
版有限责任公司，2024.8
ISBN 978-7-5470-6162-6

Ⅰ.①大… Ⅱ.①钱… ②廉… Ⅲ.①长篇小说一中
国一当代 Ⅳ.①I247.5

中国版本图书馆 CIP 数据核字（2022）第 252959 号

出 品 人：王维良
出版发行：北方联合出版传媒（集团）股份有限公司
　　　　　万卷出版有限责任公司
　　　　　（地址：沈阳市和平区十一纬路29号　邮编：110003）
印 刷 者：辽宁新华印务有限公司
经 销 者：全国新华书店
幅面尺寸：160mm×230mm
字　　数：810千字
印　　张：43.5
出版时间：2024年8月第1版
印刷时间：2024年8月第1次印刷
责任编辑：史 丹
责任校对：张 莹
封面设计：仙 境
版式设计：张爱双
ISBN 978-7-5470-6162-6
定　　价：98.00元（全两册）
联系电话：024-23284090
传　　真：024-23284448

宋慈，一个难得的好官

　　算起来，从我们开始写《大宋提刑官》，至今已二十年。这些年来，人们对《大宋提刑官》一直很喜欢，关注热度不减，耳边常听人提及，网上也时有议论，津津乐道于其中的某个案子或人物。这让我们感到有些意外，也有点窃喜。万卷出版公司找到我们，要重新出版《大宋提刑官》一书。这当然是好事，何乐而不为？

　　大家喜欢宋慈这位八百年前的南宋官员，是喜欢他"遇良善甚恩，临豪猾甚威"的为官品德和"人命大如天"的断案信条。八百年后让我们注意到宋慈其人，并把他的故事写成电视剧本和小说，既是因他为官清明，奉公廉洁，断案如神，不枉杀一人；又是敬佩他爱惜百姓，执法公正，不徇私情，不畏强权；还因他写出了世界上第一部法医刑侦学专著《洗冤集录》，被誉为国际法医学鼻祖，是中华民族的杰出代表。大多数读者也许还不很清楚，宋慈这一生所断的奇案，所平反的冤狱，为百姓做的好事，远比我们写进电视剧本和小说里的更多，做得更好。他真是个非常好的官，一个非常难得的好官。

　　古人称立德、立功、立言为"三不朽"。可以说，宋慈是极少数真正做到这"三不朽"的人中翘楚。宋慈三十一岁考中进士，委了官职，因父亲亡故需丁忧，没能赴任，宝庆二年（1226 年）四十岁时才初次为官，任江西信丰县主簿，从九品，一个微不足道的小官。当时赣闽地区人口稠密，地少灾多，生活艰难，矛盾尖锐，民反和兵乱频频发生。宋慈受江西安抚使郑性之招邀，参与平定"三峒之乱"。宋慈认为，所谓作乱者，一是土匪，二是活不下去的饥民。他先打开粮仓，赈济四乡饥民，劝他们反正官府，回归村寨，而后全力进攻匪巢。不料带着大批官兵的副都统陈世雄按兵不动，宋慈只得率领临时召集的民兵、义士三百人进攻，大破石门寨，抓获土匪头目。陈世雄见宋慈立了首功，眼红了，随即带兵攻打其余两个寨子，却指挥失当，被打败后逃走。宋慈毫不退怯，又带着三百人去打那两个寨，凭智勇再次获胜，攻破高平寨，生擒贼首。大胜硐的贼首吓坏了，赶紧率众投降。因此役卓著战功，宋慈被"特授舍人"。不久，宋慈又应召参与平定闽中叛乱。当时领兵的总将军王祖忠以为宋慈是个文人，看他不起。哪知宋慈智勇过人，"提孤军从竹洲进，且行且战三百余里"，获得大胜，王祖忠这才对宋慈刮目相看，在军事谋划方面多咨访于宋慈，由衷地称赞宋慈"忠勇过武将矣"。

宋慈一个小小文官能领兵打仗，立下赫赫军功，似乎太过传奇，有点让人难以置信。其实在两宋，文官会打仗、建奇功，并不罕见。北宋范仲淹文才盖世，一篇《岳阳楼记》名满天下。当年西夏屡犯中原，五十多岁的范仲淹奉诏出师，迎战西夏军。他运筹帷幄，善用奇兵，屡战屡捷，立下战功，稳固了西北之境。就是苏东坡这位大诗人，也曾胸怀"会挽雕弓如满月，西北望，射天狼"这般的豪情壮志，如有诏令，必能上战场。宋慈与朱熹是同乡，都住在福建建阳，宋慈小朱熹五十多岁。宋慈出生时，朱熹名声如日中天，理学之说风生水起，对为官者和读书人影响很大。宋慈幼时启蒙于朱熹的弟子吴稚，深受朱熹学说熏染，立志要"修身、齐家、治国、平天下"，处世为人以朱熹为榜样。绍熙五年（1194年），湖南瑶民蒲来矢起事，震动朝野，时年六十五岁的朱熹临危受命，欣然率官兵前往。大军压境，几番交战，瑶民败退深山，被困溪洞。朱熹不愿过多杀伐，采取善后招抚的怀柔政策，遣使招降起义军首领蒲来矢，平定了事态。不料朱熹的善后招抚遭湖北帅王蔺反对，在押解蒲来矢后，王蔺主张斩杀以警众。朱熹坚决反对，赶往京城直接向宋宁宗恳请，要求对瑶民"毋失大信"。宋慈初入仕，即参与地方平乱，其策略、做法与朱熹平乱十分相似，以爱护百姓、安定社会为要旨，不枉杀，不贪功。有人还把宋慈与稍晚些的文天祥相比，称之为南宋最了不起的文武双全之才。文天祥也是文官，南宋朝廷危急时，他一介书生挺身而出，抗击元兵，做出了惊天动地的壮举。要是宋慈晚生几十年，或许也能像文天祥那样呢。

宋慈四十五岁时任江西长汀知县。他一上任便了解到长汀百姓的一大苦楚，即当地人按官府规定只能吃"福州盐"。"福州盐"从海口溯闽江，盐运到长汀要走相当长的路，隔年才能到达，造成盐价高昂，百姓叫苦不迭。当地私盐盛行，盐贩群起，有的与土匪勾结，祸害百姓，多起叛乱也是由私盐贩子挑头的。宋慈决定为民请命，上奏朝廷，用"潮州盐"而不用"福州盐"，改从潮州沿韩江、汀江而至长汀，这样往返只需三个月，大大节省运费。更重要的是，这将大大改变私盐猖獗的现状，利于社会稳定。朝廷同意了宋慈的奏请。但"潮州盐"的运输又是难题，汀江下游有许多险滩，从未通航，需开辟新航道。宋慈带领百姓，凿礁石，开航道，打通了下行水路，顺利将盐运到长汀。官府将盐廉价出售，百姓受益，无不称道。而这条由宋慈带领民众打通的航道也成为当地数百年来的重要交通要津。

嘉熙四年（1240 年），浙西大灾，绍兴府荐饥，临安府大饥，常州灾情更严重，粮食奇缺，斗米千贯，百姓多饥死，路有殍尸。五十四岁的宋慈受命于危难中，被朝廷委以常州知州，火速赶去救灾。宋慈到常州后即核实户籍，调查田产贫富状况，将百姓分为五等，实行济粜之法：最富有者拿出存粮，一半用于救助百姓，一半用于出售；较富有者拿出余粮，只出售而不无偿济助；中等的既不卖粮也不接受救助；次贫者半救助；赤贫者完全救助。同时，稳定米价，守住市价，将官府的钱全部放出，贷给市民，不计利息，鼓励从外地贩米来卖。宋慈还上书朝廷，请求减免灾年赋税。由此，灾情得以缓解，民生获得保障。第二年，常州又遇旱情。宋慈以郡守身份写祷雨文，请求上苍降雨，之后果然大雨骤下，农田获得丰产。两年后，宋慈离任常州，为当地积累大量财富：米麦三千余斛，锭（白银）二十万，楮（纸币）四十万。常州百姓感恩宋慈，自发地为宋慈建了生祠，文人还撰写《宋郡侯赈荒记》《宋郡侯生祠记》，记于史志。为官一任，造福一方。宋慈任地方官的年限虽不长，但每到一处，必躬身为民，了解民众疾苦，尽力而为，做出为人称道的政绩，被当地老百姓念念不忘，是为德政，亦为立德。

宋慈为官后十年，四任提点行刑，辗转广东、江西、广西、湖南等地，审案查凶，不遗余力。任职广东，巡历八个月，处理积案二百多件，大多是死刑案，平均每天一件。宋慈在江西提刑官任满，即将离去时，忽有人来诉状，告本地一个叫杨子高的，勾结州县官吏，为非作歹，夺人财产，害人性命，掠人妻子，对谁不满，就让谁家破人亡。这还是一个犯罪团伙，另有一个叫王吉元的，仗着杨子高的权势，贩私盐，铸假钱，戕害无辜。宋慈初步一查，发觉案情太大、太严重了。当地百姓对这伙黑恶势力"万口交怨，恨不食肉寝皮"，却又惧怕万分，不敢声张。杨子高知道宋慈即将离任，没时间深查案情，就装病不起，想等宋慈一走，自己又能为所欲为。宋慈也担心自己离任后，有可能让罪犯找到援手，以钱财通关，得以逃脱罪名，于是立马根据已查实的证据，先判其罪。在杨子高三大罪行中的两条尚未查清时，宋慈便凭查清的这一条罪，判杨子高"脊杖二十，刺配英德府牢城"。又将王吉元刺配广州。宋慈特事特办，在离任前快速将两个黑恶势力的首犯刺配流放，为当地百姓出了气。这一真实案子我们是后来才看到的，很可惜没能写进《大宋提刑官》。

淳祐七年（1247年），宋慈六十一岁，在湖南提点行狱任上，为"恤刑慎狱，直理刑正"，以多年审案查凶的实践经验，并参考其父及前辈的许多案例，伏案捉笔，深思熟虑，于是年冬完成《洗冤集录》一书。宋慈不像其他文官，有闲暇时可舞文弄墨，赋诗吟词，他整日忙于政务，极少空闲，只能是熬更守夜，废寝忘食。他此生没有其他著述，身后唯存《洗冤集录》这一部书，计五卷，五十三节，不足七万字。宋慈在生命的最后几年，奋力写成这一部书，是因为在多年的查凶勘案中，他发觉太多下层官员及经办人不谙医理、不懂勘查，胡断乱判，造成许多冤假错案，枉杀无辜，反让真凶逍遥法外。他在《洗冤集录》序中写道："年来州县悉以委之初官，付以右选。更历未深，骤然尝试，重以仵作之欺伪，吏胥之奸巧，虚幻变化，茫不可诘。纵有敏者，一心两目，亦无所用其智，而况遥望而弗亲，掩鼻而不屑者哉！慈四叨臬寄，他无寸长，独于狱案审之又审，不敢萌一毫慢易心。若灼然知其为欺，则亟与驳下；或疑信未决，必反复深思，惟恐率然而行，死者虚被澄滩。每念狱情之失，多起于发端之差，定验之误，皆原于历试之浅……"他写下此书，只是希望能为涉及此行的同道者做工具书之用，未承想此书竟然会流传久远，乃至通达域外，成为世界上最早的法医学专著，至今还是全世界警官学校的必选书目。这是未想立言而立言了。

宋慈可谓大器晚成，四十岁方赴职，六十四岁卒于任上，为官不过二十四年，从九品做到正二品。转任不下十余处，所赴之地，必亲近百姓，体察民情，除凶安良，解民倒悬，做下一件件好事，处处留有政声余音。此一生，他立德，立功，立言，无意中做成"三不朽"。这样一个好官，确实难得，故八百年后，其人其事，依然为人们所津津乐道。被人称颂，也是他应得的，所谓得其所哉矣。我们两个后来之人，偶于古书堆中读得宋慈故事，感怀之切，感念之深，决意把这一位难得的好官浓墨重彩地述写下来，向当今世人展现一番，也是表达我们对这位古代先贤的崇敬之意。

　　做官难，做个好官更难。人们当然希望能有更多像宋慈这样的好官为老百姓做好事，替他们撑腰，开创出清明世道，缔造一个朗朗乾坤。想想，这也是我们当年写宋慈故事的初衷吧。

　　是为序。

钱林森　廉声

目录
Contents

梅城谜案

一种特殊的神秘氛围中，揭开了这个故事的序幕。

沉吟般的吱吱声。官府巨大的黑漆门缓缓开启。暗黑的空间，渐渐透出一丝白光。白光越来越强烈，竟是一个人形。英气勃发的年轻官员——宋慈，身着上下无一丝杂色的白袍，跨进高高的门槛。

身后的大门又隆隆关上。宋慈蓦然回头。眼前突现奇景：衙门内三步一对五步一双对面肃立的衙役，依次亮起了手中的一只只白灯笼，竟没完没了，就像两条白练向着无极深处延伸开去。霎时，天地间的一切都消隐无踪，唯见一条无尽的灯廊甬道通向幽秘的深处。

他淡然一笑，沿着白灯笼组成的灯廊，大步向深处走去。长廊的尽头，终于出现一个模糊的黑点，渐渐清晰了，竟是一口暗红色的出土棺木。

宋慈在棺前站定，抬头四顾。高台上，黑压压地站着许多人，衣着像是会审的官员们，一个个神态肃然地俯视着宋慈。

宋慈脸上透着自信："开……"却听一声："且慢！"宋慈回头，见身着黑色官服的薛庭松站在他的身后，宋慈疑惑地问："岳父大人？"

薛庭松面色严峻："贤婿，你现在知难而退，还来得及。"

"岳父大人，小婿言出必行，怎可半途而废？"

"贤婿啊，你已金榜高中，名列三甲，何必为一个非亲非故的死人冒此风险呢？"

"岳父大人是怕小婿验无其果，反而毁了前程？"

"此案经十几位官员验审，判的都是暴病而亡，你却怀疑有谋杀之嫌。你要敢打开此棺，成则一鸣惊人，败则前功尽弃！若无十成胜算，万不可贸然开棺啊！"

"不对！"洪钟般的声音骤然响起。

宋慈回头，只见其父宋巩着一身暗红色官袍向他走来。

宋巩大声道："慈儿，刑狱之道，最忌患得患失。事关人命，莫道十成胜算，但有三分疑问，就不该轻言放弃！"

宋慈从怀中掏出一个手抄的录簿，跪下高声道："父亲身为推官，三十七年断案无数，孩儿用心收录于簿，早晚研读，终于悟出五字真言——人命大如天！"

"好，吾儿能悟出这番道理，便可放胆开棺。"

宋慈一声令下："开棺！"棺盖隆隆开启，一缕白雾袅袅腾起。

几十个脑袋围着一圈往棺内探望。棺内一美貌女子，安若熟睡之状。

又一缕白雾腾起，却见女尸龇牙咧嘴，呈初度腐败之状。

围在棺檐上的一圈脑袋猝然如蝇群惊，独剩下头顶青天的宋慈还凝神蹙眉地审视着尸体，猝然发话："验！"

他打开一个百宝箱，从中取出醋瓶净手，再取麻油抹在鼻子两侧，又取皂角点燃，以酽醋泼地，"轰"的一声轻响，腾起刺鼻的白雾。

一旁的众官们纷纷捂鼻后退。宋慈坦步缓缓从白雾上跨过，走向赤条条陈于草席之上的尸体，随后专注于验尸作业。

宋父语音铿锵，有如铜钟："验尸，须在专一，不可避臭恶……人身本赤黑色，死后变作青色，其痕未见……有可疑之处，先将水洒湿……后将葱白拍碎令开，涂痕处，以醋蘸纸盖上，候一时久除去，以水洗，其痕即见。"

话音方落，宋慈已按验尸要点验毕，起身而立。裸尸洁白无痕。

黑压压密麻麻却鸦雀无声的高台上，"呼啦啦"一阵乱响。官员们纷纷站起，几十双闪动着疑问的目光居高临下齐齐地投向宋慈，急切地等待着验尸结果。

宋慈面如凝霜。十几位身着土灰色衣衫的仵作如一群土拨鼠一拥而上，脸上露着幸灾乐祸之相，朝宋慈看了几眼，齐声禀报："原尸遍体未见伤痕，验无他杀之嫌！"

"哗——"不满之声如潮掀起，且呈愈演愈烈之势。

宋慈眼中忽然一亮，神情专注地俯下身去，朝尸体头部凝眉注目：尸体的头部黑发间，似有细小白点蠕蠕而动。宋慈瞪大双眼，见那小白点渐渐大了，竟爬出了一条蛆虫！他顿然大悟："不！此人死于谋杀！"

如潮的喧哗戛然而止，验尸场霎时又静如幽谷。

静待良久，不知从哪个角落发出一声苍老而清晰的问话："何以见得？"

立即引起几十个声音的同声响应："何以见得？"

宋慈面向众官员侃侃而论："方才宋某验遍该尸，头上七孔无血，身上四肢完好；项背无痕，胸腹无疮，与原案所验并无二致。然而，在尸者发间却爬出了这条小小的蛆虫，这正是原判尸检的一大疏漏！"

他以一枚钢针扎着蛆虫，高高举着："诸位大人请看，这可不是一般的蛆虫，肉体之上，长此蛆虫，必然是因为苍蝇聚叮所致。"

一官员问："何以见得？"

宋慈笃定地道："苍蝇嗜血，聚于死者发间，说明死者发丛之内必有血腥。"

一协理仵作反诘道："死者若是被钝器击中头部而亡，必有大量流血，原审仵作何以未见？"

"凶手杀人用的并非钝器，而是火烧铁钉，用火烧铁钉钉入脑颅，虽有腥味，却无血流出。宋某断言，死者是被人用火烧铁钉钉入顶门穴致死！"

一根烧得通红的长钉对准人的顶门穴，"当"地一锤……

考生宋慈从睡梦中惊醒，"腾"地从床上坐了起来，下意识地伸手摸了摸自己的顶门穴，才醒悟刚才那惊险奇特的一幕，原来是自己的梦境。

同室考生们都围在他的床前，吃惊地看着他。

宋慈人虽醒，刚才梦中之境似乎还未消失，忽然跳下床，满室乱找一气。

考生们笑道："梦游！还在梦游呢。"

与宋慈关系最密的好友孟良臣连连对大家做着手势："别叫他，别惊醒他。"

众人就都退到一边，看宋慈在房内找什么。

宋慈忽然从床底下拉出一只箱子，打开，从箱内拿出什么，往桌上"砰"地一放，竟是个白骨骷髅，把同室胆小的吓得直躲。宋慈手举蜡烛，目光慢慢从骷髅的前额移向顶门穴，一个钉子大小的洞穴赫然而见。他一怔，忽然得意地大笑起来："宋某百思而不得其解的一个谜，竟在梦中解开了。"

同室诸考生大多对他似梦似醒的怪异举动感到毛骨悚然。

孟良臣上前拍了拍好友的肩膀："你这家伙做梦都在验尸验伤，释疑破谜。其实，惠父兄你又何必来赶什么京试，子承父业，去当个断狱推官岂不是好？"

宋慈自负地说："燕雀安知鸿鹄之志，宋某的志向可不是一个小小的衙门推官，而是堂堂大宋提刑官！"

"口气真大！"

"非我莫属！"

"中不中还不知道呢，就放大话。"

"就当它是梦话听吧。"有考生从角落里扔过这么一句话来。

宋慈找到那角落，走到刚才放话那考生面前，故作神秘地说："欸，有人给我暗通了消息啦。天一亮不就要放榜了吗？宋某榜上有名！"

考生们闻言呼啦一下围了上去："是谁给你通的消息？有我吗？"宋慈忽然哈哈大笑起来："谁给我通的消息，是刚才有人在梦中给宋某通的消息……"

天亮后放榜，宋慈果然高中第四名。好友孟良臣也榜上有名。两位好友高高兴兴地在皇城临安最繁华的闹市清河坊游玩。宋慈从一肉串摊前买了几串肉串，分一半递给了孟良臣："来，你我兄弟同登金榜，以此庆贺。"

"欸，奇怪了，你怎么梦什么好事还真来什么好事？"

宋慈笑道："这才叫梦想成真！"

"找个小酒店去喝两盅去，小弟还有正事和仁兄商量呢。"

"我知道有一僻静之处，走。"

宋慈与孟良臣正想离开时，街头忽然骚动起来，有人高喊救命，他们不禁驻足观望。只见一瘦弱的小个男子拼命奔跑，边跑边喊："抢劫啦，杀人啦！救命啊！"一个体壮如牛、手持尖刀的屠夫紧追不舍，边追边喊："站住！"二人在十字路口转着圈追逐一阵，还是瘦小男人不胜体力，扑倒在地直呼救命："救命啊，救命啊，抢钱呀……"屠夫一跃而至，黑铁塔般立在瘦小男人面前："你小子敢偷本大爷的钱，一定是活腻了！"说着把手上尖刀一扬。

孟良臣挺身而出，"住手！光天化日你敢行凶杀人，还有没有王法了？"

屠夫放下手中尖刀，"什么行凶杀人，是这小子从我肉铺里偷了钱。"

瘦小男人叫屈道："天地良心呀！小的老母病在床上，这二十缗钱是去药房给老母抓药的呀。"

孟良臣对屠夫说："看他这样子，借他八个胆也不敢偷你的钱呀。我看明明是你恃强凌弱。"屠夫恼了，"你想为他打抱不平？那我问你，既然他拿这二十缗钱说是去给老娘抓药，他不去药房，却到我那肉铺前干什么去了？"

孟良臣一时词穷，回头看宋慈。宋慈却只顾着吃手中的肉串，似乎对这一切全无兴趣。孟良臣就问那瘦小男人："欸，你到肉铺干什么了？从实说来。"

瘦小男人哭坐在地上，"乡亲们啊，我三岁死了父亲，家母含辛茹苦把我拉扯大，我又得了肺痨。我娘为抚养儿子，不到五十的人竟一病不起，没几天活头了。刚才我去药铺给老娘抓药，想起老母最爱吃猪腰子了，正好路过肉铺，想买一对猪腰子回去孝敬老母。谁想这位大爷非说这钱是我偷了他的。乡亲们看看，我是个肺痨病人呀，干得了这种偷鸡摸狗的活吗？呜……"

孟良臣责问屠夫："我问你，你说这钱是他从你柜中偷的，可还有旁的目击证人？别无佐证旁人，对吗？"屠夫怔了一下，摇了摇头。

孟良臣面露得意之色："既然肉铺前围着一大堆人，他从你的柜中偷走二十缗钱，除了你自己，却别无一人看见，你这谎话说得圆吗？"

屠夫张口结舌："这……"此时冷眼旁观的宋慈接过话茬："这二十缗铜钱究竟是谁的，场中恐怕只有三个人心里清楚，除了当事的你和他，另一个就是在下。"屠夫看向宋慈:"敢请先生主持个公道?"

宋慈问瘦小男人:"你说,拿这二十缗钱去药铺给老母抓药?既然是抓药,城西涌金门外就有全城最大的药房,你为何跑到城南来了?"

瘦小男人反问:"你怎么知道我家在涌金门外?"

宋慈笑道:"你没去过涌金门,或不是从那儿来,何来这满脚的西湖淤泥?这两天有三百浚湖兵在疏浚西湖,涌金门外早已淤泥满街了。"

瘦小男人支吾道:"这……我是从那儿来,因为涌金门药铺缺了一味药,我才到清河坊来的,谁不知道清河坊有三家药铺?"

宋慈又问:"你刚才说你有肺痨?"瘦小男人掀起上衣,露出胸腹间根根肋骨:"看看我这瘦弱的身子,就该知道小的确有肺痨病呀。"

宋慈微微一笑:"在下对岐黄之道略知一二。肺痨者必是面黄而肌瘦,气喘而多痰,干不了体力活,行不了半里路。你虽形容消瘦,却脸色红润。更何况,刚才众人都目睹你与这位体格强你十倍的大汉这场追逐,脚力丝毫不落下风。一个肺痨患者,不可能跑得那么远、那么快,可见得阁下干此营生绝非一日之功,说你是个神偷惯盗丝毫不为过!"

瘦小男人顿时呼天抢地:"啊,冤枉啊,冤枉啊!"

"你要觉得冤枉了你,敢不敢将这二十缗钱交在下一验?"

瘦小男人一怔:"怎么验?"

宋慈对围观者中一卖水郎说:"小哥,买一桶清水以检验可好?"

卖水郎兴致勃勃地说:"何用买?小的分文不要,用就是了。"

宋慈看向瘦小男人:"你把这二十缗钱投入清水之中,少时就会有此钱主人的名字浮出水面。"

瘦小男人有些犯难,迟迟未敢投下去。卖水郎一把夺下瘦小男人的二十缗钱:"这铜钱真是你的,怕个鸟呀!"说着,将钱投进了水桶。

围观者呼啦一下围向水桶,无数双眼睛盯着桶中的水面。铜钱沉入水底,水面复于平静。瘦小男人得意地叫着:"没有!水里没名字,什么字也没有!"

宋慈微笑道:"可这水面上却漂浮着一层油花。不是你从肉铺里偷的,这铜钱从哪里沾来了油脂?"

水面上果然漂浮着点点油花。瘦小男人面色顿变。屠夫伸出一双油腻腻的大手,看了看,恍然大悟:"先生真是高人啊!"

围观者也一片叫好声。瘦小男人见势不妙,拔腿想溜,却被围观者扭住,喊着："送官，把他送官！"

屠夫喜滋滋地接过卖水郎交还给他的铜钱。忽然想到帮他大忙的人，便四处张望："啊，这位高人呢？先生，请问尊姓大名……"

宋慈和孟良臣趁人不备，已悄然走出人丛，拐入一条僻静的小巷。

屠夫有些急了，把铜钱往天空一抛，拨开人丛，追了出去。追至巷口，往深深的巷子一看，静悄悄的不见人迹，"咦，明明看他们走进这巷子的呀？"

忽听有人叫他，回过身来，不由得一怔。身旁站着位身穿孝服，脸上留着泪痕的年轻姑娘。"姑娘，你找谁？"

姑娘语气哀伤地说："找的就是你，捕头大哥。"

屠夫惊异地问："你……你是谁呀？"

"你还记得一位名叫竹梅亭的远房叔伯吗？"

"竹梅亭？对，他是我远房叔伯，几年前不是调任梅城县令了吗，他怎么啦？"

姑娘的泪水涌了出来："家父死了。我就是竹梅亭的女儿竹英姑啊！"

屠夫大惊，这才注意到英姑身上的孝装，"竹世伯他……"

英姑悲愤地说："我不相信家父是死于意外。我一定要为父亲申冤报仇。可我如今孤身一人，举目无亲……大哥，我小时候就听父亲说过你捕头王的威名，我想请你帮我，你愿意吗？"

这屠夫原本也是公门中人，还有一个响当当的诨号：捕头王。几年前，这位被称作"捕头王"的好汉不知何故突然离开了公门，干起了这屠夫的营生。他也不知道眼前这位远房的表妹是怎么找到他的。可英姑提起他的当年之勇，倒是勾起了他想重返公门的心思。听完英姑的话，这位捕头王不禁犹豫："我……唉，我已经离开公门，现在只是个杀猪的屠夫。"

"我想，或许能请你陪我一起去嘉州，找嘉州推官宋巩宋大人？"

"哦，宋推官啊。当年我就一心想投奔于他，可无人引荐，没能如愿。你让我陪你找宋推官？可嘉州推官管不到梅城县的案子呀！"

"我只想请个查案高手，查明家父被谋杀的事实，然后上金殿告御状。听说宋推官一生查案无数，从无差错，即便多年陈案，都能用验尸验骨的办法验出死因，查出真凶。要想查明父亲死因，只有请宋大人出马。"

捕头王凝眉思索起来，"这事，容我好好想一想。"

此时，距皇城百里之遥的嘉州推官衙门，一位年老官员，官靴上沾着泥土，迈着沉重的步履，走过长长的衙门回廊，到大堂门槛外，停住了。良久，只听一声刺耳的门轴转动声，大堂门被沉重地推开。

这位老人正是宋慈的父亲，人称"断狱神手"的嘉州推官宋巩。

宋巩一生从事刑狱审勘，断案无数，且从无错案。而此时，老人浊泪涌动的双眼里，却丝毫看不到往日的威严。老推官巡视着堂内，目光最后停在了悬挂在大堂正中、篆刻着"清如明镜"四个金字的匾额上。

忽然，老推官几乎失态地叫了起来："来人，来人！"

老家院应声赶来："啊，老爷！老爷怎么啦，怎么啦？"

宋巩迫不及待地说："快，快把那匾额摘下来。"

老家院一惊："啊！摘不得，摘不得！老爷，这块匾可是十里八乡的百姓们敬献给老爷的功德匾呀！"

"让你摘，你就摘！"

"老爷，您老今天究竟是怎么了呀？"

宋巩怒吼道："你！你一个奴才，何来那么多废话！摘！"老家院猛地一震，双膝缓缓跪了下去："不，老爷今天要不收回摘匾的成命，老奴决不起来。"

宋巩遂不理老家院："来人！"公差应声而至："大人，有何吩咐？"宋巩指着那匾："给我摘！"老家院急阻："慢。老爷，老家院还有话说啊。老爷啊，如今这官场上，有多少庸庸碌碌的无能之辈，多少徇私枉法的贪官污吏，花银子买都要买几块功德匾，挂在堂上假装门面，欺世盗名。而老爷这块匾，是十里八乡的百姓们对老爷三十多年破奇案、洗冤狱、呕心沥血的见证！这是一块货真价实的功德匾啊！"

宋巩大声吼道："正因为此匾分量太重，宋某才不配！摘！"

老家院被震慑住了，张口结舌地跪在地上，眼看着公差们搬来梯子，摘了匾，扛走了。老家院捶胸道："这究竟是怎么了呀？"

宋巩黯然转身，跄步离去。

夜色降临，宋慈和孟良臣找到一处闹中取静的酒肆客栈对坐小酌。二人酒喝得不多，话已谈到深处了。宋慈挡开好友递到他鼻子前的酒杯："等等，你说，你向朝廷主动请命求官？我没听错吧？"

孟良臣一仰脖子喝下那杯酒，平静地答道："我是那么说的。"

宋慈仍然不相信似的看着他的好友。

"十年寒窗，一朝中试，所为什么？不就为求个仕途，报效社稷百姓吗？可如今官场上是僧多粥少，要是等派官，只怕一辈子没个结果。所以，小弟想主动请命，求个一官半职，也免得蹉跎岁月消磨意气。"

宋慈一脸无奈："可你也太过性急了呀。今天刚刚放榜，明天就觍着脸去请命求官，这会让人背后怎么说你呀！"

"怎么说我都不在乎！我和你不一样。你有令尊大人的名声在外，朝中还有个未来的岳父……反正，你不愁朝廷不给你派个好差。而我呢，三代白衣，家境贫寒，恐怕一辈子也等不上一官半职呢！"

宋慈缓言道："你想求官，也未必能得官啊……"

"听说过梅城县的事吗？"

宋慈一怔："梅城县？那可是个山高皇帝远的险山恶水之地。"

"据我所知，那地方不光山穷水恶，还是个龙潭虎穴呢。派了个姓竹的知县去，不到两年就不明不白地死了。就地一埋，风平浪静，像是什么事也没发生过。人们都说宁愿一辈子不当官，也不去那鬼地方当官。这官场上从一品到七品，哪顶乌纱帽不是你争我抢？唯独这顶，留在那吏部衙门都快长毛了，也无人问津，正好让我这穷进士有机可乘。我这请命书一上，你看着，不出三五日，我就能领到官凭，走马上任了！"

宋慈惊道："明知那地方险恶，你还要去，这不是硬充好汉吗？"

孟良臣瞪大两眼："充好汉？你宋某人一天到晚琢磨着凶杀血案，验死验伤，为了什么？你立志做一个像乃父那样洗冤禁暴的刑狱官又为了什么？那梅城县是龙潭虎穴，要是谁都不愿去，那地方的百姓岂不就永远见不到朗朗青天？孟某虽说求官心切，可心里流淌的也是热血！生当作人杰，死亦为鬼雄！就算是我把一腔热血全洒在梅城的山山水水，我也无怨无悔！"

宋慈激动不已："贤弟这番话，真让愚兄感到惭愧！不过……你该知那梅城县情况复杂，前任知县死得不明不白，前车之鉴哪。仅仅凭一身正气、匹夫之勇，只怕……"

孟良臣愤然道："你信不过我？我想我也不是个草包饭桶吧？我到那边，只要查明竹知县被谋杀的真相，就不怕撕不开梅城县的那张黑网。"

宋慈思索有顷："父母给我定下的婚期是不能改了。这样吧，等我回家如期完了婚，了却了父母的心愿，就陪着你走一趟梅城。"

"这婚姻大事不是儿戏。我去梅城上任，让你操什么心？"

"你这么单枪匹马去闯那龙潭虎穴，我不放心！"

孟良臣大声说："你的好意我领了，但陪送赴任一事，从此免谈。唉，不过呀，小弟别无亲人，此去真有个三长两短，只能劳驾仁兄为小弟收尸……"

孟良臣话音未落，宋慈拍案而起："你能不能不说这些晦气话！"说完就怒气冲冲地出了酒馆。

"宋慈……嘻，说说笑话，何必认真。"孟良臣掏出一把碎银，"啪"地往桌上一拍就追出了酒店。

孟良臣出店门时，正好与刚进酒肆的捕头王擦肩而过。捕头王见眼前一个熟悉的身影闪过，拔腿欲追，却被随后进来的英姑叫住："大哥，你想吃点什么？"

捕头王摆了摆手："哦，你随便叫吧。"说完，回头追了出去。等他追到酒肆门口，却又不见了人影。

英姑不明其意，也追了出来："你是不是遇上什么熟人了？"

捕头王茫然自语："唉，又失之交臂，唉，缘分未到，难见一面哪！"

嘉州衙门后院。老家院手持一封书信，兴高采烈地叫着"老爷"，一路小跑往书房而来。他推门进书房。书房内没点灯，黑黑的，只看见老推官泥塑般坐着的身影，像是突然苍老了许多。

老家院轻声说："老爷，天都亮啦。待老奴打开窗子。"

宋巩有气无力地说："别开窗。你就这么陪我说说话。"

老家院不禁一愣："欸，老爷，您这一宿没睡呀？"

宋巩答非所问："天压得那么低，像是要下雨了。"

"是呢。老爷，明天就是少主人完婚的大喜之日了，老夫人又送书信来催啦。"

宋巩像是根本没听见老家院的话："你……随我差不多有三十来年了吧？"

"谁说不是呢！那年，老奴差点在雪地里冻饿而死，要不是遇上老爷，老奴还不早去见了阎王？这一说，已经整整三十二年啦。"

"你说，我这三十多年断狱判案，出过什么差错吗？"

"依老奴看，老爷这三十多年办案和旁的官员有所不同。"

"有何不同？"

"别人坐堂，用的是刑，而老爷审案用的是验；别人办案用的是权是势，而老爷办案用的是心是血啊！所以老爷手上办的案子，不会出错，也确实从来没有出过错。百姓们不都在说'古有包待制，今有宋推官'吗？"

宋巩摇头道："可是……是人都会犯错啊。"

"那是，圣人还说'人非圣贤，孰能无过'呢。这人活一世，哪有不犯错的？"

宋巩身子颤抖起来："常人犯错，改过为善，可要是执掌刑狱的推官犯了错，那会是什么后果？枉断人命啊！"

老家院震惊不已："老爷，您今天这是怎么啦？"

好一会儿，才听老推官声若蚊蝇般地说："明天是慈儿完婚的日子？"

"是啊，是啊。正赶上少主人又金榜题名，这是双喜临门啊！老夫人半月前就差人来书信催着老爷早些打点回家呢。您看，刚刚又有书信来了，老爷再不起程，可就真的误了大喜啦。"

"可今天却是他们的三周年忌日！"老推官神色充满着悔恨。

老家院猛地一悚："老爷您说谁？"

"哦，你去……套车，这就走，回家！"

老家院欲走又止，回头看看神色古怪的主人："老爷，您没事吧？"

宋巩木雕似的凝坐着，竟似未听见。老家院心怀忐忑地退了出去。

宋巩铺纸提笔，呆呆地好一阵，才颤抖着写下："慈儿……"

一只精致的木盒被捧上桌面。宋巩将一卷手抄录簿放进小盒，盖上盖，贴上一张写有"慈儿亲启"的封条。随后，他木然而坐，伸手入怀，掏出几棵绿叶紫花的植物，一双浊眼久久凝望着。

外边院子里，老家院兴奋地备马套车，又取来草料喂马。他嘴里轻声和马说着话："知道明天什么日子吗？明天可是少主人的大喜之日！我可尽拿好吃的喂饱了你，一路上可不许偷懒，要是误了吉日良辰，我可拿鞭子抽你！记住啦。哟，下雨啦，我得催老爷早点起程。"

他边说边朝书房走去，"老爷，车备好了，马也吃饱了，早点起程吧……"

忽然传出老家院一声疾呼："老爷啊！"

院里的马儿双耳一耸，忽然长嘶，雨也渐渐下大了……

宋府，整个院内披红挂彩，一片喜气，喜乐阵阵，不绝于耳。厅堂里，已是挤满了贺喜的宾客。老夫人却是一脸焦急，有点语不成句了："这是怎么了，这花轿都快到门前了，他这个做父亲的，做公公的，怎么连个人影都不见呢？"

满堂的亲朋好友七嘴八舌地宽慰着老夫人。一侧，一身新郎打扮的宋慈拉过一个管事的急问："欸，管家，我孟良臣贤弟到了没有？"

"孟良臣？没有姓孟的宾客来过呀。"

宋慈心一沉，"难道他真的不辞而别，就这么单枪匹马去闯那龙潭虎穴了？"

"少主人，您看花轿就快临门了，可老爷到现在还没回来，老夫人都急得不行了，您朋友来不来也就别太上心啦。"

宋慈连忙走向母亲，劝慰道："母亲，您别急，别急。父亲不是嘉州衙门的推官吗？说不定正好又出了什么人命案子，父亲只得去查去验了，一时脱不开身，这也是常有的事。"

宋母埋怨道："什么人命案子，也不该把儿子的婚事撂一边呀。况且，慈儿还刚刚金榜题名，这可是双喜临门呢。天大的事，他也不能不回呀。"

"母亲，父亲要真是遇上什么人命案子了，那可是人命关天啊。可比儿子的完婚重要得多呀！"

"可这花轿都快到了呀……"宋母话未说完，只听外面高喊："花轿临门，新郎迎新！"宋母急切地说："你看看，你看看，可怎么好哟！"

三姑六婆说："兵来将挡，水来土掩。老爷没回来，喜事照办。天都快要下雨了，总不能让新娘花轿在大门口淋雨呀。新郎呢，快，快到大门口去把新娘子迎进来。"姑婆们簇拥着宋慈往大门口迎去。

人烟稀少的弯曲山道，天低云黑，风雨交加。

泥泞的山道上，一驾包裹得严严实实的马车在风雨中急奔。

车驾上，老家院浑身湿透，疯了似的挥鞭，破着嗓子哭喊着催马，一张布满沧桑的脸上，雨水和着泪水一起流淌。

宋府的婚礼正在进行之中。司仪高声吟唱："良禽择木而栖，美玉须金石镶嵌，吉日良辰，愿天地为证，媒妁为凭，父母共贺，亲友同庆，成就一段美满姻缘……新娘入堂，一拜天地，二拜高……"

忽然间，从外面传来一种什么可怕的呼声，全堂宾朋的心都骤然一紧。

肃静后，只听是老家院带着哭音的破嗓呼唤着："老夫人……老夫人……"一声紧似一声地从外而来。厅堂之内众人都是一脸惊恐，连新娘也忘了礼仪，掀去了红盖头。所有人都回过头去，几乎连呼吸都屏住了。

深深的宅院外，一个水淋淋的老人，哭着喊着，跌跌撞撞往里面来，身后跟着一群已吓得不知所措的家人。

老家院终于跑进喜堂，往老夫人面前一跪，哭喊一声："老夫人啊……"

新郎宋慈搀扶着老夫人，在亲朋们的簇拥下往外走去。

除了杂乱的脚步声，上百号人连呼吸都屏住了，没一个出声。到了门前，众人骤然止步，上百双眼睛凝视着大门口一驾像是要被大雨压垮的马车。

宋慈踩着一洼洼积水，缓步上前。他在马车边伫立良久，才伸手慢慢揭开被褥，顿时就痛呼一声："父亲！"

亲朋们呼啦一声围向马车，在雨天里跪成一片，恸哭声惊天动地。

马眼也在流泪……

绵绵秋雨，淅淅沥沥地下着。宋府迎亲的喜堂改成送丧的灵堂。灵堂前，几位材夫在细心料理着给死者擦身换寿衣。宋慈和几个戴孝的亲人肃立一旁。

材夫刚把老推官的内衣脱下，一旁的宋慈忽然喊道："且慢！"

材夫们一怔，住了手，"少主人有什么吩咐？"

宋慈上前："哦，老伯，让我来吧。"

"唉，何用少主人亲自动手啊。"

宋慈不由分说，走到尸前，捋起衣袖，细细地为父亲擦身换衣。宋慈目光敏锐，对父亲遗体的五官、手掌、指甲等，都一一进行了细检。

为亡父换罢寿衣，宋慈直起身来，将目光投向一旁垂泪不止的老家院。

老家院眼皮一抬，正好和宋慈锐利的目光相接，连忙避了开去。

材夫们抱着换下的衣服走出灵堂，在门外高喊一声："女眷进祭。"一阵哭呼声响起，新媳妇玉贞和一大群女眷涌了进来，在灵前跪满一地。

宋慈面色沉重，拨开面前的亲人，大步走出了灵堂。

老家院偷看着宋慈离去的背影，面色不安。

夜至二更，灵堂肃穆。堂上挂着白灯笼，遗体周围点着长明烛，供桌上燃着白烛高香、摆齐四荤四素，哭累的亲人们东倒西歪地守着灵。老家院跪在一口燃烧锡箔纸钱的铁锅前，不时地往里添着纸钱。

此时，宋慈来了。他向众人施了一礼："诸位亲友，家父不幸逝世，慈为独子，未及在父亲生前尽孝，慈恳请诸位亲朋，今夜务必容我单独守灵，聊补儿子未尽的孝心，万望亲朋们给个方便。"

众亲人呆呆地看着宋慈，无一人起身离去。宋慈把目光投向还没来得及脱下喜衣就披上孝服的妻子："玉贞，你先走吧，去陪陪病倒在床的母亲。"

玉贞答应道："好。哦，官人这么说了，大家还是顺他的意吧。"说完扶起一位年长亲人，走出灵堂。其他亲人们也跟着陆续离去。

老家院也起身欲走，却被宋慈叫住了："家院公，你老身体要是挺得住，就留下来陪陪家父吧，毕竟，你随家父三十多年了，对吧？"

老家院老泪纵横："谁说不是呢。自从当初老爷救了我一命，老奴随着老爷都三十二年啦……"说着拜倒在老爷灵柩前，悲声痛哭。

宋慈冷冷地看着老家院。

老家院感觉到了宋慈冷漠的眼光，站起身来："少主人，您是有话要说？"

"这么说，你心里也是早有准备了！"

"这……该下的雨总是要下的！"

宋慈语气沉重地问："老家院，我宋家待你如何？家父又待你如何？"

老家院颤声道："宋家对我恩重如山，老大人如再生父母！"

宋慈几乎把脸凑到老家院耳旁："既然你还知恩知情，那就从实告诉我，家父是怎么死的？"老家院左右看了看，轻声道："老爷他……偶染风寒。"

"家父平日身体健朗，又精通医道，小小风寒何至丧命？"

"这……少主人，老爷的确是偶染风寒，不治身亡啊。"

宋慈终于忍不住爆发出来："胡说！家父分明是死于谋杀！大胆奴才，为何不说实话？"老家院犹豫了一下："不不，老爷他真是死于伤……"

宋慈没等老家院把话说完，就怒不可遏地一把抓起老家院的衣领，狠狠地一推。可怜老家院趔趔趄趄地扑倒在灵柩前。

"好，你不说，那就让我来替你说，站起来！"宋慈强行将老人的头往棺檐上一按，面对棺中遗体："给父亲换寿衣的时候，我暗中进行了检验。父亲遗体遍体小疱，肤色青黑，双眼突出，嘴唇破裂，两耳肿大，肚腹膨胀，肛门红肿，十指甲青黑，虽经你擦拭掩盖，但耳鼻眼角，仍留有些许紫黑血痕。如此尸征，分明是中毒而死，你何以谎称家父是伤寒病亡？对此，只有一个解释，那就是你在暗中下了毒！"

老家院跪倒在地，"少主人，老奴相随着老爷三十二年，老爷视老奴如同兄弟一般，恩重如山，老奴对老爷更是感恩戴德，誓死效忠，绝无二心。少主人怀疑老奴下毒，让老奴怎么面对老爷英魂啊……"

"要不是你亲手下毒，那就是你有意代人受过！你不以实情相告，我也照样拿你祭父！"

老家院抬起一双泪眼："老爷说过，他的死因能瞒过别人，却绝对瞒不过少主人的眼睛。现在看来，果然让少主人一眼看破啊。"

"究竟怎么回事，你快说！"

老家院颤颤抖抖地从怀里掏出一封书信，对宋慈轻声道："少主人，老爷临终前，给少主人留下遗书，老奴本想待办完丧事之后再把信交给少主人的。"

"为什么要待丧事之后？"

"你读了老爷的遗书，就会明白了！"老家院把遗书递到宋慈面前。

宋慈怔了好一会儿，才接过遗书。夜色如墨。宋慈急推房门，前脚刚跨进书房，老家院后脚就紧跟着为他把门关上，然后守在书房门外。

宋慈在灯下拆开遗书，顿时惊愕不已。一双泪眼蒙眬，似从书信纸面上映出了其父宋巩含泪伏案写信的面容。他嘴唇嚅动，无声而吟，如听得其父苍老的声音回响在耳边："慈儿，为父任推官，凡三十余年，审案断狱，不下数百件，从无失手。谁知老马失蹄，花甲之年误判人命，铸成了千古遗恨……"

宋慈大出意外，停顿了一会儿，揉揉眼，敛起神，继续阅信。

遗书写道："张王氏系嘉州一村妇，嫁与农夫张三儿为妻。农忙时节，其夫在山间劳作，张王氏为夫送去茶饭——"

村妇张王氏拎着篮子行走至地头，将篮中饭菜及水罐取出，招呼丈夫吃饭。她被山坡的野花吸引，上山去采花了。张三儿吃着午饭，见瓦罐无盖，顺手摘了几片植物的叶盖着。瓦罐上的植物叶片渐渐浸入茶水之中。

张三儿吃罢饭，取水罐咕咚咕咚地大喝了几口，放下瓦罐，重新取那植物叶片盖在罐口上，又下地干活。张王氏采得一捧山花回到地头，"这花好看吗？我把它采回家，用水养着，半个月都不会凋谢的。"

张三儿冷声说："花插半月不凋谢，女人能不能守半年妇道不出丑？"

张王氏一脸惊诧："你这话什么意思？"

张三儿语气生硬地说："没什么意思。只是提醒你，少和你那表兄王可勾搭，免得让村里人笑话。"

"你！整天疑神疑鬼，真后悔嫁给你这样的男人！算了，懒得跟你说！"张王氏扭头气呼呼地下山走了。

他们夫妻这番对话被一个偶然路过的村人听得清清楚楚。那人暗自窃笑着正要离去，忽听张三儿一声惨叫，惊回头，只见张三儿捂着肚腹滚在地上。他赶紧奔了过去，只见倒在地上的张三儿口吐白沫，断断续续挤出几个字："淫妇……毒……"身子一挺，死了。

不多时，推官宋巩随村人来到现场。披头散发的张王氏赶来，一见此状，"啊"的一声，昏过去了，邻里赶紧以土法施救。张王氏终于缓过气来，呻吟道："我下山的时候他还是好好的呀，怎么走得那么快呀，天哪……"

宋巩蹲在尸体前仔细验尸，边验边向书吏报唱："男尸，体壮。腹部有小疤成片，肤色青黑，双眼突出，嘴唇微裂。两耳略肿，肚腹膨胀，肛门肿胀，十指甲青黑，耳鼻眼角有紫黑血流出……"

宋巩取一根银针，插入尸体喉头，少顷拔出，银针呈黑色。又走到瓦罐前，随意地将盖在瓦罐上的植物枝叶往旁边一拨，捧起茶罐晃了几晃，尚有剩水。宋巩将瓦罐交书吏，轻声吩咐道："好生带回衙门，找条狗试试。小心，别倾了罐内的一滴剩水。"

报案的村人挨近宋巩，轻声道："张三儿死前，留下过半句话呢。"

宋巩问："什么话？"村人瞥一眼张王氏，扯了扯宋巩。宋巩会意，随那村人走到一棵大树后去。

张王氏问道："宋大人，我夫到底是怎么死的呀？"

宋巩厉声道："是被毒死的！"张王氏一听，一声惊呼，又昏过去了。

夜已深沉。宋慈在书房看着父亲的遗书。

宋巩在遗书中写道："当时验尸，确定死者中毒而亡。又将剩余茶水喂犬，犬饮后当即倒毙。目击证人亲耳听见妇人失德而引起的夫妻争吵，更有邻里佐证张王氏与表兄王可过往甚密。当日将王可拘传到案，王可也当堂供认与张王氏的通奸之实。既有通奸情节，还有目击旁人，更有下了毒的剩茶为证，纵然奸夫淫妇拒不招供投毒谋命，本案却也铁证如山。依大宋刑律，判张王氏通奸失节，谋杀亲夫，处以凌迟；奸夫王可通奸谋命，斩首示众！"

读到这里，宋慈忽感耳畔轰然一声，接着浑身一麻，手一松，遗书飘落在地。他怔了好一会儿，才缓缓弯腰去拾起遗书，再读下去。

遗书上写道："此案过去三年，父偶尔得知，当地山上，长有一种剧毒野草，名为断肠草，其毒性更甚于砒霜。为父继而又从当年剩水的瓦罐中发现了两片早已干枯的断肠草叶。为父重新审阅当年案卷，才发现张王氏与王可通奸杀夫一案中存有一大破绽。要是张王氏预谋毒杀亲夫，又怎么会蠢到把毒下在她亲手送到地头的茶水之中啊？冤魂在天，宋巩死不足以弥补误判之罪啊！"

宋慈痛苦不已，起身向外奔去，用力拉开书房门，却见老家院正堵在门外，一时竟无言以对。他强忍着悲痛，伸手在老家院肩头按了一下。

老家院心领神会，让过一边。宋慈跨出书房，步履千斤地往灵堂走去。父亲的话音在他耳边回荡着："为父断狱失察，铸成冤案。一世清名，毁于一旦。纵然追悔泣血，对死者何益？唯有一死谢罪，方可告慰屈死的冤魂啊！"

宋慈跨进灵堂，伫立在父亲的灵柩前，凝望着棺中亡父的面容，泪水止不住地向外涌出。父亲的嘱言又如空谷之声在灵堂内回荡着："慈儿，常人有过，改之为善，刑官出错，事关人命！父谢罪自决，别无牵挂，唯念刑狱审勘，干系重大，稍有不慎，关乎人命。故特遗此嘱……"

宋慈"咚"地跪倒在灵柩前。宋父的话音一字一顿："宋门之后，农耕渔猎，行商坐贾，断不可涉足刑狱，以免重蹈父之覆辙！切记！切记！"

宋慈含泪悲声道："慈父遗命，孩儿……谨记在心！"

默默尾随着的老家院道："少主人，此事关乎老爷一世英名，只有天知地知、你知我知，即便是对老夫人也不能说，不能说啊！"

宋慈忽地起身，从袖中取出父亲的遗书，看了一眼老家院，老家院心领神会地点了点头，宋慈就起身向燃着纸钱的铁锅走去。遗书飘飘悠悠地落进了燃烧着纸钱的铁锅，然后火苗就在遗书边缘开始慢慢燃开。

写着宋老推官死亡真相的遗书和烧给死者英魂的纸钱，一起化作了灰烬。几天后，忠心耿耿的宋家老奴，也紧闭着口眼猝然谢世。从此，除了宋慈，世上再无人知晓这个天大的秘密。而老推官以死谢罪，却给一心想子承父业的儿子留下了一道终生不得涉足刑狱的遗命。这对于从小就把父亲当作心中偶像，立志在刑狱审勘上成就一番伟业的宋慈，不啻是生命中难以抹去的一块阴云，更是他人生道路上一道难以逾越的障碍。

宋慈的好友孟良臣算得个热血男子，金榜题名后，金殿请命，讨了个无人愿意去的梅城县知县之职，就匆匆走马上任了。这天夜深人静时，孟良臣牵着马到了坐落在梅城县城郊的一个驿站门前，正要敲门，不想门已"吱"地拉开了一条缝，孟良臣本能地后退一步。

年过花甲的老驿丞从门缝里探出一颗尖瘦的脑袋，打量了一下孟良臣，门

"哐当"分两边推开了。驿丞满脸是笑地迎了出来:"哎呀,是知县大人到了,在下恭候多时了。在下是梅城官驿的驿丞。知县大人快快请进。"

孟良臣甚感惊异:"我身着便服,却被你一眼就认了出来,老伯真好眼力啊。"驿丞笑道:"嘿嘿,当了几十年驿丞,别无长进,不过练就了一副眼力,是官是民,还从来没有看走过眼。"

驿丞张罗着把酒菜端上饭桌,斟了一杯酒:"孟大人,在下敬您一杯酒。"说着竟双膝一跪。孟良臣一惊而起:"孟某初来乍到,怎敢受此大礼?"

"孟大人,这杯酒可不光是在下,也是梅城百姓该敬您的呀。"

"此话怎讲?"

"梅城县境况想必孟大人是心知肚明的。半年前,竹知县不辞危难,敢来当这个梅城知县,可他老人家却是壮志未酬身先死。值此多事之秋,别人避之尚恐不及,而孟大人正值金榜题名前程无量之际,却不惧危难主动请命来此为官,岂不是百姓的福音?这杯酒我能不敬吗?"

孟良臣甚为感动:"好,孟某就恭敬不如从命,这杯酒,孟某喝了。"刚要去接,不料驿丞突然站起,挡开了孟良臣来接酒杯的手。

孟良臣不解:"你……你这是何意?"

"单凭我这么几句花言巧语,您就敢喝,就不怕我在酒中下毒?"

孟良臣心里一惊:"想必您老有话要说。"

"我要说的只有一句:多一个心眼多一年寿!"

"怎么讲?"

"孟大人,此地鱼龙混杂,人鬼难辨。来此为官,最重的一服毒药就是'轻信于人'。"老驿丞说完,一仰脖子喝下那杯酒,然后又重新斟上,恭敬地送到孟良臣面前,"这杯酒才是可以喝的。孟大人,请。"

"孟某明白了。"孟良臣接过酒盅,一饮而尽,"老人家在杯酒之中,暗藏玄机,意在向孟某示警,用心良苦啊,孟某谢了。"

驿丞眼圈一下红了:"我是不想看到有人重蹈竹老知县的覆辙啊。孟大人,以后周旋于人鬼之间,可得步步为营,处处提防,时时小心啊!"

孟良臣感动得热泪盈眶。岂料此时,黑暗中,一双着黑靴的脚正一步步逼近官驿。驿丞把孟良臣领进卧房,"这间上房我一早就整理干净了。"

"老人家,有句话我还是忍不住想问问。"

"您应该先问问,我一个小小的驿丞,怎么能对孟大人的底细如数家珍?"

"嗯？你不是说有一副好眼力吗？"

"不。其实是因为县衙杨主簿事先有过交代。"

"哦，杨主簿？这么说，梅城县衙知道我今天会投宿官驿？"

"梅城的事就这么奇怪。他说明天一早县衙吏胥都会来此迎候孟大人。"

孟良臣小声问："老人家，我想问，竹知县之死……"老驿丞一愣，"您要是想问我竹知县是怎么死的，我只能回答是在落马坡的悬崖上摔死的。"

"您分明话中有话、弦外有音，您要是信得过我孟某人，为什么不直言相告？"

老驿丞叹息一声："您以为我想对您隐瞒什么？我恨不得把贪官污吏一个个指出来给您看，可谁是呀？你明明怀疑谁有谋杀之嫌，可拿不出证据又奈人何？明明知道竹知县死得蹊跷，可有谁看到谁下黑手了吗？唉，梅城的事呀，就像一张纸，似乎一点就破，可就是点不破；梅城的事更是一个难解之谜，明明是有答案的，可就是无人能找到答案。孟大人可真是任重而道远啊。哦，孟大人旅途劳顿，在下今天就不打搅了，早点歇着吧。"

听了老驿丞一番话，孟良臣感觉心头沉重，不由得想起他的结义兄长宋慈，他开始后悔当初不该拒绝宋慈助他一臂之力的好意。

官驿院外，神秘的脚步再次逼近。远远望去，驿站的那盏"驿"字灯笼在风中轻轻摆动。夜幕覆盖下的山城只是一些模糊的轮廓。万籁俱寂中，突然惨叫声划破夜幕，惊起一片狗吠。紧接着，就在那夜幕下唯一的一个亮点处，升起了火光，迅速映红了半个夜空。随即，狗吠声、人的喊叫声此起彼伏，乱作一团。高挂着的那盏"驿"字灯笼被大火吞没。官驿瞬间就成了一片火海。

驿丞疯了似的要往火海里冲，被人强行从火中拉了出来。他对着火海痛哭疾呼："孟大人……孟大人，你在哪里啊……"

杨主簿率人匆匆赶到："快，救火。不，救人，一定要救出孟知县！"王书吏阴阳怪气："晚啦，早烧没啦。"杨主簿一脸怒色："驿丞呢？驿丞何在？"

驿丞双膝跪地对着火场哭呼："大人，难道你真的就这么死了吗？您怎么就这么死了呀……"咚咚咚地磕头不止，直磕到地面血糊一片，昏死过去。

自从父亲去世，宋慈就沉默寡言，还常常喝得醉醺醺的，回到家里，往床上一倒，直到酒醒才起来。有时也会把自己整日整宿地关在后院的小屋里，谁叫也不开门。刚过门的妻子玉贞看着新婚丈夫的样子，心里着急，却总想这是他因父亲病故太过悲伤，倒也没有说过一句怨言。

这天，夜半三更时分，宋慈酒醒后缓缓坐起，仍发着呆。玉贞关切地凑近去："怎么了，渴了吗？给你沏着茶呢。"

"哦，多谢夫人。"

"总算听到你说一句好听的话了。"

宋慈苦笑了笑，好声好气地说："这些日子难为你了。"

玉贞激动得几乎落泪："你说这话不见外了吗？夫君，你心里究竟横着什么事，就不能对我说说吗？"

宋慈将手中茶盅"哐"地往桌上一放："我心里横不横着事与你何干？"

玉贞刚绽开的笑容霎时又让愁云覆盖了。"你怎么说发火就发火啊！其实，我并不是非要你对我说什么，我只是看着你这么一天天地消沉下去，于心不忍……就算我能看得下去，怎么也该为年事已高的婆母想想，那么大岁数，经受那么大变故，老人家虽然脸上不露，可我知道，老人家心里比谁都……"

宋慈心有触动，腾地站起就往外走。玉贞急叫："欸，你去哪儿啊？"

"我……我去母亲房里看看。"

玉贞连忙拦住丈夫："别去！"宋慈问："怎么了？"

"我刚从那边过来，婆母刚睡下，你就别去惊扰她老人家了。"

"哦。"宋慈回头，怔怔地看着玉贞。

玉贞被丈夫看得着怯起来："你……你这么看着我干什么呀，怪吓人的。"

宋慈突然像是问玉贞又像是自问："今天是哪天？"

"什么？"玉贞忽然一喜，"啊，夫君，今天三月初八，正是我的生日，夫君你怎么知道？哦，对对，你我交换过生辰八字，你当然知道。"

不料宋慈却忧心忡忡地自语："三月初八，良臣贤弟走了半个月了。"

玉贞心里一凉："你……原来你心里想着的……算了，早点歇着吧。"

她开始铺床。刚打开被子，宋慈就像个没魂人似的发出"嗐"的一声长叹，仰面八叉地倒在床上。玉贞身子往后退了退，站在床角，强忍着委屈，久久地看着丈夫，终于，两颗委屈的泪珠，扑簌而下……

一大清早，宋慈正要出门，被高高兴兴进来的玉贞堵在房门口。

"你这是去哪儿？"玉贞惊异地问。

"父亲生前的任所还有些遗物，早该去取回来了。"

"等等，这是我父亲的书信，你快看看。"

"你看了就成。"

"父亲帮你在京城谋了个好差事，你先看看嘛。"

宋慈脸色顿时沉了下来："谁帮我谋的差事我也不要！"说着就要往外走。

"你给我站住！"宋母满脸怒气地站在廊下。

宋慈连忙说："母亲，我去父亲任所取回一些遗物，正想跟您说去呢。"

宋母恨声道："没你这么不近人情的。你岳父大人好心帮你，你不言一声谢，连人家的书信也不看，你还算个知书识礼之人吗？"

玉贞忙说："婆母您别生气，他也没说不看，只是急着要走，才……"宋慈敷衍道："好吧好吧，究竟什么好差事，拿来我看吧。"玉贞把信递了过去。

宋母说："你呀，真该重谢你的岳父大人啊。他知道你从小就想子承父业，就帮你谋得个大理寺丞的美差，那是坐堂断案的，这不正遂了你的心愿……"谁知，宋慈一看那书信，脸色大变，愤然将书信扔进了香炉。

"啊，这是上任官凭啊，你怎么把它烧了呀？"玉贞连连从火中将那物抢出，连吹带捏，官凭已燃去一角。

宋慈愤然道："母亲，孩儿哪儿也不去，以后别再提什么大理寺丞，好吗？"

宋母急火焦心地问："这究竟是为什么呀？"

宋慈快步往外走去，"不为什么，就为了要给父亲守孝三年，三年内，就是皇帝的圣旨也休想让我离家。"话音落时，人已跑出门外。

玉贞委屈落泪："婆母，他怎么这么不讲理呀？"

宋母叹息道："我看，慈儿心里一定是横着什么难事啊。"

嘉州客栈，屠夫（捕头王）重重地推门而入，把屋里的英姑吓得一声惊叫，"呀……大哥？"捕头王抑制不住义愤地嚷道："谋杀！又是谋杀！"

英姑惊问："怎么啦？"捕头王激动得就像一头困兽："刚刚我在嘉州公门听人说，朝廷刚接到来自梅城的丧报，新任梅城知县孟良臣在赴任途中被一场大火烧死了。前任知县不明不白地摔死，新任知县人未到任又在驿站被一场大火活活烧死，世上哪有那么巧的怪事？哼，梅城县简直就是个魔域鬼城！"

"啊！大哥，那朝廷还会再派新的……"

"你别说朝廷会再派新知县了，据我所知，但凡是当官的，就没人愿意去那穷山恶水的地方。除了你父亲，也就是这个孟知县，他俩都是明知山有虎，偏向虎山行的血性男儿，值得敬佩啊！可是呢，好人偏偏都没得善终，一前一后都这么不明不白地死于非命，老天爷真瞎了眼呀！"

英姑流下伤心泪："本来还想请宋推官出马，查明父亲的死因，为冤死的父亲报仇雪恨，可谁想等我们赶到嘉州，老推官猝然作古，如今连新知县也死了，这不是天道颠倒，让恶人逍遥吗？"

"哎，我想起个人来了。"捕头王突然道。英姑问："想起谁了？"

"那天我在大街上与人争执，跟孟知县有过一面之交。当时有一位与孟知县称兄道弟的高人……要是能找到此人，他一定会去替兄弟报仇的。"

此时，嘉州衙门后院里，老书吏正把宋巩的遗物一一清点给宋慈。老书吏眼含热泪："老推官走得怎么就那么匆忙……"

"哦，老书吏，细软我带回去，这些箱子柜子什么的就留下吧。告辞了。"宋慈不忍多说父亲，就打断了老书吏的话。

"等等，还有一件，老推官写明了要让少主人亲手开启的。"说着，老书吏从箱中取出一个精致的盒子。

宋慈一看，盒上贴着张小封条，封条上是父亲的手迹："吾儿宋慈亲启"。即揭去封条，打开盒盖，见盒内是一卷手抄录簿，封面上写的是《疑案实录》。他伸手取出录簿后，看到录簿下压着一块洁白的丝绢，一扯，竟源源不断。

老书吏一见白绢，身子猛地一颤，竟哽咽着跪了下去："啊，老推官啊……"

宋慈大惊："老书吏，怎么啦？家父留此白绢，为何意？"

老书吏声泪俱下："少主人，老推官生前曾对老朽说过，说他老人家一生为官别无所求，只求百年之后，能配得上以白绢裹……尸，清清白白地去见宋氏祖先……可谁知……唉，老推官啊，都怪老朽忘了您说过的话，如若不然，也不至于让您老人家连这么个心愿也没能……"

老书吏哽咽着话未说完，宋慈已拿起包袱大步走出门外。

英姑整理着行装，捕头王走了进来："英姑娘，可以走了吗？"英姑神色茫然："不知该去哪儿啊。"捕头王宽慰英姑："你别着急，先回京城再说。一连死了两任知县，难道朝廷就真的会置之不管？"

楼下忽然传来吵架声，捕头王心烦意乱，冲出去骂了一句："狗东西，吵什么……"竟猝然怔住了。原来，楼下吵架的，正是他苦苦追寻的高人！

"是他啊!"捕头王喜出望外,随即大步跃出了房门。

酒楼下,几个酒店伙计正在老板的指使下,揪着醉醺醺的宋慈要动拳脚。酒店老板狠声道:"你他妈长得人模狗样,也想白吃白喝,走错门了吧!"

宋慈大着舌头怒道:"你!我不会赖你酒钱。今天确……是忘了带钱,明天一定……送来就是!"

"喝,抹了脖的鸭子,嘴还硬呢。我也不想你明天送还钱来,就让你再吃一顿饱揍,抵了酒钱拉倒。给我打!"

伙计们齐声喊一个"打"字,正要动手,一伙计头顶上"呼"地落下一只有力的大手,痛得哇哇乱叫。出手的正是捕头王,他几下就把一帮伙计推到一旁。

酒店老板惊问:"你……你想干什么?"

捕头王瞪着两眼:"有话不会好好说?不就是一顿酒钱吗?我替他付了就是!"边说边掏出一把碎银,"啪"地往桌上一拍,"够了吧?"

宋慈大着舌头:"他要敢收这么多,我就告他是黑店!"酒店老板忙说:"是是,用不了这么多。小二,按账单收银,一厘也别多收他的。"

"谁说我只是付这一顿酒钱?尽拣好的菜给我上来,我要和这位……"捕头王一回头,见宋慈已出门走了,他拔腿就追了出去。

英姑见状,也快步下楼,追出门去。

酒醉的宋慈步履蹒跚地走在大街上。一旁,捕头王不即不离地跟着,嘴里劝说:"先生,您留步,留步呀。"

宋慈停下脚步,恼声问:"怎么,怕我不还你的酒钱?"

捕头王笑道:"说哪里话。您知道吗,我找您找得好苦啊。"

"为什么要找我?"

"您……您不记得我啦?我还想投奔于您呢。"

宋慈一摆手:"宋某不与屠夫为伍。"

捕头王反倒笑了:"哈哈,您这不明明还记得我吗?"

宋慈瞪起两眼:"你来嘉州,该不是倒卖生猪?"

"真人面前不说假话,在下原本还是一名衙门的捕头呢。"

宋慈勃然变色:"宋某更不想和当过公门捕头的人打交道。请你别再跟着我。"说完像是酒也一下子醒了,加快了脚步。

"这……哎……"捕头王忽然想起什么,"宋某,宋某?他自称宋某,也姓宋啊!该不会……宋先生,宋先生!"宋慈烦躁地说:"别再跟着我!"

"我只是想问先生一句话。先生既然姓宋，是否认识宋老推官？"

宋慈突然站下："你究竟想干什么？"

"在下听说，宋老推官有一位精通刑狱的公子！"

宋慈猛地住了步，扭头看着对方，似乎对捕头王一脸的真诚有所触动："我来嘉州，就是到父亲任所清理遗物的。"捕头王大喜过望："果然是宋公子。这么说，在下有望重操旧业了！"突然一跪，倒头就拜。

宋慈转过身去："你可是把猪头供在道姑庙，拜错佛门了！"

"不，不，宋公子，那天在京城大街上，在下就领教了您推案的绝招儿，料定您将来必然大有作为，所以才苦苦追寻于您。现在又知您就是当朝赫赫有名的宋推官的公子，想必是子承父业，不久就能坐上刑狱大堂。在下有意追随宋先生，鞍前马后，在所不辞！"

"你看错人了，宋某永远不会涉足刑狱！"宋慈说完，黯然离去。

捕头王一愣："我看错人了？怎么会！"又追了上去。

捕头王追上宋慈。没等他开口，宋慈就怒道："你要再敢追着宋某，我就去官府告你个骚扰良民！"捕头王昂着头："您可还记得那位叫孟良臣的兄弟？"

"生死之交，怎么会忘！"

"哼！好一个生死之交，只怕是口是心非！"

宋慈闻言猛地回头："你这话什么意思？"

"你可知他现在……"捕头王眼圈一红，涌起热泪，突然回头就走。

宋慈追上捕头王："喂，我孟贤弟怎么了？"捕头王头也不回："你不是说我看错了人吗？既然这样，我何必多嘴！"宋慈心里猛地一沉："你少跟我卖关子，快说，孟贤弟究竟怎么了？"捕头王脚下丝毫不慢："你还说了永远不会涉足刑狱，既然如此，跟你说了也是白说。"

英姑忽然挡在宋慈面前："让我来告诉你吧。半年前，梅城知县竹梅亭不明不白地摔死山崖，前不久，孟知县临危受命，在赴任途中又不明不白地死于驿站大火！半年之内，两任朝廷命官死于非命，你要是对此无动于衷、袖手旁观，还能算是孟知县的生死之交吗？"

宋慈闻言大惊，呆立着，久久没有透过气来……

宋慈双膝重重地跪倒在父亲的墓前，声泪俱下："父亲呀，当初孩儿与良臣贤弟意气相投，又同年同庚，结成生死之交。我二人曾在月下盟誓，同生共死！

如今贤弟不明不白地死于非命，孩儿不去侦破谜案为贤弟申冤，岂不就陷于不义？可孩儿要是擅离桑梓，涉足刑狱，违逆父命，却是不孝！孩儿既不想做个不义之人，更不愿做个不孝之子，处之两难，心如火焚，您在天之灵能告诉孩儿该怎么办吗？父亲……"

捕头王和英姑远远地看着宋慈。英姑道："大哥，我看他虽然是名门之后，却是个扶不起的阿斗，别指望他了。"

"不，他心里是有难言之隐啊。走，我们找宋家老夫人去。"

宋府内厅，老夫人和玉贞接待了捕头王、英姑二人。

老夫人深深地叹了口气，道："我看慈儿从嘉州回来神色反常，要不是二位来，家里人还都蒙在鼓里呢。"

"自从公公去世，他从来就没有过笑脸。我爹爹知道他专好刑狱，才帮他在大理寺谋个好差，也能让他施展才华，谁想他……"玉贞一脸忧色。

老夫人接口道："他从小把父亲看得跟神似的，老爷这么说走就走了，也难怪他一蹶不振啊。如今又听到了好友遇难的噩耗，他偏又是个最重情义的男儿，这心里不就更堵了吗？你我做女人的，就宽怀一些算啦。哦，他说过要赶到梅城去吊唁孟知县吗？"

捕头王思索着道："我看少主人是想去，又碍于什么而犹豫不决呢。"

老夫人毫不含糊地说："该去！既然是结义兄弟遇了难，要是不去尽一份兄弟之谊，就是不义！玉贞，你去把他叫到厅里来，让为娘来跟他讲讲这个道理！"

捕头王、英姑闻言互换了一个欣喜的眼色。

此时，宋慈独自在卧房里思索着。他从床底下拉出一口大箱子，箱盖打开，从箱内捧出一个白森森的骷髅来，往桌上一放，又从箱中取出父亲留给他的那个小盒子，取出盒子里的抄本，翻开找出里面的几行字："活人遭火，两手脚皆拳缩。火逼奔挣，嘴张开气脉往来，故其嘴鼻内必有烟灰进入。若是死后焚尸，虽手足拳缩，但其嘴已闭，且气脉停滞，故烟灰不得入其嘴鼻……"

宋慈正看得入神，忽听身后"啊"的一声尖叫。他回头一看，只见妻子玉贞被吓得脸色苍白。"大呼小叫的你干什么？"

玉贞惊恐万状地指着桌上那颗白森森的骷髅尖声叫着："那是什么呀？"

宋慈连忙把骷髅放回箱子，"哟，它把你吓着了。"玉贞哭泣道："你怎么把这些东西拿到房里来呀？"宋慈问："你有什么事？"玉贞这才想起来此之事，"婆婆让你去一下，有话要说。"

　　宋慈出房门，走过天井，见天空渐渐沥沥地下着雨。

　　老夫人在厅堂上首坐着，威严地看着儿子走进厅堂。"慈儿，你是说要为你父守孝三年？三年内，你什么事也不想去做，什么地方也不想去走？"

　　宋慈低声说："是。"

　　"你是在自欺欺人！"老夫人一针见血。

　　"母亲何出此言？"

　　老夫人大声道："你呀，和你父亲长得一个脾性，听不得世上不平之事，也从不知避险求安。听说结义兄弟死于非命的噩耗，按你的性子，娘知你恨不得立刻起程，可你又为什么犹豫不决呢？"

　　宋慈心情沉重地说："娘，孩儿不能让父亲的在天之灵不得安息。"

　　"你有这番孝心，也是应该。可结义兄弟遇难，你却袖手不问，岂非不义？你为了守孝，却做了个不义之人，你父亲在天之灵能安息吗？"

　　"母亲，孩儿……"

　　老夫人恳切地说："慈儿啊，自从你父亲谢世，你一直郁郁寡欢，心灰意冷，从前那个意气风发、让母亲一看就心里踏实的儿子怎么就不见了呢？你心里究竟横着什么，不想跟旁人说，还不能跟为娘说说吗？"

　　宋慈欲语又止，痛苦地低下头去。老夫人叹了一声："好，你不想说想必自有不能说的道理，娘不为难你。可娘要对你说，男儿志在四方，别让一个孝字捆住了你的双脚啊。儿尽孝道，无可厚非；仕为社稷，更是天经地义。你是个明理之人，孰轻孰重，也用不着为娘多说了，你应该知道自己该怎么办。"

　　宋慈艰难地说："母亲，父亲临终……父亲临终连一句话也没给儿子留下啊……"

　　"你父亲走得匆忙，虽然没给你留下什么话，却给你留下他一生的心血。"

　　"母亲是说父亲的《疑案实录》？"

　　老夫人语气凝重地说："是啊，对一个从小就想当个刑狱官的儿子，还有什么话能比这更重的吗？"宋慈猛然震悟，一下子跪倒在母亲面前："母亲教诲，孩儿茅塞顿开，多谢母亲！"起身大步奔出门去。

　　母亲一番话，点拨开盘踞儿子心头已久的迷茫。父亲给他留下终生不得涉足刑狱遗命的同时，也把自己毕生从事断狱释疑的《疑案实录》留下了。宋慈此时才悟到，父亲的本意并非想关死儿子走上刑狱之路的大门，而是要把自己血的教训，深深地刻在儿子的生命记忆中，给必将走上刑狱之路的儿子留下一个振聋发聩的警示：人命大如天！这才是父亲临终前对儿子的良苦用心啊！

家人匆匆走进客厅，向薛庭松报说："老爷，小姐回来啦。"

薛玉贞随即走进来，拜见父亲："女儿拜见父亲大人。"

薛庭松喜上眉梢："哎呀呀，我的宝贝女儿回来啦。女儿啊，你这个婚事呀，还没拜完天地，就改作丧事，唉……哦，不提那过去之事，来来来，让为父看看，做了人家的媳妇，受没受人家的气。嗯，脸色不好哇！"

玉贞忙说："不不，父亲，女儿脸色不好是一路上让风吹的，女儿真是太想父亲了，才回京来看您老人家呀。"

薛庭松望着女儿："没说实话吧？"玉贞躲避父亲的目光："这……父亲，女儿是胆小，晚上不敢在房里独睡，才……"

"新房里有什么东西吓着你了吗？"

"这……父亲，他……他把要吓死人的东西都拿进房里，把女儿吓死了呢。"

薛庭松微微一笑："哦，是一些白骨、骷髅、光身子人画之类的东西吧？"

"父亲怎么知道？"

"有其父必有其子呗！我与你公公同科进士，当年他父亲就是这样，整天琢磨着凶杀窃盗的事，捣鼓些验死验伤的玩意儿。不过呀，他还真是凭着这些验死验伤的手段，破了一个又一个的疑难案子，成就了好大的名声。看来我这个女婿颇得其父遗风。好，日后必成大器！"

玉贞嗔怪道："女儿都吓得不敢回去了，父亲还夸他呢。"薛庭松笑道："这有什么嘛。宋慈呢，他怎么不陪你回来？我已经为他在大理寺……"

"父亲快别说了，我一提父亲为他在朝中谋事，还被他骂了呢。"

薛庭松面露不快之色："什么？他那么不识抬举？"玉贞连忙掩饰："哦，也不是不识抬举，他是……因父亲亡故，心情不好，别人说什么都听不进去。"

"那也可以体谅。不过，他不想求助于人谋求前程，倒是有些志气。欸，他人呢？"

玉贞慎重地说："他到梅城去了。"

薛庭松一愣，"什么，他去梅城了？可是为孟知县的事去的？"

"是啊，他和孟知县可是结义兄弟啊！"

薛庭松顿然兴奋起来："好！好哇！孟知县的噩耗传来，朝廷正愁找不到可去揭开梅城县那个黑盖的能臣干吏呢，贤婿见义勇为，敢去蹚那个浑水泥潭，可是建功立业的好机会。不过，他这么单枪匹马前去，只怕……"

玉贞着急了："父亲，听说那地方凶险得很，他会出什么事吗？"

"女儿不用着急，他身后有大宋朝廷，还有如今大小也是个三品命官的岳父泰山为他撑着腰呢。"

"光说有什么用？你得想想办法呀。"

"今日早朝，皇上想派个钦差去梅城县查个水落石出，朝议半天，却找不出个合适人选。既然女婿打了头阵，这钦差大臣为父当仁不让！"

"圣上会让您去吗？"

"玉贞，你不是和慧珏公主从小交好吗？"

"女儿明白了。"

玉贞自小和慧珏公主交好，如今为了丈夫，她也不得不去找慧珏公主帮忙。

梅城县城是一座山城，三面靠山，一面临水。夜深之时，宋慈、捕头王和改男装的英姑牵着马走在静悄悄的街上。

好不容易碰到一个路人，宋慈上前打探："劳驾，请问城里哪儿有客栈？"

那人打量一会儿宋慈等人，恐惧地轻声问："听口音，你们从外乡来？"

"我等从外地来……"

没等宋慈说完，那人已吓得浑身哆嗦，赶紧打了几下哑语，跑了。

捕头王怪异地说："刚才明明会说话，怎么忽然成了哑巴？"

宋慈迅速往四周一扫，果然见不远处的墙根后，闪过几条黑影。

捕头王轻声说："我说这梅城是个魔域鬼城，还真是藏着鬼呢。我们一踏进山城，就被盯上了。"三人在黑暗的街上走着，身后始终有黑影相随着。

英姑有些胆怯："大哥，我们会不会遭黑手哇？"

捕头王壮英姑的胆，"哼，来吧，我还正想找人练练手脚呢。"

宋慈慨叹道："就算你有三头六臂，也难防暗箭啊。"英姑问："那怎么办？"

"现在只有一个地方能保全咱们性命。不要找客栈了，直奔县衙。"

"半夜三更去黑县衙，那不是送死吗？"

"不。只要我们公开在衙门露面，他们就不敢轻易下手。"

梅城县衙长长的走道两旁，插满了随风飘动的白幡，大道两边肃立的十几个衙役，也个个身系白带，神色穆然。县衙正厅，设着孟良臣的灵堂，一个大

"奠"字的两边悬挂着长长的挽联，正中停放着灵柩。孔县丞、王书吏等几个县衙小吏身上系着白麻，没精打采地在堂前守灵。

一会儿，只听有急促的脚步声从后堂传来。紧接着，见杨主簿匆匆来到前厅，看他的样子，显然是刚刚从床上被叫起来的。孔县丞问："当家的，出什么事了？"杨主簿说："今夜恐怕有人来吊唁孟知县亡灵。"

王书吏问："欸，当家的，您不是说孟知县根本没有亲人吗？"

杨主簿恼怒地说："你脑子里装的是豆腐渣还是糨糊？正因为孟知县没有亲人，来人就一定是朝廷派来的。记住，以后别当着人家的面称我当家的。"

"是，当家……哦，主簿大人，要是朝廷派人来查验孟知县死亡的原因，会不会……"

"会不会什么？除非你心里有鬼！"

王书吏连连说："没有没有，小的不做亏心事，何来心中鬼啊。"

"这就好！"杨主簿拍了拍王书吏的肩，"欸，这长明灯怎么灭了？这纸钱怎么也不烧了？还有这些懒和尚，不做道场，却在闲聊海侃，把这灵堂当茶馆了？"他回头又点着县丞、书吏的脑袋，恨恨地说："我跟你们说过多少遍，孟知县虽然还没有到任就遇了难，可他到底是朝廷派给你我的县主啊！你们把这灵堂弄得这么冷冷清清，对得起县主在天之灵吗？还不快都续上！"

孔县丞、王书吏连连道："是是是，来来来，道场做起来！快把长明灯重新点上，纸钱尽着烧，烧！"

衙役们一阵忙碌。和尚们也打起了精神，嘴里念起经来。

此时，县衙门外，夜色沉沉中，宋慈等牵马走来。走到县衙门口，只见满墙悬挂着大幅挽联和贴着"奠"字的白灯笼，还有一阵阵的道场诵经声从衙内传出来。宋慈顿时被这肃穆的气氛感染，想起好友，不禁悲痛难禁。

有衙役走上前来问："请问三位是来凭吊县主的吗？"

宋慈说："正是！"衙役递上三条素带。宋慈系着白带，独自走进灵堂。

灵堂上烛光点点，长明灯点燃着，满铁锅的纸钱在熊熊燃烧着。

几个守灵的官员一见宋慈入内，忙迎了上来。

杨主簿热情地问："哦，不知客人……"宋慈答："在下宋慈，孟知县生前结义兄长。惊闻贤弟噩耗，特地从京城赶来祭悼。"

杨主簿双眼涌出热泪："哦，我们终于等来孟知县的亲友了。宋先生啊，孟知县前来上任，怎么就没提前晓谕小吏啊，要是我等早知孟知县到来，一定会出三五十里去迎接县主，怕也不致会遇此天祸啊！"宋慈点起一炷香，面向灵柩，一拜再拜，强忍悲恸之情："贤弟，愚兄来迟了。"

这时，衙门外，一乘官轿停了下来。轿帘掀处，卢知州走出轿来。小衙役迎上前来："知州大人驾到，待小的去……"卢知州没好气地说："不用通报。我自己会进去。"捕头王和英姑在门外看着这位知州大人大步走进县衙。

宋慈含着热泪祭拜亡灵后，接过杨主簿递过来的一把香，到灵台烛火上去点燃。他的目光却暗暗把守在灵堂两旁的吏役挨个扫了一遍，所及之处，那一张张脸上都丝毫看不出喜怒哀乐。忽然听得背后有人低声惊呼："知州大人来了！"宋慈回过头来，见梅州知州卢大人走进了灵堂。

杨主簿忙迎上去："知州大人，您怎么来了？"

卢知州冷声道："你这话问得奇怪，本州为什么就不能再来？"

"卑职是说，这么晚了，您老……"

"怎么，老夫什么时候来祭奠孟知县亡灵，还得听凭你们这几个梅城小吏安排吗？"

杨主簿忙说："不不不，卑职不是这个意思。"

"不是这个意思，又是什么意思？我说你们到底是体谅老夫年事高呢，还是怕本州察觉出有什么见不得人之事？"此言一出，灵堂上气氛顿时一紧。

宋慈站在一旁静观着。只听杨主簿说："卑职是没能听懂卢大人的话。"

卢知州大声说："不，你能听懂！老夫这话怕是点到你们几位的痛处了。"

杨主簿不无怨气地说："知州大人要是怀疑我等有什么为恶之举，我等愿意听凭发落。"

"哼，你明明知道本州一时还拿不出你们为恶的证据，就把话说得那么硬气。不过你们可别得意太早，老夫办不了你们，朝廷也会派能臣干吏来，迟早要揭开孟知县这个谜。你们做没做亏心事，迟早会真相大白。"

杨主簿一脸委屈："我等也真希望朝廷能早日派人来查明孟知县的遇难真相，也免得我等老让知州大人看着像一帮凶手！"

"等着吧，会来人的。"卢知州忽然发现站在一旁的宋慈，"欸，这位先生面生，不知……"杨主簿忙介绍说："哦，这位是孟知县生前好友，专程从京城赶来祭奠的，也是刚刚才到。"

宋慈上前行礼："这位就是梅州知州卢大人吧？"

卢知州说："要是孟先生的好友，老夫得请罪在前啊。"

宋慈不解："咦，老知州这是何意？"

"唉，是老夫再三上书奏请，朝廷才给梅城百姓派来一位好知县。可没等孟知县到任，就不明不白地遇了难。不管那场大火是如何而起，老夫作为知州，难辞其咎啊！"

"知州大人，宋某有一个不情之请，还望知州大人给个方便。"

"你说。"

"宋某不才，却也略懂一些检验薄技……"

卢知州把手一抬，"我懂你意思了，这么说，你和老夫想到一起了。放心，有老夫为你压阵，你想怎么验就怎么验，丝毫不用顾忌什么。"

宋慈缓步走向灵柩，忽然一大步向前，手搭棺盖。

孔县丞和王书吏出于本能地同时蹿过来，几双手同时压在棺材盖上。

宋慈一脸镇静："怎么？难道宋某想看一眼兄弟的遗容也不成？"

王书吏说："宋先生误会了，只因孟知县死于火焚，遗容惨不忍睹，还是不看为好。"卢知州大声斥道："放肆！宋先生千里迢迢从京城赶来吊唁亡友，要看一眼亡友遗容岂不是人之常情，你们何故相阻？该不是你们在孟知县的遗体上做了什么手脚？"没等孔县丞和王书吏辩解，便听杨主簿一声令下："开棺！"

县丞和书吏只得退到一边，四名衙役应命上前卸下了棺盖。宋慈走近棺枢，伸手入内，盖布一掀，顿时闭上了双眼。他脑海里浮现出当初在京城酒楼的情景和孟良臣的一番慷慨陈词："生当作人杰，死亦为鬼雄！就算是我把一腔热血全洒在梅城的山山水水，我也无怨无悔！"一时悲伤，泪水顿涌。很快，他又镇静下来，抹去眼角之泪，冷峻地观察着焦尸，突然，目光一亮，伸手入棺，用两个指头撮起点什么，一捻，有些许烟灰飘落。

卢知州一双茫然无知的老眼看看宋慈，又看看县吏们，凑到宋慈耳边低声问道："可有什么发现？"

宋慈不动声色地对杨主簿说："主簿大人，盖上棺盖吧。"

夜色降临。杨主簿领着宋慈和卢知州走进客厅。

卢知州迫不及待地问："宋先生……"

宋慈扫一眼知州身后的县吏，对卢知州使了一个眼色。卢知州心领神会地向杨主簿等挥挥手："本州有几句话要和宋先生说，你们都出去。"

杨主簿向孔县丞和王书吏挥挥手，一起退了出去，并随手关了门。

卢知州字斟句酌好一会儿，"宋先生，对老夫说句实话，你是否从孟知县的焦尸中看出点什么名堂？"宋慈反问："不知知州大人此话何意？"

"难道那焦尸上真的没有一点儿可疑之处？"

宋慈并未回答，只是用眼睛看着卢知州。卢知州又说道："新知县来赴任，路过城郊，当时天色将晚，就投宿城郊驿站，想等第二天再进城，这也说得过去。可那驿站早不起火晚不起火，恰巧就在孟知县投宿的晚上起火，竟把一个大活人活活烧死，难道真是意外失火？"宋慈谨慎地道："宋慈来梅城是吊唁好友亡灵，至于这场大火是如何而起，实在不敢胡乱猜疑，更不敢妄加评说。"

卢知州肃容道："实话告诉你，老夫根本就不相信那是意外失火，我怀疑孟知县是被人谋杀后纵火焚尸！"宋慈震惊道："不知知州大人此言可有什么证据？"

卢知州一脸自责："要是老夫自己能找到证据，又何至于连几个小小的县吏都治服不了啊！宋先生，就算你不看老夫的面，看在你和孟知县生死之交的分儿上，你也一定要帮老夫把孟知县遇难的真相查个水落石出，也好让孟知县在天之灵有个安慰，让老夫对朝廷有个交代啊。"说着竟要对宋慈下跪。

宋慈连忙扶起卢知州："知州大人太过言重了。在宋某看来，孟贤弟确是死于大火。"卢知州急问："何以见得？"

"因为焦尸嘴鼻之内含有烟灰！"

卢知州似有不解："这就能证明人是被大火活活烧死的吗？"

"活人遭火，被火逼奔挣，嘴张开气脉往来，故其嘴鼻内必有烟灰生入；若是死后焚尸，其嘴已闭，且气脉停滞，故烟灰不得入其嘴鼻。而孟贤弟的满嘴烟灰，足以证明孟贤弟临终前曾奔挣于大火之中。"

卢知州叹道："真让老夫长了见识。不过，就算孟知县是被大火活活烧死，难道就不会有人恶意纵火杀人？"宋慈惊愕地看着卢知州。

"宋先生，毕竟是个朝廷命官死于非命，只要还有一丝疑点，就不能草率结案，不查个水落石出真相大白，本州决不罢休！"卢知州言辞恳切。

宋慈感动地说："卢大人这话，倒是提醒在下应该去火烧现场看看。"

"哎呀，你我又想到一块儿了！"卢知州大声道。

已是清晨。火灾后的驿站，残垣断壁，碎瓦遍地，已烧成焦炭的家具门窗散散落落地显示着大火前的房屋建构。寂静之中，几双脚踩得满地碎瓦砾"嚓嚓"作响。宋慈、卢知州走进废墟。捕头王在外面守着。

卢知州摇头叹息："真是惨不忍睹啊。可以想见，孟知县遇祸时是何等惨烈啊。"说话时脚下一绊，一个趔趄，宋慈一把将他扶住。四目相对时，宋慈看到老知州眼里涌动着热泪，不禁对这位老知州暗生了敬意，手上重重地扶了一把，以示互慰。

捕头王忽发现什么，忙隐身到暗处。杨主簿等一帮县吏匆匆往废墟而来。

捕头王轻声说："县衙来人啦！"宋慈不禁一愣："他们是怎么知道你我在此？"卢知州坦然道："不用怕，有老夫在此，他们当面还不敢怎么样。"

杨主簿等急急走过来，"知州大人，卑职听说知州大人来勘查现场，生怕再出什么意外，就急急赶来。"卢知州语带讥意："哼，你们是怕老夫出什么意外，还是怕宋先生在现场找出什么意外？"

"要是宋先生能查明孟知县遇难的真相，也可免了我等许多被人猜疑的烦恼，真是求之不得呢。"

"哼，好一张利嘴。孟知县是不是死于谋杀，在宋先生勘查具结之前，你们都脱不了干系！"

杨主簿显得满腹委屈，"知州大人为何总是怀疑我们几个就是凶手？与其如此，倒不如干脆把我等全投进大牢也罢。"

"哼，你倒是发起牢骚了。这是什么地方？这是你梅城县辖内的城郊驿站！堂堂朝廷命官，就在你们眼皮底下的官驿中被大火活活烧死，你们这帮县吏难道能脱得了干系？我可告诉你们，只要宋先生一天没有查明孟知县遇难的真相，本州就一天不结案！"

杨主簿问："不知宋先生是否从现场查出什么端倪？"宋慈说："哦，当时发现孟知县遗体是在……"杨主簿用手指了指："就是那儿，那原是官驿的一个上房所在。"宋慈上前看看，只见满地焦木瓦砾，轻轻摇头道："时过境迁，这现场初情已面目全非，除非亲眼所见，恐怕没有人能说得清这场大火究竟从何而起，更无人敢对孟知县的死因妄下断言。"

"除非亲眼所见……"卢知州似乎想起了什么，"对，驿丞，驿丞！哎呀，你们还愣着干什么，快领着宋先生去狱中提审驿丞。"

杨主簿、孔县丞、王书吏领着宋慈和卢知州匆匆赶到县狱门口时，正遇见手上提着一大串牢门钥匙的狱卒惊慌失措地迎头跑来："主簿大人，主簿大人，驿丞他……他上吊啦！"宋慈大感震惊，急步入牢内。

一具尸体从上吊的绳子上被解了下来。杨主簿一捋衣袖，就要上前，被卢知州恶声恶气地喝住："有宋先生在此，何用你来班门弄斧。一边站着去！"

杨主簿只得让过一边。卢知州说："宋先生，拜托啦！"

宋慈走上前去，最先映入他眼帘的是驿丞烂糊一片的额头。他思索片刻，解开死者衣衫，从索痕到嘴吻边凝涸的涎沫细细察看，又在死者的肌肤上按了按，忽有所悟。他正想回头说什么，却听卢知州大声责骂梅城县吏。

"这个驿丞是那场大火唯一的目击人证，本州再三交代，一定要严加看管，怎么还出这样的事？单这件事，本州就该问你个渎职之罪！"

杨主簿一副深受委屈的样子，"知州大人，昨天晚上卑职来察狱时，他还口口声声说对不起孟知县在天之灵呢。谁想他半夜三更畏罪自杀了，实在是防不胜防啊。"宋慈心里忽有所悟，起身就想离去，刚一抬腿又听卢知州道："畏罪自杀？哼，宋先生验尸未毕，你就说他是畏罪自杀，未免言之过早了吧？"

宋慈重新回到尸体边，边验尸边报唱："死者全身肌肤完好，前额皮破，却非致命伤损。尸面带紫赤，眼合唇开，舌头伸出齿外，口吻两角有涎沫流出。吊绳紧勒喉下，交至两耳，并无交叉，且索痕呈深紫色……"

卢知州由衷赞叹："滴水不漏啊！如此验尸，真让老夫大开眼界，心悦诚服啊！"宋慈直起腰来："是自杀！"

"嗯？不会有错？"宋慈点了点头。

"难道……真是老夫多疑了？如今这唯一的目击证人一死，这场大火究竟如何而起，岂不就死无对证了吗？"

"这并不为怪，世上本来就有许多难解之谜。知州大人，我们走吧。"宋慈走出牢房时，掏汗巾擦汗，从袖中带出个信封，掉在地上。杨主簿看在眼里，却故作不知。县吏们默默地看着卢知州、宋慈一行走出大牢长廊。

杨主簿走进牢门，捡起宋慈遗落的那个信封。孔县丞问："这是哪座庙的和尚呀，知州大人就那么拿他当尊佛？"王书吏松出口大气："不管是和尚是佛，既然找不到谋杀证据，卢大人也只能以驿馆意外失火具结上报了。"

"住口！"杨主簿一声断喝，"事情恐怕没你们想的那么简单。"说着把宋慈失落的那张文书递到二人眼前。王书吏接过一看："宋慈，大理寺丞？这是上任官凭啊。"杨主簿说："此人果然有些来历。"孔县丞说："大理寺可是专管查案的呀。"王书吏说："这么说，此人还真是身负皇命的钦差大臣呀。"杨主簿哼了一声，道："等的就是朝廷钦差，就怕他不是呢。"

宋慈一脚踏进客栈卧房的门，就抑制不住地嚷开了："宋某人成了什么？竟成了人家手里的提线木偶！"

捕头王说："我也觉得有点不对头，怎么查到哪儿哪儿就断？"

"原指望能从驿丞嘴里问出点蛛丝马迹，可这唯一的线索又断了。"

"凶手会不会就是驿丞，因而被杀人灭口？"

"不。"宋慈断然道，"驿丞要是凶手，就不会对贤弟之死感到那么痛心疾首，竟磕烂自己的额头。"捕头王又问："那驿丞怎么就早不上吊、晚不上吊，偏偏在您去提审之前上了吊，这是巧合吗？"

"驿丞并非死于那位杨主簿所说的昨天深夜，尸体变色的肌肤、过深的索痕，还有嘴吻早已凝涸的涎沫，表明死亡时间不下于三天。"

"什么？三天前就上了吊，而他们竟一直让死人就这么挂着秘而不宣，是何道理？"

"因为驿丞的确是自杀！既然是自杀，就用不着对尸体做什么手脚，尽量保护现场初情，等着找一个外来的证人见证驿丞的畏罪自杀，宋某恰好充当了他们的见证人。"

"可他们却没想到您不但能验出是自杀还是他杀，还能验出死亡的时间。"

"不，依我看，他们不会想不到这一点。"

"既然明知会让人识破，为什么还要谎称驿丞死于昨天深夜？"

"他们有意留一个破绽，意在给我一个暗示！"

"暗示什么？"

"暗示我们陷入了他们早已设下的圈套。他们是在向宋某示威，让宋某知难而退！这正是此地的可怕之处。"

正说着，英姑一脸戚容地走了进来。捕头王问道："英姑，你去了哪里，怎么也不打个招呼？"英姑幽幽地说："我去父亲的墓地了。"捕头王不禁生气了："你怎么能一个人……要是让他们认出来，你不要命了！"

"我不怕！既然不能为父亲申冤报仇，我情愿到九泉之下去陪伴他，也不愿苟活在这个混沌的世界。"

"你……怎么能说这样丧气的话？"

英姑眼里涌动着泪水："那我还能说什么话？孟知县尸骨未寒，口口声声与孟知县有着生死之交的人却充当起了黑衙门的帮凶！"

捕头王喝道："英姑，别胡说！"

"我胡说了吗？宋大人不是已经为梅城县衙证明了孟知县是死于意外失火吗？这样，县衙就可以给孟知县封棺入土了，棺一封，土一埋，又一桩谋杀命案从此销声匿迹，和半年前我父亲被害如出一辙！宋先生，看来你真该留在家里为令尊多守几年孝！"

"英姑，你这是从哪儿听来的这些乱七八糟的事？"

"大街上到处在传说呢，你们为什么不去听听？"

捕头王疑惑道："街上都在说些什么？"英姑正想回答，宋慈抢过了话头："街上在传说，经朝廷钦差查验，孟知县的确是死于意外失火！"

英姑有些意外："你知道了？"宋慈坦然地说："我早已料到了。"

"这么说，这就是你来这儿的目的？"

"哼，看来宋某此计已经生效。"

捕头王问："什么计？"

"一张过期作废的官凭，果然使他们把宋某当成了朝廷的秘密钦差。有了这张虎皮在身，至少他们不敢对你我暗下黑手。"

"依我看，那些街头传言是有人想利用宋先生掩盖真相，英姑你怎么就轻信了？"

"这不怪英姑娘。英姑娘有句话算是说对了，此地的确是一摊浑水！要不然，堂堂朝廷命官也不会在驿站惨遭谋杀了！"

英姑很感意外："啊！原来你并不相信孟知县是死于意外失火？"

"此地的水再浑，还不至于完全模糊了宋某的眼睛。打开灵柩的那一刻，宋某就确认孟贤弟绝非死于意外失火，而是遭人谋杀后焚尸灭迹。"

"既然如此，你为什么不对知州大人以实情相告？"

"不到河心，就不知河水深浅。有句老话，'多一个心眼多一年寿'。宋某敢确信孟贤弟死于谋杀，可在找到确凿证据之前，即便对那老而昏庸的知州大人指明疑点，我敢说他也无可作为。有那么个昏庸无能的知州，也难怪县衙小吏们肆无忌惮！"

"孟知县是为查清我父亲遇害真相，才遭毒手的……"

"而贤弟被害又反证了你父亲的确死于谋杀。"

英姑怔怔地望着宋慈，忽然说："宋大哥，我给您端水泡泡脚好吗？"

宋慈一时不解："什么？"

英姑缓言道："父亲在世时，每每遇到难题，总是让我给他泡脚。"

片刻，一双脱去鞋袜的光脚泡进了漂浮着草药花瓣的水盆。又有一双纤手高挽衣袖为之轻轻揉搓。宋慈有点失措："不不，怎么能让你给我……"

英姑抓住他的脚："别动。你若能为我父亲申了冤报了仇，我一辈子为你泡脚，让你长寿。"宋慈连连摇头："使不得，使不得。"

英姑一边为宋慈揉脚一边说："父亲在世的时候，我给他泡脚，还挠父亲脚底的痒痒，我知道父亲其实不怕痒痒，可他为了让我开心，就装得痒痒，常常是溅了我一脸一身的水……"说的是笑话，眼里含的却是泪花。

一块汗巾递到她的面前，英姑接过一擦，强颜欢笑着抬起头，"对不起，我跟您说这些，反而搅乱您思路了。"

"没关系。做儿女的谁不思念过世父母？我也是刚刚失去了父亲……"

英姑侧目一看，见宋慈眼里已噙着泪花。英姑心里陡然而生的不仅是同病相怜的暖意，更为一个刚毅男儿的孝心和柔情而暗自惊叹。

脚在水中轻轻地搓着揉着。宋慈忽然睁开了双眼，口中念念有词："用酽米醋、酒泼。若是杀死，即有血入地鲜红色。"一双脚猛地从水盆中提起。

客栈门口。宋慈和捕头王提着坛罐食盒走出客栈。捕头王左右看了看："有暗哨。往后门走吧。"宋慈说："不必，从后门溜走的还是钦差大臣吗？与其躲躲闪闪，不如招摇过市。"于是，二人大摇大摆地往大街上走去。

盯梢的跟了一段，大概看出二人要去的地方，就返身往县衙方向跑去。

捕头王笑道："怎么回去了？真是胆大包天，敢盯钦差大人的梢。"

"他们一会儿就会赶来，抓紧时间！"宋慈说罢，二人加快脚步。一进废墟，宋慈即指着一处对捕头王说："那就是当时孟贤弟卧尸的地方，快打扫干净。"捕头王打扫地面，宋慈则到另一卧房遗址前摆放祭品，燃烛点香。

地面打扫干净后，宋慈说："你看着点，要是让他们知道我们找到了线索，你我身上这张钦差大臣的虎皮怕也未必能保命了。"捕头王点头："明白，要是他们来了，我就以钦差祭友，不许打扰为由将他们挡在外面。"

宋慈提起醋坛酒罐，走进孟良臣遇害的那间卧房原址。他拔去坛塞，将坛中酒、醋均洒在地面上，然后蹲下身子细细察看。泼了酒和醋的地面上渐渐显出鲜红色。宋慈面色渐变，鼻子一酸，轻呼一声："贤弟啊！捕头王你进来。"

捕头王进来，一看地面血色，惊奇不已："这是怎么回事？"

宋慈喉头哽着，只简单说了一个字："血！"

"啊！这不就是证据吗？"

"可在它消失之前无人见证，也无法提取啊。"

"那不是白费劲儿了？"

"不，至少是一条线索，说明孟贤弟是先遭杀害，然后被焚尸灭迹。"

捕头王看着地面重现的血色，赞叹不已："真是神乎其神啊！"

外面忽然传来声音。捕头王回头一看："有人来了。"

"快，将地面复原，别留下痕迹。"捕头王应声："是。"

废墟外，杨主簿踏着破瓦烂砖直往里闯。等他走进废墟一看，只见废墟内摆着祭品，燃着香烛，宋慈盘膝而坐，举杯痛饮，醉态难掩。

宋慈哭声哭气地喊着："贤弟，贤弟呀……当初在京城与你分手之时，你曾戏言一句，你道从小落孤，家无亲人，若有不测，就让为兄来为你收尸。想不到，一句戏言，竟成永诀啊。"

杨主簿凑上前："宋先生，您这是何苦来着？"宋慈怒道："宋某在此祭奠亡友，你敢说何苦？"杨主簿支吾着："哦，不不，卑职的意思是灵堂设在县衙……"

宋慈抹着眼泪说："可我好兄弟却在此殉难！宋某要招亡友阴魂还乡，不来他殉难的地方，该去哪儿啊？"

杨主簿连连点头："此话有理，此话有理。可是……宋大人祭错地方了。"

"怎么，昨天来时，你明明告诉宋某，贤弟是在这间上房遇难的。"

"可上房在里面呢。"杨主簿边说边往里面走去。他刚走到上房口，捕头王抓耳挠腮地从里间走了出来："大人，错了吧？我好像记得是这间呀。"

宋慈怒起，醉醺醺地有点踉跄："你……当时怎么不说？"

捕头王面有愧色道："烧得都不成样了，我……我也看不准哪儿是上房哪儿是下房呀。"宋慈吩咐道："快……搬过去。"

杨主簿说："宋大人，知州大人请您过府，有要事相商，您看，官轿都等在门外了。"宋慈无奈地说："那……那也好，就先去见知州大人吧。"

捕头王扶着宋慈走出废墟。杨主簿看着官轿远去，忽然转身重新跑进废墟，直奔案发的那间上房遗址。里面早已被捕头王收拾如初。

知州府客厅。宋慈把一个具结文本推回到卢知州面前："卢大人，此案不能这样具结。"卢知州颇感意外："为什么？"

宋慈面色严峻："孟知县并非死于什么意外失火，而是被人谋杀后纵火焚尸！"卢知州的脸颊猛地一颤："什么？你昨天还说孟知县是在一场意外大火中遇的难，今天怎么又说是死于谋杀？"

"卢大人，恕宋某初来乍到，未知深浅，对卢大人也不得不有所隐瞒。"

"欸，你不是说那焦尸嘴里有烟灰吗？"

"那是始作俑者弄巧成拙！"

"怎么讲？"

"盖因活人被火烧烤，酸水上涌，口中唾沫剧增，与进入口鼻之内的烟灰交融，即成糊状，而孟知县口鼻之内的烟灰却干如粉尘。由此可见，孟知县绝不会是死于什么意外失火，而是被人谋杀后纵火焚尸！"

卢知州怔怔自语："真所谓道高一尺，魔高一丈啊……"

宋慈突然叫了一声："卢大人。"卢知州猛地回过神来："你看看，你看看，老夫当时就怀疑过有人在尸体上做了手脚，果不其然！走走走，马上去县衙，再开棺取灰，那可是唯一能找到的证据了。"

"不必啦。这一昼夜的时辰，足以使昨日的干灰溶于腐液。"

"这……除此之外，宋先生还能找到别的证据吗？"

宋慈把话锋一转，"卢大人，孟贤弟初任知县，在这梅城边陲，既无宿敌，更无新仇，为什么有人要对他暗下毒手？"

"这……老夫也想不通其中的道理。"

"其实道理很简单。半年前，不是另有一位竹知县死得不明不白吗？"

卢知州一惊："什么，竹知县之死和孟知县之死会有关联吗？"

宋慈大声说："有关联！正是因为孟贤弟在朝廷立下军令状，要将竹知县一案推倒重审，才招来这场杀身之祸。所以，宋某以为，只要查明竹知县之死因，孟知县命案便可迎刃而解。"

卢知州不禁老泪纵横："说起竹知县呀，老夫真是悔恨不及啊。当时竹知县来州府议事，议完事，我留他吃了午饭再走，可他急着往回赶。谁知在半道上，就在落马坡坠马身亡。唉，当时老夫要是强留他吃午饭，避过凶煞时辰，说不定还不会发生这场惨祸呢。唉，现在说这些还有什么用啊！"

宋慈怔怔地想着心事，忽然问："卢大人，梅城县是不是有个仵作出身的县吏？"卢知州一怔："哦，这和孟知县被害有何牵扯吗？"

"要不是有一位仵作出身的高人，谁能想得出往焦尸嘴里塞烟灰来掩盖真相这样的高招儿呢？"

卢知州沉吟片刻，忽然抬头："难道真是他……"宋慈一怔："卢大人说的是谁?"卢知州说："要说出身于仵作的人，倒是真有一个。"宋慈和卢知州同声而出："杨主簿!"

"原来宋先生也对此人有所怀疑?"

"哦，宋某只是随便猜想而已。"

"宋先生要是能证明是此人谋杀了孟知县，本州丝毫不会感到吃惊。"

"此话怎讲?"

"因为本州对此人也早有疑心。"

"好，在找到确凿证据之前，只当是你我的猜测。告辞。"宋慈说罢急急离去。卢知州站在那儿，像是一下苍老了许多。好一会儿，才下意识地用袖子擦了擦额头，竟在冒着汗。而后他阴沉着脸，挪着沉如灌铅的步履走出客厅。

他绕过曲桥，走过长廊，才像是渐渐缓过劲儿来，脚步也越走越快，往府邸深处走去，在一间紧闭着的房门前驻步，徘徊了好一会儿，举手轻轻叩动了三下门环，沉沉地对屋里说了句："你跟我来!"说完径自回头离去。

门开处，一双黑靴跨出了门槛，不紧不慢地跟在卢知州的身后……

有人在小巷的石板路上走，转弯抹角，最后在小巷深处的一座宅子前停了下来，上前叩门。门吱呀一声开了。门内站着一个脂粉气十足的女人，这是妓女六月红，她对着门外的来客，娇媚地说："哼，我还以为你忘了本姑娘，另找新欢了呢……"话音未落，门外男人就一步跨进屋去，径直走向里屋。六月红吃惊地回头看了看，关上门，跟了进去。

"你今天是怎么了?"六月红话音未落，那男人转过身来，是杨主簿。他猝然用双手猛地一推，将女人重重地推倒在床上。六月红揉着磕痛的手肘，脸上赔着笑："主簿大人，您今天下手那么重，我就知道您这几天一定是遇上什么不顺心的事了。来吧来吧，让红姑娘来给你放松放松。"边说边开始宽衣解带。

杨主簿双眼像是燃着烈火似的站在床前，一声不吭地看着光身子的娇艳女人。六月红娇声道："那么傻乎乎看着我干什么? 来呀。"

杨主簿像是一下泄了气，"红姑娘，这些日子，杨某对什么都兴味索然啊……算了，穿起来吧。"他拉上六月红的外衣，然后在床沿上坐了下来。

六月红有些诧异："哟，今天和往常可不一样啊，怎么啦，当家的?"

杨主簿的脸说变就变，吼道："别再叫我当家的，听见了吗? 哼，我算什么当家的，早晚得当了人家的替死鬼！"六月红吓得蜷缩在床角瑟瑟颤抖。

杨主簿随即换以和善的笑脸："你说过的话算数吗？"六月红说："什么话呀？"杨主簿身子一歪，枕着六月红的大腿道："你说过，要是我杨某出了事，你每年清明节都会到我坟头上去烧一炷香，对吗？"

六月红娇柔地在杨主簿脸上轻轻拍了一巴掌："你今天是怎么了，说那么不吉利的话？谁不知道，在这个山高皇帝远的梅城县，你主簿大人就是一手遮天的县主，谁敢对你怎么样啊！"

杨主簿叹息一声："有句古话说，多行不义必自毙！哼，这些年杨某在这块地盘上都做了些什么，自己心里是一清二楚啊！杨某在梅城一手遮天？你呀，只知其一不知其二。知道吗，我可是夜夜都被噩梦惊醒啊！"

六月红娇笑道："怎么啦，就因为那个姓孟的知县吗？人都成一块焦炭了，还能还阳来向你索命呀？"杨主簿忽然有所警觉："你是怎么知道这件事的？"

六月红忙否认："不不不，我什么也不知道。"

杨主簿将六月红拎起："是不是你表兄对你说的？是不是？"

六月红连声说："不不，我表兄什么也没跟我说，我什么也不知道啊。"

杨主簿打了六月红一记耳光："臭婊子，你敢不说实话，老子要你的命！"

房门推开，一双黑靴缓缓跨进门来，一个黑脸汉子出现在房门口。

"你是自己住手呢，还是让我废了你那双脏手？"

杨主簿一惊："黑三？哼，你敢不守信！"

黑三冷冷地说："是吗？你告诉我，我哪儿失了信？"

"你答应过守口如瓶的。"

"那也只是嘴上一说。"

"你……"

黑三讥嘲道："哼，你只付让我杀人放火的银子，却舍不得再出一两银子封我的嘴。我跟表妹想说什么就说什么，你管得着吗？"

杨主簿恨声说："你！你到底想干什么？"黑三把手一伸："要是怕我多嘴多舌，就再给五十两，我一定把这件事永远烂在肚子里。"

"五十两银子，给你就是！"

"五十两黄金！"

"你……你真是个贪得无厌的恶鬼！"

黑三大笑起来："骂吧骂吧，你骂得越是恶毒，我黑某听起来越是过瘾，因为你骂我也就是骂你自己！"

"什么意思？"

"什么意思？梅城也不算个不毛之地，可你们年年谎报灾情，朝廷年年免赋，老百姓却分文不少地向你们缴纳。这么多朝贡国税都进了你们这帮贪官污吏的私囊。我本是以杀人为生的杀手，为人消灾，取人钱财，天经地义！你说，你我究竟谁才是真正贪得无厌的恶鬼？你也不算算，五十两黄金可保全你们几颗脑袋？"

杨主簿吼道："别说了！五十两黄金，好！金子到手后你必须马上离开梅城，别让我再看见你！"

"正好，我也不想在此久留。不过，我还有个小小的要求。"

杨主簿恨恨地说："你有完没完？"

"有完，一句话就完。黑三可以离开梅城，可得带走我的表妹。"

"你太过分了！"

"红姑娘本来就是我黑三指腹为婚的妻子，是你们逼良为娼，把她推进了火坑！我黑三好不容易找到表妹，不找你算旧账已经很客气了，你要还不识趣，那姓孟的便是例证！"

"好，你等着，我这就去取金子来。拿到金子，你们今晚就走，走得越远越好！"

落马坡。虽是白天，此处仍是阴霾蔽天，云雾缭绕；窄路险峻，坡高地不平。其道边，林密树高，遮掩视野。宋慈来实地踏勘，捕头王和英姑相随着。三人来到一个极陡的断坡前，往下一看，深不见底。

英姑面露哀色："当时，父亲的遗体就是从这下面找到的。"

宋慈探头一看："人要是从这么高的山崖摔下去，显然是活不成了。"

英姑说："父亲在这条山道上走过好多个来回，过这落马坡时，从来都是下马牵着走的。父亲行事那么谨慎，怎么会失足摔下山崖？那天他身上带着一份密件，遇难后那密件却不翼而飞，分明是……"

宋慈忽然一抬手，敛神倾听着什么。渐渐，那声音清晰起来，原来是山崖下传来的一声声女人无力的呼救声。宋慈肯定地说："下面有人！"

谷底山涧里，有一具满身血污的尸体，这是黑三。另一个活着的女子是六月红，她已断胳膊伤腿，在一旁抽泣不止。宋慈在尸体身边蹲了下来，细细检视着。他双眼一亮，逐一检视尸体的指甲后，忽有所悟，而后来到女人身边问道：
"他中午吃了什么？"

六月红只是一个劲儿地哭着。捕头王说："好啦，算你命大，要不是岩树把你挂住了，就和他一样摔成肉饼了。你别哭了，好好回钦差大人的话。"

六月红一听"钦差大人"，吓得嘴里哆哆嗦嗦说了"饶命"两个字，就昏死了过去。宋慈和捕头王惊诧不已。

费了好大劲儿，他们才把昏迷女子弄到客栈，安放在床上躺着。英姑端来净水，给她擦拭伤口，细心照料着。宋慈思考良久，"你们说，她为什么一听钦差，就吓得昏过去？我想，此人一定知晓一些梅城县的内幕。"

英姑问："为什么？"宋慈若有所思："疑问在其同伴身上。你想，要不是被人下了毒，那么强壮的男人怎么会摔下悬崖？"

英姑和捕头王几乎同声："又是谋杀？"宋慈点点头："英姑，你要好生照料她，一定要让她开口说话。"英姑应声："我知道。"

"刚才你在落马坡前说，半年前令尊大人遇难时，有一个密件不翼而飞？"

"对，那是父亲到梅城任知县后，花两年时间搜集的梅城县吏十几年来为恶乡里、擅征苛捐杂税、私设刑堂、草菅人命的证据。案发那天，父亲是带着那个密件去见知州大人的。"

"令尊为什么要向知州大人出示那些证据？"

"知州大人为人忠厚仁义，是父亲的上司。何况，父亲说要是直接把证据送呈朝廷，按大宋纲律，也有僭越之嫌。所以，父亲就想着先去通禀知州大人。"

宋慈沉思着。英姑又补了一句："那天知州大人还留父亲在知州府吃的午饭，谁知回来时竟在半道上摔下落马坡……"宋慈一怔，急问："你父亲遇难当天，是在知州府上吃的午饭？"英姑点头："对啊。"

"你凭什么敢肯定你父亲一定是在知州府吃的午饭？"

英姑肯定地说："不会错。那天出了事，我急急跑到落马坡，正好听到轿夫说了一句：吃午饭的时候还好好地和大人喝着酒呢，怎么转眼就成死人了？好惨啊！"回忆往事，英姑眼里再次涌出泪花。

宋慈竭力思索着，终于，他的记忆渐渐清晰起来。他想起卢知州当时老泪纵横地说过一段话："说起竹知县呀，老夫还真是悔恨不及啊。当时竹知县来州府议事，议完事，我留他吃了午饭再走，可他急着往回赶。谁知在半道上，就在落马坡坠马身亡。唉，当时老夫要是强留他吃午饭，避过凶煞时辰，说不定还不会发生这场惨祸呢。唉，现在说这些还有什么用啊！"

宋慈神色凝重，半天不吭一声。英姑问："宋大哥，你怎么了？"

"如此看来，是卢知州对我说了谎，他为什么要说谎？"

"你怀疑卢知州……"

宋慈问道："英姑，你既怀疑令尊大人遭人谋杀，为什么不向官府喊冤？"

"没有证据，喊冤又有什么用。"

"所以你想有人为你找到你父亲遭人谋杀的证据？"

英姑点头，"宋大哥，我早想好了，只要获得家父被害的证据，我就直接上金銮殿告御状！"

"好！英姑，真想为父申冤，有件事，须得请你务必答应下来。"

"只要能替父报仇，怎么都行，您说吧。"

宋慈一字一句地说："我要开棺验尸。"

英姑听了，"啊"的一声轻呼，两眼涌出了泪水……

知州府内厅，灯火通明。一桌好酒好菜摆在桌上，几乎没了热气。卢知州面色凝重，在酒桌边踱步沉吟。他终于停下脚步，一双眼睛直勾勾地盯着酒桌上一只精致的酒壶。门外有脚步声传来，出现在门口的是杨主簿。

二人四目相对，卢知州未开言，杨主簿开口，叫了声："恩师。"

卢知州不冷不热地说："来啦。那就好！来吧。坐！"

宋慈携捕头王和英姑，大步走进知州府，直入客厅。客厅里似乎显得特别阴暗，四处都是绰绰暗影。卢知州过了好一会儿，才急急从后厅走来。

主客并未坐下，便开始了对话。宋慈直截了当地问："宋某听说，竹知县遇难的时候，身上原本带着一个密件，此后却不翼而飞了。"卢知州淡然道："既然密件不见了，就已成秘密。可惜秘密让死去的竹知县带进坟墓了。"

宋慈说："既然秘密被带进了坟墓，那就只能掘开坟墓。"卢知州闻言大惊："什么，你要开棺？"宋慈补充道："还要验尸。"

"为……为什么要验尸？"

"宋某怀疑竹知县之死另有原因。"

卢知州沉吟良久："这不妥吧？竹知县入土为安已有半年，此时再启动墓地，惊动亡灵，对死者可谓大不敬啊！更何况，这开棺动土的事，就算你我不忌，日后其家人要是知道了，可让我无法交代啊。"

宋慈胸有成竹地说："卢大人，竹知县含冤地下，他若有知，必然同意宋某的做法。至于竹知县的家人，卢大人不妨问问是否同意开棺。"

英姑这时便走到卢知州跟前："见过卢伯父。"卢知州一时没认出来："你是……"英姑抬手摘下帽子，散开一头长发："我就是已故竹知县之女竹英姑，也是竹知县在世上唯一的亲人。只要能报父仇，英姑不忌动土开棺！"

卢知州瞠目结舌，无言以对。宋慈说："要是知州大人无异议，宋某就请知州大人主持开棺。"卢知州急叫道："不，不可！你忘了今天是十三吗？这是个凶日，千万不可动土，此地民间最讲究这个了，要动也得过了十三啊。"

"随乡就俗，无可非议。那就明天吧。"宋慈回身欲走。

卢知州又急叫一声："宋大人。"宋慈暗暗一惊，而后不动声色地回过头来："知州大人何以对宋某以'大人'相称？"

卢知州笑着从袖中取出一封文书："这是宋大人的上任官凭吧？"

"哦，宋某正想不起丢失在什么地方了。怎么让卢大人捡到了？"

"宋大人在勘查火烧现场的时候掉的，幸好让老夫捡到了。"

"哦，多谢了。"

卢知州自以为是地说："自从孟知县出事，本州就料定朝廷会派能臣干吏来查明真相。宋先生虽没有着官服戴乌纱，却也瞒不过卢某这双老眼，在看到宋大人的这份官凭之前，卢某其实已经知道宋大人就是朝廷的微服钦差！"

"既然卢大人知道了，还望……"

"放心，卢某决不会把宋大人的真实身份告诉给那些县衙污吏的。"

宋慈说了一声："哦，多谢了！"坦然离去。

卢知州久久地木立着，忽然喊道："来人！"

夜幕下，一蒙面短衣的男子身背一个沉甸甸的行囊，匆匆地在山间小道上赶着路。夜行人走着走着，猛地站住回头，四下环顾，并无人跟踪，便继续赶路。

却不知，黑暗中有一双眼睛在后面盯着他呢。

夜行人终于有所察觉，便加快了步子。感觉到身后跟踪的人越来越近，他便大步跑了起来。没想到他这一跑，立刻就引来身后越来越近且越来越多的脚步声。夜行人大惊，见难以摆脱，就解开身上的背囊，边跑边一路抛撒着金银珠宝，可身后的追赶声却并未因此减缓，反而越追越近了。

　　夜行人一急之下，把最后的钱财全抛了出去，同时疯喊道："全给你们吧，别跟着我，让我走！"话音落时，一跤摔在地上，喘着粗气再也爬不起来。耳边脚步声骤然而止的同时，身边已围着十几个人。

　　有人厉声喝道："夜行蒙面，挟财而逃，绝非善辈。拿下！"

　　夜行人喘着大气，被一把扯下蒙面，竟是杨主簿！

　　城内街道。捕头王守候在一家药铺的门外，忽然像是感觉到身后有异样动静，他顿时就警觉起来。小弄口人影一闪，捕头王"嗖嗖嗖"几步蹿了过去，长而深的弄内却一片死寂。

　　宋慈提着几服中药从药铺出来，捕头王到他跟前轻声说："有暗哨！"

　　宋慈闻言，神经一紧，"难道身份已被识破？"捕头王说："不用怕。你走前面，我走后面。万一有人截杀，有我挡着，你千万别管我。"

　　"看来今天是凶多吉少了。"

　　"没想到这梅城县还果然是龙潭虎穴！"

　　宋慈和捕头王轻声说着话，脚下却丝毫不敢轻慢，很快穿出了小弄。

　　他们刚走出小弄，几条黑影就蹿了出来，紧紧尾随而去。而这一切，又落入了另一批黑衣人的监视之下。快走到大街尽头的时候，宋慈突然掉头往回走。捕头王大惊，急得跺脚，却又不敢高声："不能回头！"

　　宋慈脚下不停，边走边压着声音道："不能领着夜鬼回家，会给英姑娘她们带去危险。"捕头王急了："那也不能让你去送命！"

　　正说着，忽听前面黑暗中传来激烈的打斗声。宋慈不由得一怔："怎么回事？"捕头王说："此时不走，更待何时！"拉着宋慈撒腿就跑。

　　后面的打斗很快就停住了，显然摆平了对手的那伙黑衣人追了上来，却已不见了宋慈和捕头王的踪影。

　　返回客房后，宋慈紧张地思考案情，负手踱步。一旁，捕头王在笨手笨脚地为六月红煎汤熬药。另一旁，英姑在灯下流着泪，为父亲折着开棺祭父用的纸钱。床上躺着的女人六月红悄然一动。她悄悄坐了起来，静静地看着英姑，渐渐，双眼也被泪水模糊了视线。

　　捕头王滤好药汤，对宋慈道："药总算熬好了。"宋慈也显得有点沉不住气："但愿她能早点开口啊！"捕头王安慰道："别担心，有句话叫'精诚所至，金石为开'，那姑娘会说实话的。"

忽然听见楼下响起乱急的拍门声。捕头王一惊，手中药碗"砰"地砸碎在楼板上。他蹿到窗前往下一看，只见客栈外站着十几条黑影，捕头王不禁变色："啊，还是让他们找到了！"宋慈正想说什么，捕头王抢先道："没时间废话。外面来势甚众，我去抵挡一阵，我和他们一交上手，你务必趁乱逃离。"

"可你一双手怎么挡得住……"宋慈看着楼下，忽然叫了一声，"等等！"

捕头王问："怎么啦？"宋慈大喜过望："岳父大人！"

捕头王奔向窗口往下一看，天井里一位大人扯下披风，果然就是薛庭松。

宋慈急迎上去行礼："不知岳父大人怎么会来梅城？"薛庭松说："哼，女婿不把我这个岳父放在眼里，我这个当岳父的却不忍心让女婿单身涉险啊！"

宋慈惭愧地说："哦，有惊无险，有惊无险。"薛庭松斥责道："说得轻巧，今夜要不是你岳父的侍卫暗中护着，只怕你早已成人家的刀下鬼了。"

宋慈惊问："刚才街头打斗，是岳父大人手下救了小婿一命？"

"哼，你以为披着一张假钦差的虎皮能唬人多久。你岳父才是真正的皇命钦差。"

"岳父大人，您此来皇命在身，咱这就办正事？"

"好，先办正事。你先说说孟知县究竟是如何殉职？"

宋慈神色一凝："谋杀！"

"竹知县呢？"

"也是谋杀！"

薛庭松拍案而起："梅城县一帮污吏却仗着山高皇帝远，目无王法，草菅人命，真是胆大包天！来，我让你看个人。"领宋慈到窗前，往下一指，"此人你不会陌生吧？"宋慈定睛一看，客栈院中的树上绑缚着一个男子，却是杨主簿。宋慈甚感诧异："杨主簿！此人怎么会落到岳父大人手上？"

薛庭松笑道："哼，为父深知此处险恶，早已在各处布下天网，凡有可疑人等，都出不了这梅县山城。贤婿，此番你我翁婿联手，非把梅城的这帮小污吏一网打尽，为朝廷建下奇功，图个日后前程似锦！"

"岳父，以小婿看来，梅城县背后必定另有后台。"

薛庭松出语谨慎："你是怀疑知州府……"

"若无知州府做后台，以梅城县这么个弹丸之地，凭一帮衙门吏胥，绝不敢如此为所欲为。"

薛庭松沉吟着："贤婿，这卢怀德可是个朝中老臣，他在梅州几十年，根基不浅，你想动他，可得三思而后行，不然的话……"

"岳父……哦，钦差大人此行不会只治污吏，不惩贪官，更不会对朝中同僚网开一面吧？"

"你呀，就是年轻气盛。"

宋慈激动起来："年轻气盛又有何罪？竹知县、孟知县不都是与钦差大人同朝事君的朝廷命官吗？可他们一个命丧悬崖，一个葬身火海，难道为一张朝中老臣的面子，法外开恩便可对为恶者？"

薛庭松沉下脸："住口！在公我是皇命钦差，在私我是你岳父泰山，我话说半截，你怎么就乱棍如雨啊？我只担心一件事：打狼不死反被狼咬！懂吗？"

宋慈不假思索地说："不懂！这……"薛庭松抬手一阻："你不要说，先听我说。你该知道这梅州痼疾积重难返，早年有人查过，结果都是查无实据，反落个捕风捉影、扰乱民心之罪。我深知你从小学你父亲，有一手断狱绝技，此番你来梅州，无疑是个建功立业的大好良机。然而，事涉官场，此举成则一鸣惊人，败则前功尽弃，若无十成胜算，万不可贸然行事。其实，我对卢知州其人并不陌生。此人大智若愚，绝非等闲之辈，且是仵作出身……"

宋慈惊问："什么？那卢怀德也是仵作出身？"

"此人精通狱事，早年名声不在你父亲之下。"

宋慈拍案而起："这就全对上了！我敢说，梅城县两任知县惨遭谋杀，真正的罪魁祸首就是梅州知州卢怀德！"

薛庭松盯着女婿："若想打虎必死，须有确凿的证据！"

宋慈突然想起什么，惊叫一声："哎呀，快去墓地！"

风吹树影动，月色露狰狞。十几条扛着铁镐铁锹的黑影，迅速地往荒野坟山潜去。月色下，刻着"竹公梅亭之墓"的墓碑被铁钎重重撬倒。一把铁镐"嚓"地入土，紧接着十几件铁器一起掘开了坟墓。盗墓人摸着黑捡拾尸骨，偶有言语。

"仔细了，一小块骨殖也不能遗落。"

"知道。"盗墓人背起尸骨，正欲爬出墓穴，忽见头顶上围着一圈官兵。

客栈内。英姑含泪在折着纸钱。六月红支起身子："妹子，你折那么多纸钱何用啊？"英姑抬起头："啊？你终于开口说话了。这纸钱是祭奠我父亲的。"

"你父亲……"

"你听说过竹知县吗？"

六月红惊问："就是半年前失足掉下落马坡摔死的竹知县？"

英姑纠正说："不，我父亲不是失足掉下落马坡的，而是遭人谋杀！就像你表哥，那么强壮的身体，怎么会掉下悬崖？"

"啊！当时我和表哥掉下悬崖时，旁边没有人呀？"

"可经宋大人检验，你表哥分明是中毒而死。一定是你表哥事先被人下了毒，路过落马坡时毒性发作，才掉下了悬崖。"

六月红脑子轰地一响："啊？他……他为什么要对我们下毒手？"英姑急问："他？他是谁？"六月红害怕了："哦，不，我不知道……"

"有人要对你们下毒手，一定是因为你们知道什么能置他们于死地的秘密。他对你们下毒手，就是为了杀人灭口！"

"妹子，我要是说出来，钦差大人会饶了我吗？"

"要不是钦差大人救你，还给你抓药治伤，你还能活到现在吗？"

六月红急叫起来："妹子，快，我要见钦差大人！"

英姑双眼一亮，腾地站起："好！你等着！"恰在此时，宋慈等从外面回来，兴奋不已的英姑迎了个正着："宋大哥，她开口了。"

知州府，府衙内外，钦差侍卫层层把守。宋慈大步上前，对侍卫们看也不看，挺身走上大堂。他站立在大堂中央，逐一环视着堂上一干垂立之人：失魂落魄的杨主簿，垂头丧气的孔县丞，面如土色的王书吏，泪痕未干的六月红……最后，他把目光转向大堂之上并排而坐的钦差薛庭松和卢知州。

宋慈终于开言："二位大人，宋某是否可以开始了？"

卢知州支吾道："哦，你……哦，钦差在此，哪有老夫说话的份儿。"

薛庭松笑道："卢大人客气，本钦差权当是福气了。宋慈，今日这戏唱得如何，就听你的了。"宋慈深吸一口气，娓娓道来："宋慈遵命。宋某一向别无所好，唯独对勾栏瓦舍的南戏杂剧却是自幼偏爱。所谓'天地之大，不过瓦舍，世态人情，尽在戏中！'宋某混迹其间，乐此不疲，百看不厌。可当宋某来到这个被官场上称作龙潭虎穴的梅城县，看到的一出活生生的好戏，却远比瓦舍中的杂剧精彩百倍！而这出活剧的主角不是别人，正是上座的这位知州大人！"

卢知州强作镇静，呵呵一笑："既然宋大人有此癖好，老夫也权当是在瓦舍听戏。"宋慈笑道："那卢大人就听宋某往下唱。宋某的话题得从见了卢大人第一面的时候说起。那天，卢大人一露面，就给宋某留下极深的印象，几句话便让宋某产生十二分的好感，接下来卢大人的几番举动，更让宋某感动落泪。先是开棺让宋某验看孟兄之尸，接着又提醒我到火烧现场察看，而后，又是卢大人第一个想到，要去狱中查问驿丞。卢大人还一再声称，只要还有一丝疑点，就不能草率结案，不查个水落石出真相大白，决不罢休！"

卢知州辩道："这些难道是卢某的罪过吗？"宋慈说："不。这些都不错。可是，等宋某赶到狱中，看到的却是一个三天以前就上了吊的死人！至此所有的线索突然都断了。这时，宋某才忽有所悟：自从来到梅城县，从开棺验尸、勘查现场到提审驿丞，所到之处，必然都是一无所获，而紧接着街面便出现了'经钦差查验，孟知县死于自然失火'的传言，宋某才明白，自己居然让人牵着鼻子走了一圈！是谁在牵着宋某的鼻子？驿丞一死，一切都死无对证。卢大人此时大概以为万事皆妥，危机已过。然而，宋某从一开始就留了个小小的心眼——"

宋慈面色严峻："孟知县并非死于什么意外失火，而是被人谋杀后纵火焚尸！"卢知州的脸颊猛地一颤："什么？你昨天还说孟知县是在一场意外大火中遇的难，今天怎么又说是死于谋杀？"

"卢大人，恕宋某初来乍到，未知深浅，对卢大人也不得不有所隐瞒。"

"欸，你不是说那焦尸嘴里有烟灰吗？"

"那是始作俑者弄巧成拙！"

"怎么讲？"

"盖因活人被火烧烤，酸水上涌，口中唾沫剧增，与进入口鼻之内的烟灰交融，即成糊状，而孟知县口鼻之内的烟灰却干如粉尘。由此可见，孟知县绝不会是死于什么意外失火，而是被人谋杀后纵火焚尸！"

卢知州怔怔自语："真所谓道高一尺，魔高一丈啊……"

宋慈微微一笑："从卢大人嘴里说出的话，大概只有这一句才是真正出自肺腑之言。"卢知州脸色红一阵白一阵，已坐不住了。

宋慈接着说："宋某为了摸摸卢大人的屁股，使了个投石问路之计。果不其然，卢大人感到危机降临，为保全自己，就迫不及待地要抛出一个替死鬼，把这一切嫌疑都担了过去。扮演这个替死鬼角色的，便只有杨主簿了。"

薛庭松笑问:"何以见得?"

"卢大人为什么要将杨主簿抛出来?道理有三:其一,杨主簿的确是仵作出身;其二,杨主簿是梅城县实际上的当家人,还是孟知县谋杀案的直接操办人,只有杨主簿才担得下谋杀案的罪名;其三,杨主簿与卢大人关系最密,知道的内幕也最多,多年前,杨主簿是卢大人的得意门生,也就是说,出身仵作的不止杨主簿,还有一位高人,那就是卢大人自己!"

薛庭松对卢知州说:"这是薛某揭人老底,卢大人可别见怪哟。"卢知州面色发白:"这……既然杨主簿知道本州那么多事,老夫把他抛出去,岂不找死?"

宋慈接口道:"这正是卢大人步步为营之妙了。你在抛出杨主簿的同时,心里就已设好了下一步棋:那就是赶在杨主簿被缉拿之前,就让他带着发生在梅城县的这一系列谋杀案的秘密,永远消失。这样,谋杀案便有了一个结局,换言之,只要把这一系列谋杀案的罪责都往死人身上一推,真正的元凶便可死无对证,逍遥法外——"

卢知州阴着脸往府邸深处走去。到一紧闭的房门前,轻叩了三下门环,沉沉地说了句:"你随我来。"

房门开处,黑三走了出来。卢知州在前,黑三在后,绕过曲桥回廊,走进一厅。卢知州将重重的一个银包扔在桌上,"这银包里足足五十两白银。这是让你为老夫办最后一件事的报酬,不会轻了吧?"

黑三脸上掠过一丝蔑视之色:"即便真的轻了,黑某又岂敢和堂堂卢大人讨价还价。"

卢知州又甩出一个银包,"再加五十两。但你必须把活做得干净利索。"

"黑某拉屎屁股上从来不留污渍。杀谁?"

卢知州像是自忖:"谁能带得走梅城命案的全部罪名呢?"黑三一把抓过两个银包就走。卢大人追问:"你难道也不问问姓甚名谁?"

"大人不是已经说了吗?"

"老夫说谁了?"

"能担得下梅州命案全部罪名的只有一个人,杨主簿!"黑三说完,掉头就走。卢知州看着黑三从长长的长廊渐渐远去,才松了一口气……

至此,公堂上下静寂无声。宋慈看了看左右,缓缓说:"出乎卢大人意料的,是那位叫黑三的杀手与杨主簿的姘妇，也就是这位叫六月红的是一对指腹为婚的表兄妹，而杨主簿也不知由他出面雇用的黑三竟是老知州豢养的杀手。黑三早有携带六月红远走高飞之意，所以他没有按照卢大人的指使，把毒悄悄地下在杨主簿茶碗里，而是要向杨主簿狠狠地敲一笔竹杠，然后带着他的心上人远离这块是非之地。但想不到的是，他没有遵照主人的旨意把毒下在杨主簿茶杯里，却让杨主簿回敬他一坛下了毒的饯行酒——"

黑三正和六月红在床上搂着说话。忽然一个沉甸甸的包裹"啪"地甩在床上。六月红一声惊叫，黑三缓缓坐起。来人是杨主簿。

"哼，五十两黄金足可让你这一辈子躺着吃。"

黑三缓缓起身，"我敢说这不过是你的九牛一毛。"

"不错！可我拿全部金银换你的表妹，你干不干？你要愿意，就马上从这儿给我滚出去，去雇辆马车，拉着金子银子远离梅城。"

黑三一声冷笑："听说过情义无价吗？告诉你，你要真想换我的表妹，只有一样。"杨主簿说："天上星，水中月，只要你说得出来。"黑三咬牙道："你项上的人头！"说着，亮出雪亮的刀。杨主簿连眼都不眨一下地把脖子往前一挺："成交！"

六月红插到两人中间："不不不，你们别这样，别这样。要是你们因为我非死一个的话，那就让我死了算了。"

杨主簿对女人说："你别忘了自己说过的话。"

六月红吓得嘴唇哆嗦："什……什么话呀？"

"你说过，要是杨某出了事，你每年清明节都到我坟头上烧一炷香。有你这句话，我杨某死而无憾！"杨主簿转身对黑三怒吼，"还等什么，下手啊！"

黑三一把将六月红揪到跟前，钢刀指着她的喉咙恶狠狠地说："我真恨不得一刀把你杀了！因为让我夺这么一个男人所爱是为不义；可我要是不把你带回去成亲，违逆父母之命，是为不孝。是你这臭娘子让我黑三做了个不义不孝之人。"六月红吓得尖叫起来。

"黑兄！"杨主簿忽然抱拳一礼，"你放手。你能说出这么英雄气的话，杨某深感惭愧。这怪不得红姑娘，是我杨某人太过痴情，让你陷于两难。好，既然话都挑明了，杨某不再让你为难。告辞！"

黑三喝道："站住！"杨主簿似乎早有所料，站住了，却不回头。

黑三放下刀，诚服地说："算我黑三有眼无珠，以前小看你了。可你和红姑娘也算恩爱一场，就不想给红姑娘饯个行？"说完他就想离开。

杨主簿拦住黑三："杨某来此之前，是想只给红姑娘饯行；可听了你刚才一番热诚之言，杨某更想为黑兄饯行。"

黑三道："我要是不领情，就算不得真丈夫了。红妹，买酒去。"

杨主簿一笑："门外就放着我带来的好酒，何必再买？我原来只想和红姑娘离别时痛饮一场的。"

黑三拍拍杨主簿的肩，"大丈夫，不必为女人断肠。酒！"

杨主簿说："你不怕我在酒中下毒？"黑三笑道："我料你不会。你要是自己能下手，何用花那么大代价雇我黑三去杀人！"

杨主簿大笑："凭黑兄这句知己之言，杨某先喝。"举起酒坛欲喝。黑三一把夺过："你也太小看我黑三了，莫非还要你先试毒我才敢喝？"说完一仰脖子就"咕咚咕咚"地猛喝一阵，"怎么样？没事吧？唉，杨老弟，你我相见恨晚啊。"

杨主簿感叹道："不怨相见恨晚，但求来日方长啊。"

"哦，有句话，算我给你的临别赠言：那老东西你得提防着点……"

杨主簿闻言变色。黑三又举坛猛喝了一阵："来来来，该你了……咦，人呢？"

六月红说："走了。被你那句临别赠言吓走的呗。"

黑三冷笑道："哼，我还留着半句呢。"

"你留着什么？"

"原本，那老东西命我杀了他！"

宋慈继续推案："杨主簿欲擒故纵，轻而易举地让黑三喝下了毒酒。毒性正好在黑三行至落马坡时发作。黑三身落悬崖一命呜呼，与半年前竹知县之死如出一辙！"堂下，六月红禁不住呜咽起来，而杨主簿则是一脸解恨的快意。

宋慈接着道："卢知州没想到杨主簿能逃过黑三之手。无奈，他只能亲自下手，除掉杨主簿了——"

知州府内，酒桌上，摆着丰盛的酒菜。卢知州手里捧着个精致的酒壶，试着把壶嘴一拧，壶嘴就变了个样，原来这是把阴阳壶。忽听脚步声传来，他赶紧放下酒壶，堆起笑脸迎着来人。杨主簿出现在门口，叫了声："恩师。"

卢知州不冷不热地说："来啦，好，进来吧，坐！"拿起酒壶斟酒。

杨主簿拿起来就喝下一大杯，"干爹，我不敢多喝，不然，过落马坡时可得重蹈半年前竹知县的覆辙了。"

卢知州闻言一惊："好，再喝一杯，喝完这杯你就回去。过落马坡时要千万当心。"举壶先往自己杯里满满斟上，要给杨主簿倒酒时，忽然门像是被风吹开了，卢知州吩咐道，"哟，把门关上，关上。"

杨主簿起身去关门。卢知州借机拧动壶嘴，却不斟。等杨主簿关好门回到桌边，才说道："怎么忽然就起风了？"边说边当着面为杨主簿斟满酒，"来，干了这杯，你就早点回去吧。"

杨主簿端起酒杯的时候，一个趔趄，趁势将杯中酒倒进了衣袖之中，举着空杯，嘴上却说："哟，是醉了，差点溅了干爹的好酒。"一仰脖子"干"了，还舔着手指大着舌头说，"您看，都溅手上了，可惜。"卢知州微笑地看着……

"所谓智者千虑，必有一失，知州大人精心准备的这场鸿门宴，却因杨主簿心有戒备而又一次失手。"一侍卫呈上那把阴阳酒壶，宋慈接过，"宋某刚才请侍卫到府上取来这把酒壶，卢大人想必不会见怪吧。这位杨主簿逃过卢知州从这把壶嘴里倒出的毒酒，却撞上了钦差大臣薛大人布下的罗网。恐怕直到此时也想不明白，怎么就那么倒霉，曾经为所欲为，怎么就走投无路了呢？无独有偶，昨夜有人刨开了竹知县的坟墓，想盗走竹知县的尸骨，也被钦差的官兵当场拿获！请钦差大人传证人上堂。"

薛庭松听得入迷，这时回过神来，厉声喝道："带上来！"侍卫应声，押上一群黑衣盗墓人。薛庭松喝道："何人指使你们夜盗竹知县尸骨，快快从实招来！"

盗墓人一个个匍匐在地："是卢大人让我等去盗墓的呀。"

宋慈高声道："请出竹知县遗骸。"

侍卫抬着素帛裹着的竹知县遗骨走进大堂。英姑拜倒在地，痛哭失声："父亲，当年您喝下卢怀德的毒酒，在落马坡毒发而落下悬崖，半年来，女儿一路奔走，请来宋大人，终于使您的沉冤真相大白，女儿能为你申冤，为你报仇了……父亲，您在天之灵若是有知，就睁着眼看看恶人的下场吧！"

宋慈动容地说："卢大人！既然你也曾是验尸的高手，就下来和宋某一起验一验竹知县的尸骨，看看是否死于毒物？"

卢知州忽然狂吼起来："不用验了！竹梅亭是喝了卢某的毒酒，可那是他自作自受，他想把卢某送上断头台，卢某就让他先下地狱，这就是天理！"

众人震惊不已。卢知州声嘶力竭地狂笑："后生可畏，后生可畏啊！想不到卢某苦心经营几十年的家业，毁在一个初出茅庐的小子手上……可老夫无怨无悔！嘿嘿，小子，就算你能，可你毕竟还欠火候。你能从半年前的尸骨中验出死者是中毒而死，可你还能验出一具焦尸究竟如何而死吗？我知道那小女人把什么都对你说了，你也识破了往焦尸嘴里塞烟灰的伎俩，但那没用，卢某就是明明白白地告诉你，孟良臣就是老夫雇杀手行刺，然后放火焚尸灭迹的，你也永远找不到一丝的证据！一个没有证据的命案，即便是让凶手伏法，也是遗憾！老夫多少也胜了你半筹！"

宋慈严词以对："你不就想看看孟知县被刺焚尸的证据吗？宋某不会让你失望的！"卢怀德冷笑："嘿嘿……不就是酽醋、酒泼，地面见红吗？那是可一不可再的伎俩，听说你已经验过一次，不能再用啦。"

宋慈吼道："宋某还有更绝的，让你上断头台前再长一次见识！"

天气晴好，万里无云。孟良臣被害的废墟上，里外都有钦差侍卫层层把守着。正中一把太师椅上端坐着钦差薛庭松。宋慈凝目注视着已被打扫得干干净净的地面。捕头王抱着一捆易燃的干草进来，宋慈从捕头王手中接过，亲手将干草均匀摊于地面上。

宋慈大声道："钦差大人，下令将贪官恶吏们带进来吧。"薛庭松吩咐："把人犯都带进来！"侍卫应命押着卢知州、杨主簿、孔县丞、王书吏等一干人犯到场。宋慈怒喝一声："跪下！你们一个个都给我睁大了眼睛看着，看着宋某将如何向世人来昭示你们谋杀孟知县的罪恶！点火！"

捕头王将火把往干草上一扔，大火熊熊燃起。当干草燃尽烟灭成灰的时候，宋慈暗抹悲泪，用扫帚清扫地面上的积灰。他嘴里轻语："人尸被火焚时，油脂溢出，随人体渗入泥地，用火烤灼，使渗入泥地的油脂重新泛出地面。与烟灰粘连，死者被焚前的尸位形状便可由此重现……"

捕头王惊叫起来："啊……快看！"奇迹发生了。随着宋慈的清扫，一个由粘在地面上的草灰形成的匍匐状的人形，清晰可辨地浮现在地面上，尸形的颈脖处有一个半圆的灰形。宋慈手持扫帚怔立着，脑海里猝然闪出一个真切的场景：

孟良臣从床上一跃而起，床前的黑三照着孟良臣的脖子，手起刀落。孟良臣猝然睁大两眼，随即身子软塌，双手垂下，倒地身亡，血从脖颈处溢出，在地上淤积……

宋慈一把将卢知州提到那尸形前，怒吼道："看见了吗？这就是我贤弟惨遭杀害后被焚尸的证据！我要你为我贤弟偿命！偿命！"

卢知州脚下一软，扑通跪倒在尸形之前，慢慢倒了下去……

宋慈独闯梅城，智破谜案的传奇故事，在京城一下子传开了。这事当事者宋慈尚不很清楚，身在京城要位上的岳父不免心里暗喜。这天，薛庭松派人把女儿接回府中，要与女儿好好说一说。

玉贞走进父亲的书房："父亲，您找我？"薛庭松看着女儿，乐呵呵说出一段话："玉贞啊，你可知道，上朝狄仁杰断狱如神，苏无名判案神明；本朝又有包文拯刚正不阿，还有你的公公宋推官神断出名。这些作了古的奇才先贤都在刑狱审勘上有过辉煌业绩，留下过惊世骇俗的传世手笔。当今大宋朝一位名不见经传的奇才怪杰，小子牛刀小试便震动了朝野。为父断言，此人实乃大宋栋梁之材，前程无可限量！你知道为父说的是谁吗？"

玉贞一听便明白了，笑道："父亲是想让女儿夸夸您慧眼独具，为女儿选对了夫婿吗？"薛庭松大笑："女儿啊，为父不得不承认，当初和你公公约定这门亲事的时候，并未对慈儿期望过高，甚至还心生过悔意。可此番在梅城，女婿真让我这老丈人亲眼领教了！女儿，你知道为父为何要对你说这番话吗？"

"父亲向来高深莫测，女儿又如何猜得出来？"

薛庭松诡秘地笑笑，从袖中取出那张缺了角的官凭："哼，为父只想女儿说句实话，这个角究竟怎么烧去的？"玉贞忍不住笑了起来。

"你还笑。你说我该如何惩治一下这个不知天高地厚的女婿？"

"父亲，您要是想让女儿把这个再还给他，倒不如父亲您亲手……"

女儿的话未说完，薛庭松就"唰"地一声撕了官凭。

玉贞一惊："啊，父亲，您怎么给撕了？"

薛庭松哈哈一笑："因为这已经是一张过期作废的官凭。你想想，为父入仕，从县丞、主簿、县令到京畿府台，三十年才混到如今这么个吏部正三品主事。可刚才早朝之上，圣上当着百官，一下子就赏了宋慈一个大理寺正六品主事之职，这小小的大理寺丞岂不是一页废纸？"

西湖边。艳阳晴天。一条画舫停在离湖岸不远的水面上。画舫上歌舞琴声，欢声笑语，水面微风还断断续续把有人在画舫上高声吟诵的诗句吹到岸边："毕竟西湖六月中，风光不与四时同。接天莲叶无穷碧，映日荷花别样红……"

岸边行人中，有个年轻女子，一双游移的目光在往画舫上寻找着什么人，最后定睛在兴致颇高的薛庭松身上。渐渐，薛的身影模糊了，因这双眼睛里涌动着泪水……

此时，宋慈身着便装在湖边散步。捕头王紧跟在后，"大人，英姑娘虽是个女流，可聪明能干，论才学，丝毫不比须眉男子逊色，您还是……"

"你想让我把英姑娘留下？"

"我只是觉得，英姑娘父母双亡，无依无靠，怪可怜的。何况，她还写得一手好字，人又聪明，就算当个衙门书吏也绰绰有余……"

"荒唐！衙门哪有妇人当书吏的？"

"我……我只是打个比方。"

宋慈轻叹一声："要说英姑娘，宋某也实在心有同情啊。哎，要不让她留在夫人身边，给夫人做个伴。"捕头王面露喜色："对，就让她给夫人当丫鬟吧。"

宋慈斥道："胡说！英姑娘也是官家出身，忠良之后，怎么能给人当丫鬟？"

"这是她自己愿意的呀。"

"让英姑娘做宋家的丫鬟，宋某对得起九泉之下的竹知县吗？"

捕头王一怔，不再作声。宋慈忽然被什么吸引，就走上前去。他看见一位面容秀丽，衣着素雅的女子伫立在岸边，泪眼凝视着湖中的那艘画舫。

顺着女子的目光，宋慈往那画舫上一看，看见画舫之上不少官员，其中也有岳父薛庭松。他怕让岳父看见，对捕头王轻声说："快离开此地。"

刚快步走出一段，忽然听到身后女子大叫一声："燕子——"听到呼声，宋慈暮地回过头，猝然撞入视线的，却正是画舫上岳父也因那一声呼叫而受惊回头的惊惶之状。等宋慈的目光再次寻找发出那声呼叫的女子时，却见那女子捂着下腹，踉跄几步，摇晃着一头栽入西湖。

宋慈大惊，大步奔去。捕头王腿快，后发先至，却站在岸上束手无策。宋慈急声催促："快下水救人呀。"捕头王为难地说："我……我是个旱鸭子。"

"什么？那你敢称什么捕头王？比我还不如！"宋慈说着要往水中跳。

捕头王将他扯住："你也不识水性，下不得呀。"

二人正争执着，身边人影一闪，一女子跳入水中，一个猛子扎向水底。

宋慈愧道："你我两个大男人，还不如人家一个小女子。丢人！"

画舫也往这边疾驶而来，船舷上的百官大多漠然，唯独薛庭松一脸焦急。这一切都让宋慈看在眼里。捕头王忽然惊喜地叫着："啊，是英姑娘！"

宋慈回过神来一看，见拉着落水女子浮出水面的正是英姑。画舫过来，落水女子被画舫上的人拉上船，救人的英姑则返身向岸边游了过来。

捕头王突然惊叫一声："大人，你看，这儿有血……"

宋慈闻声，往脚前一看，果然湖边石阶上有跳湖女子留下的血迹。

画舫靠近湖边，只见被拉上船的落水女子浑身是血，在她身边的是薛庭松。他花了好大气力才掰开那女子的双手，而后从女子腹部拔出一把利器，是一把半尺长的剪子。有人把了把女子的脉，大声说："没气了。"

捕头王轻声问宋慈："大人，是谋杀吗？"

宋慈摇了摇头："不，是自杀！"

"快拉我一把。"英姑已到岸边。捕头王把英姑拉了上来。上了岸的英姑上气不接下气，却笑着朝宋慈说："大人……我够资格当您的随从吗？"

宋慈没有回答，仍怔怔地看着画舫。薛庭松从尸体边站起身来，悄悄退离了人群几步，宋慈似乎看见岳父眼里噙着泪花……

英姑追着问："欸，大人，您还没回答我的话呢！"宋慈像是没有听见似的大步离去。捕头王连忙跟上。英姑回头看那船上，见薛庭松正神色黯然地离开人群，怆然独立于画舫船尾。再回头看宋慈，宋慈已经身影模糊……

令人费解的是，宋慈因破梅城县谜案，建下奇功，被朝廷破格任命为大理寺正六品主事。可就在发生这个西湖小插曲之后，宋慈突然向朝廷力辞大理寺主事，请命外任，经圣上恩准，宋慈被派往外省充任提点刑狱。而其中究竟是何原因，却无人知晓。

宋慈离京外派，在外省任提点刑狱多年，洗冤禁暴、扶良惩恶，破了一桩又一桩的疑难命案，果然成就了大宋提刑官的赫赫威名。

太平县冤案

太平县衙大堂，威严而森然。公堂案桌上，十分显眼地摆放着一件血衣。太平知县吴淼水高坐堂上，一双手慢慢展开血衣，细细察看衣物上的血迹，甚至还故意夸张地凑到鼻子前嗅了嗅，然后举目看堂下之人。

堂下跪着一对男女，男的是个遍体鳞伤的书生，几乎是瘫伏在地上；女的是个漂亮的少妇，一头乱发半掩着俏丽的面容，秀美的大眼睛里，闪动着惊惶不定的神色。

吴淼水的目光从少妇的脸上离开之前，心里嘀咕一句："哼，这天底下漂亮女人的脸上，写着的总是一个'祸'字！"随后他把目光转向男性人犯的同时，"呼"地将血衣掷下堂去，落在男犯人的面前。

"曹墨，这件血衣可是你杀人作案时穿的衣物？"

曹墨闭目气弱地回答："是。"

"这上面溅的可是被害人王四的血迹？"

"……是！"

"既然有血衣为证，你谋杀木耳商人王四便确凿无疑了？"

曹墨神志恍惚，犹豫未答。吴淼水惊堂木"啪"地一拍："快说！"

曹墨一脸绝望："是我杀了王四！"

吴淼水得意地说："好！一桩离奇的杀人案，本县只花了半月时间，就审得一清二楚三明白。至此，本案供词、证据一应俱全。曹墨，你还有何话可说？"

曹墨绝望地说："欠债还钱，杀人偿命，我……我无话可说。"

"你杀人偿命，无话可说，本县倒还有一句话想问问你呢。"

"不……不用问了，什么也别问了。"

"不，本县坐堂理案，最讲究重证据实，除了供词和证据，还有一样，也必须要笔录于簿，否则本案就不算圆满。"

"你想问的是曹墨杀人的动机？"

吴淼水嘿嘿一笑："毕竟是读过圣贤书的，一点就通。本县最后要问的正是你的杀人动机。你为什么要杀王四？"

曹墨叫喊一般地说："我妒忌是王四而不是我曹墨和这位娘子做了夫妻！这世上要没有一个叫王四的木耳商人，我和她就是郎才女貌、天作之合！可我曹墨人臭嘴不严，想杀王四却把天机泄露，自己落得身首异处倒也罢了，我害己还害人，又害苦了我的老娘啊……都是我这张臭嘴！臭嘴！臭嘴！"他边骂着自己，边狠狠地抽着自己的嘴巴，情绪渐渐失控。

吴淼水连忙宣布："本案具结。退堂！"急急离座而去。

曹墨仍在大喊大叫："玉娘，曹墨今世与你无缘结为夫妻，死不瞑目。要是人死之后真有来世，曹墨下辈子一定娶你！"

曹墨喊着叫着被衙役拖走了。玉娘被曹墨失控的喊叫惊得目瞪口呆，直到曹墨的喊声远了，才脱口高呼："不，他不是凶手！"忽见堂上已空无一人。

"对，他不是唯一的凶手！"唐书吏的一颗螳螂脑袋突然凑过来，"早退堂啦，你得救了，可以回家了。"玉娘惊疑不定，喃喃自语："回家？"

唐书吏说："杀你丈夫的凶手画押认罪了，案子结了，县太爷把你无罪释放了。听了高兴吧？"玉娘像是掏空了魂灵似的站起身来，往大门外走去。

唐书吏冲玉娘的背影愤愤地喊一声："有句话你要记住，'纸包不住火！'还有一句你也别忘了，'门旮旯拉屎天会亮！'"

玉娘一双漂亮的大眼睛茫然地看着唐书吏。

"怎么，没听懂？那小子为了让你早脱嫌疑，把杀头的罪拼命往自己一人身上揽，此情此义，怕不是一夜两宿能睡出来的……"

不等唐书吏说完，玉娘已厌恶地扭头离去。唐书吏冲着玉娘的背影狠狠地啐了一口："祸害！"随后"砰"的一声关上了县衙的大门。

晨阳缓慢升起，山色朦胧。一条沿河的十里长堤上，新任提点刑狱官宋慈跨一匹红鬃骏马，带一队仆役从山的那边绕道行来。

忽然，宋慈的目光被前方的什么动静吸引住了。

堤下的小树林里，一伙粗壮男子抬着一张吱嘎有声的竹床急急赶路，竹床上一条被子严严实实地捂着个妇人，只露出半个别致的发髻。虽说是四个大汉合力抬一病妇，却个个汗流浃背，气喘吁吁，还不时地轮流换肩。

一个大汉脚下忽然被什么一绊，担架一歪，发出一声轻微的金属撞击声，同时，在太阳光的照射下，担架上反光一闪，但马上被相随在一旁的大汉掩盖了。突然，那伙人往横里一插，竟往河里抬去。只见十几双光脚"噼噼啪啪"地踩起了四溅的水花抢过河去，转眼就上了对岸。

捕头王率随行捕快们赶到宋慈身边，"大人，出什么事了？"

宋慈指着那伙远去的抬担架汉子："你带捕快们暗暗跟紧了那伙人，发现赃物，连人带赃一齐拿到县衙去见官。"

捕头王不解地问："那伙人抬的像是病妇呀，大人怎么知道有赃物？"

宋慈语气坚决地说："要是没有，那就是大白天遇上鬼了。"

英姑说："大人这么说，就一定错不了，你还等什么呀？"

捕头王精神一抖，向捕快们一招手："跟我来！"

河里，又"噼噼啪啪"地溅起了捕快们踩起的水花……

英姑看得好奇："这桥怎么在水底下？"

宋慈说："旱季是桥，汛时就是坝了。"

这日，太平县知县吴淼水，蓝袍乌纱，穿戴得整整齐齐正要出门。

唐书吏匆匆而进，"启禀知县大人……"吴淼水摆摆手："天大的事先在你肚子里放着。你赶紧给我召集起三班衙役，迎提刑大人去。"

唐书吏焦急地说："这么大的盗案，小吏肚子里放不住啊！"

吴淼水一怔："盗案？什么盗案？"

"今儿一大早就有人来报案，说城东珠宝行昨夜价值万两的珠宝被盗，小的怕惊了大人的早梦，就先随报案人到现场察看了，案情属实呀。"

"价值万两？那可是桩大案呀。"

"正因为案情重大，小的不敢擅自做主，才保护好了现场，回来请大人亲自去勘验。"

吴淼水恼火不已："早不出晚不出，偏偏上面来察狱的时候出这样的大案。此事一定不能让提刑官知道了，否则，我等都脸面无光。你去找那珠宝店老板，就说本县已经掌握破案线索，只是破案前不得泄露半点风声，否则，要是打草惊蛇，让那盗贼跑了，他那价值万两的珠宝可就永远也追不回来了。"

一旁衙役问："什么？知县大人有线索了？"

吴淼水脱口而出："笨蛋！这不都是为了瞒过那提刑大人吗……"

正说着，宋慈一步跨进了县衙大院。吴淼水顿时张口结舌，如一尊泥塑木雕，"这……提刑大人？"宋慈一笑，"怎么，来得不是时候？"

"哪里哪里，宋大人请进，请进。"吴淼水满脸媚笑，引着宋慈往客厅走去，一边喋喋不休地说，"宋大人今日大驾光临，卑职万分荣幸！卑职虽貌不惊人，才无半斗，可也知洗冤禁暴、惩恶扬善乃为官之本。受任这太平知县以来，虽不敢说政绩骄人，辖内百姓对卑职也有些过誉之词……嘿嘿嘿，不说也罢，不说也罢。"

宋慈笑道："说吧说吧。宋某正想听听当地百姓对贵县有何评价呢。"

"这……百姓们无非说卑职爱民如子、断狱如神、清明如镜，等等，诸如此类。卑职丝毫不敢因受到子民的褒奖而沾沾自喜，相反更加勤勉职守……"

"这县城之内，昨夜是不是发生了什么盗案？"宋慈打断了吴淼水的夸夸其谈。吴淼水一惊："盗案？"扭头以求助的目光去看唐书吏，唐书吏则垂手一旁，连眼皮也不抬一下。

"恐怕还是桩案值不小的大案！"

吴淼水眨着小眼睛，小心翼翼地问："不知大人……是从何得知？"

宋慈笑道："哦，道听途说。"

吴淼水言之凿凿："谣传！纯属子虚乌有的谣传！不是吴某在上司面前评功摆好，经卑职多年苦心治理，如今这太平县真可谓太太平平，民风淳朴，尤其是在这县城之内，可以说是路不拾遗、夜不闭户，怎么会发生什么盗案呢？不会，绝对不会！"

"贵县就那么肯定？"

"卑职不敢肯定自己是姓胡还是姓吴，却敢肯定太平县城内绝不会发生万两大案！"

宋慈不禁失笑："你说什么，万两大案？"

吴淼水意识到说漏了嘴，"不不，卑职不过是打个比方。"又拿眼睛去看唐书吏。唐书吏虽是半闭着眼睛，嘴角却流露出一丝幸灾乐祸的蔑笑。

宋慈忽然倾听着什么。吴淼水感到莫名其妙，他眨巴着一双小眼："大人，怎么了？"

"欸，贵县的耳力如何？"

"卑职耳目向来无疾。"

"那好，你听听，有多少人？"

渐渐地，听到一阵杂沓的脚步声从衙外传来。

宋慈微笑道："听出来了吗？其众不下于十人，是团伙作案！"

吴淼水不禁变色："什么，团伙作案？"

杂沓的脚步声越来越近。一会儿，见捕头王等衙役押解着那帮抬病妇的大汉们进了县衙。在这些破衣烂衫的男人中有个妖艳女子，头上一个别致的发髻十分显眼。捕头王向宋慈禀报："大人所料丝毫不差，这帮家伙果然是一个盗贼团伙，昨夜在县城珠宝店作案，盗得价值万两的金银珠宝……"

宋慈接过捕头王的话头，如数家珍："然后收买这青楼女子假做病妇，将所盗珠宝掩藏在假病妇的被褥之中，瞒过城门守卒，大清早潜出城去。就当尔等一个个欣喜若狂地在窝点分赃的时候，柴门突然破开，公门衙役如同天降，贼伙一个个束手就擒。直到此时，只怕诸位还恍若梦中吧？"

那妖艳女子阿春娇滴滴地惊呼起来："你们不是说神不知鬼不觉吗，他怎么全知道哇？"盗首毛大也大呼大叫起来："这位大人，我等今日被擒，认命伏法就是。究竟是谁事先把计划密告官府，还望大人向犯民言明，让我等坐牢杀头心里也明白。"

宋慈肯定地说："并无一人向官府告密。"

"那你是怎么知道得一清二楚？"

宋慈微微一笑，"其一，尔等让一女子假扮病妇，夹带赃物出城，此计虽妙，却有疏忽，正是这青楼女子的一头发饰，泄露了你们的天机：一帮农家大汉，大清早行色匆匆地从城里抬一个妓女进山，岂不让人生疑？其二，一个妇人能有多重，而你们四条大汉抬在肩上，却是个个汗流浃背，如此沉重，岂不说明那被褥之中另有夹带？其三，一路之上，你们不时地捂紧被子，如此细心之举出自一帮粗莽大汉不可疑吗？真是怕被下的病妇受风着凉？不！一定是被褥下掩盖着什么不可见天日之物！"盗贼们听书似的一个个听得傻了眼。

毛大叹道："栽在这么一位大老爷手上，也算是输得体面啊！"

宋慈瞥一眼旁边的吴淼水，"本官刚刚听说，太平县城是路不拾遗、夜不闭户。你们偏偏这个时候作此大案，真是不合时宜啊！"

吴淼水张口结舌，说不出一句话了。唐书吏暗自赞叹不已："精彩，精彩！"

太平县大狱内关满了囚犯。阴暗潮湿的牢房内，两边是用木栅隔开的牢号，中间一条长廊。一间间宽不过五步、长不足四尺的牢号内，人挨人挤满了体瘦毛长的犯人。狱卒押着那伙盗众进牢狱，将他们全关进一间小号子。这伙人进去便叫嚷起来。

"这么挤，身上不长蛆才怪呢。"

"就是，堂堂县衙牢房也太寒碜了，人都躺不下呢。"

捕快呵斥道："吵什么。这是监狱，不是客栈！躺不下就站着！"说完骂骂咧咧地走了。忽然有人叫一声，"喂，那个神人来了！"正在埋怨的贼众们都齐齐趴向栅栏往外看去。

长长的走廊尽头，吴淼水陪着宋慈一行走来。宋慈巡视着两侧牢房，从一个个囚犯麻木呆滞的神态可以看出，他们已被拘押日久了。

"吴知县，你这民风淳朴的太平县，牢狱中却是人满为患啊！"

吴淼水尴尬地说："法不严，民不教，不得已呀……"

"这么说，这满牢房拘押的都是些该抓该押该杀的刁民？"

"这……也有少量的疑难案子尚未具结。县事繁杂，实在忙不过来呀……"吴淼水额头开始冒冷汗了。

"你这县狱中究竟关押了多少犯人？"

"啊，这个……值狱官，快去取囚账来查查。"

宋慈脸一沉："算了。稍后把狱中囚账一份不少地送到驿站去。"

盗首毛大喊道："这位大人，我们兄弟们住得太挤，您老行行好，给换间大的吧。"宋慈面带笑容："哦，是你们几个。怎么，嫌这地方挤了是吧？"

"您看，躺不下身子呀。"

"有一个地方比这儿宽敞多了。"

"哪儿？"

宋慈重重地说："王法大堂！"

毛大缩下了脑袋："小的们知罪，知罪了。"

接着，值狱官领着宋慈一行从一条阴暗的石阶往下走。石阶下，便是一个个用粗大圆木栅栏隔成的死刑犯囚牢。阴暗的过道尽头，一位白发老妪坐在栅栏外湿漉漉的地上，露出两条麻秆一样瘦细的手臂，为跪在囚笼内的囚犯儿子喂着饭食。

吴淼水勃然大怒："这死囚牢内，怎么有探监的？"值狱官忙说："启禀知县大人，只因那曹墨的刑期就要到了，这老婆子每天要来这里陪伴儿子，小的不让进，老婆子就要一头撞死，小的怕出人命，只好让她进来一下。"

"你不知道今天提刑大人来检查狱事吗？还不快把老婆子带走！"

值狱官正欲上前，被宋慈伸手拦住了。宋慈缓缓走过去。那给儿子喂食的母亲，对走近自己的宋慈全然不觉，仿佛这个世界上除了她儿子，什么也不存在了。她抬了抬手臂，衣袖滑落，麻秆般的手臂上有一道长长的伤疤露了出来。宋慈一见那伤疤，心头猛地一颤。

老人似乎感觉到有人在注意那条尚未完全愈合的伤疤，便不经意地拉上衣袖遮盖了一下。宋慈上前轻声问："老妈妈，有几个儿子？"老人对宋慈的话充耳不闻，只对儿子说："墨儿，你从小喜欢吃这个糯米糍，多吃点，娘明天再给你春。啊。"

宋慈透过栅栏仔细地审视牢笼内的死囚。那人蓬头垢面，神情呆滞，耷拉着眼皮，默默地接受母亲的喂食，不时地用左手帮助母亲把饭食伸到自己的嘴边，而右臂却一直垂挂着，像是一条废臂！

"老妈妈，你儿子犯了什么罪啊？"

那母亲爱理不理地说："你问我，我问谁去？"

儿子却说："我杀人，我杀了王四。"

曹母以一种夸奖的口吻说："墨儿，小时候，你连杀鸡都不敢看，娘还骂你没出息呢。想不到啊，长大了连人都能杀了。也多亏了十年寒窗读了些圣贤之书，要不哪会有这么大的出息啊……"说着，两行悲泪潸然而下。

宋慈轻声问身后的吴淼水："那犯人叫什么？"

"曹犯名墨。"

宋慈转身往外走去，走了十几步，又突然回头，拨开紧跟在他身后的吴淼水，大步回到那母子身后，冲那囚犯厉声喝道："曹墨，你因何杀人，从实招来！"

曹墨一惊之下，脱口而出："我没有杀人！"

吴淼水蹿上前去："曹墨，你见色起意，残杀王四，证据确凿，你竟敢翻供？"

曹墨回过神来，急忙改口："不，我不翻供，王四是我杀的，是我杀的！"

吴淼水解释道："宋大人，此犯常常神情恍惚，胡言乱语……"

宋慈不声不响，转身向外走去，扔下一串带着回音的脚步声。

这一记记脚步声，就像踩在吴淼水的心窝，令他大汗淋漓。

太平县的公门衙役们在螳螂脑袋唐书吏的招呼下，把一卷卷尘封卷宗往驿站送去。英姑在门口把他们堵住了，"等等，这都是些什么呀，怎么都往这儿搬？"

唐书吏说："哦，这些都是本县这些年来的牢狱囚账，是宋大人吩咐送来审阅的。"风一吹，案卷中扬起尘灰。"欸，等等，等等。"英姑转身进去拿个鸡毛掸子出来，"来来来，都在外面把灰尘掸掸干净再往屋里搬。哎呀，这是什么年岁的囚账啊，都发了霉啦。唉，我家大人又得挑灯熬夜了。"

卷宗摆放好，唐书吏却欲去又还，伸着颗螳螂脑袋往里屋张望着，"欸，提刑大人不在呀？"英姑问："你有什么事吗？"

"不不，我没什么事，没什么事。欸，姑娘，听说宋大人断案如神，什么疑难案子，他老人家只要一验一推理就水落石出了，传得可神了，可小吏们却没亲眼见识过……"

"这回不就有机会见识了吗?"

"正是正是。昨日宋大人抓获那伙盗贼,就已经让小吏大开眼界啦!小吏在公门差不多二十几年了,可从来没见识过有如宋大人这么神的官员。姑娘真好福气啊!"

英姑反感地说:"什么福气不福气的,你什么意思?"

"小吏是说姑娘有幸在宋提刑身边干事,是天大的福气啊!"

"没事了你就走吧,这儿没人听你扯闲篇。"

"是是,这就走这就走。"

唐书吏出了客栈,往自己家走去。一进家门,他就觉出不对,蹑手蹑脚地到卧房门前,从门缝里往房内窥视。房内衾帐低垂,娇容可人的唐书吏妻依偎在一小白脸男人怀里。小白脸把嘴凑到妇人耳根,正甜言蜜语着。唐书吏恨得咬牙切齿,把耳朵往门板上一贴,房内男女的话字字传入他的耳朵。

妇人重重地叹了口气。男人连忙问:"娘子为何叹气?"妇人半天没有回答,眼里却流下泪来。"你怎么哭了?后悔了吗?"

妇人哭喊着:"后悔?与君有此一会,死也瞑目,我后悔什么?"

"那你……"

"我流泪是因为我嫁了个既无能耐又毫无情趣的男人!跟这样的男人过一辈子,简直就白来这世上做一回人了。唉,我的命好苦啊。"

"想不到娘子这么花容月貌的绝色美女,心里却也这么苦啊。要不,你我想想办法,做一对长久夫妻……"

唐书吏冲进厨房,操起一把刀,像一头怒狮冲出来,却并没有往卧房冲,而是径直冲出门外,对着院子里的一棵树干发泄,拿刀子狠狠地往树干上胡劈乱砍,嘴里骂道:"贱货!骚货!不就长了一张漂亮的脸蛋吗?老子拿刀破了你的相,让你成个丑陋的女人,看你还能招奸养汉!痛吧!哭吧!哭也没用,这是女人不守妇德的报应!报应!"

唐书吏一通发泄后,心理平衡了,"圣人曰:小不忍则乱大谋。我唐某万卷在胸,岂能因妇人而失大体!"他把刀往树干上一砍,气呼呼地走出家门,出了弄口,一见行人,就双手一背,端着一副衙门公人的派头往长街走去。

唐书吏负着双手十分悠闲地在街头走着,忽听一声门响,回头一看,从玉娘家走出一位锦衣男子来。他连忙往暗处一闪，偷眼望去。

锦衣男子回头说："欸，玉娘子，要是你愿意……"

玉娘苦笑道："愿不愿意不都是你的了。三天后你就是这里的主人了。"

锦衣男子笑道："在下是说……"后面的话说得很轻，也很暧昧，唐书吏努力听也没能听见。但随后"砰"的一声关门声却很响。锦衣男子高声说："玉娘子，别生气呀。说句笑话，何必当真呢。欸，那就按我们刚才说定的。三天后在下可就登堂入室了，这样的便宜上哪儿捡？哈哈。"说罢，扬长而去。

唐书吏暗自感叹："我早知道这女人也不是个正货！这才叫天网恢恢，疏而不漏，这回来了宋提刑，看你还能逍遥法外！"忽然，门又开了，他连忙又闪回到暗处。只见玉娘手臂上挎着个篮子，先探头往街上左顾右盼了一阵，然后出门，往街头走去。唐书吏想了想，暗中跟踪着。

夜色深沉。官驿外忽有人影闪动。捕头王巡夜外出，见有来人，大喝一声："什么人？"却是一个厨子，手捧着砂锅走来："是我，县衙的厨子。按知县大人吩咐，给宋大人送夜宵来了。"

"是什么呀？"捕头王打开砂锅盖一看，砂锅内是一只炖得很熟、色香俱佳的甲鱼，"给我吧。"厨子交代说："哦，这可是知县大人亲手调料把火炖的，务必请大人趁热吃，这东西一凉就会有腥味的。"

捕头王捧着砂锅高高兴兴向书房走来。英姑听到脚步声，出来把捕头王堵在门口。"怎么了？"捕头王问，"大人还在阅卷？这可正是雪中送炭。"

"你轻点声。这是什么呀？"英姑打开砂锅盖一看，"嗯，好香。不过，他心里窝着火呢，你还是别去惹他，先放一边吧。"

"这东西一凉可就有腥味了。"捕头王捧着砂锅走进书房。

他刚走到书桌前，宋慈一脸怒气地从囚账堆中直起身来，拍着手中一个尘灰飞扬的卷宗，咆哮道："这都是些什么糊涂囚账！十案倒有八九案由不明，有的滞狱三五年，甚至十几年未得查实决案。狱事之乱，竟至如此，大宋王法岂不成了破网漏壶？"说着愤怒地一拍桌子，如山堆积的囚账哗啦啦地倾了一地。

捕头王叫了一声："大人……"

宋慈愤然地摆摆手："出去出去，你们都离我远点！"

"这是县衙伙房专门为大人做的夜宵……"

"看着这些糊涂囚账我就一肚子的气，还吃什么夜宵？扔出去！"

捕头王尴尬得不知所措。英姑上前说："大人，现在已近三更啦，您还是用点吧。说实话，我还从来没闻到过这么诱人的甲鱼香呢。"

捕头王补一句："听说这还是吴淼水亲手给大人炖的呢！"

宋慈讥嘲道："这个吴淼水，把狱事搞得一团糟，却能把甲鱼炖得色香诱人。他既然有此专长，当初干厨子好了，别当这坐堂理案的县官呀！"

捕头王附和说："是啊，看看这满桌的陈年囚账，就该知道此公的官德品行了。我看此人不但言过其实，还好大喜功！"

英姑心领神会："是啊，就连我都能从这些囚账中看出冤来。这个干食君禄却不为朝廷分忧的县官呀，简直是罪该万死！"

捕头王又说："为官者只看重自己的仕途前程，不以民命为重，为粉刷政绩而弄虚作假，甚至草菅人命，真是该杀！"

宋慈愣愣地看着二人："你们两个唱的是哪出，火上浇油呢？"

英姑笑道："不如说是釜底抽薪。我们帮您把窝在心里想骂的全都骂出来，您的肠子就通了，肠子一通，气也顺多了吧？"

宋慈明明被言中，嘴里却说："顺个屁，我更生气了！"

"其实大人也犯不着大动肝火，官场上这种人还少吗？要生气，还不天天吐血！"

宋慈仰天叹了口气："唉。刚才我看这些糊涂囚账的时候，白天在死牢见到的那位可怜的白发老母，就一直像是站在我的面前流泪、哭诉，那幕情景怎么也抹不去。哦……"

他回头想找什么，英姑就拿起一本卷宗递上去。宋慈问："这是什么？"

"您要找的是这个吧？"宋慈接过一看："对，正是它！"封面上写着："曹墨杀人案"。他的脸色顿然冷峻起来。

夜色沉沉。悄无人影的小街上，玉娘不紧不慢地走着，忽听到什么，站住，突然回头，身后人影一闪，玉娘心里一阵紧张，步子越走越快。

唐书吏紧紧地跟踪。玉娘终于跑了起来，最后跑进了一所宅院的大门。唐书吏追至，认清了门号，恍然大悟："嘿嘿，总算让唐某揪住了这条狐狸尾巴！"

牢内，狱灯昏暗。死囚牢中，曹墨蜷缩在一角。

铁门一响，传来了一阵脚步声。阴湿的牢房里，透出一股令人窒息的空气。

狱卒提着狱灯照着湿漉漉的地面，引着吴淼水往死牢走来。

吴淼水对着牢房内蜷曲之人轻声呼唤："曹墨，曹墨……"

曹墨眼皮动了一下，却没睁开，面壁而卧，无声无息。

"曹墨，你可知白天来这里察狱的那位大人是谁吗？告诉你，那可是大名鼎鼎的断狱神手，人称包公再世的宋提刑啊！"

曹墨闻言，身子微微动了一下，又还原姿态。

吴淼水没放过曹墨这一细小的动作，凑近栅栏："你想过吗？遇上宋大人，可是你的福分啊！你虽然已经判了死刑，可当着宋大人的面，难道你就没想过翻供？你一翻供，说不定宋大人真的还能将此案重审，甚至也可能会审出个无罪释放。你要真觉得本县冤枉了你，想翻案，这可真是天赐的良机呀。"

曹墨慢慢坐了起来，那无神的双眼居然也生出亮来……

吴淼水的双眼紧紧盯在曹墨的脸上，"你的案子要是真能让宋大人翻了过来，那么，你就能从这里出去，而这地方就得让本县来消受了。因此，本县料你断然不会放过这个天赐的良机，你不会！即便你杀人证据确凿，还有你画押亲供在案；即便你知道任凭谁来重审也断难翻案，你也会心存侥幸。不是有个救命稻草的故事吗，怎么说的？说的是，一个人掉进水里，就要淹死了，忽然见水面上漂过来一根细细的稻草，在那落水者眼里，那可不是一根稻草，是一根木头，一根足以浮起一条生命的木头！他看到生的希望。于是乎，他就伸出手死死地抓住了那根木头，直到他快要沉到水底的时候才发现抓的原来是一根稻草。这位不幸的落水者，本来还可以死出个丈夫气概，可就是这根稻草，却害他在临死之前还给人留下了一个愚人的笑柄。嘿嘿，这当然是个笑话，说说而已。不过，吴某猜想，此时此刻，你和那位淹在水里的落难公子颇有些相似，眼看着有一根稻草漂浮在你的面前，你也一定会抓住它，即便你明明知道稻草其实根本救不了你，你也会死死抓住不放手的……你想翻供对吗？"

曹墨的双眼又耷拉下去，身子又缩了回去，"不，犯民不想翻供。"

吴淼水突然收起温和神态，厉声喝道："不，你想翻供，你已经翻供了！"

曹墨一惊："当时……是我精神恍惚，说胡话了。"

吴淼水脸色一变，"胡说！在提刑大人面前，你也敢说胡话？依本县看，你说的不是胡话，而是真话！"

"不，是胡话！"

"真的是胡话？"吴淼水又变得和颜悦色了，"那好，既然是胡话，以后不可再胡说了。要知道这可是人命关天的事呀，怎么可以当胡话说呢？"

"以后不会了。"说完，曹墨身子朝里一侧，不再说了。

吴淼水继续说："不过，你真要是觉得本县在这个案子上冤枉了你，不妨向宋大人细细陈说陈说。要是宋大人果然能查出你无罪的确凿证据，也免得本县因断错了命案而毁了一世的清名。不过话又说回来了，此案虽然事隔已久，本县倒清楚地记得，你是因色起意，杀害王四，不仅你自己当堂供认不讳，并且还有血衣为证的，对吧？"曹墨脸朝里躺着不说话，却在听着。

"既然如此，你要是再向宋大人翻供，他无非也是例行公事地将原案交本县重审，为了澄清事实，本县倒也十分乐意重审此案，无非是多过几次堂而已。"

曹墨脸上肌肉神经质地一阵抽搐，眼前蓦地闪过一个可怕的情景：一根刑棍高高举起，狠狠砸下，随着一声惨叫，一条手臂生生折断……他惊恐万状地喊叫道："不！我已经供认画押，刑部的批文也下了，为什么还要过堂重审？"

吴淼水说："如此说来，你是不愿重审？那好，说实话，一个案子老这么审来审去，结果还不是一样，何苦呢？不过，提刑大人毕竟比本县官高一级，有道是官高一级压死人，他要是想问问……"

曹墨嚷道："无论谁来问案，我曹墨只有一份供词，是我杀了王四！"

吴淼水停顿好一会儿，才站起来，信誓旦旦地说："好，只要你坚持原来的供词不变，本县就保证你以后不再受苦。何况本县虽然疾恶如仇，却最见不得老人受苦，看在你年迈老母的分儿上，本县兴许还能想办法免你一死。"

曹墨的眼里闪出光亮，"你说话算数吗？我不翻供，你真的能……"

没有回音。他抬了抬身子张望，见吴淼水已向那高高的台阶上走去。听着那一声声带着回音的脚步声，看着那盏摇摇闪闪的狱灯渐渐远去，越来越小，成了一个闪闪忽忽的红点，终于消失在最后一级台阶处。随后传来"哐当"一声关铁门的声音，便寂静无声了。黑暗中，曹墨一声疾呼："娘——"

夜已深沉。英姑轻手轻脚走进宋慈房里，悄然为久坐桌前的宋慈再添上一盏油灯。陷入深思的宋慈缓缓地合上案卷，眼前闪回监狱那难忘的一幕——

宋慈突然回头大步走到囚笼前，厉声喝道："曹墨，你因何杀人，从实招来！"

曹墨一惊之下，脱口而出："我没有杀人！"

吴淼水蹿上前去："曹墨，你见色起意，残杀王四，证据确凿，你竟敢翻供？"

　　曹墨回过神来，急忙改口："不，我不翻供，王四是我杀的，是我杀的！"

　　宋慈猛地睁开眼睛，重新翻开卷宗，找到一张刑部批文，凑到灯下细看。批文上写着：曹墨杀王四案，丑午八月审决。经刑部核批，翌年八月十三日依律斩决。宋慈惊呼一声："只有三天！"

　　英姑问："怎么啦？"宋慈说："你看，刑部的批文上写着什么！"

　　英姑取过卷宗，"'曹墨杀王四案，丑午八月审决。经刑部核批，于今年八月十三日依律斩决。'呀，今天已经过八月初十了呀。"

　　捕头王闻声从门外进来："大人是不是看出这是冤案？"

　　"虽不敢断言此案有冤，但犯人翻供，本官就不能不问！"

　　捕头王问："曹墨翻供了吗？"宋慈反问："你忘了，当本官突然问曹墨因何杀人，曹墨脱口而出，'我没有杀人！'"

　　英姑说："这不就是翻供吗？"捕头王说："可他马上又改口了呀。"

　　"那是因为吴知县的呵斥！当时本官突然发问，曹墨不及思辨，脱口而出，那一声'我没有杀人'是发自心里的；而当知县呵斥后，他从恍惚中惊过神来，连连认罪，那是发于其头脑。前者发乎其心，后者出自头脑，你说，哪句是真，哪句是假呢？"

　　英姑说："心里话心里话，当然是心里话最真。"

　　宋慈吩咐捕头王："你去把曹墨的案卷证物取来，宋某要好好看看。"

　　"现在是四更时分，上哪儿找人取案卷呀？明天吧。"

　　宋慈质问道："犯人临刑只有三天，你还等什么明天！你这就给我到县衙门前去敲门去擂鼓，把那县太爷给我叫起来，立即把案卷给我送来，若敢延误，我拿你是问！"

　　正在此时，吴淼水手捧案卷跨了进来。宋慈不免一愣。吴淼水一脸诚恳地说："上司连夜阅卷，属下焉敢偷安入眠？这一宵，大人没睡觉，卑职也没歇着。卑职彻夜都在反省，是不是有什么疑难案子办得不够缜密，也好请提刑大人帮助推敲推敲。想来想去，还就是这桩曹墨杀人案，刑期已近，想请提刑大人斧正斧正，毕竟是人命关天呀！哦，这就是曹墨的案卷证物，请宋大人审阅。"

　　宋慈惊问："怎么，贵县是早知宋某要调阅此案？"吴淼水自鸣得意地说："卑职虽然才疏学浅，可对上司的心思却也能揣摩个八九不离十。"

　　"这案卷中可有被害人的尸检验状？"

"有，当然有！既然是凶杀案，人命关天，卑职怎敢不按章程办？这就是王四尸检的验状，请宋大人审阅。"吴淼水从案卷中抽出验状，恭敬地递到宋慈面前。

宋慈接过验状，细细审阅，脸色顿时沉下了。"啪！"验状被重重地拍在案桌上。"这算什么验状？检验尸体伤情，只填了皮破出血，利器所伤。大凡皮破就会出血，不详细比量伤痕，标明形状、深浅、长短和所伤部位，何以断定是'利器所伤'？如此验状又怎么能作为断案之据？"

一直保持坦然神态的吴淼水，忽然身子矮了一大截，鼻尖上也开始渗汗，但毕竟是官场老手，沉住气，摆出据理力争的姿态："这……尸体从河里打捞上来时已经腐烂不堪，但卑职亲临现场勘验，尸体全身确有多处刀伤，这一点卑职敢拿项上脑袋担保！"

宋慈冷声说："言重了吧！此案时过一年，尸体早成了白骨，即便有人提出异议，也无从取证，贵县大可不必拿什么脑袋担保。"

吴淼水不觉宽了心，出语也轻松自如起来："提刑大人既然这么说，卑职也无话可说。不过，单说验死验伤，可是提刑大人一绝，别说才疏学浅的吴某，就是满朝上下，怕也无人能望大人项背。是以，就检验而言，谁也不敢说能做到如提刑大人那么无可挑剔。可在堂审过程中，卑职也是重证据实，丝毫不敢马虎。窃以为审案断凶，无外乎两样：作案的证据和人犯的供词。二者缺一，便不可定案！"

"那么，贵县所言两样，在此案中想必不会少！"

"可也着实取之不易！曹墨为人刁钻，捉拿归案后，他百般狡辩，但经不起卑职再三审问，才将杀害王四的犯罪事实供认不讳。大人请看，这便是曹犯的供词，上面有他亲笔画押。"

"与证物相比，口供为次，宋某想先看看本案的物证！"

"说到物证，首推杀人凶器。遗憾的是，曹犯为了毁灭证据，把杀人的菜刀扔进江河激流，因江水太急，几经打捞未获。"

"既然没有打捞到凶器，吴大人所说两样，岂不就少了一样？"

吴淼水不慌不忙地说："凶器虽然没能打捞上来，但曹犯交出了作案时所穿的血衣，那上面溅着被害人的血迹，也足以成为曹犯杀人的证据。大人请看，这就是那件溅满被害人鲜血的证物血衣。"

吴淼水打开一尘封纸包，取出一件沾血的袄子。

宋慈将血衣轻轻抖开，平摊在地上，蹲下身子细细审视。然后慢慢掀起前襟，见血衣后襟也有血迹，又将其还原，忽有所悟，"呼"地从地上站起，情绪有点激动地来回踱了几步，站立在那只砂锅前。

吴淼水心里没了底："宋大人，难道这血衣有什么不对吗？"

宋慈突然指着砂锅问道："这锅中甲鱼是何颜色？"

"黑黑的。"

宋慈伸手将锅中之物一翻："现在呢？"

"白白的。"

宋慈大声道："黑与白仅在翻掌之间，为官者坐堂审案，手握生杀予夺之大权，笔一点就可定人生死，岂能不慎！"说罢，大步走出门去。

捕头王紧追而出。英姑若有所思地看着，正要回头去拿那件血衣，却被吴淼水抢先拿过去，皱起眉头盯着血衣，似要寻找答案……

捕头王急随宋慈出去，至庭院的荷花池旁，急问："大人，大人是否要重审曹墨的案子？"

宋慈回过头："重审？你说得轻巧。你不见刑部批文上写着八月十三是行刑日期吗？只有三天了。三天时间，即便宋某明知曹墨有冤，但本案毕竟有人被杀，你说曹墨并非凶手，那么谁是凶手？没有十成的把握找到真凶，就把刑部核准的命案推倒重审，嘿嘿，那等于是拿身家性命下注！"

"那……要不就干脆……"

"你想说让宋某干脆来个装聋作哑，不闻不问？"

捕头王无语，等于是默认了。

"明知此案有冤却装聋作哑，不闻不问，就不是宋提刑了。"英姑走过来。

宋慈扭过头去："英姑娘话中有话，该不是有什么高见？"

"我的高见就是大人查案的经验：不听信人言，重现场检验。"

捕头王说："现场检验？说得容易，一年前的凶杀案，风吹雨淋，时过境迁，现场还能留着证物等着你取？"英姑强辩道："大人不是说过，冤案之中，一个破绽就是一条线索吗？大人显然已经抓住了本案的破绽。"

宋慈像是受到了什么启发："对啊，本案第一个破绽是案发地点勘验不明！捕头王，请上那位吴知县，跟我走。"

吴淼水还在屋里对着那件血衣翻来覆去地反复检验，心里犯起了嘀咕："这个姓宋的，究竟看出了什么呢？"捕头王进屋说："吴知县，提刑大人有请！"

吴淼水定了定神:"啊,要夜审曹墨吗?"

"不。去河边钓鱼!"

吴淼水一怔:"钓鱼?"

唐书吏气喘吁吁地跑到官驿门前,忽闻有人出来,就闪到一边。

他看是宋慈、捕头王从官驿出来。正想上前,忽又见吴知县追了出来,赶紧又缩回到暗处。等他们走远,唐书吏从暗处出来,对着背影张望。

"什么人?"英姑一声喝。

唐书吏吓了一跳:"哦,姑娘,提刑大人这是去哪儿呀?"

"提刑大人去哪儿还得向你禀报吗?"英姑疑惑地问,"你在这里鬼鬼祟祟想干什么?"唐书吏忙说:"姑娘误会了,小吏是来报案的。"

"报案?大人有公务外出了,你有什么急事,不妨对我说。"

"这……那也行。姑娘,快跟我走。"

"去哪儿?"

"不远。"

"干什么去呀?"

唐书吏神秘兮兮地说:"捉奸。"

英姑笑起来:"这种事,还是找你们知县大人吧。"

唐书吏着急地说:"这可牵涉一个命案的真相啊!"

"什么命案,你说清楚了。"

"姑娘只要跟着小吏去亲眼做个见证,到时也免得提刑大人以为是小吏在混淆视听。"

英姑一笑:"我倒是不怕你要什么伎俩,走吧。"

夜色朦胧,静悄悄的长街上,空无人影。曹家门前,只听轻轻一声开门声,玉娘探出身来左右看看,见街上无人,就出了门。

玉娘刚走到街心,忽听身后响起杂沓的脚步声,想退回去避避耳目,可门已上闩,想拍门又怕引起来人注意,就紧贴着门角等来人过去。

宋慈、捕头王和吴淼水一行从玉娘眼前匆匆走过。玉娘惊疑地看着他们远去。一想,又回身叩门。门开了,她侧身又走了进去。

玉娘前脚进曹家,唐书吏和英姑后脚就到了门口。唐书吏说:"姑娘,你我就在门外来个守株待兔。"英姑问:"守什么?"唐书吏回答:"一会儿你就明白了。"二人在曹家门前守了好一会儿,里面没一点儿动静。

英姑有些不耐烦了:"与其这么守着,不如干脆敲门……"

唐书吏忙说:"姑娘不要性急,再等等,再等等……"

正说着,门轻声打开了,玉娘悄然从门里出来,快走几步到街上,才不紧不慢地往前走去。唐书吏一脸得意的神色:"看出什么名堂了吗?"

英姑疑惑地说:"我只看她长得漂亮。"唐书吏恨声说:"女人漂亮就是祸!"

英姑惊讶地回头看一眼唐书吏。唐书吏连连摆手:"姑娘别误会了,小吏绝无指桑骂槐的意思。你知道这是谁的家里?"

"我怎么知道?"

唐书吏做了个杀头的手势,神秘地说:"就是那个人,杀人凶手的家!你知道这女子是谁?是被害人王四的老婆!丈夫被人谋杀,老婆却频频出没于凶手家门,你不觉得其中很有名堂吗?"

英姑一愣:"啊!这可是重要线索啊。欸,我们这就去找宋大人。"

"不,此时县主正和宋大人在一起,小吏说话不便。这样,你我回官驿,坐等提刑大人回来,小吏要条分缕析地对提刑大人说说此案之谜。"

宋慈、吴知县、捕头王一行人,出县城往河西村方向走去。

没走多久,吴知县就有些乏力了,"提刑大人,到王四遇害的河西村足足十几里地呢,还是让卑职给您备个轿吧。"

宋慈笑道:"不必了。路上你给我讲讲案情,正合适。"

吴淼水无奈地说:"这……好吧,那卑职从头禀报了。那天,卑职听得有人报案,顾不得赤日炎炎,一口气赶到案发现场——"

赤日炎炎的江边堤岸上,围着一堆男女,七嘴八舌地说着。里正率先跑进人群,"让开让开,县太爷来了,大家快让开。"

吴淼水走近尸体。身旁跟着唐书吏。里正把盖着尸体的草席一掀,吴淼水一捂鼻子远远避开,"有人能认出死者是谁吗?"

围观者说:"脸都跟胖大海一样了,可不好认。"唐书吏伸着螳螂脑袋细看着:"咦,大人,被害人和几个月前打过官司的木耳商人有点相像啊。"

有人说:"你这一说,还真像王四呢。"吴淼水问:"王四家住哪里?"

"王四好像住城东小门外，听说他家里有个漂亮的老婆。"

吴淼水吩咐道："快去城东把王四家人找来认认。"衙役应命而去。

少时，有人喊："玉娘来了。王四老婆来了。"

吴淼水闻声一看：沿江堤岸上，一美艳少妇在王媒婆的陪伴下匆匆走来。少妇走到尸体前，撩开盖着尸体的破草席一看，大惊失色："啊，四郎！四郎……是谁对你下此毒手啊……"

王媒婆脱口而出："天哪，我以为他是句戏言，谁知他真敢下手哇?"

宋慈问："这便是案卷上指证曹墨杀人的王媒婆?"

吴淼水说："正是，王媒婆的话让卑职亲耳听着，当时就把王媒婆带回县衙。升堂一问，王媒婆就道出此案的真相，原来曹墨生性风流，在王四被害前三日，曾因垂涎玉娘美色而找王媒婆说和——"

玉娘趴在王媒婆瓜店的货台上，嗑着瓜子在和王媒婆闲聊什么。从妇人暧昧的神情和不时发出的放浪笑声里，可以想象她们聊的是妇人之间的隐私话题。

有个男人向她们走近，渐渐聚焦在玉娘丰腴而迷人的后背上。面对街面的王媒婆看见来人是曹墨，就对玉娘暗使眼色。

背身的玉娘未察觉，浪笑着说："那潘金莲要不下砒霜，明里和武大郎是夫妻，暗里还和西门庆来往，相安无事，岂不是好……"玉娘回过头来，见背后站着个英俊书生。她被男人的目光灼得面红耳赤，扯了扯单薄的衣衫，背过身去对王媒婆说："哦，王妈妈，给我挑几个好瓜，我要回家了。"

王媒婆笑道："急什么呀，你家四郎不是进山收货银去了吗? 你回家不也一个人待着，再聊会儿话吧。"玉娘示意着背后："你家来贵客啦。"

王媒婆一脸讥嘲地说："他算什么贵客呀，花花公子一个。"

曹墨这才开了口："王妈妈这么说话可就有辱斯文了，我曹某人怎么说也是个儒家学子，怎么是花花公子呢?"说话时眼睛老往玉娘身上瞟。

王媒婆哼了一声，道："花不花，只要看那双眼睛就知道了。"

曹墨脸一红，连忙把目光从玉娘身上移开，"咦，王妈妈，你老向来是跑成人之美的大媒差啊，怎么摆起这瓜果店，改行了?"

"都是你们这帮公子哥儿，想娶称心如意的天仙美女，却又舍不得花钱，我费了九牛二虎之力，把嘴唇都磨出茧子，可事成之后呀，给的谢媒钱还不够老婆子喝水的呢。这不，借着这沿街的房子，开个瓜果店，多少贴补点家用呗。"

"妈妈要是给我做成一桩媒事，看我会不会亏待你。"

"那好，看上哪家姑娘了，报个八字来，我保管把人送上花轿。"

王媒婆一边和曹墨说着闲话，一边已为玉娘挑好瓜，过了秤，把瓜递给玉娘："玉娘，你买那么多瓜，要是四郎回不来了，不烂了吗？"

玉娘一脸笃定："不，四郎今天一定会回来的。"

"做生意的，在家算钱，出门算天，那可说不准。"

"四郎今天只是进山去收取货银，不会耽搁的。今天还是我生日，四郎说过一定要回来给我做寿面的呢。我走啦。"

王媒婆劝她："下雨啦，等雨过了再走吧。"

曹墨搭讪道："是啊，六月天的雷雨呀，说来就来。"

"不了，那么近，我走了。"玉娘拎起瓜果就出店门，和曹墨擦肩而过时，不经意地瞟了曹墨一眼。这一眼让曹墨如电过身，身子一下僵直了。

玉娘刚出门，雷雨就下来了。玉娘一手提着瓜，一手提着裙摆在雨中跑，忽然脚一滑，人倒瓜滚，曹墨冒雨赶过去，扶起玉娘，脱下外衣披在玉娘身上挡雨，又捡回滚开的甜瓜，装进袋子，交给玉娘。曹墨扶玉娘回家。到门前，玉娘感激地回眸看了曹墨一眼，曹墨忍不住一把将玉娘扯进怀里。玉娘挣扎着从曹墨怀里脱身，跑进门去。曹墨激情满怀地在雨中站着……

宋慈大声道："好一段风流佳话！"吴淼水面带讥色道："风流不假，佳话就未必了。大雨浇不灭的烈火，随后就燃起了邪恶的欲火。人哪！"

一路走，一路讲，此时，他们已站在当初发现尸体的现场。

宋慈观察着地形："此处就是最初的案发现场？"

吴淼水说："对，尸体就浮在那水面上。不过，卑职接报案来到现场的时候，尸体已经被人打捞上岸了。"

"是谁把尸体打捞上来的？"

"是河西村的一个里正，姓谭，叫……"

宋慈大声道："传里正来见！"吴淼水对随行衙役道："听见没有，快去！"

一衙役应命而去。捕头王也一起去了。宋慈察看着河边的环境，只见此处周围树稀草贫，不远处就有几户人家，"此处显然不是谋财害命的合适地点。"

吴淼水不解："为什么？"

宋慈指着河边，"这儿有个突出的河埠，流水遇这河埠，就在弯处打着漩涡。在这条十里长堤上游的任何一处将尸体抛入河中，都会被水流带到这里。更何况案发在去年的汛期，河道水流不会像现在这么干涸。"

"听大人的意思，此处不是王四遇害的第一现场？"

"你说呢？"宋慈反问。吴淼水无言以对了。

宋慈又提起话头："哦，曹墨与玉娘分手后，又回到王婆瓜店了吧？"

吴淼水一怔："大人怎么知道？"

"他不是要请王媒婆做媒吗？"

吴淼水连声说："正是正是。曹墨和玉娘虽是初次见面，可二人眉来眼去，已让曹墨神魂颠倒、欲罢不能了。于是，他回到王婆瓜店，直截了当地就请王媒婆为他说媒。可王媒婆却给他当头泼了一瓢冷水——"

王媒婆厉声道："休想！你看中旁人，老婆子一定为你玉成，人家玉娘可是个有夫之妇，你不要痴心妄想。"曹墨嬉皮笑脸地说："王妈妈，曹墨此生不能与她做一对恩爱夫妻，人生还有什么意义啊！"

"天下黄花闺女多了，你怎么偏偏看中人家有夫之妇啊。"

"就是月里嫦娥，曹墨也未必看得上。王妈妈，我求你了。"曹墨竟跪倒在王媒婆面前，"只要你帮我得遂心愿，曹墨一定大礼厚谢！"

王媒婆被感动了，"看你这么认真，还真是多情种啊。这事妈妈可帮不了你，只怪你命中没这福分。你要是早两年遇上玉娘，郎才女貌，是天生的一对。可现在人家成了他人之妇，不能让王四把老婆让给你吧？"

曹墨恶狠狠地说："什么王四王八的，我把他杀了！"

王媒婆笑道："读书人说话不怕咬了舌头，你要有胆量杀了王四，老婆子三天就把人送到你府上。"

"好，一言为定！"

天空突然"轰"地打了个雷。王媒婆赶紧捂嘴……

宋慈像是对吴淼水说话更像是自语："曹墨扬言要杀王四，是在尸体被人打捞上岸的前三日。三日前曹墨扬言杀王四，三日后王四果然浮尸江中？"

吴淼水说："卑职以为，这绝不会是巧合吧？"

这时，里正被带到宋慈面前，他不知因走得急，还是有些害怕，脚下似乎有些发软，差点摔倒。宋慈看着他："你就是在这里发现王四尸体的报案人？"

里正脸色微变："不不不，不是草民……"

吴淼水质问："谭小，明明是你向本县报的案，你敢说不是？"

里正慌乱地说："不不不，草民不是说不是草民报的案，草民是说是草民报的案却不是草民最先……"

"你颠三倒四的到底想说什么？"

"两位大人容禀。草民是说，当时是草民把尸体从水里打捞上来，并马上向县太爷报案的，可尸体就浮在这大路边的水面上，这堤上人来人往的，草民不会是第一个看见尸体的。"

吴淼水不耐烦地说："是说你把尸体从水里打捞上来，又不是说你杀了人，哪来那么多废话？"

"是是，草民见了久闻大名的提刑大人，心里紧张，就更笨嘴笨舌了。"

"你把当时发现尸体的初情细说一遍。"宋慈说罢，又补了一句，"不可遗漏了细枝末节！"

里正应声后，一会儿指向河里，一会儿跑到河边，比比量量，跑上跑下，现身说法地向宋慈讲述着打捞尸体的经过，好不容易说完，抹着汗、咂着嘴在等着宋慈发话。宋慈却是双眉紧蹙，两眼直直地看着里正。里正被宋慈看得心里发慌："宋大人，草民所讲的可没有一句虚言，草民可对天发誓！"

捕头王冷冷地看着里正。宋慈只是说："近日不可远出，随时听候本官传问。"里正呆立在那儿，宋慈等走远了，他还半晌未动。

十里长堤上，宋慈和捕头王走在前面，边走边讨论着什么。吴淼水气喘吁吁、一瘸一拐，远远地跟着。宋慈问："你怀疑那个里正先杀人后报案，玩了个贼喊捉贼？"捕头王低声说："要不然，刚才他为什么一再说，不是他最先发现尸体，这不是此地无银三百两吗？"

"你的意思是，他杀人劫财在前，捞尸报案在后，主动报案，恰恰是为了掩盖其杀人的真相，对吧？"

"没错！按常理，官府不会怀疑报案人就是凶手，他就想利用这一点来掩盖真相。不过……有一点卑职不能自圆其说。"

"什么？"

"动机！里正为什么杀王四呢？"

"哦，这一点本官倒可以为你圆说：王四被害之前，是去东山收取货银，想必身上带着不少的银子。"

捕头王双手一拍："那本案就是谋财害命啊！可是太平县怎么只问杀人，不问劫财呢？"宋慈微微颔首："是啊，宋某也觉得百思不得其解啊。"

捕头王急切地说："大人，原案中既然有这么大个漏洞，何不以此为柄，将案子推倒重审？"

宋慈微微摇头："不必操之过急，找出真凶，才有望刑部改判！哦，刚才你怀疑是那位报案的里正谋财害命，听起来似有道理。但是，世上虽有许多意料之外的怪事，细究起来，又无不在情理之中。本案要真是里正先杀人后报案，那么，他就要三天前在上游且不少于十里之外的某个地方杀人抛尸，然后到下游河西村口守上三天捞尸报案，世上有这样违背常理的作案逻辑吗？"

捕头王一下愣住了："这……"

官驿客厅，英姑与唐书吏等候已久了。英姑以审视的眼神看着唐书吏，问道："你既已看出那么多疑点，定案之前，为什么不对你们县太爷直言？"

唐书吏叹道："怎么敢啊！我一个小小的衙门书吏，敢质疑县判吗，饭碗还要不要呀？"

"你为保住饭碗，就连天良都昧了，你还算不算个公门中人呢？"

"不，并非小吏昧了天良，小吏是在等待时机，等待着像宋大人这样的上司来察狱的时机。"

英姑对眼前这贼眉鼠眼的唐书吏有了好感："这么说，我还错看你了。"

唐书吏向外张望起来："怎么还不见提刑大人回来？"

长堤。吴淼水气喘吁吁地追上宋慈时，已经有点沉不住气而恼羞成怒，大声一叫："宋大人！"宋慈回头看着吴淼水的熊样，笑道："哎哟，本官怎么忘了知县大人还落在后面。欸，快扶一把……"

"不必了！吴某有句话，实在是憋不住。"

"有话想说，憋着何苦，快快说来听听。"

"大人凭什么就敢肯定尸体一定是从上游漂到河西村口的？"

宋慈故意装蒜："嗯，宋某说过'一定'的话吗？"

捕头王心领神会，默契配合："没有没有，我可没听见。"

"就是嘛！四季更迭，时过境迁，宋某即便心里动过这个念头，也仅仅是一种假设推理，何敢妄下断言说'一定'呢？"

吴淼水面带讥嘲地说："假设推断？哦，对对，卑职怎么忘了，宋大人不但精于检验，还长于推理。不过，要是对每一个证据确凿且经刑部审核的铁案都要来个推倒重审，地方狱事，岂不乱套？"

宋慈忽然有一种被人点中软肋的感觉，心念一转，便耍了个小手腕："宋某什么时候说过要把那个案子推倒重审了？"

"这……您这不在重勘案发现场吗？"

"我这叫好奇！越是扑朔迷离的案子，宋某就越想身临其境地重走一遍，这和把一个定案推倒重审可不是一回事，与刑部批文更是丝毫无涉。更何况，一年前的凶杀案，一年后还想找到现场，纯属痴人说梦！"

吴知县就笑了起来："宋大人这么说，是举重若轻呢，还是心里没有十成的把握？"宋慈面带笑容："你说呢？"

回到官驿后，宋慈便凝眉敛神地坐在房里，默默思考着。英姑端着一盆热水进来，轻轻地送到他脚下。宋慈抬脚就要伸进脚盆，英姑急喊："欸……脱鞋呀！"宋慈被打断了思路，怒道："大呼小叫干什么，你以为我会穿着鞋泡脚？"英姑见怪不怪，笑嘻嘻地说："不会？穿着鞋泡脚的事，您也不就发生过两三回吗？"边说，边帮宋慈脱鞋。

双脚泡在热水中，宋慈十分惬意，感慨道："人生一大快事就是泡脚啊！"

英姑一边给他揉脚一边问："案子没有头绪了？"

宋慈一愣："我说了吗？"

英姑微笑道："还用说吗？您每次查案，遇上解不开的难题时就想泡脚。"

宋慈怔了怔："宋某什么时候开始有这毛病了？"

"问谁呀？"

"问你啊！"

"我父亲当知县的时候，就有这习惯。"

宋慈接口说："你还挠你父亲脚底的痒痒，常常溅你一身的洗脚水。"

英姑抬起头："咦，大人怎么知道？"

"不是你说的吗！"

"哦，对，那是我第一次给大人泡脚的时候说过的。"

英姑就在宋慈脚底轻轻地挠了几下："咦，大人，你怎么不怕痒痒？"

宋慈忽然没了逗趣的兴致："别闹了，别闹了。唉，曹墨杀人案的疑点越来越多，宋某却越来越抓不到要害了……"

英姑轻声说："大人，血衣的破绽，我也看出来了。"

"要揭开血衣的谜底并不难，难就难在找出真正的凶手，否则就翻不了此案！短短三日，已去其一，宋某心里一团乱麻，仍理不出头绪……"

唐书吏的螳螂脑袋突然伸了进来："小吏在此恭候大人多时，就是为了帮大人理理头绪呀。"

英姑斥道："大人没有传唤，你怎么就进来了。你先到外面等着吧。"

"小吏这不是怕耽误了提刑大人破案嘛！"

宋慈急叫："回来回来。你说什么？"

英姑说："哦，大人，这位唐书吏有一条重要线索要向大人禀报呢。"

宋慈闻言，一双脚从脚盆里提了出来："怎么不早说？"

一会儿，宋慈已穿好鞋袜在客厅坐着，静听唐书吏禀报重要线索了。

听罢唐书吏的讲述，宋慈沉吟片刻，"你说玉娘与曹墨是通奸害命？"

"千真万确！如今奸夫归案，淫妇却逍遥法外，天理不公啊！"

"你怎么知道玉娘与曹墨通奸？"

"宋大人……"唐书吏看宋慈笑眯眯的脸色，就不再拘谨了，"那小吏就班门弄斧了。大人，前朝，山东郓城有个淫妇，姓潘名金莲，与奸夫西门庆通奸谋命，毒死本夫武氏大郎。本案中的潘金莲就是本地风骚美人玉娘。本案的起因是从去年盛夏，淫妇玉娘与奸夫曹墨相遇的那个下午开始的——"

玉娘薄衣单裙，摇着团扇，招招摇摇地走在大街上，不时地吸引着路人。玉娘走着走着，忽然站住了。面前挡着一位风流倜傥的公子哥，正是曹墨。

玉娘一脸似嗔似笑的表情，语调更是醉人："这位公子，这么看着我干什么，光天化日，还敢吃了我呀？"

曹墨心旌摇荡："欸，这位娘子叫……叫什么？"

玉娘想了想，双眉一挑："潘金莲！"话一出口，哈哈大笑起来。

曹墨笑道："娘子要是潘金莲，我曹墨就是西门庆！"

玉娘如电过身，眼里含情脉脉，嘴上却说："你别动那歪的，我玉娘可是个有家有室的良家女子。哦，天快下雨了，我还要去买瓜呢。"说完就一路碎步往前跑去，跑出一段，又对曹墨回眸一笑。

玉娘走进王婆瓜店，"王妈妈，一向生意好啊?"

王媒婆笑答："哟，玉娘啊，几天没见你来了。"

"王妈妈，帮我选几个好瓜……"

王媒婆忽然对外言道："哟，曹公子，您怎么会想着来我这儿呀?"

曹墨摇着纸扇走了进来，"王妈妈，你老向来是跑成人之美的大媒差啊，怎么摆起这瓜果店，改行了?"

王媒婆怨道："都是你们这帮公子哥儿，想娶称心如意的天仙美女，却又舍不得花钱，我花九牛二虎之力，把嘴唇都磨出茧子，可事成之后呀，给的谢媒钱还不够老婆子喝水的呢。这不，借着这沿街的房子，开个瓜果店，多少贴补点家用呗。"

"妈妈要是给我做成一桩媒事，看我会不会亏待你。"曹墨说话时，一双眼睛直往玉娘身上瞟。玉娘也不时地看他一眼。

王媒婆从曹墨眼神里看出了名堂："好啊，只要你肯出银子，老婆子一定成人之美。"

玉娘接过瓜："王妈妈，我走了。"

"欸，玉娘，你买那么多瓜，要是四郎回不来了，可吃不完呢。"

"四郎他……一定会回来的。"

"做生意的，在家算钱，出门看天，那可说不准。"

"不，今天是我生日，四郎说过要回来给我做寿面的呢。不过，四郎今天去的地方好远，说是要傍晚才能到家呢。我走啦。"

"下雨啦，等雨过了再走吧。"

曹墨接口道："是啊，六月天的雷雨呀，说来就来。娘子身子单薄，淋了雨可不妙，何不在这里等这场雨过了再回家。"

玉娘笑着说："不了，我家就住在前面呀，那么近，我走了。"

玉娘刚一出门，雷雨下来了。她一手提着瓜，一手提着裙摆在雨中跑，忽然脚下一滑，人倒瓜滚。王媒婆向曹墨递过一把雨伞："老天有意，你还等什么?"曹墨如梦方醒，伸手要接雨伞。王媒婆收回伞："可别成了好事就忘了媒人。"曹墨发誓："曹墨决不食言!"

曹墨打着伞向玉娘跑去。玉娘嘴里哼着疼像是脚伤难起，而美目顾盼间，却分明在等着人来相扶。曹墨赶到扶起玉娘，拥着她一瘸一拐地往家走。走到门前，玉娘扭扭捏捏地想把曹墨拒之门外。曹墨一脸猴急的样子："你不是说你丈夫要傍晚才回来吗？玉娘，你让我进去，让我进去。"

玉娘半推半就地让曹墨"挟持"着进了门。曹墨把门一关，玉娘就疯了似的一把拥住曹墨狂吻……雨伞被丢在门外。

王媒婆过来捡起雨伞，往紧闭的大门看了看，诡秘地笑着离开。

卧床上，玉娘心满意足地躺在曹墨的怀里，忽又流泪："唉……"

曹墨急问："美人儿叹什么气？后悔了吗？"

玉娘哭喊着："后悔？与君有此一会，玉娘死也瞑目，我后悔什么。"

曹墨不解："那你……"玉娘说："我流泪是因为我嫁了个只会赚银子，却毫无情趣的男人，跟这样的男人过日子，简直生不如死。我的命好苦啊……"

曹墨叹道："啊，想不到娘子这样的绝代佳人，心里也有这么大的苦啊。玉娘，你别哭，既然和丈夫过不下去，你我何不想个长久之计。"

玉娘蔑视地一笑："哼，你一个白面书生，能做什么？"曹墨信誓旦旦地跪地说："虽然我从小连杀鸡都不敢，只要能和娘子终生相爱，我曹墨杀人都敢！"

玉娘双眼直直地盯着曹墨，"你要不是拿大话哄我，今天就动手！"

"今天？"

"他今天去东山收取货银，你可在他回家的路上把他杀了！"

唐书吏越说越来劲儿，说得唾沫四溅："那曹墨虽说也是个读书人，可为了得到玉娘，他铤而走险，听从了淫妇之计，赶到河堤……"忽然发现宋慈有点走神，"欸，宋大人，小吏讲得不够精彩？"

宋慈一笑："不不，你讲得比说书的精彩多了。只是多了些添油加醋。比如，奸夫淫妇躲在房里密谋杀人的那些话，你又是从何而知？莫非，你有那偷听私房的癖好？"做着笔录的英姑差点笑出声来。

唐书吏愤愤地脱口而出："天下淫妇都一个样！"宋慈说："那么接下来又发生什么了呢？"唐书吏断然说："破绽！玉娘一到现场，就露出了破绽！在场人众数百，看奸情的却唯独小吏一人。此情此景，小吏至今记忆犹新——"

人群中有人喊："玉娘来了。王四老婆来了。"

唐书吏闻声看去。沿江堤岸上，远远见一美艳少妇在王媒婆的陪伴下匆匆走来。他紧盯着玉娘。玉娘走到离尸体三丈远忽然站住了。

唐书吏正感纳闷，玉娘高喊一声"四郎"，哭倒在地……

唐书吏卖关子似的打了个好长的停顿。英姑催道："往下说呀。"

"在宋大人面前，话已经说到这儿，再添一个字也纯属多余！"

宋慈若有所思："当时现场那么多人，无人敢确认死者是谁，而玉娘于三丈之外一眼就认出死者就是其夫王四。只有一个解释：那就是玉娘事先已知其夫将在此遇害，换而言之，这本来就是玉娘与奸夫合谋害命！"

唐书吏赞叹道："精彩绝伦，精彩绝伦啊。宋大人所言正是全案的真相！"

"宋某却听说，玉娘并非如你所说在三丈之外，而是亲手掀起盖在尸体身上的草席才认出死者的。"

唐书吏叫起来："是谁这么胡说八道混淆视听？小吏敢拿项上脑袋担保，当时玉娘绝对是在三丈之外认出王四的！"

宋慈质问："如此重大的疑点，你为何匿而不报？"

"我报啦。吴知县信服了小吏之见，才把此案定为通奸杀人的。"

"可本案定的却是曹墨见色起意，谋杀人命，没有通奸杀人之说。"

唐书吏叹道："吴知县妒贤嫉能，受不了旁人比他更高，因那个破绽是小吏发现的。他一开始采纳过小吏的建议，定了通奸杀人，忽然又在一夜之间改判曹墨独谋杀人。小吏对县主提出过异议，却横遭臭骂……哦，案判改了，可案卷是不能改的，案卷里有小吏亲笔做的堂审笔录，大人可以从案卷里查呀。"

宋慈将案卷往唐书吏眼前一送："你能找出那份笔录吗？"

唐书吏边找边不停地说着："哦，能能，当然能找到。这是小吏亲手做的堂审笔录，白纸黑字，写得清楚……咦，怎么没有？"一想，倒抽了一口冷气，"难道是知县大人他……"宋慈突然道："传王媒婆来见！"

少时，王媒婆来到官驿客厅。宋慈问："王媒婆，本官问你，去年盛夏，河里捞起一具男尸，县衙传王四老婆前去认尸，当时可是你一同到了河西？"

王媒婆应道："是的是的，是玉娘让我陪她一起去的。"

"为什么？"

王媒婆叹了口气，道："王四进山收取货银，说好当天一定赶回来给老婆过生日的，可一去三天，没个音讯，把玉娘急得哭成个泪人似的。忽然来了位衙门公差，说河西村口有一具男尸，让玉娘去认认。大老爷您设身处地想想，一个妇道人家，怕什么偏来了什么，还不把胆都吓破？可怜玉娘腿都吓软了呀，就死拉着老身一起去，我能不去吗？"

宋慈问："你就陪玉娘到了现场。发生了什么，还记得清楚吗？"

"这样的事一辈子也遇不到一回，怎么会记不清楚呢。听那公差一说，老身就扶着玉娘赶去认尸。还没走到尸体身前呢，玉娘一下子就认出了那就是王四……"

王媒婆扶着玉娘来到现场，在远离尸体的几丈之外，玉娘忽然站住，一双惊恐万状的眼睛看着远处的死尸。

王媒婆说："玉娘，不要急，菩萨保佑，那不是你家四郎。"玉娘已经泪如泉涌："四郎，是四郎，四郎啊……"再也挪不开步，接着倒在了地上……

宋慈目光在王媒婆脸上停了好一会儿才问："你没记错？"

王媒婆肯定地说："没错啊。大人要是不信，可把玉娘找来……"

宋慈突然截住王媒婆的话头，"是吗？那么你倒是给本官说说曹墨与玉娘在你的瓜果店相遇的那段风流韵事。"

"要说那天呀，要不是老婆子那么喊，还未必会引出那么多是非呢——"

王媒婆大声说："卖瓜卖瓜，我王婆卖瓜，不是自夸，又甜又沙，谁吃谁发。"

曹墨摇着纸扇风流倜傥地走了进来，"王妈妈，曹某十年寒窗，苦读圣贤，却是今天才知道，这'王婆卖瓜，自卖自夸'的典故原来是从您老这儿出的。哈哈哈，王妈妈，你老向来是跑成人之美的大媒差啊，怎么摆起这瓜果店了，改行了？"

"不都是你们这帮公子哥儿小气，想娶称心如意的天仙美女，又舍不得花钱。媒人把嘴唇都磨出茧子，可事成之后呀，给的谢媒钱还不够喝水的呢。这不，借着这沿街的房子，开个瓜果店，多少贴补点家用呗。"

"欸，王妈妈，你哪天给我曹墨说桩好媒，看我会亏待你不？"

"那是呀，谁不知曹公子最是慷慨之人，老婆子哪天要见了貌美心好的姑娘，一定要为公子玉成好事。"

曹墨用扇子敲敲脑门："不过，王妈妈该知道我曹墨眼睛可是长在这儿的。能让本公子看上的姑娘并不容易找啊。"

　　王媒婆笑道："那老婆子就上天去把月里嫦娥给你找来如何？"

　　"那曹墨一定以万两黄金恩谢大媒。"曹墨的笑容突然止住了，只见他双眼直瞪瞪地看着街外，"哎呀，嫦娥还真的来了。"

　　对街，玉娘正笑吟吟地向小店走来。王媒婆顺着曹墨那发了直的目光看去，禁不住"扑哧"笑出声来："你要想打她的主意可没好结果。"

　　曹墨问："欸，这位姑娘是谁呀？"王媒婆答："人家可是有夫之妇。"

　　"曹某不过随便问问，谁打人家主意了。"

　　玉娘走进店来，"王妈妈。这几天生意好吗？"

　　王媒婆回道："还算混得过去吧。今天怎么想起来看我这老婆子？"

　　"我来买瓜的。王妈妈，有上好的甜瓜，给我挑几个好吗？"

　　"哟，你们家四郎不是进山去了吗？你一人在家，买上一个便够你吃一天了，吃了再过来拿就是，何必一下子买几个呀？"

　　"我想多买几个，拿回去凉水里浸着，四郎今天要回家的，一到家就可吃凉瓜解暑。"

　　王媒婆赞道："好体贴人的媳妇啊，王四娶了你，可真是前世修的。"

　　玉娘被说得一阵羞赧，"看王妈妈说的。"

　　"可万一四郎今天回不来了，你买那么多瓜不就烂了。"

　　"不会的，四郎今天一定要回来的。"

　　"生意人，在家数钱，出门看天，那可难说。"

　　玉娘笑着说："今天是我生日，四郎说还要回来亲手给我做寿面呢。"

　　"哦，怪不得。看看你们这夫妻恩爱呀，可别把天下男人们给眼馋死了。"王媒婆说话时揶揄的眼神向曹墨瞟着。玉娘这才发现角落里站着位陌生男子，便连忙别过身去，从王媒婆手上接过瓜果就要走。

　　天忽然下起雨来。王媒婆追着说："玉娘呀，下雷雨了，等这阵雨过了再走吧。"玉娘道："不啦，那么近，我走了。"

　　她刚跨出店门，雨霎时便下大了。曹墨看着玉娘一手提着瓜篮，一手提着裙摆在雨中跑，忽然脚下一滑，人倒瓜滚。他冒着雨赶过去，扶起玉娘，脱下外衣披在她身上挡雨，又捡回滚开的甜瓜，装进篮子交给玉娘。

　　玉娘扭了脚，行走不便。曹墨想去搀扶，她坚决地拒绝，自己扶着墙走到家门口，开门进屋，头也不回地又关上了大门。

　　曹墨在雨中傻呆呆地站了一会儿，正要回身离去，忽闻身后"哎呀"一声开门声响。玉娘探出身子："这位公子，差点忘了。"说完落落大方笑着向曹墨递出外衣。曹墨看着被大门半遮其面的玉娘，那梨花带雨之美，令他心旌摇荡起来，久久也没有去接回自己的衣衫。

玉娘说一声"多谢了"，将衣衫往门口石凳上一放，关上了大门。

曹墨呆立在街心，任凭大雨淋头，全然不觉……

守在瓜店的王媒婆忽然看见曹墨大步跑来。

"哟，曹公子，你怎么还没走哇。都成了落汤鸡了，快进来。"

曹墨大笑："哈哈哈，淋场大雨，倒是凉快解暑。"

"哼，淋场大雨，让公子醒醒才好呢。"

"王妈妈话中夹着骨头啊。"

"老婆子当了大半辈子的媒人了，岂会看不出你们这些风流哥儿们肚子里那几根花花肠子？"

曹墨试探地问："王妈妈既然看出我的心事，不知可愿意为我……"

王媒婆大声道："休想！你看中旁人，老婆子一定为你做媒，可那玉娘是个有夫之妇，你不要痴心妄想。"

"王妈妈，那娘子的丈夫是谁呀？"

"不就是王四嘛。"

"一个城里住，什么王四王八的，我怎么不认识？"

"这是城东，你家住城北，互不相识的多着呢。"

曹墨笑道："王妈妈，那王四把漂亮老婆一个人留在家里，自己常年在外面，难保他真成了王八自己都不知道呢。"

"该给你掌嘴！你不知道，人家玉娘可是个贤惠的良家女子，她才不会让王四当王八呢。"

曹墨感叹："这王四是哪世修来的，怎么就比曹某人还有福气呢？"

王媒婆哼了一声，道："人家就比你强，你有十一个脚趾吗？"

"人哪有长十一个脚趾的？"

"人家王四就比你多长了一个脚趾，该着比你有福呢。"

"王妈妈，你帮本公子传个话过去，就说本公子愿出一千两银子，让那王四把老婆让于我。"

"哼，你就是出一万两黄金，也休想夺人之爱！"

曹墨脱口而出："那我干脆半道上去把王四杀了，让玉娘成了寡妇，我再娶她。"王媒婆取笑道:"哼,读书人说话不怕咬了舌头。你要有胆量杀了王四,老婆子三天便把玉娘送到你府上。"曹墨随即应道:"好,一言为定!"

天空突然"轰"地打了个雷!王媒婆赶紧捂嘴。

王媒婆连声叹息:"我只当那是句戏言,谁知竟惹出那么大的祸来呀。"

宋慈问:"在你眼里,玉娘是个贤惠守夫的女子?"

"反正,凭我老婆子的眼光,挑不出一点儿毛病。"

"金无足赤,人无完人,挑不出毛病的人兴许就有致命的毛病!"

"大老爷这话……"

宋慈站起来,一摆手,"你可以走了。记住,今日之事,不可与玉娘说。你也要随时听候本官传唤。"

王媒婆刚退出客厅,吴淼水就气喘吁吁地赶到。

"宋大人……听说大人传讯证人,卑职就想来给大人打个下手。"

宋慈一笑:"哦,难得贵县这么热心,可你迟来一步,王媒婆刚走。"

吴淼水急问:"不知是否有所收获?"

宋慈轻描淡写地说:"说来道去,还不都是案卷上写着的那些旧话?"

"既然如此,卑职就不懂了,宋大人葫芦里究竟卖的哪味药?"

宋慈一笑:"膏药!一贴陈年老膏药!也就是说,宋某想问的,贵县一年前全都问过;证人能说的,一年前也都说过,并无半点新鲜。"

吴淼水还想说什么,宋慈先声夺人:"这个捕头王上哪儿了,怎么大半天不见人影呢?"吴淼水吓了一跳。

吴淼水走后,宋慈独自在庭院踱步思索。

英姑悄然走到宋慈的身后,"大人,捕头大哥是您差出去找线索的吧?"

宋慈回过头,却打起了哈哈:"嗯,啊,是吗?也许……"

"好啦,别跟我打哈哈了。这本来也不该是我问的事。不过,我倒有另外一句话想问问大人。"

"什么?"

"当时玉娘能在三丈之外认出王四,这的确是个破绽,您为什么不向王媒婆追根究底地问问?"

"王媒婆已经说了,何必再问。"

"王媒婆说了吗？"

"没说吗？真是枉生了一对招风耳。"宋慈轻斥一声走开了。

英姑下意识地摸摸自己耳朵："哼，卖关子！"

宋慈又踅回来："同一时间、同一地点和同一个人的故事，今天宋某听了三回。而从知县、书吏和王媒婆的嘴里说出的同一个故事，却大相径庭。在你听来，哪个说得更接近事实？"

英姑想了想："别的不敢说，但那个唐书吏说玉娘和曹家有着可疑的往来，却是我亲眼见证的。并且，我以为唐书吏对玉娘的怀疑也有三分道理，从全案来看，玉娘对曹家避嫌尚恐不及，怎么会频频出没凶手之家呢？"

"你只说他有三分道理，还有七分又怎么说？"

"他说的那些风流韵事，都不会是亲眼所见亲耳所闻，不足为信。可他又把那些事说得那么如身临其境，就像他真的偷听过人家房事似的。"说完此话，英姑的脸竟有点着红了。

宋慈笑了："哈哈，有意思。宋某刚才说，同一个玉娘，从三张不同的嘴里，却说出截然不同的三个女子，你不觉得耐人寻味吗？为什么会有如此之大的差异？因为各人在向宋某陈说玉娘其人的时候，都怀有各自的用心：吴知县向宋某述说玉娘的时候，尤其注重玉娘对曹墨的眉来眼去，给宋某的印象，玉娘是一个百媚千娇，能在一瞬之间让男人，尤其是风流男人心猿意马铤而走险的红颜尤物，从而使宋某信服曹墨确有杀人动机；那位书吏则把玉娘描绘成一个水性杨花、不守妇道的淫妇，为的是让宋某早日将淫妇玉娘绳之以法；而王媒婆当初不慎漏嘴，差点使玉娘蒙受通奸害命之冤，她对玉娘心中有愧并想弥补过失，所以王媒婆嘴里的玉娘品貌几乎完美无缺。宋某断定，各有所图的三人嘴里说出的，都不是真正的玉娘其人！你说真正的玉娘又会是什么样呢？"

英姑一笑："我只知道大人接下来一定会亲眼验证了。"

"对！百闻不如一见，我要亲眼看看。"

县衙客厅内，吴淼水一脸不快，两眼盯着垂手立在一旁的唐书吏："听说你一整天都在官驿，是想让提刑官提携提携？"唐书吏淡淡地道："提刑官是高人，高人自有高见。小吏值不值得提携，宋大人自有主见。"吴淼水冷笑道："说你胖还就喘上了。你说，你是不是向提刑官告我什么诬状了？"

"知县大人从无过错，小吏何来诬状可告？"

"那当然。可宋大人办事过于认真，想对曹墨杀人案复审复审。"

"无非例行公事。真金不怕火烧，证据确凿的铁案，还怕他真能查出个节外生枝？"

吴淼水心生狐疑："你……你什么意思？"唐书吏忽然激动起来："要说曹墨杀人案，卑职以为大人错在当初就不该怜香惜玉。"

"什么怜香惜玉？"

"大人虽然把凶手判了斩刑，可放了淫妇，小吏至今觉得不妥。"

吴淼水一愣："你……你怎么就认定曹墨和玉娘合谋呢？"

唐书吏反问："那大人怎么就认定玉娘清白无辜呢？大人不是说漂亮的女人脸上总是写着个'祸'字吗？小吏以为大人此言简直就是至理名言。"

吴淼水讥笑道："不如说你有切肤之痛！"唐书吏强压着心头之愤："小吏家室如矩，何言切肤之痛？大人所言莫名其妙！"

"算了吧你！谁不知道你老婆水性杨花，早让你戴上绿帽了，你有气不敢往自家老婆身上撒，就恨不得把天底下的漂亮女人都赶尽杀绝。一个大老爷们儿，有本事去治治自己家里那个偷奸养汉的老婆啊，干吗拿别人出气？"

唐书吏痛苦地叫起来："大人！清官难断家务事，你拿小吏家事说事，有失公允！"吴淼水反问："可你有气不敢向老婆出，却嫁恨于他人，就公允了吗？"

"唐某并非如此心胸褊狭的小人，我敢说，本案最后被推上断头台的，绝不止一个曹墨！"

吴淼水的心一下提到嗓子眼："还有谁？"唐书吏咬牙切齿地说："淫妇玉娘！"

吴淼水反而心里一松："你是说宋提刑盯住的只是玉娘？"

唐书吏说："大人当时要是听了小吏的忠告，将奸夫淫妇一同严惩，也不致会落得今天这么被动。"吴淼水心想：怪不得宋慈一直不提审曹墨，原来他的眼睛只盯住玉娘了。哼，什么断狱神手，不过如此！

唐书吏凑上来问："大人在想什么？"吴淼水斥道："该干什么干什么去。屁大个书吏，逞什么能啊！"说罢，昂首阔步而去。

唐书吏朝着吴淼水的背影轻声道："跟狗啃屎，随虎吃肉。等提刑官按唐某所指，将案子改判了，你敢说提刑官身边不会多一个精明能干的书吏？"

宋慈和英姑逛街似的一路走来，刚到玉娘家门口，"吱呀"一声门正好开了。二人往旁边一闪，见玉娘头上蒙着纱巾，手臂上挎着个篮子出门往长街而去。

英姑说："大人，她就是玉娘，我去把她叫住。"宋慈摇头："不，跟着她。"

玉娘在前不紧不慢地走着，却不知道有人正紧紧地跟在她的身后，一双眼睛正死死地盯着她呢。宋慈跟在玉娘的身后，想起吴淼水的一句话："曹墨和玉娘虽是初次见面，可二人眉来眼去，就已经让曹墨神魂颠倒欲罢不能……"眼前的玉娘，似乎随着他的想象变幻出妩媚的形象。而玉娘像是意识到有人跟踪，脚步渐慢，倏然回眸，向宋慈妩媚一笑，摄人魂魄。

英姑在后面，偷偷窥视宋慈脸色。宋慈有所察觉，正了神色。英姑不由得抿嘴窃笑。宋慈又想起唐书吏的那句话："小吏借个古人古事，恰恰是为了省些口舌直揭本案真相。本案中的潘金莲就是本地出了名的大美人玉娘……"前面走着的玉娘忽然站住，并扬着一脸似嗔似笑的淫荡之色回过头来，伸出一条白藕般的手臂和一根嫩笋般尖尖的手指，对宋慈勾指飞眼……宋慈不由得一怔，急忙停步，别过身去。

英姑不解："怎么啦，大人？"宋慈一脸正色地说："什么怎么啦。好好跟着。"再一看，玉娘却已没了踪影。

英姑说："大人，人不见啦。"宋慈回过神来："嗯，跟丢啦？"

英姑自信地说："丢不了，我知道她出没的地方。走吧。"

曹家堂屋。一张锡箔纸在一双瘦骨嶙峋的老手上折着，泪水啪啪地滴，纸折成元宝变为祭亡纸钱时，有一半已让泪水浸透。曹母边折着元宝边念念有词："从前，有个母亲，把身上所有的东西都给了儿子，可儿子还站在娘的面前想要什么，娘就问，儿啊，你还想要什么呢……儿说……"

一阵轻轻的叩门声，打断了她的自言自语。曹母起身出了堂屋，回身把堂屋门关上，才穿过天井去开院门。门开了，玉娘气喘吁吁地闪了进来："大婶。"曹母问："玉娘，出什么事了？"

"哦，没什么。"玉娘说着，想搀扶老人进屋。曹母却站着未动："玉娘，我不是说过让你这两天别再来了吗？"玉娘欲言又止："哦……大婶，我……"

"玉娘，这些日子多亏了你，我才活下来了。你想说什么就说吧。"

"大婶，还是进堂屋说吧。"

曹母却将玉娘堵在门外："别，你有什么话就在这天井里说吧。"

玉娘颇感奇怪："大婶，您怎么不让我进屋啊？"

曹母支吾着："哦，老身说了，让你别再来了，可你……"

玉娘突然越过曹母,把门一推,泪水"哗"地涌了出来。她回头对曹母声泪俱下地说:"大婶,您怎么不听我劝呀……"

"墨儿的时辰快到了……当娘的得做些准备啊!"

"可您……您为什么做了双份?"

"墨儿一走,我这老婆子还……"

"不,您不能这么想。"

"不这么还能怎么啊?"

玉娘忽然向曹母双膝一跪:"娘,曹大哥要真有个三长两短,从今以后,玉娘就是您的女儿!我侍奉您一辈子,您一定要好好活下去啊!"

曹母急忙说:"玉娘,你说什么胡话!你敢认我这个将死之人做娘,我也不敢拉你这个清白之人垫背啊。快别这么说,快起来!"

玉娘从篮子里取出一个金黄色的银袋子:"娘,你看看,玉娘已经把自家的房产全都变卖了,这是人家付给我的定金,我现在已无家可归,要是曹大哥真的不在了……玉娘就一辈子和娘相依为命。"

曹母热泪盈眶:"玉娘啊,难得你有这么一份善心,可墨儿从小就没离过娘,我不能让他一个人走哇。既然你这么说了,我倒有一件事求你,明年清明节,别忘了到我们娘儿俩坟头烧炷香。"

"娘,您不能这么想,还没到山穷水尽呢。"

"覆盆之冤,难见天日啊!起来吧,孩子。别哭了。总说我们女人就是泪多,可老身这些日子早把眼泪流干了。墨儿的日子越是近了,我反倒越是不哭了……到了那边,娘儿俩还可团聚。不哭啦!"

玉娘小声说:"娘,这两天太平县来了位提刑官,人称包公再世,我正想和娘商量,让曹大哥翻供喊冤……"

曹母大声道:"快别动那没用的念头了。我算是看得透透的了,这官场上从来都是官官相护,再翻供,无非让墨儿再过几次堂,多挨几顿打。我可怜的墨儿,经不起了呀。"

"娘,您今天就让我去看曹大哥吧。"

"不成,不成啊。玉娘,你再抛头露面,还不知会让人家怎么说呢。"

玉娘坚决地说:"娘,刚才进门之前,我还怕人家说长论短,可现在我是您女儿,我还顾忌什么呢?今天您就让我去见见曹大哥,我……我有话要对曹大哥说。"曹母惊问:"你想说什么,你真想让他翻供?"

"娘，我们不能就这么认命了，不能放弃最后的希望……"

突然响起几声清脆的叩门声。曹母一怔："谁呀？"玉娘去开门，曹母却赶紧把堂屋门又关上了。玉娘把门一开，惊住了，"啊？你们是……"

门口站着宋慈和英姑。宋慈不轻不重地说："太平县曾指控过你通奸谋命，可不知何故，仅把奸夫断为凶手，却对你开了大恩，至今尚有人对此说长道短，以你今日之举，难道就不怕再惹嫌疑，授人以柄？"

曹母怒道："是何方野鬼在此放屁，臭不可闻！"

宋慈慢步走到曹母床前，好言道："老妈妈，在下宋慈。"

曹母冷冷地说："有何贵干？"

"听说老人家贵体欠安，特来看望看望。"

"只怕老婆子消受不起！"

玉娘不敢相信似的："你……你真的就是人称包公再世的宋提刑吗？"

曹母冷哼一声，道："玉娘，你别错把金面贴鬼脸。天下只有一个包青天，那是前朝清官，早作了古啦！"

"宋某当然不敢和前朝的包青天相比。不过，明知有人受冤，将白白丢了性命，宋某却也不敢不管！"

曹母和玉娘互相看看，不知该信还是不该信。宋慈忽然看到玉娘的银袋子上绣着"王四"的名字，不禁眼光一亮，但没动声色。

英姑上前说："宋大人为了曹墨的冤情，肠子都快急断了，你们还冷言冷语的，也太不通人情了吧！"

玉娘突然跪倒在宋慈面前，声泪俱下地叫道："宋大人，冤枉啊！小女子有实情相告——"

大堂上。猛听一声虎狼般的吼叫："带玉娘上堂——"

玉娘戴着刑具被推上堂来。她哆哆嗦嗦地往堂上看：两旁衙役如狼似虎，堂上吴知县貌若阎王。再往侧面一看，四名光膀子大汉架着一个已被打得血肉模糊、呻吟不止的男子。她吓得脸色苍白，浑身颤抖。

高堂上的吴淼水一声猛喝："跪下！"玉娘与其说是跪下，倒不如说是被吓得瘫倒在地了。吴淼水大声问："堂下民女，你身边那位是谁，你可认识？"

玉娘细细辨认，终于看清那男子，"我曾见过他一面，但并不认识。"做笔录的唐书吏忍不住喝道："既承认见过他，又说不认识，话有破绽，分明有奸情！"

吴淼水白了唐书吏一眼，唐书吏识趣地坐了下来。

玉娘道："大人说什么，民女不懂。"

吴淼水喝道："大胆淫妇，不许你在本县面前耍习！"

"大人，民女在家严守妇道，街坊邻居都可为我做证，你称民女为淫妇，究竟是何道理？"

"你还要本县给你个道理？哼，道理非常简单，像你这样的美人坯子，生来就是个招蜂引蝶的祸胎！"

那边，曹墨突然大笑起来："如此荒唐的县官，真是闻所未闻。"吴淼水咆哮："与我掌他的嘴！""啪啪啪"几个大嘴巴，曹墨的嘴角顿时流下血来。

玉娘说："大人，容貌原是父母天生，大人以貌取人，确是不该啊。"

吴淼水吼道："照样掌嘴！"玉娘被打得一声声惨叫，嘴鼻出血，血和着泪一起流了下来。吴淼水冷笑道："单凭你们二人在这公堂之上还敢一帮一唱，配合默契，这通奸害命岂不更顺理成章了吗！"

唐书吏频频点头，"有理有理！"同时录于堂簿。玉娘大叫着："大人，我和他只在大街上匆匆见过一面，怎么会通奸害命？大人明鉴呀！"

吴淼水说："你不承认？就在你丈夫被害前日，他曾扬言要杀了你丈夫娶你为妻，难道这不是和你一同谋划的吗？"

玉娘把惊疑的目光投向曹墨。

曹墨点点头："不错，我是说过这话。可那是一句戏言，与这位娘子无关！"

"戏言？可不幸的是你的戏言果然成真了。"

曹墨苦笑："那就是我曹某的运气实在太好了！"

"这天下哪有杀人者先告知于人的道理？大人，这位相公说的，想必真是一句戏言呢。"

曹墨又放声大笑："堂堂知县，七品大人，还不如一位妇人有见识，好笑好笑啊！"吴淼水吼道："住口！"曹墨指着吴淼水怒骂："你狗眼不识人事，简直就是个狗官！"吴淼水暴跳如雷："打断他的手！"一根刑棍高高举起，狠狠打下。曹墨一声惨呼，手臂顿折！

玉娘吓得昏死过去。一盆凉水又将她泼醒过来。

吴淼水凑近玉娘："怎么样，你还是招了吧，免得像他那样受皮肉之苦。你看看，这细皮嫩肉，可不比他男人的骨头硬啊。"

玉娘哭泣道："民女真的没有和谁通奸害命，民女冤枉呀！"

吴淼水"呼"地站起，干干脆脆地吐出一个字："夹！"

夹具一拉，玉娘纤纤玉指被夹得血流如注，一声惨叫又昏死过去……

吴淼水大发感慨："这天下作奸犯科的怎么都是不撞南墙不回头，不见棺材不落泪呀？做都做了，还怕戴罪？其实你们如何通奸，又如何谋命，本县看得一清二楚，可你们偏偏死不认账。难道这大刑是那么好受的吗？今天暂且退堂，明天接着审！"说罢，摇着头走进后堂去了。

牢房内，一盏狱灯，昏黄如豆。玉娘缩在牢房一角，半天没有动静，只有泪水无声无息地从眼眶流下。她忽然"哇"的一声痛哭起来。

她哭着哭着，忽听旁边有男子的呻吟声，一惊，止了哭，循着那呻吟声看去。微弱的狱灯下，她见那痛苦呻吟的男人与她只相隔一道木栅。

黑暗中的男子忽然声音微弱地叫着她的名字："玉娘。"

玉娘认出来了，他就是被打得死去活来的曹墨。"是你？"

曹墨轻声道："你不会信了那狗官的话吧？"玉娘一时没听懂。

"你相信是我杀了你丈夫吗？"曹墨又问。玉娘默然不语。

曹墨自己做了回答："不是！我曹墨再怎么不成大器，也是个书香门第出身的读书人，这一辈子连鸡都不敢杀，何言杀人？那狗官说是我杀了你丈夫，实在是过誉了！"曹墨苦笑一下，忽然挣扎起来，面对玉娘"通"地一跪："可我曹墨真是该死啊！我虽然没有杀人，但从我这张臭嘴里，却放过杀了你丈夫的屁话。我当时不过是一句戏言，可就是这么一句戏言，却惹上了杀身之祸，还害你受了牵连，我真该死，该死啊！"

玉娘忙说："别……你快别这么说了，既然人不是你杀的，你这不也受冤，不也吃苦了吗？"

"我戏言惹祸是报应，可连累你背上个谋杀亲夫的恶名，我心里……"

玉娘劝道："事到如今，你再自责也无济于事了，不如忍着点，我想是黑是白总会弄清楚的。"

曹墨激动起来："那姓吴的狗官要是认得出什么是黑什么是白，你我会受那么大的冤吗？只要此公还戴着乌纱，黑白就永远颠倒！"

玉娘哀哀地说："你我素不相识，却要背上个通奸杀人的恶名，天理何在呀？"说罢，痛心地哭着。

"玉娘，我已经想过了，遇上这么个狗官，也算是你我命中注定的劫数。我想，与其你我同受冤屈，不如让我一人承担了。明日过堂，就让我一人把谋杀你丈夫的罪名承担下来吧。"

玉娘一愣："可是……可是你明明没有杀人呀。"

"一个官字两张口，那狗官说我杀的就一定是我杀的。这叫什么，这叫覆盆之冤，不见天日啊。"

"既然你没有杀人，还是咬牙挺着，不可平白无故地去认一个死罪。"

"只有这样，只有我一人把罪名承担下来，那狗官才会相信你是清白的，你才有出头之日，否则，要被砍下脑袋的不光是我，还有你，你懂了吗？"

"难道他一个堂堂朝廷命官，就那么草菅人命吗？"

"我已经被打得身残人废了，死不足惜，只是家中老母，老而无依，让我放心不下呀……"曹墨说完，呜呜地哭起来了。

玉娘急切地说："不，曹大哥，你不能承担这个罪名，你不能白白去送死呀。"

曹墨叹息道："玉娘，我出此下策，并不完全是为了解救你。你想，我一介书生，从小受母亲溺爱，就是连一手指都没打过我，什么时候受过这样的酷刑拷打呀？我再不承认，早晚会被活活打死的呀，我实在是受不住了呀，与其被活活打死，倒不如一刀来得干脆。玉娘，你我素昧平生，同遭此难，也算有缘，只求你以后能照顾我那可怜的老娘，曹墨九泉之下也会感激你的。"他挣扎着向玉娘下跪……

玉娘痛哭道："曹大哥……"忽然传来一阵急匆匆远去的脚步声……

说完这段痛苦经历，玉娘的脸上已挂满泪水。

宋慈沉吟一会儿，问玉娘："你说当时有人在暗处偷听你和曹墨的谈话？"

"我只是听见有人离去的脚步声。"

宋慈敛神沉思了一会儿，忽然指着墙上的一幅字道："哦，这是谁的墨宝，却是不俗呢。"

曹母眼中露出一丝温柔："哦，这是我儿子亲手书写的。"

"是吗？一手好字啊！"

玉娘眼睛一闪，"宋大人要看曹大哥的字画，在堂屋里挂着呢，跟我来。"

曹母急喊："别，别，玉娘，别进堂屋……"机灵的英姑就过去把门一推。

随着堂屋门缓缓开启，英姑的眼睛也越睁越大：屋内，触目惊心地并排摆放着两口朱红的棺材！地上及四壁，到处都是纸钱祭幡。

宋慈见状，大受震撼，缓步走入，强忍着热泪，轻拍那两口棺材："这一口，是母亲预备为儿子收尸的；这一口是母亲为自己……这让宋某想起家母曾经说过的话，家母说，儿是娘身上掉下的肉，儿在外面平安了，娘在家也就心安了。老妈妈，您这个做娘的是连死也不愿和您的心头之肉分开啊！"

曹母泣道："宋大人，您真是前朝的包公转世，您能救我吗？"

"你儿子已有供词在案，除非翻供喊冤！"

曹母痛心地说："那是屈打成招啊！我儿从小娇惯，我这个做娘的从来都没舍得打他一手指头呀，那天被抬着回来取物证的时候，我一见那副惨状，真是心都碎了呀。"

"老妈妈说的物证，想必是一件沾着血的血衣？"

"我儿太受苦了呀。"曹母抬手抹泪时，衣袖滑落，又露出手臂上那道长长的伤痕。宋慈看着那道伤疤，似有所悟，道："那件血衣究竟是怎么回事，还望老人家如实相告。"

曹母隐衷难表，默默坐下，又开始一个又一个地折着纸钱，嘴里却念念有词："有一个母亲，把身上的一切都给了儿子，见儿子还看着她，母亲就问：儿啊，你还想要娘的什么呢？儿子说我想要娘的心！母亲就把自己的心掏出来给了儿子。儿子捧着母亲的心，欢蹦乱跳地跑出门去，脚下一绊，摔了一跤，母亲的心被重重地摔在地上，可母亲的心问出的第一句话却是：儿子，你摔痛了吗……"说到这时，已泣不成声。

英姑在老人身边蹲了下来，拉过她的手，抚摸她手臂上的那条伤痕，轻声细语地说："大娘，说说那件血衣好吗？"宋慈感慨地说："老人家已经说了。"

夜黑之中，一灯如豆。宋慈像木雕似的端坐在客房中。英姑端着酒菜进来，宋慈像是全然未觉。"大人，吃饭吧。您还在想着那位老妈妈？"宋慈长叹一声："人世间，何曾听说过一位慈母竟用这样的方式救他的儿子，发人深省啊。"

英姑见桌上有一张图，画的是从王婆瓜店、玉娘家到河西村口的线路。

"大人，这画的是什么？"

宋慈刚想解说，吴淼水突然走了进来。

宋慈用很反感的眼神看着他，"有何贵干？"

吴淼水面色尴尬："只因刑部核准的刑期快到了，按大宋律制，卑职应该奉命监斩。卑职想，宋大人在敝县察狱，卑职就想恭请大人……"

宋慈突然道："宋某想夜审曹墨！"

吴淼水一惊："啊，莫非……莫非大人找到了真凶？"宋慈摇头。吴淼水底气一足，嗓门就随之高了起来："既然没有找到真凶……"

宋慈嗓门更大："虽然没找到真凶，可明知此案有冤，难道就不能问问？"

吴淼水有点胆怯了："大人，您说过……"宋慈说："对，宋某说过无意将刑部审核的命案推倒重审，但本官发现此案真相不明，所以改主意了。"

吴淼水眨着小眼睛定定地看着宋慈。

"怎么，不可以吗？"

"说起真相，大人，真相不是早已清楚了吗？"

宋慈摇头道："我看未必。且不说你这原案卷宗里的漏洞百出，宋某只问你一点，案发日，王四是去收取货银的，他回家途中，身上一定带着银子，而尸体被发现时，却分文全无。贵县不问杀人谋财，只问了杀人谋色！此一疏漏宋某能不问问吗？"

"卑职一开始也想到过谋财害命，可凶手归案后，招供了正是他杀人谋色。"

宋慈大声说："此案必须推倒重审！"

"可是……刑部批文的八月十五……"

"不还有一宿半日吗？"

"除非大人能在这一宿半日之内找到另一个凶手，否则，推翻刑部核准的命案，后果……"

宋慈嗓门大起来了："宋某知道后果！丢官削职，赔上身家性命，宋某认了！吴知县，我要夜审曹墨！"

吴淼水无奈地说："哦，卑职这就去提犯人。"

奉命在河边寻查线索的捕头王，虽经一日寻访仍一无所获，眼看天晚，他便急急赶回城里。他在一条街上走，路过春宵楼门口，无意中一瞥，一个熟悉的身影映入他的眼帘，在门口搔首弄姿的正是前几天假扮病妇的妓女阿春。

捕头王一缓步，阿春就苍蝇似的飞过来："哎呀大哥，什么事那么急呀？进去玩玩嘛。姑娘我……"忽然惊讶地瞪大两眼，"啊，是你呀？"捕头王哼了一声就走。阿春赶上来问："欸，这位官差大人，什么时候把你们抓的那些哥们儿放出来呀？那可都是姑娘的老客啊。"捕头王头也不回地走了。

"我不也是姑娘的老客吗？"阿春身后忽然有男人说话。捕头王一听那声音，忽然有所触动，步子就缓了下来，听着那对男女在他身后你一言我一语地说着。

"哼，像你这种玩了赖账的无赖，一百年也碰不上一个，你就是烧成灰本姑娘也能认出来！"

"嘻，那陈芝麻烂谷子的事还提。再说了，你们这儿要不是连那些偷鸡摸狗的也来，上回我也不会付不起银子呀。"

"那你这回带银子来了？"

"这回我先付账。"

"哟，王大哥，那就快请呀。"

捕头王蓦地回头，见那对男女相拥着已经进了春宵楼。捕头王追过去想看个清楚，却被另外两个拉客的妓女缠住，"这位大哥，姐正等你呢。"

捕头王手一甩，逃命似的跑了。

衙役押着曹墨在长长的牢狱过道上走。锁镣声惊动了那些盗犯，除毛大之外都"呼啦"一下齐齐地趴向栅栏看着，嘴里议论着。

"像是从死牢里提出来的。"

"那是拉出去杀头的吧？"

"杀头都在午时三刻，哪有半夜三更的。"

"欸，会不会轮到我们也被……"

"胡说！要是连偷鸡摸狗的都要杀头，这世上可没几个可活的人啦。"

毛大则半靠在墙角养神，他所躺的位置此时正面对着趴在栅栏上的那七八个同伙的屁股，而那些破衣破裤上大多是打着各种各样的补丁。他忽然忍不住大笑起来。同伙们回过头来："大哥，你笑什么呢？"

毛大指着一个人："三子，你转过身去。"三子问："怎么啦？"

"让你转过去，你就转过去。"毛大一脸不耐。三子就转过身去。

毛大笑道："你们说猴子屁股啥颜色？"贼众齐声说："猴子红屁股呗！"

毛大命令道："三子，弯腰！"三子把腰一弯，立即就露出屁股上的两块金黄色的补丁，恰似猴子屁股。

贼众轰然一下笑起来。三子还不知什么事，回过头来："怎么啦，怎么啦？"

毛大大笑道："三子啊，兄弟们一起那么多天，怎么才发现原来你有个猴子屁股呀？"三子大悟，不禁脸色一变，忙用手捂着屁股到墙角坐下。毛大说："三子，这一定是你老婆能未卜先知，知道兄弟们有朝一日会关在一起穷闷，就事先给你缝上个猴子屁股，给兄弟们乐乐。"

三子怨道："我老婆是个睁眼瞎子，辨不出红黄蓝绿的。那天她硬说这是块好布，就补到我的裤子屁股上了，她硬说这颜色和裤子布是一样的，这不让哥哥们看笑话不是？"

众贼一个个笑得前仰后合。忽听一声喝："吵什么！"贼众一看，禁子正气势汹汹地站在栅栏外，顿然噤若寒蝉。

一盏盏写有"县衙"字样的白纱灯笼被燃挂上。深夜的讯堂上，满堂生光，如同白昼。宋慈倒背着手，慢慢踱着步。吴淼水忐忑不安地站在一旁，不时地偷偷瞟一眼宋慈。

寂静无声的堂外终于有了脚步声。衙役进来，小声禀报："曹墨带到。"没等吴淼水说话，宋慈先声夺人，"带进来！"衙役应声："是，带曹墨。"

曹墨手枷脚镣，残臂跛足地被带上堂来。宋慈正要开言，却被曹墨抢先问了："知县大人，犯民都已供认在案，为什么还要夜审？"

"今夜审你的并非本县，而是提刑大人。记住，宋大人问什么，你须得从实说，切不可对宋大人再说胡话。"说最后那句时，吴淼水暗暗在曹墨手臂上使劲儿捏了一把。曹墨抬头看看宋慈，"无论什么官提审犯民，犯民都只有一种供词，是我杀了王四！"

宋慈吩咐道："来，去掉刑具！"衙役应命取下曹墨的刑具。宋慈上前说："曹墨，本官今夜把你带来，并非升堂问案，只是有几句话想问问你。"

曹墨脖子一梗："是我杀了王四！"宋慈却说："本官恰恰无意问你杀人之事。"曹墨一愣："那你为什么深更半夜地把我带上堂来？"

宋慈站起来，踱步到曹墨面前，好言问道："曹墨，你家里除了一位白发老娘，可还有别的亲人吗？"

"……这与本案无关。"

"本官说过今日不问案！"

"犯民家父早亡，家中只有老母，别无亲人。家母为了我这根曹家独苗，多年守寡……"

"如此说来，令堂大人守寡多年，就为把你这根曹家独苗抚育成人？"

曹墨闭目点头。宋慈又说："有一个关于母亲和儿子的故事，想必你是听说过的。"曹墨闭目不语。宋慈娓娓道来："从前呀，有一个儿子，索尽了母亲身上的一切，还用一种不满足的眼光看着母亲，母亲就问，'儿子，你还想要什么呀？'

儿子说，'儿子想要母亲的心！'母亲就把自己的心掏出来，给了儿子。儿子捧着母亲那颗心欢蹦乱跳地跑出门去，不料，脚下一绊，摔了一跤，把母亲的心重重地摔在地上。可母亲的心问出的第一句话却是，'儿子，你摔疼了吗？'"

曹墨被大大触动，眼圈忽地一红，喊道："别说了！家母为我这个儿子含辛茹苦一辈子啊，可儿子……"

"可儿子却犯下了不赦之罪，就要押赴刑场受死了，你自己杀人偿命，死有余辜，可你那白发老母，为你含辛茹苦一辈子，如今风烛残年，正需要儿子回报养育之恩的时候，却反而要为你这不孝之子去法场收尸，你这做儿子的，能看得到母亲那颗受伤淌血的心吗？"

曹墨伤悲难忍："我……"宋慈紧逼："你为何杀人？"曹墨脱口而出："我没有……"吴淼水急叫："曹墨，宋大人面前你又说胡话！"曹墨为难极了："我……娘，孩儿不孝啊……"竟"哇"的一声大哭于地。

吴淼水浑身直冒冷汗。宋慈缓缓转身，回到座上坐下，耳边听着曹墨的哭声，眼前闪现曹母白发瘦骨的凄惨面容，不禁也眼角湿润起来。曹墨的哭声渐渐平息下来。宋慈用温和的语气问道："曹墨，你为何杀害……"

曹墨哀声反问："你说过不问案的，为何言而无信？"

"好好好，本官不再问案，不问！可另有一件题外的话题想问问你，你不会介意吧？"

"什么事？"

宋慈笑着问："哦，听说……那个王四之妻……叫什么？哦，叫玉娘！听说那女人长得的确有点……招眼？"

曹墨不解："什么意思？"

"欸，你那么看着我干什么？宋某不过随便问问，没别的意思，你要不想回答，也不勉强。"

"玉娘是天下最贤惠的良家女子，可我差点毁了她的清白名声。"

"那你是什么时候认识玉娘的呢？"

曹墨有所警觉地抬头看着宋慈。

宋慈欲擒故纵："哦，随便问问，你要是不想说就不说。"

曹墨脸上居然漾起一种神往的笑容："那是天意的安排——"

天上下着倾盆大雨。玉娘跌跌撞撞地在雨中奔跑，脚一滑，一个趔趄，手中的瓜篮脱了手，瓜果四处滚散。曹墨冒着大雨赶了过去，脱下外衣，披在玉娘身上，然后一个个地去捡回瓜果。他见扭了脚的玉娘一步一拐，想去搀扶，可他的手刚一碰到玉娘的身体，就被玉娘有分寸地推开了。

曹墨站在雨中，看着玉娘挨着墙一瘸一拐地进了家门，刚想回身，门又开了，玉娘把他的湿衣递了出来："这位公子，差点忘了呢。"说着脸上扬起落落大方的笑容等着曹墨接走衣服。

曹墨看着半掩宅门内的玉娘，正如梨花带雨别样动人，竟呆呆地不知去接。

玉娘就将湿衣往门槛上一放，说了声："谢了。"缓缓从门缝里消失。

曹墨如痴如醉地在雨中站着……

烛火在微风中摇晃着。讲述完这段情景，曹墨眼里还流露着无限神往的神色。英姑看着暗笑。宋慈站起身来，像是闲聊似的问："给你一个时辰，能跑多远？"曹墨感到意外，好一会儿才回答："囹圄之囚，半步不能。"

"嘻，你那文文弱弱的身板，比宋某还单薄，我想你大概也跑不出十里八里。"

"要是以前，曹某也未必输你。"

"那要是一条坎坷之路呢？"

"也能勉强。"

"再加上狂风大雨！"

曹墨怔住了："曹某是食五谷杂粮的凡夫俗胎，不是能腾云驾雾的神仙。"

宋慈点点头："此话有理。宋某，哦，还有吴知县，也都是食五谷杂粮的凡夫俗子！"吴淼水有点莫名其妙，更有点耐不住性子："曹墨，当天你与玉娘分手之后，回到王婆瓜店，可是说过……"

宋慈突然道："把犯人送回牢房！"吴淼水话到一半被截，不由得满脸狐疑。

书房内，一脸焦虑的宋慈正踱着步，自语道："捕头王怎么还不回来呢？"

话音未落，捕头王满脸懊丧地走了进来。宋慈一看那神色，便觉得无须再问，"什么也别说，先吃饭。"桌上摆着酒菜，未曾动过。

话音一落，捕头王已经一杯酒落肚，随手从桌上抓起什么就大吃起来。

英姑见了，几乎忍俊不禁："像个饿死鬼！"

捕头王边吃边说："所带银子都用来问路访查了，一天没吃东西。"

"挨了一天的饿，还一无所获，也真亏了你了。"英姑叹了口气。

宋慈开口道："本来就是让他去大海捞针，空手而归，也该是预料中事！"

捕头王向宋慈禀报说："大人，我这一整天，在被害人当初去收货银的沿河访查了百人，除了看人家摇头，竟无一点儿线索，卑职……"英姑捅了捅捕头王："大哥……"捕头王回头，才知宋慈已经默默地走出客厅。

英姑连忙提了盏纱灯追了出去。庭院莲花池。夜色沉沉。英姑提着灯笼照着路，宋慈缓缓踱步。捕头王也悄声地跟在后面。宋慈暗自思量：本案疑点虽多，症结却在真凶。王四进山收取货银，回家时身上一定带有银子，途经……宋慈聚精会神地在心里分析着案情，径直往池中走去。

捕头王急忙拉住："大人，小心！"宋慈勃然大怒："大胆，敢惊扰本官！"

捕头王有点委屈地说："大人，我总不能眼睁睁地看着您掉进池子去呀。"

"对不起……唉，三日之期，已过其半。可真凶在哪儿呢？本案曹墨有冤该是确证无疑，可找不到真凶，即便宋某比他太平县官高一级，也推翻不了刑部的批文，只能眼巴巴地看着太平县将不是凶手的曹墨拉上法场斩下人头。人命关天，人命关天啊！"

捕头王期期艾艾地说："大人，我……忽然想起个人，你们可别笑话我。"

英姑催道："都什么时候了，有什么想法还不直说了！"

"我想起头天被大人识破假扮病妇的那个……"

英姑笑了："你怎么会惦记着一个娼妓？"

"刚才回来路过窑子，正好遇见了。"

"你还真有闲心。"

宋慈像是猜出捕头王想说什么："英姑你别打岔。捕头王，往下说。"

捕头王接着说："本案被害人王四被害当天是进山去收取货银的，而尸体被发现时，身上却分文全无。据大人推测，王四被害是出于作案人谋财，而案发地点一定是在距河西村发现尸体现场至少十里之外的上游。卑职奉命去河上游走访，以期找到王四被害的线索，然而卑职却一无所获……"

英姑接口道："不又说回来了吗？"

"可遇上那个妓女，却让卑职想到一件事能在大白天干出杀人谋财勾当的，不会是良家农人，一定是胆大妄为的惯盗，但凡惯盗又往往是团伙作案，卑职去上游访查无获，是因为那儿的盗贼团伙正好都关在县衙大狱……"

宋慈眉头一扬，想起那日见过的场景：几条汉子，抬着病妇过河，"噼噼啪啪"地在水面踩起四溅的水花……

宋慈眉头大展，在捕头王的肩膀上重重拍了两下："走！"

"去哪儿？"

"下海捞针！"

牢房里，贼众横七竖八，呼呼大睡。一阵杂沓的脚步声传来，蟊贼们一个个被惊醒过来。

"哎呀，又提人去杀头呀？"

"好像是冲咱们来的呀。"

"你是做贼心虚。"

"咱本来干的就是贼行，能不心虚吗？"

毛大斥道："瞎吵吵什么。"话音一落，牢外的脚步声骤然就停了。

毛大坐起身子，往外一看。栅栏外站着一大群持械衙役，为首的却是那天抓他们的大个子捕头王。

众蟊贼像大闸蟹一般被连串提上县衙大堂。他们跪下后，再一抬头，看那堂上高坐的正是那位断案如神的官，不禁面露敬意："犯民叩见青天大老爷。"

宋慈一双锐眼在蟊贼中一个个地扫过，然后笑容可掬地问："诸位何以一个个脸色茫然？"毛大壮起胆子说："哦，这位青天大老爷，犯民们刚才正睡得香呢，不知半夜被提上大堂，大老爷想问什么？"

宋慈笑着说："嗯，看来你这人记性不好。你怎么忘了，昨天在牢号里，你们对本官请求过什么？"一旁的三子说："哦，我想起来了，当时我们说这牢房太挤了，请大人给换间大的。"

"当时本官又是如何说的？"

"大人说有个地方比那儿宽敞多了。大人说，王法大堂。"

宋慈惊堂木"啪"地一拍："对！本官说到做到，所以就把诸位请上这王法大堂了！"吴淼水暗暗嘀咕："简直不着边际。"

宋慈对刚才与他对话的说："欸，你叫什么？"

三子心里一惊："大人问我吗？"

"对，问你。"

"小人没有名字。家里排行老三，都叫我三子。"

"那么三子就是你的名字?"

"这算个屁名。我这不过叫个应,跟猫猫狗狗差不多。"

贼众们被三子说得忍不住笑了起来。

宋慈夸他一句:"三子,在你们这帮兄弟中,我看就你记性最好!"

毛大却说:"大人这可是错了,咱兄弟中数这小子最木了。"

宋慈不相信似的:"这么说,你们都有比他更好的记性?那我来考考诸位的记性,如何?"蟊贼们你看看我我看看你,心里越发没底了。宋慈问:"比如说,谁能记得起来,今年八月初十,你们都干了些什么?"蟊贼们一个个蔫了神。宋慈一乐:"怎么,你们记性也不会那么不好吧,才发生的事竟记不起来?"

毛大说:"初十我等打了一票珠宝店,拿了人家价值万两的金银珠宝,不想让大老爷神眼识破,就给抓进来了。"宋慈点点头:"嗯,记性不错。不过这太近了,本官再问个稍远一点儿的。去年大年三十是什么天气?"毛大随即说:"下大雪呀。那雪下的,村里草房压倒好多呢。"

蟊贼们七嘴八舌头地附和,有人说:"大年三十,我还在雪地里逮了只快饿死的野兔,正好过年打打牙祭。"

宋慈突然问:"六月初六呢?"堂上霎时一片寂静。宋慈又好言好语:"去年六月六,对诸位而言,恐怕也是个不难记住的日子,那天又是个什么天气?"

毛大使劲儿想了想:"实在记不起来,不知大人问那天干吗?"

"本官给提个头,兴许就能想起来了。去年六月六,天降暴雨。"

"六月的天,孩子的脸,暴雨说下就下,谁记得哪天下雨哪天刮风啊。"

"本官再给你们提个醒,有一个木耳商人,早上进山收账,午后出山返回,经实地查访,诸位门前是必经之路,想必不会一点儿也想不起来吧?"

蟊贼们相顾茫然。毛大催道:"你们有谁记得吗?记得就快说。"

"那天下过一场暴雨倒还能依稀记得,可没见过什么木耳商人呀!"

"是啊,大人能说说那木耳商人长什么样吗?"

"要是都让本官说了,又怎么知道谁的记性更好呢?"

蟊贼们哑然。吴淼水暗自嘀咕:"简直是把法堂当作瓦舍戏场了。"

宋慈又说:"本官再给你们提个头:木耳商人身上有一样东西,对诸位而言,只怕不会视而不见,是一只金黄颜色、绣着'王四'二字的银袋子!"

三子闻言,忽然轻轻"啊"了一声,本能地反过双手去护他的屁股。

毛大看在眼里,却不动声色。同时,宋慈和英姑也对望了一眼。

宋慈有意提醒："你，哦，三子是否记起点什么了？"

三子慌乱地说："不不，犯民记得去年六月初那几天，犯民一直都在这县城里踩点，不在家，大哥，您说对吧？"

宋慈把目光转向毛大。毛大苦着脸说："大人，我等实在记不起来……"

宋慈的双脚泡在水里，敛神思索着。英姑在一旁，也在想着什么。

宋慈和英姑眼睛对视片刻，几乎同时叫了对方一声。

"哦，你先说。"

"既然大人也想到了，我又何必多说。"

宋慈颇有点急切："让你说你就说。"

"大人在堂上说到银袋子的时候，其中有个蟊贼有过异常神色。我见他顿然一惊，反过双手去捂屁股……"

"哪个蟊贼？"

"就是那个叫三子的蟊贼，其状十分可疑！"

宋慈颇有点抑不住兴奋地道："谁说大海就一定捞不到针呢！走！"说罢，他领着捕头王和几个捕快，快步向大牢走去。

子夜过后，县狱大牢内，蟊贼们横七竖八地躺满一地，一个个都死猪般沉睡。只有一双眼睛，闪动着不安。这是三子。他左右看看，见同伙们都睡着了，就悄悄坐起，脱下裤子，开始拆屁股上的那两块补丁。

三子又咬又扯，好不容易拆下一块，正想拆第二块时，忽然一惊。同伙们不知什么时候都醒了过来，一双双冰冷的目光令他直打寒噤。三子大惊："啊，大哥……"毛大轻轻一声："上！"贼众一哄而起，扑向三子，却扑个空。

三子身子小而灵活，又借着黑，从同伙胯下一钻，逃到一角落，跪着向毛大求饶："大哥，先别动手，听我说，听我说呀……"

毛大把脸凑到三子的鼻子前，压着声音狠狠地说："你我当时结伙的时候是怎么发的誓，你小子该不会忘吧？"

"没忘没忘，有难同当，有福同享，私食财物，自断手足。"

"还有一条更重的规矩。"

"盗人之财，不得沾人之血！"

"可你为什么杀人？"

三子大叫道："我没有杀人……"嘴马上被同伙捂住了。

毛大一使眼神，捂三子嘴的手一撒，三子喘出一大口气，压着声音申辩着："大哥，真的，我真的没杀人，我手上真的没有沾血啊。"

毛大狠声道："住口！刚才那位大老爷一说'王四'，我就知道是去年被传得沸沸扬扬的那桩杀人案。可我想不到，那是你小子做下的血案……"

三子辩道："不不，不是我……"

"不是你，大老爷提到银袋子的时候，你为何惊慌？不是你，那你屁股上这两块金黄色的布是从哪儿来的？不是你，你又为何要偷偷拆了它！难道不是你做贼心虚，自露马脚？"

"是是，这补丁是我老婆分辨不了颜色，用一个银袋子的布给补的，那银袋子上也的确绣着两个字，一个是王八的王，一个是一二三四的四，可那木耳商人真的不是我害的呀！"

毛大咬着牙说："事到如今，你小子还敢抵赖！不是你杀了人，人家的银袋子怎么会跑到你家去了？偷人不过坐牢，杀人可是要偿命的你知道吗！你犯了门规不要紧，但兄弟们也会受到连累，都是有妻儿老小的，全让你毁啦！"

三子几乎要哭出声来了："不不，大哥，兄弟们，我真的没杀人，我手上没沾血呀……"

"大哥，来人啦。"

毛大发狠说："一人做事一人当，你要是不想连累弟兄们，就立马自己一头撞死！"

"不不，大哥，我家里也有父母妻儿，我不想死……"

脚步声已逼近牢前。毛大突然夺过三子拆下的那块布和裤子，高声呼叫："大人，凶手在这儿，他是凶手……"

宋慈忽然出现在木栅外，看着毛大手上晃动着的那块金黄色的补丁。

县衙大堂，两块补丁，宋慈、吴淼水各持一块在手，细细看着，宋慈手中那块上有被剪去一半的绣字。吴淼水越想越奇："大人，王四的银袋子怎么会在他的屁股上，太不可思议了吧？"

宋慈不禁失笑出声："这真是应着了乡间的一句俗语，怎么说的？"他把目光投向浑身筛糠似的跪在堂下的三子。三子支吾道："这……门旯晃拉……拉屎天会亮。"宋慈说："此时正好天已放亮，你从实招来吧。"三子委屈道："大老爷，犯民真的没有杀人呀！"宋慈把目光扫向三子身后的毛大等："你们说呢？"

毛大说："这……三子，你不知这位大老爷能未卜先知吗？你那伎俩蒙蒙县官还行，想蒙这位大老爷，只会罪加一等，快招吧！"

三子哀声道："大老爷容禀。大老爷呀，那银袋子并非小人杀人劫财得的，而是小人偷的，大人明鉴啊！"

宋慈问："偷的？从何处偷的？"

"春宵楼偷的。"

"偷了谁的？"

"我不认识那人。大人只要问阿春就知道了，她可为我做证的。"

宋慈大声说："传阿春上堂！"

少时，阿春被提审上堂。问过几句，提及银袋之事，她脱口道："那人叫王四！"宋慈十分意外："再说一遍。"

阿春肯定地说："就叫王四。银袋子上绣着他的名字呢，就叫王四。"

宋慈问："那是六月初几？"一旁的三子探头说："六月初八。"

宋慈追问："你何以记得那么清楚？"三子说："那几天大哥让我在县城踩点呢。犯民白天踩点，晚上就在窑子里过夜。"阿春证实："他说的都是实话。"

在玉娘家，英姑将两块补丁递到玉娘面前。

玉娘捧在手上一看，立刻泪如泉涌："这正是我给四郎缝银袋子的布料。"

英姑问："你丈夫生前可有什么仇人？"

"家夫为人谦和，从不与人结怨。"

"是否有什么特别的爱好？譬如，是否常常夜不归宿？"

玉娘听出英姑的话外之音："不，家夫为人正派。"

"出事前有没有什么异常？"

"出事前三天一早，家夫出门去东山收取货银，说好当天一定回家的。"

"他为什么要说得那么肯定？"

"因为那天是我的生日，四郎说好一定回来亲手给我做寿面的。四郎这么说了，就一定会这么做的。"

"结果他当日却没有回来。"

"不是出事了嘛。"

"好，告辞。"

"欸，这银袋子是在哪里找到的？"

英姑缓缓回过头来："春宵楼。"玉娘顿时一脸茫然。

天色方明，阿春疲惫地走回春宵楼。身后传来一句："站住！"竟是捕头王又追了上来。阿春急了："该说的我不是全在堂上说了吗？你怎么还……"

捕头王说："我只问你一句话。"

"什么话呀？"

"昨晚有一男子找你寻欢，就是那个'一百年也碰不上一个'，烧成灰你也能认出的老嫖客。"

阿春一怔："噢，昨晚你偷听了对吧？"

"快说！"

阿春忽然脸色一变："哎呀，我怎么忘了对大人说了。"

"说什么？"

"你们不正在找他吗，昨晚那男人就是他。"

"他是谁？"

"王四呀。"

捕头王大出意外："王四？"

捕头王埋头在大街上走着，暗忖："王四一年前就遇害，怎么又阴魂重现呢？可那男人的声音，我总觉得耳熟……"忽然站住，敛神一想，大悟："啊，是他！"心里一阵兴奋，拔腿在大街上飞跑起来，引得路人驻足张望。

官驿内，宋慈仍在苦苦思索中。英姑和玉娘的到来，仍没能解开那个结。

"大人，原以为循着这银袋子的线索就能找出真凶，想不到案情却越搅越没头绪了。"英姑轻叹一声。宋慈看了英姑一眼，摇了摇头，却不说话。

玉娘说："既然带着银袋子逛窑子的不是家夫本人，那又会是谁呢？"

英姑想到什么："如果那三子讲的都是实话，那么当初带着那只银袋子去春宵楼的一定就是本案真凶！现在唯一一见过凶手面的就是那个窑姐，何不把她再传到县衙，让她好好想想……"宋慈正想对英姑说什么，捕头王兴冲冲跨进门来，大声道："大人，我知道谁是凶手了。"

英姑急切地问："谁是凶手？"捕头王大声说："昨天我路过春宵楼前，听到一个熟悉的声音，一时却想不起来，刚才去问窑姐，她忽然记起来，昨天那人就是当初被三子盗走银袋子的王四。这让我百思不得其解，那王四早死了，怎么会阴魂重现？更让人费解的是，王四的声音我怎么会耳熟呢？在回家的路上，就像神人相助，我忽然想了起来，那声音不是王四，而是最早报案的河西村里正！那天在河边，我看他言语支吾，心怀鬼胎，就对他有所怀疑。"

英姑惊喜不已："这就全对上了。里正杀了王四，劫走了王四的银袋子，然后到春宵楼去寻欢作乐，不想惯盗三子也是那窑姐的熟客，又盗走了他的银袋……"久不开腔的宋慈终于开了口："英姑，给我泡脚！"

宋慈的双脚泡在盆里，两只脚有一下没一下地搓着，脚盆里发出轻轻的水花声。但他却再也没说过一句话。厅堂外，捕头王和英姑在悄悄议论着。

捕头王指着里间洗脚的宋慈，低声说："难道大人还不信那里正是凶手？"

"大人说过，刑狱命案总是由一个又一个的环节，节节相连而成。破案之法就是要把所有环节串联起来，并一个个地解开其中之谜，只要有一个环节说不通情理，就无法连通全案。我猜想，大人正在解开最后那个环。"

捕头王问："那你说最后的那个环是什么呢？"

英姑肯定地说："里正是在什么时间什么地点行凶作案。"

里间，宋慈面若凝霜，双眼凝视着水中的双脚。随着脚的搓动，盆里发出轻轻的水声。看着盆里的水花，蓦地闪现那个场景：一伙大汉肩抬"病妇"过河，十几双赤脚，踩着浅浅流水，"噼里啪啦"地水花四溅……

宋慈猛地回过神来，大声喊道："捕头王，备马！"

吴淼水在县衙厅堂坐立不安地来回踱步，嘴里喃喃自语："三天，三天，这三天怎么就老过不去呢？"外边似传来急促的马蹄声，就像从吴淼水心口踏过，吴淼水猛地惊起，躁动不安，乞求般地自语："三天，三天，三天快过去吧……"

两匹快马风驰电掣般地在长堤上疾奔。到长堤尽头，骑在前头的宋慈一勒马缰，久久地看着那条有浅水从上面淌过的水坝。

英姑问："这桥怎么在水底下？"宋慈答："旱季是桥，汛时就是坝！"

宋慈如释重负，不禁长嘘一口气："三天，三天！这正是第三天！"

大堂，威严肃静。正堂上坐着宋慈，一手随意在翻阅着案卷，一手却在桌面上轻轻而有节律地叩着节拍，显得很是悠闲。

　　坐在大堂左边的吴淼水却忐忑不安，时而侧目看看宋慈，时而探头望望堂外。几次想说什么，又不敢贸然张口，如坐针毡。此时最让他受不了的是宋慈那若无其事地敲击案面的节拍声。尽管那声音其实极其轻微，但因为此时整个大堂就像一个谜，对一个心怀鬼胎的人而言，哪怕是最轻微的声音连续响着，都会增加神经的紧张，吴淼水因此鼻尖上又渗出汗珠。

　　大堂右下角置有一张书桌，书桌后坐着那位螳螂脑袋的唐书吏。案未开审，唐书吏就已早早地铺好纸，润好笔，并侧着那颗螳螂脑袋，只等着大堂上宋大人一开口，他便可往纸上记录。由于有幸给提刑官做录事，他激动得握笔的手有些微微地颤抖。那杆润足了墨水的笔似乎显得比它的主人更为巴结，早已经开始随着主人的颤抖滴滴答答地往白纸上滴墨了，螳螂脑袋却全神贯注地看着宋大人，对笔滴墨竟毫无察觉。

　　宋慈终于翻阅完了案卷，又看看那件血衣，然后举目往堂下扫了一眼。

　　堂下还有曹墨母子、玉娘和王媒婆，都已受唤到堂。

　　曹墨侧了侧脸，正和玉娘的目光撞个正着，双双连忙移开，却又同时再回过头来。玉娘一双楚楚动人的大眼美而不媚，有着一种透人心田的温柔。曹墨尽管蓬头垢面，眼中却流露出一种死而无憾的欣慰。曹母看到了儿子和玉娘的神情，就把充满期待的目光投向了堂上的宋慈。这些无声的交流，都没逃过宋慈那双看似漫不经心的眼睛。

　　吴淼水终于忍耐不住了，向宋慈拱拱手道："宋大人，与本案有关的一干人均已到齐，是否……"

　　宋慈头也不回就把吴淼水的话堵了回去："还有一人未到！"

　　吴淼水坐立不安地向外探了探脑袋，又回头看看越发显得轻松悠闲的宋慈，终于又按捺不住，挨近宋慈，轻声提醒："宋大人，今天可是刑部批文的最后一天，要是……"

　　"哦，多谢贵县提醒了，今天可是刑部批文处斩人犯的最后期限，过了今日，此案便……"宋慈目光一瞥唐书吏的书桌，"欸，唐书吏是否该换一本干净的录事簿来，否则，今日的笔录便做不成了。"螳螂脑袋低头一看，才发现录事簿上早已滴满了墨汁，一阵尴尬，忙起身去换簿子。宋慈继续慢条斯理地说道："其实，宋某今日此举多少有点不合时宜，因为，再过几个时辰，便是刑部所下的行刑时刻，如果在今日午时前不能将杀害王四的真凶捉拿归案……"他目光向吴淼水一瞥，"贵县对宋某的说法是否觉得不太中听？"

"岂敢岂敢。不过，听宋大人刚才所言，本案真凶似乎还真是另有其人？"

"问题不在于是不是还有一位真凶，而在于今日午时三刻前，要是还找不到确凿的证据推翻原判，那么曹墨就得按律斩首示众——然而，到现在为止，宋某并没有查出别的凶手。换句话说，本案已由吴知县判如铁案，并已有刑部批斩文书，即便宋某官高一级，也无权改判原案！"

吴淼水的脸上则掠过一丝宽心的轻松。

曹墨冷哼道："早知如此，你又何必多此一举？"

宋慈笑道："所以宋某刚才有言在先，称今日之举不合时宜，甚而至于，这是出于宋某喜欢鸡蛋里挑骨头的嗜好。"

吴淼水不无讥意地说："宋大人，卑职说句笑话，要是真能让人挑出骨头的那就不是鸡蛋。"

宋慈淡然一笑："那就不妨试试，看看宋某能不能从鸡蛋里真的挑出一两根骨头来。"他一扬案卷，"王四被杀的案由，在这案卷中均有记录，并且人证、物证、口供、画押一应俱全。此蛋之中，是否也有骨头可挑，暂且不论，宋某倒想从吴县令眼中的第一位嫌疑人玉娘说起……"

吴淼水赶紧说："卑职早已把玉娘的嫌疑排除了……"

宋慈看向吴淼水："可她曾经被贵县指控为与奸夫共同谋杀亲夫！所以本官的话须得从玉娘说起。去年盛夏，太平县接到河西村里正的报案，说是他本人从河里捞起一具男尸。吴知县当即赶到现场，见尸体创伤累累，且已开始腐烂，所以在场乡邻竟无一人敢确认死者的身份，仅有人含糊说死者与木耳商人王四稍有些相像。于是，吴知县立刻就命人传王四之妻玉娘到河边认尸。玉娘来了，令人费解的是，那么多邻人反复辨认都无一人敢确认死者就是王四，而玉娘却在三丈之外就认出死者正是她的丈夫王四，岂不怪哉？"

曹墨母子闻言都不约而同地看着玉娘。玉娘想说什么，却又像是碍于什么终究没说出口。宋慈接着说："按常理，对此只有一种解释，那就是玉娘事先已经知道其夫在此被害。换言之，这正是她事先与凶手商量好的。"

唐书吏的螳螂脑袋挺得笔直。宋慈走到吴淼水的跟前，"吴知县，你正是按此常理推断玉娘是通奸谋夫的，对吗？"

唐书吏着急地说："不不，这是小吏最先看破的。"吴淼水气急败坏地斥道："你自己老婆偷奸养汉，却找旁人泄气，大堂上还轮不到你多嘴！"

宋慈一笑："不管唐书吏是确有高见，还是另有隐衷，贵县当初不仅认同了唐书吏的高见，还的确以'谋杀本夫'之嫌疑而将玉娘缉拿归案。"

吴淼水不得不承认："这……当时，的确，按常理……"

宋慈走到王媒婆面前，"无独有偶，正在吴淼水对玉娘心生疑团之际，陪玉娘同去江边认尸的王媒婆又脱口道出一个与此案至关重要的秘密——或者说这其实根本不是什么秘密，否则王媒婆又何以知道——王媒婆说出的那个所谓的秘密，就是三日前有人曾扬言要杀了王四娶玉娘。这样一来，一桩奸夫淫妇通奸杀人的案情便顺理成章了。而这对奸夫淫妇，不用说就是扬言要杀了王四的曹墨和玉娘。"

曹墨大声说："王四是我杀的，与玉娘丝毫无关。"吴淼水已被宋慈的推断搞得心烦意乱："大胆曹墨，竟敢如此咆哮公堂，该当何罪？"

曹墨毫无惧色："该当何罪，不早判了死罪吗？"

玉娘忙劝曹墨："曹大哥，你先别着急，且听宋大人往下说。"

宋慈环顾四周："大家还想往下听吗？"堂下顿时一片肃静。宋慈继续道："那好，宋某就接着说。确定了奸夫淫妇，案子似乎一目了然。什么取证检验、审问勘查，在吴知县看来都没那个必要了，重要的只是人犯尽快招供画押，可成全他三天破一桩杀人命案的政绩。正是因为吴知县建功心切，以至于连玉娘何以能在三丈之外认出王四的疑问也忘了问一问。吴大人，可是这样？"

吴淼水支吾道："当时卑职是按常理推断，便……"

"可你却忽视了玉娘与死者王四是一对恩爱夫妻，夫妻之间有比旁人更易相认的特征，这不也是常情常理吗？其实，玉娘站在三丈外就一眼认出丈夫王四，凭的正是她丈夫身上有一样旁人并不知情的特征。"

吴淼水急问："什么？"

"王四的一只脚上有一个骈指，而从水中捞上来的尸体显然不会是穿着鞋的。玉娘，对此，你能为宋某做证吗？"

玉娘点头说："我当时正是先看到了四郎的骈指才认出来的。"

吴淼水不解："宋大人是怎么知道的？"

"道听途说。恰好宋某别无所长，独好记性。除宋某之外，想必曹公子也是听别人说起过的。"

曹墨似乎记不起来："嗯？我……"王媒婆提醒道："你忘了，老身当时对你说过的。我说，人家王四就是有福气，连脚趾也比旁人多长一个。"曹墨恍然道："哦，王妈妈是对我说起过的。"

宋慈接着说："其实，同样的话，王媒婆在公堂上对贵县也说过，遗憾的是知县大人对如此重要的一个细节，居然充耳不闻。"

吴淼水强词夺理："宋大人，可卑职对此案最后的判定并非通奸杀人，而是曹墨蓄意谋杀。"

宋慈突然把声音提高了一倍："对，这正是宋某要从鸡蛋里挑的第一根骨头！你先以情杀案将奸夫淫妇捉拿归案，后又自己否定通奸杀人，放了玉娘，而判曹墨以大辟之罪，案情完全变了，如何变的？换而言之，既然不是通奸害命，那么，曹墨蓄意谋杀的动机何在？"

吴淼水辩道："曹墨生性风流，见了玉娘貌美，顿生夺妻之心，他想杀了王四，使玉娘成为一个寡妇，然后再请王媒婆玉成其好事，难道这不是他的动机吗？"

"就算曹墨确有杀人动机，可他是否就有了作案杀人的时机和条件？这便是宋某今天要从鸡蛋里挑的第二根骨头！"

吴淼水直冒虚汗。宋慈回到堂上，取出一张画有从王婆瓜店到河西村口的线路图，指着图上所示道："不妨按此图来看曹墨与玉娘第一次邂逅的那个雨天，究竟能干些什么。当时玉娘在王婆瓜店买好甜瓜，刚一出门，雷雨骤然而至。玉娘冒雨从瓜店回家，风雨中不慎摔倒，曹墨一见，便冒雨上前，扶起玉娘，帮她捡起散落的瓜果。曹墨见玉娘扭了脚，伸手欲扶，而玉娘碍于男女大防，拒绝了曹墨，自己扶着墙进了家门。如果说仅在雨中那么点时间，曹墨便心生杀王四而谋娶玉娘之心，那么，他必须立即朝东方快跑！"

大堂上。所有人的眼睛都注视着宋慈。宋慈接着说："也就是说，在倾盆大雨中，泥泞山道上，他须得一口气奔跑十几里地，才有可能在天黑前赶到你们认为是王四被害的案发地，河西村口的堤岸上伏击被害人。"

底下，有人开始小声嘀咕了。宋慈缓了口气，继续道："然而，事实上曹墨并没有像宋某描述的那样往东去伏击杀人。而是往西走了，又回到了王婆瓜店……曹墨，王媒婆，当时可是这样？"

曹墨、王媒婆异口同声："正是这样。"宋慈又问："吴知县，如果曹墨起了歹意，欲杀王四，却又回到王婆瓜店去干什么？"

吴淼水愣了一下："这有何难解，因曹墨并不认识玉娘的丈夫王四，回瓜店是为了向王媒婆打听王四其人。"

宋慈大声说："说得好！曹墨，王媒婆，你们二位当时一个如何打听，一个如何告之，从实再说一遍。"

曹墨说："当时我确实问过王妈妈玉娘的丈夫是谁。"

王媒婆说："我说玉娘的丈夫叫王四。曹墨便说——"

曹墨拧着湿衣说："一个城里住，什么王四王八的，我怎么不认识？"

王媒婆说："这是城东，你家住城北，互不相识的多着呢。"

"王妈妈，你帮本公子传个话过去，就说本公子愿出一千两银子，让那王四把老婆让于我。"

"哼，你就是出一万两黄金，也休想夺人之爱！"

"那我干脆半道上去把王四杀了，让玉娘成了寡妇，我再娶她。"

"哼，读书人说话不怕咬了舌头。你要有胆量杀了王四，老婆子三天便把玉娘送到你府上。""轰"地一个炸雷，王媒婆赶紧捂嘴……

王媒婆抽了自己一嘴巴，后悔不迭，"真不该说那遭天雷打的笑话！"

宋慈走到曹墨跟前，"然后你便离开王婆瓜店，冒着大雨一口气狂奔十里泥泞山道，赶到案发地点，将王四刺杀，抛尸江中，可是这样？"

曹墨不解："这……"吴淼水喜形于色："宋大人推断得丝毫不差，曹犯对此一直是供认不讳，早有供词在案。"

宋慈猝然变脸，"啪"地将案卷甩在吴淼水面前的案桌上，"一派胡言，全是伪证！"吴淼水脸色"唰"地变得煞白。

宋慈大声道："其一，曹墨既然垂涎玉娘美貌，意欲得之而起杀心，又怎么会将杀人计划告知他人？其二，虽然向王媒婆打听过玉娘丈夫，可并未细问王四的形貌特征，连欲杀之人是何模样都不问清楚，又凭什么杀人？其三，从王婆瓜店到案发地足足十里之遥，吴知县莫非忘了，那天你我同去河西，足足两个多时辰，更何况一年前的案发日暴雨倾盆，狂风大作，道路泥泞，凭他这么个文弱书生的两条腿，何以能够在天黑之前赶到案发地截杀王四？如上三点，足以证明曹墨既无作案条件，更无杀人时机，这份供状不是伪证又是什么？"

吴淼水差点闭过气去，好一会儿才出得声来："这……宋大人一番推断虽然精彩绝伦，却也不无牵强，卑职不敢苟同。"

"那就请贵县不妨也挑挑宋某的骨头。"

吴淼水强词夺理道："从曹犯遇见玉娘，见色起意，萌生杀人之念，到王四浮尸江中被人打捞上岸，时隔整整三个昼夜，只需将作案时间延缓一夜半日，曹犯杀人的时机和条件岂不全有了吗？"

"不！王四绝不可能死于第二天。"

"也未必就那么确定。"

宋慈又唤："玉娘。"

玉娘应声："民女在。"

"你丈夫王四何日离家？"

"六月初六，就在那个雷雨天的一大清早。"

"出门前，他对你如何说来？"

"家夫再三说当天下午一定赶回来，亲手给我做寿面的。"

王媒婆忙说："是的，是的。那天玉娘来我店里买了好几个甜瓜，说是等她四郎回来吃的……"吴淼水心烦气躁地呵斥王媒婆："宋大人没问你话，谁让你多嘴！"王媒婆顿时蔫了下去。吴淼水看向宋慈："宋大人，那王四当时虽然说当天赶回，可为什么事耽搁了，延误了归期也未可知。"

宋慈说："能证明王四被害日期的还不止于此。"

"还有什么？"

"据此案尸体验状上所记载的尸体腐败程度，尸体在水中浸泡时间在三天以上。因此，王四必定是死于当天的返家途中。"

全堂鸦雀无声。螳螂脑袋唐书吏大汗淋漓地埋头做着笔录，边录着边轻声赞叹："精彩，精彩……"

捕头王率众捕快进入河西村，引起一片狗吠声。村民们见来了一帮公门差官，既好奇又怕事地远远观望着。

捕头王等来到一所大概算是全村最体面的民宅前，让带路的上前敲门。

门开了，里正谭小探头一见来人，霎时变了脸色："啊，各位差官，有……有什么事吗？"

捕头王问："你忘了提刑大人说过让你随时听候传唤吗？"

"正是，谁让我大小也是个里正呢。"

两个捕快上去，"哐啷"一声给他上了锁链，拉起就走。

里正大呼小叫起来："哎呀……各位差官大爷，误会，误会呀。我是报案的，又不是作案的，你们凭什么锁我呀……"

村人们见状，便小声议论开了。

"早知这小子是雁过拔毛的势利小人，果然有这一天。"

"当一个屁股大村子的里正，品字还缺两张口呢，平时就盛气凌人。"

"这叫粉刷的乌鸦——白不了多久。"

大堂上，吴淼水已是大汗淋漓。眼珠子转了半天，才又想起一件重要的物证来："依宋大人所见，曹墨是清白无辜的，那么这件血衣又作何解释？"

宋慈大声说："好，问得好。贵县拿这件血衣当作曹墨杀人的物证，而宋某最初确定此案必有冤情，也正是因为这件血衣！"

全堂人都为之惊愕。宋慈缓缓走到曹母跟前，"这位老妈妈，您为儿子这块心头之肉，守寡多年，一番含辛茹苦的养育之恩，也无须人言了。宋某记得，您老说过，这些年来，连一个指头都没舍得打儿子一下，因为儿子是娘的心头之肉啊。"

曹母听了这番话，呜呜地哭了起来。曹墨听了，也止不住泪水直涌："娘，都怨儿子戏言惹祸，害娘遭罪，孩儿不孝啊。"

吴淼水恼怒地说："宋大人，您……您这是唱的哪出啊？"

宋慈一抖衣物，平铺于地，道："手握生杀予夺之大权的知县大人，难道真的看不出来？"

"这……请……请宋大人赐教。"

"其一，案发日下着大雨，如果这确是曹墨行凶时所穿的衣物，血迹必然是边缘模糊，而这块血迹分明未经雨水；其二，如果这血迹是行凶时所溅，溅血必定或是在身前，或是在身后，而这件血衣前后襟上的两块血迹一色相印，分明是人为滴上鲜血所致。"宋慈边说边掀动衣物演示道，"其三，那便是曹母期望有朝一日能得申奇冤而故意留下的破绽！"

吴淼水分明没有了底气，"大人所言，卑职不甚明白。"

"本官问你，此案发于何时？"

"去年盛夏呀。"

"可这件在盛夏时节行凶杀人时所穿的血衣，却是一件厚重的锦缎秋衣！"

吴淼水哑口无言，汗流如注，半天才大着舌头从喉咙底下冒出几个字来："这……难道……莫非……"他把目光投向了曹母。宋慈大声说："你没有猜错，正是这位白发慈母为证明儿子杀人，伪造了这件血衣。"

"这太不合情理。她为什么要这么做?"

"这正是本官要问你的!"

吴淼水几乎站立不稳,仍作最后的挣扎:"即便这样,可……可曹墨对此供认不讳,那供状上可有他的亲笔画押。"

"这画押的确出自曹墨之手,可这里又有了一个极大的破绽!"

"什么?"

宋慈转向曹墨问道:"你原是个风流倜傥的书生,并无残疾,在你府上,宋某也亲眼见过你那一手妙笔丹青,可在这供状上你为何不用习惯的右手,却用你的左手画押?"曹墨苦着脸示其残臂:"您看……"宋慈大声说:"对!因为画押时,他的右手已经废了!怎么废的?是知县大人建功心切,不惜以严刑逼供,迫使曹墨屈打成招——"

吴淼水高坐大堂,对堂下曹墨道:"怎么样,本县已经为你过了多次堂了,你还是招了吧,否则,再让你受些皮肉之苦,连本县都有些于心不忍了呀。"

"我……我不是已经说了吗?你……判我死罪吧。"

"胡说!本县向来是重证据的清官,没有杀人物证,本县焉能判你死罪?"

"我求生无望,难道……难道求死也不成吗?"

"住口!照你说,难道是本县冤枉了你不成?"

"天……天知道哇!"

"都这样了,你还敢对本县耍刁。看来你受皮肉之苦都上了瘾了。那好,本县成全你,来呀,与我夹!"

四大汉如狼似虎地上前一夹,只听得曹墨一声惨呼,又昏死过去。

血肉模糊、奄奄一息的曹墨被衙役们用一块木板抬着行走在街头,路人见之,惨不忍睹。走过那条熟悉的小巷时,曹墨那双毫无生气的眼睛居然亮了起来。

木板被抬到曹母的房门前。曹母看儿子这副惨状,落下泪来:"我的儿呀,你怎么会成这样呀?让他们打成这样,娘怎么不心痛死呀……"

曹墨哭诉着:"娘啊,儿到这步田地,生不如死呀。"

曹母向衙役跪下哀求道:"各位差官老爷,你们跟县官说说,求他不要打我的儿子了。就让老身去代儿子受吧。我求求你们了。"

为首衙役劝她:"老人家,要你儿子免受活罪不难,只要找到那件血衣,案子就可结了，就不会再受这活罪啦。"

曹母不解地问："什么……血衣？"

曹墨哀哀说道："娘，反正交出血衣孩儿是死罪，交不出血衣，孩儿是活罪死罪都得受。与其被他们活活打死，倒不如干脆……"

曹母痛心不已："墨儿，你莫说，莫说了……"

"娘，您要是心疼我这不孝之子，就帮帮我……帮帮我吧。娘，孩儿实在是受不住了呀，娘……"曹墨倒在娘的怀里痛哭。

衙役劝道："老人家，只要曹墨交出血衣，早日定案，知县大人兴许能免他一死，没有血衣，案子结不了，免不得要一次次过堂……"

曹母明白了，用手捧起儿子的脸，看着儿子那充满乞求的目光，默默点头："墨儿，为娘明白了。"她走进里间，又返身插上了门闩，从衣箱里取出曹墨的一件干净的绸衫，想了想，又换了一件缎袄子铺于桌上。骨瘦如柴的老手颤颤抖抖地抓起一把剪刀，又捋起一条细如麻秆的手臂。曹母面部一紧，剪刀在手臂上划出一道深深的血口。慈母的鲜血和着泪水点点滴滴洒在锦缎袄子上。

堂前的衙役等久了，"欸，曹墨，你把血衣藏哪儿了，你娘怎么老半天还没找出来呀？"

里间的房门终于开了，曹母脸色苍白，捧着一个包袱走了出来。她将包袱交给衙役后，回到儿子身边，"墨儿，你从小没有离开过娘，你记住，要是县官老爷言而无信的话，娘也不会让你一个人走的。"

曹墨挣扎着从木板上爬起来，给母亲下跪："娘，您生儿养儿几十年，孩儿此生却报答不了了。娘，孩儿下辈子不再投胎做人，做牛做马，报答您今生的养育之恩……"

曹母忙截住儿子话头："住口！你记住！来世你还要投在娘的怀里，还要做娘的儿子，下辈子娘不会再让儿子受这样的苦了。各位差官，有劳诸位回去路上把我儿抬得稳一点儿，让我儿少受些苦痛。老身拜托你们啦。"边说边给衙役们塞着碎银。

为首的衙役摊着手掌看了看那把碎银，又抬头看了看这位白发慈母，不禁眼圈骤然红了起来，他一把将那把碎银子拍在了曹家的饭桌上，一挥手道："回衙！"其他衙役也都将老人塞给他们的碎银子放回桌上。

衙役们抬起曹墨要走。曹母流泪看着，忽听为首的那位衙役传来一声："当心点，抬稳了！"曹母心头一热一酸复一痛，泪水就如雨而下，嘴里无力地呼唤着："墨儿，我的墨儿……"终于昏倒在地。

　　宋慈拉过曹母的手，慢慢捋起老人的衣袖，那道刀痕令人心颤。曹母看着宋慈眼里滚动的泪花，慢慢跪了下去，泣道："宋青天，为我儿申冤啊！"宋慈扶起曹母，"普天之下，何曾听闻过母亲做伪证，把亲生儿子推上断头台的事？而这位母亲做了这样的事！其情其理，发人深省，发人深省啊，我的县太爷！"

　　吴淼水不敢抬起头来："宋大人，您要是能证明曹墨无罪，卑职也……心悦诚服。"宋慈大声说："不，本官今日恐怕不仅仅证明曹墨无罪，还要证明另一个人有罪！"吴淼水一惊："什么……哦，对对，要是杀害王四的凶手不是曹墨，那一定另有其人，想必宋大人已经知道真凶是谁了？"

　　从远而近传来杂沓的脚步声。一会儿，捕头王挥汗上堂。

　　捕头王大声说："启禀大人，卑职奉命已将河西村里正拘传到堂。"

　　吴淼水愣了一下："什么，报案的里正？"宋慈冷声道："哼，对这样的小人，倒要摆出点刑堂威风来。来呀，与本官升堂！"

　　两边衙役上堂，水火棍整齐排列，堂威慑人。里正颤巍巍地被带上堂来跪下。宋慈喝道："堂下跪的可是当初向太平县报王四案的里正？"

　　里正哆嗦道："草民正是河西村里正。"

　　"姓甚名谁？"

　　"草民姓谭名小。"

　　宋慈故意问道："作何解？"里正说："谭是言字边的谭，小便是大小的小，村里人老把草民的姓字叫别了音，就成了'贪'小了。"

　　宋慈哼了一声："贪小！对，这个被叫别了音的姓名对你倒更为贴切！"

　　"这……小的是有点贪小便宜的小毛病。"

　　"小毛病？你的这个小毛病却差点送掉一条人命！"

　　"啊，不知者无罪，小的不知惹什么事了？"

　　"你从王四身上究竟得到多少银子，从实招来。"

　　众人闻言，都把惊愕的目光投向了里正。里正惊慌失措："没有没有，草民好意把尸体从水里打捞上来，哪里图他什么银子了呀？"

　　宋慈大声说："那王四当日一大清早是去东山收取货银的，所以，他返回时身上一定带着足以让你这位姓'贪'名小的小人眼红的银子。"

　　里正急辩："没有没有，草民确实没拿……"坐在陪审案后的吴淼水终于按捺不住，习惯性地一拍桌子："原来真是你谋财害命！来呀，与我用……"忽然意识到今日主审官是宋提刑，"哦，请宋大人发落。"

宋慈淡然一笑："知县大人习惯于一坐大堂就先动刑，而本官却以为先弄清楚该不该打，然后再打也不迟。"里正说："宋大人，草民大小也是个里正，虽然有点贪小便宜的毛病，但杀人劫财是绝对干不出来的。大人明鉴啊！"

宋慈说："你并非杀害王四的凶手，否则你便不会去报案。但你干了那件法理所不容的事，却几乎造成一桩天大的冤案！"里正一副不解之状："大人……"

宋慈厉声道："那天你路过案发地，发现河埠角上浮着一具尸体，且必定是俯卧水面。当时是正午，酷日当头，堤上别无行人。你将尸体打捞上岸后，发现死者身上的银袋，于是，贪念顿起，便偷偷将银袋藏匿在河边草丛之中，然后才上太平县报案。可对？"里正面露惧色，不敢正对宋慈的逼视。

"天黑之后，你才来到现场，取出银袋。意外横财，让你高兴得心花怒放，所以，你取了银子后没有回家，而是乘兴来到县城的春宵楼——"

里正谭小来到春宵楼前，正左顾右盼着，阿春迎了上来。二人调笑之际，被迟来一步的三子撞个正着，他注意到谭小鼓鼓的腰间。

谭小的脚刚刚踏进房门，就迫不及待地抱住阿春往床上拥。阿春尖声叫着："哎呀，别急呀。没见你那么猴急的。"

谭小乐不可支："大爷今天高兴、高兴啊……"

"什么事那么高兴啊，捡到元宝啦。"

"让你说着了，大爷今天就是捡……哦，大爷今天赚了，发了，知道吗？"说着把外衣一敞，露出贴身的银袋。

阿春伸手去捏了捏银袋："哼，看你的样子，也不是做大生意的，身上倒是带着不少的银子啊。"

"那你还等什么？"谭小急巴巴地开始脱衣。

却不知，门外三子的一双眼睛正盯着桌上的银袋呢。

不多时，正在春宵楼下迎来送往的老鸨忽听楼上一声尖叫："啊，你没钱逛什么窑子，想白玩姑娘……"老鸨不知发生了什么，急忙上楼，只见谭小正语无伦次地向阿春辩解着："我刚才明明是带着银子的，你也是看到过的，可是……这一会儿，我的银袋子怎么就不见了呀？"

阿春厉声道："你的袋子不见了，怎么问我呀？再说我根本没见你带什么银袋子呀。"谭小急道:"一定是你们这春宵楼里有贼,偷走了我的银子!"

老鸨不高兴了,"欸,这位客官空着手来占人便宜,倒还反诬我们是贼。来人,把这无赖给我轰出去!"

谭小慌了,"我自己走,自己走。"灰溜溜地跑了。

阿春转身回到房里,见床上坐着个人,"三子,是你?"

三子得意地说:"螳螂捕蝉,黄雀在后,没想到吧?"

"谁说我没想到,那家伙说银袋子不见了,我就知道是你干的。"

"哈哈。"三子把银袋子往阿春面前一扔,"数数。"阿春捧起银袋子,倒出银子,"哇,足足几十两呢。咦,这银袋子上还有字呢。"

三子拿过银袋子:"我看看。哦,这两个字我倒认识,一个是王八的王,一个是一二三四的四。"

"那家伙怎么取这么个怪名,王四。"

"嗯,这银袋子的布柔软光滑,拿回去拆了给老婆做条裤衩。"

"欸,这些银子,咱俩怎么分呢?"

"你想怎么分就怎么分。"三子说着,将阿春按倒在床上。

里正惊奇不已:"这……宋大人莫非亲眼看见不成?"

宋慈惊堂木"啪"地一拍,厉声喝道:"你还不从实招来!"

"宋大人都说了,草民还有何话可说?可草民只是贪小便宜,不是杀人凶手啊。请大人明鉴!"

宋慈高声道:"正因你盗走死者身上的银子,才使本官误入歧途,把本案当作谋财害命,险些因贻误破案时机而酿成大祸。你身为一乡里正,想必也知道此罪该作何处置?"里正哭丧着脸:"按律该打……四十大板。"

"对你这种人,本官一向不会心慈手软。经不经得起这四十法棍,就全凭你自己的命了。拖下去!"

"宋大人饶命,饶命啊……"

衙役应命将里正拖出大堂,按在了堂外石条板上。里正光腚朝天,被重责四十板,直打得皮开肉绽,昏死过去。吴淼水故作姿态:"这里正确是可恶,但杀害王四的凶手……"宋慈突然说:"本案并无凶手!"全堂人闻言愕然。唐书吏正要下笔,闻言笔在半空中停住了。

宋慈缓缓道来:"一开始,本官得知王四当日去东山收取货银,归途遭害,而身上并无分文，由此而断定此案是一桩谋财杀人案。本官亲赴现场勘查，见那河埠头是常有行人经过之地，尸体不可能在那里浸泡三日而不被人发现，因此便断定发现尸体的地方并非杀人的第一现场。本官一路勘查，逆流而上，想发现什么蛛丝马迹。然而，季节更迭，时过境迁，毫无收获……"

唐书吏忍不住探头问："大人又如何使本案重新有了转机？"

"今日凌晨，因一个银袋子又使曾经被本官排除在外的里正谭小重新进入本案。但谭小不可能到上游杀人谋财而到下游捞尸报案。案情在此又陷迷途。直到本官忽然想起眼前这条水底坝，它旱时是桥，汛期就是坝。宋某此时才忽然设想到王四之死的另一种可能。"唐书吏问："另一种可能是……"

"王四清早过河时，天晴水浅。等他下午返回时，已下了一场倾盆暴雨，山洪暴发，坝上的水陡然涨了起来。王四念着家中爱妻，就冒险蹚水过河。浑浊的山洪漫过水坝，且正随着暴雨雨量的增加，水情愈急。王四走至河中，水流太急，脚下一滑，即刻被冲下坝底……"听了宋慈的话，大堂上所有人就像一尊尊泥塑，连呼吸都屏住了。好一阵，才闻玉娘轻轻的啜泣声……

吴淼水问："宋大人，若王四真是溺水而死，那他脸上那么多使他面目全非的刀伤又作何解释呢？"宋慈摇头："那不是刀伤，而是洪水冲击下被石头树枝划破的伤痕。你当时要能按验尸章程仔细检验，本可以验明真相的。"

"可是……"

"贵县有何疑虑，尽管说就是。"

"要说王四是落水而死，也不过是一种假设推断，并无目击证人看见他落水。"

"言之有理啊。狱事莫重于大辟，大辟莫重于初情，初情莫重于检验！要是未经检验，未获确凿的证据，宋某刚才所有推断也只能算一种假设。而要取得确凿证据，则少不了要得到玉娘的首肯。"

玉娘忙擦了擦泪水，抬头看着宋慈。宋慈道："本官要开棺验尸！"玉娘眼眶里的泪水又滚了下来……

坟山。刻着"亡夫王四之墓"字样的墓碑已经风雨剥蚀。

玉娘在丈夫坟头烧完纸钱，含泪轻诉着："四郎，玉娘原不肯答应官府开棺的，我怕惊了你九泉之下的阴魂。可要是不这样做，就会牵累无辜受冤。四郎，你就原谅为妻了吧。"说完拜地痛哭起来……

宋慈和一大群官吏衙役远远地看着。玉娘站起来，复又拜倒在坟前。

宋慈走上前去："玉娘……"

"宋大人，我已经和四郎说了，他不会怪罪我的。你们……开棺吧。"玉娘说完，捂嘴跑下山去了。宋慈目送着玉娘下山后，一声令下："掘开！"

"嚓"地一铁铲下去，随后便是一片掘土声。王四之墓被掘开后，棺内呈现一具白骨。宋慈则打开专用于验尸的百宝箱，开始做验尸准备：先取醋净手，再将一堆皂角（一种植物荚果）取火燃烧；小瓷瓶内装的是麻油，倒出少许，抹于鼻下，然后取艾叶揉成小团，塞于鼻孔，最后他从燃烧着皂角的火堆上缓缓跨过，走向坟穴。

宋慈走到棺前，趴在棺旁聚精会神地审视着棺内骨骸，最后他双手从棺中捧出尸骸的骷髅。衙门厅堂内置有一长桌，桌上木盆、醋坛及净水等用具一应俱全。宋慈取一净布，浸泡在酽醋中，一会儿取出，拧干，细细地擦洗着骷髅。他像是欣赏一件工艺品一样地端详着洗净的骷髅，而后，将一瓢热汤从骷髅的脑门穴慢慢灌入……

唐书吏问："大人何以如此？"

宋慈朗声道："王四究竟是被人谋杀后抛尸江中，还是不慎落水而亡，取其骷髅仔细检验，便见分晓。验骷，须先取酽醋，将骷髅洗净，查看头骨有无其他伤痕裂隙，而后取热汤，自脑门穴缓慢灌入。盖生前落水溺死者，因鼻息取气，必定吸入沙土；若是死后抛尸水中，则因鼻息全闭而沙土进不得颅内。那王四是溺水身亡，还是被杀后抛尸江中，此验必果！"

汤水过后，宋慈将做过滤用的白布缓缓从水盆中提起，众人趋前一看，过滤的白布上果然留有一小撮江河细沙，众人相顾称奇。

宋慈突然大声道："升堂！"

威严的大堂，宋慈高坐，大声道："经检验，王四确系溺水身亡。吴淼水，不知本官用这验骷法取得的证据，是否令你信服？"

吴淼水不得不说："卑职五体投地！卑职深感当时未按尸检章程，仔细检验，有失察之责，险些酿成千古奇冤。好在本案并无凶手，卑职……"

宋慈大声说："不！本案有凶手！"

全堂人为之一震。吴淼水为之一惊："啊……此案还有凶手？"

宋慈冷声说："你忘了本官曾说过，不仅要证明曹墨无罪，还要证明另一人有罪。王四之死，虽无凶手，可曹墨之冤却另有凶手，那就是身为朝廷命官的七品知县，你！"

吴淼水大惊失色："啊，卑职无非办案无能，大意失察，降级革职，卑职也认了，可大人指我为凶手，岂不冤死人了吗？"

"本官问你，当初你是否将曹墨和玉娘同囚一处？"

"这……不，对，因为当时监中别无女牢，才……"

"胡说！那分明是你自作聪明之举！你一开始就将此案定为通奸杀人，因求功心切，便以严刑逼供。再三拷打之下仍不得人犯口供时，你便别出心裁地故意将所谓的'奸夫淫妇'同囚一处，你以为二人既是同谋，夜半无人时，就一定会商量串供，从而吐露真情。可大大出乎你意料的是，这对所谓的'奸夫淫妇'说出的真情，恰恰与你所料相反——"

黑牢。吴淼水躲在一阴暗的狱角，偷偷窥视着。

微弱的狱灯下，曹墨和玉娘隔着栅栏在说着话。

吴淼水脸上露出震惊之色。他忽然感到自己犯下了一个可怕的错误，一时竟忘了自己是在暗中偷听，快步离去，在夜深的牢房里，那阵脚步声格外清晰。

"玉娘，你不是说当时听到有人匆匆离去的脚步声吗？那一定是出自此公的脚下！"宋慈话音方落，吴淼水面如土色。

宋慈接着说："你明知曹墨有冤，若在此时你知错改错，尚且不晚。然而，你担心被你酷刑致残的曹墨要是走出牢门，他那条残臂就成了你辉煌政绩的一个抹不去的污点。还有，要是放了这位不是凶手的凶手，你一时又到哪里去找真正的凶手？找不到真正的凶手，此案就成了你办不下来的悬案，这可大大影响着你的政绩和前程啊，倒不如来个将错就错，尽早结案报功。况且，你也偷听到曹墨已经做了承担罪名的打算，既然如此，你又何乐而不为呢？于是乎，一桩明明白白的冤案就这么做成了。你得到了朝廷的嘉奖，而受冤者则要为之付出生命。你说，此案的凶手不是你这位知县大人，更有其谁？"

吴淼水双膝一软，跪倒在地："宋大人，卑职知罪呀……"

宋慈厉声道："知法犯法，法不可恕！"

监狱。一声沉重的铁栅开启声，室外的强烈日光哗地洒进人满为患的牢狱。

　　一个个体瘦毛长的滞狱人犯，呼啦啦地站起，趴满了所有的牢房栅栏，那一双双久于黑暗的浊眼，竟闪动着希望的光泽……

　　秋冬更迭，日子过得飞快。宋慈在太平县坐堂，审理滞狱疑案，一待就是数月。其间，长年关押在黑牢里的人犯，一个又一个被带上堂询问，其中不少受冤屈的人被当场释放，这些被释的无辜人，感激得朝宋慈连连磕头，谢恩不止……

　　黄昏，夕阳西下时，捕头王搀着疲惫不堪的宋慈从县衙大院出来。英姑则从大门外满脸笑容地跑进来，正想对宋慈说什么，却见唐书吏屁颠屁颠地追了出来，"宋大人，宋大人……您……就这么回州府了吗？"

　　"哦，你来了正好，宋某刚才正想让人去找你呢。"

　　唐书吏一阵激动："啊，这么说，宋大人真要提携小吏了。宋大人，从今往后，小吏生死相随大人，鞍前马后，万死不辞！"说着就要给宋慈跪下磕头。

　　宋慈扶住唐书吏："当不起当不起。说实话，宋某遇见过的书吏不在少数，可有如唐书吏这么能干称职的却实在是凤毛麟角。说句心里话，宋某真恨不得来个不择手段，把你从太平县挖走。但斟酌再三，不可啊不可，太平县可以撤掉吴淼水，却绝不能少了唐书吏啊！宋某要把你挖走，还不让太平县官民背地里骂我宋某人不是东西吗？何况这太平书吏也是非君莫属啊。告辞了。"说完就让英姑扶着走了。唐书吏张口结舌，木桩似的怔着。

　　英姑和捕头王扶着宋慈，一出衙门，二人忍俊不禁地捧腹大笑起来……

　　宋慈一脸认真地说："你们笑什么？"

　　"刚才那自作聪明的唐书吏被您哄得一愣一愣，那表情，哈哈……"

　　"还笑！你们这叫幸灾乐祸！"宋慈说完，像是生气地走了，走了几步，终于憋不住笑出声来。

李府连环案

天刚蒙蒙亮，"吱呀"一声轻轻的开门声，把玉贞从梦中惊醒。她欠起身子往外看时，提刑衙门的后门开了，丈夫的身影一闪而过，很快被门外浓浓的晨雾淹没了。玉贞轻轻叹息一声，又重新躺了回去。一想，又忽地坐起身来。她从卧房出来，走至天井，忽闻拳脚呼呼的声音从雾中传来，即呼叫道："捕头王，你过来一下。"正在练武的捕头王收了架势，奔向夫人。

这是一间令人毛骨悚然的库房，影影绰绰的木架上，摆满了阴森可怖的骨架和骷髅。宋慈捧下一个白骨骷髅，将骷髅置于晨光射入的地方，像欣赏一件工艺品似的专注着。目光在骷髅上游移到顶门穴，见一小洞孔。他脸上浮现出一丝自得的笑容，竟对着那龇牙咧嘴的骷髅说起话来："欸，知道你那顶门穴的小窟窿是怎么回事吗？那是有人把你给谋杀了！你问宋某是从何而知？告诉你，宋某是在梦中破解的，神吧！"他得意地在骷髅上"笃"地弹了一指。

宋慈把骷髅放回原处，打了个哈欠，"几天不审案，怎的就浑身……"他甩着膀子哼着曲出了库房，走进浓浓的晨雾之中。

浓浓的晨雾笼罩着州府古城。

宋慈无精打采地从雾中走来，几乎撞着墙的时候才猝然止步。抬头看，自己正站在一座大宅院的墙根下，尽管浓雾掩映，但宅院高高的门墙显示着居户昔日的辉煌。而眼下那剥落的墙皮和满庭院的杂草却显着颓败之象。

捕头王快步走来："大人，大人，你这一大早的，找什么呀？"

宋慈声若蚊蝇地自言自语："嗯，能用秦砖砌墙的，居家祖上想必富有。"

"浑蛋！"忽然一声猛喝，把宋慈吓了一大跳。

捕头王闻言怒起："谁他妈一大早敢骂大人浑蛋？"说着，捋起衣袖要过去，被宋慈拦住。宋慈像个提线木偶似的循着动静往前门游走而去。

李府正门前摆着几件刚从里面搬出来的上等家具。旧货商人贾仁弯着腰，手指蘸着唾沫验看着，出门时磕了一下桌腿，嘴里还在骂骂咧咧："这么大的门也会磕着，都瞎眼了？这是盛唐时的上等红木，别看它是旧的，好东西越旧越值钱，磕坏了，怕你们八辈子也赔不起这一条桌腿。"

贾仁的话音刚落，这家主人李唐怒气冲冲地追了出来："贾仁，你能把刚才的话再说一遍吗？"

李唐的大夫人倩娘跟着出来，伸手拉住丈夫："相公，卖都卖了，再争争吵吵的，倒让人笑话。快进去吧。"李唐朝倩娘怒吼道："你这是向着谁说话？滚一边去！"一扬手把倩娘甩了个趔趄，靠在了墙角。

贾仁假笑着说："兄弟，你发什么火？我刚才也没说什么呀。"

李唐大声说："你明明是识货的。可刚才你怎么说这是几件不值钱的破家具，只给了一锭银子，你这人做事太抠门了吧？"

"欸，李相公，你我刚才在门里可是银货两清了，出了门再反悔，可不合生意场上的规矩。"

"我不卖你了行吗？"

"相公，吵什么呢？"娇滴滴的女子嗓音从门内传出。

李唐立刻就收敛了许多，"把你也吵醒了？"

门口露着半个楚楚动人的女子身影，那是李唐的二夫人柳氏柳絮儿。柳絮儿说："你要后悔让人坑了，就别再拿祖传的家当一件件往外卖。出了手的东西再后悔，亏了银子还输了人，何苦呢？"

"唉，这才叫虎落平阳遭犬欺呢。滚吧。"李唐说完，忙不迭地返身进去扶柳絮儿。柳絮儿却生气地一扭头走了，李唐赶紧追着进去。

李唐厚此薄彼的举动，令大夫人倩娘委屈得几乎落泪。

贾仁靦着脸对倩娘说："哎哟，这事，倒让大夫人受委屈了……"倩娘连眼皮也没抬，一扭头阴沉着脸进门去了，油漆剥落的大宅门随后就关上了。

贾仁哼了一声，道："一个败家子，还娶大纳小，白占艳福了。走吧走吧，小心点。"挑夫们抬着东西走了。

贾仁走没几步，差点和掩蔽在浓雾中的宋慈撞上，也没细看，绕过走了。

宋慈看着李府庄园，自语道："怪不得这百年旺族一朝衰落，原是败于子孙不贤哟！真可惜了这么一座百年豪宅了。"

捕头王问："大人你在说什么呀？"

宋慈像是才发现捕头王跟着似的，"欸，你跟着我干什么？"

"不是我跟着你，是夫人让我来请你回去。"

"干什么？"

"你不是答应夫人今天回京的吗？"

"哦，对了，是我老丈人荣升吏部侍郎了。"

"那不可喜可贺吗？"

宋慈应付地说："是啊，可喜可贺，可喜可贺啊。"

捕头王好奇地问："大人，你对老丈人究竟怎么了？"宋慈答非所问："这雾好大!"走了几步,忽又回头朝李府那两扇紧闭的大门看了一眼……

空荡荡的厅堂上,一张破旧的八仙桌孤零零地摆在中间。屋里再无一件让人看得上眼的家具。李府大夫人倩娘一脸愁容地在擦抹着这张破桌。

"啪",一锭银子抛在了破桌面上。

李唐大声吩咐道:"拿这银子去换些柴米油盐,好歹能过上半个月。"

倩娘苦着脸说:"靠这么变卖家产过日子,总不是个长久之计呀。"

李唐恼了:"我都要断子绝孙了,还图个什么长久之计!"

倩娘强忍着:"相公……"李唐斥道:"住嘴吧你。你要还这样整天唠叨,我早晚休了你!"他像是有意气大娘子似的朝楼上叫了一声:"柳絮儿,宝贝儿,我来啦。"一边喊着,一边奔楼上去了。

倩娘一气之下,将手中捧着的一只盛着脏水的木盆"咣"地往桌上重重一放。"哗啦"一声,经不起摔的破桌子竟散了架。

李唐揉着左眼皮走进柳絮儿的房间,"欸,宝贝儿,你知道左眼皮跳是凶是吉?"柳絮儿噘着小嘴:"管你是凶是吉,懒得理你。"

"欸,我跟人吵架,你一句话我就乖乖进来了,还怎么样?"

"你一个大丈夫,不想着干一番正经的事业,整天靠着变卖祖宗遗产过日子,这么下去,总有山穷水尽的一天。"

"嘻,倩娘整天唠唠叨叨,如今你又喋喋不休,你们想烦死我呀?"

"谁让你这么没出息,就烦死你!"

"你要再烦,赶明儿我把你卖窑子里去,免得整天尽受聒噪!"

"哼,你要真把我卖出这破家,说不定还给我找了一条出路呢。"

"你……唉,小宝贝儿,我真拿你没办法。"

"那是你自己太没本事!男子汉大丈夫,谁不想光宗耀祖创家立业,就你……"

李唐愣了一下,生气了,"这可怨不得我。你想,我娶了大房三载有余,却没给我生个一男半女;又娶你这二房,也是半年无喜。古人云,不孝有三,无后为大。我李家都快断香火了,还谈什么光宗耀祖?"

柳絮儿试探地问:"我给你生个儿子,你能做个像模像样的大丈夫吗?"

李唐大声道:"那是,你要能给我生个儿子,我李唐就是为你母子做牛做马也心甘情愿。"柳絮儿即说:"那好,我告诉你吧,我已经……"

偏在这时，大娘子倩娘突然走了进来，柳絮儿话说到半截就打住了。

"相公，今天是我父亲的六十寿辰，你我去还是不去？"

"废话，岳父大人做寿，做女婿的能不去吗？"

"要去的话，就该走了。"

"这就走！柳絮儿，我们明天一早就回来。"

"啊！你们要明天才回来？我一个人在家过夜害怕。"

"我李家虽不景气，府上却也从不闹鬼，有什么好害怕的。"李唐一想，从柜中找出一把精巧的匕首，"宝贝儿，把这个放在枕边，壮个胆吧。"

柳絮儿不肯接刀："拿着一把刀过夜，不吓死人吗？"

倩娘柔声道："要不就一起去吧。"

李唐一脸厌恶："让柳絮儿去看你们娘家人的白眼，你用心太险恶了吧？"

倩娘刚想辩解，柳絮儿抢先道："不不，相公误会了，大姐不是那意思。"

倩娘有些哀怨："反正我怎么说，他都不见好的。柳絮儿，要不等寿筵一散，我们就连夜赶回来吧。"

李唐有意补过："这还像句话。柳絮儿，还不快谢谢人家。"

"大姐，多谢了。"

倩娘苦笑了笑。李唐把刀放回抽屉，又揉了揉左眼皮："左眼皮跳是凶是吉？"虽然背着身子，可冷冷的语气说明他这回问的是大老婆。

倩娘淡淡道："我只听说过'生死有命，富贵在天'，跟眼皮跳没什么关系。"

"哼，你嘴里出不了中听的话。"李唐嘀咕着，走出房间下楼了。

倩娘起身欲走，想想又转回来，从抽屉里拿出那把匕首："我们回来也得半夜了，你还是把它放在枕边，好歹能壮个胆。"说着将刀递给柳絮儿。

柳絮儿点头接过匕首："谢谢大姐。"

李唐在门外没好气地喊："磨磨蹭蹭，倒是走不走啊你？"

倩娘大声应道："来啦。"

提刑司衙门前有一只大大的擂鼓，旁边还备着一只鼓槌。那是供喊冤人使用的。宋慈由外面慢慢走回衙门，目光一瞥，看见了衙门口的擂鼓，他就驻足不前，斜着眼只是呆呆地看着。捕头王随后看见了，明白他的心情，只是笑了笑，并不说什么。这时，英姑从府内迎了出来："这一大早的，去哪儿啦？夫人正让我去找你们呢。"

宋慈没精打采地口中喃喃道："这鸣冤叫屈的擂鼓可有日子没敲响啦。"

"什么叫有日子了,从太平县回来才几天呀。"

"是吗?我怎么就像久赋闲居,无所事事啊?"

英姑笑道："大人,你不会真的天天盼着有人杀人放火、击鼓告状吧?"

宋慈听得不入耳,一撩袍子进了大门,又忽地回过头来瞪着英姑:"郎中也想着病人,为什么?"

"那还用说,治病救人呀。"

"亏你还懂此道理。"宋慈说罢,大步离去。

捕头王扯了一把英姑,轻声问:"天天这么一大早像没扛脑袋似的出去瞎转,他是不是犯什么病了?"

英姑笑道："你还不知他什么病?三天不断案就提不起精神呗。"

宋慈无精打采地走进书房。玉贞早在等候着:"回来了?"

宋慈一脸不高兴:"我只是随便走走,就让人满大街去找,成何体统。"

玉贞笑道："我怕你忘了今天要回京的,百多里地呢,走晚了怕摸黑。"

玉贞说完,等着丈夫的回应,可丈夫木头似的竟半天没反应。她忍不住又问:"你是不是又想找什么借口不去了?"宋慈支支吾吾:"嗯,什么?哦,不不,我是怕这一走,万一出个人命案……"

玉贞有些恼了,"天天说人命案人命案,哪有那么多人命案?无非想找个借口不想去罢了。算了,你实在不愿去,我也不想再为难你,我自己走吧。"转身欲离开书房。宋慈断然决然地说:"明天!要是到明天还无人击鼓报案,就一定起程回京!行了吧?"

玉贞脸上露出了笑容:"你可别到了明天又说明天。好,我再相信你一回。"

　

和府内,鼓乐喧天,欢声笑语,贺寿宾朋,济济一堂。堂前张灯结彩,寿桃寿糕在桌上堆积如山。六十高寿的和员外衣冠锦绣,满脸笑容地端坐大堂上,接受亲朋后辈们的致贺。

而后,后花园又琴瑟鼓乐齐鸣,生旦净丑尽数登场。庆寿演戏是少不了的一道大菜。临时搭起的戏台上,演者尽心尽力,下面的观者则喝彩声声。

在后台,一个面容俊秀的男优接过下人递过的紫砂壶,很女性化地抿嘴喝了一口,用花绢摁了摁嘴角,往一把大椅上一坐,侍候在一边的头面师傅就弯着腰给他扮戏。

男优说："师傅，和员外可是我七岁红的老戏迷了，给他老人家唱戏呀，头饰上少一粒珠子也能看出来的，你可千万用心了，别不小心砸了我台面。"

"小的上有老下有小的，全指望着班主赏口饭吃呢，小的有八个胆也不敢粗心砸你的台面呀。"

少时，男优七岁红便被扮成一个粉艳艳的花旦了。他正端着铜镜照着，忽然回头惊叫起来："哎呀，员外，你怎么上后台看我来啦？"

门口，果然站着和员外。

和员外像是站好一会儿了，是七岁红的惊叫才使他从什么思绪中回过神来，笑道："哦，好，都扮上了。好俊俏的南戏名旦七岁红啊。"

七岁红忸怩作态地迎上前去："敬祝员外福如东海，寿比南山，长命百岁。"

"哦，你今天给我唱什么呀？"

"你说唱什么，肯定是员外百看不厌的……"

"《荆钗记》！"

"正是。"

"哦……好好好。"和员外又凑近那男优，轻声说，"散了戏到我房里领赏。"

七岁红闻言心潮一涌，眼看着和员外步出后台，竟激动得没能说出一句话来……

戏园子内热闹非凡。一声小嗓的叫头，旦角人未上场，就博得一片喝彩声。

和员外回到场上，目光扫视四周，见女婿李唐早已呼呼入睡，而女儿倩娘却兴趣盎然地看着戏。员外的目光在女儿女婿身上停留了好一会儿，才被场子里的一阵喝彩声猛地惊醒过来……

夜深时分，寿庆的各种仪式都已作罢，贺客们也都已散去。白天热热闹闹的和府，此时静悄悄的，除了一些下人轻手轻脚地在厅堂前后来回穿梭着，收拾残筵，归整用具，再无别的外客了。

与客厅隔不多远，便是和员外的内室，此时，前来贺寿的李唐夫妇正恭恭敬敬地坐在和员外的面前，听着老人训话。和员外满脸恨铁不成钢的不悦之色："当初我看你也是出身书香门第，才把女儿许你为妻，指望女儿有个终身依靠。可想不到你这么不争气，整天没个正业，就靠变卖祖上遗产过日子。俗话说'坐吃山空，立吃地陷'，长此以往，岂不毁了我女儿的一生！"

　　李唐一副死猪不怕开水烫的神色："小婿也不想这样混着过日子，可老天不佑、时运不佳，无计可施呀。"

　　"你空守着那么大的祖宗房产，就算开个客栈酒馆，图个月进千金有何不能？我看你是散漫成性，自无出息！"

　　"小婿倒也是想过开家酒馆什么的，可开酒馆是要一大笔本钱的，我上哪儿找那么多银子呀？"

　　"你要真有志创业，没有本钱，我这个当岳父的资助你就是，何来满嘴的托词？"

　　"我知道你也就这么一说，小婿要真开这个口，只怕又让你为难。"

　　和员外从柜中取出一个似乎早已备下的银包，往桌上一放："三百两，够给你做本钱了吧？"

　　李唐半信半疑地打开包裹，果然是白灿灿的银子，足足三百两。李唐惊诧不已："岳父，你这是认真的？"和员外正色道："这银子是假的吗？"

　　倩娘不由得欣喜万分："你还不快谢过父亲！父亲，其实要真干起什么事来，他比谁也不差，差的就是本钱啊，有了本钱，他就一定会振作起来的。"

　　"这话你说了没用，我要听他自己亲口说。"

　　"相公……"倩娘赶紧向丈夫使着眼色。李唐痛下决心似的说："好，有岳父大人成全，小婿不干出点气候来就不配当你的女婿。小婿这就回去张罗，无须十天半月，我一定把酒馆开起张来。大娘子，我们走吧。"

　　和员外忙说："等等。你先回去，把我女儿留下，等你什么时候把酒店开起来了，再来接回你的大娘子。否则，你就别想再见到我女儿。"

　　李唐心里暗想：这倒也好，免得我整天听妇人唠叨。便对倩娘说："大娘子，那你就留下，我先回去了。"

　　倩娘却不放心，"等等。父亲，相公回去开办酒馆，女儿正好做个帮手，你就让女儿随他一起回去吧。往后我常回来看你还不行吗？"

　　和员外顿时伤感地说："唉，嫁出的女儿泼出的水啊。我就你这么一个女儿，如今年事已高，想留女儿在身边多住几天也……好好，你们走，走吧。"说着，他颤巍巍地起身要离开。

　　倩娘连忙上前扶住父亲："父亲，你别生气，女儿……留下还不成吗？"

　　李唐赶紧说："这就对了。老父一片爱女之心，你我做儿女的可不能伤了老人的心呀！家里还有柳絮儿，好歹能帮个手的，你就踏踏实实陪着老父亲吧。

岳父大人，那小婿就先回去了。"

和员外像是突然想起什么似的，"等等。你是个散漫惯了的人，要没点压力，难保你不会把这本钱花完了，可酒店还是办不起来。你我得立个字据。"

李唐有点好奇："立什么字据？"

"我给你半年为限，在半年内你要是果然能小成气候，一切好说，如若不然，你就得让出那座祖传的庄园。"

李唐闻言一笑："岳父大人还怕小婿会赖账不成？"

和员外正色道："我不是怕你不还那三百两本金，我是要绝你的退路，逼你进取。"李唐心服口服地说："岳父大人对小婿可真是用心良苦啊！"

和员外追问："你是不是底气不足，不敢立这个字据？"

李唐大声说："不，小婿愿意立字为据！"

稍后，心情很好的李唐夹着银包走出和府大门，忽然，和府的老厨娘闪了出来，把他吓了一大跳。他不禁怨道："哎呀，是老厨娘啊，你要吓死我呀？"

老厨娘问："怎么急着走了，不多住几天吗？"

"哦，我的二娘子胆小，一个人在家我不放心。"

"二娘子？敢情姑爷心里惦记的只有一个二娘子呀？"

李唐变了脸色："你这话什么意思？"

"姑爷，我知道你以前待我家小姐不错，可自从娶了二房，你就把我家小姐冷落了。我可告诉你，小姐是我从小一手抱大的，就像我的亲闺女一样。我管不了你娶二房纳三妾的，可你要是敢冷落了我家小姐，老身可要找你的晦气！"

李唐的心火一下子蹿了上来："怎么说？李某这些年是时运不济，可还没沦落到什么人都有资格把我当儿子教训的地步吧！怪不得我今天出门前左眼皮跳个不停，原来是应在你这老婆子身上。我可告诉你，不孝有三，无后为大，一个差点让我断子绝孙的女人，你还当她是皇家公主、豪门贵妇？你怕我冷落那贱人，那好办，我回去就写一张休书，你把她领回来供养行了吧？"

老厨娘气得说不出话："你……"

"我怎么？我现在左眼皮不跳了！"李唐说罢，大笑着扬长而去。

"吱呀"，一声开门声，又把玉贞惊醒了。她顺手摸摸外床，是空的。起身往外一看，只见一盏烛灯闪闪忽忽地出了天井。她一想，就下床披衣跟了出去。

举着烛灯的宋慈缓步而行，转弯抹角，走到一库房前，站住了，在门锁上一阵捣鼓，便推门而进。库房内，架子上的骷髅白骨，在闪闪忽忽的烛光下，更显得阴森可怖。宋慈目光搜寻到库房角落上的一只陈旧的柜子，就走上前去，从旧柜子里捧出一摞陈年卷宗，吹去面上的尘灰，就坐在案前阅起卷来。

尾随在后的玉贞也轻手轻脚地走进了库房。因她的注意力全聚集在丈夫身上，所以竟未看见两边木架上的白骨骷髅。玉贞轻声道："是什么让你夜不成寐？"

宋慈一抬头，吃了一惊。倒不是因为夫人突然出现，而是怕夫人看见身后的那些森森白骨会吓昏过去，所以一时竟不知如何应对。

玉贞看着丈夫一脸的紧张，便笑道："一向跟死人尸骨打交道的宋提刑，也会让我这个大活人给吓成这样？"

"你……半夜三更的，你来这里干什么呀？"

"半夜三更的，你睡不着觉，是因为明天要见我父亲吗？"

宋慈有意扯东拉西地说："啊？哦，你看你看，我的三位前任留下的卷宗里，还真让我找出几宗未决悬案呢。"

"官人，有句话我一直想问问你。"

"你看看，这是一宗二十多年前的案子，除了原告的诉状，什么也没有。我真不知道当时主事的是怎么断的案。"

玉贞有些耐不住了："你对我父亲究竟有什么成见，就不能对我说说吗？"

宋慈这才放下手中卷宗，回头看了看妻子，显然是避重就轻："我对你说过，我那位老岳父官瘾太重。"玉贞摇摇头："不，一定还有别的原因。"

宋慈起身说："明天还得赶早呢，回去睡吧。哦，等等，我送你出去。"说着，噗地就把灯吹灭了。

"为什么把灯吹了？"

"哦，是风吹的。"

"什么也看不见了。"

"看不见才好。"

"你说什么？"

"我说这里没什么好看的。走吧，我送你出门。"

"不用，我自己能摸着出去。"玉贞说着，回过身往外走去。恰在此时遮月的乌云移开，月光从窗外射入，正好照着那几个龇牙咧嘴的骷髅，玉贞猝然见了，惊得尖叫一声，身子一软，险些昏倒。

宋慈见状，一边紧紧搂着妻子，一边像哄孩子似的说："没事没事，玉贞，你听我说，其实那不过就是人体的骨殖，没什么可害怕的。你就把它当作一只花瓶，或是一件古董，对，就是一件古董，那又有什么好怕的呢？别怕……"忽然感觉到妻子的身子软绵绵地直往下沉，"啊，玉贞，你怎么啦？"

睡在自己卧室内的英姑被尖叫声惊醒了。她忽地坐起来，急速穿衣着鞋，快步向库房跑来，跑到门口，往里一瞧，猝然止步了。

屋内，宋慈伏下身子想扶起妻子玉贞，不想玉贞伸出双臂把丈夫紧紧揽住，再不放松。她口中梦呓般地喃喃道："你从来没对我说过这么温存的话。官人你从来没对我说过这么温存的话……"

月光下，宋慈看到妻子的双眸闪动着泪光。妻子的双手越揽越紧，且闭上了双眼。乌云又把月儿遮起来了，黑暗的库房中响着柔声细语。

宋慈轻声问："库房里全是骷髅白骨，你不怕？"

玉贞醉声柔语："有你在，我什么也不怕……"

这段温情对话，被门外的英姑听得清清楚楚。她像是感觉到什么，脸一红连忙跑开了。她跑回自己的卧房前，还感觉心在怦怦乱跳，双手捂着发烫的脸颊定了定神，才伸手去推自己的房门。

笼罩在黑夜中的李府，影影绰绰，如同一只踞伏的怪兽。树影摇曳的天井中，更是静得可怕，偶尔从哪个旮旯角传出一两声耗子斗叫声，都会令人毛骨悚然。柳絮儿蜷缩在床的一角，提心吊胆，难以入睡，嘴里轻声呼唤着："你们……你们怎么还不回来呀……"一双恐惧不安的大眼睛死死地盯着即将燃尽的烛火。烛火闪闪忽忽，终于"噗"地灭了，黑暗中只见一缕青烟袅袅冉冉，渐渐连烟也没了。夜，静得怕人。"吱呀"，一阵轻轻的门枢转动声传来，柳絮儿蓦地竖起了浑身汗毛，出自本能地尖叫起来："是谁？"

然而，房外悄无声息。柳絮儿刚刚喘了一口气，又听大门"咣"的一声响，然后就听见有跌跌撞撞的脚步声逼上楼来。柳絮儿怕极了。她本能地往枕下一阵乱摸，抓起那把匕首，紧紧握在手上。随着脚步声渐近，她一双惊恐的眼睛越瞪越大。脚步声到柳絮儿的房门前忽然停住了，半天竟没一点儿动静。柳絮儿控制不住恐惧地尖叫起来："你是谁？"

"是我……"门外传来李唐大着舌头的应答。

原来是自己的丈夫。柳絮儿绷紧的神经一松，反而半天下不了床。

李唐在门外乱敲一气，"开门呀……柳絮儿，是我回来了。"

柳絮儿打开了房门，一头扑进丈夫怀里，哭着嚷着："你怎么这么晚才回来？都过四更了。你是存心想吓死我呀。"

李唐大着舌头："别闹别闹，我……我这不是回来了吗？"把包裹往桌上一放。"把这三百两银子收起来。"说着站立不稳倒在了床上。

柳絮儿打开包裹一看，果然是一包白灿灿的银子。柳絮儿惊问："你从哪儿弄来这么多银子？"李唐冲着柳絮儿诡秘地笑着，却不说话。

"哎呀，究竟是怎么回事，你快说呀。"

"说了怕你……要哭。还是不说也罢。"

"你卖什么关子。你要不说清楚，今晚就别想在我房里过夜。"

"这可是你陪我过最后一夜了，你可别……赶我，不然你会……会后悔的。"

"醉话连篇。睡吧睡吧。"

"唉，我还是说了吧。这三百两银子……是你的卖身钱啊……"

柳絮儿一惊："你说什么？"

"你不是老骂我没……出息吗？我不是警告过你，你……要是再烦，我就把你……卖了！对了，你也硬着嘴说过，我要是把你卖出这破家，还是你的……出路，对吧？我今天……成全你了，真把你卖给了一家……窑子，天一亮，人家就来……带人……"李唐话说到半截，已鼾声如雷。

柳絮儿听了这些话，怔了半天，心中不停地问：这是真的吗？这是真的吗？

她突然疯了似的扑向李唐："你醒醒，你快说清楚，这究竟是怎么回事？"

李唐勉强睁开一双醉眼："那……那银子不明摆着吗？还用说……什么……"鼾声又起。

柳絮儿沿着床沿瘫坐于地，"这是为什么，为什么呀？相公呀，你我当初一见钟情，我甘愿做小，嫁你为妾。半年来，你我也是相亲相爱，可你为什么会如此绝情呀……我恨你我恨你！"她下意识地抓起那把匕首，定了定神，看着鼾声如雷的丈夫，泪水哗哗地流下来。

一个多雾的早晨。提刑衙门的大门口，马车早备下了。捕头王在车边向马夫轻声交代着什么。已穿戴整齐做好上路准备的玉贞心情特别好，在打着行李包袱的时候，嘴里还时不时地哼上几句古曲。

宋慈则一副无精打采且心不在焉的样子，手上提了根腰带，系半天也没妥帖。玉贞一看宋慈那样子，嫣然失笑。

"你呀，像遭霜打似的，连条腰带都系不周全。"她边说着边上前从丈夫手中取过腰带，为丈夫系扎起来。宋慈便懒洋洋地把双手一抬。

玉贞双手将腰带在丈夫后腰交叉时，脸几乎蹭到丈夫的耳根。心里一热，就有一种幸福感蓦地涌出，禁不住在丈夫的脸颊上亲了一下。宋慈竟让妻子亲热之举弄得有些局促尴尬："欸，这……你这是干什么，开着门呢。"

玉贞不管不顾，竟双手一揽，紧紧地将丈夫搂住，在宋慈耳根柔声细语地说："官人，我知道其实你心里是不想回京的，可你还是答应我去了，我真的很感激你。"

"你我是夫妻，说这话岂不……"宋慈忽然听到有脚步声，"欸，放手，快放手!"玉贞陶醉地说："不，我不放手，一辈子都不放手。"

宋慈急催道："欸，有人来了。"这时，英姑大步跨进门来，见他们夫妻的亲热状，一时躲避不及，竟睁着大眼，不知进退了。

玉贞忙松开双手，利利落落地给丈夫系着腰带，嘴里说："你们这位大人呀，除了验尸破案，别的什么也不会。看，连条腰带都系不周全……哦，英姑娘来得正好，这些都是要带回京去的，你帮我拿到车上去吧。"

英姑应声："欸，我来。"说着就去提包袱。

玉贞说："欸，你拿走那个就行了，这个……我自己拿。"

英姑提着一个包袱就要出门，木桩似的站了半天的宋慈突然朝她叫了一声："欸……"把人叫住了，却没了话，"那个……啊，那什么……"

英姑站在那儿，却诡秘兮兮地没回过头来，"什么呀？"

宋慈支吾道："嗯？哦……别把东西撒了。"

英姑差点失笑出声，夹着包袱跑了出去。玉贞看着宋慈，笑道："你呀，夫妻亲热，人之常情，搁你身上怎么就像做了贼似的不自在？"

"嘻，走吧走吧。"宋慈说着，就想提剩下的那个包。

玉贞连忙抢过去："我来我来。"

宋慈往外走时，捕头王在后面相随。宋慈边走边叮嘱："捕头王，我交代的事都记清楚了吗？"捕头王点头："记住了! 大人，由我和英姑娘给你看着衙门，你就把心放在肚子里，踏踏实实陪夫人走吧。"

英姑往马车上安放包袱。宋慈叫她，英姑应一声，却没回过头来。

宋慈说："我跟你说话呢。"英姑仍不回头："我听着呢。"

捕头王怪道："英姑娘也是，大人跟你说话，你老背着身干吗？"英姑这才回过头来："没有哇，我在放东西呢。大人有什么吩咐，我可是仔细听着的呢。"

宋慈正色道："我走之后，你每天都给我待到库房里去阅卷，有什么前任留下的未决悬案，甭管是哪个年头的，都给我找出来。"

英姑大声应道："放心吧，我保证不放过任何蛛丝马迹。"

这时，玉贞抱着包袱笑容灿烂地走出门来，英姑连忙上前去接。

"夫人，这是什么呀，挺沉的。来，给我。"

"不用不用。我能拿。"

宋慈看着玉贞抱着那包，绕过自己面前，从马车的另一边往车上放，不禁心里起疑。玉贞笑对丈夫说："发什么呆？走吧。"

英姑招手说："夫人一路顺风。"

宋慈迟疑着，忽然回头侧目看着衙门口那面大鼓："那……那什么……"

捕头王明白他的意思："哎呀，大人您早说了，要是有人来擂响提刑衙门的鼓，多半是出了凶杀命案。鼓声一响，人命关天，一刻也耽误不得！"

"嗯，记着就好。"宋慈刚想上车，又回头重重地叮嘱一句，"千万不可懈怠！"玉贞笑道："捕头王和英姑都是随你多年的老属下了，你怎么就那么不放心呀？"

宋慈边上车边嘟嘟哝哝地说："人命关天的事，丝毫马虎不得。走吧！"

捕头王和英姑同声说："大人、夫人一路顺风。"

马车终于起程，吱咯吱咯响着，很快没入了浓浓的晨雾之中。

捕头王说："这回大人总算依了夫人一回。"

英姑站在那儿，目送着马车远去，突然"扑哧"一下，笑出了声。

捕头王问："你笑什么？"英姑强忍着："嗯，没什么，没什么。"

"你还别说，大人这么一走，我这心里真像缺了主心骨似的没着没落的。"

英姑又忍不住笑出了声。捕头王有些奇怪了："欸，你究竟笑什么？是我有什么值得你笑的吗？你倒是说来听听。"

英姑说："我可不是笑你！"捕头王不信："除了我没别人，你不笑我笑谁？"

英姑斜了捕头王一眼，忍不住大笑着跑进衙门去了。

捕头王叫道："欸，欸，你站住！别以为老虎走了猴子就成大王了。大人走了，这衙门我当家，我可得管着你！"说着进了衙门。

浓雾中，马蹄声声。宋慈夫妇乘坐的马车在大道上破雾而行。

坐在车上的宋慈，全无往常的精神，懒着身子，歪在车上，眼睛微闭，斜着瞄一眼车上一角的那个包，鼻子里"哼"了一声。玉贞却是兴致十足，东看西看，嘴里说着："欸，这次回京，你可别再对我父亲不冷不热的，行吗？"

宋慈淡然道："岂敢！人家现在可是吏部侍郎，二品大员了。"

"你应该知道，我父亲能到今天这样，也是很不容易的啊。"

"是啊，不容易！真不容易！"

"官人，有件事我本不该瞒着你的。"

"可是那坛三十年的陈酿？"

玉贞一怔："啊，你已经知道了？"

"宋某从来喝酒不讲究，你却花几十两银子偷偷买回一坛名家出的陈年佳酿，那不明摆着为此次回京用的吗！"

玉贞被说着了，有些尴尬："原来你……我还怕你知道了会不高兴呢。"

"女儿孝敬父亲，天经地义，我怎么会不高兴呢？"

"不，官人，这坛酒我其实是替你买的。回到京城，也得以你的名义送给我父亲。"

"这是什么意思？"

"你说什么意思？父亲荣升吏部侍郎，亲朋同僚谁不送礼贺喜。你是半子贤婿，又同朝为官，总不能空着双手去吧。"

"你要存此俗念，我在路上就把它打开喝了！"

宋慈说着，就要取过那包。玉贞急忙拦住了："欸，别别，好好，那就当是我这个做女儿的孝敬父亲的还不成吗？"

宋慈正色道："不是我有意扫夫人的兴，我宋某人不想揪着谁的龙凤尾巴上天。天性使然，恕难落俗！"玉贞不由得一愣，不再说话了。

此时，马车正好路过李府门前。宋慈一探头，忽然想起昨日晨雾中那一幕，便撩开帘子看着掩映在晨雾中的李府庄园。只见晨雾时浓时稀，就在晨雾稀薄的刹那间，显露出李府半掩半开的大门。他不禁暗自生出几分疑窦。

玉贞注意到丈夫脸上的神色："怎么了？"

宋慈与其说是回答夫人不如说是自问："这一大清早的，怎么府门就已开着了呢？这……停下。"没等马车停稳，宋慈一改此前萎靡不振的神色，一掀车帘，"通"地跳了下去。玉贞阻止不及，看着丈夫朝门前奔去。

宋慈走到那半掩的宅门前，左右上下细细地察看了一会儿，遂走了进去。

李府内，晨雾弥漫的天井中，空无一人。宋慈站在天井中间，大声喊道："府上有人吗？"然而，大院之内仍是无声无息。

宋慈神情肃然，开始从耳房到厅堂，一间间屋子往里察看。奇怪，这空荡荡的老宅内竟死一般地沉寂。他走到花厅中，正看着那堆散了架的破桌出神，忽觉有什么东西从楼板上滴落，不偏不倚地滴在他的额头。

宋慈一惊，抬手一抹，黏糊糊的，一看，呀，竟是血！

他猛然抬头，只见从楼板缝里渗下的鲜血已成凝胶。他快步上楼，一连推开几个空房间的门，最后奔向柳絮儿的卧房，推开房门。

房内，李唐被杀死在床上，鲜血从胸口一直流到床前楼板上，积成了一个血洼。房内别无他人。宋慈一怔，想了想，返身下楼，往府外奔去。

此时，李府门外的马车上，玉贞凝神黯然坐着。等得不耐烦的马夫撩开车帘一角，探进脑袋问："夫人，怎么啦……"玉贞却木头人似的一动未动。

马夫察看她的脸色，自告奋勇地说："夫人稍等，我去催老爷回来。"

玉贞突然开口了："回来！"马夫一脸疑惑："夫人？"

玉贞吩咐道："走吧。"马夫惊诧不已："不等老爷啦？"

"你们随老爷多年了，还不知老爷的性子吗？这会儿，只怕圣上发十二道金牌也召不回他了。"说话时，玉贞撩开后帘，往丈夫的方向看去，可扑面而来的浓雾挡住了她的视线。她轻叹一声："走吧。"

此时，宋慈刚刚走出大门。他听见马车行走的声响，急急追了上去："夫人，夫人……"却没追上马车，马车声很快在雾中消隐而去。

不多时，马嘶声，狗吠声，夹着杂沓的脚步声，在静寂已久的李府骤然响成一片。捕头王率一队捕快疾奔而至。他大着嗓门，指点手下分散把守，控制现场："听好了，先要把住大门，门口三丈以内不许闲人进入，圈起来。不许任何闲杂人等进来踩乱了现场。喂，你，去守着那个巷口。你去那边。快！"

此时，李府大门外已聚集了一些百姓，正探着身子往里窥探着。

捕头王又吩咐手下道："你们几个，把府内的房屋、灶间，还有茅房，挨个给我仔细搜查，不可放过一丝一缕的可疑迹象。切记，府内任何摆设都得保持原状，千万不可移动！违者扣罚三月俸银！"

捕快们应声各就各位。捕头王独立在天井中心，心烦气躁地说："妈的，早不发，晚不发，偏偏大人上路时发了命案！"

英姑背着个硕大的箱子，避着让着从门口忙碌的捕快人群中穿过，一头钻进了李府大门。有衙役迎上："英姑娘，快，宋大人在楼上等着呢。"

衙役领路，二人快步上楼。英姑气喘吁吁地快步跑到柳絮儿房前，骤然止步，而后，稳住神，喘着大气往里一看。宋慈正凝眉站在床前。赫然看见血泊中李唐的尸体，英姑一惊："大人……"宋慈不动声色："准备验尸。"

英姑搁下箱子，打开箱盖，从箱内取出一副白布手套。宋慈沉思着转过身来，平举双手。英姑为宋慈戴上手套，又回身从箱中取出笔墨格目。

宋慈聚精会神地审视着尸面，久久没有开口。英姑注视着宋慈好一会儿，终于忍不住小心翼翼地问："大人，夫人就这么走啦？"

宋慈突然嗓门一高："尸体口眼开，双手微握……"

英姑吓了一跳，脖子一缩，连忙提笔，专心致志地填写格目。

宋慈继续检验尸体，嘴里大声报唱："前胸刺伤，伤口长二寸，斜深透骨：伤痕两头尖小，皮肉卷凸，有血污，验是要害致命伤处。"

报完验尸结果，宋慈转过身来，仔细观察室内布置，最终把目光停留在地上血泊中的那把闪闪发光的匕首上。他慢慢蹲下身去，小心翼翼地捡起那把匕首，端详一番，又慢慢将匕首翻过来，只见匕首的另一面沾满血迹。

"现场遗留单刃匕首一把，长五寸，宽三分……"

英姑侧首问："是本案凶器吗？"宋慈显然还没消除刚才的不满："这话你该去问凶手。"英姑讨个没趣，就不作声了。宋慈将刀递向英姑，英姑正要伸手去接，宋慈又缩回了手道："别擦损了这上面的血迹。"

"是。"英姑连忙取来一张纸，双手铺开接着。宋慈小心翼翼地将匕首横放于纸上，问道："现场除了血腥，你还闻出了什么？"

英姑没直接说出来，只是肯定地点了点头："嗯！"宋慈脸上闪过一丝赞许之色，接着说了一句："这回不是宋某不愿陪夫人回京，而是天意把宋某留下了。"

英姑听宋慈这样说，心情一松，暗暗笑了。

城外山道。柳絮儿一瘸一拐地赶路，累了，就在路边一块石头上坐下歇脚。想到伤心处，不禁又是泪水涟涟。忽闻身后的浓雾中传来人声："那小妇人一定是从这条道逃回娘家去的，想必还没出这山弯。"柳絮儿一惊，起身就跑。

捕头王及几名捕快从浓雾中钻出来，"看，她就在前面。快追！"身子"嗖"地如箭飞出。

柳絮儿没命地跑着，突见眼前挡着座铁塔，不禁"啊"的一声，瘫坐在地。

捕头王大声问:"你就是李唐的二夫人柳絮儿?"

"是……是我……"

"你好好随我回去。"

柳絮儿大叫起来:"我不回去,我死也不回去!"

捕头王冷笑道:"这可由不得你。带走!"

这时,出了人命案的李府门前已聚了不少人。捕头王等押着柳絮儿走来,那些围观者面露惊异之色,让开了一条通路。柳絮儿像只受惊的羔羊,看见邻里们向她投来的冷眼,心里不由得直打寒战。

听得人群中有轻声议论:"真想不到,这么娇嫩柔弱的女子,也会谋杀亲夫。这人呀,'恶'字不往脸上写,谁看得出来……"柳絮儿像是终于明白了,顿觉五雷轰顶,几乎瘫倒。

贾仁也挤在人群中看热闹:"咦,怎么不见李唐的大夫人呀?"

话音未落,只见大娘子倩娘也跌跌撞撞地跑来,大老远就嘶声哭喊道:"相公,相公……"一见柳絮儿,上前一把抓住她的胳膊,"柳絮儿,出什么事了?家里究竟出什么事了?"柳絮儿浑身颤抖:"不知道,我……我也不知道啊。"

捕头王喝道:"提刑大人等着问话呢,快进去。"贾仁忽然不禁失声道:"咦?奇了怪了。"捕头王闻言回过头,人群中却已不见了贾仁的身影。

李府厅堂内已有不少人了。几个衙役在两旁站立着。下首站着李府的两个女人,早已是花容失色。这时,宋慈坦步走入厅堂。他并不看堂中之人,只是仔细地瞧着那散瘫在厅中的破桌子,看了一会儿,发出了一段感叹之词:"据说,李氏这座府第始建于盛唐,想来李家当年也是名门望族啊。可如今这府中情景,真是今非昔比啊!"

发完感叹,宋慈回头来看着两个脸色苍白的女人,"一个名门望族,因为子孙不争气而一天天地衰败至此,想必二位夫人也都对丈夫心怀不满吧?"

倩娘不无硬气地说:"嫁鸡随鸡,嫁狗随狗,民女既然嫁到李家,是苦是咸吃的总是李家的饭。何况谁都有不走运的时候,家夫一时落拓,也不见得一世无望。只是想不到家夫平白无故遭此横祸,撇下我们两个弱女子,可怎么办啊?"

"说句不怕得罪的话:即便你们丈夫未遭此祸,靠他那样变卖祖业坐吃山空地过日子,迟早不也会山穷水尽吗?"

倩娘不满地说:"大人想说家夫该死吗?"

柳絮儿连忙道："大姐，我想宋大人不会是这个意思的。"

"好，言归正题。宋某方才已请二位查看了府上的财物，不知案发后可少了什么?"宋慈话音方落，倩娘和柳絮儿同时说："三百两银子。"

"三百两银子?"

倩娘点头道："那是我父亲借贷给家夫开办酒馆做本钱用的。"

柳絮儿不禁愣住了："什么，原来那银子是……"

宋慈忙问："李二夫人该是另有说法?"

"不……哦，大人，这么说，家夫是由那三百两银子引来了杀身之祸的。宋大人，你务必要将那谋财害命之徒捉拿归案，为家夫报仇啊。"柳絮儿跪下，磕头不已。

"李二夫人报仇心切，宋某也能体谅。可此案扑朔迷离，要找出那位谋财害命的凶手，恐怕绝非易事!"

"民女虽然孤陋寡闻，也耳闻过宋大人名声。俗话说雁过留声，蛇过留痕，难道那凶手在现场就没有留下一点儿蛛丝马迹吗?"

宋慈微感吃惊："能说出这番话的绝非一位寻常女子。李二夫人倒令宋某刮目相看!"他一双能穿透人心的锐眼紧紧盯着柳絮儿。

柳絮儿被看得局促不安起来："宋大人这话……什么意思啊?"

倩娘像是被突然提醒了什么似的，以一种异样的眼光看着柳絮儿。

"大姐……你为什么也这么看着我啊?"

"我和相公去娘家贺寿，你是留在家里的，相公回来后在你房里被杀，你怎么会不知道?"

"相公被害时，我已经不在家了。"

"你跑了? 这么说，是你杀了相公!"

柳絮儿大惊失色："不，不是我杀的。"

"既然不是你杀了人，你为什么要逃跑啊?"

"他昨夜回家后，说把我卖给了城里的一家窑子，还说天一亮人家就要来带人，我怕天亮了买主上门就走不了了，才趁相公熟睡，想逃回娘家去的。"

两个女人你来我往说着话时，宋慈悄悄退在一边，当起了旁观者。

倩娘质问："他平时那么疼你宠你，连重话都不会对你说一句，我不相信他会说那样的话。"柳絮儿急辩："我说的全是真话，相公真是那么说的呀。"

倩娘厉声道："你满嘴胡言!"柳絮儿急得向宋慈求援："宋大人……你该为

民女做主啊！"宋慈无奈地道："你们说得那么多，本官插不进嘴了呀。"

两位女子就不作声了。宋慈问柳絮儿："昨晚你丈夫几时回的家？"

"四更已过。"

倩娘又忍不住插嘴："胡说。他离开我娘家时，天方初更，十几里地，怎么会四更才到家？"

"兴许是他在你娘家寿筵上喝酒过量，回来时迷路了，才……"

"他心里一直记挂着你，急着赶回，在寿筵上根本没有喝酒。"

"可他昨夜的确是喝得酩酊大醉回来的呀。到家后，他说了那些话，倒头就睡熟了。"

"你不想想，他要是真喝得酩酊大醉，我和父亲怎么敢让他带着三百两银子独自回家？"

"这……我怎么知道啊。反正他是喝醉了回来的，一回来就说了那些话，我才……宋大人……"

宋慈戏言正说，一本正经地感叹道："宋某问案多年，还从来没有落得像今天这么连嘴都插不进的狼狈，看来宋某这提刑官该让贤了！"

英姑差点失声笑出来，赶紧捂嘴克制着。宋慈不动声色地瞥了英姑一眼。

柳絮儿喊道："宋大人……"倩娘斥道："你住嘴！听宋大人怎么说。"

宋慈笑道："宋某连嘴都插不进，还能怎么说？英姑，你来问吧。"

英姑有些意外："啊，我？"

"都是女人之间的事，你问最是合适。"

"那好，二位夫人，既然你们都口口声声要为夫报仇，那就该一是一、二是二、丁是丁、卯是卯，说不得半句假话哟。"

倩娘和柳絮儿异口同声地说："民女说的句句是实话。"

宋慈便悄悄退到一边旁，仔细听着。

英姑面朝柳絮儿："我先问李二夫人。你说你丈夫回家时喝得酩酊大醉？"

柳絮儿点头道："是的，连说话都大着舌头呢。"

"既然醉成那样，那么，他当时所说的把你卖给窑子的话想必是醉话。"

"可我把它当真话听了呀。"

"疑点就在于此，你们夫妻向来恩爱有加，通常不会当真的一句酒话，你又怎么偏偏当了真，还为此而半夜出逃？对此，另有一种解释：或许你丈夫其实根本没有说过这样的话，所谓把你卖给窑子的话，全是你为作案后逃离现场而编造的谎言！"

"啊，不，宋大人……"柳絮儿乞求的目光转向宋慈，宋慈却对着英姑努努嘴，表示自己不想过问此事。柳絮儿只好对英姑说："这位姑娘，你也是女人，怎么能这么凭空想象冤枉人呢？"

"推测！这仅仅是一种推测。但愿你能对此做出令人信服的解释。"

"要没有那三百两银子，我也不会当他说的是真话呀。"

倩娘看向宋慈："大人，那银子是我父亲借贷的，他们翁婿还立了借贷字据呢。"

柳絮儿急了："可当时相公没说，我怎么知道是借的呀？"

英姑说："可你相公已经惨遭杀害，他已经不能开口为你做证了。"

"这……"柳絮儿跪倒在宋慈跟前，"宋大人，民女讲的都是实情啊！要说是我谋杀了家夫，也得拿出证据呀。"

宋慈不急不慢地说："说到证据，本官正有一件对此案至关重要的证据请夫人过目。英姑。"英姑心领神会，将纸包层层打开，取出那把匕首。

倩娘一眼认准了，大声说："这凶器正是家夫临走时交给她防身壮胆的，谁知她却用它杀死了亲夫。"

宋慈不无意外地回头看着倩娘："你怎么知道这是杀死你丈夫的凶器？"

倩娘一愣："那刀上不是还沾着血迹吗？"

宋慈点了点头："不错，经现场勘验，这刀上的确沾有死者的血迹。假设这刀就是此案凶器，那么，此案真相便只能由柳氏你来说明了，不知你对此又将作何解释？"柳絮儿语塞了："我……我……"

倩娘逼问："你什么，你无言狡辩了是吗？他是那么疼你爱你，想不到，你却对他下这样的毒手。你怎么就那么狠心？"

"不，我没有……我……"柳絮儿一时气急攻心，突然晕倒了。

英姑连忙扶住柳絮儿。宋慈走到柳絮儿身边，蹲下身去，细细观察其脸，又拉起她的手腕把起脉来。突然，他双眼一亮，而后不动声色地站起身来。

"大夫人，本官虽非郎中，却也略懂岐黄之术，观其脉象甚微，命若游丝，再怎么说，你们也是一家人，你是不是先为她请一位真正的郎中？"

倩娘眼中闪过一丝怜悯，马上又咬牙切齿地说："这贱人对亲夫都下得了毒手，我我……我又凭什么要可怜她？"

宋慈嗓门一高："那好，既然大夫人这么说，宋某也不能心慈手软。来呀，将此案嫌疑人柳氏柳絮儿带回衙门拘押候审！"说完大步走出花厅。

倩娘惊诧不已。

长得跟肉墩子似的女禁子，从监狱里一路小跑地奔出来，差点撞翻了英姑手上的药汤。

"啊！禁子大娘，这么风风火火的干什么呀？"

"那女犯人不吃不喝又哭又闹，还扬言说要撞墙呢。我管不了了。"

"你监管女犯可有年头了，怎么也有你管不了的女犯？"

"要是别的女犯，别管她多么奸巧刁钻，我都能治得她服头服脚，可对这位，大人交代了一不准打，二不准骂，这哪是女犯，是姑奶奶啊，让我怎么管？我得找宋大人去。"

英姑嫣然笑道："大娘，走吧，我保证她喝了这碗药就不会再闹。"

女禁子回身领着英姑往牢里走，嘴上却唠叨不休："一个谋杀亲夫的凶手，像女菩萨似的供着，还给她治病送药，老婆子可从来没有听说过。"

还是一个浓雾蔽日的早晨。李府门前，已有衙役把守着，闲人只可远远地看，不得入内。有人看到，提刑衙门的捕头王领着捕快正在大门后的地上细细地搜寻着。捕头王不时地提醒手下："别放过一草一木，都给我勘查仔细了。"

"发现了什么？"

捕头王一抬头，见宋慈已站在面前，便手指近处地上说："大人你看。"

宋慈俯身细看：一块地面砖石上，留有一个被磕去一角的新痕。他思索着，继而便凝目看着旁边的小池塘。捕头王心领神会，对捕快下令道："下去摸！"

宋慈想了想，说："不如把池水舀干！"

捕头王应声："是！快去多找些家伙来，舀干池水。"捕快们应命而去。

衙役疾步跑来："大人，有一位自称是死者丈人的员外求见大人。"

宋慈离去不久，池塘里的水渐渐被舀干了，淤泥中渐渐露出一截木柄。

捕头王上前抓住木柄，慢慢拔出，是一把双刃的剔骨尖刀。

宋慈急急返回提刑衙门。他刚跨进客厅的门槛，等候在那儿的和员外急急上前，倒头拜下："啊呀，宋青天呀，我女婿死得惨，死得冤啊。你要为我女婿报仇申冤啊。"

"员外快快请起。"宋慈赶紧扶起老泪纵横的和员外。

和员外自恨不已地击案道："唉，我好后悔，后悔啊！"

"哦，员外何悔之有啊？"

"唉，也怨我女婿实在太不争气，三考落榜就自暴自弃，整天没个正业，就靠变卖祖业家产度日，我女儿因此常常抱怨我这个当父亲的给她错定了终身。这次我也是出于一番好心，助他三百两银子，让他开个酒馆，我是想他从此能走上正道创家立业，可谁能想到三百两银子反而害了女婿的命啊。早知这样，任他卖光吃光，我又何必助他呀……大人，小婿人死不能复生，老夫今天来拜见大人，就是叩请宋大人务必要将杀害我女婿的真凶捉拿归案、严加惩处，可不能让恶人逍遥法外啊！"

宋慈若有所思："员外说，令爱常常抱怨错定终身？"

和员外有点为难："这……也怪顽婿太不争气，小女略有微词，也是情有可原啊。宋大人你……"

"哦，我只是随便问问。"宋慈像是突然想起似的，"哦，老员外，案发日，令婿酒后携带三百两银子深夜回家，令爱怎么没陪着一起回家呢？"

和员外一怔："酒后？深夜？不不不，小婿当日惦记着他的二房夫人，急着要往回赶，根本没喝什么酒，刚过初更，他就急着走了。"

"哦，是这样。即便没喝酒，可李唐身上携带着三百两银子，按常理，令爱也不会放心让令婿一个人走夜路的，万一有个闪失……"

和员外叹道："嘻，宋大人有所不知啊，老朽虽然子孙满堂，可爱女却就此一个，是我执意把她留下的。"

"噢，原来如此，这倒也是人之常情啊。"

"可是……唉，所谓嫁出去的女儿泼出去的水，我留得住女儿的人，却留不住女儿的心！"

宋慈有点意外："员外此话怎讲？"和员外回答："小女当晚人虽留下了，可我看她总是心神不定的，第二天起来，连头发也无心梳理，还把束发的玉簪也不知丢在何处了。想不到，当晚家里还真遭了惨祸。唉，要不是老夫硬把小女留下，小婿说不定还不会遇祸呢。唉，都怨我呀……"说着又涕泪纵横。

宋慈安慰道："事已至此，再怎么自责也于事无补。老人家还是节哀顺变吧。"这一说更勾起和员外伤心，他竟"呜呜"地哭了起来。

英姑正好走了进来。宋慈招呼说："哦，英姑来得正好，你就替本官送送老人家吧。"英姑应道："是。老人家，来，我搀着你。"

"不不，不用，我得去看看小女啊。"和员外颤颤巍巍地往外走。

宋慈大声说："老员外放心，宋某不会让杀害你女婿的真凶逍遥法外！"

和员外回过头来，猝然跪下，"咚"地磕了一个响头。宋慈手忙脚乱地连连扶起，却见老人眼里热泪涌动。宋慈为之所动，默然走入书房。书房的桌上摆着李唐谋杀案的格目和物证。他站在桌前，看了一会儿，慢慢坐下。

英姑走进来，见宋慈双眼湿润地呆坐着，走上前轻声说："大人，你刚才流泪了！"宋慈没有反应，英姑接着道："但我知道你并不是为那位员外流泪，你是因为这位老人而想起了自己的父亲。"

宋慈仍不吭声。英姑柔声细语地说："大人，这些年你洗冤禁暴，惩恶扬善，为朝廷、社稷和百姓屡破疑案，屡建奇功，这已经足可慰藉你父亲的在天英灵了，你没有必要再用眼泪和伤感怀念你的父亲啊。"

"只要宋某还执掌刑狱，就永远做不到轻松面对父亲的在天之灵。"

"大人，这是为什么？你……这是何苦呢？"

宋慈一下子火了："这是我自己的事，还轮不上你说三道四！"

"这……对不起，大人……"英姑说着就想退出去。

"说我是因这位老人想起父亲，倒不如说是因为家父而不敢面对这位老员外啊……"宋慈这才发现英姑已经退到门口了，"欸，我又没说你什么，你走什么呀？"

"啊？哦，是啊，你是没说我什么，我……我也没走啊。"

"刚才我看到老人家眼里闪的泪花，竟和家父如此相像。"

"大人，我懂了。"

"你懂什么？"

"你是怕本案的结果对一位像您父亲一样的老人，太过残酷！"

宋慈忽然回头，久久地看着英姑："你看本案会是个什么样的结果呢？"

英姑想了一下："我只知道本案凶手绝不是柳絮儿。"

"李唐被杀，三百两银子不翼而飞，而柳氏却深夜潜逃，按刑案常例，柳氏可是难脱嫌疑，你凭什么说柳氏不是凶手？"

"因为一个身怀六甲的女子，决不会谋杀自己的丈夫！"

"你怎么知道柳氏已有身孕？"

英姑笑了笑："因为您把过她脉象，还给她开了三服保胎的药方。"

宋慈有点意外："嗬，你成精了啊！"

"这不都是跟大人学的吗?"

"确切说,柳氏非但不是本案真凶,还是本案第二个受害人。"

"这我倒没想到。"

"凶手不仅谋杀李唐,还要栽赃柳氏!"

"啊,本案还有栽赃之嫌?"

宋慈取过桌上那把匕首,两面翻转着向英姑示意,匕首的一面沾血,而另一面却是干净的。他问:"看出什么了吗?"英姑摇摇头。

"其一,这把刀要真是本案凶器,那么刀的两面都应该沾着血迹,而此刀着地的一面沾着血迹,另一面却是干干净净。其二,经检验,死者伤口呈两头尖窄而中间宽的形状,且伤口长足足一寸有余,而这把小匕首长不过三寸,宽不足五分,且是单刀。这说明什么?"

英姑答道:"说明这把匕首不是本案真正的凶器!"

"但它为何被丢弃在谋杀现场!"

"有人想用它嫁祸于人!"

"想嫁祸于谁?"

"当然是柳氏!"

"何以见得?"

"因为这把刀当时是在柳氏手里,会让人顺理成章地想到是柳氏用它杀人后弃刀潜逃。"

"那又是何人何故要嫁祸柳氏?"

英姑突然心里一惊。她想起当时倩娘说过的一句话,"这把凶器正是家夫临走时交给她防身壮胆的,谁知她却用它杀死了亲夫。"

宋慈已猜出英姑心里想什么,仍明知故问:"你在想什么?"

"大人,其实你心里已有了一个谋杀李唐又想置柳氏于死地的嫌疑人……"

宋慈打断英姑的话:"在找到确凿的证据之前,我宁可相信这是外贼谋财害命!"英姑忧心忡忡地说:"是啊,要不然,对老员外可就太残酷了。"

宋慈眼睛一眨不眨地看着英姑。英姑不解地说:"大人……"

这时,捕头王面带笑容,急急而至。他的手上高举着一把短刀,大声说:"找到了,找到了!"宋慈似早已料到,接过捕头王手中的剔骨刀,在手上反复比量着,微微颔首:"这就对了,此刀和死者伤口相符。这才是本案凶器!"

捕头王说:"大人,既然本案凶器被抛弃在李府门外的池塘里……"

宋慈摇头："不，此刀绝不是凶手抛进池塘，而是凶手作案后匆忙逃离现场时，不慎掉进了池塘。"捕头王恍然大悟："噢，对，还多亏了池塘边青砖地面上那个刀磕的痕迹，才顺藤摸瓜找到这把凶器的。"

宋慈问英姑："这又说明了什么？"英姑答："说明凶手作案后逃离的方向是城东，而柳氏逃回娘家的路径却是往西。这又为柳氏洗脱嫌疑提供了证据。"

捕头王连连点头："这就对了嘛。我一开始就想，凭那柳氏也干不了谋杀亲夫的勾当。如今看来，本案并不复杂。案发日，李唐从丈人家带回三百两银子，案后，三百两银子不翼而飞，而在李府门前小池塘里却找到了本案的凶器，由此可见，这是一桩外贼入室盗财杀人案。只要将本地犯有前科的大盗小贼统统拘拿，严加审问，便不难找出此案杀手。"

宋慈一笑："宋某倒但愿像你说的，真是外贼入室盗财杀人啊，但首先要解开一个谜。"

"什么谜？"

"和氏说李唐当天并未喝酒，而柳氏却说丈夫回家烂醉如泥。二人的证词相去甚远。"

"这么说，两个女人必有一个在撒谎！"

英姑笑道："现场酒气熏天，证明柳氏说的是事实。"

"那就是和氏撒谎？"

宋慈笑起来："非此即彼，我说你的脑子怎么就如此简单呢？"

捕头王摸着脑袋："这不是明摆着吗？"

英姑提醒道："可和氏的父亲也证实李唐回家之前的确没有喝酒，说明和氏也没有撒谎。"捕头王搔起头来："这就奇了。"

宋慈笑道："并不奇怪，据和员外证实，李唐确是初更离开和府回家的，而柳氏却说丈夫四更到家，当中有了三四个时辰的出入，这就是谜面。"

捕头王"噢"了一声，"这下我明白了，李唐在岳父家并没喝酒，他是回家路上，在别处喝得酩酊大醉后才回的家？"

宋慈点头："对，谜底就是李唐在何处与何人喝的酒！"

"明白了。卑职这就去找那谜底。"

"别忘了城东的方向。"

"明白。英姑娘向来心细，一起去吧。"

"不，英姑娘得跟我去狱中，解开另一个更大的谜。"

捕头王问："还有什么谜？"

宋慈拿起那把小匕首："这小东西又是怎么成了栽赃柳氏的证物的呢？"

这是一间不算差的牢房，牢内不仅有桌有凳，还有一张板床。柳絮儿神色黯然地斜卧在床上。

女禁子如肉球似的滚来："欸，欸，柳氏柳氏，宋大人来啦，起来，快起来。"

柳絮儿闻言，一跃而起，扑向牢门前。只见宋慈和英姑已站在门外，她顿时泪流满面。宋慈说："李二夫人何以这么……"柳絮儿泣道："我知道大人手上从来不会有冤案的。可你把我拘押数日，不审也不问……"

"你丈夫连命都被害了，你难道连这么点委屈也经受不起？"

"家夫被害冤深似海，只要能为家夫报仇，就是再大的委屈我也受之无怨。可大人把民女错当成凶手拘拿在监，岂不是让真正的凶手逍遥法外吗？"

"那么你说那谋杀你丈夫又栽赃于你的凶手究竟会是谁呢？"

柳絮儿闻言一惊："什么，大人是说有人栽赃于我？"

"你以为呢？"

"不……不会的，自从民女嫁到李家，半年来大门不出二门不迈，从没有与什么人结怨生仇，怎么会有人想陷害我呢？"

"我记得你家大娘说过，那把遗落在现场的刀是你用来防身的？"

"是的。"

"哦，你看似柔弱，怎么也喜欢玩玩利器什么的？"

"不，民女从来不敢碰那东西。"

"可案发日，这把刀却恰好在你手上。"

"那是家夫去给他岳父祝寿，怕我一个人在家害怕，才让我把刀放在枕边壮胆的。"

"哦，原来如此。那么，你丈夫是怎么把刀交给你的，你可记得清楚？"

"才几天的事，怎么会不记得！"

"那好，你就把当时情景细说一遍，切不可遗漏什么。"

柳絮儿竭力回忆着那天的情形，向宋慈说了一遍。

宋慈想了想："兴许这还是你丈夫被害的关键！"柳絮儿茫然。

"你是说，和氏是在你和丈夫话说到一半时突然进房的？"

"正是。"

"那么，你当时想告诉丈夫的又是什么呢？"

柳絮儿羞容满面地支吾难言。英姑柔声道："还有什么不好意思说的，刚才给你喝的保胎汤的药方子就是宋大人给你开的呢。"

柳絮儿一惊："啊？多谢宋大人。当时，我是想告诉他我已有身孕的事。"

"可还没等你把这喜事说出口，和氏就进来了。换言之，是和氏阻止了你向丈夫报这个喜？"

"不不，并不是我家大姐有意相阻，当时她进来了，是我没好意思再说。"

"你是说这是碰巧了？"

"难道不是吗？"

"一滴水滴进油瓶里，这世上倒也的确不乏碰巧之事。哦，照此说来，当时和氏亲眼看见李唐把刀交到了你的手上？"

"其实真正把刀交到我手上的倒是我家大姐。"

宋慈双眼一亮，急问道："你说什么？"

"当时家夫把刀从抽屉里拿出来，我不敢接，他就把刀放回抽屉了，是我家大姐临走前又从抽屉里拿出来交到我手上的。"

宋慈想起那日看到的情景，自语似的说："李唐娶大纳小，倒也无可厚非，可他要是厚此薄彼，就难怪大娘子心有怨言了。"说完，黑着脸往牢外走去。

柳絮儿像是突然悟出什么，就大叫起来："宋大人是不是怀疑我家大夫人？不……不会的……"宋慈回过头来，意味深长地说了一句："看来你对你家大娘也是所知寥寥啊！"言罢，不紧不慢地向牢外走去。

宋慈的脚步声一记记就像踩在柳絮儿的胸口，她越发地疑惑不安起来。

捕头王看似闲逛地在大街上边走边看。忽然身后有人叫了他一声。

"欸，这不是提刑司的捕头大哥吗？"

捕头王回头，见贾仁正向他满脸堆笑。他对这个小奸商心里没有好感，便冷冷地说："哦，贾老板，发财啊。"

"财神不上门，发个屁财，混张嘴呗。"

"你客气了，像你这么低价买进人家祖传的上等红木，再高价卖出，你不发财谁还发得了财？"

"嘿嘿嘿，做生意嘛，谁不都是贱买贵卖，这没什么不对呀。"

捕头王懒得多说，就要走。贾仁急忙叫他："欸，捕头大哥，李府那案子算是破了?"捕头王回头:"什么叫算是破了?"

"我是想问问,难道真是李唐那位如花似玉的小老婆谋杀亲夫?"

"怎么了?"

"提刑大人就没有怀疑过别的什么人?"

捕头王有所警觉:"那你说还有什么人值得怀疑呢?"

"这……不不不,我哪知道。"

"不知道你瞎嚷嚷什么?"

"我……我只是和李唐有过生意,他突然就这么死了,心里挺不是滋味的,所以随便问问。好好好,算我多嘴,你忙你忙吧。"说着,贾仁悻悻离去。

捕头王抬头看了看,那门楣上挂着块"贾记旧货"的牌子。

宋慈一进提刑衙门客厅,还没站定,就对身后的英姑问道:"我让你随我一起去,就是因为你是女子,你听完刚才那位女子的证词,有何感想呢?"

英姑想了想:"死者生前拥有两个非常爱他的女人。"

"我没心思听你说风花雪月,我问的是……"

英姑认真地说:"我说的也不是风花雪月!其实,和氏和柳氏一样爱着丈夫,李唐却因为柳氏而冷落和氏,使和氏的自尊心受到伤害,所谓爱之深、恨之切,女人往往会因此而不顾一切。"

宋慈微微点头:"哦,你比我看得透!"

英姑脸一红:"我……人家也是女人嘛。"

"是啊,当初留下你,看来没错。"

英姑嫣然一笑:"哟,到现在才说这话,不觉得太晚了些吗?"

宋慈却把话头转到案子上去了:"嗯,据此看来,和氏确有作案动机。"英姑马上顺风转舵:"可案发日和氏却在十几里外的娘家,她没有作案的时机。"

"有那三百两银子,她不一定要亲自下手。"

"你是说她还另有帮凶?"

"就看捕头王能不能找到谜底了。"

话音方落,捕头王就一步跨了进来。宋慈和英姑不禁失笑。捕头王有点莫名其妙:"你们笑什么呀?"英姑笑着说:"笑你的耳朵就像兔子。"

捕头王越发诧异了:"怎么像兔子?"英姑大笑难止:"长呀……"

捕头王不满地说:"女人呀,除了哭就是笑。"

宋慈故意对英姑说："欸，你看他那一脸懊丧，想必是无功而返。"

捕头王坦言道："无功而返，简直是一无所获。大人，卑职无能，没能找回谜底，大人该怎么罚就怎么罚吧。"

英姑笑道："哟，一个堂堂七尺汉子，服输认错倒一点儿也不含糊。"

捕头王被激得直叫："你这丫头片子少对我冷嘲热讽，有本事你去把谜底找回来给我看看。"英姑被呛得不吱声了。捕头王懊丧道："那李唐当晚是从岳父家贺完寿回家的，所以他必定是从东门入城，而从城东到李家庄园，沿途大大小小共有四家酒肆饭馆。我挨家查问，竟无一家在案发日接待过李唐喝酒，甚至没一个人看见李唐路过。回来时我在想，嘻，我怎么就那么傻，值此凶杀案发生之际，人人避嫌尚恐不及，有谁会站出来说案发日见过被害人？即便李唐真是在哪家喝过酒，人家也不会承认呀。所以，这大海捞针我是白费力了。"

宋慈拍了拍捕头王肩膀："嗯，对，与其大海捞针，不如守株待兔。捕头王，我知道某处有一座上好的茶楼，你我去喝喝茶如何？"

捕头王一脸焦急："案子线索一无所获，哪有心思上茶楼喝茶？"

英姑插口道："没准呀，那谜底就在茶楼里呢。"

捕头王问："你是说凶手是个开茶馆的？"

"哎呀，大人让你去找谜底你空手而归，请你去茶楼喝茶，你又老大不愿意，要不就让我替你去喝茶好了。"

宋慈笑着说："捕头王要真不领情，就让英姑娘去也成啊。"

英姑说："好啊，大人，走吧。"捕头王连连说："哦，不不不，还是我去。你要想喝茶，还是自己在家里煮着喝吧。"

英姑不高兴了："你！哼！"宋慈大笑着走出衙门。

一位茶馆小厮提一长嘴茶壶上楼，在离茶桌数步之遥站定，瞄准桌上的茶盏，举壶一斟，那滚沸的茶水从数尺长的长嘴中注射到茶盏之中，竟无滴水溅出。扮作茶客的捕头王望而咋舌："哎呀，真好身手啊。"

小厮谦恭地说："见笑见笑……"欠身下楼。手摇纸扇的宋慈悠然道："所谓业有百行，各有其道。开茶馆的若无独到手段，又怎能招揽茶客！"

捕头王附和道："这话有理，就像执掌刑狱的，要没大人那一手手绝招儿，什么惩恶扬善、洗冤禁暴全都是嘴上涂石灰——白说！"

"牵强附会，庸俗！"

"我说的可是大实话。"

"废话少说，可别走眼了，"宋慈用纸扇往窗外一指。

原来这茶楼正和李府遥遥相对，李府门前的一草一木都在宋慈二人的监视之下。因出了人命案子，此时的李府门前，过往行人路过都绕道而行，所以这门前便显得冷落而神秘。茶楼里有人说书，宋慈听得津津有味，捕头王却坐立不安。宋慈咧着嘴竖着耳，看似听书入迷，却能分出心来对捕头王说："你怎么了，就像热锅上的蚂蚁？"

"还不如让我上街市查访，兴许还能找到些线索。"

宋慈笑道："正是你查访无果，宋某才想着来此喝茶；还没喝得尽兴，你却又闹着要上街查访。这就叫'打不如吊，吊不如打！'好哇！这书说得不错！"捕头王说："可都三天了，连一只苍蝇也没看见飞进李府……"

宋慈突然轻声道："嘘，你看，这可不是一只寻常的苍蝇啊。"

顺宋慈手指处一看，果然见一形迹可疑的男子瞻前顾后地往李府大门走去。捕头王揉揉眼，细看一番："啊，是他？"

"怎么了？"

"此人向我打听过案情。"

"怎么不早说？"

"我以为他只是想低价收购李家祖传的家当。"

"这回他一定不是为收购李府红木而来的！"

那边，贾仁瞻前顾后地走到李府门前，想敲门，又犹豫地退了回去，踯躅再三，终于还是鼓足勇气上前叩门。少顷，门开了一条缝，贾仁对着门缝内的人在说些什么，随后就被让进门去。

宋慈吩咐道："不可走了那苍蝇！"

"卑职明白。"捕头王起身下楼。

李府门内隐隐传出吵骂声，少顷，府门突然打开，贾仁连滚带爬地从府内逃出，倩娘高举门闩追出门来，一棍打得贾仁叫苦连天，连滚带爬地跑了。倩娘回身入府，"砰"地关上府门后，便闻妇人的哭声随风飘来。

宋慈像是大出意外般怔住了。

捕头王从茶馆楼上来到门口，见贾仁从街上鼠窜而过，即尾随而去。

一双手拿着膏药在炭火上烘烤，膏药渐渐化开。贾仁一边烘着膏药，一边喋喋不休地唠叨着："妈的，好狠毒的女人……真不识抬举，你不知老子手上有你谋杀亲夫的证据，你要惹恼了老子，老子就到官府将你告了。你活着不做风流人，就让你死后去做刀下鬼！哼，等着瞧。"他嘴里絮絮叨叨，拉下裤子要往屁股上贴膏药。膏药尚未触及肌肤，就连声叫烫："哎哟，太烫太烫……"复又拉上裤子。

刚拉上的裤子又被一双突然出现的大手拉下，同时手中的膏药被那双大手夺去，"啪"地拍在屁股上。贾仁顿时被烫得直跳："啊哟，烫死我了烫死我了呀……"捕头王笑呵呵地说："膏药烫了才有奇效。"

"你他妈……"贾仁扭头见是捕头王，当即把头缩进了脖子，"啊！是捕头大哥呀！"

"你刚才嘴里说的那些话，能不能再说一遍？"

"什么，我刚才说什么了？"

"本大爷方才分明听你说手上握有和氏的什么证据，怎么，忘了？"

"这……都是这膏药给我烫得什么也记不得了。"

"那好，本大爷帮你再烫一回，兴许你又能记起来。"捕头王说着，一把抓住贾仁的手腕要往火炉里塞。

贾仁杀猪般地号叫起来："啊！不要不要。我说我说……"

"看来这火烫倒真有恢复记性之奇效。既然记起来了，那就从头说来吧。"

书房内，宋慈正在踱步沉思。他暗自思量：此案中和氏有作案动机，却没有亲手作案的时机，捉刀杀人必有同伙。可几天守候，浮出水面的竟是旧货店老板。贾仁因收买旧货而常常进出于李府，与和氏相熟该是顺理成章；而贾仁贪心，为三百两银子铤而走险也不无可能……

书房门被轻轻地推开。英姑捧着热气腾腾的泡脚水，用肩背轻轻顶着书房门，轻手轻脚地走进书房，将水盆轻轻地放在宋慈的脚下。宋慈下意识地抬了抬脚。英姑蹲下身子，为宋慈脱鞋脱袜，生怕惊扰了他的思绪，动作极其轻柔缓慢。宋慈的双脚泡在水里。英姑为之轻轻搓揉。

宋慈像是发问，更像自语："一个因爱生恨的女人，若起了杀人之心，又不能亲自动手，除非雇一个职业杀手，她还会找什么样的帮凶？"英姑以同样轻微的语气道："除非生死之交，她绝不会将事关身家性命的谋杀委与他人！"

"说得好，除非生死之交！可和氏与贾仁之间有那生死之情吗？"

"谁是贾仁?"

"一个形容猥琐、贪心十足的旧货商人!"

英姑不假思索地说:"不!所谓爱之深才恨之切,一个因爱生恨的女人,绝不会和那样的男人暗生私情!"宋慈低头,久久地俯视着神色坚定的英姑,微微点头道:"说得对!爱之深才恨之切,一个因爱生恨的女人,绝不会与一个形容猥琐的小商人暗中偷情!更不可能将事关身家性命的谋杀委于其人!英姑你一语点拨,使宋某免入歧途……"忽然意识到自己泡上脚了,不禁称奇,"咦,英姑,你是什么时候进来的?"

英姑失声笑道:"幸好大人还能醒过来,不然,英姑岂不白侍候你一回了。"

宋慈自嘲地笑笑:"呵呵,正想着泡泡脚呢,就泡上了。欸,我心里想什么,怎么都能让你看破?"

"那是我能读懂你脸上写的字呀。"

"我脸上有字?什么字?"

英姑大声说:"难!"宋慈一怔:"'难'?我脸上有这字吗?"

"遇上案子解不开结的时候,你脸上就有这个字的。"

"那你说怎么才能把我脸上这个字抹去?"

"泡脚呀!"

"对,泡脚!"

突然有急促的脚步声传来,书房门被"咣唧"推开,捕头王异常激动地闯了进来,"大人,找到了,找到证据啦。"宋慈问:"找到什么证据?"

捕头王举着一支玉簪:"你看,这就是和氏谋杀亲夫的证据。"

宋慈看见那支玉簪,脚还在半空提着,忽然想起当时和员外说过的一句话:那天小女总是心神不定,第二天早上起来,竟连头也无心梳理,还把绾发的玉簪也不知丢到哪儿去了。

"砰",提在半空中的脚重重地踏到了地面。宋慈腾地站起,大声道:"玉簪从何而来?"

捕头王道:"大人,卑职已把贾仁带回衙门,正在前厅候审呢。"

宋慈二话没说,就往前厅走去。贾仁站在前厅,一脸苦相。忽闻脚步声传来,他的心也扑扑乱跳起来。宋慈在贾仁面前站住,却什么话也不说。

"宋大人,您……"

"怎么啦?"

"宋大人,您想知道什么就问吧,小民说半句假话,您关我一辈子。"

"这是什么地方,你弄清楚了吗?"

贾仁连连说:"哪有不清楚的,这是提刑衙门呀。"

"说得好,此地是提刑衙门,不是你那图财牟利的旧货店,嘴上尽说好听的,手却专掏人的银袋子。不过,生意场上你再怎么坑蒙拐骗宋某管不着,可进了这提刑衙门,一字一句,都事关人命,你要是还跟我玩虚的弄假的,那就是蔑视王法!在本官面前,你可要想明白再张嘴!"

贾仁磕头如捣蒜:"明白明白,小民保证不说假话。"

宋慈问:"你实说,案发当日李唐是在你家喝的酒?"

"嗐,谁让我运气那么好,碰上了呢?"

"看来你运气的确不错。怎么碰上的?"

贾仁怔了怔,"那天……大概是刚打二更吧。小民洗脚睡觉,我哪天都是那么往门外倒洗脚水的,可那天就这么巧,一盆水'哗'地泼出去,正好泼了个人——"

贾仁捧着脚盆走出家门,随手"哗"地往外泼出,水声落时,骂声响起:"贾仁你他妈瞎了眼啦,敢对我泼脏水!"贾仁一看,街上站着落汤鸡似的李唐,连忙说:"啊!李兄,我没想到这半夜三更会有人走过,实在没看见呀。对不起,真对不起。哎呀,这事怎么闹的,快把衣服脱下来,我给你洗干净了再……"

李唐显得非常大度:"算了,要不怎么说我李某人这几年运气背呢?"忽然捂着左眼惊叫一声,"咦?我左眼皮怎么忽然不跳了?"

贾仁说:"李兄,快快进屋……"

"欸,我跟你说,今天打一早起,我这左眼皮就跳个不停,我还一直提心吊胆怕遇什么祸事呢。刚才让你这脏水一泼,眼皮就不跳了,看来凶事不过是遭人一头脏水嘛,这有什么呀。"

"真有这事?"

"卦上说否极泰来,没准你这一盆脏水就把我这半辈子的晦气泼没了,我还得谢你呢,哈哈……没事,走了。"

"李兄就这么走了,让我怎么过意得去?无论如何也得进店喝几盅压压惊,也容我赔个罪才是呀。"

李唐笑着往贾家屋内走去:"好吧,今天心情好,就喝两盅吧。"

酒桌边，贾仁不停地向李唐劝酒："李兄，再喝一盏，再喝一盏。"

李唐显然已醉态可掬："不喝了不喝了。我小娘子一人在家，我得回去了。"

"都过了三更了，你小娘子还不早入了梦乡？来来来，再喝一盏，再喝一盏。喝了这盏，你回家陪你的娇娘，我关门睡觉。"

李唐举起酒盏："好，这……可是最后一盏了。"

贾仁趁机说："兄弟，你府上不还有些祖传的……啊，放着老不用会发霉长毛，可惜了不是？你看，你要是肯出手，价钱可以商量……"李唐翻着醉眼："我说你怎么就舍得赔我一顿酒呢，原来你是打着这主意啊！"

"欸，我这不也是好心好意吗？"

"你呀，趁早别做那梦了。今天的李某不再是昨天的败家子了，明天我开个酒馆，图个日进千金给你看看。"

"李兄弟说醉话了，开酒店哪那么容易，那是要不小的本钱的。"

李唐提起银包，"哐"地往桌面上一掷："三百两，够做本钱了吧？"

贾仁见了银子，眼睛发直："哎哟……看来李相公是真要重整家业了。"

李唐大声道："那还有假！你非但别想再打我李家祖传家当的主意，就连以前让你骗买走的，我也要一一赎回。走了走了，小娘子胆小，一人在家怕吓着她了，我得赶紧回去陪着去。"

"怎么一人在家，不还有大娘子吗？"

"那妇人太啰唆，我把她休了。"

"李相公说笑话呢。"

"你还不信吗？"

贾仁应付道："我信我信，走吧走吧。"

"这不走了吗！走啦走啦。"李唐踏着醉步出了门，东倒西歪地走了。

贾仁送走李唐回店，关上门，却听街面上又有脚步声走过，复又开门往街上一看，见是李唐的大娘子倩娘，正气喘吁吁地追赶李唐。贾仁嘀咕一声："咦，他还真把大老婆给休了呀？"忽听"哎哟"一声，只见倩娘脚下一绊，当街摔了一跤，贾仁连忙上前，"哟，这不是李家大娘吗，摔疼了吧？"

没等贾仁走近，那倩娘爬起身来，头也不回地追丈夫去了。

贾仁见地上掉着件东西，拾起来一看，是一支玉簪。

宋慈手上把玩着那支玉簪，问贾仁："这支玉簪在你手上，有些日子了吧？"

"不就是李唐被杀的那个晚上在门口捡的吗？"

"能记住这个日子就好。按大宋律，本官不得不留客了。"

"不不，大人客气了。可小的是个生意人，不能在这儿耽搁，我还是回去了，以后大人还有什么吩咐，小民可随传随到。"

宋慈板下脸："你以为本官要留你做上宾？你该在狱中号子里待几天去！"

贾仁一惊："啊，宋大人，小民无罪，小民冤枉啊！"

"冤不冤的，有你喊有你叫的时候。现在你先到本衙牢里去好好反省思过吧。"

"啊，宋大人，冤枉啊！"

宋慈不予理睬，大步走出前厅。

柳絮儿神色忧郁地坐在牢中，忽闻有喊冤声传来，她起身往外一看，只见贾仁垂头丧气地喊着"冤枉"，被押进牢来。没等她回过神来，女禁子已到她的号子前。女禁子一边开牢门，一边说："柳氏，你可以回家了。"

柳絮儿急切地问："凶手抓到了吗？"

女禁子叹口气道："你家大夫人看上去挺厚道的呀。这人真不可貌相。"

柳絮儿闻言一惊："你说我家大夫人……她怎么啦？"

"别问我，我只是奉命放人，走吧。"

柳絮儿出了牢号往外走，路过关押贾仁的号子前她站住了。

贾仁一见柳絮儿就大呼小叫起来："啊，李家娘子，你出去了，可我……"

柳絮儿一副要与人拼命的样子回过头来，一手抓住女禁子的手臂，一手指着牢中贾仁急问："大娘，告诉我，是不是他害了我丈夫？"

"干什么干什么呀你这是？"

"是不是他害了我丈夫？"

女禁子大声说："不是！"柳絮儿顿时泄气，松开了手。

女禁子又道："不过，他倒是知道你家大娘子的一些事。"

贾仁急切地说："李家小娘子，你怎么也冤枉我呀？要知道，你能从这里出去，还多亏了我啊。"

女禁子斥道："你给我闭嘴！你称什么功摆什么好？我们大人一开始就没把她当坏人，她从这儿出去，有你什么事？"

贾仁懊丧地说："我帮宋大人破了案，反倒成了囚犯，这是哪家的王法啊？"

柳絮儿默默地向牢外走去。

李府花厅上，供着李唐的灵牌。倩娘身穿素孝，面如黄蜡，木然伫立在灵牌前。她目光呆呆地看着袅袅升腾的焚香青烟。土黄色的焚香燃烧后变成灰白色的灰柱，还在香杆上立着。焚香燃到根上，长长的灰柱才断为数截倒下，无声无息地落进了香盘。她猝然回过神来，取香续上。

倩娘缓缓推开房门，走了进去，默默地在床沿坐下，恍惚间，似听到李唐一声声地叫着："娘子，娘子……"两行珠泪从毫无表情的脸颊上悄悄流下。

倩娘抹去脸上的泪，起身打开衣箱，捧出一个大包，正要打开，忽听敲门声传来，即起身去开门。门外，站着英姑、捕头王和众多捕快。

倩娘惊问："怎么？提刑衙门要缉拿我，这是为什么呀？"

捕头王说："提刑衙门为什么拿你，其实最清楚的应该是你自己呀。"

倩娘神色激动："可我一点儿也不明白。难道……难道你们以为是我谋杀了亲夫？"

"但愿你能向提刑大人证明自己的清白。"

"你们凭什么怀疑我？"

英姑上前说："听说你对令尊大人给你错配的婚姻早有怨言，半年前，李唐又新娶柳氏，使你们的夫妻情分名存实亡，你对丈夫早已怨恨在心。"

倩娘应道："我对家夫偶有怨言不假，可我从来没有真正恨过他。在旁人看来，丈夫再娶二房，我会嫉恨，可我没有，因为我……我对李家有愧……"

"是啊，你不会生育，而柳氏过门不到半年就有了身孕，你丈夫更对新欢百般娇宠，使你失尽了在这个家里的主妇尊严，你心里非常清楚，一旦柳氏生下李家后代，这将对你意味着什么。"

"就算我会妒忌柳絮儿，可我为什么要谋杀丈夫？"

"你想除去的当然不仅仅是无情无义的丈夫，你还要嫁祸于使你失尽宠爱的柳絮儿。这叫一石二鸟。"

倩娘怒视英姑，"你！你也是个女人吗？"

英姑坦言道："正因为我也是个女人，才知道当一个女人妒火燃烧的时候，就会不顾一切，甚至掉进罪恶的深渊，连同自己一起毁灭也决不回头！"

倩娘几乎是声嘶力竭地叫喊着："不！女人还把夫君和家看得比生命还重！如果我的处境真像你说得那么不堪，那我会选择自己悬梁吞金，也决不会伤害我的丈夫，我不会的！"英姑一时无语。

大堂上，对李家大夫人的审讯正在进行之中。

宋慈慢声慢气地说："和氏，你对丈夫究竟如何，还得让事实来验证。"

"事实就是我没有谋杀丈夫！"

宋慈举起一根玉簪："可你该认得此物！"

倩娘看了一眼："这像是民女丢失的那根玉簪。"

"你可认仔细了。"倩娘爽快承认，倒让宋慈感到意外了。他让衙役将玉簪送到倩娘手上。倩娘细辨后，点头道："这支玉簪的确是民女之物。可我记得当初是丢在娘家了，怎么会在大人手上？"

"这正是本官要问你的！"

"我……"

"你说此簪在娘家丢失，可有人却在李唐被杀的那个晚上在你家附近的街上拾得，对此，你又作何解释？"

倩娘断然说："不，不会的。家夫遇害的那个晚上，民女被老父留在娘家，第二天清晨起来，发现玉簪不见了，我还以为夜里让老鼠叼走了呢。"

宋慈笑道："要真是让老鼠叼走了，那一定不是一只寻常的老鼠，而是一只老鼠精！"

"这……这究竟是怎么回事，还望大人明示。"

"传证人上堂。"

倩娘扭头往堂外一看，见贾仁被带上堂来，不禁吃惊："啊！是他？"

贾仁上前："小民叩见宋大人。"

宋慈出示玉簪："贾仁，你可见过此物？"

贾仁看了一下："见过，这是李唐被谋杀的那天半夜，在我家门口捡的。"

"如何捡的，你从实说来。"

"是，是……"

被释放回家的柳絮儿，身心疲惫地回到李府。走到门前，她忽然加快了脚步，一把推开府门，大声喊叫："大姐，大姐……"然而，府内寂静无声。

柳絮儿疾步走到倩娘的房前，站在门外轻声呼唤："大姐，是我回来了。"

房内没有回音，柳絮儿伸手轻轻把门推开。房内无人。柳絮儿正想回身，目光一瞥，却发现床上摆放着一个包袱。她迟疑片刻，将包袱拉过，慢慢打开。

包袱被一层层打开，包内整整齐齐地叠着一件件婴儿衣裤。

柳絮儿将几套婴儿衣服一一抖开，眼里渐渐热泪涌动。忽然想起什么，她又快速地将散开的衣物重新包好，抱起包袱急急就往外奔去。

大堂上。贾仁正说得十分流畅："……小民当时就想把玉簪还给李家大娘，可李家大娘走得好快，没等我喊她，就不见了……"

倩娘惊道："造谣，造谣！宋大人，这人奸诈成性，厚颜无耻，民女家遭大祸，他却想乘人之危上门来戏辱于我，被我用门闩打出家门。他因此怀恨在心，才编排这样的谎言来诬陷于我。大人明鉴啊！"

贾仁发誓道："小民要有半句假话，天打五雷轰！"

宋慈厉声道："贾仁，你明知玉簪是命案的重要物证，案发数日，却匿而不报。还以此要挟，意欲行奸，情更可恶！如你这样道德败坏不知廉耻之徒，本官若不依律惩戒，何以正导风化民情！按大宋刑律，藏匿重大物证者，杖二十。拉下去！"贾仁大惊失色："啊，宋大人饶命，宋大人饶命啊……"

贾仁被两个衙役拖出大堂，少时，惨叫声从刑房传来。

倩娘行礼："多谢宋大人为民女做主。"

宋慈淡然道："风马牛不相及！"倩娘一愣："啊？"

"惩处贾仁与你涉嫌谋杀不可同论。"

"大人不会轻信了无耻之徒对民女的恶语中伤吧？"

宋慈大声道："贾某可恶，可这支玉簪却确凿无疑！"

"这明明是贾仁用以要挟民女的呀。"

"一个女人的随身之物，贾仁是怎么得到的？换句话说，你的随身之物，怎么会在案发日的半夜三更遗落在贾仁门前？真是鼠虫叼来的？"

倩娘听罢，张口结舌，无言以对。堂外突然有人喊道："冤枉！冤枉——"宋慈举目往堂外看去，天井里跪着的竟是柳絮儿。

宋慈吩咐英姑道："你去，叫柳氏上堂来。"

英姑放下手中录笔，走出大堂，"你在为谁喊冤呀？"

柳絮儿说："民女为我家大姐喊冤。"

"什么？那你快上堂对宋大人说去吧。"

柳絮儿随英姑上堂来，"民女柳氏柳絮儿叩见宋大人。"

宋慈问："你为谁喊冤？"柳絮儿答："民女为我家大姐喊冤。"

倩娘一听，大出意外："啊……柳絮儿……"宋慈也感到意外："哦，这倒是出乎本官意料之外。柳絮儿，本官欣赏你以德报怨的善良之心，可国法刑律是刚正无情的，你要为别人喊冤，也需有凭有据啊。"

"民女早听说过宋大人手下从无冤案，我也知宋大人判案从来都是最重实证的。民女今天也有一些物证请宋大人过目。"说着，柳絮儿打开包裹，抖出的是一堆婴儿衣裤。"大人请看，这便是民女为我家大姐鸣冤叫屈的物证。"

"怎么讲？"

"宋大人，民女已听说了贾仁指证我家大姐的作案嫌疑，但有一点只有我才有权做证，那就是我家大姐绝不会谋杀亲夫，更不会恶意栽赃于我。在常人看来，我怀了身孕，一定会招大姐的嫉恨，可你们知道吗？李家骨肉虽然怀在柳絮儿的腹中，却更喜在我大姐的心里。我也一直以为大姐不知道我怀有身孕，可今天回到家里，看到了这些宝宝衣衫，我才知大姐她早已经在为我，不，是为我们李家未出生的小生命尽她的慈母之责了。大姐她不会生育，可看着她为我腹中的血肉一针一线缝制起来的宝宝衣衫，谁又能说一个自己不能生育的女人就没有一颗善良的慈母之心呢？这样的大姐和母亲会谋杀亲夫吗？宋大人明鉴啊！"

"柳絮儿……"倩娘两行热泪滚滚而下。

"大姐……"两个女人忘了是在衙门大堂，竟旁若无人地相拥而泣。

倩娘哽咽道："我的好妹妹，起初我还怀疑是你……"

"大姐，这都是因为事出突然，我不会怪你的。"

"这几天我也一直想着你，我越想越觉得不会是你干的，我也正想着来找宋大人……"

两个女人忽然意识到这是什么地方，马上分开，等着堂上宋慈的发落。

宋慈轻声对左右说："退堂吧。"

夜色沉沉，万籁俱寂。古城已进入梦乡。

书房。灯下。宋慈手持那把匕首，苦苦思索着："如果作案人在作案前就预谋要以此刀栽赃，那么唯一知道柳氏房内有这把刀的便只有和氏……"

他缓缓坐下，闭起双目，想象着这样的情景——

夜风如泣，房内鼠虫叽叫。一个黑影闪进了李府，往府院深处摸去。

　　忽有急促的脚步声从楼上传来，柳絮儿哭着奔下楼，跌跌撞撞地跑了出去。

　　倩娘如幽灵般地出现在黑暗的房廊尽头，然后悄无声息地向着微弱烛光的柳絮儿卧房移去。房门开着，李唐鼾声阵阵。倩娘移步到李唐床前，久久地注视着沉睡得如头死猪的丈夫，眼中噙着泪水。她嘴中呢喃道："并非我对你无情，而是你对我无义，是你对我无义！"

　　倩娘目光渐渐变得狰狞，慢慢抬手，亮出一把双刃的剔骨刀，一咬牙根，举刀狠狠扎下。李唐一阵抽搐，气绝而亡，鲜血随床沿流到楼板上。倩娘从容地从床头拿起那把精巧的匕首，嘴角露着奸笑。她低头看着楼板上渐渐扩大的血迹，将刀平放在手心上，把手臂伸到血洼上方，手腕慢慢倾斜，刀便缓缓掉落在血洼之中。这时，她才不紧不慢地回头从李唐胸口拔出另一把尖刀……

　　宋慈击案而起："这是一个破绽！"捕头王和拎着食盒的英姑正好进来："大人……"宋慈大声道："和氏既然早就预设下用此刀栽赃，为何不直接用它杀人，而是用了一把剔骨刀行凶，再用此刀栽赃，这不是一个大大的破绽吗？看来此案越来越不可思议了。"

　　英姑劝道："大人，都过了三更了，你……"宋慈像是被什么触动了一下："三更？"英如放下手中的食盒："是啊，我给你做了几个菜，还拉来捕头王大哥，让他来陪大人喝两盅解解乏。"

　　宋慈按自己的想法说下去："对，李唐四更到家，那么贾仁看见和氏并拾得玉簪的时间也正好在四更前后。你们去把和氏带到贾记旧货店。"

　　捕头王问："去贾仁旧货店？"

　　宋慈一扬那枚玉簪，道："对，去解开这支玉簪之谜！"

　　屋里点一盏灯，光线不亮。挨了一顿打的贾仁，哼哼唧唧地躺在床上。他嘴里骂骂咧咧，"妈的，那骚娘们儿的衣角都没碰上，倒白挨了这二十大板，真他妈倒霉透啦……"忽闻叫门声，贾仁问了一声"谁呀"，去开门。

　　一开门，见门口站着宋慈、捕头王，他不禁吓得浑身哆嗦，"宋大人……小的已经知罪了呀，这二十大板也挨了呀，怎么还……"

　　宋慈和气地说："你不必惊慌，本官今天是来请你相助破案。"

　　贾仁一怔："什么，请我破案？"

　　"你可记得案发日的天气时辰与此时可是相近？"

贾仁想了一会儿："大致差不多。"

"当时你是怎么看见和氏从你门口过去的?"

"喏,当时我就站在这门槛里边。"

宋慈对外大声喊道:"禁子大娘。开始吧。"女禁子在黑暗中应声:"是!"

少时,只见一团黑影从街上走过。宋慈即问:"贾仁,你看清刚才走过去这个人的面目了吗?"贾仁揉了揉眼:"好像……看不清呢。"

"既然今夜和案发日的天气时辰大致相同,又是同样的距离,你当时能认准和氏,今夜怎么就看不清了?"

贾仁想了想:"哦,那天店中点着灯,我是借店中的光亮才认出她的。"

"好,那就像当时一样把灯点上。"

贾仁忙活一阵,点起一盏灯。想了想,放到一个地方。

宋慈叮嘱道:"不可放错了地方。"

"没错,那天这盏灯就是放在这里的。"

"好,英姑,开始吧。"英姑在暗中答道:"知道啦。"

宋慈拉贾仁站到位置上,"这回,你可要看清楚了。"

少时,英姑从门口快步走过。贾仁见了:"哟,怎么是个姑娘呀。"

宋慈问:"这么说,你和上回一样看清了?"

贾仁答:"当然看清了。否则,我不是诬陷好人了吗?"

宋慈却说:"不对。你是说当时送走李唐回来,关门后先听到脚步声重新开门,才看见和氏打你门前过的。"贾仁一想:"对对,大人记性真好。"

"那好,你须得按上回一样再演示一遍。"

"是。"

宋慈出门,招呼英姑到跟前,耳语几句,英姑会意,走出酒店,跑向倩娘。

宋慈说:"好,开始吧。"

贾仁走出店门,说声"李相公走好",随即返身回店关门。

英姑示意倩娘开始,倩娘遵令,快步从街上走过。店内的贾仁还贴着门在等待着。等了一会儿,没有动静。

宋慈问:"你为何不开门?"贾仁疑惑:"咦,她人过去了吗?"

"她已经走过你的门前了。"

"可我……对了,我当时是先听到脚步声,误以为是李唐又回来了,连忙把门重新打开,却看见是和氏。刚才人过去,怎么一点儿脚步声也没听见呀?"

宋慈像是被一语点醒了似的："脚步声？你是先听到脚步声，而后才开门看见和氏从你门前匆匆而过，对吗？"

"是，可刚才……"

"可刚才和氏从街上走过，你却听不到她的脚步声！"

宋慈走到街面上，凝神站立在街心。捕头王在黑暗中向宋慈走来，宋慈突然竖耳听着捕头王向他走来的脚步声，"嚓嚓嚓"的脚步声在宋慈耳内格外清晰。宋慈眼前浮现出以下情景：一双着靴的男子大脚在街石板上"嚓嚓"而行，又一双着绣鞋的女子金莲在街面小步行来……他的双眼闪动着灵光。

英姑走过来，与宋慈一起听捕头王的脚步声。二人几乎同时顿悟："哦——"心领神会的英姑和宋慈异口同声："泡脚！"捕头王一愣："这会儿泡什么脚啊？"

女禁子带着倩娘走进牢房。倩娘在前，一直往深处走去。女禁子叫一声："喂，回来。"倩娘站住，她回头看看，又疑惑地往牢房深处看了看。

女禁子打开一间牢房门，解释道："那里边是关押重刑犯的。从今天开始，你就住这儿啦。"倩娘像是领悟到什么，站着未动，也未出声。

"咦，你愣着干啥？这是宋大人交代的，把你从重刑牢房换到这普通牢房，你该不会不愿意吧？"

倩娘细品着女禁子的话，身子机械地走回到女禁子开了门的这间牢房前，往里一看，牢房内虽也幽暗，却有一套破桌残凳，也较为干净。

女禁子在倩娘背后说："这虽然也是牢房，可也不比外面寻常的客栈差，你就当在这儿寄宿几天吧。对了，你家二娘不也在这里住过些日子吗？"

倩娘双眼忽然亮起了希望，显得有点激动："这么说，宋大人已经相信我了？"女禁子说："这我倒也不敢说。但你要相信，宋大人手下是不会有冤案的，你要真是清白的，就要受得起这么点委屈。"

倩娘忙说："受得起受得起，禁子大娘，只要能使杀害我夫的真凶伏法，我就是再大的委屈也受得起。"女禁子有些感动："唉，李唐能有你们这两位夫人，也算是祖上积下阴德了。喂，把你的绣鞋脱下来给我。"

倩娘不解："啊，这是为什么？"英姑突然出现在牢房门口："为你洗冤！"

倩娘一惊："啊……你……"

英姑柔声说："哦，大姐，那天我……我把话说重了，你在意吗？"

倩娘一时竟不知如何回答。英姑说："其实当时我嘴上这么说，心里却也未必就那么想。宋大人办案，有时常常会做出种种假设，然后呢，再依据证据去伪存真。所以，当时根据种种迹象，对你做出涉嫌的假设……"

倩娘点头道："姑娘，我懂了，我现在懂了，我不会在意的。"

英姑嫣然一笑："那就太好了。欸，你快把鞋给我吧，宋大人等着呢。"倩娘脱下她脚下的鞋，交给英姑。英姑接过鞋，临走前又说："要说，我还得谢你。"

"谢我什么呀？"

"你让我懂得了什么才是妇德。"英姑说完，友善地笑着离去。

提刑衙门书房。案桌上并排放着两双鞋，一双是男子穿的厚底大鞋，另一双是女子穿的绣花小鞋。宋慈站在案桌旁，凝目审视着这两双鞋。

捕头王不敢打扰宋慈的思绪，又耐不住种种疑感，轻声试探道："宋大人，这两双鞋上有何奥秘吗？"

英姑发出一声轻笑。宋慈侧目看英姑，她脸上荡漾着一种因看破奥秘而沾沾自喜的神色。宋慈开口道："英姑，既然你已看出其中奥秘，就说出来听听。"

英姑连连摇手："不不不，大人面前，我可不敢胡说。"

捕头王有点急了："嘻，大人让你说你就说，还卖什么关子！"

"那我可班门弄斧啦。请看，这双大鞋，底厚而坚硬，穿在男人脚上，走在街面的石板路上，铿锵有声。而这双三寸绣鞋，底薄而质软，穿在女子的小脚上走在路上，其声必然是轻。当时贾仁是先听到脚步声，而后才看见和氏从门前走过。而今天，穿着这双绣鞋的和氏从街上走过时，贾仁却听不到她的脚步声。这说明当晚从贾仁门前匆匆而过的并非和氏！"

捕头王一愣："什么！这怎么可能？难道贾仁所见的和氏是有人假扮冒充的？"

"不仅如此，那装扮和氏之人还是双大脚！"

"男人？"

宋慈在捕头王额头上拍了一下："这才是本案谜底！"说完就情绪兴奋地大步走出门去。英姑问："大人上哪儿去？"

宋慈从门外扔进来两个字："地狱！"捕头王和英姑一惊："啊？"

牢内，倩娘神色肃然地站着。宋慈隔着栅栏与之说着话。

宋慈向她出示手中的玉簪："通常，像簪子一类的女子饰物是不会离身的，却不知你的玉簪又是如何落入了他人之手？"

倩娘摇了摇头："大人，我实在不知道这是怎么回事。"

"那么你又是何时何地发现自己丢了这支玉簪的？"

"就是那天早晨在我的卧房里发现丢的。"

"好，你就把那天丢玉簪的前前后后细细说来，不可有点滴遗漏！"

倩娘应声道："是。那天，家父执意要把我留下，父命难违，我就留了下来。可我想着家夫身上带着三百两银子单身赶夜路，总是放心不下，所以迟迟没有睡意。后来，还是在父亲的劝慰下，才放下心来——"

夜已深沉。倩娘独坐在房内，心神不定、坐立不安。她勉强在梳妆台前坐下，准备卸妆就寝，抬手欲拔束发的玉簪时，一见窗外那月黑风高的黑天，心里不免又是一阵担忧。突然，传来"笃笃"的敲门声，倩娘问："谁？"

门外传来和员外的声音："女儿，是我。"

倩娘连忙上前开门。和员外身穿睡衣，神态慈祥地走进房来。

"父亲，这么晚了，你怎么还没睡？"

"为父早就睡了。可半夜醒来，见你房里还亮着灯，怕女儿是不是有什么不舒服的，就过来看看。"

"多谢父亲。女儿也正想睡了呢。"

"你不用瞒我，为父知道你的心思，可是为父强把你留在娘家而心有不快，所以睡不着觉了？"

倩娘忙说："不不。父亲要留女儿是对女儿的疼爱，女儿怎么会心里不快呢？女儿是想，相公带那么多银子单身赶夜路，心里有些放心不下，才……"

"这倒也难怪你。要怪只怪你丈夫心里只装着他的小妾，非要连夜赶回去，要是他也过上一夜，明天回去，也不用让我们父女为他担心啊。"

"父亲，这也怨不得他，我们离家的时候原是说好了要当天赶回去的。况且那么大一座房子，一个柔弱女子单身过夜，是挺害怕的。"

和员外顿感伤心，"你看看，我还没怨他什么呢，你就拼命地为他辩白。唉，这可真是嫁出的女儿——泼出的水，老夫纵然留住女儿的人，却留不住女儿的心啦。"

"不不，父亲，女儿虽然早嫁，可心里也时时牵挂着父亲的，怎么会……"

"为父知道女儿有孝心，故意这么说的。其实，天下又有哪位做父母的不希望女儿女婿相亲相爱？只是你那不争气的丈夫太没出息，为父借他银子，让他开个酒馆，是希望他从此有个正业。我执意要把你留下，也是给他一点儿压力。你不用为他担心，为父年轻时经商，常常是身带重金走南闯北，从来也没出过什么差错，这十几里路，怎么就会出事了？我想这会儿他早到家了吧，你还是早点睡吧。"

"父亲这么一说，女儿也宽心许多了。父亲回去睡吧。"

和员外正想说什么，忽闻有女人声音在外面叫了一声："员外……"

一听这声音，和员外很恼火地大声将外面的人声堵了回去："就来！"

倩娘问："父亲，是谁在叫你？"和员外答道："一个新雇的厨娘，为父吩咐她做莲子汤，想是做好了。深更半夜，大呼小叫的，没个规矩。女儿，你睡吧。"

倩娘送走父亲，关上房门，走到梳妆台前卸妆。抬起双手欲拔玉簪，见窗外果然已风止云散，心里便没了担忧，拔下玉簪，一头青丝缓缓披散下来。

门外忽又传来父亲的声音："女儿开门。"

倩娘把门一开，见父亲手捧一碗点心站在门外。

"女儿，厨娘为我做了莲子汤，你也喝一碗。"

倩娘高兴地接过："我还真是饿了呢，多谢父亲。"

"还像小时候一样。好，吃了就睡。"说罢，和员外就走了。倩娘捧着点心回到梳妆台前，将手中的玉簪放在梳妆台上，美美地吃着莲子羹……

倩娘疑惑道："那天晚上我临睡前分明是将玉簪放在梳妆台上的，可不知为什么，第二天，玉簪却不见了。"

宋慈问："那天晚上你可听见过什么动静？"

"没有。民女平时常常夜睡多梦，可那天晚上，却睡得特别死。第二天早上，要不是吵闹声把我惊醒，说不定一时还醒不过来呢。"

"什么吵闹声？"

倩娘脸上忽又悲戚起来，"是家夫的噩耗传到和府了——"

倩娘在床上沉沉地睡着。渐渐地，像是在十分遥远的地方传来一阵阵嘈杂声，声音越传越近，也越真切起来……她终于醒过来，睁开迷蒙的睡眼，像是一时辨不清是梦是真地倾听着。

从客堂上传来的人声中，听得和员外正在大呼小叫："天哪……还真出事了呀，这可如何是好呀。快，快去叫小姐起来呀……"

随即，有脚步声杂乱地便朝卧房奔来。倩娘坐起，却觉得有些头晕眼花。她强提起精神，下床披衣，摇摇晃晃地打开了房门。

一群家人正惊慌失措地朝倩娘拥来。倩娘将一头长长的披发将成一股，又利索地一绕一盘，就伸手到梳妆台上去拿玉簪，然而，桌上根本没有那支玉簪。她心里一急，就一手按着头发，一手在梳妆台上翻寻。

来人已到了她的房门口，听得其父喊道："女儿啊……"倩娘猛地回头，见和员外身后站着报信人和几位公门衙役，心里一惊，手已在颤抖了。

和员外痛心疾首地叫了一声："女儿啊……女婿真的遇大祸啦。"

倩娘脑子"轰"地一响，按着头发的手一松，一头长发又如瀑布般散开……

倩娘又流起了眼泪。宋慈像是不忍心再向倩娘问案，默默转身往牢外走去，没走几步，忽又想起什么似的驻步回身："哦，我看你也是与世无争的女子，怎么会与人结怨？"倩娘显然没听懂宋慈的话意："什么？我跟谁结怨？不不，我从来没有和什么人结怨生仇啊。"

"既无冤家，为何有人用心良苦地设下圈套栽赃于你？"

"什么，大人是说有人栽赃于我？"

"如若不然，你的玉簪又怎么会被丢弃在贾仁门前，成了你半夜潜回家来谋杀亲夫的证据？"

"这……大人，我越来越糊涂了。"

"你当然是蒙在鼓里！否则，那位自以为高明的作案人就不会设下这个圈套了。"

倩娘急切地问："听宋大人之言，莫非已经知道谁是凶手了？"

宋慈不置可否："要是知道谁是凶手，宋某也就不会将无辜者羁押在监了。"

"那民女什么时候才能出狱啊？哦，我家柳絮儿胆小，我不能让她一个人在家里啊。"

柳絮儿手提食盒正好走进牢房，接口道："姐姐要是为我担心，那我也搬来和姐姐一起住就是了。"

倩娘感动不已："絮儿妹妹……"柳絮儿看向宋慈："宋大人，我知道大人将我家大姐羁押在监，为的是将计就计，引蛇出洞。只要能将杀害家夫的凶手捉拿归案，为我们报仇雪恨，我们就是白坐三年五年的牢也心甘情愿。只是恳请宋大人，若能恩准民女天天来与姐姐做伴就好了。"

宋慈不无感动地说："难得你们能这样患难不弃，荣辱不离啊。好，本官准你就是了。"柳絮儿感激地说："多谢宋大人。"

月光下，一条黑影走到库房门前站住，伸手去推半掩的库房门。月光照在此人的脸上，是宋慈。他显然有些诧异，朝里探了探头，只见摆满骷髅白骨的库房深处，还亮着一点儿微弱的烛光。宋慈心里一下子便明白了，就转身想离去。

"大人。"身后忽然传来英姑的呼唤。

宋慈只好回头："我就知道，除了你，无人敢半夜三更进我的阎罗殿。"

"跟大人久了，兔子的胆也会练大的。"

"哈哈，"宋慈笑了两声，抬腿走进库房，"那是因为宋某从不怕鬼。"

"倒是鬼都怕了宋提刑了。"

"欸，你半夜三更在库房里捣鼓什么呀？"

"不是大人让我到库房查看前任们的卷宗吗？"

"哦，我说过。有什么旧案悬疑？"

英姑拿出几本案卷，"还真有几本糊涂账呢。您看，这是二十多年前的一桩谋杀讼案，县官只在原诉状上写了'证人已死，死无对证'八个字，就什么笔录下文也没有了，分明是一桩审而未决的悬案哪。"

宋慈从英姑手上接过卷宗，扫了一眼："哦，先把这放在一边，等破了手上的这桩谜案，回头再说吧。唉，这桩李唐谋杀案呀，可真是越查越……唉，你看看此时宋某的脸上是不是又写着那个'难'字？"

英姑认真地看他一眼："你只有脸黑的时候才会有那个字。"

"这会儿脸不黑？"

"开始疑点都在和氏身上的时候，你脸是黑的；而和氏的嫌疑一排除，您的脸就像黑云散去的朗朗晴天。"

宋慈一乐："哈哈，要真是和氏作案，她手上就会有两件凶器：一件是剔骨的尖刀，另一件是无形的利刃；剔骨的尖刀刺入了丈夫的胸膛，而无形的利刃却扎进老父的心窝！这是宋某最不愿也是最怕看的结果，所幸不是啊！"

英姑怔怔地看着宋慈。宋慈问："欸，你发什么呆啊？"英姑回过神来，掩饰地说："啊，没有啊……哦，其实大人有时候是很难让人看懂的。"

"哦，何以见得？"

"一面呢，是疾恶如仇的提刑官；另一面呢，又是个慈心柔肠的大善人，我真不知道哪面才是真正的宋提刑。"

"嗯，宋某有这么怪异吗？"

英姑脑袋一歪："不是吗？"

"好，宋某给你说解说解。疾恶如仇因为什么？因为世上有邪恶罪孽！铲除罪恶才能让良善免遭祸害，是以，世上真正的疾恶如仇者，必是善待良善。治恶以威，扶良以恩，二者岂不殊途同归？"

"大人，我懂了。大人，本案的两位受害女子，也都是患难见真情的善良女子，要不是遭这场惨祸，她们本该可以夫唱妇随、琴瑟和谐，一个和美温馨的家是不会破裂的呀。"

宋慈踱步到那条甬道时，忽然想起了什么，回味好一会儿，脱口自语道："玉贞走了有些日子了吧？"英姑忽然想起那天晚上的事，不禁脸红起来："大人……是想夫人了？那就等办完这个案子，早些把夫人接回来吧。"

宋慈回过神来，居然矢口赖账："啊？谁说我想夫人了？宋某是那婆婆妈妈的人吗？"英姑早已习惯主人这种"耍赖"习惯，"大人，有句话不知该不该说。"

宋慈似乎一下子就猜中英姑想说什么了，"最好别说。"

"为什么？"

"因为你不懂！"

"你知道我要说什么吗？"

"你不就想说宋某对夫人过于冷漠吗？唉，俗话说，清官难断家务事，这居家过日子的事呀，你还不懂。"

"大人，我是不太懂这些，可我知道夫人是多么善良。虽然出生在官宦之家，夫人身上却一点儿也没有官家千金的骄横之气，而且她知书达礼，说话做事有分有寸。可您总对她不冷不热的。别看夫人脸上总是挂着笑容，可我知道，其实夫人心里也压抑着呢。大人，审案断狱，您就像当年的包青天再世，最是公正的；可对待夫人，您却有失公允。"

宋慈像是被英姑点中了穴位，猝然回首，久久地看着英姑。

英姑问："怎么，我说得不对吗？"宋慈不作声，随即背着手，在库房里来回踱起步来，踱了一阵，嘴里突然高声问了一句："宋某一直说，查案须从头查起，英姑你说，这李唐谋杀案从哪儿起头？"

英姑一怔，即答："案发在李府，可案起却应该在和员外的寿筵之后。"

宋慈突然止步，侧目看着英姑："说得对，天一亮就上和氏镇拜访和员外！"

一句话说完，宋慈就出了库房。英姑吹了灯，急步追了出去。

捕头王恰好此时走到库房门前。宋慈一步跨出门槛时，捕头王刚好迎上，想说什么，宋慈却头也不回地走了。捕头王想追上去，却又见英姑也跟着走出门来，他不由得一愣："怎么，你也在这儿……"英姑问："有事吗？"

捕头王看看月光下匆匆离去的宋慈，又回头看了看英姑，心里像是被什么硌了一下，一丝忧虑从脸上掠过。英姑不解："大哥你怎么啦？"

"啊，没什么。"捕头王掉头就走。英姑莫名其妙："咦？"

薛府书房内，装饰虽不奢华，但也是应有尽有，十分体面了。薛庭松刚谢完宾客回到书房。婢女为他脱下乌纱和官服，玉贞面带微笑，手上捧着一个精致的酒坛，款步走来。

婢女忙施礼："小姐好！"

"好，敛，老爷歇息了吗？"

屋内，薛庭松显得有些疲惫，倒坐在太师椅上。婢女拿着蟒袍乌纱欲进内房，他急说："敛，等等，挂这儿挂这儿。"指着书房一角的衣架。

婢女应声，挂好二品官袍和乌纱，"老爷还有什么吩咐吗？"薛庭松挥挥手："去吧去吧。"婢女退出，正和玉贞相遇，"小姐……"

玉贞笑着做了个噤声的手势，婢女轻轻离去。她是想和父亲逗乐，探头偷偷向书房内窥视。渐渐地，她脸上的笑容凝固了。卸了外装的薛庭松正聚精会神地端详着挂在衣架上的二品官袍，感慨万千地喃喃道："二品！不易，不易啊！"烛光下，可见他眼里竟噙着不知是喜是悲的热泪。

见此情景，玉贞忽然想起宋慈说过的那段话："我老丈人把官位前程看得比什么都重，宋某不敢恭维！"她心里忽然泛起一股难言的滋味。与父亲逗乐的兴致没了，于是便在门上弄出点动静，里面的薛庭松连忙抹去老泪，"谁在门口？"

于是，玉贞笑容可掬地走进书房："父亲，是我。"

"哦，是我的宝贝女儿呀。来来来，快过来。"

"父亲，这一整天的应酬，看把您累成什么样了。您别起来，快坐下吧。"说罢，玉贞把手中酒坛往桌上一放，绕到父亲身后为父亲按摩。

薛庭松感叹道："毕竟是我的亲生骨肉啊，说出的话就那么热心暖肠。这几天呀，人来客往，连跟我宝贝女儿说说话的工夫都没有。老父都快撑不住了。对了，你给为父带什么好东西来了？"说话时指着桌上那酒坛。

"这……哦，父亲，本来官人说好一起回来给您贺喜的，都上了车了，突然冒出个人命案子来……哦，这是他专门为父亲买的一坛三十年陈酿，让女儿带回来孝敬老丈人呢。"

薛庭松兴致勃勃地接过酒坛："好好，拿来让老父看看。哟，这可是名酒啊。不过……"老人侧目看着女儿。玉贞感觉到父亲识破了她的谎言，不由得心里紧张："不过什么呀父亲？"

薛庭松欲言又止："好，先不说这个。你先告诉为父，宋慈那小子待你可好？"玉贞嫣然一笑："父亲，他可不是那种不分是非曲直、不讲道理的人。父亲您看看女儿，像是受丈夫虐待的苦命媳妇吗？"

薛庭松笑了起来："但愿如此啊！可父亲还是要对你说，就算你丈夫待你有所不周，作为官家之妻，你也得忍！切不可任性！知道吗？"

"父亲调教出来的儿女，哪敢任性啊！父亲还记得吗，在女儿未满三岁的时候，您就逼着女儿背诵女儿经了。背错了，还罚过女儿挨饿呢。"

薛庭松笑道："女儿还记着为父的仇呢，哈哈……"

"父母之恩，做儿女的一辈子也报答不尽，女儿哪敢对父亲记仇啊。"

"这就好，这就好！女儿啊，你丈夫宋慈是朝廷命官，而且，凭着他这几年在刑狱上屡破奇案，声名日显，这小子将来前程绝不在为父之下。所谓夫贵妻荣，这夫妻之理，就如皮毛，古人云'皮之不存，毛将焉附'！是以，作为一个官家之妻，维护官家，可是天经地义的啊！"

玉贞听着父亲的话，默默而机械地点着头。薛庭松又说："当然，为父也深知这小子性情古怪，作为人妻，女儿无须与之计较，多顺着点，吃不了大亏的。唉，人在官场，身不由己啊——这官场上又是一番什么风景？争权夺利，明枪暗箭，风云莫测，宦海沉浮。一个男人要想在官场上立于不败之地，可就得处处小心，步步为营，一招不慎，将抱恨终身。唉，这就是所谓的官场，而官家就是那一群群蝼蚁，你得无休止地劳碌奔命，才得以苟活生存啊！"

玉贞柔声道："父亲，如此为官，岂不太累？"薛庭松像是被女儿一语点破，侧过脸看着她："累！好，这个字用得好！你看老父，从县吏、县令到京畿知府，再到如今这吏部二品侍郎，这一路仕途过来，看似顺风顺水，官运亨通，其实个中滋味也就是女儿刚才说的那一个字——累！真累啊！"

　　玉贞忽然对父亲心生怜悯："父亲，既然如此，您为何不……"薛庭松连忙举手阻止："你是说为父为何不放弃仕途，过一种闲云野鹤的生活，对吗？"

　　玉贞微微颔首。薛庭松叹道："为父不是没想过啊。可是，人在官场，身不由己，身不由己啊。扯远了扯远了，为父刚才说什么了？哦，你对父亲说句实话，这坛酒……真的是宋慈孝敬老丈人的？"

　　"这……父亲，都是一家人，谁买了不都一样，您何必追究呢。"

　　"为父没有追究，也不生气，时至今日，为父还是要说，没选错这个女婿。"

　　"父亲，您说的是真心话吗？"

　　"为父什么时候对女儿说过违心的话了？"

　　玉贞嫣然一笑："多谢父亲。哦，父亲，看您这一脸的疲惫，多让人心疼啊。来，让女儿给你揉揉。"

　　"先别忙，既然女儿那么说了，这坛陈年佳酿，为父就当是女婿的心意。不过，有来无往非礼也，为父也为宋慈备下一件谢礼。"

　　"用得着这么客气吗？是什么呀父亲？"

　　薛庭松诡秘地笑着，从柜中取出一个盒子，从盒中取出一个泥人："就是这个宝贝！"玉贞失笑："父亲，这个呀，您还是留着来年送给孙子吧。"薛庭松正色道："别小看了此物，为人之理，为官之道，尽在其中。你替为父带回去送给宋慈，让他早晚看上一眼，他自会看懂为父的一番良苦用心。"说着将手中泥人往桌上一放，举手一拨，泥人左右摇晃，却是不倒——原来是个不倒翁！

　　玉贞不由得一怔，久久无语。一个泥人不倒翁，让玉贞明白了父亲的良苦用心。但她更懂得丈夫宋慈的性情，她担心这个暗含官场猾道的不倒翁非但不能弥补父亲和丈夫志趣的不合，还会增大翁婿之间的裂隙。

　　她回头看一眼父亲。疲惫至极的薛庭松早已在椅子上呼呼睡去。

　　玉贞心里陡生一种说不清道不明的抑郁之情。

　　和府算得上是殷富人家，客厅的摆设，看上去大气而不粗俗。从家具与各种摆设可知，主人是善于理财而不喜张扬的。和员外在自家客厅接待突然来访的宋提刑。二人谈话渐渐深入，和员外忽然面色有异，显得十分吃惊地从座椅上站起："什么？宋大人话中之意，是说小女有作案嫌疑？"宋慈解释道："哦，员外不必过于担心，嫌疑仅是嫌疑，未经查实，自然不是定论。"

　　"噢，那就好。不过，老朽想问一声，官府究竟凭什么认为小女涉嫌此案？"

宋慈递上玉簪："员外可认得这支玉簪？"

和员外接过玉簪，细看一番，"这不是那天小女丢失的那支吗？"

"那么，令爱是在何时何处丢失这支玉簪的，不知员外是否记得？"

"这……这可记不太准……不知宋大人是从哪里得到这支玉簪的？"

"说来也实在令人费解，这玉簪本该是女子的随身之物，可在案发日的当晚，令爱的这支随身之物却失落在案发地附近的街面上，对此……"

"啊？难道案发夜小女她……"和员外像是不敢再往下推测似的，突然住了口，"不……这不会的。"

宋慈问道："不知员外所指何事？"和员外却反问："宋大人，难道官府凭这支玉簪，就怀疑小女在案发日偷偷潜回家去……"

"知女莫若父，员外以为令爱会有此祸心吗？"

和员外断然说："不！老夫虽知女儿女婿久来不和，但小女绝不会谋杀亲夫。除非有人在案发日亲眼看见过小女，否则，宋大人怕也不能单凭一支玉簪就断定小女有作案嫌疑吧？"

"要说令爱半夜潜回家中，还真有一位目击证人。"

"啊，这……难道……宋大人，老夫就这么一个女儿，她对我是最孝顺的，要是女儿有个三长两短，老夫也不想活了呀。宋大人千万不可冤枉了小女呀。"和员外一下跪倒在宋慈面前。

一间卧房的门被轻轻推开，神色悲戚的和员外与宋慈站在房门外。

"宋大人，小女当晚就是住在这间房里的。"和员外抬脚欲进，被宋慈伸手拦住。宋慈独自走了进去，双目扫视房内：房内陈设简洁素雅，床上被铺整洁，几件家用什物，有条不紊地摆着。宋慈把目光停在置于窗台下的梳妆台上。那窗台不高，且有一扇窗门正开着。他凝神思索，一种情景渐渐清晰起来：一双男子的手从窗口伸了进来，在梳妆台上摸到那支玉簪后缩了回去……

宋慈的思绪被和员外的话打断了。"宋大人，这间是小女出嫁前的闺房，除了小女回来时偶尔住一阵，一直是空着的。"

宋慈又回头看那窗下的梳妆台，"员外，当时令婿身带三百两银子回去的事，可有旁人知道？"和员外肯定地说："没有没有。当时我将银子交给女婿的时候，客已散尽，外面天也黑了，除了老夫自己和小女，不会有旁人知道的。"

忽然有脚步声传来，宋慈回头一看，原来是老厨娘送来点心。

"员外，莲子羹做好了。"

和员外笑道："好。宋大人，这莲子羹是我家的特色点心，大人请尝尝。"

宋慈谢辞："员外何用这么客气。"

和员外劝道："宋大人为查案而奔波操劳，老夫从心里感激不尽啊。宋大人，请一定尝尝。"宋慈接过，喝了两口，赞道："不错，的确不错。"

和员外吩咐道："厨娘，你下去吧。"听着厨娘离去的脚步声，宋慈忽然想到什么，回首盯着厨娘的双脚，裙摆下，厨娘穿的是一双厚底的鞋，这是一双大脚！宋慈顿时想象出这样的情景：一妇人一身倩娘的衣着打扮，如鬼影般地在黑暗中行走。路过有灯光透出的贾记旧货门前时，"哎哟"一声跌倒。妇人半回头来，竟是老厨娘，她有意抛下一枚玉簪后，不理身后贾仁的叫唤，站起身来，转眼消失在黑暗之中……

宋慈忽地站起。和员外一惊："啊，宋大人有何吩咐？"

宋慈掩饰着说："哦，惭愧，不知府上……茅房……"

"哦，在西厢呢，老夫领大人去。"

"岂敢岂敢。宋某自己去就是。"宋慈说话时向英姑和捕头王暗使眼神。

二人会意，连忙客气地将员外按回椅子上："员外请坐，请坐。我们还有几件事想请教员外呢。"宋慈出了客厅，东拐西绕，走进了厨房。

老厨娘在厨房内默默地干着活，时不时唉声叹气。

宋慈突然出现在厨娘身后："老厨娘长吁短叹，不知所为何事？"

老厨娘一惊："啊！我……我可什么也没说。"

"哦，宋某尝了你做的莲子羹，真是不错。不知你是何时到这和府当厨的？"

"有几十年啦。"

宋慈诧异："什么，几十年了，那么说，府上除了你之外，还有一位新雇的厨娘？"

"什么新雇的厨娘，没有！"

"哦，可我分明听员外之女说过有一位新雇的厨娘。"

"小姐从小是我一手抱大的，她怎么会说我是新雇的厨娘？"

"那么，在出事那天晚上，你可为员外送过莲子羹？"

"什么，半夜送莲子羹？那天为员外做寿，连着忙了几天，腰骨都快折了，散席后就早早歇息了，我哪里半夜为员外送过莲子羹呀？"

宋慈在厨房逡巡，目光忽然停在了挂刀具的刀架上，刀架上摆着各种用旧的刀具，当中有一格却是空的。他蓦地回头看着脚大体壮的厨娘，想象着这样的情景——

庭内夜风如泣，房内鼠虫叽叽乱叫。一个黑影闪进李府，往府院深处摸去。

忽有急促的脚步声从楼上传来。柳絮儿哭着奔下楼来，跌跌撞撞地跑了出去。厨娘如幽灵般地出现在黑暗的房廊尽头，然后悄无声息地向亮着微弱烛光的柳絮儿卧房移去。房门开着，房内李唐鼾声如雷。厨娘狰狞的目光在房内搜寻，发现裸露在桌上的三百两银子。她轻轻移步到李唐床前，亮出一把双刃的剔骨刀，一咬牙根，举刀狠狠扎下！李唐四肢一阵抽搐，顿时气绝。

厨娘提起桌上银子时，看见那把匕首，低头看楼板上渐渐扩大的血渍。她便取过匕首，把手臂伸到血洼上方，手腕慢慢倾斜，刀便缓缓掉落在血洼之上。

而后，她从容地从李唐胸口拔出另一把尖刀，提起银包，快速离去。

黑夜中，厨娘手抱银包逃出李府，忽地脚下一绊，一个趔趄，只听"当"的一声铁器落地的声音，紧接着又"扑通"一声落进了池塘中。

厨娘在池边懊恼地跺了跺脚，迅速消失在暗夜之中……

宋慈再定神看厨娘，老厨娘却是一副慈和的面容。

厨娘不解地问："宋大人，你这么盯着老身看什么？"

"嗯，哦……老厨娘像是有话要说。"

"哦，老身想问问，究竟是谁杀了我家姑爷？"

"你说呢？"

"我要知道还问大人吗？"

"厨娘，你方才说小姐是你从小一手抱大的，想必你对她最是了解。那么依你之见，你家小姐会做那谋杀亲夫的……"没等宋慈把话说完，老厨娘就泪眼汪汪地一口否认："不，我家小姐心地善良，绝不会做谋杀亲夫的事，况且，姑爷被害的那天晚上，我家小姐根本没有回去呀。"

"可有人看见你家小姐在案发日半夜三更偷偷潜回家中。"

"不，那人一定不是小姐。"

"对，那该是个大脚的女人！"说话时，宋慈的目光咄咄逼人地紧盯着厨娘。

厨娘并不吃惊，反而一撩裙摆，露出她的大脚："老身要不是一双大脚，也不会给人当一辈子厨子。可大脚的女人不一定会杀人，大老爷莫非是怀疑老身……"

"你和你家小姐要真如你刚才说的那么有情有义，想必你是不会嫁祸于你家小姐的。"

厨娘一惊："啊，有人想嫁祸我家小姐？"

"案发日不仅有人看见过你家小姐，还有这支玉簪为证。"

"啊。有这奇事？哦，一定是他！"

宋慈忙问："大娘可是说府上除了你还有一个大脚的女人？"

"不，那是个半男不女的人。"

"谁？你且细细说来。"

"那天半夜，老身突然闹起肚子，就起床上茅房。一开门，却见小姐正欲出门——"

月黑风高，天井中树影摇曳。门开处，厨娘披衣出房。突然，一女人身影从她眼前掠过，直往大门走去。厨娘试探着："啊，是小姐？喂，小姐，你去哪儿？"

那"小姐"头也不回地走去。厨娘忙追上去，将"小姐"拉住："小姐，这半夜三更的，你这是要去哪儿呀？""小姐"一回头。厨娘大吃一惊："啊？"

宋慈急问："原来你看见的小姐并非小姐本人，而是一个男人！"

"原来大人早已知道是个男人？"

"那个善扮女装的男人是谁呢？"

"那天为员外做寿，请来了一个戏班，那人就是戏班里的一个名优。"

宋慈双眼一亮，急问："戏班的去向你可知道？"

"这恐怕只有员外才知道。"

"哦，打搅了。"宋慈急急往外走去，走几步忽又驻步，回头问，"哦，顺便问问，在你家姑爷被害那天，厨房里是否少了什么东西？"

"好像……没有哇。"

"你看，"宋慈一指厨娘身后的刀架，"那上面本来应该是挂满各式刀具的，可眼下似乎缺了一把。"厨娘回头一看，挂刀具的架子上果然有一个空钩，"哦，对。我想是那天老爷做寿，人多手杂，丢了把剔骨尖刀。"

宋慈问："你可知是怎么丢的？"厨娘反问："我要知道是怎么丢的，那还会丢吗?"宋慈一想,回身快步朝客厅走去。

和员外听罢宋慈的问话,顿呈一脸疑惑:"戏班……不知大人要找那戏班干什么?"

"那戏班中有个善扮女装的男优,有重大作案嫌疑。"

和员外惊道:"哦,竟有这样的事?"

"不知员外可知那戏班子的去向?"

"哦,知道,那戏班常在城郊的一座废庙落脚。大人快去,千万不可让杀害我女婿的凶手跑了。"

捕头王大声说:"员外放心,他跑不了!"

城郊,一座破庙内。聚集着二三十个戏班的人,散散落落地在庙里做临时的窝,他们或睡或坐,或唱或说,各有所为,各有其乐。

捕头王带一队捕快快速向破庙走去。他见庙内动静不小,即率捕快破门而入。庙内人被惊吓得如一尊尊泥塑木雕。捕头王扫视众人,个个衣衫褴褛,形容卑琐,并无名优在场。捕头王大声问:"他在哪里?"

一操琴老者:"大爷问的是我们班主吗?我们班主是江南名优,最近又发了点财,他怎么会和我们住破庙呢?他都是单独住在城南客栈的。"

捕头王厉声道:"带我去找他。"

操琴老者一愣:"这……不知我们老板犯什么事了?"

"这是官府的事,你无须多问。快走!"

操琴老者唯命是从:"是是。"

城南客栈,一间不大的房间,一张大床,锦被铺着,屋内摆设不多,却也舒适安静。男优浓妆艳抹,衣衫华丽,懒散地躺在锦被上,玩味着花旦的兰花指功,口中还挤着小嗓嘤嘤哼着曲调。

忽闻"笃笃"的敲门声。他侧脸用半男不女的声音问道:"谁呀?门没关。"

房门慢慢被推开,一条人影投入房内……

操琴老者领着捕头王等进入客栈,熟门熟路地将众人带到楼上,到客房前,轻声叩门:"老板,老板……"

房内没有回音。捕头王已知不妙,拨开老者,用力推开房门,顿时大吃一惊。男优已在房内悬梁自尽了！捕头王急令随行捕快，"快，请大人速速来此！"

少时，宋慈已走进此房。他先将房内依次查看，最后将目光停留在悬尸的脚下，又移目到倒在尸体脚下的椅子上。他上前扶起椅子，慢慢塞进尸体的脚下，椅子和尸脚尚有三寸空虚。他神色一凛，吩咐道："卸尸！"

捕头王和衙役应命动手卸尸。

宋慈走到床前，细审死者的遗物，见全是一些女人饰物。

捕头王报说："大人，尸已卸下。"

宋慈走到死尸旁，拿起那根吊尸的绳索，逐段细检，见有一段绳索上沾着血迹。他大声报出验尸结果："死者口眼开，手散发乱，舌未抵齿……"

英姑在一旁做着笔录。"死者脖痕……"宋慈将仰卧的尸体翻过身去，掀去头发，后脖上的索痕相连。他心里暗暗一惊："啊，此案真是不可思议。"

英姑忙问："大人说什么？"

"后脖索痕相交。"

英姑一惊："啊！大人……"宋慈黑着脸，一语不发地走出了客栈。

回到提刑衙门，宋慈一直神色凝重，时而摇头叹息。英姑及捕头王见他如此神情，不知缘故何在，却不敢发问，只静候一旁。

宋慈在屋子里踱着，自语似的说出一番话："其实，此案元凶早已露出多处破绽，盖因宋某确信了一句'虎毒不食子'的古话，才使此案误入歧途。现在这男优一死，倒使宋某更信服了另一句古话：'人心险于山川！'"

宋慈面对捕头王、英姑，接着往下说，二人静静地听着。

"案发后，旧货店老板贾仁声称亲眼看见倩娘在案发日半夜潜回家中，并且拾得倩娘的玉簪为证，这样，和氏便摆脱不了既有人证又有物证的杀人嫌疑。可经现场模拟，才知贾仁所见的倩娘并非和氏本人，而是一位由男子假扮的和氏。现在可以断言，那假冒和氏故意在案发日在街上一闪而过，并有意遗落玉簪的男子，正是这位男优。"

捕头王问："那男优谋杀李唐，可是为谋取那三百两银子？"

宋慈摇了摇头："要是为那三百两银子而谋财害命，他又何必要假冒和氏作案，更不会半夜冒险去和氏卧房偷取玉簪。显然，指使男优假扮和氏杀人嫁祸的还另有其人。"

"这么说，男优还不是真凶？"

"对，此案真正的凶手并非男优。"

"那男优为何要自杀？"

"不，男优并非自杀，而是他杀！"

此时，衙门外有一乘大轿到提刑衙门外落了轿。

轿子停下后，好一会儿不见动静。轿夫们互相看了看，一位年纪稍长的轿夫低声低气地对轿内说："员外，到提刑衙门啦。"

轿内人"嗯"了一声，才掀帘下轿。这是和员外。他仰面看着威严的提刑衙门，不知为什么竟打了个寒战。

轿夫问："员外，小的们在这里等着还是一会儿再来接你？"

"哦，在这儿等着吧。"和员外说完，踏上衙门的台阶，往里面走去。

宋慈听报，和员外来访，便快步走至客厅，向来者施礼："员外驾到，有失远迎啊。"和员外说："宋大人如此说，岂不折杀老夫了。大人乃百姓的父母青天，老夫不过是一介草民啊。"

"员外虽不在仕途，却是家财万贯，也算得上一方富绅，宋某岂敢不恭啊。"

"哦，宋大人，那男优畏罪自杀，罪有应得，小婿的仇也算是报了。老夫今日想来接小女回府住些日子。唉，小女命苦啊。"和员外抬手拭泪。

宋慈一眼瞥见和员外手掌裹着布，却不动声色。和员外似有些不自在："宋大人，老夫的意思是说，既然小婿被杀的真相大白了，小女也尽脱嫌疑了。"

"员外从何得知此案真相大白了呢？"

和员外一愣："这……那男优不是畏罪自杀了吗？"

"可男优之死和令爱涉嫌并无瓜葛。男优虽死，令爱却并未尽脱嫌疑，宋某还望员外见谅啊。"

"怎么？难道不是那男优假冒小女谋财害命吗？"

"宋某虽也有此推想，无奈男优已死，死无对证了。"

"照此说来，除非那男优死而复生，小女便永无脱嫌之日？"

"这要待宋某弄清一件事，方能定案。"

"什么事？"

"如果是那男优假扮令爱作案，那么，那男优并非贵府中人，又是如何拿到令爱的玉簪？"

"这……想必是那男优趁小女熟睡之际从窗口探手偷取了玉簪。"

"事若如此，那天晚上令爱一定是睡得太沉了。"

"嗯……一定，一定的。"

"员外如此关心女儿，足见一片父母之心，宋某倒也深表同情啊。"

和员外闻言，顿时老泪纵横起来："宋大人，老夫就这么一位女儿啊。她娘死得早，她从小就把老夫既当爹又当娘的。如今小婿一死，小女日后可如何过呀。宋大人，她毕竟是我的亲生骨肉呀……"

宋慈眼里像是燃烧着烈火："是啊，她是你的亲生骨肉……"突然又几乎失态地从牙缝里挤出几个字，"亲生骨肉啊！"在场的捕头王见宋慈如此失态有些吃惊。和员外不解："欸，宋大人这是……"

宋慈忙说："哦，对不起，员外。宋某一生从事刑狱审勘，所遇骨肉相残、亲友相伤的刑案也不在少数，每每想此，情有失态，员外见谅！"和员外激出了一身冷汗："哪里哪里。老朽久闻宋大人一向抚良善甚恩，临豪猾甚威。今日一见，更信大人官德可敬啊。唉，大人公务繁忙，老朽这就告辞了。"

"等等。员外，听说当初员外以三百两银子放贷令婿时，你们翁婿曾立有一张字据？"宋慈说罢，和员外心里一惊："这……老夫想想……"

"那字据上写明，在半年之内，李唐要是开不起酒馆，就得将李府的整座庄园交给员外。"

"对，是写过这样的字据，可那只是老朽故意以此绝其后路，以迫使小婿收心进取。其实，那字据不过写写罢了，老朽并未拿它当真的。"

"哦，原来如此。"

和员外打躬作揖，告辞而去。宋慈凝目相送，直到和员外完全消失在他的视线以外，他才恨恨地自语了一句："虎毒尚不食子，可这人心一旦让利欲熏黑，怎么就比禽兽还不如啊！"他一时激愤不已，大步走进了书房。英姑正想跟着进去，门"砰"地关上了。

书房内，宋慈闭目静坐着，却看得出他的心情仍是不能平静下来。

英姑轻手轻脚地走了进来，好声好气地问："大人是不是想泡泡脚？"

宋慈猝然嚷道："出去出去！让我一个人静静地坐一会儿行吗？"英姑不声不响，正想退出，宋慈却又突然问："你还记得太平县那位老母亲吗？"

"才多长时间，怎么会不记得？"

"那位母亲亲手做了血衣，几乎把亲生儿子推上断头台，可那是为了帮儿子解除没完没了的酷刑拷打。而同样一位生身父亲，算尽机关，把自己的亲生女儿推上断头台，却是为了谋取一座庄园，你信吗？"

英姑不假思索地回答："我不信！"

"为什么？"

"虎毒不食子，所以我不信！"

宋慈叹息着从案后座椅上站起身来："是啊，你不信，我也不信。可是，这一桩李府谜案，却让人不得不信啊！"英姑一怔："大人莫非是怀疑和员外……"

"你可还记得和员外第一次来见本官时的情景？当初将李二夫人柳氏当作嫌疑人收押在监时，此公便匆匆来见。令人费解的是，他虽然口口声声恳求本官缉拿凶手，却对已经作为嫌疑犯收押在监的柳氏只字不提。相反，他有意无意地告诉本官他的亲生女儿和氏在案发之夜神色异常。显然，他是有意在向我暗示什么，以便使本官将怀疑转到他的亲生女儿身上来。后来，在和府，本官问起他女儿的随身玉簪为何会失落在案发地街上时，他作为嫌疑人的亲生父亲，却这样说：'照此说来，案发之夜小女她……'他虽然没有把这句话说完，可他分明用神色暗示本官，他女儿有可能在案发之夜偷偷潜回过李府。后来他又对宋某说了句更加耐人寻味的话：'宋大人，老夫虽知女儿女婿久来不和，但小女绝不会谋杀亲夫。'他说女儿女婿久来不和，这显然对正涉嫌谋杀亲夫的和氏极为不利。一个颇有心计的商贾老手，难道连这一点都会想不到？显然他是有意向本官暗示女儿确有杀夫的动机。"

英姑听罢，怒不可遏地回头就走，差点撞上进来的捕头王。捕头王问："英姑娘怎么了？"宋慈忽然想到什么："快，你快去把她追回来。"

捕头王立即追了出去，大声喊："英姑，你回来！"英姑头也不回："别管我！"

捕头王一把拉住她："你这是去找谁打架呀？"英姑激愤不已："我要去当面问问那个衣冠禽兽，他胸口长的究竟是人心人肝还是狼心狗肺！"

"你不可胡来。"

"你放开我！"

宋慈忽然追了出来大声叫道："英姑，你跟我来！"说完自己大步走了出去。英姑余怒未息地站着。

捕头王说："大人一定是又有了新的发现。你还愣着干什么，快走呀！"

倩娘和柳絮儿正在牢里一起缝衣做裤，忽听有急促的脚步声传来，就双双站起身来，迎上前去。宋慈快步走到牢前站定，目光炯炯地盯视着倩娘，却迟迟未开口。倩娘心里没了底："大人……"

宋慈慢慢说道:"你母亲……你从来没有说起过你的生身母亲。"

倩娘一怔:"民女年尚幼时,家母就……"

"令堂是怎么死的?"

倩娘脸色阴郁起来:"大人,这和本案有关系吗?"

"兴许还大有关系!"

柳絮儿在一旁相劝:"姐姐,宋大人要问,想必是有问的道理,说吧。"

倩娘摇头不语。英姑说:"大姐,事到如今,你要真想本案真相大白,就不应该对宋大人隐瞒什么。"

倩娘哭了起来:"我不是想对宋大人隐瞒什么,那是我们和家的一个秘密,我真的不知道哇。"

"既然什么都不知道,又怎么知道是个秘密?"

"我只是听厨娘提起过家母……是自寻短见而死的。"

宋慈像是被证实了什么似的双眼一亮:"因为什么?"

"我问过厨娘,可厨娘说她只会把这个秘密带进棺材,也绝不会告诉我的。"

"你就没问过你的父亲?"

"问过,可我一提起,父亲就哭了,哭得那么伤心,我不忍心再勾起父亲伤心事,也就不再问了。"

"令堂墓地在哪里?"

"在和氏镇北山。"

"好。哦,有件事,宋某一直没太留意:和员外,也就是令尊大人的名讳怎么称呼?"

"家父单名一个'魁'字。"

宋慈和英姑几乎同时出声:"和魁?"

库房门被"哐"地推开。宋慈、英姑和捕头王走进去。在库房的最底角,有一张堆着许多案卷的案桌。宋慈上前取过那个有疑问的陈年案卷,快速翻看起来。英姑和捕头王也凑上前去看。

英姑惊喜地说:"果然是他!"宋慈"啪"地合上卷宗:"此地民间有句方言俗语怎么说的?"捕头王不嫌粗俗,脱口而出:"门旮旯拉屎天会亮!"

英姑笑出声来。宋慈转身向库房门口走去。英姑和捕头王连忙跟上。

宋慈大步走出大门,英姑急急追上:"大人,你真是过眼不忘,记性怎么那么好哇?"宋慈说:"因为宋某心里只记一件事。"

"什么事?"

"疑点!"宋慈抬头看天,长长地出了一口气:"看见了吗? 朗朗晴天啊!"

山野,孤零零一座已立多年的坟墓。墓碑前,香烟缭绕。

老厨娘独自一人,双膝跪下,含泪言道:"夫人,当年你撇下三岁的亲生女儿,撒手而去。小姐从小命苦,如今姑爷遭谋杀,又害小姐蒙冤入狱。其实我心里清楚,一定是那老贼又在作恶了,可我没有证据帮小姐呀,只能祈求夫人英灵保佑你女儿平安啊,夫人………"老厨娘忽然感觉到背后有人来,心里一惊,回头一看,身后站着的是宋慈、捕头王和英姑。"啊,宋大人。"

宋慈开口道:"俗话说,人走茶凉,而大娘却对死去二十年的主人情如以往,实在令宋某敬佩啊。"老厨娘惊道:"啊,宋大人刚才偷听了老身的话。"

"并非宋某偷听,是山风将大娘的一番话一字不漏地吹进了宋某的耳内。大娘,你既知倩娘有冤,若不对宋某以实情相告,你九泉之下的主人阴魂何以得安?"

老厨娘急问:"宋大人真的能为我家主人申冤吗?"宋慈拿出那张陈年旧状:"这是一份二十三年前审而未决的诉状,不知大娘是否认得?"

老厨娘一见,顿时激动不已:"老身虽然不识字,还能认出这是二十多年前我家夫人向县衙投的诉状,那个昏庸的老县官却没能为我家主人申冤啊!"

"今天你还想为你家主人投状申冤吗?"

老厨娘怔了一会儿,突然双膝跪倒在宋慈面前:"大人,老身就等着这一天啊! 宋大人,冤枉啊!"

大堂上,"清如明镜"的横匾十分醒目。肃静的大堂上,端坐着神态肃然的宋慈。两旁站立着执堂衙役。一侧,书吏铺纸待录。堂下的倩娘和柳絮儿相扶一边。宋慈沉着声音下令:"传和魁上堂。"

和员外像是一夜间苍老了许多,跨进大堂门槛时,脚下一绊,趔趄倒地。

倩娘见状,急忙赶上前去相扶。和员外望着她:"女儿啊,看来,为父真的是老啦。哦,女儿,你受苦啦……"双眼竟含着热泪。

宋慈缓言道:"难怪员外广交戏子名优,原来员外本人就是个擅长演戏的高手啊。"

和员外一怔："宋大人弦外有音、话中有话,老夫愚钝,难以听懂啊。"

"那宋某便直言。敢问员外,从二十五年前开场的好戏,不知今日可否收场?"

和员外不免暗暗一惊："这……此话从何说起,此话从何说起?"

宋慈厉声道："就从你蓄意谋杀李唐说起!"和员外几乎跌倒。

倩娘震惊不已："啊,宋大人,家夫明明是那男优所杀,大人怎么能……"

"那男优不过是个善扮女装的戏子罢了,此案的真正凶手却是你这位'父亲'!"

和员外高声喊道："岂有此理!难道是老夫谋杀自己的女婿,就为盗取本是我自己资助女婿的三百两银子?"

"当然不会为那三百两银子。其实,员外的贪心可比那三百两银子要大得多。那三百两银子只是员外下的诱饵,你真正目的在于占有那座你早已垂涎的李府庄园。否则,一向视财如命的和员外,又怎么会突然破例借银子于人?"

和员外连声说："荒唐,荒唐。"宋慈斥道："的确荒唐!否则,你怎么会仅以三百两银子便换得一张以整座庄园抵押的字据?"

"老夫早对大人说过,那字据不过写写而已,并非当真。"

"不错,要是你女儿女婿活在世上,那张字据也不过是写写而已。所以,你要想让那张写写而已的字据能够兑现,便只能让李唐夫妇离开人世,你采用的便是杀人栽赃、一箭双雕之计。"

倩娘像是终于醒过来了："啊,不!宋大人,你一定是搞错了。这不可能,这绝不可能。"宋慈看向倩娘："和氏,我记得你曾告诉过本官,在案发的那个晚上,你听到有人在你房外喊过令尊大人?"

倩娘肯定地说："对,那是家父新雇的一位厨子!"

"可是从小将你抱大的老厨娘却证明你娘家并没有新雇的厨子。"

"啊……"

"令尊大人为何要对你撒谎?因为当时在房外喊他的正是令尊要他假扮你的男优。"

"不不。我当时听得真切,那分明是妇人的声音。"

"那正是男优的独擅之处。还有令尊大人为你送来的那碗莲子羹……"

"那是我娘家的老厨娘为父亲做的夜宵……"

宋慈大声说："这更是撒谎!本官已向老厨娘证实,那天晚上她根本没有送过什么莲子羹。你当晚喝的莲子羹一定是令尊大人亲手下厨为你做的，为的是他半夜偷取那支玉簪时不会把你惊醒，因为，那莲子羹里下有蒙汗药。"

倩娘不敢相信自己的耳朵："啊……不！"

"正如你自己告诉本官的，你平日夜睡多梦，那天晚上却睡得尤其死熟，第二天早上被叫醒时，还觉得头晕眼花，这正是喝了蒙汗药所致。"

倩娘向父亲投去疑惑的目光。和员外急忙说："女儿，你别听他说的，这全是诬陷。"宋慈继续说下去："就在和氏喝下那碗下有蒙汗药的莲子羹而沉睡之后，员外便开始了他蓄谋已久的谋杀——"

幽暗的过道上，一条黑影幽灵一样地游弋到窗前。

和员外轻轻推开窗户，伸手进去，轻易便拿到了那支玉簪。而后，他往客厅走去。等在客厅的男优已穿着女装正等着，和员外进来，将玉簪交给男优。

和员外轻声道："你可记住了，一到那街上，你须得设法让人看见，但千万不可与人正面相遇。"男优扭捏地说："哎呀，员外，你究竟玩的什么把戏呀，不如对我说清楚了呢。"

和员外正色道："事成之后取你的银子，别的事不许多问。"

"好吧，那我按员外说的做就是啦。"

"要是露了馅儿，你从此可就活得没那么自在了。"

男优心里不禁打了个寒噤，脸上没了笑意。

和家厨房内，刀架子挂着整整齐齐的刀具，在夜光下闪着寒光。一双手伸向刀架，选中了其中一把双刃尖刀。短衣简装的和魁试了试刀锋后，转身潜出……野外大道上，男优在前，和魁不即不离地相随在后，二人相距一段路，悄然夜行。

已是城里。街头，寂静的夜空里响着男优的脚步声。男优走到贾记旧货店前，不由得朝后面看了一眼。和员外示意一下，男优停住了脚步，侧身隐蔽在一条暗巷口。过了一阵，旧货店门开了，店内的灯光照在大街上。喝多了酒的李唐东倒西歪地走了出来，贾仁在后面相送着。李唐朝贾仁挥挥手，独自离去。

贾仁回身进店，关门。男优在和员外的示意下，急步追赶上去，走到旧货店门前，故意脚下一绊，轻呼一声"哎哟"。酒店门随即又开了，贾仁走出来，说着什么，想上去扶男优，男优没等他靠近，急急起身，又追着李唐而去。

贾仁欲回店，发现了什么，弯腰拾起一枚簪子……

躲藏在后面的和魁把这一切看得清清楚楚，一猫腰，消失在黑夜之中。

李府院内阴森恐怖。月黑风高。蒙面的和员外蹑足到李府门前，刚想推门，却见府门竟是开着的，就如游魂般地潜入府中，步步向李唐卧房摸去。

到卧房门外，见房门也是洞开的，李唐鼾声阵阵。和员外蹑足而进，一步步向李唐床前摸去，慢慢抬起手来，一把双刃的尖刀，发着寒光……

乌云吞没了半弦之月。一声沉闷而短促的惨呼声，惊飞几只夜鸟，黑夜又归于寂静。和魁看着从李唐胸口流出的血在楼板上积成小洼，忽又见床头那把精致的匕首，心念一转，就将匕首掷于血洼之中，然后从李唐胸口拔出那把双刃的尖刀，提起桌上的银包，快速离去。

黑夜中，一条黑影蹿出李府，往黑夜中潜去。忽脚下一绊，一个趔趄，只听"当啷"一声铁器落地的声音，紧接着又"扑通"一声落进池塘水中。和魁在池边跺了跺脚，迅速消失在黑暗之中……

宋慈举起那把尖刀："这就是从李府门外池塘里找到的杀过人的尖刀。宋某已让府上的老厨娘认过，正是案发之日府上厨娘找不到的那把剔骨尖刀！和府厨房的刀掉进了十里之外的李府门前的池塘里，而杀人现场却还有一把刀，这是和魁杀死李唐之后，在房内意外发现的。和魁灵机一动，将此刀丢弃在杀人现场，诱使官府怀疑凶手乃李家之人。可他却没有想到，案发当天这把刀是在柳氏手上，并且，柳氏又在案发夜离家出走。因此，他有意栽赃于和氏的弃刀之计，却使柳氏涉嫌。这使他的计划节外生枝。因为，只要李唐夫妇一除，员外便可凭手中那张字据，轻而易举地得到李府庄园。至于柳氏，则根本无法改变李唐生前签过字的那张字据。因此，当本官将柳氏当作凶手捉拿归案后，员外便匆匆来见本官，意欲暗示本官：她女儿才是真正的凶手。"

和员外跪地大呼："冤枉，冤枉……那男优已经畏罪自杀，宋大人怎可凭空推测，指鹿为马呀？"宋慈厉声道："不！那男优并非畏罪自杀，而是被你杀人灭口！所憾的是员外又一次弄巧成拙，若非员外自以为高明地伪造了这起男优自杀，本官兴许还不敢肯定本案凶手竟会是被害人的父亲。"

和员外顿时面如土色，大气难出。倩娘也是张口结舌，说不出话来。

宋慈接着又说："那天为查访戏班的行踪，曾向员外透露男优有重大嫌疑。你明明知道那男优单独住在城内客栈，却故意说在城郊破庙。就在本衙捕快赶往城郊破庙时，你却又悄悄潜往那城内客栈——"

和员外沿着墙根潜到客栈外，往里偷窥，院内并无人影。和员外蹑手蹑脚地走进客栈，上楼梯时，每走一步，楼梯都吱吱作响。和员外到一客房门前，轻轻叩门，房内传出男优的声音："谁呀……"和员外低沉地说："是我。"

男优欣喜地说："哎呀，是员外，稍等，我来啦。"房门开开，男优惊喜异常地迎出来。和员外一步跨进房间，返身将门上闩。

"哎呀员外，你老今天怎么会想着来看我呀。员外，来来来，我这儿正有好酒呢，咱们喝两盅。"男优背身去为和员外摆放座椅，员外取出一根套索，猛地勒住男优的脖子，男优片刻就断了气。

和员外扔下断气的男优，坐下喘了半天粗气后，抬眼四顾，最后把眼睛盯在了房梁上。他费力地将男优的尸体往梁上吊，尸体沉重，稍一松劲儿，绳子便"嗖"地回抽，和员外用力拉住，一只手心已皮破血出。和员外顾不得擦拭手中的血，咬着牙拼命将尸体吊起来。和员外取过椅子，塞进悬尸的脚下。然后将椅子推倒，退后几步，审视了一遍现场，脸上露出得意的奸笑……

"员外虽然刻意伪造了一个自杀的现场，然而，是真是假，又怎么经得起本官的检验！凡自缢身死者，双脚悬空，所踏之物须高于悬空处，而此现场死者脚下的这把椅子却离死者双脚足有三寸之距，此其一；自缢身死者，其脖间索痕上交至左右耳，痕长约九寸许，死者眼合唇开，手握齿露，舌抵其齿。而那索痕之长一尺有半，且至后脖相交；死者口眼开，手散发乱，舌未抵齿，此其二；自缢身死者，脖上索痕呈深紫或黑淤色，而男优之脖却有两道索痕，下道深紫，是为被勒杀之痕。而上道为何却是白痕？只因死者在被悬吊之前，已被勒杀，人死而血行即止，故此悬吊之痕便为白痕，此其三！由此三条，足见男优并非自缢身亡，而是被他人先用绳索勒杀，而后将尸悬梁。所谓自缢，实乃凶手刻意伪造之假象！"

和魁听得脸红一阵白一阵，嘴唇翕动，却未出一声。

宋慈大声道："请员外高抬贵手。"

和魁一时没能明白。宋慈厉声一喝："抬起你的右手！"

和魁机械地把裹着伤的右手一举，立刻脸色大变："啊！"

宋慈将绳索重重地掷于和魁面前。"这索上的血迹难道不是员外手心的伤口留下的吗?"和魁大汗淋漓。

柳絮儿突然上前一跪道:"宋大人,民女有一事不明,不知当问不当问?"

"请讲。"

"如大人所说,就算员外下得了手谋杀女婿,可作为父亲,他又怎么忍心嫁祸亲生骨肉啊,常言道,虎毒不食子啊。"

倩娘急急地说:"正是,宋大人,民女受屈,绝无怨言,可宋大人怎么能如此推断家父行凶,他毕竟是民女的生身父亲啊!"

宋慈叹息一声,说:"他要真是你的生身父亲,这人心就太可怕,太可怕了,好在你不是他的亲生骨肉啊!他非但不是你的生身父亲,而且还是你杀父夺母的仇人!"这真是石破天惊!和、柳二妇惊得目瞪口呆。

宋慈下令:"传厨娘上堂。"厨娘默默地走上堂来。倩娘情绪激动地扑向厨娘,摇着她的身子:"厨娘,你说,这不是真的,这不是真的,你快说呀。"

厨娘望着倩娘:"小姐呀,这的确是真的呀。你的生身父亲,原来是个绸缎商人。在生意道上结识了和魁,二人便合伙经商了。有一天深夜,和魁突然惊慌失措地回家报信,说你父亲在回家途中掉入山谷摔死了。你母亲要不是当时腹中怀着你,也就跳了崖呀……后来,和魁花言巧语骗得你母亲又改嫁于他,你生身父亲的万贯家产就全数落入和贼之手。后来,在你不满三岁那年,我和你母亲一起去老家给你的生身父亲上坟,却遇到一件奇事——"

清明时节,淫雨霏霏。年轻时的厨娘和夫人相扶上山,走到前夫坟前,二人怔住了。有一中年男子正跪在那座坟前烧纸钱。

厨娘轻声问:"夫人,这是谁呀?"

夫人摇头说:"我也不认识。"即走上前去,"这位大哥,你……"

那男人回过头来,面露惊色:"啊,是夫人……"

"敢问这位大哥为何给家夫上坟啊?"

男人说:"我有罪,我对不起他呀!"

夫人十分吃惊:"啊,这是何故?"

"夫人,你知道你丈夫是怎么死的吗?"

"家夫是不慎摔入山谷身亡的呀。"

"不,他是被你现在的丈夫推下山谷,谋杀而死的!"

夫人抓住那男人的臂膀,大声问道:"这究竟是怎么回事,你快说,你快说呀!"

"千真万确,小的亲眼看见你丈夫被姓和的推下悬崖。"

"啊!你既然看见有人被谋杀,为什么不报官?"

男人叹息道:"小的死就死在这一个'贪'字上了呀。当时我为了敲他一笔竹杠,就昧着良心,没有报官。谁知收取不义之财终归要得报应的,今年,我是先丧妻又失儿,烧了房子淹了地,如今成了穷光蛋一个,还是喝凉水塞牙,放屁磕脚,这一定是你丈夫的阴魂来找我算账,所以今天我来烧个纸钱……"

夫人突然"哇"一声哭倒在前夫坟前,大恸不已。

夫人和厨娘来到县衙门口,夫人手举诉状跪于门前,厨娘取槌击鼓。

老县官是位高度近视眼,阅状如嗅地,看完诉状,有气无力地说:"你在诉状中写道,丈夫在三年前被一位姓和名魁的商人谋害?"

"正是,青天大老爷要为民女做主,为家夫申冤啊。"

"别哭别哭,本县心软,见不得女子哭堂。"

夫人强忍悲戚,"求大人为民女申冤。"

县官犹犹豫豫地说:"既然是一桩人命案子,又是发生在三年之前,可草率不得啊。要是没有人证物证,那就不好办呀。"

夫人说:"有一位当年亲眼看见家夫被害的证人,他住在……"

老县官气喘吁吁地率衙役往一座破茅屋赶去,刚到门前,却见几个男人从茅屋内抬出那男人的尸体来。

县官上前问道:"此人因何而死?"一抬尸男人答道:"暴病而死。"

"哼,贪不义之财的报应!"

县官高坐大堂,提笔在状子上写下"人证已死,死无对证"八个字,转向堂下,大声说:"堂下原告,本官虽然对你深表同情,无奈现在唯一的证人已暴病身亡,死无对证了,本县有心为你申冤,却实在是无凭无据,爱莫能助啊。退堂!"

卧房之中,夫人手里抱着酣睡的女儿,一双泪眼久久地端详着。

厨娘走进房内:"夫人,你叫我?"

夫人哽咽道:"嗯,你看我女儿像谁?"厨娘说:"当然最像夫人了。"

"不,我看更像她的生身父亲。可怜他父亲沉冤似海,我却投诉无门,我真对不起孩子的生身父亲呀……"

厨娘劝道:"夫人,你千万不要多想。常言道,君子报仇,十年不晚。现在小姐还小，等小姐长大成人，我们再想办法报仇。可现在千万不能让和贼知道，否则他不但会加害你我，恐怕连小姐也难以幸免啊。"

夫人哭着："我苦命的儿呀……"

"夫人，为了小姐，你必须装得和往常一样。"

"和往常一样？你是说我还得与那禽兽同床共眠，这让我怎么做得到？"

"可为了小姐，你不得不忍辱负重啊。"

"我知道我该怎么去做。只是我女儿还小，今后还得劳你多费心照看了。从今天起，小姐就由你带着睡吧。"

厨娘高兴地说："这可要美死我了。"

"好，你抱去吧。"

"哎哟，小宝贝，来来来，咱们睡觉去啦。"厨娘接过孩子，轻轻哄着欲走出房。

"等等。"夫人叫了一声，上前接过孩子，紧紧地贴在自己的脸颊上，泪水禁不住夺眶而出，"孩子，孩子……"

"夫人，要不还是明天再让小姐跟我睡吧。"

夫人心肠一硬："不！你抱走吧。"厨娘接过孩子，轻轻哄着走出门去……

厨娘抱孩子走到下房，推门进去。来到床前，掀开被角，将孩子轻轻放入，轻轻拍打。突然，她想起什么，顿时大惊失色，一骨碌起身就往外跑。

到夫人房前，她用力推门一看，大惊失色："啊，夫人……"

夫人已悬梁自尽了……

倩娘大叫起来："不，我不相信，我不相信！厨娘，我和家待你不薄，你怎么能编出这么些谎言来败坏和家的名声啊！"

厨娘哭着说："小姐啊，老身说的若有半句谎言，让天雷劈了我呀。"

宋慈出示那张陈年诉状："和氏，你不妨看看，这就是当年你母亲投诉公门的那张诉状，上面有当时县官写的'证人已死，死无对证'八个字。想不到，这二十五年前的一桩未决悬案，却使今天这桩谜案昭然若揭。"

"小姐，这全是真的，二十五年来我一直不敢对你说明真相，就是怕你万一知道真相，也会遭和贼的毒手呀。"

倩娘问："你说我非他亲生，可有什么证据？"

厨娘痛苦地摇头："我就是证据啊。"

"不，厨娘，你一定是老糊涂了，我不信！"

"和氏，本官少时就能为你出示证据。"宋慈说罢，捕头王捧着一个用布覆盖着的木盘大步入衙，走上大堂，大声说："启禀大人，卑职受命取来尸骨。"

宋慈指着尸骨道："这是本堂在老厨娘的指点下，到坟地取回的你母亲前夫的尸骨，本官用滴骨辨亲法验一验，究竟谁是你的生身父亲。"

倩娘大惊："啊，这怎么验？"

"和氏，你只要扎出几滴鲜血，滴在此骨上。若是亲生，血便能沁入骨内，否则血将不能沁入，所谓滴骨亲滴骨亲，如此而已。和氏，不妨一试。"说着，宋慈将一把小刀递给倩娘。

倩娘未敢接刀。厨娘催道："小姐，扎呀。"

和魁叫道："女儿……你不可信他啊……"

厨娘又说："小姐，扎呀……"柳絮儿也催促道："姐姐，扎呀……"

倩娘终于接过小刀，伸出手臂。刀刃在手臂上慢慢划过，鲜血慢慢从伤口渗出。鲜血缓缓滴在白骨上。众人的目光纷纷向白骨望去。

奇迹出现了：只见鲜血渐渐沁入骨中……和魁见状，顿时瘫倒在地。

倩娘仰望天空，轻轻地哀呼一声："天哪……"

天清日丽，归雁成队。

卧房。随着一声婴儿啼哭声，又一个小生命呱呱坠地。

倩娘噙着激动的泪花，双手将赤裸的婴儿捧到大汗淋漓的柳絮儿面前。

柳絮儿看着自己的心头之肉，笑得既满足又纯真。

倩娘泣不成声："絮儿，李家后继有人了，官人他九泉之下可以瞑目了……"

柳絮儿向倩娘伸出双臂，两个患难与共的女人紧紧拥抱在一起……

宋慈像是一尊泥佛似的坐在案前。想象中，遥远的天际，飘来"冤枉"的呼喊之声……他猛地睁开眼：以往所审理的各个命案及自己所经历的种种案情画面如电光频频闪现……骤然间，一切嘈杂都消隐而去。似见洁净的空间，一条写着"洗冤集录"四个篆体大字的白绫缓缓飘落……

他神情肃穆地打开精致的木盒，从盒中缓缓拉出那条洁白的素绫，铺于案上，白绫之白，炫光几乎净化整个灰暗的书房。而后，他敛神开砚润笔，伏案在白绫上书写，白绫上，留下一片密密麻麻的蝇头小楷。他仍聚精会神地写着……

英姑欢叫着跑进书房，"大人，大人……"宋慈没回头："那么高兴，捡着元宝啦？"英姑笑着说："生啦生啦。柳絮儿生下了一个大胖儿子！"

宋慈骤然住笔，回过头来，想了想，又回身提笔继续写着，淡然道："人家生孩子，你瞎嚷嚷什么？"

英姑欣喜地说："大人，要不是遇上你，那两位善良的大姐还不知道会受多大的冤屈呢。所以，我看到一条活灵灵的生命降生，心里就感到特别的高兴！大人，要是执掌刑狱的官吏们都能知道您是怎么破了这个案子的，都能像大人那样注重检验，这普天之下，怕就不会有那么多冤狱了。"

宋慈微微颔首："此话倒说得有理！嗯，你来看。"英姑凑上前去一看，惊呼起来："啊，大人，您这一手蝇头小楷写在这洁白的素绢上，真漂亮。"

"宋某是要把所见所闻的疑难案情都一一收录起来，供司狱者引以为鉴，哦，这也正是家父的遗愿。"

英姑问："可您为什么要写在这白绢上啊？"

宋慈搁下笔，起身退后几步，神色肃然地说："这白绫是家父留给儿子的警示之物。宋某用白绫铭志：洗冤禁暴，还冤者以清白！"

英姑钦敬不已："大人，英姑明白了。"

城南井尸案

街市。华灯初上，夜雨淅沥。宋慈打着伞，单身独影，在雨中走着。

不知何时，雨停了。宋慈收起伞，像是才感觉到已入嘈杂的夜市，便闲人似的逛着夜市。冷不防一个醉汉从酒店里跌出，差点把他撞个正着。

醉汉滚到大街上，躺在街心梦呓般地说着醉话："人的身上……这心是最没用的……东西，谁要买……我……这儿有，哪位出的价……高，我便卖给……谁。啊！卖心啰！卖心……"

宋慈一下子没了心情，回头往原路而返，被他越来越远地抛在身后的酒馆内，传出一阵阵喧闹声，生意十分红火。

邹记酒馆内，酒客满座，猜拳行令，一片热闹。

老板邹仁衣着体面、神采飞扬地出现在大堂中。他举目一扫，像是在看他的酒客，其实他眼中分明什么也没有看见，相反，却有点心不在焉。

在楼梯口站了一会儿后，邹仁向酒客中走去："诸位乡邻宾朋，在下邹仁，欢迎诸位光临。承蒙列位光顾关照，才使我这老字号酒馆顾客盈门，生意兴隆，邹某在此深表谢意。"

众酒客都看着邹仁。有人笑道："咦，邹老板，你今天可是出门摔了跤，额头碰个包，低头一瞧，因祸得福捡了个大元宝？"众酒客哄笑。

"老兄取笑了，我邹某人要有那好运，还不早就飞黄腾达了。"

"那你今天怎么那么客气？往日可不多见啊！"

邹仁忙说："没有别的意思，邹某是希望诸位在小店能吃好喝好，小店若有不周之处，还望多多包涵。喂，童老弟，好久不来了，在哪儿发财呀？"

"什么好久不来，我童某人最近一段，哪天不在你这邹记酒馆花银子？"叫作童非的这位说话时两撇八字胡格外引人注目。

邹仁原是随便说句客套话，不想偏偏被童非认真纠正一下，不免有些尴尬："呵……哦，邹某没喝酒，倒说醉话了，童老板的确是常来的。"

坐在一边角落喝闷酒的杨易头不抬眼不睁地向邹仁扔去一句话："说说醉话倒也无妨，要是干起什么醉事，那可就要留点神了。"

邹仁听声音就知道说话的是谁，脸色微微一变，正想扭过头说什么，却让童非抢了个先："其实干醉事也没什么，只要能赚到银子，总比那清醒着坐吃祖宗遗产的强些。"杨易斜了童非一眼，反唇相讥："可有的人是赚十贯号一万，除了天生会吹，也不见得有什么真本事。"

童非大声说："有没有本事，还得看手头。也是我童非时运不错，昨日一笔交易净赚二十两白银。"酒客们闻言纷纷向童非投以羡慕的眼光，有人从嘴角溜出一句由衷的谀辞："哇！童老板真有手段啊！"

杨易陡生冷落感，便想拉回面子："哼，二十两银子也值得往牛嘴上挂？杨某抬手间就得百两，也没这般张扬。"此言一出，酒客们都将信将疑地转向杨易。邹仁在杨、童二人打舌战时，悄然离开酒堂了。

童非大笑不止："哈哈……有人说我童某人吹牛，可自己吹起牛来却没个边际！除非杀人越货，什么生意能一下子赚那么多银子。这种大话骗骗三岁童儿尚可，在酒馆里胡吹，大家就当是听书罢了……"

童非之言引得全堂一片笑声。酒客们转向童非，向他说起了贺词。

"童老板财运亨通，在下敬你一杯！"

"小弟今后还望童老板多多关照。"

杨易一时脸上挂不住，起身大步走出酒馆。

童非追着说："喂，说书的怎么走了？哦，他这一去，说不定又抬手赚回百两银子哪，要发财的快跟着去呀，哈哈……"

杨易在酒客们的笑声中愤然而出，向紧挨着酒馆的家中走去。他怒气冲冲地推门进屋，屋内立时传来一声女人的尖叫："啊！"

屋里是其胞姐杨月儿。她没防着弟弟突然闯入，竟被吓得脸红耳赤。

"姐姐，你怎么了？"

"我……嘻，姐姐是被你吓了一跳。"杨月儿又问，"弟弟，什么事让你这么心急火燎的，又跟人吵架了？"

杨易避开此话题："姐姐，姐夫在家吗？"

杨月儿支吾道："他……哦，他呀，长年在外经商，难得回来，又乱发脾气，白天平白无故地打了我一顿，现在又不知上哪儿怄气去了，唉……"

杨易看着姐姐额头的一道伤痕，情绪复杂地说："姐姐，姐夫长年奔波，也是为了这个家，你就……哦，他一定和人谈生意去了，我去找找吧。"

杨月儿急叫："弟弟……算了，让他去吧。"说完，有点魂不守舍地离开了房间。杨易独自在屋子里待了一阵，忽然就开箱开柜地寻找起来，最终在衣柜里找到他想要的物件———一个包裹。

邹记酒馆的客堂里，蓄了两撇八字胡的童非已成众星烘托的月亮，众酒客围着他说话，蜜语甜言，灌个不休。这时，杨易提着包裹大步跨进酒馆，将包裹重重地往桌上一砸，客堂内霎时静了下来。

杨易端起酒盅，连灌三盅，一抹嘴，大声道："杨某最看不惯的就是专靠吹牛哗众取宠的小人，今天偏要让他当众丢丢面子。诸位请看，这是什么？"他利索地将包裹打开，竟全是白灿灿的银元宝。见者无不瞠目结舌。

杨易又连灌两盅酒，舌头更大了："怎么，你……你们都……不笑我啦，都……不捧他啦？俗话说，胆大做将军，要发财靠的也是胆大！你们……知道我这一百两白银是怎么得的吗？不瞒诸位说……这是我杨某杀人越货抢得的！"

众人闻言一片惊呼之声。有好心的见杨易歪歪斜斜，快撑不住了，上前扶了一把："杨兄，你喝醉了，尽说醉话！"

杨易偏不领情："谁醉了，谁说醉话了？杨某从不靠吹牛来哗众取宠。实话对你们说吧，昨晚在城南门外，见……一商人模样的……外乡人，身上带着这一包……白银，我便将他……推……入枯井之中……"

酒客们一个个目瞪口呆，怕是非的人便偷偷地溜了。

邹仁从后面出来，想上前劝阻杨易，不料杨易却不知冲谁喊了一句："谁想让我杨家不得安宁，我杨易可什么事都敢做，这就是例证！"说话时他伸手指着包裹。这一说，邹仁的脚上就像钉了钉似的进退不得了。那童非也吃了一惊，缩进了脖子。这时，杨易终于不胜酒力，"扑通"一下，醉倒在地。

离开酒馆回家，童非心里终是不舒坦。夜深了，他还没一丝睡意，和衣靠在床头，出神地想着什么。其妻一觉醒来，揉揉眼，见丈夫还在出神，有点奇怪："嗯，你怎么还不睡呀？来吧……"

童非摆摆手："宝贝儿，你自己睡吧，我还有件事得好好想想。"

"什么事呀，连觉都不睡了？"

"哼，斜对门姓杨的那小子，仗着祖宗留给他一份家业和中过一次乡试举人的资格，每每压我一头，我恨不得咬他一口，正愁找不到下口处呢，不料他自己却……哼，这回我可得让他吃不了兜着走啦。"

童非妻撇了一下嘴角："哼，你呀，又有哪点斗得过人家。"

童非恨声道："不！这次是他自己作死，我可要让他好看。"

"你想干什么？"

"妇道人家，少管老爷们儿的事！"

童非妻赌气地往里一翻身，"好！从今以后再别来碰老娘。"

"你这……好好好，明日再说，今晚我可饶不了你。"说着，童非一把扳过妻子的粉肩，一阵狂吻。

童非妻应和着，娇声娇气地说："哎哟，你这死鬼，弄疼我啦……"

天蒙蒙亮时，童非忽然惊醒过来，朝窗外看一眼："哎呀，天亮啦。"赶紧火急火燎地穿衣起床。被吵醒的妻子口出怨言："你见鬼呀，一大清早就把人弄醒。"

童非急急地说："我得先去城南看看，究竟有没有那口枯井。要是那小子胡言乱语，我报错了案，弄不好还要吃他的反坐官司呢。"

"你在说什么呀？"

"我跟你说了，大老爷们儿的事你少管！"说完就开门走了。

天色尚未大亮。城门初开，晨雾弥漫，行人稀少。童非躲躲闪闪，有意避开熟面孔的行人，出得城去。此时，荒郊野外的雾气更浓。他在雾中一脚深一脚浅地四处寻觅，寻了半天也没见枯井，心里不禁犯起了嘀咕："哪有枯井，哪有枯井？哼，我怎么就听信那小子瞎吹呢！"

他正想往回走的时候，眼皮却突然猛地一跳：浓雾掩映之中，果然有一口枯井！他心里有点发紧，一步步走到那枯井旁边，伸长脖子往井下窥探。井下黑洞洞的，什么也看不见。他心想：城南门外果然有一口枯井，看来那小子说的不是瞎话呀！

不久，童非已返回城内。他瞻前顾后，迟迟疑疑，终于还是走到提刑司衙门前。他见大门尚未打开，想从门缝里看看，不料门突然开了。

捕头王大步走出来，见童非那副鬼头鬼脑的样子，便喝问道："你是谁？鬼头鬼脑的想干什么？"童非神神秘秘地凑上去："小民来报案。"

这时候，宋慈正在衙门内的庭院里晨练呢。捕头王急匆匆将报案人带到宋慈面前。听罢一番讲述，宋慈满脸狐疑地问："什么？一个姓杨的杀人劫财？"

童非语气坚定地说："正是！"

"你是如何得知的？"

"是那杨易在酒馆中当着众人亲口说的。"

宋慈笑了："他杀人越货，居然会在酒馆当众叫喊，天下难道有这样的杀人凶手吗？"童非一怔："这……要是他不拿出从被害人那儿抢来的百两银子，小民也只当他是吹牛皮，可那白灿灿的银子真是不假呀！"宋慈仍有些怀疑："你既然说……捕头王，你辛苦一下，随他去城南枯井探探虚实。"

"卑职遵命！"捕头王高喊一声，"阿六、阿贵，去城南。快点！"

英姑闻声赶了出来："怎么啦，有案子啦？"

捕头王摆摆手："没你事，帮夫人做早饭去吧。"

"那你们这是？"

"哦，有人报案，是真是假还难说呢。"

宋慈想了想："等等，人命关天，宁可信其有，不可信其无。本官还是亲自走一趟吧。"

"何必呢，大人。"捕头王凑近宋慈耳边，"我看这小子十有八九是胡说八道。卑职先去看看，真有事，您再出马也不迟呀。喂，报案的，走吧。"

"欸，欸。"童非跟着捕头王往外走，还一个劲儿地说，"捕头大哥，小的真没说谎，真的。那是我亲耳听到的。那小子可真是胆大妄为，竟敢在光天化日之下谋财害命……"

英姑叫道："大人，用早餐吧。"宋慈想着事，没搭理她，转身往书房走，直到撩开书房的卷帘，才忽然意识到刚才英姑对他说了什么，"嗯，你刚才说什么？"英姑抿嘴一笑："是夫人让我来请大人吃早饭啦！"

"哦，那，走吧。"宋慈踅回身往厨房走去。英姑笑着跟上。

仍是漫天的浓雾，迷了道路、树木和村庄，唯城郭依稀可辨。

捕头王一行出城南而去，于迷雾中找到了那口枯井。他先在井沿周围细细检视一遍，探头往枯井内看：井内黑洞洞的深不见底。

他回头问报案人："你是说凶手把被害人推下这口枯井了？"

童非应声："对！杨易是那么说的。"

捕头王迟疑片刻："那就……下去看看。阿六，你个儿小，你下吧。"

捕快们用长长的麻绳，绾住小个子阿六的腰，将他从井口放下去。阿六在井中，越往下越黑，终于什么也看不见了。

捕头王回头问童非："你说是在城东什么酒馆里听说的，对吧？"

童非说："对对，就在城东邹记酒馆。"

捕头王语含讥嘲地说："看来那酒馆的酒劲儿不小啊。"

"此话何意?"

"尽让人说醉话!"

捕快们手中的绳子松了,即说:"放到底了。"

一捕快白了童非一眼:"井下肯定没有尸体,白让兄弟们赶了个早差。"

话音未落,忽然从井下传出一声瓮声瓮气的呼叫:"喂,往上拉。快,快拉呀。"听声音显然是有情况了,同时,绳子也被下面使劲儿地摇晃。

捕头王神色一凛:"快,拉上来。"捕快们手忙脚乱地往上拉。一会儿,下到井底的阿六露出井口。他似乎被什么吓着了似的,坐在井沿上直喘粗气。

捕头王急不可待地问:"怎么样?"

阿六喉咙发颤:"井底下……真有一具……尸体。"

"什么,还真有个死人躺在下边?"

"是具男尸。"

捕头王下意识地回头看看身后的报案人。童非一脸奸笑:"看来,小人说的不会被当作醉话了。"捕头王一下子来了精神,扯开嗓门指挥着:"阿贵,你腿快,火速回衙禀报宋大人!"

宋慈坐在餐厅内,有一口没一口心不在焉地吃着早点。突然,他像是听到了什么,神色一凛。这时,玉贞手上捧着装东坡肉的坛子走来,正想跟他说什么,岂料宋慈把手中碗筷一推,"呼"地起身,风风火火地走了出去。

玉贞吓了一跳:"欸,怎么啦?"

英姑端着个碗从里屋出来:"夫人,怎么啦?"

玉贞一想:"一定是又有命案了!英姑,别愣着了,快去呀。"

英姑把手中的碗往桌上一扔,就追了出去。

玉贞笑道:"嘻,一个师傅带一帮,怎么都这么风风火火的?"

宋慈快步走到庭院,捕快阿贵也喘着大气赶到。

"启禀大人,那……城南枯井下……有……"

没等阿贵把话说完,宋慈已明白了:"打道城南!"

此时,城南郊外的野地里热闹起来了。捕头王挥着膀子,扯着大嗓门,指挥捕快们料理现场:"你们几个,去把守那个路口,不许放一个闲杂人等走进现场;你,还有你,立即把井台周围三丈以内圈起来,在宋大人亲自勘查之前,不准任何人在井台周围走动，谁破坏了现场初情，我罚他三月俸银。"

捕快们应声，各就各位做事去了。

捕头王叉着粗腰，自说自话地骂道："妈的，真邪门了，谋财害命还真敢到处嚷嚷，那小子该不会是从水泊梁山下来的主吧。"

有人喊着："宋大人来了。"只见一队衙役快步跑进现场，后随简装的宋慈和背着个大箱子的英姑。捕头王急忙跑步迎上去。

"大人，您看，只当是醉话，还真……"宋慈认真地说："从今往后，只要是涉及人命的传闻，即便是酒馆拾听的，也不可不信！"

"是！大人，尸体还在枯井底下，是否马上放人下去打捞尸体？"

"先不忙。井台周围是否发现什么疑迹？"

"正等着大人到场勘验。"

宋慈在井台周围细细勘查起来。当他走到离井台几丈远的一块空地时，盯着地面的双眼忽而一亮。地面上，有被人用脚胡乱摩擦过的痕迹。宋慈蹲下身子，细细审视，叫了一声："英姑。"英姑应声道："在。"

宋慈指着地面："这是什么？"英姑辨认着："好像是车辙。"

"画下来。"

"是！"

宋慈这时才发出指令："起尸。"

捕头王急忙布置："阿六，还是你下去，用绳子绾住尸体，把它拉上来。"

捕快们为阿六系上绳子，放下枯井。一会儿，一具男尸从井里吊了上来，平摊在井台边。报案人童非凑上前一看，心里猛地一惊，脸色猝变。

宋慈走到尸体前，细细打量了一会儿，问身后的报案人："你认得他吗？"没得到回答，回头一看，童非不见了，"咦？报案人呢？"

捕头王扯起嗓子大呼道："报案人何在？"井台四周浓雾茫茫，童非早已不知去向。宋慈疑惑起来："报案人为何突然离去？"捕头王说："想必是怕惹是非吧。匿名举报者大多这样。"

"报案人可是本案的证人，须把他找回来。"

"听报案人说，他常在城东邹记酒馆喝酒。一定能找到他的。"

"好，一定要找到他！"

宋慈将尸体从头到脚，又从左到右地细细目测起来，"英姑，验！"

"是！"英姑打开木箱，取出一副白布手套。宋慈双手平举，英姑为之套上手套，随后将一张《验尸格目》铺于箱盖上，提笔蘸墨，等待宋慈报唱。

宋慈一边验尸一边报唱。"无名男尸，身长五尺八寸许，年约三十五六，身着青色绸衣……"他撩起衣着下摆，发现有一个被撕破的洞，继续报唱，"衣左下摆，有一宽两分、长三寸的破洞，形状呈上窄下宽，系被锐器撕扯而致。去衣。"捕头王帮着两个衙役脱去尸体的衣饰。

"尸体肤色……"宋慈突然双眼一亮，继而眉头一皱，用手指极其细致地从尸体嘴边抹下一小点干涸已久的血迹。随后，又对尸体的双目及双耳逐一进行检视，在耳内发现有血迹。最后，一一检视尸体的十指，只见十个指甲均呈暗黑色。宋慈每检一处都向英姑报唱。英姑一一填入《验尸格目》。

验尸完毕，英姑禁不住问："大人，看来此人的死因并不像报案人说的那么简单啊！"宋慈双眉紧蹙，未置一词。

天亮有一阵了，街道上仍然是晨雾弥漫，行人稀少。童非从城郊匆匆而回，偶遇行人，便躲躲闪闪的。他走到家门前，又驻步向斜对面的杨家看了一眼，这才轻轻推开家门。与此同时，在仅开着一条缝的窗子后面，有一双神秘的眼睛正在窥视着童非。

童非一直走进卧房，其妻睡眼惺忪地从床上坐起："这一大清早，你干什么去了？"童非像是没有听见似的，呆呆地在床沿上坐下。其妻不免吃惊："哎呀，你天不亮就偷偷溜出房去，回来又这副失魂落魄的样子，你是不是在外面有了相好的，你说，你快说呀。"

童非直挺挺地躺倒在床上，"童非呀童非，这回怕是惹上是非啦。"

童非妻恼了："啊，这么说你真是夜猫子偷腥去了呀。你给我说清楚，否则，老娘就不活了。"

童非猛地坐起，大吼道："别闹了！"童非妻一下子被震慑住了。

童非百思不得其解地自语："怎么会是他呢……"

捕头王率两个捕快在大街上急急而行。行了一阵，他一抬头，见酒楼门楣上挂着一块"邹记酒馆"的匾额。他微微点头，再往前走几步，便是杨家大门了。他上前用手推门，门没上闩。于是，三人便径直进了杨家。

杨家厅堂，空无一人。捕头王大声叫道："杨易，杨易在哪儿？"

有人应声了，是从茶几后的地上传来的："何人喧哗？"

捕头王循声上前一看，有人躺在地上，这时正缓缓坐起身子来。此人便是杨易。他揉着惺忪的双眼，左右看了看："咦，我怎么就躺在这儿过夜了？"

捕头王问："你就是杨易？"杨易的神志逐渐清醒："哦，原来是公门中人。不知几位大清早找我有何公干？咦，你们怎么进来的？"

捕头王说："府上大门是开着的。"杨易拍拍脑袋："昨晚怕是喝多了，忘了关门上闩。"突然想起什么，心里猛一急，左右一看，见旁边一包裹还在，"还好还好，吉人天相，府门大开，百两白银居然分文不少。"

捕头王一听"银子"，急忙拿过包裹，打开一看，里面果然是几个白灿灿的银元宝。杨易忙要夺回："欸，你这是干什么，官府公人也会有那明抢暗盗之念？"捕头王斥道："官府公人不会有此贪心，只怕杨公子就未必了。"

"你这话什么意思？"

"难道我一大清早来府上是找你喝酒的吗？"

"本人平时并不好酒，只是心有不快时，比如，见了鬼的时候，才会喝酒壮胆，然后……欸，你们究竟找我什么事？"杨易说了几句，忽又觉得无趣，没往下说了。捕头王偏要追问："听杨公子所言，昨夜是为了壮胆才喝的酒？"

杨易应声："对！哦……不，你这话中有骨头？"捕头王冷笑一声："昨晚你要是不喝酒壮胆，恐怕也干不了那惊天动地之事吧？"

"昨晚我干什么了？"

"这正是在下奉宋大人之命要请杨公子去问问的。"

"这……是不是出什么事了？那好，等我放好银包，跟你们走就是了。"

"不，这包裹是物证，也要带到提刑衙门去。"

杨易愣了一下："什么物证？我怎么听不懂你说的话？"

"宋大人会让你听懂的。走吧。"

"这……好吧。让我和姐姐说一声。"

"那好，快点。"

杨易跌跌撞撞地穿过客厅，到左厢房的门前，轻轻叩了几下："姐姐，姐姐……"房内没有回音，他推门进去一看，床上是空的，"咦，人呢？"他又走到后院，忽见后院和邻屋相连的一扇小门半开着，便走过去，把那门关上了，又上了闩。做完这事，他回头要离开后院时，突然想起什么，情绪一下子冲动起来，又急急奔过去，用力拔去门闩，"咣"的一下，重新拉开那扇小门。

捕头王见状，以为他要逃跑，大喝一声："哪里走！"声到人到，一把将杨易的后领揪住了。杨易极其恼怒地大吼道："杨某人无意逃跑！"又"咣"地将门关上了。他回过身，情绪渐渐平静下来："不是去见宋大人吗？那就走吧！"捕头王有点莫名其妙，紧跟着杨易走出杨府。

众人刚刚离去，后院的小门又被推开了，走出小门的正是杨易的胞姐杨月儿。她走进屋后，叫了两声"弟弟"，直奔杨易的卧房。进房一看，床上被子尚未打开，也无人影。

杨月儿有点着急，急忙从后院寻到前院，又从厅堂寻到厢房，走到天井一看，大门是洞开着的。她以为弟弟刚刚出去，想追出门去，双脚刚要跨出门槛时，忽听有街坊们的议论声传入。

"那尸体是从城南枯井里打捞上来的，嘻，吓死人了。"

"你看清楚那是谁了吗？"

"那可没看清，据说是个富商。"

"那就是谋财害命呀。"

"衙门里贴出认尸告示了，可到现在还没人去认呢。"

杨月儿突然开门，冲到议论着的街坊们跟前："你们在说什么，谁死了，谁死了，啊？"

"杨家大姐，你这是怎么了？"

"你们不是说有人被害了吗？我丈夫昨夜一夜没有回来，我担心会不会……"

"哟，既然这样，就快去看看吧。"

"哦，不不，我想不会的，不是他，不是他……"

"是不是的，去看看不就知道了吗？走吧走吧，我们陪你去。"

"谢……多谢大家了……"

发现死尸的枯井旁，停尸棚已搭建完工，衙役们已将尸体搬进停尸棚。棚前有衙役守着。宋慈仍在细细察看现场。

离井台几丈远处有一块空地，一头连着通往城门的大道。宋慈久久地伫立在那里，注视着地面。地面上，似被人用脚胡乱地涂擦过，但还是有几处断断续续的车辙没被擦去。宋慈俯下身去，用手细细比量着那几段不完整的车辙印。最后，他从地上撮起一小撮泥土，用手指头捻了捻，那是一种很有黏性的泥土。宋慈站起来，拍了拍手中的泥，似有所悟。

捕头王和英姑匆匆来到宋慈面前。捕头王说："大人，杨易已经拘传到衙，还有百两赃银也如数拿获。大人是不是马上回衙提审嫌疑人？"

宋慈冷静地说："此案恐怕不那么简单。不必急于提审杨易，先供他几日饭食再说吧。"英姑说："大人，认尸告示已张贴全城，您还有什么吩咐？"宋慈摆摆手："今日天气不错，就在此晒晒太阳，静候死者眷属来认尸吧。"

从城门方向急急过来一群人。

走在这群人最前面的是神色惊慌的杨月儿。她在邻人们的扶持下，跌跌撞撞地来到现场，一到席棚外，便哭倒在地："夫君，我的夫君呀，你长年在外奔波，为妻日盼夜想着你回到家中，谁知你才回来就遇凶身亡，让为妻今后还怎么活呀！夫君，我不如随你去了吧。"说着就欲往枯井里跳。

旁人要上前阻拦，杨月儿却又突然停住了，哭道："我一死倒也干净，可我那弟弟谁去照应呀？夫君，我该怎么办，我该怎么办呀？"

宋慈先是冷眼旁观，而后才走上前去："这位大嫂，不知你姓甚名谁，家住哪里？"说话时，眼睛却注意到了妇人额头上的伤口。

杨月儿面向宋慈跪下，道："启禀大老爷，小女子姓杨名月儿，家住城东门内，大老爷，不知是谁害死了我的丈夫，家夫死得冤啊……"

宋慈突然问："你连死者的面容都没有看见，怎么就知道里面躺着的一定是你丈夫呢？"杨月儿怔了一下，"是邻里童老板告诉我的呀。怎么，不是我丈夫吗？"说着，不顾一切冲进尸棚，掀开死尸的盖布一看，立即哭倒在地，"啊……是我的夫君，是我夫君呀，天哪，夫君，你在生意场上究竟把谁给得罪了，竟遭人暗算呀？夫君呀……"

宋慈站在她身后："哦，你说的那个童老板，是长着两撇八字胡的男人？"

"正是他一早向我报的凶讯。"

"哦，尸体从井中打捞上来的时候，那八字胡还在这里，这么说，他是一眼就认出被害人是你丈夫，可他何必急急忙忙将凶讯告诉你呢？"

杨月儿没回答，只是嘤嘤哭泣。

宋慈又问："哦，大嫂刚才说乃夫是长年奔波在外，做生意的？"

"家夫长年在外奔波经商，难得回家。可谁知前日刚到家便遇此大难，我的命好苦啊……"杨月儿言毕大恸。

"哦，大嫂，乃夫既然是做生意的，不知生前是否和谁有什么钱财上的纠葛，或者乃夫生前是否与人结下仇怨？"

"家夫从来没有和我说起过这些事，民女对此也一无所知。不过，既然是生意场上的人，与人结怨怕也是在所难免的呀。"

"你丈夫回家时是否有重金在身？"

"家夫带回一百两银子。"

"那银子不见了？"

"不，银子分文不少。"

宋慈一惊："什么？银子还在你家？"

"正是。"

"这就奇了。"

"什么？"

"哦，大嫂既然也是家住城东门内，又是姓杨，可认识一个叫杨易的？"

"杨易？他是民女的胞弟。"

宋慈一惊："什么？杨易是你的胞弟？"

杨月儿像是有什么预感，一下子紧张起来："我弟弟杨易怎么了？"

宋慈在井台上踱了几步，突然回身，大声说："有人举报，杀害你丈夫的凶手，正是你的胞弟杨易！"

杨月儿惊得目瞪口呆，顿时缓不过气来，随即晕倒在地。

童非家里突然来了几个公差，领头的是捕头王。童非妻一下子慌乱了，她睁着一双惶恐不安的眼睛，小声问道："这位官差老爷，家夫真的缠上什么官司了吗？"捕头王反问："听你这话，你倒是知道有那么回事？"

童非妻忙说："不不不，我哪知道什么事啊。"

捕头王问："你丈夫今日一早是否出过门？"

童非妻点了点头，问："怎么啦？"

"他一早出门干什么去了？"

"他天没亮就偷偷溜出去了，我也不知他去了哪里，只觉得他回来后神色有丝不对。"

"有何不对？"

"这……其实也没什么不对，他回来后倒头就睡，一觉睡到日上三竿才上路的。"

捕头王厉声道："上路？你是说，童非出逃了！"

童非妻急辩道："什么叫逃呀，家夫是做生意的，一年到头奔波在三江六码头……"

"他现在去了哪里?"

"四海为家,那可说不准。"

"看来你是不想说实话。"

"我确实不知他去了哪里,又怎么对你说。"

捕头王冷声道:"那好,就请你到提刑衙门的公堂上说吧。那大堂上的板子夹棍会让你说实话的。"

童非妻顿时惊恐万状:"不不不,我一个妇道人家,没来由地去吃官司,今后可还怎么做人呀,我不去,我死也不去!"

"但凡本捕头上门请的人,都不会情愿去的。不过,本捕头要'请'到衙门去的又没有一个'请'不去的。带走!"

两名捕快应声掏出链条。童非妻尖起嗓子叫起来:"不!我不去,我不去!我说我说,只要不让我上大堂挨板子,我全说了。不过,差官老爷,你得先告诉我,家夫究竟犯了什么案?"

捕头王缓了缓语气:"其实也并非你丈夫犯案,而是他今晨到提刑衙门去举报了一个案子。后来,他又不知何故走了,连个证词也没留下。宋大人为了查清那案子,命在下来传你丈夫去衙门录个证词。"

童非妻疑惑地问:"就这么点事?"捕头王肯定地说:"就这么点事!"

"就这么点屁事呀,那死鬼又何必那么大惊小怪的。"

"哦,他又怎么大惊小怪了?"

童非妻白一眼捕头王,"老娘只告诉你家夫的去向,别的一概不知。"

捕头王被她这一呛,不甚自在了:"那……好,童非现在何处?"

提刑衙门,大门洞开。两队手持水火棍的衙役以整齐的步伐小跑进大堂,分左右排列。宋慈上堂归座,"传杨易上堂!"

一条长长的走廊尽头,两名狱吏押着戴铐的杨易走来。穿过一进又一进的天井,走向衙门深处的大堂。杨易抬头往大堂上一看,那威严的场面令他打了个寒战,脱口说了一句:"为什么把我带上大堂?为什么将我羁押?"

狱吏道:"有话到堂上向宋大人说吧。"

杨易站在大堂下,抬头看大堂上的宋慈,那一脸的冷峻令他不寒而栗。他连忙上前双膝一跪:"小民叩见提刑大人。"

"堂下被告姓甚名谁，家住哪里？从实道来。"

"是是，启禀大人，小民姓杨名……"突然，他又把话头折了回来，"什么……被告？大人，小民犯了什么事，竟成了被告？是谁诬告了小民？"

宋慈大声道："大堂之上，你须得按本官所问的回答，本官刚才问的是你姓甚名谁，家住哪里？"杨易心中狐狐疑疑："小民姓杨名易，家住城东门内。大人，小民究竟犯了什么罪？"

"家中还有何人？"

"杨易自幼父母亡故，家姐如母，将我抚养长大，家中只有姐姐和姐夫。"

"你干何营生？"

几句话对下来，杨易应答也渐自如起来："要说小民的职业，倒令人惭愧得很呀。我杨门祖上还算积德，也算是书香门第。我曾中过举人，当过商人，也写过诗，作过文，无奈时运不佳，至今一事无成，倒成了一个闲人。"

宋慈笑了笑："杨公子说话不仅直率，而且诙谐。那么，杨公子是否觉得自己说话，尤其是在大庭广众之下也常有言过其实、哗众取宠之嫌呢？"

杨易被揭了短，顿觉没了面子："不不不，言过其实、哗众取宠乃文人所忌。"

"可阁下方才不是说自己不但是文人，也曾是商人吗？"

"哦，我只是偶尔随姐夫跑过一次码头，终因不堪忍受那坑蒙拐骗的奸为，发誓从此宁愿饿死茅庐，也决不从商。"

"看来杨公子倒不失为一位正人君子。不过，你虽然仅仅随你姐夫跑了一次码头，毕竟还是沾了些言过其实的毛病。"

杨易矢口否认："我说过，杨某并非言过其实之人。"

"如此说来，你平时也从不说大话和假话？"

"杨某一般不说假话。"

"今日在本官面前说的究竟是真话还是假话？"

"句句真话。"

"那么，昨夜在酒馆里说的呢？"

杨易才知中了人家的绕口圈套，心中不免一阵慌乱，言语又不那么自如了："我……昨夜……哦，酒馆毕竟是酒馆，所以……"宋慈紧紧咬住："如何？"

杨易脑子一转，忽然找出一个开脱的依据，脖子一挺，理直气壮地说："宋大人，据杨某所知，大宋律法上并无戏言成罪的条文。"

宋慈举惊堂木"啪"地一击，"戏言？把杀人越货当作戏言，你这究竟是奸商之行还是文人所为?"杨易脸色"唰"地白了,"我没有……"

"你没有什么?是你没有杀人还是你没有说过杀了人?"

"都没有……"

"你是说你连说也不曾说过吗?"

"没……没有。"

"人证物证俱全,你如何抵赖?"

"人证?物证?什么物证?谁是人证?"

一包白灿灿的银子在杨易面前打开了。宋慈问:"这包白银你可认得?"

杨易答:"认得,这是小民自己家的银子,当然认得。"

"你是说这银子是你的?"

杨易愣了一下:"哦,确切说,是我姐夫经商赚回来的。"

"你昨夜在酒馆里恐怕另有一说吧?"

"我说了,酒馆毕竟是酒馆!昨夜在酒馆里我是说过几句醉话,可那是与人怄气说的。我杨易平日连鸡都不会杀,如何去做杀人越货之事?"

宋慈又换了话头:"照你说,这一百两银子真正的主人是你姐夫,那么,本官问你,你和你姐夫关系如何?"

"姐夫待我不错,我对姐夫也是敬若长辈,可这次……"

宋慈追问:"这次怎么样?"

杨易欲言又止:"这次……嗐,家务琐事,不值一提。"

"这次你姐夫回来后,和你这位妻舅爷吵架了?"

"你怎么知道?"杨易的话等于证实了宋慈的推断。

宋慈紧追不舍:"并且,你还在气头上说了不该说的话!可是这样?"

杨易被点中要害,心里一惊,想说,又改了主意:"宋大人是想诱供。"

宋慈脸一沉,"本官是想让你说出真话!"

杨易低下了头,轻声嘀咕了一句:"究竟要我说什么?"

"就说说这百两银子。"

杨易有些不耐烦:"我说过了,这百两银子……"

宋慈接口说:"对,你说过这百两银子是你姐夫的。你还说过,你姐夫的银子也就是你自家的银子。可你在酒馆里,当着众多酒客又是如何说的?你说,'在城南门外,将一外乡商人推下枯井'……"杨易急辩道:"小民已经说过,酒馆里的酒话,不可当真。说实话,我连城南是否真有一口枯井都不知道。"

宋慈追问道："可事实是，城南门外不但真有一口枯井，而且井底还真真切切地躺着一具尸体，难道这是巧合?"杨易简直像是坠入了迷雾之中："什么?我当时无非是借着酒兴随口那么一说。大人却说城南真有一口枯井，并且还真有……一具尸体?我怎么听着都像是在做梦啊?"

"一滴水滴进油瓶里，世上竟有那么奇巧之事，也的确令人难以置信。可这么巧的事却偏偏让你给遇上了。"

"难道大人真的怀疑是我杨易杀人越货?"

"你以为呢?"

"我……我杨易凭什么要杀人呢?"

"这一百两白灿灿的银子，足以让人铤而走险。"

"一百两银子本来就是我姐夫的，不信你去传我姐夫来对证。"

宋慈大声说："说得好!你能告诉本官，令姐夫现在何处呢?"

杨易一怔："这……姐夫回家后和我姐闹了点不愉快……我也不知道他去哪里了。"

"你说崔成回家和令姐吵过架?"

"夫妻间偶有口角，有什么好大惊小怪的。"

"是啊，夫妻吵架并不值得大惊小怪，可事后崔成却被人谋杀，就不由人不大惊小怪了!"

杨易大惊："你说什么?"

宋慈大声道："那城南枯井中的男尸，正是你姐夫崔成!"

杨易脑子"轰"地一响，半晌说不出话来。宋慈冷峻地看着他。杨易终于缓过气来，几乎是失控地喊道："不!这不可能，不可能!"

"带上杨易!"宋慈说罢，下堂径自在前面大步走去，两个衙役押着杨易紧随其后。一行人转过几个曲廊，来到衙门后院的一个长长的天井。天井尽头有一间小瓦房。瓦房外侍立的两个衙役，见宋慈前来，急忙上前见礼："见过宋大人。"

宋慈吩咐道："开门!杨公子，请!"杨易迟迟疑疑地未敢进门。宋慈先走了进去。这是一间停尸房。房内停放着尸体。宋慈走到尸体前站定。杨易随后也战战兢兢地走进停尸房。

"杨公子，这就是从城南枯井中打捞上来的那具尸体，你不妨上前认认。"宋慈说罢，"唰"的一下掀去了盖布。

杨易一见，惊呼一声："啊！姐夫！"情不自禁地双膝跪倒在尸前。

"如此说来，这果然是你姐夫？"

杨易抬起泪眼，"是……是谁害死了他？"

宋慈反问："这正是本官要问你的。"

杨易泣道："可我……一无所知。"

"既然杨公子一无所知，就让宋某告诉你如何？"

杨易呆怔怔地说："好。"

于是，宋慈说出一番话来："案发之日，你在外喝完酒回家，正遇上崔成和令姐吵架后愤然离家——"

家门口，杨易与正气咻咻冲出门的姐夫几乎撞在一起。

"欸，姐夫，你去哪里？"

崔成怒吼道："我从此不再进你们姓杨的家门。"

杨易一愣，连忙奔进姐姐房里，看见姐姐额头正在流血。他顿时怒火中烧，回头正要追出门去，忽见崔成又回来了。

崔成回到房中，提起银包就走。杨易大喊："你站住！"

杨月儿却在后面大声说："你让他走！"杨易愣了一愣，仍追出门去……

城南郊外，枯井旁，杨易突然拦住崔成的去路。

崔成一惊："你……你想干什么？"

"要走可以，你得把这银子留下。"

"凭什么把银子留给你们？"

"你十几年寄居杨家，难道想拍拍屁股就走人？"

崔成大怒道："你还好意思说这样的话？这十几年你们姐弟要不是靠我赚银子养活，早喝西北风了！"

杨易瞪起两眼："你说这话也不怕闪了舌头，我杨家有那么大一份家产，谁还靠你来养活？"

崔成冷笑道："你嘴上说得那么硬气，那你倒去赚银子来给我看看。只要你能赚回一两银子，我崔成立马买块豆腐把自己砸死！"

杨易不堪受辱："你……你敢侮辱我！我让你现在就死！"

二人推搡争执中，杨易将崔成推下了枯井……

宋慈说："往后发生你自己在酒馆里说的结果，便是顺理成章了。"

杨易一脸痛苦，身上颤抖不止："哈哈哈……什么大名鼎鼎的宋提刑，原来不过是一个说书人！你也算是食多年俸禄的刑狱官了，你见过杀了人还到处张扬的凶手吗？"

宋慈坦然地说："通常凶手不致如此，而你则不然，因你中过举人，之所以到酒馆大声张扬杀人，这正是你想以反常之举掩盖真相的一着妙棋。"

"此话怎讲？"

"唯因世上的确少见杀了人还四处张扬的凶手，你才有意张扬，你知道听者不会相信你的话，所以只会把真事当作戏言来听，此所谓欲隐故显之计！"

杨易怒不可遏："你胡说！"

宋慈倒显得很有耐心："权当是宋某姑妄言之，杨公子姑妄听之罢了。但要知道令姐夫究竟是不是你加害的，或者说你并不想为谁担过的话，就必须回答本官一个关键的问题。"

"什么？"

"你姐夫为何事毒打令姐？"

杨易一下子慌乱起来："你……你怎么知道他打了我姐？"

宋慈淡然道："令姐脸上的伤，想必不会是墙上碰的。"

杨易显然有难言之隐："不，我不知道。"

宋慈突然大声说："你应该知道！"

江南水乡的一个小集镇。河中船来舟往，两岸店房鳞次栉比，街市上人来车往，好不热闹。沿河的街道上，身着便装的捕头王和两个捕快疾步而行。他们一路走来，一边看着沿河店房的招牌，在挂着一块"祥宝绸缎行"门匾的店铺前，不约而同地停了下来，相互使了个眼色，两个捕快便分两边装作闲逛似的向那店铺走去，捕头王则俨然商人模样径直走进店铺。

"童老板，恭喜发财啊！"

一个瘦弱的小老头从柜台后探出脑袋："哦，我家老板不在店里。不知这位大爷是……"捕头王说："哦，在下是你家老板的同乡，他家里让我捎来一个口信。喂，你家老板呢？"

"哦，童老板常住在东街的来升客栈，他刚才还说要去湖州进货，恐怕还没上路吧……"小老头话尚未说完，捕头王已走出店门，两个捕快跟了上去，三人快步向小老头所指的"来升客栈"方向奔去。

也是巧，偏在此时，童非背个褡裢从客栈内走出，一抬头，忽见捕头王迎面而来，心里一惊，撒腿就跑。捕头王大吼一声："站住！"

童非在大街上没命地跑，捕头王率两个捕快在后面紧紧地追。捕头王身高体壮，跑起来犹如脚底生风，不一会儿，就将两个捕快甩在后面了。

追过几条曲径小巷，童非顺着一堵高高的围墙跟没命跑着，眼看后面的捕头王越追越近，就要抓住他的衣领了，这时忽然瞧见围墙有一道不大的裂缝，急中生智，竟从中钻了进去。

捕头王个子大，想钻，却在裂缝中卡住了身子，被堵在墙外。

墙内的童非喘着大气，正暗自得意着，身后的围墙忽然"哗啦啦"地倒下一大片。他大惊，只见缺口处，捕头王双掌平举，摆着功架。显然，这墙是捕头王发力推倒的。

童非顿时软了腿骨，再也迈不开步了。捕头王大步走上前，冷笑道："童非，你可知衙门上下为什么都称本捕头为捕头王吗？"

"大爷功夫的确了得！"童非瘫倒在地。

顺利抓到童非，捕头王得意地押着那人回衙门。宋慈听罢他的一番描述，不由得畅怀大笑："哈哈哈，捕头王捕头王，不愧是捕头之王啊！"

英姑却说："不过，花那么大劲儿，抓的要真是凶手那才值呢。"

捕头王一愣："什么？听你这话的意思，我还抓错人了？"

"人是没抓错，可毕竟不是凶手啊。"

宋慈摇摇头："英姑啊，你可别站着说话不腰疼，人家辛辛苦苦找回证人，你还说风凉话，真是岂有此理。"

捕头王更纳闷了："听你们说的，本案凶手不是童非？"

英姑反问他："那你凭什么说童非就是本案凶手呢？"

"那是啊。在押童非回衙的路上，我一直在琢磨着，那童非至少有三大嫌疑。其一……"不待捕头王说完，宋慈接口道：

"等等。干脆将童非带来，由你来问一问，宋某在一旁听听，你看可好？"捕头王连连摆手："这可不成，一个捕头坐堂审案，岂不乱了章法？卑职不敢！"

英姑笑道："这有什么，无非是将嫌疑人传到这厅堂问问，又不升大堂，你怕什么呀？"宋慈当即吩咐衙役："把童非带上来！"

捕头王将信将疑："宋大人，这不赶鸭子上架吗？"

英姑偷笑："没准这鸭子还真上了架呢。"

"你少说风凉话，有胆你坐一次大堂让我看看。"

英姑把脸一拉："女人除了会哭就是会笑，我哪有坐大堂的好命！"

捕头王无奈道："你看你，对我冷言冷语一百句，我说你一句就翻脸啦？"

"小女子哪敢和你们大老爷翻脸呀。"

宋慈忙说："行了行了。捕头王，你说童非有三大嫌疑，稍后提审时，你就一一问来。"

"那……我要是审得不得要领，您可不能袖手旁观。"

宋慈正要说什么，衙役进来禀报："启禀大人……"

"错了，对他说！"宋慈一指捕头王。衙役一时不知怎么回事，愣了愣。

捕头王煞有介事地说："是童非带到了？带进来吧。"

衙役疑疑惑惑地走了出去。宋慈窃笑着坐到一边阅卷去了。

一会儿，童非被带进客厅，虽然坐在正座上的是捕头王，可童非权衡一阵后，还是走向坐在一边的宋慈，"大人在上，小民……"

宋慈向上首的捕头王努努嘴，仍顾自翻阅一个卷宗。童非正不知该给谁下跪时，捕头王一拍桌子，发话过来了："童非，你可知罪？"

童非忙不迭撇下宋慈，跪向捕头王："捕头大爷，小民不该见了衙门差官就跑，现在我知罪了。"

"仅此而已？"

"还……还有，小民向官府报案后，不该不辞而别。"

"还有呢？"

"还有？还有什么？"

捕头王大声质问："我要问的是，当初报案后，你为何要不辞而别？案发后，又为何要仓促离家？见了我等衙门公人又为何要跑？这三点，你须得从头说来，如有半句不实，本捕头这一双手掌你可是见识过了。"

童非吓得面如土色："我说我说，小民一定从实说。大爷所问三点，其实只为一点，当初我在城南门外不辞而别，是因为……因为……"

捕头王耐不住地吼了起来："因为什么？"

"因为小的认出了死者是……是……"

"是谁？"

"小民实在没有想到那井中的尸体竟是杨易的姐夫。"

"既然案子不是你犯下的，你认出死者，为什么要偷偷溜走？"

"因为……"童非抬头见捕头王那张可怕的面孔，忙接下去说，"当时小的一认出死者是崔成，心想凶手一定不会是杨易。因为杨易和崔成，两人的姑舅关系一向不错。而且，那杨易身无正业，还是靠他姐夫崔成经商赚银子养活的，杨易再怎么也不可能杀姐夫的。"

"那又与你何干，你为何要偷偷逃跑？"

"因为……因为被杀的是杨家人，而街坊邻居们都知道我们童、杨两家存有积怨，我想既然杨易不可能杀他的姐夫，官府肯定会另找凶手。虽然报案的是我童非，可官家要是问我个恶人告状、栽赃杨易之罪，我岂不自惹麻烦？所以就想趁早一走了之。"

捕头王愣了一下："听起来好像也有点道理，可你分明是在避重就轻！"

童非急了："大爷此话怎讲？"

"那好，就让我来将案情述说一遍，如何？"

"小民只有洗耳恭听了。"

捕头王便学着宋慈的样子踱起步来："你们童、杨两家结有宿怨，而你和杨家的招赘女婿崔成还是生意场上的对手。所谓生意场上无人情，你们平日相互嫉恨，恨不得除掉对手，横财独发，这恐怕也是常情常理。那天，崔成在外经商半年，挣了百两白银，高兴地回家来。路过贵府门前，正好与你相遇。你们是对手相见，分外眼红，那崔成也算不得大度君子，有意在人前向你炫耀他赚回的大包银子，把你气得七窍生烟，怒火中烧，犹如受了奇耻大辱，因而对崔成恨之又恨，置人于死地而后快的歹毒之念便陡然而生。正当你欲伺机下手之际，机会来了。当天晚上，你见崔成路过家门前往城南而去。你便悄悄跟踪而去，一直跟踪到城南门外枯井旁，见四下无人，便下了毒手。"

童非张大嘴巴，似乎不知对方是在说自己的事。捕头王继续说："你杀了崔成后，又在酒馆听到杨易吹嘘自己杀人越货。更巧的是，杨易自称的作案地点也正是在城南门外的那口枯井。于是，你又生了一条栽赃于杨易之计，一早就向官府报案。你以为这样一来，就可彻底了结童杨两家多年的仇怨，然而……"

童非问了一句："大爷，您老是在说案呢，还是在说书啊？"捕头王瞪起两眼："怎么，难道我说的不是事实？"童非猛然声音响了起来："大爷要是认定那是事实，小民倒也要向大爷请教三条了。"

捕头王冷哼："谅你也无法狡辩。"

童非说："其一，据大爷所述，小民是一路跟踪崔成到城南门外才下的毒手，可是这样？"捕头王学着宋慈的样子："你说呢？"屏后的英姑差点失笑出声。

童非接着说道："那么，小民倒是有些不解了，就算我童某怀有杀崔成的祸心，可崔成半夜三更到城南门外干什么去了？难道他有意找个没人的地方让童某下手吗？"捕头王语塞："这……"斜眼看宋慈，却见他装聋作哑，好像与他全无干系。

童非见问住捕头王了，有点忘乎所以，从地上站起身来："其二，要是那崔成确实是我推下枯井的，那么童某应知道枯井中之尸是谁，我要溜也早就溜了，为什么等尸体捞上来之后才溜呢？"

"这……"

童非乘胜追击："其三，要真是童某杀人，按常理是封住嘴巴尚恐不密，又怎么会向官府报案，难道我姓童的脑子出毛病了？"

捕头王脸涨得跟猪肝似的，却一个字也说不上来。童非倒是反客为主了："不用着急，慢慢想，童某既来之，则安之，耐心等待就是。"

捕头王急得满脸通红："宋大人，此人油嘴滑舌，卑职不愿与其斗嘴。"却发觉宋慈不知什么时候已离开厅堂了，急忙对内大喊，"大人……"

英姑走了出来："大凡奸商，都有巧舌善辩之长。这位童老板的话中，尚有破绽。"童非道："姑娘说在下话中有破绽，不妨说来听听如何？"

"其实，方才本衙捕头的一番推断，无非是做一种假设，既然是假设，就未必是认定的事，而是为了从假设中推断出事实真相。捕头王，你的真正用意可是这样？"

捕头王忙借坡下驴："对对，我正是这个意思。"英姑问童非："童老板，方才捕头王问你何故向官府报案，你为何避而不谈呢？"

"这……刚才他这么问了吗？"

"好像问过，是吗？"说着，英姑看向捕头王。

捕头王糊里糊涂地说："嗯？对，我问过了。"

童非支吾道："哦……那是小民没有听清。"

"那好，本姑娘再问你一遍，据你自称，你举报的所谓杨易杀人越货，是在酒馆里听杨易本人说的，对吗？"

"是啊。"

"当时酒馆中除了童老板，可有旁人听见？"

"多了去了，当时满堂顾客全听见了。"

英姑突然把脸一沉，厉声道："既然如此，满堂酒客无一人将杨易的话当真，为何唯独你一人到官府举报？"童非一时语塞："这……"

"衙门按你所举报的地点，在城南枯井中果然发现一具尸体，对此，只有两种解释。其一，凶手将被害人推下枯井时，你或是在一旁目睹了案发经过，或是根本就是你自己犯的案！"

童非一脸有理说不清的痛苦状："姑娘……"

英姑又说："其二，那就是有人在酒馆听到杨易的话后，才作案栽赃于杨易。这事除了与杨家结有仇怨的童老板，还有谁会生此歹念呢？"

童非无言以对，忽然"哇"地大哭起来，"天哪……我童非是前世作恶今世报还是生意场上不地道呀……我和杨家斗什么气呀……我何苦做那匿名告状之小人呀……如今落得个千张嘴也说不清，真是报应呀……哦，人都说宋提刑手下无冤案，可小民真正是冤枉了呀……宋大人在哪儿？我要见宋大人。"

宋慈走了出来："假设！在案情真相大白之前，所有推断都是假设。你哭什么呢？"童非这才醒悟还未到末日呢，便止了哭，小心翼翼地说："听大人的意思，刚才二位的话，都不是当真的？"宋慈反问："你说呢？"

童非想了想，"既然是假设，那么小民还有不解的是，那崔成为何要去城南门处等小民下手？"宋慈大声说："不！真正的杀人现场并非在城南门外，那崔成是在别处被杀后移尸到城南门外的。"

童非一怔："啊……从城东到城南，足有两里地远啊。况且，从那大街之上移尸，怎么就没人看见？"

"这正是本案之关键。从城东到城南，作案人是如何移尸的？哦，在此案中，童老板还有一件事难脱嫌疑。"

童非心里又一紧："什么……"宋慈盯着童非："你说你当时是为了避嫌才溜走的，为何又急着将崔成被害的凶讯告诉死者的妻子？"

童非闻言大叫："冤枉冤枉，小民和杨家从无往来，且当天又是一早出门去了水头镇，我什么时候告诉过杨月儿呀？大人明鉴啊！"

宋慈追问："此话当真？"童非信誓旦旦："若有虚假，我甘愿受罚。"

宋慈神色一敛，忽然想起当时的一个场景：杨月儿跌跌撞撞来到停尸棚前。她人未进棚，便大喊一声："夫啊——"哭倒在地。他暗自思忖：哦，果然如此！

捕头王向宋慈请示："大人？"

宋慈微微点头："看来，该到杨家去看看了。"

杨月儿靠坐在床上，面色苍白如纸，毫无血色，两眼呆滞，尽失光泽。她似乎哭也哭够了，痛也痛麻了，一张蜡像般的脸上没有了一丁点儿生气，仅那眼眶里还有泪水在汩汩流淌。床边围着好几个邻里妇人，关切地轻声劝说着。

"哎呀，一整天连水也不喝一口，这可怎么得了啊。"

"嗐，这么大的事，谁摊上也一样啊。"

"唉，死的终归已经死了，最让她揪心的还是弟弟杨易呀！"

快嘴婆王嫂急急走进来，"喂，今天衙门里传出消息说……"

"嘘，走，到门外说去。"妇人们将这位怀里揣着衙门消息的妇人拥到门外，急急发问："你快说，衙门里怎么了？真是小舅子杀姑爷吗？"

"我听衙门里人说呀……"王嫂卖关子似的清清嗓子，"那衙门里人说呀，宋大人果然断的是小舅子杀姑爷。案子定了，只待秋后处斩啦。"

一声怒吼："谁在这里胡说八道！"妇人们惊回头，只见邹记酒馆的老板邹仁一脸怒气地站在门口，身后还跟着个手拎食盒的店小二。

邹仁用咄咄逼人的眼光盯着那快嘴妇人："王嫂，你以嚼舌生事为乐，可别忘了屋里躺着一位再也经不起吓唬的可怜人呢。不要说衙门根本没定案，就算是宋大人真判杨公子的罪，我等也不会相信杨公子真会杀了他姐夫。左邻右舍的，晚上不见白天见，难道还不知道杨公子的为人？不要说杀人，便是本酒馆厨子杀鸡，他都不敢看一眼呢。"

一妇人压着嗓子说："糟就糟在杨公子真的说过要杀姐夫的话。"

邹仁追问："谁说的？你从何得知？"

"我不过是听街上人传说的呀。咦，据说这还是……"

邹仁怒斥道："是谁这么瞎嚼舌头，这可是要害死人命的呀！"

那妇人便不再吱声了。其他人解围一般七嘴八舌地说了起来。

"是啊，杨公子绝不会杀人的。"

"要是宋大人真的那么判，还是什么青天大人呀。"

"要真判杨公子死罪，我等一起为杨公子叫冤去，都是邻居嘛！"

杨月儿不知何时已扶着墙走到门口，听到邻人的话，不禁泪如泉涌："乡亲们，月儿多谢啦！"跪倒在地，痛哭起来。

妇人们将杨月儿重新劝回到床上。邹仁招呼小二将一只食盒拎进房内。他轻轻掀去盒盖，盒内是一碗热腾腾、香喷喷的面。

邹仁轻声柔气地说："杨家大姐，有道是天无三月晴，人无一生平。做人呀，谁不遇上点大灾小难的呢？你家遇此天灾人祸，当然是不幸得很，可作为邻居，我邹某人还是劝你千万要节哀顺变、保重身体啊。你想想，且不说崔先生的后事尚需料理，就说令弟涉嫌，总还得设法做些打点吧？你要是顶不住，纵然乡亲们有一肚子的古道热肠也无能为力呀。"

邹仁这番话说得妇人们啧啧称是。

"毕竟是大老板，说话多得体。杨家大姐，你可得听劝啊。"

"邹某平时和杨家虽无往来，可邻里大难当头，邹某不忍袖手旁观啊。"

"有邹大官人出面帮助，杨家大姐可有依靠啦，快吃点吧。"

邹仁从小二的手中接过面碗，送到杨月儿面前："杨家大姐，你好歹给邹某一个面子吧。"杨月儿真的被劝动了，低垂着眼皮，缓缓伸出手来接面碗。

正值此时，宋慈和捕头王来到杨家门前。正要举步进门，屋内撞出个妇人，正是快嘴婆王嫂。王嫂向二人上下打量了半天："二位是……"

宋慈彬彬有礼地说："在下宋慈，请问……"

王嫂画得像蚯蚓似的两条眉毛直竖起来，惊呼一声："啊，宋大人！"返身就往里奔，边跑边呼，"宋大人来啦！衙门来人啦！"

房内，杨月儿刚从邹仁手上接过面碗，听得王嫂的喊声，竟然手一松，面碗"啪"地落了地。宋慈听得响动，走至杨月儿卧房门口，只见房内，一碗面连汤带面地砸落在地上，一帮姑嫂大妈们，都用惊愕的目光望着他。再看床上，面如死灰的杨月儿大口大口地直喘气。

宋慈向众人一拱手："哎呀，看来是宋某惊吓了诸位，真是抱歉呀。"

还是邹仁先开口："哦……哦，乡邻们刚才还在盛赞宋大人断案如神，不想说曹操曹操就到。杨家大姐这些天担惊受怕，有点神志恍惚，所以……小二，来来来，快把这地上扫干净。哦，乡亲们，我等草民能在此遇见提刑大人，可是万分荣幸啊。"妇人们叽叽喳喳地附和着。

杨月儿一掀被子，挣扎着下床，跪倒在宋慈面前哭诉道："宋大人，我弟弟是冤枉的呀，他和家夫向来都是和睦相亲的，我弟弟怎么会谋害姐夫，宋大人明鉴啊！"宋慈眼里闪动着洞察入微的灵光："哦，看来你姐弟感情确非一般啊！你起来吧。"杨月儿不肯起身："宋大人不放我弟弟，民女就不起了……"

邹仁劝道:"杨家大姐,你这就不妥了。如今案情尚未查清,你就让宋大人放人,这不是让宋大人为难吗?"杨月儿经邹仁这么一说,果然止了哭,在邻里的搀扶下站了起来。邹仁看向众人:"宋大人要忙公务,我等还是先告辞吧。杨家大姐,你可要保重啊,我们都是邻居,有什么需要帮忙的,尽管开口,俗话说远亲还不如近邻呢。宋大人,您有公务,我们就不在此打搅了。"

宋慈笑道:"邹老板刚才一番话说得好,真正是古道热肠啊!哦,邹老板如此热心助人,酒馆生意想必红火!"

"哪里哪里,只不过……欸,宋大人怎知在下姓邹?"

宋慈一指桌上的食盒:"那上面不是有招牌吗?"

邹仁笑道:"怪不得人称宋大人是断狱神手呢,果然什么事也漏不过宋大人的一双神眼!"

宋慈却说:"但有一样东西肉眼很难看清的。"

"什么?"

"人心!"

"宋大人言之有理,俗语道人心隔肚皮,又说知人知面难知心。这人心啊,真是最难看清的。"

"然而……"宋慈一扫杨月儿,"人心却又是最掩饰不住的。就拿这位崔夫人来说吧,府上双亲早亡,她长姐为母,十多年来含辛茹苦地将胞弟抚养长大,不承想,与她相依为命的同胞兄弟涉嫌谋杀,生死难料,她这做姐姐的,能掩饰得住那如焚的焦心吗?"杨月儿一听,又呜呜痛哭起来。

"可是亲情连心,王法无情啊!你在宋某面前苦苦为令弟鸣冤叫屈,此情此意,宋某尚可理解。然而,如果杨易不是杀害你丈夫的凶手,那么谁是凶手?换言之,崔夫人要想令弟脱嫌回家,唯一的指望便是等着官府找到真正的凶手。"宋慈说完,房内一下子沉寂了。邻里们默默地退了出去。

少时,宋慈与捕头王一边低声说话,一边从杨家厢房慢步走到客堂。捕头王指点着茶几后面,轻声说:"当时,杨易就睡在这里。"

"你是说,他离家前找过杨月儿,而杨月儿一大清早居然不知去向?"

"正是,他从卧房、厅堂,一直到后院都找遍了……哦,对了,他还到后院去看过呢。"于是,二人又走到后院。捕头王抢先一步,直奔那扇小门,一拉,再一看,那门已被钉死了,"咦,奇怪!"

宋慈问:"这扇小门昨天是开通的?"

"是啊，今天怎么就……"

"这是有点奇怪呢！"

"昨天卑职没在意，今天想来，杨易当时见这门开着时，好像情绪有点反常呢。"

"如何反常？"

捕头王便将那时情景说了一遍，说完看宋慈的反应。

宋慈说了一句："那他一定是见了鬼了。"捕头王一怔："见鬼？哦，对了，大人，我记得，杨易当时也说过见了鬼的话。记得他说，平时不爱喝酒，只是心里不痛快，比如见了鬼时，才会喝酒壮胆，然后去打鬼。"

宋慈眼睛一亮："哦，他说见了鬼，是什么意思？对，说不定鬼就在……"

他猛然回头，向那扇后门走去。

"宋大人，那门是封闭不通的。"说话的是杨月儿。

宋慈停住脚步，转过身来："哦，是吗？幸好主人提醒，否则，宋某今天就在此碰壁了。好，告辞了。"

杨月儿目送着宋慈和捕头王离去，回头瞥了一眼那扇小门，忽然像是意识到什么，倒抽了一口冷气。杨月儿盯着那扇小门走去，忽然像是听见"吱嘎吱嘎"的撬门声从小门后响起，渐渐动静越来越大，眼前蓦地浮现出一段久挥不去的情景：

撬门声戛然而止，门被推开了，一个黑影猝然闪入。没等门这边的妇人手上木棍砸下，黑影就把妇人环腰紧紧地搂住，往妇人脸上亲着吻着。妇人拼命反抗，还是被男人按倒在地……她的衣裙被男人撕碎，扔满一地。她又喊又叫，乱踢乱咬。她的手在男人胸口抓出血痕。渐渐地，随着男人的得逞，妇人一声绝望的尖叫后，那只挣扎之手便渐渐放松。随着男人越来越剧烈的动作和越喘越粗的气息，妇人的手渐渐颤了起来，而后竟和男人的五指叉成一团。妇人的指甲深深地抠进了男人的手背，同时妇人尖叫起来。两只叉在一起的手忽然一松，男人的手在上，妇人的手在下，手心贴手心轻轻缓缓地抚着、磨着、蹭着……

杨月儿猛地回过神来，神色慌张地奔至那扇小门，伸手一拉，小门被闩死了。她心里着急，试着拍了几下，没有回音，便绝望地往门上一靠，不知是悔恨还是惊恐，眼泪就流了下来……

一碗狱饭，上插着一双又黑又粗的筷子。碗中饭食显然是颗粒未动。

牢中的杨易，精神萎靡地靠在木栅栏上，嘴里轻轻叫唤着："姐姐……姐夫遇害，为弟坐牢，这可叫你如何经受得住啊？姐姐……姐姐……"

想起往事，他两行泪水潸然而下——

秋风萧瑟，落叶纷飞。竖着新墓碑的杨父墓旁是久经风雨的杨母之墓。不过十六七岁的杨月儿，身披重孝，在墓前烧纸焚香。

杨月儿向坟里的父母哭诉："爹，娘，你们怎么就这么狠心？撇下我和弟弟，就撒手走了，让我们姐弟从此无依无靠……爹，娘，有道是长姐为母，今后女儿一定会像爹娘一样疼爱弟弟的，你们在九泉之下，就放心吧……爹……"

年纪五六岁的小杨易穿着麻衣孝服，站在一旁咬着手指看着姐姐。见姐姐不停地对着墓碑说话，竟"咯咯咯"地笑了起来。

杨月儿轻声斥道："弟弟，你还笑呀。"

"姐姐，你怎么对石头说话？"

杨月儿猛地一把拉弟弟跪下："你怎么那么不懂事！"

小杨易受了委屈，跪在坟前"哇"地哭了起来。杨月儿见小弟弟一哭，心疼起来，连忙又抱又亲地哄着小杨易。小杨易似乎也知道自己错了，就止了哭，对着父母的墓碑磕起头来。

杨月儿心头一酸，一把将弟弟搂进怀里，泪如雨下。

姐姐的眼泪滴在弟弟的脸蛋上流了下来，弟弟一摸，扬起头，用自己的小手捧起姐姐的脸，然后用胖乎乎的小手为姐姐拭泪。这一来，非但没能擦干姐姐的泪水，反而使姐姐忍不住"哇"地哭倒在了父母的坟前。

草地上，小杨易手里拿着蒲公英玩着，蒲公英的飞絮吹进了姐姐的眼睛，姐姐扭过头来让弟弟帮她吹着。弟弟吹完了，又在姐姐的脸上亲了一口，姐姐的脸上顿时绽开带着泪的笑容……

山坡上。一棵红果树结着夺目的红果。

小杨易在姐姐背上嚷着要红果。姐姐放下弟弟，爬上高坎去为弟弟采摘红果。她边摘边往下扔，看着坎下的弟弟欢蹦乱跳地捡着红果，做姐姐的脸上露着笑容……忽然脚底一滑，姐姐从高坎上滚了下来。

　　弟弟吓坏了，扑到姐姐身上大声哭着，小手上还紧紧攥着几个红果。

　　姐姐费力地坐了起来，忍着痛，强颜欢笑地哄着弟弟。弟弟毫不犹豫地将害姐姐摔下山坡的几个红果扔下了山沟。

　　姐姐心里一热，又搂过弟弟亲着……

　　杨易轻声叫着："姐姐呀……姐姐……"忍不住痛哭出声。

　　狱吏走到杨易牢房前，目光从杨易的脸上移到那碗狱饭上，叹了口气，摇摇头回身要走，一想又回过头来："人是铁，饭是钢，一顿不吃饿得慌。你要是听劝，还是吃了吧。"

　　杨易哭着说："大叔，能让我回去看看姐姐吗？我姐夫遇害，我又受了牵连，姐姐肯定受不住的。你开开恩、行行好，就准我回去看她一眼吧。"

　　狱吏说："这我可做不了主。依我看，那案子真要是你干的，杀人偿命，是罪有应得；你要真是清白的，坐几天牢也算是对你这种公子哥儿满嘴胡话的一次惩戒。你呀，终究不亏的！"

　　"大叔，那你能为我去看看家姐吗？我多给银子就是了。"

　　"你还是想想你自己吧。"

　　忽闻一阵脚步声缓缓而至，杨易一扭头，见宋慈和捕头王已站在他的号房前。杨易急切地问："宋大人，家姐她……"

　　"家里出了这么大的祸事，令姐自然如雷轰顶，但她还不至于会出什么事。"

　　杨易稍稍放心了："姐夫被人谋害，姐姐痛不欲生，可我……"

　　宋慈弦外有音地说："依宋某看来，令姐心里牵挂的只是你这位同胞兄弟。"

　　杨易听出宋慈的弦外有音："宋大人这话什么意思？"

　　"有件事本官一直不甚明白。"

　　"何事？"

　　"按常理，亲人被谋害，眷属最关心的是缉拿凶手，为亲人报仇。而令姐见了本官，口口声声只为弟弟鸣冤叫屈，对缉拿凶手之事，却是只字不提。"

　　"那是因为我这个弟弟在姐姐的心里占得太重。既然姐夫人死不能复生，姐姐还能再眼看着失去亲弟弟吗？你不知道，我这个弟弟在姐姐心里有多重啊。我五岁便失去双亲，二十年来，是姐姐一手把我拉扯大。我们虽是姐弟，可长姐为母啊，姐姐疼我如同心头之肉。姐夫遇害，姐姐必定悲痛过度，但我这弟弟身陷囹圄，姐姐的心会痛碎的呀……"

宋慈叹道:"噢,经你这么一说,宋某倒自感惭愧了,怎么就没想到这一母同胞、血浓于水的人之常情了呢? 惭愧,惭愧!"

杨易看着宋慈:"宋大人,我知道,尽管您把我拘押在监,其实您心里根本就没有把我当成凶手。"

"哦,何以见得?"

"就凭您是宋提刑! 我不信,凭宋大人的神断,会看不出我杨易是不是凶手? 宋大人,我杨易也中过举人,略懂一点儿律法章程,更信得过宋大人的为官之德,所以,我虽然明白自己绝非凶手,但祸从口出,嫌疑在身,坐几天牢也决无怨言。我不怨宋大人把我当凶手羁押,因我知道,大人这么做,一定有这么做的道理。并且,我相信大人比我更想早日将真凶缉拿归案。我只想说一句话:别让凶手逍遥法外!"

宋慈不免有所感动:"杨公子如此深明大义,实在令宋某感到欣慰。不过,要破此案,恐怕还要杨公子相助……"

"只要能缉拿真凶,大人有何吩咐,杨某赴汤蹈火,在所不辞。"

"好,有杨公子这句话垫底,宋某心里便踏实多了。"宋慈说完要走,刚抬起步来,又突然想起什么,回过头来,"哦,顺便问一下,不知府上是否有一种药,俗名称之为砒霜的?"杨易一愣:"砒霜? 噢,那天——"

杨易坐在自家厅堂前看书,杨月儿从外面回来。杨易随口问:"姐姐,你去哪里了?"杨月儿说:"我去药铺了。"

"怎么,姐姐病了?"杨易边说边关切地起身走向姐姐。

杨月儿一笑:"看把你急的,放心,姐姐没病。姐姐要病了,谁给我的宝贝弟弟做饭烧茶呀? 姐姐是去药铺买些药回来。"

杨易诧异道:"既然姐姐没有病,买什么药啊?"

"傻弟弟,姐姐买的是砒霜,毒药!"

"买毒药干什么用?"

"你怕姐姐会服毒? 傻弟弟,姐姐哪里舍得下你呀。你没看见家里鼠虫造反了吗? 砒霜下药灭鼠,是最灵的。"

"姐姐,可得当心点,千万别沾手,要中毒的。"

杨易肯定地说:"没错,我记得,那天正好是六月初九。"

宋慈问："你怎么能记得那么确切？"

"因为那天刚好是我的生日。"杨易问，"宋大人，为什么问砒霜的事？"

宋慈故意扯开去："唉，府上遭此不幸，宋某是怕令姐万一想不开……这类东西还是收起来的好。"

"哦，那倒不必，家姐买的砒霜都用完了。"

"哦，做什么用了？"

"当然是灭鼠喽。"

"可有被毒死的耗子？"

"那我倒并没在意。"

"噢。哦，还有件小事，也顺便想问问杨公子。"

"只要是杨某知道的，一定如实奉告。"

"哦，其实这是很小很小的小事，就是贵府后院那道小门，听说昨天是开着的？"

杨易一听，马上烦躁起来："宋大人，与本案无关的事，杨某不想回答。"

"哦，其实宋某也仅仅是好奇才有此一问。既然杨公子认为与本案无关，那就当我什么也没问、什么也没说。"宋慈没走几步，又回过头来，"要说与本案有关，还真有一事呢。据宋某验尸得知，令姐夫是在他处被杀后，移尸城南枯井的。可是，凶手为何要移尸到杨公子在酒馆里提到的那口枯井里去，难道真是巧合吗？"杨易倒抽一口冷气，"难道有人存心栽赃陷害我？"

"要不就是有人好意为杨公子圆谎。"

"是谁？究竟是谁要陷害我杨易？"

"是鬼！就是杨公子曾经见过的鬼！"

杨易脸色微变："不，我没见过什么鬼。"

宋慈大声说："你见过！否则平时很少沾酒的杨公子何以会突然酗起酒来，难道不是为了喝酒壮胆去打鬼？"

杨易一脸惊诧地看着宋慈，当时的一幕场景再次映现在脑际——

杨易兴高采烈地和风尘仆仆的崔成回家来，还没进门，就听到杨月儿房中传来一阵男女嬉笑声。杨易大为惊疑。崔成肩上的银包顿时掉落在地上。

紧接着，内院传来一阵急促往后院而去的脚步声。杨易拔脚循那脚步声追出后院。后院却已不见人影，只有那扇小门还在摇晃着。

杨易顿时明白了几分。他操起一根木棒，想追出那扇小门，忽闻屋内"哗啦"一声巨响，赶紧扔下木棒奔回厅堂。

只见客厅的一口大瓷花瓶已被崔成摔成碎片，暴怒的崔成如同一头随时可能扑向猎物的怒狮。面色苍白如纸的杨月儿缓缓地向他跪了下去。

杨易见状，愣了一会儿，想出去，却又缩回暗处……

杨易冲动地站了起来："宋大人……"突然又把已到喉咙口的话又强咽了回去。他痛苦地捧住脑袋，沿着栅栏又滑坐在了地上。他听得脚步声渐渐远去，回头一看，宋慈和捕头王已消失在监狱长廊的尽头了……

宋慈和捕头王走出牢房。捕头王追上几步："大人，刚才杨易好像有什么话想说，大人为何不追问下去？"

"他想说的话全都写在脸上了，又何必追问。"

"他脸上写着什么？"

"写着他的确见过鬼，只要捉住那鬼，此案便可真相大白！"

衙门厅堂，此时十分安静，宋慈独自坐在这儿已有多时了。

他面前的桌上摆着打开的《验尸格目》。格目上有一行这样的记录：枯井台前，有被人用脚涂擦的印痕。这是一个重要的疑点。

桌上还有另一份证物，一个小油纸包，里面是一小块从现场枯井边取得的田泥。宋慈再次用手指捻了捻那田泥，仍是十分有黏性。他想起什么，又急急翻阅着《验尸格目》，那上面画有车辙印图，并标有尺寸文字。这时候，宋慈终于想定了一个妙招儿。他叫进一个衙役："去把童非带来。"

而后，宋慈照着格目上的图形，用笔细细地画着车辙印图，等一幅车辙图刚刚画就，衙役入厅来禀报了："大人，童非带到。"

"让他进来。"

童非战战兢兢地入厅，一见宋慈便跪下："宋大人，小民实在是冤枉啊！"

"你何冤之有？"

"那杨家姑爷的确不是小民害的呀。"

"无人认定你就是凶手呀。"

"那……那宋大人为何将小民羁押在衙门？生意人可耽搁不起呀。"

"那好，本官今天就放你出去。"

童非一愣："今天就放？哎呀，多谢宋大人！"宋慈一抬手："等等，本官说今天放你出去，并非说你身上已没了杀人嫌疑。你可知，真凶一天不归案，你就一天脱不了嫌疑。换言之，本官今日放你，也许明日又要抓你归案。"童非顿时哭丧起脸来："啊！这……要是一年抓不到凶手，岂不是要牵累一年了？"

"大宋刑律就这么定的，本官也没办法。不过，你要真想早脱干系却也不难，只是你须得找到一件证据。"

"什么证据？"

"你家不是就住在邹记酒馆的斜对面吗？"

"正是，正是。"

"那好，你每天坐在门口，守株待兔，本官要你找的证据迟早会出现。"

童非有些吃惊："宋大人，您究竟让小民找什么呀？"

宋慈不说话，只是将画好的图递了过去。童非迟疑地接过，细细地看起来……

童家不过是二流商家的门脸，不那么起眼。做生意的童非，手捧着一壶茶，坐在自家门槛上，也不会引得旁人关注的。人家无非以为此人闲得无事，爱这么打发日子罢了。但童非的心情却不是那么轻松的。

听得吱吱嘎嘎的响声，便见滚动的木车轮碾着街面的石板徐徐而来。

童非的一双眼顿时便发直了。他紧紧盯着越来越近的车辆。待车近至跟前，便上前去量车轮的尺寸，一量，尺寸不对，他便扫兴地重返自家门槛，颓然坐下。一会儿，又一辆驴车过来了，他赶紧过去量车轮，还不是。

童非气馁神伤地正要回头进府，忽然发现了什么，就趴在墙根后看着。

那边，酒店老板邹仁走出店门，身后跟着个拎食盒的小二。二人往隔壁的杨家走去。到杨家门前，邹仁刚一举手想敲门，门已开了，邹仁往左右身后看了看，走了进去。

童非轻声嘀咕一声："刚死了丈夫，就有人想乘虚而入了。哼！"

童非妻突然出现在他背后："你在嘀咕什么呢？"

童非回头一看，不高兴地说："让你待在家里别出来，你怎么就不听呢？"

"你自己惹是生非，缠上官司，坐了几天牢回来，还不许我出门。你究竟想干什么呀你？"

"干什么，我怕你搅了我的正事！"

"好，我不管你，可我也不能关在家里闷死，上大街透透风总可以吧？"

童非大喝一声："你回来！你不知道我在干什么吗？告诉你，你别以为我回来就万事大吉了，我要是找不到那证据，明儿衙门里还要抓我进去。"

童非妻一惊："啊，那你在找什么呀？"

"我找它呢。"童非说着，把车轮图递了过去，"找一驾车。"

"你找车干什么呀？"

"你有完没完？是宋大人让我找这驾车，我怎么知道干什么呀。"

"既然这样，那你倒是满大街去找呀，天天像看门狗似的蹲在自家门口，还等着人家把你要找的车送上门来呀。"

"你懂个屁，这是宋大人再三吩咐的，只让我在家门口守株待兔！"童非想了想又说，"我也在琢磨呢，宋大人查的是杀人凶手呀，可让我找车干什么呢？现在明白了，其实找车就是找人，就是找那杀人凶手，也就是说，我要找的车的车主就是杀害崔成的凶手！妈呀，那样的话，我面对的可不是车，而是一个杀人凶手啊！我……我还真有点害怕了。"

忽听长长的一声驴叫。童非回头一瞥，目光顿时就直了。李府斜对面的邹记酒馆门前，停着一驾装满酒坛的驴拉木车。他自语道："难道那就是我守候了三天的兔子？"童非妻说："我帮你问问去。"说着就要过去。童非一把扯回老婆："你给我进屋里待着去！你知道那是什么人？闹不好就是个杀人凶手哇。"

"啊，那快把门关上。"

"关什么，我找的就是它！"

"可那要真是凶手，闹不好，你还得赔上条命呢。"

夫妻俩正嘀咕着，忽然发现车夫朝他们喊着："喂，过来过来。"

夫妻俩吓得赶紧缩了回去，"砰"地把门一关，腿肚子就打起了哆嗦。

童非终于壮起胆，打开一条门缝，往那边窥视。远处，见一卖烧饼的向车夫走去。"咳，他是叫卖烧饼的呀。"

童非妻捂着胸口："我还以为他看见咱们了呢。吓死人了。"

童非给自己壮胆："有什么好怕的？我有提刑衙门撑着腰呢。就算是凶手，光天化日之下，又何必怕他？你待在家里千万别出去，我过去看看。"

童非见车夫扛着酒坛进酒店了，就蹿到车前，猫着腰，取出图形对了对，又取出尺子一量："啊，就是它！"忽然有人拍拍他的肩，童非一回头，不由得大惊失色！身后站着的是那个车夫。

车夫见童非吃惊的样子，感到惊奇，"童老板，小的吓着您了吗？"

"噢，没有没有，你怎么认识我？"

"您不是做绸缎生意的童老板吗？"

"哦，是。你刚才说什么吓着我？这……大白天的，谁能吓着谁呀？"

车夫问："您可是看上了我们酒坊的佳酿？"

童非一时脑筋转不过来："噢，对对对，我常在这酒馆里喝酒……"

"邹记酒馆的酒可全是我们酒坊包下的。童老板要是想做酒生意，那才叫有眼光呢。"

"对对！我正这么想呢。你知道如今绸缎生意不景气，我想改做贩酒了。"

"那好，我卸完这车，拉您一同去我们酒坊，跟老板说说。"车夫说着，又扛起一坛酒往侧门走去。

童非松了口气，怔怔地看着车夫的背影。这时，邹仁从杨家走回来，忽然看见在酒车旁发呆的童非，就笑吟吟地走了过来。童非显然没看到身后向他走近的邹仁，忽然抬腿离去。邹仁脸上的笑容霎时就没影了。

车夫从酒店走出来："童老板……咦，怎么走啦？"

邹仁对车夫说："童老板今天可有点神神鬼鬼呀。他刚才和你说了些什么？"

"哦，他说绸缎生意不好做，想改做贩酒。"

邹仁释然："噢，他这不是在酒店门前抢生意吗？怪不得见我就溜。"

"邹老板，这车酒……"

"卸吧卸吧。"邹仁挥挥手。车夫又扛起酒坛往侧门走去。

邹仁突然站住了，想了想，又心怀疑虑地走回到那驴车旁，绕着那车，审视着车把、车板、车轮。

一会儿，卸完酒的车夫向邹仁告辞，跳上驴车，挥鞭离去。

提刑衙门内，奉命去药铺寻访的英姑正向宋慈说着药铺之事："这事有点蹊跷，我心里不太想得透呢。"

"重要的是，杨易没说错，六月初九这天，药铺的确卖出过一份砒霜。"

"可是，店家记录里却说，六月初九买砒霜的不是杨月儿，而是邹记酒店的老板邹仁。我原以为本案中杨月儿嫌疑最重呢。"

宋慈淡然一笑："要说本案有嫌疑者，还不止一人呢，问题是你能不能证明究竟谁才是真正的凶手。"英姑笑了起来："大人是不是又想泡脚了？"

这时，童非气喘吁吁地闯了进来："宋大人，找到啦，找到啦！"

宋慈平静地说："哦，看来你运气不错。"

"大人可知道，这三天三夜呀，小民眼都直啦。"

"你把车带来了吗？"

"我一个生意人，手无缚鸡之力，怎敢轻举妄动地抓人？那可是连人都敢杀的凶手啊。"

"凶手？你说谁是凶手？"

"那车夫呀！"

"那车现在何处？"

"卸完酒，一定是回酒坊了。"

宋慈大声说："捕头王，去把车夫请到提刑衙门来！"

不多时，提刑衙门的内庭院里便停着那驾驴车了。旁边站着那个车夫。

宋慈不慌不忙地走了过来。车夫忙上前一跪："小民见过宋大人。"

"你就是车主？"

"正是，不知府上要拉什么，小民听大人吩咐。"

宋慈围着驴车细细检视，最后在车轮边蹲下了身子，细致入微地察看着车轮。而后，他取布湿水，小心翼翼地将四轮外的泥土擦净。

俟沾过水的车轮重新干去，他又取一纤细之物，细细地从车轮的缝隙中，拨出几撮泥土，用手指细细一捻，发觉它与现场取回的黏性土质地完全一致。

宋慈回头再看车夫。那人一遇上宋慈那审视的目光，腿肚子便禁不住地打起战来，"大人……"宋慈向内庭走去，走没几步，忽又回过头："带车夫问话！"

车夫顿时就哭喊起来："啊，冤枉，冤枉啊。"

童非看着那车夫又哭又叫地被带进内庭，不禁自语道："啊，此人也干得了杀人谋财的勾当？这人呀，可真是不可貌相！"

又是华灯初上之时。邹记酒馆门前，那无名醉汉躺在店前大街上，口中梦呓般地说着胡话："这人身上，心……是最无用的东西，谁要想买，我这儿……有！谁出的价高，我……便卖给谁，卖心啰……"说完便无声无息了，也不知是死是活。

一身便装的宋慈率捕头王和英姑，以及三五名衙役从大街上走来。

酒馆内，厅堂里灯火辉煌，酒客满座，生意十分红火。店小二手托木盘送菜递酒，给各位客人摆上酒菜，正欲返身入内，一眼瞥见走进门来的宋慈，认出来了，连忙迎了上去："啊！是宋大人来了……"

"小二，这客堂之上，可还有空座？"

"哎呀，实在抱歉，如今这客堂上是天天顾客满座，来得稍晚的，常常扫兴而返。"

"如此说来，我等今日也只得扫兴而回了？"

"宋大人光临，是小店的荣幸，就算是谢绝所有的酒客，也不敢怠慢了宋大人呀。小的这就领大人到后堂客厅去，那儿倒是比这大堂要清静一些。"

"那就麻烦你了。"

小二哈着腰将宋慈等人领进一间并不宽敞的客厅，手脚利索地抹桌搬椅，安排宋慈等人就座。宋慈说："哎呀，如此打搅，实在过意不去。"

"咳，实在是酒馆店堂太小，才委屈了宋大人。"

英姑看似漫不经心地扫视着屋内，其实是在察看着屋里的角角落落。

宋慈似闲谈地说："既然这酒店生意如此红火，就是再扩大三五七倍的店堂，也不愁少了顾客，你们老板怎么也不想想办法呢？"

小二对此话题果然有兴趣："其实家主也早有此意，想扩建酒楼，只是左右相夹，扩展不开，所以一直未能如愿。"

宋慈问："如此说来，你家主人还真有打算？"小二突然意识到什么，忙缄口："哦，小的对此一无所知。哦，大人您先坐，小的去给您沏茶。"

捕头王说："大人，怎么不见邹仁？"英姑突然目光一亮：墙角处扔着一双沾着田泥的鞋。她急急上前，提起那鞋细细一看，惊喜地轻呼一声："大人，有发现了！"忽听捕头王大声招呼："哦，小二，你太客气了，太客气了。"英姑连忙将鞋放回原处。

小二提着茶壶走了进来："宋大人可是贵客，小的要是怠慢了，老板要怪罪的哟。大人，先喝喝茶。小的这就去后园请主人来见大人。"宋慈有所觉察："哦，你家主人现在后花园？"小二说："我家主人常在后花园钓鱼。"

英姑机灵地说："咦，大人，您不是也喜欢垂钓吗，既然这后花园就有钓台，闲来无事，何不也去过把瘾呢？"

宋慈顺势说："啊，对对，小二，不麻烦吧？"

"哪里哪里，小的这就领你们过去。"

小二领着宋慈、捕头王等来到后花园。他左看右看，不禁纳闷起来："老爷，老爷……咦，我家主人刚才明明是到后花园钓鱼的呀。"

宋慈一双锐利的眼睛直盯着通往邻家的那扇门。他忽然说了一句："你家主人兴许是被鱼钓了！"

杨家内院，杨月儿卧房内，此刻卧床上有一男一女。那女的是杨月儿，男的却是邹记酒馆的老板邹仁。两人相拥而卧，十分亲热。

杨月儿毕竟心事很重，想着弟弟被关之事，长叹一声，对邹仁道："我总觉得这件事太巧了，一定另有名堂。"

邹仁却是出语轻松："无巧不成书，还能有什么名堂？"

杨月儿有点恼了："邹大官人该不是在幸灾乐祸吧？"

邹仁连连辩解："不不不，邹某也是真心为令弟担忧啊。"

杨月儿面容哀戚："你知道，二十年来，我和弟弟相依为命，月儿可以没有一切，却不能失去弟弟，要是他有什么三长两短，月儿也不想活了。"

"嘻，你何苦说那不吉利的话？我知道弟弟是你的心头之肉，不过你不用太担心，他会回来的。"

"你总是那么说，可我什么时候才能看见弟弟回来？"

"等官府衙门找到真凶，你弟弟就能回来。"

"你！你是说要么我弟弟回来，要么……"她突然缄口不语了。

"你希望是什么结果呢？"

杨月儿突然抬头，双眼盯着邹仁，一字一句地说："我就是自己身受极刑，也不能让弟弟蒙受不白之冤，我这就去官府自首！"

邹仁惊叫道："啊，你疯了！"

"我是疯了，自从我弟弟无辜入狱那天起，我就疯了，不！自从你撬开小门那天起我就疯了呀……"杨月儿忍不住号啕起来。

邹仁连忙拥住妇人，不住声地安慰道："月儿，别急，你别急，我会想办法，我一定会想办法救你弟弟出来，我对天发誓，要救不出杨易，我邹某人不得好死。"妇人情绪和缓了一些，揪着男人的衣领哀求："我爹妈在弥留之际把弟弟托付给我，我不能让弟弟受苦啊，你知道吗？"

"月儿，覆巢之下无完卵，你要想保护弟弟，首先得保护自己，你要是去官府自首，毁了你自己不算，岂不更要株连你的弟弟吗？"

杨月儿冷静下来，把搂着自己的邹仁推开，"那你有什么办法救我弟弟？"

忽然，府门外有人敲门。杨月儿骤然紧张起来，急推邹仁："有人来了，你快走。"邹仁拔腿就往后院跑去。跑到后院，一拉那扇小门，不料那门已被里面反扣着了。他顿时惊出了一身冷汗……

而杨家前门这边，杨月儿努力镇静下来，整理了一下容妆，然后强作镇静地走向大门。她打开门，猝然"啊"的一声，脸色骤变。

门外，站着宋慈、英姑和捕头王等人。

杨家从前也算得是个大户人家，只是到杨易姐弟这一代衰落了，但家境曾经显赫，还能从这么大的家院与古旧的红木家具中看出几分。提刑官宋慈从卧房到厅堂，前前后后，仔细搜寻着，复杂的心情中有那么两成是惋惜。

他与两个助手走进靠近后院的厨房。厨房内凌乱不堪，可见主人这几天无心收拾的杂乱心境。宋慈细细地巡视着，忽然把目光停在摆着一个个小酒坛的柜子上。他凑到近处仔细观察，忽然发现搁板上有酒坛被移动过的痕迹。他沉思片刻后，按照心里的想象，往后院走去。

后院那扇现已打开的小门，里外都有衙役站着，宋慈神情专注地往那小门走去，穿过小门，到了邹家后花园，突然停步，回过身来，蹲下身子，在那扇小门的门槛下细细搜寻着。忽然，他的目光骤然一亮。

窄窄的小门脚下，有一枚露着尖的锐钉，那钉尖上尚缠着几缕绸丝。

他的一双眼注视着那枚缠着几缕绸丝的钉子，脑际顿时闪过如下场景：井台边尸体衣着下摆一个被锐器扎破的衣洞。半截尸身被强力拖过小门时，钉子挂住了衣摆，"嘶"的一声，尸体的衣摆被扯了一个洞，钉尖上留下了几缕绸丝。

白骨森森的库房，桌上摆着一枚缠着绸丝的钉子、一双沾满泥巴的鞋、一包田土和一件死者的破衣。宋提刑将取之现场、鞋底和车轮的三块泥样一一摆放在眼前，又用手指头细细捻着，对比着土质，嘴里低语着："三处泥质，完全相同，均系城南井台边之出泥……"

一旁侍立的英姑，拿笔将其所述一一填入《验尸格目》。宋慈从那件外衣的破洞边，拉出几缕绸丝，和从后门角取回的还缠在钉子上的绸丝做着比较，细细对比看过，果然完全一致，不禁如释重负地舒出一口长气。

英姑脸上刚绽出一丝笑容，却听宋慈低沉地说："你先回房歇息去吧，让我一个人坐一会儿。"英姑看宋慈脸上没有一丝轻松之感，反添了一层浓浓的乌云。她嘴唇翕动，想说什么，一转念，还是轻步退了出去。

窗前的月辉下，宋慈一动不动地呆坐在案头，默然出神。一会儿，他发现烛火灭了，干脆站起身来，走到院中踱步。走着走着，忽然发出一声喟然长叹："唉——"他忽觉身后有人，猛然扭头："谁在这里？"

月光下，走过来一个窈窕身影，是英姑。她轻声道："大人，是我。"

"你还在这里干什么？"

"我……听大人一夜长叹，我怕……"

"哦，原来是宋某惊扰你了。"

"听大人一声声的叹息，只怕是因这井尸案告破了吧？"

宋慈缓言："是的，破了谜案，本该轻松，可我一点儿也轻松不起来。"

英姑坦然道："大人，通常，官者破了命案，总是禁不住沾沾自喜。所做的第一件事，就是找一支生花妙笔，写一篇功绩文章，送到朝廷报功请赏，然后摆起大宴，广邀缙绅，庆贺一番。而大人您却完全是另一番情怀，每当命案告破，凶手伏法，在您的脸上从来看不到沾沾自喜，却每每能听到您那一声声彻夜长叹。大人，这是为什么呀？"

宋慈一怔："你这一问，可把宋某问住了，宋某也许一辈子也回答不了你这一问啊！古人曰：人之初，性本善。可这人心何以总是那么经不起利欲所诱，以至于干出一件件违逆人性的恶事来？虽说法网恢恢，疏而不漏。可人心幽秘，实难尽烛啊。你说，这好人坏人，究竟如何分辨？"

英姑一时难以回答："这……大人洗冤禁暴，惩恶扬善，从不含糊。好人坏人，只经大人神眼一扫，便可分个正邪善恶，从不走眼。可这回……好像连您也犯了困惑了，对吗？"

"断案释疑，凭的是事实，仅仅是论人之行。然而，人之行虽然出乎其外，却是发乎其心。察人行易，度人心难，真难！"

"大人是说此案中……"

宋慈顺着自己的思路继续道："一个心怀邪恶之人，犯下不赦之罪，抓而斩之，就像割去一个毒瘤，何其痛快！可要是一位心地善良之人犯下死罪而处以极刑，就好比要割去一个骈指，虽然去之不惜，又难忍切肤之痛。此时宋某手上的一杆朱笔，何止千斤啊！"

二人说着，已到宋慈的卧房前。英姑用一种由衷关切的口吻轻声道："大人，歇会儿去吧。"宋慈顺从地回身走进卧室，忽然像是意识到什么，对身后的英姑道："你回自己屋里去吧。"话音落时，门也关上了。

英姑苦笑了笑，黯然回身，猝然又吓了一跳，捕头王不知何时已站在她的身后了。"啊，你怎么在这儿……"

捕头王以手势阻止她的惊语："嘘……既然大人让你回自己屋去，你还站着干什么？"说完，径自轻手轻脚地走了。

英姑甚感奇怪。此时，天已渐渐亮了……

提刑司高高的台门，在晨光照射下，显得格外雄伟而肃穆。不一会儿，传来由近渐远的一连串的呼喝：

"升堂——""升堂——""升堂——"

呼声方隐，堂鼓声又起。

大堂上。两边的站堂衙役，手执水火棍，威风凛凛。宋慈端坐正堂之上，举起惊堂木"啪"地拍下，大声喝道："带奸夫淫妇上堂！"

一衙役走到大堂口，对外高声传呼："带奸夫淫妇上堂！"

邹仁和杨月儿被带上大堂。邹仁上前："犯民邹仁见过宋大人。"

宋慈道："你口称犯民，该是知道自己所犯之罪？"

"这……"邹仁朝一旁低首闭目、一副绝望神色的杨月儿看了一眼，"犯民犯的是……与人通奸之罪。"

"仅此而已？"

"大人，小民因内人病故多年，心中又久慕杨家大姐，真情所至，才……"

宋慈惊堂木一拍，厉声道："好一个真情所至，你与杨月儿通奸，难道仅仅是为了一个'情'字吗？"

"这……难道我邹仁还有他图不成？"

"若无他图，你又为什么要谋杀崔成！"

邹仁大呼道："啊！冤枉！冤枉！大人，小民所犯通奸罪是实，谋杀人命则是天大的冤枉啊。"宋慈大声质问："那好，我且问你，案发之日，也就是八月初三寅时，你人在何处？"邹仁毫不含糊地说："八月初三寅时，小民正在客堂谢客，当时客堂酒客满座，酒客们都可为我做证。"

"看来你对那天到过酒堂一事倒是记忆犹新。"

"当然，因为……"

"因为那是你精心设下的欲隐故显之计，所以你才记得尤其清楚！"

邹仁有点慌乱："不不不。那酒馆是小民开的，小民去客堂向新老酒客打个招呼道个谢意，本是每日必行之事，难道这也犯了哪条大宋刑律？"

宋慈冷笑："每日必行之事？可据酒客们说，邹老板平日并不是天天登堂谢客的。"邹仁心中暗暗一惊，一时不敢应对。

宋慈又说："偏是那夜，邹老板不但去了酒店客堂，而且，似乎还是有意地招摇一番。童非天天泡在你的酒店里，你竟然不知。这说明邹老板除了在后花园钓鱼，并不是天天都在客堂露面。但案发之日，不知为何要到客堂上去讲那么一番画蛇添足的客套话？显然，你是想借众人的耳目，为你证明案发时你在酒馆客堂。酒客们当然不知，在你来到客堂前，刚刚谋杀了崔成。"

邹仁脸上肌肉剧烈地抽搐了一下，侧目看了看杨月儿。杨月儿仍是双目紧闭，一副绝望的样子。邹仁早有托词，很快就镇静下来，振振有词地说："依宋大人之言，小民是刚杀了崔成，又急急忙忙出现在酒客们面前。可从城南枯井到城东酒馆足有两三里地，小民怎么可能……"

宋慈打断邹仁的话："经本官验尸，崔成绝非落井而死，而是中毒身亡！英姑，给这位邹老板宣读一下验状。"

英姑翻开验状，大声宣读："死者遍身小疱，双眼突出，舌上生小刺包绽出，嘴唇破裂，两耳肿大，肚腹膨胀，肛门肿胀破裂，十指甲紫黑。验为中毒身亡。"

宋慈问："邹仁，听清楚了吗？"

"听清了，可这和小民有何关系呢？"

"哼，那就让本官再给你提个醒。经本官勘验，本案的第一现场并非在城南野郊的枯井台，而是在杨家的厨房！"

"啊，哦，要是那样，小民与崔成之死更是无关了。否则，小民怎么不选城东门外的荒山野外抛尸，却要舍近求远，去城南呢？"

"因为你要栽赃杨易！"

杨月儿听了此话，猝然发出一声："啊！"邹仁惊问："此话从何说起？"

宋慈大声道："此话就该从杨易和童非斗气说起。当日杨易在酒馆中所说的话，想必邹老板记忆犹新吧？杨易在酒店自称将一外乡商人推入枯井之中，你正好在附近，想必听得一清二楚。"

邹仁辩道："当时杨公子正和童非在斗气。"

"如果杨易是冲童非而来，他又何言'谁要让我杨家不安宁'？他们二人斗气，何以会扯上杨家的安宁？显然，此话是冲着使杨家不安宁的人说的。那么，又是谁使得杨家不安宁呢？恐怕邹老板心里是再清楚不过了。因此，邹老板也一定听得懂杨易话中的警告。也正是杨易这一示警，才使你心生移尸城南、栽赃杨易的恶计——"

　　酒馆后堂。邹仁通过一条黑暗的过道往后堂走去。

　　他在一个几乎没有灯光的黑暗角落里站定，一双恐惧不安的眼睛在黑暗中睁得很大。他在过道上徘徊了一会儿，终于做出决断似的，快步奔向后花园。

　　后花园假山后面摊放着崔成的尸体，邹仁一把扯起尸体，一想，又放下了，焦躁地自语："我怎么那么浑？从这里到城南两三里地，我怎么能从大街上扛着尸体去抛尸？怎么办，怎么办？"一声驴叫传来，邹仁惊回头，凝神一想，双眼顿时闪闪发亮："这真是天助我也。"说着，快步奔向酒店的侧门。

　　酒店侧门外，车夫在卸车。邹仁躲在暗处，一双充满邪恶的眼睛久久地看着那架驴车。他打定主意后，大步走向车夫。

　　车夫看见邹仁走来，连忙打招呼："哟，邹老板，生意红火着呢。"

　　"嗯，还行吧。欸，今天怎么这么晚才来送货？"

　　"小的正想对您说呢。白天主人让小的跑了趟远货，不熟道，耽误了。刚回到酒坊，老板就让小的赶紧给邹老板送来了。"

　　"哟，这么说你还没吃饭吧？"

　　"吃饭哪有邹老板的事要紧呀。"

　　"你卸完酒到后堂来，我让店里给你做几个好菜，喝上两盅。"

　　"不不，那可不行，小的……"

　　"你就别这么小的大的和我客气了，为我送了多年的酒，还没在我这店里喝过酒，这是邹某平时的疏忽，今天就让我做个补偿吧。"

　　"这……"

　　"怎么，你还怕我邹某人在酒里给你下毒不成？"

　　"罪过罪过，小的哪敢生那心思，小的只是不好意思。既然邹老板这么恩赐小的，小的赶紧把这几坛酒先卸了吧。"邹仁笑容可掬地拍了拍车夫的肩。车夫添了精神，扛起酒坛，一路小跑着往侧门里跑去。

　　后堂。车夫烂醉如泥地倒在地上。邹仁在车夫身边伏下身子，开始解脱车夫的外衣。一会儿，穿一身车夫行头的邹仁蹑手蹑脚地走出包间，摸着墙壁游移到侧门，往外一看。黑夜中，孤单单地停着那架驴车。

邹仁突然返身往后花园奔去。他气喘吁吁地扛着用麻袋装着的尸体，在黑黑的走道上左磕右碰地往酒店侧门走去。

邹仁扛着尸体出了小侧门，直奔驴车，把尸体往驴车上一扔，跳上车，轻轻扬鞭，驴车就在黑黑的大街疾行而去。

大街上，早已没了灯火，浓浓的夜雾，透着几分神秘。一辆驴车在浓雾里时隐时现地行走着，赶车的车夫虽然把头压得很低，一双左顾右盼的眼睛却是炯炯有神。

驴车到城南门外，邹仁拉着驴车到井台边，扛下尸体，脱去麻袋，将尸体抛下枯井，发出一声闷响。邹仁拉着驴车欲往回走。他忽觉野地湿泥沾鞋，想到什么，赶紧又将车拉离井台。之后，回来用脚涂擦着车辙。

井台边的潮湿地面上，留下了那断断续续的车辙印痕。

酒店后堂，车夫仍是鼾声如雷。邹仁气喘吁吁地回来，快速脱下外衣，往车夫身上套着。给车夫穿完外衣，他站起来要往外走，忽觉得那双沾着泥的鞋有些沉重，又回身找了双干净的鞋换上，将那双沾着泥的鞋扔在了门角……

宋慈说："你料定与杨易结有怨恨的童非一定会去向官府举报，不出你所料，童非果然一大清早就去报了案——"

对着街面上匆匆走过的童非，一双偷窥的眼睛，在酒楼的一条窗帘后出现了。这偷窥者便是邹仁。他冷笑着放下窗帘，整整衣衫，走了出去，随后走至杨家后院，走进杨月儿卧房。杨月儿急切地迎上："怎么样，尸体埋了吗？"

邹仁一脸沉重地说："我将尸体抛入城南门外一口枯井之中，以为永远不会有人发现，不料一早就被官府从井中打捞上来了。"

杨月儿惊道："啊，你怎么……知道的？"

"这……是对门童非路过时看见的。"

杨月儿脸色煞白："这……这可怎么办？"

邹仁劝慰道："不用惊慌，即便尸体让官府发现了，也查不到你我头上来。你听着，等官府贴出了认尸告示后，你就去城南认领尸体，并哭求官府捉拿谋害你丈夫的凶手。你须做得真才是。"

"这……我怕。"

邹仁搂过杨月儿："宝贝，不用怕，既然做了，就要做到底。事未圆满，中途却步了，那才是最最可怕的。等过了这一关，我们便可名正言顺地……"

"算了，现在我没有心情和你说这些。我……我回去换换衣服。"

"欸，往后门走。"

"我什么时候敢从大门走进过你的家？"杨月儿欲走又止，"你我的事已经让弟弟察觉了，我怕他……"

"常言道，开弓没有回头箭，事到如今，只有一条直道走到底，你要是还这么瞻前顾后，真弄出个什么差错，可是后悔莫及呀。"

杨月儿用一种异样的眼光看着邹仁，咬着牙说出一句话来："我已经后悔莫及了！"话音落时，两行泪水已流了下来。

"月儿……"邹仁想上去拥她。杨月儿抬手推开，走了。

邹仁脸上半天没有表情，而后忽有了大功告成后的虚脱感，一屁股跌坐在大躺椅上，大大地呼了口气，歇了一会儿，笑着自语道："这一切，安排得严丝合缝。邹某人仅仅当了个开酒店的老板，屈才啊！"

宋慈接着说："尽管邹老板再三交代，可杨氏月儿一到城南认尸，就留下一个极大的破绽。她人未见到，便哭倒在地，宋某问她何故，她说是邻居童非告诉她的。待本官找童非核实，才知崔夫人竟是说谎。哦，杨氏月儿，本官刚才说崔成并非落井而死，而是中毒身亡。话到此处，本官倒想问问，你往酒坛里下的又是什么毒呢？"杨月儿脸色苍白，"我……不……不知道……"

"你不知道？那就让本官来告诉你。死者遍身小疱，眼睛突出，舌上生小刺包绽出，嘴唇破裂，两耳肿大，肚腹膨胀，肛门肿胀破裂，十指甲或是青黑或是紫暗，如此尸状，说明死者所中的只能是一种毒——砒霜！也就是你对令弟说过是用来毒杀鼠虫的砒霜！"

杨月儿绝望地闭上了双眼。宋慈又问："不知杨家大姐是否还记得买砒霜是在哪天？"杨月儿含糊地说："不……不记……得了……"

宋慈大声道："六月初九！因为那天是令弟的生日。当时你说买砒霜是用来毒杀鼠虫的。然而，你没有把砒霜投放在鼠虫出没之处，而是把它投进了某一个酒坛里，你要毒杀的也不是府上的耗子，而是你的丈夫！"

杨月儿嘴一张想说什么，却一个字也没能说出来。宋慈说："杨氏，你一定是忍不住想喊冤，可你为什么又喊不出来？因为你心里没有喊冤的底气！因为宋某并没有冤枉你！可你心里不平，你的确感到有点冤，因为，你虽然失节与人通奸，却并不想杀死自己的丈夫，真正想杀死崔成的是这位邹大官人！"

邹仁急忙说："不不，往酒坛里下毒的是她，我……并不知情啊。"

杨月儿吃惊不已，扭头看着邹仁。宋慈怒而击案："谋杀崔成本出自你邹大官人的一手策划，你居然敢说并不知情？"

邹仁大叫："不不，大人，冤枉啊！"

宋慈道："六月初九，想必邹大官人也记得那个日子？"

邹仁故作姿态："哦，那不是杨易的生日吗？小民也是方才听大人说的。"

"六月初九确是杨易的生日，也是杨月儿从外面把砒霜带回家来的日子。杨氏月儿，你说，砒霜是从何而来？"

杨月儿侧目去看邹仁，却没有回答。

"做鬼事的人总免不了要说些谎言，即便是对你最亲的同胞兄弟，你也能把谎话说得煞有介事，让杨易相信自己的姐姐不会骗他。然而谎言到底经不起访查，经衙门公人到本地唯一的一家药铺查访，证实六月初九该店铺的确卖出过一包砒霜，买砒霜的正是邹大官人，并且把它交给了杨氏月儿——"

杨月儿惊惶地将一小包砒霜往地上一扔，"不不不，这是杀人呀，我不干，我干不了。"邹仁弯腰从地上捡起砒霜，好言好语地说："唉，让一个妇道人家去做这样的事，的确有些勉为其难啊。好，既然如此，我又何苦让你为难呢？来，干了这一杯，我就去把小门重新封上，今天，就算是你我最后一次……"

杨月儿打翻了邹仁手上的酒杯，愤愤地说："最后一次？你这话是什么意思？那天你冲破后门，强行把我……当时你那信誓旦旦的话，难道你都忘了吗？我真瞎了眼，怎么就没看出来，你其实是个没心没肝的骗子！你害了我，你害了我……你害我成了个不清不白的女人，却又想把我一脚踢了，你……你真不是人，不是人！"她哭得很伤心。

邹仁静静地听着杨月儿宣泄完了，他"扑通"一声跪倒在杨月儿的面前。

杨月儿厌恶地说："你别再给我来这一套！我……"

"月儿，你听我说。"

"你不已经说了今天是最后一次吗？那你还想说什么？"

"我想说我并不是你想的那种没心肝的男人，我也不是你想的那种骗子！我之所以那么说，也是为了你呀！"

杨月儿疑惑地问："为我……"邹仁做出十分诚恳的样子："你我走到这一步，也是两情相悦，真情所至。如果能永远相安无事，就算成不了夫妻，我也知恩知足，死而无憾！可是这么偷偷摸摸毕竟不是长久之计呀。按大宋刑律，男子通奸至多流放，而女子失节，罪当凌迟啊！我虽然不愿与你从此恩断情绝，可自从打开了那扇小门，你我的事，就像是纸包的火，时间长了，万一东窗事发……我能忍心看着你去受那凌迟酷刑吗？"

"不要说了！"沉默了好一会儿，杨月儿喃喃地说，"我是自作自受也倒罢了，可我撇不下的是我那弟弟呀。"

"你心里装着什么，我心里最是清楚，正因如此我才想……"

杨月儿抬头看着邹仁："你想怎么样？"

邹仁一脸恳切："正因为我知道你心里放不下同胞手足，才想和你早日成就名正言顺的夫妻。这样，我就可以把这酒店的一大半给杨易，让他有个正业，能够早日创家立业，娶妻生子，你这个做姐姐的也就了却一桩心愿，让你九泉之下的父母阴魂得以安息。"

杨月儿两眼盯着邹仁，看了好一会儿，问道："你真是这么想的？"

"邹某之诚，苍天可鉴！"

"可为什么一定要杀人呢？难道……"

"月儿，有句老话你该知道，'开弓没有回头箭'！你我走到这一步，彼此都已欲罢不能。但是，你我一天不成为正式夫妻，就一天要提心吊胆，哪天万一东窗事发，那就大难临头，后悔莫及了啊。"

"可我……我下不了手，我下不了手啊。"

邹仁冷静地说："这不是让你亲手杀人。你家厨房不是有那十几坛酒吗？你在其中一坛投入砒霜。等崔成回来，要是他命不该绝，也未必会喝下毒酒。要是他偏巧喝了这毒酒，那也是老天有意成全你我，你又何不顺着天意呢？"

杨月儿犹豫着。邹仁将那一小包砒霜慢慢塞在了杨月儿的手里。好久，她才缓缓攥紧了握着砒霜的手掌……

杨家厨房。黑黑的厨房内，一盏小灯在游动。杨月儿掌着灯在几坛陈酒前徘徊着。"嘭"，轻轻一声响，酒坛的塞子被拔去。小纸包中的白色粉末缓缓撒入坛中。待重新盖上坛塞后，那坛酒被放在柜子最显眼的地方。

一会儿，那坛毒酒又被妇人移至柜子的角落。

　　杨月儿站在酒柜前好一阵儿，深吸了一口气，回身走出了厨房。

　　她走出厨房后，似乎又后悔起来，返身想回厨房，不想刚一回头，就被不知何时进来的邹仁堵住了退路。"啊，你……"邹仁激动地一把拥住杨月儿，狂吻起来。杨月儿先是推着，再是顺着，最后便比男人更强烈地回应着……小油灯缓缓掉落在地，"砰"的一声，火星四溅……

　　"砰"，一声巨响，杨家的大瓷花瓶碎片四溅。

　　崔成像一头怒狮暴跳如雷。杨月儿跪倒在崔成面前。

　　崔成怒吼道："淫妇，淫妇！我辛辛苦苦在外面做生意养活着你，你竟然在家里偷奸养汉！我……我打死你！"崔成一把掀倒杨月儿，骑在杨月儿身上，挥拳暴打不止。杨月儿丝毫没有反抗，默默地承受着。

　　崔成似乎还不解恨，抓住杨氏的头发，往地上撞，正好磕在花瓶碎片上，头上顿时鲜血直流。杨月儿几乎闭过气去。此时杨易忽然出现，推开崔成，怒吼道："尽管你是我的姐夫，可你要是敢再打我姐姐，我会杀了你！"

　　厨房。一双男人的手在小心翼翼地调整着柜子上的酒坛。那只下了砒霜的酒坛，被从柜子角落换到了外面。有脚步声传来，那双手连忙缩进柜子后和黑暗处。这是邹仁。

　　崔成一头撞进厨房，坐在桌旁生着闷气。穿着绣花鞋的妇人杨月儿如幽灵般游移到厨房外，偷偷往内窥探着。与此同时，柜子后邹仁的一双眼睛也盯住了崔成。崔成突然狮吼般大叫一声："啊！贱人，我要杀了你！"门外的杨月儿吓得几乎失声，本能地背过了身去。

　　崔成大步奔到酒柜前。杨月儿知道崔成要喝酒了，从门缝里紧张地窥视崔成伸向酒柜的那只手。只见崔成一把抓过最外面的那坛。杨月儿几乎要蹦出喉咙口的心慢慢松弛下来。而躲在柜子后的邹仁则露出了一丝狰狞的笑容。崔成拔去坛塞，一仰脖子，"咕咚咕咚"地一阵狂饮。

　　杨月儿心一松就往回走，忽听厨房内传出"砰"的一声酒坛打碎的声响。她急忙回身往里一看，不禁大惊失色。只见崔成口吐白沫，痛苦挣扎着。

　　"啊！怎么会……"她不顾一切地冲了进去，想去扶崔成。崔成愤怒不已："你……好歹毒的妇人，你……你不得好死！"说完，气绝身亡了。

　　杨月儿本能地回头去看那柜子最角落的那坛酒，却看到了柜子后那双邪恶的眼睛。"啊，原来是你……"邹仁从柜子后走出来："刚才你没听见他喊吗？今天要是他不死，明天他就会杀了你！"

杨月儿因恐惧而颤抖："那现在怎么办？弟弟回来，可怎么得了？"

邹仁不应声，双手往尸体两腋一插，急急往外拖去。尸体被拖过一条长长的过道，往通向邹家的小门拖去。尸体被拖出隔壁小门时，外衣下摆被门脚的钉子钩住，邹仁一使劲儿，"嘶"的一声，衣服下摆被撕破一洞。一枚锐钉的尖上，飘着几缕绸丝……

宋慈手上把玩着那枚缠着绸丝的钉子，道："正是这枚缠着绸丝的钉子，使本官轻而易举地找到了你二人通奸害命的第一现场。哦，此案的整个案发过程虽然大致清楚，但有一点，杨氏你也许做梦也不曾想到，二十年来与你相依为命的胞弟被牵连进这一谋杀案中，正是邹仁设下的一箭双雕之计。"

杨月儿恨恨地看着邹仁："你……真是个衣冠禽兽！"

宋慈又说："崔夫人想不到的还不止于此呢。"

"什么……"

"你以为邹仁打开那扇小门，与你勾搭成奸，真的是真情所至？你可曾想过，他与你勾搭成奸的同时，怀里却揣着他多年来一直梦寐以求的扩建酒馆的算盘。若不设法除掉你丈夫和杨易，何以得到你杨家的房产地盘？"

杨月儿如噩梦方醒："天哪，这是真的吗？"

邹仁慌了手脚："不，不不不！什么砒霜杀人，移尸栽赃，图谋房产，这不过是宋大人的假设推想而已。若要断我邹某杀人栽赃，需有证据啊。"

"啪啪啪"，宋慈接连抛出鞋、衣和钉子，厉声道："这就是证据！"

"这……"

宋慈出示那枚缠着几缕绸丝的钉子："这是一枚取自连通邹、杨两家的那扇小门下的钉子，这上面还留着几缕绸丝，经本官验证，这与崔成外衣的破洞完全一致！还有这双鞋，想必你是认识的，可你仔细看看，你声称整天都在酒堂谢客，那你的鞋上何来这枯井台边的田泥？你再往外看看，堂外还有你杀人移尸栽赃的物证和人证！"

邹仁回头一看，只见院中停着一驾驴车，驴车旁站着车夫，不禁心头一凉。

宋慈大声说道："传车夫张堂。"车夫张堂应声走上堂来，"小的叩见宋大人。"宋慈问："八月初三夜，你可是赶着驴车去邹家酒馆送酒？"车夫道："正是！那天，酒坊老板让小的给邹记酒馆送货，往常小的去酒馆，邹老板架子挺大，可那天却特别客气，硬拉小的进后堂喝酒，还一个劲儿地劝酒。小的不胜酒量，喝醉了。一觉醒来，已是大天亮了。"

邹仁急辩："不，他是无中生有。"

"那好吧，就让宋某对那车轮当场一验，便可知他是无中生有，还是确有其事。这是一包取自城南门外枯井前的泥土，是一种黏性极强的田泥。本官取它做证，是因为那泥地上留有两道此车留下的车辙。既然这驾车在城南留下车辙，车轮上想必沾有与此同样的泥土。"

话到此处，宋慈已从车轮上取下一小撮泥，"看。这两种泥土还有你鞋底沾的田泥，色泽黏性均一般无二，这足以证明，正是邹大官人在案发日赶着这驾驴车到过城南门外！干什么去了，不见得是去送酒吧？"邹仁已无可抵赖，面如土色，汗如雨下。他声音颤抖："小民知罪，大人饶命啊！"

宋慈猛击书案，狂怒得几近失态："饶命？此时此地，你还有脸求我饶命？此时此地，你还能暗自心存侥幸？你怎么不想想被你们残忍谋杀的崔成？你怎么不想想蒙冤入狱的杨易？当你密谋毒杀崔成的时候，当你躲在阴暗的角落，眼看着崔成要喝下毒酒的时候，你要是能想一想'饶命'二字，又怎么下得去那夺人性命的毒手？现在，是你要为自己的邪恶之举付出代价的时候，你倒想起了'饶命'，可你还有资格求得饶命吗？没有！大宋刑律，如日昭彰，对你这样的邪恶之徒，本官若存半点宽恕之心，民愤难平，天理不容！带下去！"

邹仁毫无声息地被衙役像拖死猪般拖了下去。

宋慈痛斥邹仁的话，一字字都打在了杨月儿的心里。此时，她就像一具被掏空了灵魂的躯壳，早没了生气，瘫倒在地，不能动弹了。

宋慈余怒未消地转眼看着倒在地上的杨月儿，"杨月儿，此时此地，你也会像你的同谋一样，求本官饶你一命吗？我想你大概张不了这个口的。因你犯下了天大的罪孽：不守妇操，与人通奸，助纣为虐，同谋杀夫，你犯下的也是天理不容、王法不赦的滔天之罪啊！"

杨月儿忽然挣起身子，大声叫道："大人，能让犯妇与弟弟见上一面吗？"

宋慈喝道："你辱没杨家祖先，还有何脸面见你胞弟？"

杨月儿豁出一切似的大呼道："民女非见弟弟一面，求宋大人开恩。"说完"咚咚咚"连连磕头，额头上磕出血来，仍是不停。

宋慈想了想："传杨易！"少时，杨易嘴里呼唤着"姐姐"，疾步而至。

倒在地上的杨月儿听到弟弟的呼唤声，缓缓起身，抬起头来。

蓦然间，杨易在大堂外天井的门墙下出现了。他大喊一声："姐姐——"

杨月儿猛地站起来，不顾一切地向弟弟奔去。衙役欲阻，被宋慈拦住。

姐弟俩在大堂前的天井中相遇，紧紧地抱在一起。杨易望着杨月儿，"姐姐，为弟坐监三日，如隔三秋，真想姐姐呀！"杨月儿此时倒平静得像什么也没发生似的："弟弟，姐姐也日夜想你，为你担心啊！"

"现在不用了，狱吏告诉我，我已无罪释放了。"

"哦，是啊，这样，姐姐就放心了。"

"姐姐，小弟虽然吃了三天三夜的牢狱之苦，可这三天三夜，却让我懂了许多，姐姐十多年来对小弟的辛勤抚育之情，小弟平时并不觉其重，可这三天牢狱，小弟想了许多许多，想得最多的，就是姐姐十多年来抚育小弟的大恩大德啊！"

杨月儿急忙伸手捂住弟弟的嘴，竭力地克制着，喉头哽咽地说："弟弟……莫说……姐姐不值得你记在心里，姐姐……不是好人……"泪水忍不住倾泻而出。杨易摇头："不，姐姐，在弟弟心中，姐姐永远是我的好姐姐，无论做了什么事，无论你将来会怎么样……"说着突觉喉咙一堵，抱住姐姐哭了起来。

杨月儿叹了口气："啊，看来你已知道姐姐做下的恶事了？既然这样，我就不再配做你姐姐了。"杨易说："不！姐姐，你永远不会失去亲弟，哪怕你一辈子住在牢狱之中，小弟也会一日三餐给姐姐送茶送饭。"

"弟弟……"杨月儿紧紧搂住弟弟，尽情地号啕起来。

尽管院子内外全是衙役侍立，姐弟俩却如入无人之境般在天井中说话、痛哭。宋慈背对着天井中的姐弟俩，不置一词。

杨月儿突然推开弟弟，向院中一棵粗粗的树干一头撞去！

宋慈似早预料到身后将发生什么似的一动不动地背着身，没回头。

只听杨易撕心裂肺地大呼一声："姐姐——"呼声在蓝天中久久地回荡……

坟头。一座泥土未干的新坟，四周植满了野花。杨易披麻戴孝地跪在坟前，默默地烧着纸钱。宋慈缓步走到杨易的身后，低声说："邹仁今日午时已在市槽处斩，落得个身首异处。"杨易轻声道："多谢宋大人使家姐保得全尸。"

宋慈微微点头："看来，杨公子是大有长进啊。"

"我何尝不知姐姐犯下的是死罪。若按正典刑法，该判个当街凌迟，落个身首异处。而宋大人放任家姐撞树而死，实在也是出于一番良苦之心，杨某怎会不知道。"

宋慈心头一动，想说什么，却又不知道如何说。杨易问："宋大人，你想说什么？"宋慈说了一句："杨公子，好自为之吧！"随即下山而去。

下坡路陡，宋慈缓步而行。他忽然站住，说出一句话："或许，能说出来的终是陈词滥调，而心里想说的又终无法说出，这便是人心之幽秘吧。"

书房门紧闭，宋慈把自己关在书房里整整一天了。

那条白绫铺于案上，窗外阳光射入，使白绫上泛着炫光。宋慈神情肃穆地凝视着白绫——似感觉"轰"然一响，城南案的一些细节，蓦然如碎片在他眼前飞舞。宋慈定了定神，取出夫人给他带回的湖笔，润足浓墨……

提刑衙门书房外，英姑和捕头王二人焦急地守候着。

捕头王急切地问："英姑娘，你说，大人不吃不喝地把自己关在里面，有一整天了吧，会不会出什么事呀？要不，请夫人来劝劝？"

这时，英姑开口说："我看没事。"

玉贞从后面小门走过来，听见二人在书房门前说话，随即驻足听着。

"你我跟大人那么久了，难道还不了解大人心里想什么吗？杨月儿犯了不赦之罪，死有余辜，大人心里却始终难以平静。大人虽然疾恶如仇，决事果断，其实他比你我更承受不起赤裸裸的险恶人心。大哥放心吧，大人是在收拾心情，等他把心情收拾好了，自然会走出来的。"

玉贞听着英姑对丈夫的一番知根知底的话，心里涌起一股说不明道不清的滋味，便没有再往前走，暗自转身离去。

玉贞脚步虽轻微，可还是让捕头王听到了。他回过头来，见夫人悄悄离去，便感到有些不安，再回头看英姑，姑娘还在深情无限地望着窗内。

捕头王便借题发挥起来："再怎么说，大人也用不着拿自己的身子骨撒气。这让夫人心里多着急啊。不行，我得把大人请出来。"

英姑想拉住捕头王，可他已经到了门前。捕头王说得重，做得轻，轻轻一推门，门竟未上闩，一推便推开了。于是，二人轻手轻脚地走进了书房。

夕阳透过窗格射入室内，书案上铺着长长的白绫。

宋慈正在专心书写，写罢，即吟："诸尸应验而不验；或受差过二时不发；

或不亲临视；或不定要害致死之因；或定而不当，各以违制论。其事状难明，定而失当者，杖一百。吏人行人一等科罪。"

他搁下笔，一旁站了半天的捕头王和英姑正想上前说话，宋慈先开了腔："记住，以后凡遇人命案子，须得及时呈报。人命关天的事，一刻也不许耽误！"说完大步走出了书房。英姑追着问："欸，大人，您去哪儿？"

宋慈没有回答，只顾往厨房走去。捕头王和英姑追了上去。

宋慈一步跨进门槛。玉贞捧着盘子，脸上绽着春风一般的笑容从灶间出来。

"饿坏了吧。快吃吧，刚做的。"

宋慈一看，桌上摆着热气腾腾的佳肴，霎时，就像有一股暖流淌过，不由得心头一热。玉贞上前扶着丈夫，一边往餐桌边走，一边柔声细语地说："人是铁，饭是钢，一顿不吃饿得慌。以后可别再拿自己的身子骨撒气了，饿坏了自己，也未必能让天下的人心都向善呀。再说了，这世上要没恶人了，岂不让你这提刑官赋闲了吗？你看，我从京城带回的东坡肉，这阵子你案子没破，也没心思想着吃，现在案子破了，还不赶紧过过你的嘴瘾。"说着就夹起一块硕大的肉往丈夫嘴里送去。

此时的宋慈，就像个任大人摆布的孩子，张开嘴，一口吞下夫人送到他嘴边的东坡肉，顿时满嘴流油。玉贞禁不住失笑："怎么像个孩子。"

宋慈含糊道："嗯，好吃，好吃，香！"玉贞笑得幸福而满足……

此时夕阳余晖一片灿烂，暖意融融……

门外偷窥的英姑和捕头王被感染得出了神。

英姑心里不知被什么莫名的感觉蜇了一下，抽身退出了。

捕头王正想和英姑说句什么，一扭头，才发现英姑已悄悄离去，他不解地追出几步往外看了看，英姑孑然往府外走去的背影，在暮色映衬下，显得格外单薄和孤寂。捕头王心里不禁暗生一股莫名之忧。

毛竹坞无头案

天渐放亮。掩映在万顷翠竹之中的毛竹坞村，传来鸡鸣狗吠。

一把闪闪发亮的篾刀，"嚓"地在一株碗口粗的毛竹根部切入，随着"呱啦呱啦"几声，毛竹便被对半剖开。随后，这把篾刀在操刀人的手上快速运作着，一根粗大的毛竹，转眼间就被拾掇成一根根细如灯芯的篾丝，或一片片薄如纸皮的篾片。闪亮的篾刀在操刀者手中飞快地剖着竹篾……一双双十指灵巧的手，拨弄着一根根细篾丝或一片片薄篾片，一件件精致的竹编工艺品渐渐成形，毛竹坞人就在这一片安居乐业的平和氛围中开始了新的一天……

山边，晨雾缥缈，鸟语声声。初升的太阳从竹叶间透出金黄的色彩。

村民六乙早早地从山上砍了两棵碗口粗的毛竹扛下山来。他用肩拄着毛竹歇脚擦汗。无意间突然像是发现了什么，"啊"的一声惊叫，脚底一滑，毛竹"哗啦"滑离肩头。光滑的毛竹，如离弦的箭矢，正向着那个令他惊恐万状的目标射去。毛竹滑到山脚，正好插进了山脚一具尸体旁的泥地里。

随同滑下山去的六乙坐起来，揉了揉眼，定睛再看，面前居然是一具血肉模糊的男尸。他张大的嘴里半天才发出声来："啊，杀人啦，杀人啦……"

毛竹坞村，一间低矮的草房，柴门半掩。这家住着一个孤老婆子，满头白发的三叔婆虽是个盲人，但她的双手却如明眼人一般的灵巧。一大清早，老人就坐在黑洞洞的草房下做着竹编活计。

隔着不远的上坎，便是何老二家门前。三间草房，门外院子收拾得井井有条，一看便知居家主人是个勤劳持家的人。此时日头已出，太阳光照在紧闭的大门上。不知被什么诱物吸引，一群苍蝇聚集在门槛下，嗡嗡作响……

几缕强烈的阳光从门缝或墙缝射入黑洞洞的屋内，使屋内平添几分诡谲与神秘。何老二躺在床上，一双显然是熬了长夜而布满血丝的眼睛睁得老大，直瞪瞪地盯着房顶——房顶部横梁有榫头处飘落几许虫蛀的粉末，越来越多，进而房子发出了"吱嘎吱嘎"的破裂声，突然，横梁脱开了榫头，直落落地向何老二的头顶砸下——他大惊失色，出自本能地翻身滚到地上，双手紧紧护着头，身子像筛糠似的抖个不停……

"老二，老二……"门外远远地传来三叔婆的呼唤声。

何老二渐渐缓过神来，侧头看看房顶，那房梁明明完好无损，才知刚才是自己的幻觉，但这噩梦一惊，早已使他吓出了一身的冷汗。

目盲的三叔婆倚着柴门，对着上坎的何老二家亲切地叫唤着："老二，老二，你在家吗？啊？"

何老二开了门，一步跨出门槛，门槛下一群苍蝇惊飞四散。"三叔婆，我来了，我来了。"他边应着边往下坎的三叔婆家来，才走几步，又突然停下，神经质地回身去关门上锁，这一来一返，使门槛下的苍蝇一聚一散，嗡嗡乱飞。

何老二走到三叔婆家门前："叔婆，是缸里没水了吧？我这就去担来。"

"不不，缸里满着呢。老二啊，往日你天天起早，今天怎么日上三竿还没见你动静，叔婆怕你是病了，不放心，这才叫你的。老二，你没事吧？"

何老二说："叔婆，我没事。"三叔婆放下心来："没事就好，没事就好啊。"

村子里忽然由远而近地传来村民六乙的惊呼："杀人啦，杀人啦……"

何老二闻声脸色一变，回头跑回家去。

三叔婆听着何老二慌乱的脚步声："老二这是怎么啦？"

风箱在"呼呼"作响，炉中炭火被扇得火苗直蹿。一把铁钳从火中钳起一块红得透明的铁块。铁块一上铁镦，便被一大一小两把铁锤"叮叮当当"地一阵敲打，铁块渐渐从通红变成青黑色后，又被送回到火炭中，风箱又"呼呼"作响，火星四溅。

那块已初具篾刀形状的铁块又被烧得通红地钳到铁镦子上，又一阵"叮叮当当"地锤打后，一把篾刀就完成了——这是一种刀头扁平、呈三角形状的特殊刀具。铁钳钳起一枚铁印按在刀脖子处，大锤不偏不倚，不轻不重"当"地一锤后，篾刀被浸入一口大水桶内，水中"嗤"地冒起一股白烟。

刀又被从水中捞起，小铁匠抓过刀，用衣袖在刀脖子处来回一擦，"牛记铁铺"四个印记便清晰可见。小铁匠将刀递给满头大汗的师傅牛二，牛二习惯地用手指去摸了摸那个标志他精湛手艺的印记。

外面村人的惊叫声传进了铁匠铺。牛二师徒二人手上的铁锤缓了下来。徒弟看了师傅一眼，怯生生地试探道："师傅，有人在喊杀了人呢。"

牛二说："我自己有耳朵。"徒弟又说："村里人都去看了。"牛二看着徒弟："那你怎么不去，你也去呀。"徒弟以为师傅真让他去，高兴地把铁锤一放，就想往外跑："欸，我去去就来。"话音未落，头上"笃"地挨了一个栗暴。

"你还真去！三心二意，能学得好手艺？"牛二说着，抬腿一踹，"砰"地关了门，"干活！"

徒弟委屈却不敢声张，摸了摸挨了一个栗暴的头，重新提起了铁锤，铁铺

宋提刑官

里又响起"叮叮当当"的打铁声。小徒弟边挥着铁锤,边偷偷看着师傅。

牛二手上拿着几把刚打制好的铁具走出门来,整整齐齐地排放在门口的铺板上。铺板上放着几枚铜钱。他收了起来。忽然像发现了什么,就叫他的徒弟:"狗儿,狗儿。"徒弟应声跑出门外:"师傅,什么事?"

牛二问:"是谁拿走了一把篾刀没付账?"徒弟说:"我没看见呀。"牛二嘀咕道:"是少了一把呀。"徒弟小心翼翼地说:"师傅,那边好像真出什么事了呢。"牛二斥道:"天塌下来也没你管的事。把炉火加旺了。"

徒弟无奈地进了屋,牛二自己却朝那人声嘈杂处张望着。

山边。毛竹坞的村人们远远地望着那边的可怕场景,不敢近前观看。他们一个个面带惊讶之色,七嘴八舌地议论着:"那是谁呀,好像不是本村的呀。"

"外村人怎么会被杀死在我们毛竹坞呢?"

"会是谁干的,该不会是我们毛竹坞人吧?"

一老者闻言双眼一瞪:"放屁!莫说是这种杀人劫财的勾当,在我们毛竹坞就是小偷小摸也不会有人做!怎么可以胡说是我们毛竹坞人杀了人?"

"那是那是,可这死人横在我们毛竹坞,不让我们毛竹坞人背了黑锅吗?"

村里最有威望的大叔公邓九往前一站,大声说:"不管人是谁杀的,既然尸体横在毛竹坞,就得赶紧去报案。"

众人纷纷附和道:"大叔公说得对,人命关天的事,赶紧报案去吧。"

邓九说:"六乙,你是最早发现尸体的,又年轻腿健,就辛苦你往城里跑一趟吧。"六乙应声道:"好,我去。"

"等等,"邓九又看向另两个年轻小伙子,"你们陪着六乙一起去,路上也好有个照应。"

那两个年轻人应声随六乙往村外奔去。

邓九接着对众人说:"大伙听好了,我们毛竹坞从来没有出过这样的事情,但事情既然已经发生了,也用不着惊慌。现在最最要紧的,是保护好现场。在官府来勘查之前,谁也不许走到尸体三丈以内,否则弄乱了现场,就说不清楚了。阿根,你找几个人,在这里看着,别让人走近。不光是人,牛羊牲畜也不许靠近。"那位被称作阿根的村民连连应诺。

提刑衙门口的鼓猝然被人"咚咚"地擂响。击鼓人嘴里还杀猪般地大声呼叫着："杀人啦，宋大人申冤啊！"捕头王快步而出："何人击鼓？"

击鼓人是个三十开外的体瘦男子，一见捕头王就连声哭诉："捕头大爷啊，有人要杀我呀，衙门要不为小民做主，小民可是死定了呀。你看，你看，这都是被恶人打的呀。"边诉说边将起衣袖，只见他手臂上青一块紫一块全是伤痕。

捕头王问："是什么人如此大胆，敢在光天化日之下行凶伤人？"击鼓人说着往台阶下狠狠一指："就是他们！"台阶下两位衣冠楚楚的男子正回头想溜。

捕头王大喝一声："站住！"那两人便像是脚底粘了胶，再也迈不开步了。

一会儿，公堂便开审了。击鼓人的上衣前襟被慢慢掀开，胸腹部呈现一块块青紫色的伤痕。宋慈走下堂来，伸出一双手，轻按在击鼓人的伤处。他时而五指平压，时而二指轻捏，逐一检查着每一块伤痕。手指移向带伤人的腰间，忽然停了一下，又慢慢抽出，手指夹出的是一片植物的枯叶。

宋慈背过身子，将那片枯叶送到鼻子前闻了闻，紧皱的眉头忽而一展，脸上闪过一丝鄙夷的笑意。英姑把这一切看在眼里，一想，就回头往后房走去。

垂手站在一旁的那两位被告因心中没底而显得忐忑不安。击鼓人诉道："宋大人，小民上有八十老母，下有待哺儿女，你可要为小民做主啊。"

宋慈问："你姓甚名谁？"

"小民姓赖，家中排行第八，就取名赖八。"

"赖八？这个名字真是太妙了，妙就妙在名如其人！"

"让大人见笑了。"

"你家住哪里？"

"家住城西。"

宋慈又转向阶下那两位被告："你们二位一定不会是本地人氏吧？"

其中一人回道："宋大人明鉴！在下叫李甲，他叫李二，我二人是从山阴县来此做生意的。今天一早，我二人收齐了货银，正准备吃完早饭就返回山阴去的。不想遇上这么位……"

"二位是外地生意人，身上又带着不少的货银，有道是'身有钱财胆气壮'，所以才会对这位本地的赖八下手那么狠了。"

李甲连忙说："宋大人，我们可连一根手指头都没碰过他呀。我们二人是做生意的，生意人在外怕的就是事儿，平白无故去打一个素不相识、无冤无仇的当地人，那不是没事找事吗？宋大人明鉴哪！"

捕头王闻言大怒："大胆，你们这些为富不仁的奸商，仗着腰包里有几两银子，便目无王法，敢在光天化日之下行凶伤人，还敢口呼冤枉？"

宋慈抬了抬手拦住了捕头王，走到赖八跟前："赖八，据宋某推断，阁下恐怕不止一次被外地人，尤其是有钱的外地商客打成这样了吧？"

赖八哭丧着脸诉说起来："是啊是啊。'马善有人骑，人善有人欺'，像我赖八这样的老实人，总是免不了被人欺辱的呀。不过，往日发生这样的不快之事，小民都忍让三分，私下里与人了结了。可今天……"忽觉不对了，急忙打住。

宋慈一笑："可今天遇上的却是两个宁可见官也不愿给钱的吝啬商人，可是这样？"赖八心中一下子没了底，不知如何回答是好，干脆往地上一坐，连声号叫起来："哎哟，痛死了啦……"

英姑捧着一瓮白醋出来："别喊啦，宋大人这就要给你疗伤止痛。"

宋慈不禁愣了一愣。

英姑笑着说："大人，你书上记载着，像他这样的伤，用白醋就能治。"

赖八似乎感到有些不妙："不不……小民去找郎中就是，怎么敢让大人治伤啊。"说着下意识地紧了紧衣襟。宋慈厉声一喝："帮他把外衣脱了！"

捕头王上前铁塔般地往赖八跟前一站："你是自己脱还是让我帮你脱？"赖八只好说："自己脱，自己脱。我脱就是。"赖八脱下外衣，宋慈将醋浇洒在他的伤处。随着白醋的流淌，原先那青一块紫一块的伤痕便被冲洗得干干净净。

见者莫不惊奇："啊，这是怎么回事？"宋慈一扬手中那片树叶："这就是刚才从你身上取到的一片榉树之叶。取榉树之皮，伪装成痕损，表面看与真伤并无二致，但它却经不起检验。盖因人生即血脉流行，若被器物或拳脚所伤，必有瘀血积于皮下，故而伤处必是肿胀成块，而你身上的伤处皮滑而质软，这分明是你为行敲诈而用榉树皮伪造的假伤！"

赖八的脸皮红一阵白一阵，知道骗局败露，双膝一软跪倒在地，"宋大人，小民家有父母老小，实在是不得已呀，大人饶了小民吧！"宋慈把脸一沉："你不是善用皮肉之苦来敲诈于人吗？那好，本官今日便让你尝尝真的皮肉之苦！来呀，拖下去，法板伺候！"板子一五一十地打着，赖八杀猪般地号叫起来。

此时，六乙等村民在一儿童的引领下匆匆来到衙门前。

两位客商兴高采烈地从衙门内出来，边走边夸着宋慈："这位宋提刑真是神了，今天要不是遇上这位神判，可要破大财啰。"

六乙朝那两位夸着宋提刑的陌生男人看了看，就向台阶上走去……

山边。已成了毛竹坞村人的焦点所在。高坎上站满了围观的村民，而一些年少者则躲在更远处，想看又不敢看，朝这边指指点点。

急急赶来的宋慈已验完尸体。这时，他站起身来，朝四周环视。整个现场只有一处像是尸体从上滚落时压倒柴草留下的痕迹。

宋慈问身后的六乙："可有人走近过尸体？"没等六乙回答，站在圈外的大叔公连连说："没有没有，一直有人看着，连猪狗牛羊也没近过他。"

"好，多谢乡亲们保护了现场。"宋慈又问身边的英姑，"尸体的卧姿、方位你都填入格目了吗？"英姑说："都填了，您看……"宋慈取过一看，纸上是英姑画就的尸体卧姿和方位图，微笑道："嗯，有些长进。"

英姑被他这一夸，脸上"唰"地就红了起来，取过宋慈手上的格目，轻声道："您还不如骂我几句呢。"宋慈对英姑的嘀咕故作不闻，"现场勘验，未见有打斗痕迹，疑死者是在别处被杀后移尸村口。验。"

英姑放下笔和纸，取白布蘸水绞干。宋慈在尸体前蹲下身子，用手拂赶着"嗡嗡"的苍蝇，解开尸体的上衣，死者肋骨处有多处刀伤。

宋慈接过英姑递过来的白布，慢慢地擦洗着伤口边上的血迹。

围观的人群中有人在轻声议论："看，宋大人还给死人洗身子呢。"

"那是验伤。这可是宋提刑的一绝，多少疑难案子，就凭宋大人那么一验，便知凶手使的是什么凶器。"

尸体身上的血迹被擦拭干净后，几处刀痕便清晰可见。宋慈边细致地检验，边将检验结果报给填写格目的英姑："胸部刀伤三处，伤口长三寸，深六分，呈上宽下窄状。颈部刀伤一处，砍断血脉，这是致命之处。"报出后。他又比量着那几个形状特别的刀口，不禁沉吟，"如此形状的伤口，倒是从未见过，这到底是被什么样的凶器所伤呢？"

捕头王忽然在下坎高喊："大人，找到啦！"英姑问："找到了什么？"

"凶器！"捕头王高高地举着一把篾刀，爬上坎来，把篾刀递到宋慈面前，"大人，您看，凶器就抛在下面草丛里。"

宋慈接过那把刀一看，双眼一亮："哦，怪不得死者伤口呈上宽下窄状，原来是被这类平头的刀具所伤。"英姑说："这是篾匠们用的篾刀。"

捕头王说："既然凶器找到了，只要找到这把刀的主人，便不难找到凶手。"

宋慈问："凶器？你凭什么说这把刀就是杀死此人的凶器？"

"这刀就在被害人附近，还沾着血呢。"

宋慈细细地端详着那把篾刀。高坎上，几位年长的老人轻声咬起了耳朵："欸，照此说来，那人还真是被我们毛竹坞人杀的？"

"那也不见得，天底下又不是只有毛竹坞人才有篾刀。"

"但不知那把刀又是谁家的？"

宋慈用净布擦去沾在刀脖子上的泥土，"牛记铁铺"的印记清晰可见。

"牛记铁铺"的店招子随风飘荡着，招子下的门紧闭着，门边置放着一块出售铁器的牌子，主人离家时没有收进屋。一妇人正在认真地挑选着菜刀，挑完了往铺板上放了几个铜板，拿着菜刀离去了。

突然狗吠声大作起来。捕头王领一队捕快衙役向牛记铁铺快速扑来。

"围起来。"他一声喊叫，捕快们扇形散开，将一个小小的铁铺团团围住。捕头王持刀在手，上前一脚踹开铺门，大喝一声："牛铁匠，快出来！"

屋内毫无动静。捕头王持刀闪进门去。铁铺内炉火熄灭，人去屋空。

捕头王气得青筋暴突："妈的！"一怒之下抬腿踹翻了火炉旁的木水桶，桶中水泼在了炉灶中，"嗤"的一下，扬起了满屋的水雾和尘灰，捕头王几乎被呛。

捕头王气咻咻地钻出铁铺，几个围观村民见捕头王那一脸见谁都想打的怒气，吓得回身要走。捕头王急喊："乡亲们别走，你们可知牛二去向？"

众人面面相觑，无人应答。

死者现场。宋慈仍在验着尸体。苍蝇越聚越多，英姑不得不手持一树枝挥赶着苍蝇。宋慈用剪刀剪开了死者的衣袖，不禁眉头一皱。男尸的臂膀上有一条令人看了会起鸡皮疙瘩的陈年火烙伤疤。宋慈俯身细细审视，而后向身后的英姑报唱："右膀有长约八寸、宽约四寸的伤疤，乃火烙所致。"英姑一一录下。

宋慈站起来，转向围观的村民："乡亲们，你们可有谁见过死者？"

大叔公邓九说："提刑大人，此人虽然死在本村，却不是毛竹坞人，我等也无人见过呀。"宋慈略一思索，就对英姑道："英姑，你细细将死者容貌描画下来，立即去山外各地四处张贴，但愿会有人认尸。"

"遵命！"

捕头王气咻咻地赶来，轻声凑近宋慈说："大人，卑职去晚了一步，让凶手跑了。"宋慈闻言一惊："什么，凶手？谁是凶手？"捕头王说："铁匠牛二呀。"

少时，宋慈率捕头王从一条长长的村街上快步行走。走着走着，宋慈突然停住了脚步，问道："那牛记铁铺就在这条村街的尽头，对吗？"

捕头王答："正是，到头转弯就是。"宋慈回头又看看这条沿街房檐鳞次栉比的长街，道："也就是说，从铁铺到抛尸现场，这条长街是必经之路！"捕头王正想说什么，宋慈紧接着问他："你是凭什么把牛二当成了本案凶手？说来听听。"

捕头王推断道："其一，死者身材魁梧，体格健壮。按常理推断，非强壮过人的男子，不足以与之相抗。而据村民说，那牛二正是个身高力大的铁匠。"

说话时，宋慈一行已经来到牛记铁铺前，宋慈走到门口那无人看管的铁器铺前，随意地从铺板上拿起一把新的篾刀，忽又发现铺板上放着几个铜板。

宋慈提醒道："哦，你还没说完呢。继续说。"

捕头王清了清嗓继续他的推断："其二，在现场发现的凶器是一把刚打制好，很可能还没有卖出去的新刀。那么，那把凶器的主人就很有可能是牛铁匠！"

"嗯，听上去似乎有点道理。往下说。"宋慈说着跨进铁铺门。

捕头王紧紧相随着进了铁铺。铺内木桶倒地，水淌一地。

宋慈猜测道："嗯，此处好像刚刚发生过打斗？"

捕头王忙说："不不，是卑职刚才一怒之下踹倒了水桶。"

宋慈弯腰凑近桌面，细细地观察着桌面上那层厚厚的尘烟。好一会儿，他才直起身子："哦，你还有第三条吗？接着说。"

"宋大人，您验尸时是否能断定被害人死于何时？"

"大概是在昨夜子时吧。"

"而那牛二却在今天一早失踪，岂非明摆着是畏罪潜逃！"

宋慈看着捕头王，未置可否。

捕头王心里没了底："大人，卑职所推的三条难道站不住脚吗？"

宋慈笑道："凶手是谁，暂且不说。但就你的三条推断，宋某也反诘你三条：其一，你说牛二于今日一早畏罪潜逃，而依我看，半个时辰前牛二还在家里生炉打铁。"捕头王搔起了头皮："何以见得？"

"如果牛铁匠一早离去，这火炉就早该凉了。而你刚才踹翻木桶，水溅入炉灶，腾起满屋子的尘灰，而这尘灰中明显还有水雾，这说明炉中的炭火并未灭尽，也就是说，铁铺主人并非你所说的一大清早就畏罪潜逃，而是刚刚离去。"说完，宋慈用手在桌面上重重地一抹，桌上立刻抹出一道明显的痕迹，而他的手掌一翻时，却是沾满了灰尘，再双手合掌一碾，手上的灰尘像糊状似的沾了双手，那是因为灰尘中有水汽所致。宋慈把双掌送到捕头王面前："看见了吗？"

捕头王无词反驳了。

宋慈一边走出门，一边说："其二，现场发现那把刀，虽然有可能是牛二尚未卖出的新刀，但究竟是谁把它带到现场的，却也难说。你看，牛二把铁器就这么放在门口，任村民自选自买，要是有人顺手牵羊取走一把却也不无可能。"

"这也有点道理，可是……"

"其三，因为死者身材魁梧，体格健壮，你正是以此推断凶手必是个身高力强之人，可经伤情检验，死者胸部及颈部的刀伤均呈左高右低的斜线状，这说明下刀者身材明显要比被害人矮了一大截。何况，那人要真是牛二杀的，他没有把尸体就近抛下这铁铺后的深山沟，却背着尸体穿过本村唯一的长街，从村东背到村西去抛尸，岂非有悖常理？"

捕头王心悦诚服："经大人这么一推，卑职实在是太过肤浅了。嘿嘿嘿，跟了大人那么长时间了，我怎么就没长进呢？"

"你呀，还真是少了英姑那份灵气。"

"大人，这么看来，此案又无头无绪了，不知该从何下手？"

"一查死者身份，二查杀人之刀。"

"什么？现场发现的那把刀不是本案凶器？"

宋慈从铺板上取一把篾刀对捕头王说："你看，这是把新的篾刀，头部平直，且三角棱线分明，砍入人体，伤口的最深处该是刀的顶端；而死者身上三处伤口的深浅，无一与此特征相符。"

捕头王问："难道凶器不是这种篾刀？"

"不，凶器无疑就是这种形状的篾刀，但不是这样的新刀，而是一把刀头被磨损了几分的旧刀。要找凶手，首先要找到这把真正杀过人的篾刀。"

捕头王不禁着急了："这……此地家家户户都有篾刀，想找出杀过人的那把，何异于大海捞针啊。"

"毛竹坞家家都有篾刀，但打制篾刀的铁铺却仅此一家。等牛铁匠回来，兴许能帮助找找那把刀。"

"可谁知道牛铁匠……"

衙役忽然一声喝："什么人？"宋慈、捕头王闻声回头：墙角边，站着肩挑烧炭、一脸莫名其妙的铁铺主人牛二，还有他的徒弟。

英姑带着衙役在大街上张贴着画有死者图形的认尸告示。不一会儿，路人便聚集了许多，有人一板一眼地念着："某地发现无名男尸，年约三十五六，身高六尺三寸，右臂膀有一火烙伤疤……"一位面容虽憔悴却掩不住俏丽的少妇从告示前路过，不经意地朝那告示瞥了一眼，脸色顿变。她从人群中挤到那告示前，对那告示上的图形细加辨认，不禁"啊"地惊呼了一声。

人们都在倾听着那识字人在读着告示："若有亲属或知情者见此告示，可速往城西门外认领。"少妇翠姑悄悄地挤出人群，然后急切地撒腿往城西跑去……

城西，城墙脚下，凉席搭成一个临时停尸棚。

翠姑气喘吁吁地跑到停尸棚前，对棚外守着的衙役视而不见就往里钻，衙役阿六忙起身拦住她："喂喂喂，干什么的?"

"啊? 这……衙门不是贴着告示吗?"

"你是来认尸的?"

"我……我可以看看吗?"

"那快去，快去。正愁着没人来认呢，都臭了。"

翠姑弯腰钻进了席棚。她一钻进停尸棚内，就被一股刺鼻的尸臭味熏得几乎要呕吐出来。她捂着鼻子壮着胆走近那具用粗布盖着的尸体。她并没有掀开尸体头部的盖布，而是绕到尸体的右侧，慢慢掀开盖着尸体右膀的盖布，于是，看到那一片火烙留下的伤疤!

"啊，是他!"翠姑站直了身子，深深地呼出了一口大气。

此时棚外传来对话声："总算有人来领尸了。"

"是啊是啊，那认尸的是个女的，想必是死者的老婆。"

翠姑的目光扫视到停尸棚的一角，盖尸棚的竹席有个破洞。

"人在哪儿呢? 怎么还不出来呢?"

"是啊，这么老半天了，我去看看。"

衙役阿六捂着鼻子钻进席棚，一愣：席棚内，那尸体的一条右臂裸露在外，而认尸的妇人却早已不知了去向。

"咦，人钻哪里去了? 这真是大白天见鬼了!"

城郊野外。青天白云，田野芳芬。翠姑情绪激动，三步并作两步地奔跑在城郊田野上。汗涔涔的一张俏脸上荡漾着一种抑制不住的喜悦之情，旷野里不断地重复着她的心声："他死啦，他死啦!"

翠姑气喘吁吁地跑回家来，推开院门，冲到院中，一把抱住院中的树干就放声痛哭。哭声惊动了左邻右舍，于是便来了几位三姑六婆式的邻里，却也不敢贸然走近，远远地站在院门口关注着。

翠姑终于哭畅了，慢慢抬起头来，哭笑参半地说："他死了？他真的死了……"突然她一抹眼泪，破涕为笑，蹦跳着跑进屋去。

门口的邻里们被她的一哭一笑弄得有点不知所以，聚成堆轻声议论着。大门"哐"地一响，只见翠姑手里挽着个小包裹走了出来，也不回身关门，就往外走。

"欸，翠姑啊，你要出去，可别忘了锁门呀。"

翠姑大声说："哦，这家里的东西，你们想要什么，只管挑可用的拿就是了。"

"翠姑，你今天这是怎么啦？这可是你的家呀。"

"不，这里不是我的家，我的家在毛竹坞！"翠姑说话时，激动得热泪盈眶。

"翠姑，你这是去哪儿呀？"

"回家，我要回家！"话音落时，她已脚步轻盈地走出了天井。

一会儿，她身后就传来"乒乒乓乓"哄抢财物的声音……

浓浓的晨雾笼罩着毛竹坞。街头两旁的房屋在浓雾中影影绰绰，好像是大自然在凶杀案后给毛竹坞涂上了一层神秘的色彩。

要是往日，天一放明，毛竹坞勤劳的村民们就早已干起手艺活了，可今天的毛竹坞街头却气氛异常，都因为出了那桩人命案子，使毛竹坞人平静的生活不再平静了。一大清早，没了干活心思的村民，三一堆、五一簇地聚在一起议论着案子。就连村里的狗群似乎也感觉出那种出了事的神秘气氛，吠声也不像往常那样放肆了。

大叔公邓九紧蹙眉头坐在自家堂屋的上首，下面按年事高低依次坐着村里的十几位老者，门外还聚集着村里的年轻人和妇孺人等。

一老者忧心忡忡地问："难道说，那外乡人真是被牛二所杀？"

另一老者说："我看不会，牛二虽然长得身强力壮，可他从来不恃强凌弱，他怎么可能干出那杀人越货的勾当呢？再说了，要真是牛二杀了人，宋提刑怎么没抓人呢？"

"可那外乡人被杀死在我们毛竹坞，只怕村人们难脱干系。不是牛二，官府就不会怀疑是马三呀？这岂不落个人人自危，从此不得安宁？唉，毛竹坞人的这一身膛可算是惹上啦！"

邓九叹了口气："唉，事到如今，我等也别光是怨天尤人啦。诸位老兄老弟，毛竹坞素来乡风淳朴，邻里和睦，可不能让这桩无头案败坏了毛竹坞的百年好名声啊。"

"是啊，可依我看，宋提刑是认准了凶手就是我毛竹坞人。大叔公，您是本村尊长，是否该去找宋提刑澄清澄清，免得大家心里都不踏实。"

忽有妇人从门外抛进话来："有什么不踏实的？"

大家回头一看，天井里站着目盲的三叔婆。三叔婆继续说："脚正不怕鞋歪。谁要疑心我毛竹坞出了杀人越货的恶人，就得拿出真凭实据来！"

门外村民们一致附和："对对，还是三叔婆说得有理，要说凶手是我毛竹坞人，得有证据！"有人说："大家伙可别忘了，宋提刑从来是没有证据不结案的。"

三叔婆说："我是个瞎子，认不得什么宋提刑还是包大人。但是，要是有谁冤了我毛竹坞的邻里乡亲，我瞎老婆子便要骂他个遗臭万年！"

邓九安抚道："现在宋大人也没说凶手一定是我毛竹坞人。大家先别太着急，明天我等几个一起去见见宋大人，把该说的话说了，该摆的理摆了。不是信不过宋提刑，而是怕他对毛竹坞知之甚少，我等给他提个醒，想必不算为过。不过，我等胸怀坦荡，也没什么可藏可掖的，宋大人要有什么疑问，有一说一，有二说二！"

村外，竹林中，晨雾刚刚散去，日光还是迷迷蒙蒙的。鸟雀们正在啁啾着，即被一阵骚扰声惊起。一大清早便到竹林里来的是六乙和一班衙役。他们是奉命前来在竹林做地毯式搜寻的。搜了好半天，眼看日头升起老高了，仍是一无所获。六乙发起牢骚来了："差官老爷，都已经找第二遍了，还是什么也没有哇，还找啥呀？"

"宋大人吩咐，方圆三里之内，每一寸地方都不能放过，必须要找到杀人现场。"

忽有人在远处喊："喂，快来快来。"

众人循声围聚到那人身边，那人往前一指："你们看。"

众人顺着他所指的方向一看，前面不远处正围聚着一大群苍蝇，"嗡嗡"一片。为首的衙役上前，拨开草丛一看，"血！现场找到啦。"

众衙役都兴奋起来，准备去报说此事。六乙走过来一看："嘻，这是我前日在这里射杀的一头小野猪，这是野猪血！"

众衙役脸上的惊喜霎时就没了："咳，真见鬼！"

这时候，在毛竹坞村的宋慈和捕头王，处境也有些尴尬。他们在村街上走着，发现那些沿街站立或倚门探头的村民，无论男女，都以一种冷漠的目光看着他们。捕头王越走越不自在，悄然对宋慈说："大人，这些村民都想干什么？"

"他们不相信毛竹坞人会杀人。"

"那么，凶手究竟会不会是本村人呢？"

宋慈意味深长地说："要是在那方圆三里之内找不到杀人现场，那么凶杀便十有八九发生在这个村子里的某一户人家。"

忽然，"呱啦"一声，毛竹开裂声破雾而来。宋慈的神色为之一凛。

三叔婆家门前。篾刀"嚓"地从毛竹根部切入，随着一连串的"呱啦呱啦"声，毛竹被对半剖开；篾刀又一次"嚓"地切入，又一串破裂声。篾刀在操刀者手上不停地重复着同一道工序，有点生硬，也有点让人心惊。

这天早晨，何老二是全村唯一起早干活的村民。他一株又一株地剖着毛竹，干得十分卖力，简直是一刻也不得空闲。天气不算热，他那张阴郁的脸上已是大汗淋漓，那情状与其说是干活，不如说是自虐！

黑洞洞的草房门内，站着盲人三叔婆，她似乎已经站着听了好一会儿了，越听脸上越是阴沉。她终于忍不住叫道："老二，老二啊，你究竟在干什么呀？"

"叔婆，我把这些竹篾剖完，就够您用大半年啦。"

"听你的意思，这是最后一次帮我干活啦？"

"不，叔婆，我是说……"

三叔婆最终没听到何老二把话说完，却又听见一声紧似一声的剖竹声。挨了好一会儿，她试探地说："老二，村里出了桩人命案子，听说州府提刑衙门的宋大人亲自来查案了。欸，你怎么也不去看看哪？"

瞎眼的三叔婆期待着何老二的回答，可听到的还是"呱啦呱啦"的毛竹破裂声。她又问："你究竟有什么事横在心里，就不能和叔婆说说吗？"

何老二仍是一声不吭，只顾埋头自虐般一根又一根地剖着毛竹。三叔婆终于耐不住了，突然大声说："老二！你究竟有什么事想瞒着我这瞎老婆子？"

何老二手中的刀"当"地掉落在地，他的脸痛苦地抽搐起来。三叔婆走过去，伸手摸到何老二的脸上，手指碰到眼泪，心里不免更是一紧："老二，贤侄啊，这人间事呀，自古来就是善有善报、恶有恶报。你人好、心善，就算是整个天掉下来了，也不会砸在你的头上！不管出了什么事，你告诉叔婆，叔婆虽然是个老而不中用的瞎婆子，可要是有人想伤害你，我照样会和他拼命。"

何老二心头一阵热浪涌起，眼泪就更止不住地流了下来，口中嗫嚅着："叔婆，叔婆呀……我……"想说什么，忽听有人声靠近，连忙缄口不语。

宋慈在大叔公邓九及几位村里老人陪同下，往这边走来。何老二不禁脸色骤变，匆忙站起身来，神色紧张地跑回自己家里，回头"砰"地关门上闩。

从何老二家传出的那重重的关门声，就像什么东西砸在了三叔婆的心里，老人身子猛地一震，"老天啊，你可要睁睁眼啊！"

几位陪同宋慈的老者边走边说。邓九滔滔不绝地讲起了村史："当年十国纷争，战祸连年，百姓饱受兵燹之灾。我等祖先为避战祸，先后从中原逃难到这江南的深山竹林中来安身。因为在此安居的都是些饱经战乱千里逃难而来的流民，所以人人都格外珍惜这不见兵戈铁蹄、刀光剑影的桃源之境。虽说村里姓氏混杂，可百年来，从来都是和睦相处，邻里相亲，别说杀人劫财，就连小打小闹也少有发生。故而，这桩人命案子牵动全村人的心，想必宋大人不以为怪吧。"

"宋某对毛竹坞的好村风却是早有耳闻，进山一看，果然名不虚传。宋某身为本州提刑官，不单司职刑狱，也还有倡导风化之责。而毛竹坞的村风民情，堪为世人之楷模啊。"

邓九说："宋大人如此说，实乃我等草民之洪福啊。"众老者一个个风光满面，一致附和。宋慈突然把话题一转："不过……既然有人命案子出在毛竹坞，宋某不得不对乡亲们稍有打扰，还望诸位多多体谅。"

邓九斟酌着开口："这个自然，出了人命案，自然要按律法章程缉拿凶手的。我等所虑的是……"

"乡亲们所虑的，可是怕宋某冤屈了无辜的村民？"

"这……不知宋大人是否已经有了嫌疑对象？"

宋慈没有直接回答："查案断狱，凭的是铁证实据，没有确凿的证据，宋某断不会草率定案。"邓九放下心来："我等想听的就是大人这句话呀！既然宋大人如此说了，那便是我等多虑了。宋大人公务繁忙，就不打扰了。不过，宋大人要是有何吩咐，我等随时听命。"

"多谢多谢，此案得破，少不得有麻烦诸位的地方啊。"宋慈抱拳送别老者，正想继续往前再走走，突然被什么吸引住了：那是聚集在何老二家门槛下的一大簇嗡嗡乱飞的苍蝇……他正对门槛下那丛苍蝇看得入神，忽然感觉身后有人走来，回头一看，是三叔婆用竹竿点地向何老二家走来，刚上坎，脚底下被什么一绊，宋慈连忙上前扶了一把。"老妈妈小心。"

三叔婆一惊："啊，你……你不是走了吗?"宋慈觉得诧异："老妈妈，原来知道我在这儿?"三叔婆才意识到漏了嘴，把脸一沉："你也是个瞎子吗?"

"在下……"

"什么在下在上的，你要不也是个瞎子，就该看得见我是个瞎子，瞎子又怎么看得见有谁在这儿? 你究竟是哪座庙的佛呀?"

宋慈恭敬地说："在下宋慈。"

"听说过的，你就是那个宋提刑。可我是个瞎老婆子，看不见你究竟是白脸还是黑脸。"三叔婆说完，回头要下坎了。

宋慈忽然说："欸，老妈妈，能问个事吗?"

三叔婆生硬地说："瞎子又能告诉你什么?"

"我只问问这家主人……"

"噢，你是问老二吧? 那我这瞎子倒能对你说句亮话：你听清楚了，这家人叫何老二，他可是天底下心地最善的好人，村里童叟妇孺，你尽可去问，要是有谁会说出他半个不字，我老婆子便一头撞死!"

"老妈妈，你对我说这番话，可是另有缘故?"

"你以为瞎老婆子是见了你宋大人才那么说? 你错了，凡是见了生人，我从来都是那么说，不管他是白脸还是黑脸!"

"听您这么一说，宋某倒应该见见这位大好人。老妈妈可否为我引见?"

三叔婆坚决地说："不可!"宋慈忙问："这是为什么?"三叔婆支吾道："老二……他不在家!"

"您是怎么知道他不在家呢?"说话时，宋慈的眼睛看着那没有上锁的门。三叔婆生气了："你以为我是瞎子就看不见他大白天关着门吗? 他帮我上山砍毛竹去了。你想见他，后山找去吧。"说完钻进她的草房里去了。

宋慈的目光从那没上锁的门环上缓缓落在门槛下聚集成团的苍蝇上……

宋慈被一种什么内心的激情驱使着在山道上快步行走。

捕头王紧追几步："大人，是不是案子有了线索？"

宋慈未作回答。捕头王又紧追几步："大人，寻找作案现场的衙役回来禀报，他们找遍了方圆三里的每一寸山地……"宋慈突然站住："并未发现作案现场！"

"原来大人已经知道。"

"因为作案现场只有一个，那是在……"宋慈说罢一想，又补了一句，"没漏过什么地方？"

"连一寸土地也没有放过！大人……"

"你想说什么？"

"早上我听您说过，要是在那方圆三里之内找不到杀人现场，那么本案的杀人现场就一定会在……"

宋慈一抬手挡住捕头王的话头："要真正解开此案之谜，就得先查明死者的身份。你马上快马出山，让英姑把认尸告示扩大到邻近各县张贴，务必要查清死者身份。"

捕头王应声："是！"快步跑去。宋慈回头看着刚刚散去晨雾的村子："看来，在死者身份被确认之前，宋某只能在此游游山玩玩水了。"

城西停尸棚，除了守候的衙役，冷落无人。

快马急驰而至，英姑翻身下马："阿六，有人来认过尸吗？"阿六急急地迎上来："哟，英姑娘来啦。英姑娘，你不来，我还正想回衙找你呢。"

"啊，是有人来认尸了？"

"要有人来把尸体认走，我等兄弟也算是熬到头了。可都摆了三天了，别说有人来认尸了，就是从天上飞过的鸟儿也绕着走，因为那尸臭难闻啊！要再摆下去也不是个事，你去跟宋大人说说，该来认的也早该来了，到今天没人来认，那就不会有人来认了。万一这家伙是个八辈断绝六亲全无的主儿，我等岂不白给他守灵了？跟宋大人说说，找人拉荒山野郊埋了算啦。"

英姑正色道："你们要受不起这份罪，那就让我来守着，你们回衙门听命去吧。"阿六忙说："别，别价呀。英姑娘，我也不是说让你来受这份罪，我的意思是不会有人来认啦。"

"死者不是本地人氏？这三天，不会连一个人也没来看过尸体吧？"

阿六忽然想起："哦，要说看尸体的，倒是……昨天呀，还真有一个妇人进过停尸棚……"英姑没等阿六把话说完，急问："是吗，快说，那人呢？"

"那要真是个认尸的，我还会放人走吗？那妇人呀，长得还挺漂亮扎眼的，来了，说要进去看看，就让进了，可没一会儿，我想进去问问吧，人却不见了。这有进没出的，我还以为是出了鬼呢。"

英姑听罢，一想，随即转身钻进了尸棚。

首先映入她眼帘的，是裸露在盖布外的一条有个刺眼烙疤的右手臂。而后，她的目光在尸棚巡视一周，发觉尸棚一角有个破洞……

茂密的竹叶覆盖下的一条山道，一边是盛开着五彩花草的山坡，一边是潺潺流水的山涧。清澈的流水中漂下了一枚绸绢花，顺着那朵被抛弃的绢花往上不远处，翠姑蹲在溪边，以水为镜，将一朵鲜艳的野山菊插在秀发上，然后对着水中倒影，欣然自赏着……

忽然一阵急促的马蹄声传来，她心里不免一惊，站起身想避一避。

捕头王骑着快马从翠姑身边一掠而过。他只是向这少妇瞥了一眼，忽觉这是一张他似曾见过的面容，便勒住马缰，又折了回来。

翠姑见男人去而复回，心一下子提到了喉咙口上。紧张之下，竟不知回避，直生生地面对着捕头王。捕头王反倒不自在了，只是心里想：这女子好面熟啊，怎么就想不起来了？就在捕头王心里犯着嘀咕的当儿，翠姑拿起包裹就走。

捕头王喊一声："喂，这位小妹，你等等……"翠姑哪敢应声，吓得撒腿就跑。忽闻身后马蹄声骤起，她本能地从地上捡起一块石头，做好了自卫的准备。可再一听，那马蹄声并没有近她而来，而是远她而去了。她大着胆回过头来时，那快马早已绝尘而去。翠姑气一松，腿一软，一屁股坐到了地上，笑了……

夜色已浓，村子里已是一片寂静。三叔婆的草屋，此时亮着微弱的光。瞎眼老太婆在堂前焚香，低声祷告。忽然，门外传来一阵急呼："娘，娘……"

还没等三叔婆回过身来，翠姑就闯进了草屋，一头扎进母亲的怀里，带着哭音说："娘，娘，是女儿回来了……"

三叔婆好半天才回过神来："翠姑，真的是你回来了？"

"娘，是女儿回来了，是女儿回来了呀……"

"翠姑，我的儿呀，娘真想你呀……"老人搂过女儿，悲从中来，不禁失声痛哭。

翠姑哭着说："娘，女儿这次回来，就再也不会离开您了。"

三叔婆一愣："你说什么？"

"娘，女儿今后再也不离开毛竹坞了！"

三叔婆伸出双手在女儿的脸上抚摸着，当她摸到女儿头上那朵野花时，脸色忽然凝重起来，"翠姑，你能回来，为娘求之不得，可你那恶丈夫……"

翠姑恨声说："他不是我丈夫，他是强盗！"

"不管怎么说，你已经是他的人了，他知道你离开家回到毛竹坞，还不活活把你打死呀？"

"娘，您不知道，那贼胚逃案在外都快半年了，我早就想回来看您，可怕他哪天回来，发起疯来，不但女儿遭殃，就连娘也要受到连累。所以这半年来，我一个人守着他那个贼窝，就是不敢回来。可现在他回不来了，永远回不来了。"

三叔婆惊声问："怎么，是让官府抓起来啦？"

"娘，您不是常说善恶有报吗？"

"是啊，总说善恶有报，可世上的事也常常是善恶颠倒的呀。"

"娘，以后呀，您再也不用为我担惊受怕了。"

"可为娘真为他担心啊。"

"为谁？"

"老二。"

翠姑一怔："老二哥，他怎么啦？"

三叔婆压低声音："毛竹坞出了桩人命案子，你听说了吗？"翠姑含糊其词："哦，刚进村时听人说了。那案子和老二哥有什么关系呢？"

三叔婆说："我也说不清楚啊。翠姑啊，这些年要不是老二像亲生儿子般地照应着，你娘这把老骨头恐怕早就喂了野狗啦。"月光下，一条黑影悄悄游移到门前，听见草房里母女的说话声，就停下了。这是何老二。

翠姑问："娘，我……我能去看看老二哥吗？"三叔婆说："怎么不能呀？翠姑啊，你老二哥虽然大你几岁，可娘知道你们最是投缘。要不是那畜生把你强娶了，娘还真指望你们……唉，人呀，都有自己的命。"

翠姑站了起来："娘，老二哥在家吗？我这就看他去。"

门外躲着的何老二赶紧掉头跑回了自己家，又严严地把门关上了。

月光如水，夜深人静。柴门开处，翠姑走出家门，踩着月光下自己的影子向何老二家走去。月光下的人影虽有些迷离，但那双楚楚动人的大眼睛，却显得格外清澈。她想起当年与何老二的那段纯情记忆——

　　泉水叮咚，鸟语声声。绿竹覆盖下的山道上，何老二和翠姑肩挑竹品，一路在玩耍着争走在前的游戏。翠姑毕竟不敌何老二，每每被挤在后面，翠姑见硬拼不过，一张楚楚动人的脸上大眼珠子一转，心生一计，假装崴了脚，忽地往地上一坐叫起痛来。

　　已跑出几丈外的何老二扔下肩头的担子，回身来搀扶翠姑。

　　翠姑一跃而起，就跑到前面去了，抛下一串少女耍习得胜的笑声……

　　翠姑跑累了，才歇住脚，大老远地喊过话来："喂，老二哥，不走啦？"

　　何老二忙收拾自己的竹担，结果是拿起东掉了西，七分憨厚三分狼狈……

　　街市，十几条脚上穿着一色儿黑靴的腿，从街面上如狂飙卷来，街人们纷纷避走。那些腿杆子忽然在何老二和翠姑的面前停了下来。蹲在地上做着竹品买卖的何老二和翠姑见了这些黑靴腿，早已吓得瑟瑟发抖。

　　这是一帮当地有名的地痞，为首者是个身高体壮、耳朵上插着朵硕大的大红绸花的花衫公子，叫王鹏。他站在何老二和翠姑的摊位前，一双淫邪的眼睛放肆地在翠姑身上乱转。翠姑吓得直往何老二身后躲。

　　王鹏不紧不慢地走上前去，忽然抬臂一抖，衣袖滑落，手臂上露出一条青龙。身后的恶徒们也同时将衣袖一捋，个个手臂上都刺着蛇形。

　　何老二惊呼一声："啊，青龙帮！"拉起翠姑就跑。

　　王鹏一个箭步上去，抓住翠姑的一条手臂："小娘子，别走哇。"

　　何老二想上来抢回翠姑，却被打手们按住，动弹不得。

　　翠姑吓得脸色发白。何老二说："大爷，您就饶了我们吧，饶了我们吧。"

　　王鹏冷冷问："你们？她是你媳妇还是你后娘啊？"

　　"她……她是我邻居。"

　　王鹏大吼道："邻居也敢跟她称'我们'？掌他嘴！"

　　打手们上去一阵大嘴巴，何老二嘴角当即就流出血来。王鹏说："记住了，往后可别随便对漂亮小妞称'我们我们'的，让本大爷听了刺耳。"

　　何老二挣扎着说："大爷……"话音未落，就遭打手重重一击，当时就昏倒在地。翠姑哭喊："老二哥，老二哥……"

　　王鹏淫笑道："嗬，叫得还挺亲热，你怎么不叫我一声哥呀？"

　　翠姑大声叫着："放开我，放开我！"

　　"你亲我一口，我就放了你。"众恶徒见状，大笑不止。

翠姑扑向老二："老二哥……"王鹏拔下翠姑头上的野花，送到鼻子前嗅了嗅，然后手指一捻，花瓣纷落。他又从自己头上拔下那朵大红绸花，强行插在了翠姑的头上，然后大声对喽啰们说："兄弟们看看，这像不像本大爷的压寨夫人？"喽啰们一致附和："这可是天生一对，地配一双啊！"

何老二挣扎着叩求："大爷行行好，放了她……"话音未落，被一喽啰抬腿一脚踢昏过去。翠姑哭着呼叫着："老二哥……"

月光下，痛苦的回忆使得翠姑脸上流下两行泪水。她走到何老二家门前，轻叩柴门："老二哥，是我，是翠姑回来了，你开开门，开开门吧。"

何老二紧靠着门，身子缓缓地瘫软下去，痛苦自责地揪着自己的头发……

大叔公邓九家，十几位村中老者围坐在堂前，正在交头接耳地议论着什么，最终都把目光投向大叔公邓九。

大叔公邓九当仁不让地起身，向坐在上首正品着茶的宋慈抱拳一礼："宋大人方才说，并没有在竹林找到那外乡人被杀的现场？"

"是的，至今为止，这方圆三里之内，没有发现任何杀人作案的蛛丝马迹。"

邓九接着说："既然在村外找不到现场，那么，宋大人是否就认定了那个杀人劫财的现场就在……"宋慈站了起来："兴许宋某没有把话说清楚。邓老伯请坐，让宋某将命案的勘查结果向诸位尊长细说一遍。"

众老者闻言，一个个挺直了脖子倾听。宋慈呷了一口茶，赞叹地说："好茶！带着竹子清香的绿茶，除了毛竹坞，别处恐怕是喝不到的。"

他看众人似乎对茶香的话题毫无兴趣，就把茶盅一放，从容道来："毛竹坞无名尸案的案发现场是在村西口，多亏在座诸位的保护，现场初情完好。据宋某勘验，现场没有任何打斗痕迹，由此推断，死者是在别处被杀后移尸村西口的。现场高坎上留下唯一的一处柴草被滚压过的痕迹，便是尸体从高坎上被抛下山沟时滚压而成。这就是说，此案除村西口发现尸体的现场以外，必定还有一个死者被杀时的作案现场！为了寻找这个杀人的第一现场，宋某曾派衙役捕快，并请贵村村民做向导，对案发现场周围三里之内的草山竹林找了个寸土不漏，结果是，并未发现任何杀人作案的蛛丝马迹。"

宋慈又端起茶盅呷了口茶，见众人都聚精会神地倾听着，于是放下茶盅，接着往下说："这说明什么？这只能说明那个真正的杀人现场兴许根本不在草山竹林之中，甚至根本不在野外。"

邓九抢过话头："宋大人该不是想说，杀人现场就是在村子里？"

"邓老伯，诸位父老。宋某说句不怕冒昧的话，那杀人现场既然不在野外，就只能在贵村的村坊里，在某户人家的住所之中！"

堂前肃静了好一会儿后，才忽然"轰"地炸了窝。村老们一个个摇头摆手，对宋慈的推断难以接受。宋慈缓言道："诸位父老，刚才宋某所言只不过是一种推想而已，在取得确凿证据之前，各位就当是宋某姑妄言之，你们姑妄听之如何？宋某现在该做的，就是要找到确凿无疑的证据。"

邓九说："敢问宋大人，是否找到证据？"

"俗话说得好：雁过留声，蛇过留痕。任何凶案，都会留下证据。可要找到本案的证据，还不得不仰仗在座诸位的鼎力相助。"

邓九心有不悦，闷声说："宋大人是否有意要挨家挨户地查验？这也好，少时，我们家家户户敞开大门，静候宋大人挨家查验就是，也免得毛竹坞家家都落个杀人嫌疑。"众老齐声附和："此言有理，我们让查就是了。"

宋慈又端起茶盅呷了一口，说了句与案子完全无关的话："这毛竹坞，怎么就连绿茶也会带着如此浓浓的竹香呢？奇怪。"他放下茶盅，继续说："挨家挨户地查验，太过扰民啦，宋某断不敢如此荒唐行事。我想暂且放一放查找杀人现场，先来找出杀人的凶器，事半而功倍，岂不更好？"

邓九问："但不知宋大人究竟要找什么？"宋慈目光一瞥，从墙角捡起一把篾刀，"据铁匠牛二说，这毛竹坞家家户户都有几把这样的篾刀？"

"毛竹坞人素以竹业为生，自然家家都有这样的篾刀。"

"毛竹坞人所用的篾刀均是出自他牛记铁铺？"

"这不假，牛二的手艺是祖传的，村里人用他的刀称手。"

"全村共有多少把这样的篾刀，牛二倒也记得一清二楚。"

"宋大人有何吩咐，不妨直言。"

"诸位想必知道，在现场找到了一把带着血的篾刀，但那把却不是杀过人的刀。"

"宋大人是否要下令收缴全村的篾刀？"

"全村共有一百多把近三年打制的篾刀，但只有一把是杀过人的，因此，若是少收了一把，宋某便……"

"在毛竹坞，只要我们几位说句话，全村人没人会打半个折扣。宋大人放心，我等敢保一把不少地送呈大人查验。"

宋慈站起向众老者深深鞠躬："如此宋某谢过了。"

毛竹坞村，六乙、牛二等几个青壮村民，抬着箩筐，挨家挨户地收缴篾刀。后面有几名衙役一直相随着。六乙喊着："喂喂，各家各户听好了。大叔公有话：毛竹坞出了凶杀案，宋提刑欲验刀查凶。各家各户，快来交刀啰。"

一村民把刀放进箩筐，却心有不服地说："官府该不会把我们毛竹坞人都当作了凶手吧?"六乙把话说得山响，是故意让那两个跟随的衙役听见："真金不怕火炼，就让他们验去吧。要是验出个真凶来，谁干谁抵命就是了。可要是验不出什么来，也可免了我们毛竹坞一村老少共背黑锅。"

村民说："说得也是，收吧收吧。欸，快回家拿刀去吧。"

何老二在自家屋里发呆。他的手上拿着自家的篾刀，显得十分犹豫。

门外，六乙叫喊收刀的喊声传过来："喂，各家各户听好了，大叔公有话：毛竹坞出了凶杀案，宋提刑欲验刀查凶。有道是为人不做亏心事，莫怕半夜鬼敲门。各户快把刀都交上来，让官府去验个明明白白，也免得毛竹坞人背黑锅呀。交刀啦。"

六乙见何老二家关着门，便大声问："喂，老二在家吗?"何老二听得清楚，一横心，拿着刀去开门，而后大步走出了家门。六乙见他走出来："哟，老二你在家呀。"何老二没说什么，把刀往箩筐里一放，转身就走。六乙关切地说："欸，老二，你脸色怎么那么难看，别是得了痧症了吧? 快去让我娘给你刮刮吧。"

"没事，没事。躺躺就好。"何老二边说边走进屋里，门又关上了。

这期间，下坎三叔婆家的门也开着，翠姑神色忐忑地走出来，关切的目光注视着何老二交刀时有些反常的举动。她刚想返身进屋，就被三叔婆堵住了。三叔婆轻声问："老二交刀了吗?"

翠姑心有别念，一时忘了母亲眼睛看不见，就没有作声，只是点了点头。

"我问你呢。"

"哦，娘，他交了。"翠姑说完，就进屋去了。

三叔婆自语道："官府收刀究竟是为了什么呀?"

六乙看见了三叔婆，就喊道："三叔婆，收刀啦。"三叔婆像是什么也没听见，回身进屋去了。六乙便有些奇怪："欸，三叔婆?"

一村民说："三叔婆是个盲人，她就算了吧。"

"没听大叔公吩咐，一把不能少！要少了一把，岂不正好授人以柄吗？你们等着，我去拿来。"六乙说着便往三叔婆家走去。

一辆马车快速地在大道上跑着。马车内坐着商人李甲和李二。李甲手里拿着一张衙门告示，对告示上的认尸图形细细辨认着："老二，这不会有错吧？"

李二笃定地说："错不了，这家伙长得跟凶神恶煞似的，只见一面，就终生难忘，烧成灰我也能把他认出来。"

"我看也错不了。这回能给宋大人提供这个线索，要是能有助于他老人家破案，也算报答了他老人家上回为我兄弟二人主持公道！"

"正是正是。欸，再快点。"

赶车的说："再快，马可受不了。"

李甲说："马腿跑折了，明天可换两匹新的，可要是耽误了宋大人破案，会让我们兄弟后悔一辈子的！"

"主人这么说了，我这赶车的还顾忌什么。驾！"响亮的一鞭，马儿疾奔如飞……

毛竹坞村附近的将军庙，成了宋慈的临时住所。在这庙里，摆放着满满的三筐篾刀。宋慈围着那三筐篾刀踱步思索着。

他忽然发觉什么，抬手在空中捞了一把，打开手掌一看，随手捞着的竟是一只苍蝇，他不禁大笑起来："哈哈哈。看来验刀查凶，就看你的啦！"

忽听急促而杂沓的脚步声传来，还没等来人现身，宋慈就笑着道："捕头王，英姑，想必你二人带来了此案的重要线索？"

话音落时，捕头王和英姑才出现在他的临时书房门口。

捕头王吃惊地问："咦，大人怎么就知道是我和英姑娘来了？"

宋慈不无得意地说："你忘了上回是怎么破李府谜案的吗？"

"哦，原来是因为你我的脚步声！"英姑一下子就明白了，即学着宋慈的样子说，"盖因人之体重、脚之大小，都与其身高体形相称，而一个人走路的声音大小，又与其人的身高体重及所穿的鞋底硬软相称。我二人跟随大人已非一日，这脚步声的轻重刚柔，大人岂不一听便知。"

捕头王挠首："有道理啊。可我怎么就想不到呢？"

宋慈笑道："还好意思说呢。白扛了个硕大的脑袋，还不如人家英姑娘那颗小脑袋瓜子管用呢。刚才我不但从你二人的脚步声里听出来者是谁，还听出了你们一定是带着好消息来了。"

捕头王感叹道："大人可真是未卜先知啊。"

"别给我戴这些没用的高帽。快说，发现了什么？"

捕头王对英姑说："你先说。"英姑说："你是捕头王，你先说吧。"

"好，我先说。大人，真是踏破铁鞋无觅处，得来全不费工夫。您还记得前日差点让赖八敲诈的那两个山阴县的客商吗？"

"嗯，记得，怎么啦？"

"正是他们二人从认尸告示上认出了死者。"

宋慈双眼忽地一亮："往下说。"

"原来这家伙在案发前一天曾在山阴县抢劫作案，还差点杀了他们二人，幸好赶上县衙捕快巡夜路过，将这强盗逮个正着，可在押回县衙途中，一不小心，又让他跑了。"

宋慈闻言，拍案而起："果然有前科！"

捕头王接着说："卑职当时听了还不敢相信。试想死者要是前日在山阴县作案，第二天凌晨，却在百里外的毛竹坞被杀，除非他长了翅膀，怎么也办不到呀？可那两位客商接着说……"

宋慈接过话头说："从山阴县到太平县，从大路走，不下百里。可山阴、太平其实仅一山之隔！"捕头王高兴地说："正是！"

宋慈招呼一声："来！"他快步走出将军庙，手指远处的一座高山："你们看，就是那座阴山隔着山阴和太平两县。死者要是在山阴作案逃脱，想必不敢走大路。从山阴县翻山而来，这毛竹坞岂不是他必经之路？"

英姑接口道："大人，据守护尸棚的衙役阿六说，前天曾有一女子去过停尸棚，可钻进尸棚后，转眼又不见了。我推断那女子一定是死者的亲属。"

宋慈问："何以见得？"

"大人，您听说过有认尸者不看脸的吗？"

"你说的这位妇人没有看脸，是因为死者有比他的脸更容易认的标记。"

"对。就是那条留着个火烙伤疤的右臂！"

捕头王忽然惊叫了一声："大人。"宋慈问："怎么了？"

捕头王又不想说了，"没……没什么，没什么……我是想，虽说无巧不成书，可天底下不会有那么巧的事。"说着，就像着了魔似的径自走了。

英姑好奇地说："欸……大人，他怎么了，像是见了鬼了。"

宋慈一笑："此案之中，恐怕还真有个大头鬼呢！"

时至黄昏，夕阳照进宋慈设在将军庙内的临时书房，宋慈在案前书写着什么，虽有苍蝇在他耳边嗡嗡乱飞，但丝毫没有分散他的注意力。

英姑走进来："这毛竹坞怎么到处都是苍蝇，真讨厌。"见宋慈正在书写，英姑伸了伸舌头就想退回去，却听宋慈说："别走。"

"对不起，我打搅大人了。"

"你打搅我，是因为苍蝇打搅了你！"

"就是，我从来没见像这里那么多苍蝇的。"

宋慈抬起头来一笑："你可别那么讨厌这苍蝇，此番破案，还得要这些讨厌的苍蝇帮大忙呢。"英姑一愣："您在开玩笑？"

宋慈走到那几筐篾刀前，随意地取出一把，在手上把玩着："这是从毛竹坞家家户户收缴上来的篾刀，共计一百一十六把，其中只有一把是杀过人的，你有什么办法能把它找出来？"

英姑眼珠子一转："噢，我知道了。"宋慈说："哦，那你说来听听。"

"既然大人想在明天当众验刀，我也不想在今天就道破天机。"

"没关系，天知地知你知我知，说说无妨。"

"大人别忘了，隔墙有耳。"正说着，只见捕头王埋着头像是在想着什么似的从门前走过。英姑笑道："您看，我说的吧？"

宋慈提醒道："你有没有发现捕头王今天和往日不一般啊。"

英姑点点头："是啊，我也感觉到了，好像闷闷不乐的。"

宋慈纠正道："不是闷闷不乐，而是在搜肠刮肚呢。"

闷头而行的捕头王自然不会听到英姑与宋慈的对话。他走出将军庙，忽见前面一女子正在向门外的衙役打听着什么，女子乍见他，似有异样，即回头走开了。捕头王招手唤过那个衙役问道："那女子是谁？"衙役答："不认识。"

"刚才她和你说些什么？"

"她问我，这桩杀人案是否能破。"

捕头王忽然想起什么，即向那女子大声一喝："站住！"

待那女子回过头来，捕头王不觉一愣："啊，是你？"

翠姑不卑不亢地说："这位差官老爷，让民女站住有什么事吗？"

捕头王问："你是谁？"翠姑说："民女是毛竹坞人呀。"

捕头王费力想着："我……我好像在哪儿见过你？"

翠姑立即说："对，昨天，在山道上，我还差点把你当坏人呢。"

捕头王却摇着头："不，我是说以前还在哪儿见过。"

"以前？那你一定是看错人了。"翠姑说完，大步走远了。

捕头王站在那儿，竭力搜索着记忆。渐渐地，一个模糊而飘忽不定的画面从他的记忆中浮现——一个惊恐万状的女人，蜷缩在床角瑟瑟发抖，手却一个劲儿地指着什么，顺着她手指的方向，墙角有一口大木箱……

捕头王回过神来，脱口而出："啊，原来是她！"

"她是谁？"宋慈不知何时悄悄地站在了捕头王的身后。

"大人，我想起来她是谁了。"

"看来你真找到此案中的大头鬼了？好，想起什么，快说来听听。"

捕头王兴奋地说："大人听说过几年前太平县青龙帮的大案吗？"

"青龙帮？噢，宋某刚来本州的时候，曾在刑狱卷宗里看到过，可是那人人右臂上都刺有一条青龙为标志的地痞黑帮？"

捕头王回忆起来："并非人人都刺有青龙。说是青龙帮，其实只有帮首才刺青龙，他手下的喽啰刺的则是蛇形。那年，太平县出了个由地痞恶少纠集而成的盗贼之帮，横行乡里，祸害百姓。因其势力强盛，竟连当时的知县也睁眼闭眼，不敢得罪。终于养虎成患，青龙帮居然向县衙也行起了敲诈，还在光天化日之下，盗抢了县衙库银数万两。知县吓得悬梁自尽，朝廷也震惊了！卑职终于等到了'克日剿灭黑帮'的朝廷圣命。那天晚上，卑职获悉青龙帮众人正在帮首王鹏府上狂饮，趁着夜色，即率八十捕快前去缉拿——"

黑灯瞎火的街头，捕头王率众悄无声息地扑到一所大宅院前。

宅内灯火通明，人影闪动。捕头王做了个手势，队伍散开，向宅院围去。

黑暗的墙脚下，一醉醺醺的喽啰正好出来在墙角撒尿。影影绰绰的人影映在他眼前的白墙上，小喽啰打着饱嗝转过头来，一见有官兵潜入，当即大喊大叫起来："啊，官兵来啦！大哥，快跑呀！"

捕头王一个箭步上前，一双大手如铁钳般掐住那喽啰的脖子，竟活活把他捏断了气息。他抛下喽啰时，见屋内的帮众一拥而出。

兵戈相交，一阵乱战厮杀。一场血腥拼杀后，帮众死的死伤的伤，也有一些被官兵擒获。捕头王举着火把逐个验看，见全是文着蛇形的喽啰，便向帮徒喝问："王鹏何在？"

一帮徒咧嘴一笑："哼，凭你们这群酒囊饭袋也想抓我们的帮主……"刀光一闪，那人话未说完就毙了命。捕头王怒吼："有敢知情不报者，以此人为例！"

帮众们一个个仍是闭口不言。捕头王正欲举刀，屋内忽然"咣"的一声器皿打碎的声音传来，同时还有女子的呼叫声："饶命，饶命！"

捕头王身形奇快，一闪身便横刀跃进房内。一看，房内仅一女子蜷缩在床角，见捕头王进房，嘴里大呼着"饶命"，手却一个劲儿地往一角指点。

捕头王侧目一看，墙角置有一口大箱。他恍然大悟，一个箭步扑了过去，飞起一脚，箱子开处，只见一个墙洞，于是率先从墙洞追了出去。不久，他人已在墙外，但是，夜色茫茫，渺无人影。捕头王气恼得狠狠踩脚！

捕头王懊丧地说："大人，你知道吗？卑职在县衙当了十几年的捕快，那还是头一回失手让主犯逃脱。"宋慈说："不对呀。宋某看了卷宗，卷宗上明明记载着是'一网打尽，帮首毙命'啊。"

捕头王愤然道："哼，什么帮首毙命，还不是地方官们冒功虚报，粉饰太平！卑职正是为此而辞差不干的。要不是得遇大人，这辈子我也不会重返公门。"

英姑猛地击案而起："官家为保头上乌纱，竟敢弄虚作假，蒙骗朝廷，真是可恶！"捕头王说："听说那个虚报政绩的知县也没得善终，第二年就生了个恶疾死了。"宋慈思索着说："难道真是这条漏网之鱼，在毛竹坞得成正果？"英姑说："死者要真是王鹏，他右手臂的伤疤一定是为逃避缉捕而用火烙去青龙文身留下的疤痕。怪不得那女子认尸时，只认右臂的标记，而不看死者的面容。"

宋慈问："那妇人要真是死者的亲属，又为什么没有看一看死者的脸呢？"

英姑说："她没有看，就一定是不想看！"宋慈紧逼一句："为什么不想看？"

英姑一愣。宋慈提示她："作为女人，你试想一下，为什么连亲人的脸面也不想看上一眼？"英姑突有所悟："只有在一种情况下，我才会那么做！"

"往下说！"

"在我眼里，那已经不是一张亲人的脸，而是一张令我痛恨的凶神恶煞的脸，甚至巴望着永远消失的脸！"

宋慈不停地对英姑和捕头王意味深长地点着头，却什么话也没说，一声不吭地走出了庙堂。他踱步到庙门前的一块空旷地面的中央，仰望着漫天的晚霞。

捕头王和英姑不解其意，悄然跟着走出庙门。捕头王正想上前，被英姑拦住。二人就远远注视着晚霞披身的宋慈。

宋慈终于如释重负地嘘出一口长气。夕阳渐渐西落……

翠姑面色惶恐地匆匆回到家中。三叔婆早已巴巴地等在门口了。

"翠姑回来啦，可打听到了吗？"

翠姑语气紧张得说不出话："没有，不过……"

三叔婆有点着急："不过……不过什么呀？"

"娘，宋提刑手下的一个大汉，好像把我认出来了。"

"什么？宋提刑的手下怎么会认识你？"

翠姑腾地往起一站："娘，杀了一个该杀的，官府为什么非要追查是什么人杀的呢？"

"唉，自古欠债还钱，杀人偿命……"三叔婆忽然一怔，"欸，你刚才说什么？杀死一个该杀的，你在说谁呢？"

翠姑轻声说："娘，你知道毛竹坞被杀的那人是谁？"

"是谁？"

翠姑咬牙切齿地说："就是那贼胚！"

三叔婆一惊："什么？那被杀的是你丈夫？"

"不是我丈夫，他是强盗！"

"那你把这话跟宋大人说了吗？"

翠姑迟疑地说："没有。"三叔婆急问："为什么呀？"

"那贼胚的尸体还躺在城门外呢。我要去说了，官府会让我去收尸，可女儿巴不得他让野狗分尸，才不愿去为那恶鬼收尸呢。"

"即便是那个该杀的恶人，恐怕官府也不会就此判杀人者无罪啊。自古以来，欠债还钱，杀人偿命，无论该死不该死，平头百姓杀死人总是祸啊。"

"难道真是老二哥杀了那贼胚吗？娘，官府要真查出是老二哥杀了人，就让女儿去为老二哥抵命好了。"

"何用你来多事，为娘自有主意。"三叔婆意志坚决地说。

月亮渐渐升起。月光下的毛竹坞村，朦胧而寂静。偶尔从哪个角落传来几声老人的咳嗽和婴儿吵夜的啼哭，剩下的便只有夜鸟的低吟和蛙虫的鸣叫了。

但村庄里的大多数人家却都亮着烛灯，那烛光虽然很弱，零零点点，却像是村人被牵动的心在跳动。毛竹坞人似在默默地共度一个不眠之夜……

何老二家，黑黑的屋内，一盏微弱如豆的油灯下，何老二蜷缩在墙角，两眼呆滞地对着房顶，充满着惶惶不可终日的绝望。屋顶房梁上，缓缓飘下一条白练，何老二像是被勾走了魂魄似的缓缓站了起来，爬上椅子，将脖子套进了白练的套环，横一横心，双脚用力蹬去了脚下的竹椅，不想身子没有被白练挂着，却重重地摔了下来，再抬头看，何来白练？原来又是可怕的幻觉！

何老二痛苦地啜泣："天哪，我还有什么脸面活着呀……"

屋外，月光下，翠姑又踩着自己的影子走来。她走到何老二家门口，犹豫了一下，还是上前轻轻地叩门。"老二哥，老二哥……"翠姑的呼声中充满着柔情。屋内的何老二一下子手足无措，迟迟未去开门。

"老二哥，从前你都把我当成小妹妹一样，什么事都护着我，让着我，可我回来了，你怎么连见都不肯见我一面呢？我知道，我现在早已不是你从前喜欢的妹妹了，我是棵残花败草。可不管怎么说，你我毕竟兄妹一场，你要是遇上什么难事，就不能跟我说说？就算你不愿跟我说话，还不能跟你像亲娘一样侍奉了那么多年的老人说说吗？老二哥你开开门，我今天只想跟你说一句话。就算那人是你杀的，你也不必自责，因为他该杀！如果官府要追究你，你……你就来个抵死不认，到时候，自有我们娘儿俩为你做证。老二哥，你听见了吗？"门内的灯火突然熄灭了。翠姑眼里噙着泪花，无奈地离去了。

翠姑刚从月光下消失，宋慈和捕头王就现出身来。原来，他们早已守候在何老二的屋外了。

屋内，何老二痛苦自责，打着自己的脸："我该死，我该死啊……"

他满屋子找什么，终于在床底摸到一根麻绳，一拉，里面被什么压着，使劲儿拉，拉出一口压在绳子头上的板箱。借着月光打开箱子，箱子里是几件尚好的衣裳，箱底还有不少的碎银。何老二怔怔地坐了一会儿，突然摸索着找来一只大篮子，将箱子里的衣物钱财全都倒进篮里。然后，他便向门口走去。

屋外的宋慈听到了开门声，和捕头王闪到一边。

门开了，何老二拎着大篮子走了出来，跌跌撞撞往村里走去。

宋慈示意捕头王，二人在后面暗暗地尾随着。

夜露弥漫的村街上，唯此一个孤身独影——何老二手拎篮子，向村街走去——当他刚走上静悄悄的村街时，引起一片狗吠。一会儿，狗吠声便平息下来，村里的狗见了何老二都像见了主人似的亲热。

何老二走到一家门前，屋内传来几声高龄老人的咳嗽，他在门外恭敬地鞠了一躬，然后从篮里挑出一件上好的衣物，裹上几个银锞子，悄悄放在了门槛上，然后往另一家走去。

有一条狗一直看着何老二的举动，等何老二离开，它又把衣物叼回到何老二的篮子里，然后紧贴着何老二呜呜低吠。何老二只好重新把衣物送回到那家门前。那狗上前嗅了嗅那堆衣物，然后侧起脑袋看看何老二，似乎不明白何老二为什么把自己的东西放在别人家的门前。

宋慈和捕头王站在远处，看着何老二在夜色朦胧的村街头挨家分发着财物。渐渐地，何老二身后跟着一大群狗，也怪，竟没一条出声的。而此时，一轮皓月正好挂在了村街的上空，把何老二的影子拉得很长很长。

宋慈情不自禁地感叹道："人到绝境时，还能有此善举，实在难得啊。"

捕头王说："大人，何老二此举反常啊。"

"你知道他为什么这么做？"

"为什么？"

"因为他手上沾着血。"

"什么？"

"手上的血可以洗干净，可要驱除蒙在他心头的阴影，却并不容易。"

"难道他就是本案凶手？"

宋慈没有正面回答，"今夜就别去打搅他了。"挨了好一会儿，他颇为感慨地仰望着天空那轮清澈如镜的明月："此案真相，明日大白！"

将军庙。宋慈走进他的临时住所，独自一人坐着，敛着神在心里推理着本案的脉络。他默然自语："王鹏于案发日在山阴县作案被拿，脱逃后，翻阴山流窜到毛竹坞。可他又是如何进了何老二的家，又是如何死在了何老二的刀下？如果不拨开这层迷雾，对毛竹坞的村民也难以交代。"

英姑端着洗脚盆进来，轻声说："大人，泡泡脚吧。"宋慈不知听没听清，只是对英姑挥了挥手。英姑放下洗脚盆，轻轻地退了出去。

宋慈走到洗脚盆前，抬脚连着靴子就泡进了水里。刚到门口的英姑一想不对，连忙回身一看，宋慈双脚已连着靴子端端正正地伸进脚盆里了。

英姑忍俊不禁几乎要笑出声来，但她最清楚宋大人推案的时候最忌打扰，就强忍着笑，静候在一边。

宋慈的思绪渐渐形成了一些相连的画面：夜幕下，一条黑影从阴山疾速窜入毛竹坞村；黑影掠到牛二铁铺前，从铺板上顺手操走一把新篾刀；黑影左顾右盼，最终游移到单门独户的何老二家门前……宋慈的思路突然中断了。他突然想到什么，大叫起来："啊！不好，快来人！"

英姑连忙上前来："大人，怎么啦？"宋慈站起身来就走："捕头王，快起来，跟我走！"地上，留下一串水淋淋的鞋印。

宋慈、捕头王率一队衙役快步奔跑在月色下的村街上，引得狗吠声大作，也惊动了梦中的村人，沿街住家纷纷亮起了烛光。宋慈一行急急赶到何老二家门口。捕头王上前，拍门大叫："何老二，开门！快开门！"

屋内，何老二正在将脖子伸进麻绳套中。门外的宋慈急叫："快，撞开门！"捕头王运足力气，用力一撞！与此同时，何老二用力蹬去椅子。

柴门"砰"然倒入堂内。捕头王一跃而入，见何老二双脚空悬着，即拔刀往梁上掷去，麻绳一断，何老二"扑通"一声，掉落在地。

宋慈看着坐在地上咳嗽不止的何老二，终于松了口气。

毛竹坞村里，一家家的柴门都先后在紧张气氛中打开，村民们纷纷走上街头。有人在门口发现了何老二散发的钱物，脸露茫然。

突然，沉重的脚步声又从街头传来。村民们看见衙役们押着何老二走过，都惊呆了。大叔公邓九神色冷峻，迈着大步，一声不吭地往何老二家走去。村人见了，纷纷相随而去。

此时，何老二家里，宋慈正掌起油灯，时而照地，时而看墙，在何老二家细细勘查。宋慈静立片刻，想了想，将油灯交给衙役，自己退到大门边，然后闭上双眼，试着往床前摸去。如是反复模拟之后，又从衙役手上接过油灯，在床沿上细细审视。床沿上，有一个陷得很深的刀头痕，使宋慈眼睛为之一亮。他凑上前去，细细验看了半天，豁然开朗，脸上绽出久违的笑意。

此刻屋外，天已渐渐亮了。

宋慈一步跨出门槛，神色顿时一凛。何老二家门外院子里，默默地站着一大群村人，其中还有手里捧着何老二昨夜分发的衣物的老人。

宋慈笑道："哦，看起来，一夜无眠的还不只是宋某一人。"邓九一脸严峻：

"宋大人，在毛竹坞，要说公鸡下蛋，有人相信；可要说何老二杀人，那一定是个笑话！"宋慈仍然笑容可掬："今日，毛竹坞没有浓雾，想必是个好天气。"邓九却脸如凝霜："你错了，有雾也未必就是坏天气。"

宋慈点头说："说得好！晨雾散尽，才是晴空艳阳。哦，诸位父老乡亲，毛竹坞无名尸案今日定可真相大白。宋某想请全村父老到将军庙，一同审理此案如何？"邓九冷冷地说："宋大人即便不请，我们也想亲眼见识见识。"

"那好，请！"

村民们默默地为宋慈让开了一条路，宋慈也不客气，就在人们冷漠的眼光注视下，大步而行。邓九及村民们默不作声地相随其后。

宋慈一路头也不回地到了将军庙前，蓦然回头一看，没想到他身后竟跟随了黑压压的大批村民，不禁为之动容。

一小队衙役小跑着出庙，持械上前去拦村民。捕头王跑到宋慈身边："大人，还是尽快把人犯押回衙门去吧，要不然……"宋慈断然道："不！就地公审！"

"什么？这……"

宋慈大声说："大堂就设在这里。来呀，升堂！"

衙役们毫无准备，一听宋慈的命令，就匆匆忙忙地抬出一张香案，搬出一把大竹椅，然后列队往两边一站，将军庙这就成一个露天的公堂了。

宋慈步上公堂，惊堂木一拍："来呀……"邓九一伸手："且慢！"宋慈似乎早有所料："邓老伯想必有话要说？"邓九走上前来，向宋慈施一礼道："宋大人，我等草民未见识过衙门大堂，故不知这公堂之上是否能容我等草民说句话？"

"本官今日在此设堂，正是想听听诸位高见。乡亲们有话，尽可畅言。"

"如此草民冒昧了。宋大人，草民说过，在毛竹坞，要说公鸡下蛋，会有人相信；可谁要说何老二杀人谋财，那就一定是个笑话。但官府半夜拿人，显然不是提刑大人和乡间草民玩的儿戏。所以……恕我直言，宋大人此举实令草民深感震惊！"

"半夜拿人，惊动四邻，实属扰民，宋某在此向全村父老乡亲谢罪。不过，昨夜仓促将何老二捉拿归案，为的是……为的是何老二今天还能够出现在这个公堂之上。"

"久闻宋大人断案从来都是重证据实，自从宋大人进山以来，我等听得最多的也是两个字——证据！宋大人认定老二杀人，不知可有什么确凿的证据？"

"老伯问得好啊。来呀,把收缴的篾刀抬上堂来。"

衙役抬着装满篾刀的箩筐上堂。

"这是承蒙村中尊长的鼎力相助,从毛竹坞各家各户收上来的篾刀,共计一百一十六把。在这一百一十六把刀具之中,只有其中一把是杀过人的,就是本案最重要的一件证据!"

邓九问:"那么宋大人是否已经找到了哪把是杀过人的刀呢?"

宋慈坦然道:"既然公开审案,本官今日便来个当众验刀,就在这天日昭昭、众目睽睽之下找出那把杀过人的篾刀。牛二何在?"

牛二在人群中应道:"小民在此。"走上前来。

"昨日交刀的时候,由你过目,数目是否相符?"

"对,一百一十六把,一把不少。"

宋慈大声道:"乡亲们请看,全村人的篾刀悉数排放于此,其中只有一把是杀过人的,少时找出来,看看他的主人究竟是谁!"

旁听的村民们将信将疑地议论起来,就连宋慈身边的衙役也心里犯疑,只有英姑脸带笑容,双眼紧盯着那一百多把篾刀。

突然,英姑轻呼一声:"看。"所有人的目光都投向一处:一群嗡嗡作响的苍蝇,在一百多把刀上乱飞,飞了一阵,最后却只在其中一把刀上叮。

所有的目光渐渐地都露出似有所悟的神色。宋慈说:"诸位看见了吗?这里有刀一百一十六把,苍蝇为什么只叮其中一把?道理非常简单:因苍蝇嗜血,有腥就叮。而在这一百一十六把刀中,只有那把杀过人的刀,才会有诱引苍蝇的血腥气!取过看看,谁是那把刀的主人呢?"

英姑上前,小心拿起那把苍蝇叮着的篾刀,刀柄上刻有名字。她高声报唱:"何老二!"全场霎时就静了下来,村人们惊讶而无助的目光都不约而同地投向了大叔公邓九。

邓九知道此时大伙把目光投向自己的意思,他当仁不让地往前挪了挪步,可张口结舌好一阵,嘴里才挤出几个字来:"宋大人,这事,这事……"

宋慈平和地问:"邓老伯,你看这把刀是否可以作为杀人的证据?"

邓九难以启齿:"这……实在是令人难以置信啊。"

宋慈笑道:"那就让何老二自己来说说他的杀人经过吧。来呀,带何老二。"

衙役押解何老二从庙内出来,一直默无声息的人群顿时就躁动起来。何老二抬头见全村父老那一双双关切的目光,急忙低下头去。衙役见何老二步履迟疑，推了一把："走！"瘦小的何老二一个趔趄跪倒在场中。人群中不满的怨言哗然而起。捕头王喝道："不得喧哗！"

宋慈缓言道："何老二，今日当着毛竹坞全体乡亲的面，你把那天深夜如何杀死那不速之客，又如何连夜移尸抛尸的经过细说一遍，如何？"

"我……"何老二话未出口，惨白的脸上却早已滚下了豆大的汗珠。

邓九迟疑着说："宋大人，这刀虽然可以作为证据，可是……"

宋慈接口道："可是乡亲们还是不能相信何老二会杀人？"

邓九恳切地说："宋大人啊，何老二虽然人无奇貌，胸无点墨，可村里老少谁不知道，他真是个口无巧舌、心有大善的好人啊。全村的老少孤寡，谁没有受过老二这孩子的善待啊！别的尚且不说，就说三叔婆，欸，三叔婆在吗？三叔婆……"三叔婆在人群中低沉地应道："我在听呢！"

"哦，好。就像三叔婆这么一个孤寡身残的老人，这么些年来，全亏了老二这孩子像亲生儿子一样，不，即便是亲生骨肉也未必有如老二那么善待于她呀。这都是我等亲眼所见，众口皆碑的呀。这么一个好孩子，怎么会……"说到动情处，老人竟朝宋慈一跪，老泪纵横地说，"宋大人明鉴哪！"

村民们也齐刷刷地跪倒一片。唯独盲眼的三叔婆还拄着竹竿站着。

何老二突然从地上站起，转过身来，面向乡邻，深深一跪，声泪俱下："大叔公，乡亲们啊，是我把大家拖累了呀。我老二不是人，我无颜面对乡亲啊……毛竹坞一百年的好名声都让我毁了，我有罪，我该死呀……大叔公，乡亲们，那个外乡人……是我杀的呀。"

三叔婆突然大声呵斥道："老二，你胡说什么？"她抢上前高声说道，"堂上坐的提刑大人听着。毛竹坞出了个人命案子，劳你到我们这穷乡僻壤来勘查破案，实在是辛苦你了。可老身却要笑你名声在外，却在阴沟翻船，差点就冤屈了好人，铸成了冤狱，要不赶紧改过，你那一世英名，只怕就此完了。"

宋慈问："哦，老妈妈的意思是……"

"一人做事一人当。告诉你，那把杀过人的刀是何老二的，可人是我杀的。谁不知道老二天天帮我干活，他的篾刀也常常忘在我家里，我要不是个瞎子，也不会错拿了老二的刀去杀人！"

何老二一惊："三叔婆……"三叔婆又对着何老二斥道："老二，你一个大男人，怎么就那么不经事？你不过是在我这瞎老婆子的恳求下，帮我把尸体扛到村西口去扔了，又不是你杀的人，你怎么就吓得那么屁滚尿流，神志恍惚？还在这公堂之上胡言乱语？上座的听着：人是我杀的，但你一定会问，我一个瞎老婆子为什么要去杀一个外乡男人？是啊，这天底下人世间，谁会无缘无故地夺人性命？可老身不同，老身之所以杀人，是因为那人该杀！我今天也不怕当着乡邻的面现丑：知道吗，老身杀的是自己的女婿！"

场上顿时哗然。三叔婆歇了一会儿，接着说："十年前，是他抢走了我的女儿，后来他逃案在外，还扬言，要是我女儿敢逃回毛竹坞，他就要杀了我们母女。没想到，老身就来了个先下手为强，先把他杀了。如果杀了这么个该杀的也要抵命，老身认了，但这与老二无关。"何老二急忙上前："叔婆，不能，你不能……"三叔婆挥起巴掌朝他打去，恨恨地骂道："你给我闭嘴！你听好，我把翠姑托付给你了，你要是不善待于她，我在阴曹地府也不饶你！"

宋慈缓步下堂，走到三叔婆面前："老妈妈不顾生死，甘愿代人受过，实在令人敬重。可老妈妈在这公堂之上做伪证，却是律法不容啊。"三叔婆怔了一下："伪证？老身说的都是实话，你怎说我是在做伪证？"宋慈说："要是你蓄意杀了恶婿又无意牵累何老二，又何以会选择在何老二的家中下手杀人？"三叔婆一惊："啊，你……你凭什么说老身是在何老二家杀的人？"宋慈说："苍蝇！是嗜血的苍蝇，助宋某找到了本案的第一现场，那就是何老二的家中。"

三叔婆愣了一会儿，摸摸索索地把何老二搂进了怀里，"呜"地哭了起来，边哭边道："老二，孩子啊，这世上难道果然是善恶颠倒的吗？这灾难竟落在你的头上，那是老天瞎眼啊！宋大人啊，求求你就让老身替他抵命吧。宋大人，求你了呀。"

宋慈不禁动容，扶起三叔婆，"老妈妈，莫道世上善恶颠倒，今日之事，分明是善恶有报！何老二涉案，能牵动全村老少之心，难道不正是他平日积善积德的好报吗？本官今日在此设堂公开断案，正是为了扬善于世！不过，何老二虽然杀了人，却说不清为什么杀人，还险些……欤，何老二，昨晚可是本官救了你一命啊！"

宋慈说罢，突然才感觉到此时全场已鸦雀无声，所有人的目光都投在他的身上，便接着道："好，有道是当事者迷，旁观者清，既然杀人者自己说不清是怎么杀了人，那就让宋某来帮你说说：案发日夜，有一条丧家之犬，翻过那座相隔着山阴和太平两县的阴山，如鬼影般地进入梦乡中的毛竹坞。这条丧家之犬，就是逃案在外的黑帮帮首王鹏。当日，他在山阴县抢劫作案，被山阴县捉拿，又一次被他侥幸逃脱后，翻阴山往太平县流窜而来。到了毛竹坞时，他囊中空空，饥肠辘辘，便欲趁夜在毛竹坞盗抢一把，再走他方。他翻阴山而来，必定是从东头进的村——"

　　夜色沉沉。一条黑影潜到村边。王鹏向黑夜下的毛竹坞村一番窥视后，强撑起了疲惫的身子，往村子里摸去。他猫着腰窜到牛记铁铺前，黑夜中碰到了铁铺门口的铺板，"吭"的一声响，吓得他伏在地上半天没敢动一动。见没什么动静了，才缓缓起身，往铺板上一摸，上面摆着的全是铁器刀具，就操起一把篾刀拿在手上，借着微弱的月光，睁着双眼搜寻着。

　　忽然，全村唯一的一个亮点吸引了他的目光。他便猫着腰向那个亮点蹿去。那正是何老二的家。何老二下床开门，手持松油灯走出屋子，上茅房去了。

　　王鹏的黑影无声无息地来到门前，从窗洞里往里窥探。

　　何老二上完茅房，重新回到床上，吹灭油灯，不一会儿就有鼾声响起。

　　王鹏猫着腰潜至门前，用刀轻轻地拨开了门闩，潜入屋内。

　　王鹏在灶前摸到一钵冷饭，一阵狼吞虎咽。

　　吃饱肚皮的王鹏手持篾刀往房里摸去，脚下踩着个破竹筒，"呱啦"一声破裂了。何老二被竹筒破裂声惊醒，"呼"地坐了起来："谁？"

　　王鹏二话没说，扑到床前，举刀就砍。不料他个子太高，这拼尽全力的一刀砍在了床头木架上，刀头深深砍入木头，竟拔不出来。

　　何老二被吓得魂飞魄散，本能地滚下床来，一手又恰巧按在了一把刀柄上，他操起刀来就毫无章法地乱挥乱砍。忽听黑暗中"嘭"的一响，是什么倒地的声音，他眼前那个高大黑影就不见了。

　　何老二住了手，气一松，腿一软，跌坐在地，喘了半天的粗气，又用力地甩了甩脑袋，才让自己稍微清醒了一些。

　　何老二往地上一摸，大惊失色，"天哪，我杀人了？我杀人了！"

　　月色朦胧。只听轻轻的开门声，何老二负尸悄然出门。他将体壮如牛的王鹏尸体背负到山脚边，体力不支，脚一软，尸体从背上滚下了山坡，使山坡上留下一条压痕。

　　何老二惊恐万状地跑回家中，忽见床头木架上还嵌着一把篾刀，费好大劲儿才将刀从木架上拔了下来。他拿着刀出门，按刚才移尸的路径跑向山坡，用力将刀抛下去。

　　何老二回到家，一踏进门槛就瘫痪在地，口中喃喃自语："我杀人了，我杀人了呀……"

露天公堂上，鸦雀无声。宋慈说："这就是何老二杀人的真相。何老二杀了那位不速之客之后，陷入深深的负罪感中而难以自拔，整天闭门谢客，羞于见人，甚至还散尽家财，想以死赎罪。要不是宋某及时赶到，将其捉拿归案，今天的毛竹坞，只怕就要少了位众口皆碑的大善人啦。"

翠姑激动地挤上前来："宋大人，照您这样说来，我老二哥还有罪吗？"

宋慈抬头仰望着天日，畅快地呼出一口气："唉，宋某从事刑狱多年，从未有如此案得破这么痛快人心啊。"

翠姑急不可耐地说："大人还没有回答民女的话呢。"

宋慈侧目看着翠姑："要是你当初认尸后，不是偷偷溜走，何老二也不会多受了这几天的精神折磨，现在你又急什么呢？"

翠姑面有愧色："大人恕罪，当时民女是怕……"

"你是怕给王鹏收尸！"

"那样的恶人，我恨不得他让野狗分尸！"

"好，宋某回答你：何老二是在盗贼入室行凶，自己性命不保之下，出于本能的抗御而侥幸将歹徒砍死。要不是木架嵌住了恶徒的刀，被杀的就不是入室行盗的王鹏，而是无辜好人何老二。大宋律法，惩的是恶，扬的是善，何老二不但杀人无罪，还杀贼有功！"

场上静了一会儿，突然欢腾。翠姑忘乎所以地扑向何老二："老二哥，老二哥……"神志还没完全清醒过来的何老二，双眼看着翠姑头上的野山菊发愣……

遗扇嫁祸案

这天，宋慈泡在书房里写书，写了一整天也没出来。英姑有桩要紧事要找他商量，等得着急了，只得朝书房走去。离着书房不远，她便听到宋慈在书房里哼着一段南戏。

书房门被轻轻推开，英姑轻手轻脚地进来。宋慈正伏在案头写书。他头不回，笔也不停，嘴上却说："什么时候学得这么鬼鬼祟祟？"英姑像是被人抓了个正着似的，顿时脸红耳赤，"我……我怕坏了大人的好心情呢。"

"哦，是啊，不瞒你说，自从受任提点刑狱，宋某还真动过放弃刑狱的念头，农耕渔猎、行商坐贾，不再为面对邪恶和丑陋而身心交瘁；可这个毛竹坞无头案，印证了一句古谣——善恶有报！破了此案，你知道宋某又做何感想？"

"你一定想，干什么也不如干刑狱痛快！"

"知我者英……"宋慈忽觉得不该这么说，就改口了，"何止是痛快，简直是大快人心！"英姑对宋慈突然改口心领神会，那是大人在自己和她之间筑起的一道隔墙。她脸上掠过一丝苦笑，遂想把话题转为正式："大人……"

"言语支吾，什么事那么难以启齿？"

"大人，家父在世的时候，有一位情同手足的好友，我也一直把他当作自己的叔伯亲人一样。"

"你说的是青阳知县白贤吧？那可不光是你的叔伯亲人，也是宋某最敬重的一代贤官啊。听说，当年朝廷还赐过他一面'百官楷模'的金匾呢。"

英姑对外面喊了一声："李二哥，拿进来吧。"一公门衙役扛着个物件进了书房，放下后离去。宋慈问："这是什么？"英姑上前拆去包纸，赫然就是那面题写着"百官楷模"的金匾。

"白贤大人的金匾怎么会送到这儿来了？"

"这是白叔父半个月前就送到我这儿来的。我知道，白叔父并不是让我来替他保管这块金匾的。"

宋慈脸上闪过一丝鄙夷之色："这么说，他是意在向宋某炫耀……"

英姑急辩道："不是的！我理解白叔父想让你看到这块御赐的金匾，丝毫没有向你炫耀的意思。我听白大婶说过，自从白叔父得了这块御赐金匾，二十多年来，他从没有向人展示过，白叔父绝不是一个炫耀功绩的县官。"

"这么说，他把匾送到我这儿来，一定是别有深意？"

"听说州府有人想给朝廷上折子，奏请让白叔父告老还乡，其中也有您的意思。"

"他都七十了，也该享享清福了呀……"

"白叔父当了四十九年的知县，要说清廉为官，官场上也是有口皆碑的。"

"可他七十高龄，却来这一手，岂不有失晚节？"

"不，大人，他要是会跑官要官，还会一辈子只当了个七品知县吗？这次他之所以这么做，只是为了圆满一个五十年清官的心愿。大人，英姑从来没因私事求过您什么，这回为了白叔父，我能求您一回吗？"

宋慈上前抚摸着那块金匾："要说这官场上，有如白贤白知县这样的好人还真是凤毛麟角，百里难得其一啊。说句心里话，宋某还真舍不得他走呢。"

英姑问："大人您答应啦？"

宋慈不作正面回答："青阳县。这个青阳知县白大人呀。"

一个下着绵绵细雨的黑夜。商贩童四撑着伞，背着褡裢，踏着泥泞小道赶夜路回家。尽管雨夜赶路有些艰难，时不时地会打个趔趄，可童四嘴里的小曲却连磕绊都没打一直哼着，可见夜归人心情颇佳。

淅淅沥沥的雨仍在下着，清冷的街巷已不见行人，童四左拐右拐地行走在卵石街上，小调仍在他嘴里哼着。童四临近家门，一颗迫不及待的心像是要蹦出胸口，三步并作两步奔到门前，大声喊道："娘子，我回来啦，快开门啦。"

他拍了拍门，那门竟是虚掩的，不禁诧异起来："咦，我出门在外，娘子一人在家，半夜三更的，怎么会门不上闩呀？"童四急急推开进院，刚跨进门槛，忽觉脚下踩着个什么东西，俯身拾起一看，原来是一把男子用的折扇。他心中疑窦顿起，一想，怒不可遏地操起门闩就往房里冲去。

他冲进房里一看，顿时大惊失色，瞪着惊恐大眼，"娘子？……娘子……"

房内床前，童妻袒胸露腹，倒毙在血泊之中……

县衙大堂上坐着老知县白贤，这位年近七十、一脸儒雅正气的老官员听罢堂下苦主童四的哭诉，愤恨不已，"惨不忍睹，简直惨无人道啊！"

童四跪地泣呼："白青天，有道是钱能通神，那吕文周仗着万贯家财，无恶不作，您老可要为小民做主啊！"

白贤怒道："家财万贯又如何？王子犯法与庶民同罪，白某几十年为官，还就不吃那一套。不将凶手绳之以法，白某甘愿挂冠，回老家种地！"

童四痛哭不起："白青天啊，您可要为小民做主啊……"

白贤将惊堂木"啪"地一拍，厉声喝道："吕文周，你还不从实招来？你还敢说你没有杀人？那你深更半夜到童家干什么去了？"

衣冠楚楚跪在堂下的吕文周大声说："什么杀人，什么童家，吕某根本没有去过童家，更没杀人，我倒想问白大人，口口声声说吕某杀了童家的什么人，不知可有什么确凿的证据？"

白贤冷笑一声："要是没有确凿的证据，本县怎么能断定你是血案凶手？你看看，这是什么？"说着，将一把折扇"啪"地往吕文周面前一掷。吕文周看着那把扇子，茫然地问："这不过是把平常的扇子，可又能证明什么？"

白贤面露鄙夷之色："吕相公的为人，本县虽不敢恭维，可你附庸风雅，假装斯文，不也喜欢玩几把题写着文人字画的扇子吗？"吕文周反唇相讥："白大人的为官之德，实在令人敬佩，可对白大人升堂理案却也不敢恭维了。不错，吕某是有几把这样的扇子，可扇子也能充当杀人的凶器？"

白贤不急不躁："一把扇子是杀不了人，可你的扇子深更半夜地丢失在你矢口否认去过的杀人现场，这又作何解释？"

"什么，你说这把扇子是从杀人现场捡来的？不知白大人凭什么就说这是吕某的扇子呢？"

"你不妨打开看看。"

吕文周拾起折扇打开一看，扇面上有一首题诗，落款上写着"文周兄笑纳，愚弟郑玉敬赠"，不由得惊问："这……这是怎么回事？"

白贤追问："吕相公还敢说没到过童家吗？"

吕文周突然觉得手上拿着那把扇子如执蛇尾，神经质地将扇一扔，急道："不不，这把扇子不是我的，我没有这样的扇子。"

"你刚才还说家中确有几把这样的扇子，现在又说没有。如此出尔反尔，岂不是欲盖弥彰！"

"不不，我是说家里的确有几把这样的扇子，可这一把却不是我的。"

"那扇面上分明写着你的好友郑玉送给你这位文周兄的题诗，你还想抵赖不成？"

"郑玉？郑玉是谁？"

"这正是本县要问你的。"

"在吕某的友人之中，可并没有叫什么郑玉的呀。知县大人若是不信，可去访查的呀。"

"看来像你这样的奸猾之徒，不受点皮肉之苦，只怕连自己姓甚名谁都会记不起来。来呀！拖下去，打！"

挨了打的吕文周重新回到大堂。他抚着被杖打的臀部呻吟不止："我冤枉，冤枉呀……究竟谁跟我那么大的冤仇，设下这样的毒计陷害我呀……"

白贤厉声说："并非有人想陷害于你，而是你那风流倜傥的外表下原本就掩藏着一颗杀人的祸心。"

被用过刑的吕文周一副颓败之相，"知县大人呀，吕某平素虽然不结人缘，可毕竟也是出身名门世家，知晓王法的呀。我怎么会干那半夜行奸杀人的勾当？大人若是不信，我可请左邻右舍来为我做证。"

"说得好，也说得巧。本县断清此案，除了这把扇子提供了物证，还有的，正是你左邻右舍为你做的人证。你看看，这是一张本城百余名百姓联名的证词！"

"他们……证明我什么？"

"在证词中，百姓一一数落了你平日恃财欺贫，拈花惹草，还欺行霸市的斑斑劣迹；证明你平日仗着祖传的万贯家产，有恃无恐，肆意调戏欺辱多名良家女子。"

"就算吕某平日确有不检点，可不至于会杀人呀。"

"有人亲眼看见，你在案发前曾公然调戏被害人童家的媳妇何氏，你敢不认账吗？"

吕文周脑子"轰"地一响，呆了。"怎么，知了落地——没了声了？"白贤深恶痛绝地大声问，"这叫什么，这叫多行不义必自毙！本县若是轻饶于你，何以平得民愤！给我押下大牢，关起来！"

身穿囚衣的吕文周被两个衙役押进大狱，狠狠地推进囚笼，随后囚笼铁门被上锁，衙役们扬长离去。吕文周扑向栅栏，高声喊："我没有杀人，放我出去，放我出去……"

夜深时分，牢狱中，静寂无声。唯有一盏油灯时明时暗，如同鬼火一般地亮着。吕文周痛苦不堪地伏在地上，喃喃自语："何……氏？何氏……难道，竟是一场玩笑惹的祸——"

白天，街市上人来车往，相当热闹。颇有几分姿色的童四妻何氏从杂货铺里买了东西出来，刚刚跨出铺门，就被手持折扇的吕文周迎头挡住。

"哟嗬，吕某久居本城，怎么从未见过这么一位楚楚动人的邻居呀？"

何氏正色道："这位相公请让让路。"

"哇，这人漂亮已经让人垂涎欲滴了，想不到，这一开口的声音更让人神魂颠倒啊。小娘子，今天你就陪我说上半个时辰的话，吕某赏你一锭元宝，如何？"

"你还是留着那锭元宝去做些善事吧，何苦那么糟践银钱。"

何氏说着，想从吕文周堵着的小弄口挤过去。吕文周趁势一把拉住她："欸，别急着走哇。"何氏用力一甩手："光天化日的，你想干什么？"

"光天化日怕什么？吕大爷有的是银子，想干什么不能啊！再说了，爱美之心，人皆有之，你长得那么动人，也怪不得吕某对你动心对不对……"

何氏大声喝道："你让开！"吕文周依然嬉皮笑脸："要吕某让开不难，可你得让我看个够。看够了，吕某自然就让你走了。"

何氏突然一把推开吕文周，跌跌撞撞往小巷跑了。

"喂，小娘子，你家住哪里？改日吕某登门拜访。哈哈……"吕文周一回头，忽见身后围着一群人，都以敌意的眼光看着他。

"欸，你们这么看着我干什么？吕某不过和那位小娘子开个玩笑，我又没干什么，真是少见多怪！"他说着，摇着纸扇哼着小调，扬长而去……

吕文周痛悔不已："该死呀，原来这都是我自己惹下的祸呀。"颓然倒地，闭上了眼睛……

转眼，吕文周在牢里关了多日。天色渐亮，睡梦中的吕文周猝然醒来。到此时，他仍不敢相信自己身陷牢狱。他急急站起来，环顾四周，陡然心情沮丧，背靠木栅，身子缓缓滑落，痛苦地抱头："我就这么完了吗？我就这么完了吗？"

长廊尽头，传来一声沉重的牢门开启声，随后就见老禁子领着几名衙役向吕文周的牢房走来。走近后，老禁子看着栅栏内一脸憔悴的吕文周，"夜里睡得好吗？这几天该想明白了吧？"

吕文周愤然道："蒙冤受屈，我能想得通吗？"

"哼，白大人坐了一辈子大堂，还没冤枉过好人呢。要真让你遇上了，那也是该着你难逃这一劫！走吧！"

"去哪儿？"

"你想去哪儿？今日白大人要当堂宣判！"

　　这日，童四妻被杀一案要当堂宣判。全城都已传遍，许多人早早就来到县衙门前等候着。时辰一到，公堂门徐徐打开，众百姓便拥大堂外的庭院之中。只见大堂上端坐着一脸正气的白贤老知县，两旁侍立着三班衙役，堂下分左右跪着原告童四和被告吕文周，还有老少不等的佐证旁人。

　　惊堂木一响，一时间，公堂里外那么多人，却是静寂无声。

　　白贤慢慢从案桌上拿起一张判词，口齿清晰地宣读起来：

　　"原告童四，告吕文周残杀其结发之妻何氏案，经本县三查六审，案情大白：被告人吕文周，虽然出身名门，却不修德操，自恃豪富，欺行霸市，欺男霸女，劣迹斑斑。乡人无不畏之如虎，恨之入骨。案发前日，吕犯文周曾在街巷之中相遇被害人何氏，因见何氏美貌，遂起不良之心，竟在光天化日之下，堵截何氏，肆意调戏。何氏受辱，蒙羞逃离，而吕犯文周贼心不死，色胆包天，竟趁夜深人静之际，偷偷潜入童家，欲行奸事——

　　吕文周手持折扇，悄然推门潜入童家内室。

　　何氏从梦中惊醒过来，紧张地从枕下取出一把刀，拔下刀鞘，慢慢下床。

　　房门被弄开了。寒光一闪，何氏举刀刺向吕文周。吕文周不慌不忙，只随手一捞，轻松地将何氏手中刀夺了过去。

　　吕文周嬉笑一声："咦，小娘子，那天我不是和你约好了改日相会的吗？吕某来了，你怎么拿这玩意儿来对付相好呀？"

　　何氏怒声道："谁和你约好了？谁是你相好？快滚，你快滚！"

　　吕文周扔了刀，摇着纸扇，淫欲满面地走向何氏，"我当然要走的，不过你今天得让我好好痛快一回。"

　　"你这无耻之徒，要再不滚出去，我就要喊人了。"

　　"哈哈哈，喊人？你喊呀。半夜三更，家里竟藏着个风流男人。你把人喊来了，别人都会说你是趁丈夫外出在家偷奸养汉呢。这一来，看你以后还怎么做人！"

　　"我是清白女子，你别胡来，你走，你快走！"何氏急得要哭出声来。

　　吕文周挨过去："正因为你是清白女子，吕某才喜欢你呀。要玩不清白的，我扔一把银子可招一大帮，又何苦半夜三更来跳你这粉墙呢？"

　　何氏推开他："你……你再不走我真的要喊人了。"

"不会，你不会喊，你一把人喊来了，你说你是清白的，人家信吗？来来，完了事，我马上就走。"

"你休想！"

"我要是休想，也就不会来了。"

吕文周说着，一把将何氏抱上床去，猛地扑了上去，压着女人便是一阵狂吻。何氏情急之下，只得大声呼救："救命，救命啊……"

吕文周惊急起来："你……你真敢喊呀！"他只是一扬手，只见寒光一闪，何氏一声惨叫，已被割断了喉管……吕文周欲火难抑，伸手"嗤"地一声撕开了何氏的内衣，手慢慢向何氏的胸口伸去……

童四双眼冒火，猛地从地上一跃而起，扑向吕文周，挥拳一阵痛打，"你这畜生，我打死你，打死你……"三班衙役费半天劲儿才将童四扯了下来。

吕文周大声呼喊起来："不，我没杀人，我是欺辱过那位小娘子，可我真的没去过她家，那小娘子不是我杀的，不是我，不是我呀……"

白贤大声喝道："吕文周，你真是可恶至极，物证，人证，一样不少，你到如今还敢狡辩不成？"吕文周无力地呼着："冤枉，我冤枉呀……"

白贤继续念手中的判词："吕犯作案后迅速逃离，仓促间，将一把写着吕犯名姓的纸扇遗落在现场，使这一发生在夜半三更的行奸凶杀案昭然若揭，凶手吕犯罪在不赦，法网难逃！"吕文周口中的呼冤声弱得几乎听不见了。

白贤厉声道："吕犯文周，行奸杀人，罪在不赦；杀而奸尸，天理不容！真相既白，两证俱全，此案具结，呈报提刑司批点处斩！"

堂下百姓听罢判词，群情激奋，齐呼："青天大老爷啊——"

吕文周一阵晕眩，昏死过去……

夜深人静。宋慈的书房内，一双纤手将一份沉甸甸的卷宗摆在案头。

这是英姑。她看看卧室低垂的门帘，走了两步，犹豫一下，又退了回来。她转身刚想出去，卧室的门帘被掀起，宋慈整着衣带从里面出来。

"哦，是你？是白知县送来的命案卷宗吗？"

英姑点头道："是的，我都放在案头了。"

宋慈责怪道："为何不早叫我起来？"

"现在已过三更，大人该歇息了，我想明天早上再看也不晚。"

"我不是说过，只要是人命案子的呈文，随到随叫我，人命关天，一刻也耽搁不得。"边说边打开案卷："凭你白叔父的一世贤名，他办的案子，该不会有什么差错吧？"

英姑忧心忡忡地说："大人，刚才我已经把卷宗都看了一遍。"

宋慈观其面色："嗯，有什么疑问吗？"英姑轻声说："这些年，我相随在大人身边，眼看着大人办下一个又一个疑难案子，耳濡目染，也悟出一个道理：单凭一身正气或满腹圣贤是不足以成为一个真正的好官的。"

宋慈品味英姑的话语："嗯，你话中有话。"

"大人深夜阅卷，我再为你添盏灯去。"英姑欲走又止，"大人，白叔父一辈子清白做人，勤勉为官，可我担心……"

"你担心他一世清名毁于一旦？"

"我了解白叔父，他一生什么都不看重，唯独把名节看得比命还重。"

宋慈忽有所触，眼前蓦地闪过父亲的面容……猝然，手中卷宗掉落在地上，久久地竟没去捡起。

英姑手持新添的灯盏进来，见状不免吃惊："大人，您……"

宋慈猛地回过神来，连忙弯腰捡起案卷："把灯放下，回去睡吧。"说着坐在桌前，展开案卷，聚精会神地阅起卷来。

英姑放下灯，站在一边，深情地凝眸注视着宋慈，久久没有退去。

"出去别忘了把门关上。"宋慈忽然头也不回地说道。

宋慈的"逐客令"使英姑像被抓的贼似的一阵窘迫，转身就溜出门去。

夜，渐渐深了。阅卷已久的宋慈，渐渐皱起了眉头，随后合卷，闭目沉思了半天，忽睁开眼，又打开案卷……他的眉头越皱越紧了。

窗前，渐渐地有了一点儿亮色。彻夜未眠的宋慈慢慢合上厚厚的案卷，思索有顷，忽地站起，大步向屋外走出去。

捕头王在院子里练着早功。宋慈即冲他大声喊道："捕头王，备马。"

没等捕头王收功开口，英姑不知从哪里出来，直奔宋慈跟前，急问："大人，去青阳县吗？"宋慈定睛看看英姑疲倦的脸色："这一夜，你没合过眼吧？"

"大人，是不是青阳县的案卷……"

宋慈甩膀踢腿，故作轻松地说："今天天气真不错。欸，捕头王，你还愣着干什么，快去呀。"

捕头王问："要不要召集……"

"不用！哦，英姑，你也一起去吧。"

英姑迟疑地说："我……哦，大人，我还是留下看家吧。大人……白叔父是不是真的出了什么大错？"

宋慈答非所问："此去一日两宿怕是回不来，要有什么急案，尽早来报，千万别耽误了。"说完就走出了庭院。英姑忧容满面地望着他的背影……

狱灯如豆。吕文周神情呆滞地蜷缩在一角。狱外一阵单调的打更声过后，便是一片死寂。突然，吕文周从墙角一骨碌爬起，隔着牢门大声喊道："禁子老头儿！"

长长的过道尽头，狱灯下，出现一位白发老禁子，朝吕文周这边看了老半天，才一步步走来，嘴里嘀咕道："深更半夜，大呼小叫的，抽风啦！"

吕文周朝他低声说了一句什么，老禁子惊跳起来："什么？你想让我给你买砒霜？"吕文周有点恼火，"老头儿，我多给你银子就是了，求求你行了吧。"

老禁子也有点恼了："不用求老头儿，老头儿也不要你的银子，老头儿只想问问你，买砒霜何用，该不会用来灭鼠的吧？"

吕文周直言道："我料想就是跳进黄河也洗不清这一身冤了。与其说这样苦苦等那一刀的日子，还不如早早……"老禁子冷声道："还不如早早自寻短见对吧？还真有出息啊。早知今日，何必当初呢？"

"老头儿，我是冤枉的呀。"

"冤枉的？既然有冤，你为何不敢申诉呀？"

吕文周苦笑一声："哼……有道是，做人不积德，墙倒众人推啊！有那把扇子做了物证，更有那么多邻里做了人证，我就是一千张嘴也说不清呀！"

"既然这样，你还是别太忙着走哇，趁着离上断头台还有些日子，好好在这儿反省反省吧，免得来世又是一个祸害。"

"老头儿，别走，我求求你，我不想活，我一天也活不下去了……"

任凭吕文周喊破喉咙，老禁子仍是不回头，只是叹息道："为什么都要等刀架在脖子上才后悔呢？唉……"

一路急行，宋慈和捕头王只用两三个时辰便到了青阳县。

城门口，只见有大群衣衫褴褛的百姓像是进城赶什么喜事似的拥进城门。

宋慈觉得奇怪，跳下马来，向一位老者问道："这位老伯，这么多人往城里赶，出了什么事了吗？"

老者笑道："好事，善事啊。欸，你可曾听说过本城富豪吕文周相公吗？"

宋慈心里一沉，"可是那个奸杀人命的吕文周？"

"什么奸杀人命，告诉你，那可是个冤案哪。"

宋慈更是一惊："老伯怎么知道是冤案？"

"要不是冤案，人家哪舍得那么疏财行善？"

"怎么讲？"

"你自己去看看吧，都热闹了好几天啦。"老者说完，唯恐落后似的急匆匆往城里去了。宋慈对捕头王道："走，看看去。"

老禁子走到吕文周的牢房前，冲着蜷缩在墙角的吕文周，没好气地叫道："喂喂，小子。"吕文周竟毫无反应，头也不抬一下。

老禁子自语道："哼，等着挨刀的人，还能睡得那么沉。"

吕文周突然回了一句："你既然不肯帮我，就别来烦我。"

"哦，原来你醒着哪，那就起来吧。"

吕文周怒道："跟你说了，别来烦我，老头儿！"老禁子冷声一笑："还起了上手了，啊！告诉你，你想请我来烦你我都未必愿意！"

"那你来干什么？"

"干什么，你们这些狂妄之徒啊，做出伤天害理的事来，害的不光你自己，上害了爹娘，下害妻儿，心里亏不亏啊！看看，一看就是个贤惠善良的媳妇，怎么偏偏错嫁给你这么个……"

吕文周忽然对老禁子身后惊呼了一声："三娘？"

老禁子回头，见三娘已经站在他身后，"哦，你都进来啦。那好，你们有什么话就快点说吧。半个时辰，啊！咳，作孽哟。"说罢摇首叹息着离去。

三娘缓缓走到囚笼前站住了，从她神色看，显然是早把泪水哭干了。

吕文周低声道："你……你何必来看我。"

此言一出，三娘干枯的眼眶里忽然就涌出了泪，痛苦抽泣起来。吕文周长叹一声："唉，我原以为你巴不得我早上断头台的，没想到你还会为我流泪。"

"既然你那么说，我这就走。"三娘转身就走。

吕文周大声喊道："三娘，等等。三娘，你等等，我有话对你说呀。"

三娘回过头来："你……你说吧。"

　　吕文周真切地说:"三娘,你过来,你过来呀。我知道自己留日不多了。唉,想我吕文周上无老、下无小,空有祖上留下的万贯家产,此时看来,真是粪土不如!我自己一死倒也没什么牵挂,可我心里却有两件憾事让我死不瞑目啊。第一件,我平时自恃富豪,不修德行,宿妓嫖娼,拈花惹草,却把你这结发妻视作眼中钉,每每恶语臭骂,动辄拳脚相加,现在想起来,我真痛悔当初啊!"

　　三娘没想到丈夫会说出这番话来,心里涌起一种从没有过的激动,双膝跪倒在牢房前,隔着木栅将牢内丈夫搂住痛哭不止:"官人,你不要说了,不要说了……"

　　吕文周接着说:"不,我还有第二件憾事,你须得听我说完。三娘啊,俗话说:做人不积德,墙倒众人推。都怨我平时待人不善,如今我落到了井里,不见有人来拉我一把,邻里们一个个恨不得把我砸死在井底呀。早知如此,我何不用那三辈子也用不完的万贯家产,多行善事,多积阴德,也不至于落到今天这步田地。三娘,我真的好悔啊!"

　　三娘泣声道:"官人,为妻做梦也没想到你能说出这番话。我嫁到吕家十几年了,你从来都没有对我说过一句掏心的话呀。"

　　"是啊,这些年我寻花问柳、嫖妓宿娼,还真没把你看重。三娘,听说猫有九条命,可惜我不是猫,我要是还剩下八条命,我会补偿你,你相信吗?"

　　"官人,为妻花了五十两银子,才得进这死牢来探望夫君,为的就是要问你一句实话。"

　　"人之将死,其言亦善。你现在问什么,我都不会虚情假意。"

　　三娘郑重地问:"那案子究竟是不是你做的?"

　　吕文周一听,顿然心灰意冷:"事到如今,问这还有何益?"

　　"要是那案子果然是你做的,你便是杀人偿命罪有应得,到时为妻备下祭品,到法场为夫君送行,也不枉你我夫妻一场。要是相公确是含冤受屈,为妻哪怕散尽吕府万贯家产,也要多行善事,以求上苍开眼,为夫君申冤!"

　　吕文周像是看陌生人似的看着妻子。

　　青阳县里,大白天,居然条条街巷都是空荡荡的。宋慈和捕头王牵着马行走在街上,瞻前顾后,竟无一个人影,店铺也关了门,似乎全城人都不见了,消失了。捕头王越走越感纳闷,"真是怪事,这大白天的,街上怎么不见人?"

　　宋慈不动声色,伸手一指:"谁说不见人,那不是吗?"捕头王抬头一看,前面果然有不小的动静。二人急走一阵，走至前面一条巷，竟是十分热闹，人声喧哗，不绝于耳。一家大店坊门前，一群伙计正从店门卸下一块陈年招牌。招牌上雕刻着的是"吕记绸缎"四个金字。

宋慈感叹："哟，看样子这百年老店另易新主啦？"店铺的伙计神色沮丧地说："哼，这才叫墙倒众人推呀。"正说着，从店里面走出一伙人来，跑在最前面的是一位账房模样的老者，他身后是一位大腹便便的官人和一群伙计。

那账房边走边苦着脸对那位胖老板道："金大官人，这么一家百年老店坊，你只给一千两，太说不过去了吧？请金大官人发发慈悲，再加点吧。"

金大官人把眼一斜，"我已经让你们三成了，你还想得寸进尺，也不想想你们吕家如今都到什么地步了。"老账房有点压不住怒气了："金大官人这话说得不中听呢，这哪是我们得寸进尺，分明是大官人在趁火打劫！大官人该知道，我家夫人卖田卖地卖房产，是为什么？做善事哪！"

金大官人一副幸灾乐祸的样子："做善事？哈哈……这才叫平时不烧香，临了抱佛脚。你们吕老爷早先干吗去啦？他不是全城首富吗？出事前怎么就没想到过行行善事呀？来不及啦！"门口几个老东家的伙计们一个个苦着脸，金大官人就有意走上前去，双脚站在那块刚卸下的门匾上，"你们吕家，这回算是吹灯拔蜡——全玩完啦。你们几个，有愿意留下的，我金某人好歹也赏碗饭给你们吃。不愿留下的，就到吕府门前诵经去吧。哈哈……"

老账房不堪受辱，对伙计们道："伙计们，吕家老爷待人不义，可夫人对咱们不薄，走！"说完一把将金大官人推开，扛起那块百年老匾，怒冲冲地走了。伙计们互相对了对眼，也都跟着去了。

金大官人追着喊："哟，你们……还真的都走了。"

宋慈向金大官人拱拱手道："这位大官人，这吕家可是名门望族啊，怎么说完就完了，该不是那姓吕的又作什么孽了吧？"

金大官人说："你先竖起耳朵听听，那是什么声音？"

宋慈煞有介事地听着："像是有人家在做佛事？"

"那是给一位快要死的人做的佛事。"

"怎么回事呢？"

"外乡人吧？难怪你有所不知了。那吕文周是个什么东西知道吗？那是个祸害恶霸！平时为恶乡里，欺行霸市，我等生意场上的可没少受他的气。好在他犯下了人命官司。也多亏了白青天，善恶分明，断案如神，才算是将恶贯满盈的他打下了死狱，要不然，还不定让他逍遥到哪年哪月呢。"

"哦，可那佛事又是怎么回事呀？"

"那吕文周人不地道，可他老婆还真有绝的。说她丈夫有冤吧，她又不向官府衙门喊，只是卖尽家产，在府门外大办佛事，行起善来，声称谁肯在他家门前念佛千声，赠衣裤一套；念佛万声，则赠白银三两。这不，全城人都到吕府门前念佛诵经去了，这钱来得太容易了！要不这大街小巷的会这么清静，这叫万人空巷，都三天了。二位要是闲着没事，不妨也去那边念几两银子花花？"

宋慈笑道："有这等好事，那可不能错过了。王五，你说呢？"

捕头王应声："这样的好事，谁要不去，那才二百五呢。走。"

不多时，他们已至吕府门前。只见这座富豪大户的宅第前，人头攒动，声喧如潮。一群群前来念佛的人把门前的大街挤得水泄不通，念佛声一浪高过一浪。宋慈和捕头王夹在挤挤攘攘的人流中往吕府门前挨去。

忽然一个男人气呼呼地直闯进来，而后，他爬上桌子，高高地站在桌子上，情绪激动地说："各位乡邻乡亲们哪，你们千万不要受吕家人的蛊惑啊。那吕文周平日欺行霸市，欺男霸女，大家可没少受他的恶气呀。我妻子惨死在吕贼的毒手之下，其情其景，令人发指。吕家人还摆出这假慈悲的道场来蒙骗乡邻，混淆视听，无非是想为恶主翻案。乡亲们可不要为那一点儿小财而蒙昧天良，为那样的恶人念佛诵经，可让冤死的阴魂难以安息呀！乡亲们，你们知道我妻子死得多冤，死得多惨呀。我求求你们，千万别受吕家人的蛊惑啊……"

随着童四声泪俱下的哀告，佛号声果然渐渐低了下去。

三娘从府内出来，走到童四面前，语气真诚地说："童老板，我也是个女人，对你妻子惨遭杀害，确是深表同情……"

童四怒声道："同情？你要是真的同情，就该去诅咒你那恶夫吕文周，却为什么兴此佛事，这不明明想为凶手叫屈吗？你们吕家没有一个好人！"

"童老板在哪里听到过三娘为夫叫屈了？"

童四一时语塞："你们……你们办这道场，难道不是想为吕文周翻案吗？"

"童老板想必也是知道我们吕家有多少家产。如果只是为了翻案，我可以花几千两甚至几万两银子去打点官府衙门，凭我们吕家的家底，要翻个案怕也并不是难事，我又何必兴此佛事呢？"

"哼，那是因为白青天清正廉明，不吃你们那一套，要不然，只怕你们早使上银子铺路了。"

"白知县清正廉明不假，可白知县清廉，你能说天下为官者都不爱财吗？要真使上银子，靠白知县这么一个清官，恐怕也是挡不住的。"

"那……那你们究竟是何居心？"

"赎罪！三娘我卖尽家产，兴此佛事，为的是了却家夫临刑前的一个心愿。"

童四冷笑道："一个等着挨刀的恶人，还能安什么好心。乡亲们，千万别上这个当啊。"三娘还是那么不卑不亢、不愠不火地道："俗话说，鸟之将亡，其鸣也哀；人之将死，其言亦善。家夫要不是在那死牢中等着挨刀，恐怕还未必能这么幡然醒悟。乡亲们，要说家财，我们吕家算得上本城首富；可要说人情，我们吕家却是一无所有。家夫平日拥着万贯家产，却不知人情重。如今身在囚笼，方知钱财如粪土，人情贵如金啊！家夫现在已经万念俱灰，唯独想的，就是让我为他办这一件善事，以赎他平素亏待乡邻之罪。家夫临死前的这一番良苦用心我能不给他办吗？童老板，三娘办此佛事，一不是为夫喊冤，二不想蛊惑人心，只是替夫赎罪。要是此举伤害了童老板的感情，三娘这里给童老板赔罪了。"说着在童四面前倒头一跪。童四一时竟不知所措了。

渐渐地，念佛声又响了起来。童四对天呼道："苍天开眼呐，我妻子死得那么惨，乡亲们可不能单凭吕家人几句话，就善恶不分啊……"

"童老板不必担心苍天有偏。有道是人心可逆，天意难违。家夫要真是残杀你妻子的凶手，我纵然散尽家财，苍天也不会网开一面。可要是凶手果然是另有其人，苍天也一定会派神明下凡来缉拿真凶，为你屈死的妻子申冤报仇的。我们都顺着天意吧。"

宋慈在人群中静静地听着三娘的这番话，心里不禁一沉。佛号声又如潮掀起。宋慈向捕头王使了个眼色，二人从人群中往外挤去。

宋慈和捕头王在一条空巷中走着。捕头王问："大人，这个案子究竟有没有冤情啊？"宋慈反问道："你说呢？"

"我看恐怕果然有冤。"

"何以见得？"

"别的不说，单凭大人一放下案卷就急急赶到这青阳县来，我便断定大人一定是从案卷里发现了什么疑点。"

"发现疑点到用事实去证明它，可不是一步之遥啊。这回遇上的恐怕又是一桩疑难奇案了。"

"刚才那女人不是说了吗，要是那姓吕的真有冤情，上苍就会派神明下凡来平冤。"

"可上苍到底是不会派什么神明下凡的。"

"上苍已经派神明下凡了！"

"嗯？"

"宋大人不正是上苍派来的神明吗？"

"本官真要是个神明，还会像现在这样束手无策吗？嗯……这深巷之中有一家尚好的酒家，先去打发了腹中的五腑神将再作道理。"

"大人怎么知道这巷中有酒家？"

宋慈一笑："难道你没有闻到那随风飘来的阵阵酒香吗？"说完率先往深巷走去。捕头王皱起鼻子嗅了嗅，自言道："咦，我怎么就没闻到什么酒香？"

一条酒招在店门上方迎风飘摇。

宋慈和捕头王走到酒店门前，那酒香味更浓烈了。捕头王禁不住感叹："我说大人是神明下凡吧，连鼻子也非同一般，那么老远就能闻到酒香。"

宋慈笑道："常言不是说'酒香不怕巷子深'吗？咦，这么浓的酒香，怎么连一个酒客也没有哇？"捕头王一想："想必人都去那边诵经去了。"

宋慈和捕头王刚走进酒店，忽闻里间传出男女争吵声。

"官人，求求你，妾身今日来了红事了，不能做那事呀。"

"嘶"的一声衣裙撕破之声，同时夹着男子粗鲁的呵斥声："住口！老子花五十两银子把你从窑子里买回来，不是让你来帮我吃喝的。"

"可我真的来了红事了呀。"

"老子就是闯你的红。脱，快脱！"

捕头王袖子一撸，就想去动手。宋慈则高喊一声："店家，有客！"

房内男女顿时息了下来。一会儿，店主王二从房内热情地迎了出来，"哟，我当全城人都到吕家门口诵经去了，想不到还有光临小店的二位。唉，二位请这边坐。二位想来点什么？"宋慈看着与他想象中判若两人的店家，不禁笑道："这店里可有清静些的雅座？"王二说："全城人都去诵经了，酒店三天没开张了。二位要清静，今天可赶了个好日子。"

捕头王话中有话："哼，刚才好像并不清静。"王二脸红了，"这……嘿嘿嘿，夫妻之间拌了几句嘴，倒让二位见笑了。哦，二位要雅座就请上楼吧。"

宋慈与捕头王随王二登上酒楼。宋慈环顾一下，走到一张临街靠窗的桌子旁坐定。王二问："不知二位想要点什么？"宋慈说："俗话说'饥不择食'，我们远道而来，饥肠辘辘，你只拣方便的家常饭菜上来就是。"

"好嘞，二位稍等。"

捕头王看着王二下楼，不禁发出一声笑来。

"嗯，你笑什么？"

"这么一个看上去举止得体的酒店老板，刚才对老婆竟那般下作，真是不可思议。"

"此人还有一怪。"

"什么？"

宋慈一笑："他是个左撇子！"

王二一声"来啦"，端着酒菜上楼来，"二位客官，两荤三素，白酒米饭，这家常饭菜不知是否合二位口味。要是有什么不合适的，在下可为二位换别的。不过，这酒可是……"

宋慈道："这酒甘甜如蜜，香传十里，该是贵地的杯中极品。"

王二惊讶地说："哎呀，客官还未品尝，怎么就知小店这酒中之妙？"

"有道是酒香不怕巷子深，我二人正是在那巷口，被你这酒香吸引而来的。所以无须沾口，便知这酒非同一般。"

"哎呀，小店自酿的白酒，虽然远近有些名气，可能在那巷子口闻到酒香的，阁下怕是第一人呢。"

"恐怕是未必见得。以我看，那些文人墨客们来此深巷尽兴，恐怕也是被酒香引来的吧。"

王二顺着宋慈的眼光回头看去，明白宋慈指的是他身后墙上题写的一首狂草诗文，"哦，那是几个月前，来了帮学子，喝了个尽兴。要说他们呀，还真是冲着小店的酒香而来的。哦，二位请慢用。"

宋慈倒酒尝了尝，赞道："嗯，果然上佳！"

吕府门前，仍聚集着密密麻麻的诵经人。道场中又新添了几张硕大的八仙桌，桌上堆放着向诵经者发放的衣物和白银。老账房带着几个家人张罗着向诵经者发放物银，忙得满头大汗。

身着便服的知县白贤，混在人群中悄然走进佛场。他耳闻着震天的佛号声，眼看着那一群群诵经的百姓，感到心头一阵阵地沉重。

十几名脚夫从府内搬出一箱箱古玩玉器和上等家具。

一位捡了大便宜的商人眉飞色舞地向三娘拱手辞行："多谢夫人慷慨让价，在下这就告辞了。走走，快把东西搬走。"生怕主人反悔似的赶着走了。

三娘倚着府门，无力地抬手看看手中的一张银票，再看府门前越来越多的诵经百姓，脸上浮出几分苦涩，又有几分欣慰。

老账房走近三娘道："夫人，你看这诵经的有增无减，可府内值钱的已所剩无几了……"三娘不假思索地说："还有田产，全卖出去。"

"夫人，那田产可是吕家的命根子呀。"

"官人才是吕家的命根子！老家院，你就照我说的去办吧。"

老账房勉强地应道："那……好，夫人这么说了，老奴照办就是。"

三娘正要离去，目光一瞥，忽然发现一张令她心头乱颤的面孔。与此同时，白贤接触到三娘的目光，也是心头一颤，连忙转身，急急往场外挤去。

老知县被一群领到衣物的百姓裹卷着，身不由己地走出佛场，耳边不时地听到百姓们的议论：

"善事，真是善事呀。这么善良的人家，偏偏蒙受冤屈，莫不是那老县官老昏头了。"

"我等当初真不该写那联名证词，其实那不都是捕风捉影的事吗？"

"是啊。'金无足赤，人无完人'，吕大官人平素是有不是之处，可他也是个读过圣贤文章的人，再怎么也不至于会行奸杀人呀。"

白贤听了这些话，觉得脑子里嗡嗡作响，简直要炸开了！

十字路口，裹卷着白贤的人流分散而去。夕阳下，白贤愣愣地子立在街心，像是找不到方向似的转了几圈，终于认准一个方向，跌跌撞撞地走去。

白贤满脸焦虑，就像丢了魂似的。他心里反复地想着：那吕文周的眷属如此慷慨疏财行善，闹得满城传言四起，难道……难道真是我白某误判了无辜？不，不不，不会的，吕文周行奸杀人，人证物证俱全，白某也是据实而审，秉公而断，并无差错呀。吕文周之妻摆出那破釜沉舟之势，又分明是在向世人诉冤，要是此案真有什么差错，白某这一世清名，岂不要毁于一旦？

"砰"，猝然脑袋撞了一下，他定睛一看，才知自己不知不觉走进一条死胡同了，不禁跌足自怨道："嘻，我怎么钻进这死胡同了？县衙在……在城北！"回身又向胡同口走去。

宋慈和捕头王在王二的热情相送下步出酒店。宋慈仰望天空，道："哟嗬，不知不觉，时已黄昏，这都是贵店佳酿醉人啊！哈哈……"

王二笑道："二位客官要是满意，就常来。"

"贵店有那么上等的佳酿美酒，还怕我们不会再来吗？"

"在下随时恭候二位大驾光临。"

"哦，请问店家，县衙怎么走？"

"县衙？"

"怎么，连你也不知县衙的方向？"

"不不，出此巷口，一直往北，就是青阳县衙。我看二位像是官场上的贵人，果然是和衙门来往的。"

"找衙门的可不尽是官家人，百姓有难不也可找官府吗？"

"二位若是遇什么麻烦要找县官，算是找对了。"

"此话怎讲？"

"二位不闻青阳知县白大人的贤名吗？那可是咱老百姓真正的父母官啊。百姓有事找县官，没有搪塞应付的。吕文周杀人案想必你们也听说了吧？那姓吕的杀人作案何其残忍啊，也该是他恶贯满盈，该得报应，偏遇上个白青天。没几日，案子就破了，判了个极刑，满城百姓无不称颂白青天为民除害啊。"

"欸，刚才路过时，见吕府门前大摆佛事道场，听说此案还有些冤呢。"

"冤什么冤？那吕文周是条什么虫，全城人可没有不知的，像那种见色起意，杀人奸尸的恶事，除了他，就没人能做得出来。吕府大摆道场，还不是为了混淆视听？可他们即便把祖宗八辈子的遗产都散尽了，也是白费心机！"

"为什么？"

"因为白青天不会吃他们那一套！再说了，人证物证一样不缺，这案还翻得了吗？"

"噢。哟，时候不早了。王五，我们走吧。"

宋慈偕捕头王离开酒店，往巷外走去。快到巷口时，忽闻一阵男人的哭泣声传来。宋慈抬头望去，只见童四一把泪一把鼻涕地走进这条小巷。

童四边走边哭着自语："妻呀，你死得惨，你死得好惨啊……"他忽见面前站着两个男人，就不由分说地上前一把扯住，大声哀求，"客官，你们可千万不要受那吕家人的蛊惑，是他杀了我的妻子，你们知道我妻子死得多冤多惨吗？"

宋慈想对童四说点什么，那人却撒开手，恍恍惚惚顾自往巷内走去，就像一个精神失常的病中之人。宋慈目送着童四，正想回头离去，忽见童四推门进了一家院子。他赶紧追了过去，刚到门口，门"砰"地关上了。

"这就是那被害女子的家？"

随在后面的捕头王说："大人，待我敲门。"

宋慈拦住他："不，先去县衙见过白知县再说。"

他回头忽发现童四家和王二酒店是对门，不禁自语一句："真是巧了。"

已是入夜起灯时，县衙客厅人影绰约。提刑大人急急来访，令青阳知县猝不及防，迎到客厅，主客坐下。说不了几句话，白知县的额头便冒出了阵阵汗水。他用毛巾擦擦额头的汗水，"难道提刑大人认为本案确有冤情？"

坐在白贤对面品着香茗的宋慈，故意不把事情说得过于严重，以免让这位老知县包袱太重，"哦，这茶可是当地出产的毛峰？嗯，味道不错。"

"宋大人若是对本案有什么异议，不用顾忌白某的面子，尽管直言赐教，白某担得起。"

宋慈闻言，心里不禁对这位德高望重的老县令更加敬重，"哦，不能那么说……宋某这次来是想和老知县……斟酌斟酌。"

"宋大人用不着弯来绕去，吕府门前那一出，想必宋大人也见识了。可让白某百思不得其解的，是那吕府究竟想干什么？难道真是白某错断了命案，冤屈了无辜？哦，宋大人若有疑问，但请直言。"

"白大人，此案是否有冤，尚不敢断言。宋某以为自古狱事莫重于大辟，凡决大辟之罪的命案，不可不慎之又慎。证据案理，不做到滴水不漏，都不足以定案。白大人，你我身居官位，不能不以民命为重啊！"

"宋大人的意思可是说白某呈上的案卷中尚有疏漏？"

"不瞒白大人说，宋某的确觉得这文卷中尚有几处含糊。"

"这……还请宋大人明示。"

"白大人判定此案的一件重要物证是一把折扇对吧？"

"正是，那把折扇就是吕文周作案后不慎遗落在现场的物证呀。"

"白大人又怎么能肯定那扇子就是吕文周遗落在现场的呢？"

"扇面上明明写着吕犯好友郑玉赠扇的题诗，吕文周就是扇子的主人，宋大人难道对此也有异议吗？"

"扇子既然是吕文周好友郑玉送的，案卷中怎么不见郑玉的证词？"

"吕文周抵死不承认有个叫郑玉的友人，卑职以为那个叫郑玉的不过是个赠扇人，与本案并无牵连，所以就……"

"宋某以为，这正是文案的一处漏洞。"

"怎讲？"

"试想，那吕文周最终连杀人都认了，又为什么死不承认有位叫郑玉的友人呢？答案只有一个：那就是吕文周兴许真的就没有一位名叫郑玉的友人！"

白贤的心猛地往下一沉！

一盏如豆狱灯照着台阶，老禁子搀扶着老知县从高高的石阶上下来，往死牢走来。老禁子说："白太爷呀，都半夜三更了，您老还来死牢提审犯人，也太过操劳啦。"白贤叹了口气："案事不明，想睡也睡不着啊。"

"那您发个话，让衙役提犯人到堂上去问，也免得您半夜亲躬下死牢来呀。"

"不不，还是亲自来一趟更好。"

"可您别忘了自己是上了年纪的人啦。"

白贤莫名其妙地突然发起火来："你们都把白某看成是风烛残年，行将就木之人了对吧？不，别看白某这一身瘦骨，你敲几下试试，还梆梆作响！"

老禁子连声道："哦，白大人，小的该死，小的在您手下都几十年了，怎么就说出那么不恭不敬的屁话呢！"白贤叹了口气："唉，其实你说得也没错，白某的确是老了呀。这人一老啊，就容易犯浑……"

"不不不，大人可不是会犯浑的县官啊。"

白贤久久地看着老禁子："你说的可是真心话？"

老禁子真切地说："我都那么大岁数的人了，还能对您打诳语？"

白贤心事沉重地叹了口气："也是啊，白某当一辈子县官，自以为还没犯过糊涂啊。可别临告老了还……唉，走吧，走吧，快走。"

二位老人说着走着，就到了死牢前。

白贤借着微弱的灯光往里看，见吕文周蜷缩在囚笼一角，也不知是睡是醒。

老禁子上前叫道："吕文周，白大人来了，你快起来。唉，你听见没有……"

白贤拦过老禁子，走上前去，好言说道："吕文周，你起来，白某有几句话想要问你。"吕文周却是半天也没点动静。白贤忍不住再次开口："吕文周……"

吕文周突然出声："该问的早都问了，别再来打搅一个将死之人了。"老禁子怒了："小子，白大人都快七十的人了，半夜三更跑来问你话，你怎么敢那么无礼！"吕文周大声说："快七十又如何？昏庸一世，活千岁也是枉然！哼。"老禁子暴跳起来："你小子死到临头，敢这么对白大人说话，真是……"

吕文周翻身而起，怒吼道："既然我吕某死到临头了，你还来找我问什么话？白大人，深更半夜的，不躺在被窝里睡你的安稳觉，跑死牢来干什么？我吕某已经是个早晚挨刀的人了，不想别人来打搅，你知道吗？"

老禁子将袖想动粗的，又被白贤拦住，仍然语气平和地说："吕文周，你听好了，虽然本县给你判了死罪，但案卷还得报呈州提点刑狱官审核，判了大辟之罪的重案更要报呈刑部复核，也就是说，本县的判决还不是最终的判决，你听懂了吗？"吕文周抬起头，用疑惑的目光凝视着栅外这一脸凝霜的老县官。

老禁子说："白大人都这么说了，你还不明白吗？"

"我明白了！一定是有比白大人更大的官插手此案，白大人怕万一吕某翻供，会坏了您老人家一辈子的清官名声。所以，半夜三更，不辞辛劳，到死囚牢房来，想威吓吕某永不翻供！"

白贤遭人鞭子抽在身上似的狂吼起来："你以为白某就是那么一个奸诈小人？白某在你眼里就是那么个官德人品？你小子是瞎了眼！"话到激动时，忍不住剧烈地咳嗽起来。

吕文周张口结舌地看着老县官。老禁子边为老知县拍着背边好言劝说："白大人何必和这种杀头鬼一般见识。快消消气。"

白贤好不容易止住了咳嗽，抬手把老禁子挡在一边，一双因剧咳而充了血的眼睛看着吕文周，还是好声好气地说："吕文周，白某今天有几句话问你，这不光事关白某名声，更关系到你的性命。比起一条人命，白某的名声不足为重，所以不管你愿不愿意，都得与我如实回答，你听明白了吗？"

"白大人想问什么？"

白贤往前靠了靠，极其郑重地问："你究竟有没有一个叫郑玉的友人？"没等吕文周反应，又马上强调说，"吕文周，有就是有，没有就是没有，你务必给我一句实话，实话！"吕文周坚决摇头："没有！"

"你再说一遍。"

"犯民的确不认识郑玉其人，更不知他为什么要赠我扇子。"

"等等，你是说那把扇子原来是一位你并不认识的人赠送给你的，换言之，是你收下过一位陌生人的赠扇？"

"白大人，既然我不认识郑玉，人家凭什么赠扇与我？"

"这不难解释。你是本城的豪富，认识你吕大官人的人，自然就比吕大官人认识的人多得多。况且，如今这世上，势利小人也并非少数，为了巴结你这位豪门富绅而向你赠物者，恐怕也大有人在，而你未必把所有巴结过你的人都记得那么清楚。"

"你以为我吕某人有那人缘吗？我吕文周亏就亏在平素不结人缘，才落得今天这步墙倒众人推的田地。没有，没有人会赠物于我，我也从没有见过这把扇子。"

"你……你该不会是不想承认吧？"

"白大人，我连杀人都认了，为什么还不认这么一把扇子？可我实在不知道谁是郑玉呀。"

白贤的心一下子就像掉进了冰窟……

夜已很深了。县衙外，更声敲响了四遍。青阳县老知县白贤仍坐立不安地在书房里打着转。白夫人在一旁看得心疼："你今天是怎么了？都敲四更了，还像只发情的夜猫似的乱转？别忘了自己是多大岁数的人了。"

白贤怒道："岁数，岁数，你们怎么都记着我的岁数？"白夫人一脸无奈："好好好，不说你岁数大行了吧？你还年轻着呢，是我老了。这话听着舒服了吧？"

"嘻，你……唉，天怎么还没亮呀？"

"什么事就等不到天亮了？"

"已过四更了对吧？我得找宋大人说说案去。"

白夫人一把拉住丈夫："欸，站住，你抽什么风啊？这半夜三更的，你去吵醒人家宋大人，合适吗？"白贤只好作罢："哦，是啊是啊，这不太好，那我就再等等，再等等。我不用你陪着，你睡去吧。"

"那你也不能就在这书房里坐等呀，快去睡上一觉。也不想想自己多大岁数了……"白夫人见丈夫又用眼瞪她，连连纠正，"嘻，我怎么不长记性呢？你不老，你还年轻着呢。就算你年轻，也不能把这吃喝拉撒给免了吧？"

白贤嚷道："哎呀，你是不懂什么叫人命关天呵！我原以为临老临老了，还能漂漂亮亮地办下一桩大案，是去是留也就顺天意行了，谁想……唉，不解开吕文周案的疑团，我能安枕睡着觉吗？不行，我得去叫醒他。"说着夹起文案就要走。宋慈突然推门而进，大声道："虽说人命关天，可也不能让一位老县令不要命啊。"白贤一愣："宋大人，您怎么……"

宋慈笑道："白大人一夜不睡，宋某又怎能安于枕上呢？"

"现在看来，这把题扇……"

白夫人插口道："哦，宋大人，你们说话，我去给你们做点夜宵。死老头子，都一整天没吃喝了。"白贤烦躁地说："哎呀，老太婆搅和什么呀，做什么夜宵，睡你的觉去。"宋慈故意笑着说："白大人，宋某半夜陪你说案，这一顿夜宵你可不该省吧？哦，那就有劳白夫人了。"白夫人会意："这老头子呀，从来遇事沉稳，这回怎么就这么沉不住气。"说着就走了出去。

白夫人走出书房，听得一声叫"婶婶"，猝见一张熟面孔，竟是英姑站在廊下。她不由得喜出望外："哎呀，是英子来啦。老头子，你看……"

"嘘，婶婶，我是偷偷来的，别去打搅他们。"

"那好，去厨房说话去。"二人一起走进厨房，随即搭档着做起夜宵来了。白夫人上灶台，英姑则在下面添火。

白夫人一边干活，一边感叹说："这倔老头，我一次次让他告老还乡他就是不听，这不，老都老了，别还闹出个冤案，毁一辈子的清名。唉……"

英姑安慰道："婶婶，即便是出点什么差错，所幸还没有最后定案，现在宋大人亲自来帮着复审，命案想必会真相大白的。我最担心的是叔父看重名节，又这么大年纪，怕他承受不起过错。"

"你这话可算是掐中了老头子的死穴了。唉，这可怎么好？"

虽说天有点蒙蒙亮了，书房的灯火依然亮着。扇子在灯下慢慢打开。扇面上的题字墨迹有被雨水浸化的痕迹。

手持扇子的宋慈对白贤道："吕文周说的恐怕确是实话。"

"这……那么这把遗落在杀人现场的扇子究竟该作何解释呢？"

"我问你，案发是在几月几日？"

"四月初三夜。"

"当晚可曾下雨？"

"绵绵细雨下了半月之久。"

"初夏之夜，又下着小雨，想必天气较冷，吕文周选择那么一个夜晚前去行奸作案，为何要带着一把扇子？况且，预谋作案者，最忌的就是在现场留下物证，而吕文周却偏偏带把写着自己姓名的纸扇去行凶作案，岂不有悖常理？"

白贤被宋慈一点，顿有所悟，脑袋"轰"地一响，脸色"唰"地变白，便有些站立不稳……宋慈连忙扶住："啊，白大人，白大人……"

白贤强挣扎着说："宋大人，卑职若是错判了人，还……还仰仗大人，代为平冤……查找真凶……"身子一软，竟昏了过去。

宋慈急叫："白大人。来人，快来人呀！"英姑首先冲了进来，随后捧着夜宵的白夫人进来，一惊之下，盛着夜宵的碗"啪"地跌碎在地上……

一缕晨光从窗外射入老知县十分简陋的卧室。

宋慈坐在床边为白贤把着脉。而后，他起身对床前的白夫人道："白大人刚才是一时急火攻心，从脉象上看尚无大碍，白夫人放心吧。"

白夫人叹息道："嗐，宋大人，不瞒你说，这种事在他身上都发生好几回了，我都见怪不怪了。"

"怎么，白大人向来有此痼疾的吗？"

"这都是他办事太过认真，还不能出错，一犯了错吧，就像塌了天似的。古人还说'人非圣贤，孰能无过'，有错知错，知错改错不就没错了吗？就他，一做错事呀，就像坏了他白家八辈子名声似的承受不起。"

宋慈心里像是被什么硌了一下，转身悄悄走出了卧房，而后在庭院呆站了一会儿，又走进隔壁的屋子。

英姑轻手轻脚地推门而进，发觉宋慈心思繁重，眼含热泪。宋慈回头看是英姑，抹了下眼："哦，你……你不是说留下看家吗？还是不放心你的白叔父？"

英姑不作声，忽然把门和窗一一关上，然后走到宋慈面前，竟扑通一下跪倒在宋慈跟前。宋慈不由得一惊，"你怎么……"英姑眼含热泪："大人，自从英姑相随大人，从没有因私求过您什么，可今天，为了白叔父，我求您了。"

宋慈脸色黑了下来："你想求我什么？"英姑说："我知道大人已经发现吕文周案存有重大疑问，可我白叔父当了四十九年的知县，勤勉职守，为官清廉，从来没出过大错，这也实在不易啊！大人，您就高抬贵手吧……"

宋慈惊退半步："你想让宋某明知此案不实也睁一只眼闭一只眼？"

"英姑这些年相随着大人，进出于县衙抚院，官场上的清清浊浊也见多不怪了，为庇护同僚而大事化小、小事化了的事几乎成风，难道大人就不能为一位您所敬重的古稀老人违一次律吗？"

宋慈不敢置信地看着英姑："简直不敢相信这番话是从你嘴里说出，真让宋某长见识开眼界啊!"

"大人,您不用这么说我,我知道其实您心里比英姑更不愿伤害一位古稀老人!您疾恶如仇,即便让您手刃恶徒,也不会手软;但您有时又太天真,天真到美好的东西就不能出一点儿瑕疵;追求人生完美和清名流芳千古,既是清官廉吏的可敬之处,也是他们的致命弱点。您知道,白叔父把官声名节看得比命还重,如果大人要翻了吕文周案,这对像他这么一位古稀老人将意味着什么?"

宋慈叹道:"记得那年在太平县,宋某翻了知县吴淼水判定的曹墨杀人案,那吴淼水虽身败名裂、削职为民,却不以为耻,竟追在宋某的车后大骂横街;今天你白叔父办下的这个吕文周命案,与太平县冤案多少有些相似之处,可吴淼水之流岂能与白贤老知县相提并论!"

英姑恳求道:"正因为这样,您就不能法外开恩……"宋慈一摆手,不让英姑说下去:"你知道刚才宋某仰望天空而流泪,是想起了什么?"

英姑摇了摇头。宋慈接着说:"我看到了父亲的慈容!"

"啊……"

"家父生前,审案断狱不下数百件,三十年未出一件冤假错案,被称为断狱神手。谁知老马失蹄,花甲之年却误判人命,铸成了千古遗恨。人非圣贤,孰能无过?可家父却承受不起一生中唯一的一次误判,最终以死谢罪!"

英姑大惊:"啊,当初宋老太爷猝然离世,原来是……?"

"自杀!谁能想到,英名一世的宋推官竟是服毒自杀!"

英姑震惊不已。宋慈沉痛道:"父亲之死,在我心里烙下了刻骨铭心的印记:正是父亲用生命烙在儿子心里的这个印记,才使儿子对刑狱命案审之又审,不敢萌生一丝一毫的慢易之心!这些年来,每当宋某接手一个关乎人命的案子,总能感觉到严父的身影就站在眼前提醒着我:人命大如天啊儿子!"

英姑惊问:"大人……这事您真的从来没和人说过?"

"这是我宋家天大的秘密,岂能说与外人。"

英姑心里怦然一动:"可您今天却对我说了?"

宋慈长叹一声:"此事就像一团不散的块垒,多年压在我心里,其实我一直想找人说说,可一直……这些年来,每当我眼前浮起父亲的慈容,就会暗自惊心,如果是我误判了人命,真不敢说是否就有父亲那种以死谢罪的勇气……"

英姑冲口而出:"不!您不会犯这样的错!"

宋慈大声说:"是人都会犯错!"

"你说过，你这位白叔父也是把名节看得比生命还重的人，宋某何忍把他逼上绝路？可要是在宋某高抬的'贵手'之下，让无辜丧命，让真凶逍遥法外，让死者含冤九泉，那和宋某亲手铸成冤狱又有什么两样！还谈什么人命大如天，又让宋某如何面对父亲的在天之灵？"

英姑突然站起："大人，英姑明白了。"说完就去开门，出门前又回头，"大人的一番话，让我明白，抓住真凶，无辜获释，才是对白叔父最大的庇护！"

宋慈机械地点了点头……

驿站书房。宋慈独坐屋内，展开扇子，一再审视那扇面。忽然他像是想起什么似的，双眼忽然一亮，腾地从椅子上站了起来，对外大叫："捕头王，捕头王！"捕头王应声跑来："大人，怎么啦，怎么啦？"

"跟我走。"

"去哪儿？"

"我又闻到王二酒店的米酒香了。"宋慈说着，脚已跨出了门槛。捕头王迷惑不解："什么？那酒店离这儿远着呢，他怎么还能闻到酒香？大人……"

此时，那王二酒店内空荡荡，仍没有客人上门。而客厅一侧的卧房里，却有些动静。乱七八糟的床上蜷缩着衣不蔽体、嘤嘤抽泣的珠儿。她一边哭泣，一边轻声咒骂："你这畜生，不得好死，呜……"

刚获得满足的王二站在床前，慢悠悠地穿衣戴帽，对小妾的咒骂声似乎并不生气，"好啦好啦。就算我今天委屈你了，可这毕竟是夫妻间的常事嘛。你也不想想，要不是我花五十两银子把你从窑子里赎出来，什么来红事来白事，你还不都得接客？唉，好了好了，我也是因为这些天生意清淡，心里着急。你看看，这长腿的都跑吕府念经去了，都几天了，我这酒馆连个客人的影子也不见来，我心里烦，才……好了好了，别再哭了，再哭，财气都让你哭没了。"说着就在床边坐了下来，去安抚珠儿。

珠儿一下子甩开了王二的手："早知你这样禽兽不如，还不如在窑子里做窑姐呢。"王二火气说来就来，珠儿话音未落，就被他从床上拎起，扔到墙角。他像一头被激怒的野兽："你他娘的想回窑子对吧？那还等什么，快快滚着去吧！老子就不信花银子还买不回比你强的。滚，快滚，你这臭婊子！"

珠儿吃惊地看着王二，吓得连声都不敢再出。忽听堂外有人喊："店家，店家！"王二顿时换了脸色，赶紧整整衣衫就迎出去。

宋慈和捕头王已站在店堂中央了。捕头王扯着嗓门高声喊着："没活的啦?"王二笑脸迎上，"来啦，来啦，二位客人，楼上请——"

宋慈在原先坐过的那靠窗座上，慢悠悠地坐下，指着墙上的题诗，像是不经意地问王二："照你说，墙上的题诗是去年夏天留下的?"

"正是去年夏天的事。"

宋慈又指着题诗落款问道："那题诗的李诗又是何方人氏?"

王二反问道："不知二位打听这个干什么?"

捕头王道："喂，你可知这位是谁吗?"

"在下猜，二位不是寻常的酒客。"

"算你说对了。这位就是本州提刑……"

王二脱口而出："宋提刑? 哎呀，原来是大名鼎鼎的宋提刑! 看看，小人是什么眼神? 竟没看出来! 宋大人，小的多有不周之处，还望见谅。"连连作揖不止。宋慈抬抬手："不必客气。店家，本官方才问你李诗其人，你为何避而不说呀?"

"哦，那个……哪个李诗?"

宋慈一指墙上题诗。

"哦，哦，这可是去年的事了，时隔太久，小人有些记不太清楚了，好像……那是……唉，时间实在太长，真的记不起来了。"

"去年夏天的事，照说也不算太久呀。"

"宋大人，小人是开酒馆的，这人来客往，一年内何止成百上千，哪能都用心去记呀。"

"贵店迎来送往，酒客繁杂，这我信。可在这墙上题诗的怕是不多，店家好好想想，应该会有些印象的。"

"这……容小人仔细想想……哦，对了，果然还想起一些事来。"

"你慢慢说。"

王二边回忆边说："那天好像很热，午时过后，客人差不多散尽了，小人正打算上门板打烊，却突然来了四五个年轻学子。他们当时……对，就坐在这张桌上，喝酒行令，足足闹了三个时辰，最后那位叫李诗的年轻人让小的取来笔墨，趁着酒兴，挥笔就在这墙上题写了这诗，题完后，闹了一阵就付账走了。"

宋慈看着店主，"那次以后，他们还来过这酒店吗?"

王二坚决地说："没有没有，再也没光顾过小店。"

"那么，那位题诗的李诗是何方人氏?"

"开酒馆的，来的都是客，姓甚名谁，家住哪里，店家不便问也不必问，那李诗家住哪里小的就不得而知了。"

"除了那位题诗的李诗，另外几位同伴你还能记起点什么吗？"

"李诗好像是那几人之首，加上小的亲眼看他笔走龙蛇，在墙上题了诗，所以多少还有点印象，至于另外几位，那更记不得了……不过，若宋大人能容小人再想想，兴许还能记起点什么。"

"那好。你要是想起什么，就向衙门报告。"

"是，是，小民一定照办。"

楼梯上忽然响起脚步声。上楼的是端着酒菜的珠儿。王二不高兴地说："你来干什么？"珠儿反问："你不是交代过，凡是上楼的客人都让我亲自侍候的吗？自从我去年春天来到这儿，上楼喝酒的客人不都是我侍候的吗？"

她瞥了一眼站在窗子边的宋慈，忽将手中菜盘子往丈夫怀里一送，"哎呀，这天气那么闷热，怎么不开窗呀。二位客官，我把窗子给你们打开，透透风。"边说边走过去推开了窗子。

宋慈原先就站在窗边，窗子被打开后，他无意中往窗外一瞥，双眼忽然一亮。这窗口正对着对门的童四家，他看见童四正在家中给亡妻上香。

王二将菜从盘内一一端到桌面，正要招呼宋慈入座，珠儿却先开口道："二位客官，小店别无特色，就这米酒可是不一般的。再说，这张酒桌的来客向来是由我侍候的，今天能侍候二位客官，也是我三生有幸。"

王二瞪眼："你可别胡说，你可知这位是谁？这可是堂堂提刑大人啊！"

珠儿一愣，旋即又笑道："不管是官家还是百姓，来我们酒店就是客人……"

宋慈反感珠儿那娇媚作态的样子，连正眼都不看她一眼，对王二说："店家，我方才问你的事，你须用心想想。告辞！"说完下楼走了。王二追上去："欸，小的酒菜都……"宋慈头也不回地说："留着下回来吧。"

"那小的送宋大人。宋大人走好。"

王二送走宋慈，回头对珠儿怒道："谁让你上来了，你来瞎搅和什么？"

珠儿像是有点失意地说："哼，下回你请我也不上这楼了。"

白贤像是一夜间就苍老了许多，病容凄楚，眼含热泪地半靠在床头。

白贤夫人和英姑捧着冒着热气的药汤走进房来。白夫人对着丈夫轻声呼唤："老头子，老头子……"白贤像是没听见似的，没有一点儿反应。

英姑大声叫道："叔父！"

白贤猛地从沉思中回过神来："啊，哦，贤侄女也来了。"

"叔父，好点了吗？"

白夫人轻怨道："一声不吭的，吓我一跳，还当咽气了呢。来，趁热喝了。"

白贤却不听："喝什么呀，我没病。"

"没病整天躺在床上哼哈干什么？"

"哎呀，早跟你说了，我这不是病。"

"这也不是药，是补身子的滋补汤。"

"那更不用喝了。"

白夫人把脸一沉："你敢不喝！"

白贤却一把拉住英姑的手，急声问："哦，贤侄女，上次拜托的事，你跟宋大人说了吗？"英姑故意说："哎呀，这一阵宋大人特忙，我还没来得及说呢，您那匾也原封不动地在我房里放着呢。"

白贤如释重负："这就好，这就好。欸，这事你千万不可再对宋大人说起。"

"怎么，叔父改主意啦？"

"我……唉，老不中用啦。"老人竟哭了起来。

白夫人说："嘻，我说你还省着眼泪给我送葬时用吧。那么大年纪，还哭了，差不差啊？"白贤抹着眼泪："羞，羞啊！夫人，我真是愧对祖宗，愧对皇上，愧对同僚，愧对父老，愧对……"白夫人讥笑道："一句话就完了，你是愧对天愧对地了，可你真正愧对的是我。我年纪比你还大三岁呢，挺着一副老骨头，为你熬这么一碗汤，你竟不喝，岂不是愧对于我？"

"我……我实在喝不下呀。"

"唉，说透了，你不就误判一个案子吗？好在上司批文还没下，人头还长在人家脖子上呢。况且，现在真凶又没有找到，你究竟错没错还难说呢，犯得着就这么寻死觅活的？"

"日间经宋大人对案情那么一推，我顿时就明白，那把扇子分明是真凶为嫁祸他人设下的圈套！其实，凶手这一手段也不见得高明，可我怎么就没识破呢？我真浑啊！"

"当时那么多百姓做了旁证，你呢，心里又特别容不得恶，一听那吕文周有那么多恶迹，就恨不得堂令一下，马上为民除害呢。"

英姑劝慰道："婶婶，俗话不是说'旁观者清，当事者迷'吗？这样的事，换了谁恐怕也难免都会这么断的。"

白夫人顺着说："就是呀，为这么点屁事，也犯不着愁断肠子忧碎心的呀。"

白贤不悦："这可是人命关天的事啊，你怎么说是……屁事？"

"你算了吧。这官场上贪赃枉法的大有人在，那些贪官污吏还不都一个个越枉法越升官？可你呢，当了四十九年的七品县官了，就是没升迁的份。那年朝廷还给过你一块'百官楷模'的御匾吧？当时我心想，老头子成了'百官楷模'啦，总会给他升个四品五品了吧？可没想到呀，那些学你楷模的一个个都青云直上，而你这'百官楷模'就像屁股下生着根似的，几十年也没挪动。还不透吗？你认什么真呀？"

白贤认真地说："夫人啊，为人在世，最重要的莫过于'名节'二字。想我白贤，十年寒窗，三考及第，几十年为官，一不拍马溜须，二不贪赃枉法，三不欺压百姓，虽然几十年与升迁无缘，可一世清名，世人自有公论，来日告老还乡，我也无愧于祖先啊！可谁知……"

"可谁知你老马失蹄，错判无辜，使你这一世美名毁于一旦对吧？早知今日，我几年前就劝过你，年纪大了，脑子不灵便了，不如给世人留下个贤德美名，早早告老还乡。可你呢，硬说放不下黎民百姓，还说要为社稷朝廷鞠躬尽瘁，死而后已。现在果然出错了，没死就后已了，你倒后悔个什么呀？"

"事到如今，你说这些个话还管什么用！"

"你嫌我唠叨了是吧？那我便正经说句管用的话，你想不想听听？"

"你想说什么？"

白夫人语气铿锵："知错就改，善莫大焉！你自己判的错案，就自己去把它推翻重审，这不比你一天到晚像产娘似的躲在房里长吁短叹强？"

英姑赞道："叔父，婶婶这番话说得可是句句在理，常言说，人非圣贤，孰能无过？就算你判案有误，现在若能亲手纠正错案，不又能为百官树一个知错改错的楷模吗？"

白贤双眼一亮："老伴儿呀，你唠叨半天，就刚才几句说到点上了。只要能使真凶伏法，白某情愿承担渎职误判之罪，也要将此案推翻重审。"

"有宋大人在，不怕真凶不伏法。可现在，你必须把这碗汤先喝下去。要知道，这也是本夫人的法！"

"你这是什么法？"

"家法！"

白贤正接碗要喝，衙役匆匆进来道："启禀白大人，宋大人有请。"

白贤一听，将手中汤碗往老伴儿手中一塞，掀掉被褥就下了床，"家法哪有王法大，走啦。"匆匆而去。白夫人急叫："歆，你回来。"

英姑笑道："婶婶，叔父已经迈过那道门槛，不会有事了。"

"什么门槛？"

"横在他心里的那道门槛。"

白贤喘着大气领着宋慈一路小跑急急往死囚牢房走来。走到一个台阶口，因走得急，白贤一个趔趄，险些跌倒，宋慈赶紧一把扶住："白大人，何必这么着急呢？"白贤连连摆手道："没事，没事。宋大人请吧。"说完又在前面小跑着往狱中长廊而去。宋慈以一种复杂的目光看了好一会儿，才紧步跟上。

死囚牢里的吕文周，看到牢外站立着的两位官员，不禁十分惊讶。他听白贤介绍说旁边的便是宋慈，立即从地上站起来，嘴中喃喃地说："什么，宋大人？可是大名鼎鼎的断狱神手，人称包公再世的宋提刑？"

白贤说："正是宋大人！吕文周，宋大人是专门为复查你的案子而来的。在宋大人面前，你无须顾忌是否翻供，只管实话实说就是。"吕文周惊喜不已："这……难道苍天真的开眼了吗？不知宋大人要问我什么？"

宋慈问："你有位朋友叫李诗的，你可知他家住何处？"

"李诗？我不记得有这么一位友人呀。"

"你……你可要想仔细了。"

吕文周一想，反而更加肯定："没有，吕某肯定没有一位叫李诗的友人！"

宋慈又问："那么你是否有一位叫李诗的仇人？"

吕文周苦笑道："仇人？宋大人，要说仇人，恐怕全城人都在仇视我，可是否有一位叫李诗的仇人，就不得而知了。"

"那么，你是否去王二酒店喝过酒？"

"听说过本城王二酒店有一种家传秘方酿的米酒，颇有些名声，可那是个小酒肆，这青阳县城几家大酒店都是我吕家开的，我为什么要去那小肆喝酒？"

宋慈思索一下，"本官今天要问的就是这些。白大人，走吧。"吕文周追着问："宋大人，郑玉是谁？"宋慈回头答道："根本没有郑玉其人！"

"那么，那把扇子又是怎么回事？"

"这正是值得你自己好好想想的事，否则，你这趟牢岂不白坐了？"宋慈说罢，意味深长地看了吕文周一眼，回头离去。

　　两位官员同坐在县衙客厅，商议起案情来了。

　　白贤打开那把折扇，看了又看，然后问宋慈："宋大人是说，这扇面的题诗与王二酒店墙上的题诗是出自同一人之手？"

　　"对，他就是一个名叫李诗的秀才。"

　　"既然这诗句出自李诗，这扇面上的落款却为何又是郑玉？"

　　"这就是作案人遗扇嫁祸的计谋。要是写上真名，岂不把自己也卷入凶杀案中？"

　　"照宋大人所言，那李诗就是遗扇之人，也就是本案真凶？"

　　宋慈未置可否。

　　"可那李诗并非本地人氏，怎么会半夜到童家去行奸作案呢？"

　　"被害女子想必有一副足以使不轨男人铤而走险的花容月貌！"

　　白贤点头认可。宋慈又说："被害人的家就住在王二酒店对面，从酒店楼上的窗口，正好可将对面童四家房内的情景尽收眼底，而去年盛夏，李诗恰好就坐在那窗边喝过酒。"

　　"如此看来，那位叫李诗的才是本案真凶？"

　　宋慈没有回答，却低头在想着什么。

　　一碗粗糙的牢饭，上面插着一双粗黑的筷子。老禁子捧着牢饭走到吕文周的囚笼前。没等老禁子开口，吕文周就一个翻身起来，急切地伸出手："禁子大伯，快给我饭，饿坏了，饿坏了。"老禁子顿了一下："你叫我什么？"吕文周有些不好意思："禁子大伯。"

　　"噢，今天出口之语，人味重多了。怎么，昨天还恨不得把自己饿死的人，今天就熬不住了，想吃饭啦？"老禁子说着把饭递了过去。

　　吕文周抢似的伸出手来："是啊，我现在不想死了。"老禁子忽然又缩回手来："说说为什么。"吕文周急切地说："我感觉好像已经死了一回了。只有死过一回的人，才知道什么叫活着！快，我要饿死啦。"

　　老禁子一双饱经沧桑的浊眼看着吕文周，把饭递了过去："你总算没白坐这趟牢。"吕文周接过粗饭，狼吞虎咽起来。老禁子就像父亲教训儿子似的说："都饿了好几天了，别一下子吃得太猛，会伤胃的！"吕文周点着头，嘴却丝毫也没缓下来。不一会儿，一大碗粗饭，就吃得颗粒不剩了。

"没饱，要是能再来一碗……"吕文周抹着嘴说。

"你还是留着出狱了再吃吧。"

吕文周一愣："出狱？禁子大伯，我吕文周真的能平冤昭雪吗？"

老禁子打开囚笼门："这可不是我禁子老头儿能回答的。出来吧。"

吕文周大惊："啊，我出狱啦？"

"这是关待决死囚的。白大人命我把你换外面去。"

吕文周眼里顿时涌出充满希望和激动的热泪。

晨光透过栅栏射入监狱长廊，纵横交错，明暗有致。三娘一身素衣，站在晨光交错的牢房长廊，就像一尊仕女塑像。

老禁子带着吕文周从回廊尽头的死囚牢房走过来。三娘忙迎了上去。

吕文周看见妻子，激动不已地叫着："三娘？三娘……"

三娘扑向丈夫怀里："官人……"夫妻俩热泪盈眶地拥抱在一起。

"三娘，苍天果然开眼啦。"

三娘泪如泉涌："是啊，我来时，感到天竟是那么青那么蓝，我真恨不得生有一双翅膀能飞起来呀，官人。"

"三娘，这段日子真难为你啦。"

"不，只有这段日子我才感觉到是你的妻子。"

"三娘！"

老禁子从他们身边走过："好啦好啦，留着点以后告白吧。跟我走吧。"

三娘连忙抽身出来，扶着丈夫往外走去，边走边轻轻地说着话。

"官人，家里什么值钱的可都卖尽了，连宅院也……"

"好，好哇，这样我心里就安生了许多。"

"可你是过惯了大富大贵日子的，只怕以后受不起苦。"

"你是没看见我刚才吃的那碗牢饭，那是连我吕府的狗都不会嗅一嗅的粗饭啊，可我竟吃得如同山珍海味。我边吃边在想，呀，我吕文周的前半辈子怎么就从来没吃到过这么好这么香的饭菜呢？香，真香啊……"

三娘侧着脸看着丈夫，心头一酸，两行泪水就扑簌簌地淌了下来，哽咽着："官人……"吕文周说："唉，你哭什么？"三娘连忙摇头："不，我是高兴……官人……"忍不住就趴在丈夫肩头剧烈地抽泣不止……

老禁子在一间普通牢房前站定，回身看了看这对患难夫妻，心里感慨万千，只简化成一个摇头、一声叹息，然后推开一间牢门，等着吕文周……

清晨时分，几声清脆的敲门声把童四惊醒。他神经质地往起一坐，揉着眼辨着那敲门声是梦是真。敲门声又连着响了几下，他连忙披衣下床。

"谁呀？"他开门一看，吃了一惊。门外站着宋慈和白贤。

童四哭着拜倒在地："青天大老爷呀……"

白贤忙上前把他扶起来，"我是陪宋大人来看看现场的。"

童四便哭着向宋慈和白贤诉求着："二位青天大老爷，家妻死得好惨啊，那禽兽吕文周一天不伏法，家妻的阴魂就一天得不到安宁啊，二位大老爷呀……"白贤只好以好言劝慰童四。宋慈则避退一边，趁空轻轻推房门，走进了内室，举目扫视一番。

这时，白贤走进内室，那童四也跟着进来了。白贤指点道："宋大人，当时被害人就倒毙在这张床前，尸位呈仰卧之状，眼睁，嘴张……"

"哦，这些在验尸格目上写得清清楚楚，可见白大人勘查得非常仔细，绝无草率之嫌！"

童四哭丧着脸说："宋大人，那天小民赶着夜路回家，一进门，看见的那副惨状呀……宋大人，您可不能轻饶了那姓吕的，您可要为家妻报仇哇。"说着又要往下跪，被白贤拦住了。

"童四，宋大人来此勘查现场，为的就是要找出真凶，为你妻子报仇。"

童四一愣："什么？难道那吕文周不是真凶？白大人，难道你们也受了那吕家的蒙骗，把吕文周当作善人了吗？我知道了，一定是吕家人使银子了！白大人，要是连你也禁不起吕家人的银子，我们小老百姓可还有什么活头啊！"

趁童四缠着白贤，宋慈走到窗前，忽然想起什么，双手推开窗子。

正巧，对门王二酒店的楼上窗台上这时正趴着那个叫珠儿的妇人，宋慈一推窗探出脸，正和她的眼光碰个正着。

珠儿见了宋慈，连忙缩了回去，放下了窗帘。宋慈却若有所思了。

少时，他们离开童四家，走出小巷。宋慈一边走，一边想着刚才酒店那个叫珠儿的女人趴在酒楼窗台上目瞪瞪地看着他的情景，不知不觉地放缓了脚步。

捕头王看着他的神色，轻声问："大人，是不是在童家发现了什么线索？"

宋慈似是而非地点了点头，脑海里忽然闪过不久前在王二酒店的一段情景：

名叫珠儿的女人端着菜上楼来，对王二大声说，你不是交代过，凡是上楼的客人都让我亲自侍候的吗？自从我去年春天来到这儿，上楼喝酒的客人不都是我侍候的吗？她又瞥一眼站在窗子边的宋慈，忽然将手中菜盘子往丈夫怀里一送，说，哎呀，这天气那么闷热，怎么不开窗呀。二位客官，我把窗子给你们打开，透透风。她一边说，一边走过去，推开了窗子……

宋慈蓦地站住，凝眉思索一会儿，忽有所悟，失声道："哎呀，宋某大意了。哦，白大人先回衙吧。捕头王，走！"话音落时，人已往小巷返回。

捕头王追上几步："大人，回童家？"

"不，去王二酒家。"

"大人又闻到酒香了？"

宋慈提示道："你可记得，当时那王二的小妾当着你我的面说过一句意味深长的话？"

"不记得了，那女人娇媚作态，我看都没正眼看过她。"

"那也难怪，当时连我也没在意。可此时我突然想起，那店家小妾当时曾反复说起楼上那张桌子的来客一向是由她侍候的，这是为什么？"

捕头王问："嗯，她为什么那么说？"

宋慈猝然驻步回头："暗示！她一定是在向宋某暗示什么。"

"暗示什么呢？"

宋慈没有回答，快步向小巷深处的王二酒家走去。

转眼，二人已在王二酒家了。宋慈快步登楼，直奔窗前，推窗一看，对门的童四，正在妻子的灵位前续香添箔。

楼下传来捕头王的说话声："宋大人在楼上等你问话，快上去！"

一会儿，珠儿上了楼。捕头王在她身后跟着。

珠儿看看端坐在桌旁的宋慈，"哟，昨天这位大老爷不是还对小女子不屑一顾的吗？今天怎么又想着来问我什么了？"宋慈说："哦，上回我二人的确是心有烦事，才没在意，宋某今天特来赔个不是。"

珠儿轻浮地笑起来："哈哈……我长这么大，陪人喝、陪人乐、陪人睡，还从来没人向我赔过不是呢，这头一回听到，还真是开心。"

捕头王有点恼了："那你就快回宋大人的话。"

珠儿笑眯眯地问："宋大人刚才问什么了？"

"与其说宋某想问你什么，倒不如说是你想对宋某说些什么。"

珠儿抬起一双媚眼看着宋慈："谁说小女子想对你说什么了，我只是……"

"你只是想告诉我，去年盛夏，有一帮学子，在此聚会喝酒，当时坐的正是这张酒桌，他们从午时一直喝到太阳落山，而你一直在旁边为他们打扇斟酒，所以，你对当时情景兴许记忆犹新。"

"你全知道哇，那还来问我干什么？"

"这么说你果然是想对我说些什么对吗？"

"对，可你……"

"可我耳朵背，昨天居然没能听出你的弦外之音，所以今天来请你再说一遍。请吧。"

珠儿娇媚地道："那你得回答我一句话。"

"你说。"

"你常常去逛窑子吗？"

捕头王脸色一变就要发作，宋慈拦住他，笑着反问："你说呢？"

"反正老娘是见识过的。别看官家人穿着一身朝服走在大街上一个个神气活现，可在窑子里，把那身官服一脱，比谁也没两样。"

"呵呵……你这么一说，宋某有机会倒得去逛一回试试。"

"什么，你真的没逛过窑子？"

"我已经回答了你的话，现在该你说说上回想对宋某说的话了。"

珠儿摆起了架子："我今天懒得说了。"

宋慈突然把脸一沉，把桌子一拍，厉声道："可你必须说！你要是不想在这儿说，那就到县衙大堂上去说，那儿可比这儿更容易让人说实话。"

珠儿连连摇手："不不不。我不去县衙，不去不去。"

宋慈又好言好语地说："是啊，谁愿意去衙门呢？那执法大堂毕竟不如自己家里好说话。好，那就请你把去年盛夏之事细细说来，切不可漏了什么。"

"好好，我全对你说就是了。当时那些书生来此喝酒，一直是我侍候着他们的，他们一个个长得什么样，都说些了什么，我都记得一清二楚……"

夕阳余晖穿过竹帘，一缕缕射入酒楼。酒桌上杯盘狼藉。李诗等一群书生围桌而坐，此时，一个个都已喝得东倒西歪，面红耳赤，言谈举止也难免有些失态了。珠儿陪坐在桌旁，不停地为书生们斟酒打扇。

李诗说："诸位贤弟，我等去年在赴京途中不期而遇，从此结下不解之缘，今日在此重聚，应该一醉方休！"

众书生都大着舌头附和："对对对，一醉方休，一醉……方休。"

珠儿对楼下喊道："官人，再送坛酒来。各位客官，小店虽然陈设简陋些，可这酒却是用家传秘方酿制的，甘甜如蜜，香传十里，诸位喝了，以为如何？"珠儿说着时，王二已捧酒坛上了楼。

一位名叫柳颜子的书生应声说："不错，喝了这酒还真是别有一番好处。我就住在黄岗山上，怎么一直没发现有此佳酿？简直是白活了前半生嘛。"另一位书生道："那你后半生天天来此喝酒，不就能补回来了吗？哈哈……"

李诗摆摆手："你不知，颜子贤弟虽然是本地人氏，可他久避尘嚣，深居简出，每日只躲在家中练那一手好书法，他才没有天天来此喝酒的闲情呢！"

王二笑着说："哦，原来这位先生也是小的同乡，要是先生真喜欢小店的米酒，小的每月给先生府上送去不就成了！"

柳颜子高兴地说："若是如此，在下感激不尽。"

李诗笑道："嗐，这又何必客气。店家每月给你送酒，你照账付银，又不是白喝了人家的酒。"

"可小弟家住在城外黄岗啊。"

王二忙说："无妨无妨，只要公子不嫌弃，再远小的也送。"

"既然如此，那……柳某届时除了付足酒钱，再送王老板几幅字画如何？"

李诗笑道："店家，你可知我这位贤弟的一手好书法，连当今皇上想求他的墨宝也未必能得到啊。你看，我这把扇子就是颜子贤弟亲手书写的，你出五十两黄金我也未必舍得出手。哈哈……"

"李兄休得吹嘘小弟了，要是没有李兄的好诗，小弟只怕也难以成就啊。"

另一位书生说："依小弟说呀，我等四人中，若论诗词文章，该首推李兄了，今日何不乘兴吟上一首，以飨我等。"

众击掌附和："此议甚好，李兄当仁莫让。"

李诗兴致大增："好！店家，能拿一副笔墨来吗？"

珠儿欢快地说："好啊好啊，我这就去取来。"

珠儿说："我拿来笔墨，那位叫李诗的公子挥笔就在墙上信手涂鸦，小女子不识字，也不知道都写了些什么。"宋慈略一思索，忽然又问道："你可记得当时李诗坐在哪个位置?"珠儿一指："喏，就坐在那个位置。嘻嘻……"

"你笑什么?"

"我笑一天到晚读着圣贤文章的人，肠子里也未必就没有些花花念念的。我笑你们男人啊，都一个德行——"

四位书生围坐在桌上喝酒行令。

忽然，李诗的眼睛被窗外对门的什么勾住了——

珠儿见状暗暗绕到李诗身后往窗外一看。只见对街童四家中，何氏身穿薄衣，正坐在窗前绣着花。珠儿抿嘴一笑，"李公子，日头西晒了，再不放下帘子，只怕日光会刺花了公子们的眼啦。"边说边放下了竹窗帘。

李诗的脸"唰"地一下红到脖子根。

珠儿接着说："可见读书人的眼睛呀，其实也不光喜欢看书的，也喜欢看漂亮女人，嘻嘻……"

宋慈听得真切，又问道："李诗喝酒时，可曾说，他家住哪里?"

珠儿刚要说，王二忽然应答着上楼来，"说过的说过的。哎呀宋大人，你看小人的记性，当时李秀才说过他是邻县凤阳人氏，家住在凤阳城里，听说那位秀才在凤阳也算得上家喻户晓的人物。欸，珠儿，我没记错吧?"

珠儿只是用眼睛看着王二，心里也不知在想着什么，王二向她求证，她就含含糊糊地点点头："嗯? 啊。对……"

宋慈的目光从珠儿脸上转到了王二的身上，忽然发现王二的鞋面上沾着些黄泥巴。"哦，店家怎么忽然又想起来了?"

"宋大人昨日不是交代过小人吗? 小人昨晚想了一夜，早上起来，忽然就记起了李诗好像是凤阳人氏。"

"多谢了。"话音落时，宋慈人已走下楼去。

凤阳县衙后堂。宋慈和李诗对坐品茗。宋慈道："李秀才的诗词文章令宋某折服。只是不知秀才何以常年厮守家门，而不去求取功名，以图报效社稷呢?"

李诗一副清高文人的神态，"人各有志，不能勉强。再说，当今的取官之道，凭的恐怕也不全是诗词文章吧……哦，在宋大人面前妄议官场之弊，似有不妥。

不过，如宋大人这样真才实学的清官，李某倒是从心里敬佩的。"

"承蒙夸奖，愧不敢当啊……"宋慈突然把话锋一转，"你好友吕文周近期可与你有过来往？"问话的同时，他一双锐利的目光盯视着李诗，观察着对方的反应。李诗却莫名其妙："吕文周？吕文周是谁？李某并不认识呀。"

"秀才该不会一时忘了吧？"

李诗觉出他味了，"宋大人此话何意？"

"秀才若是真的与吕文周素不相识，又为何赠物于他？"

"稀罕，李某凭什么赠物于素不相识的人？"

宋慈取出折扇："李秀才即便不认识吕文周，该不会不认识此物吧？"说着将扇子递了过去。

李诗接过打开一看，"这不过是一把平常的扇子，说明什么？"

"扇面上有题诗，不明明写着是李秀才的赠物吗？"

"赠物者明明是叫郑玉的，与李某何干？"

"你不妨仔细读读扇面上的诗句。"

李诗细细读着诗句，忽然记起什么，不禁惊异道："怪了，这扇面上的诗句好像是李某所作的呀，怎么会被人抄写在这扇面上呢？"

"你说呢？"宋慈紧盯着李诗。

"哦，对了，这诗是李某所作，可字并非李某的手笔呀。"

"秀才可要看准了。"

李诗忽然想起来了："哦，对了，这一手好字像是出自李某一位结义兄弟之手。"宋慈即说："柳颜子？"

"对！颜子贤弟的书法造诣是李某望尘莫及的，他这一手魏体，拆开了我都能认得。可是……"

"可是什么？"

"这明明是颜子贤弟的墨宝，怎么署着郑玉的名字呢？"

宋慈猝然恍然大悟，急忙站起来，大声招呼道："捕头王，快回青阳，柳颜子就住在青阳城外黄岗山！"

清晨时分，雾气迷漫，鸟语花香。

捕头王率一队捕快踏着湿漉漉的黄泥山道飞奔上山，向坐落在山弯里的一间优雅别致的小竹屋围去。众捕快一个个飞身越过竹篱笆，直逼屋前。

捕头王抬腿猛地一踹，门哗啦啦就倒进屋子，再一看，顿时大吃一惊！

屋内，柳颜子倒在桌旁，早已气绝身亡。身后捕快正要往里冲，被捕头王伸手拦住了。"别踩乱了现场。快去禀报宋大人！"

少时，宋慈已到，英姑随后小心翼翼进屋。

隔了一会儿，面容苍白的白知县也来到此地。

宋慈走进屋内，目光巡视着：四壁挂满了字画，被山风吹得飘然飞舞，就像祭吊死者的白幡。他在死者身旁蹲下身子，细细审视着死者的面容，只见其嘴角和鼻孔有暗红色的血迹；再拉起尸体的双手，逐一检视死者指印，发现其指甲均呈青紫色。

宋慈起身，再细观屋内情状，未发现有强徒入室的痕迹。

突然，他嗅到一种特别的异味，即快速与捕头王、英姑交换了一下眼色，捕头王和英姑也有同感地点了点头。"不用我多说，捕头王，快！"

捕头王心领神会："跑不了！"

白贤不解地问："宋大人，这……究竟是怎么回事？"

"白大人，这回是宋某的一时疏忽，才中了凶手的调虎离山之计。其实，本案真凶早已露出许多破绽，可宋某却并未察觉，中了凶手的圈套，致使这么一位书法圣手又惨遭谋杀，宋某于心不安哪！"英姑凝神看着深深自责的宋慈。

还没到做生意时间，王二酒店店门却突然开了，只见店主王二肩上背着一个大包裹，慌慌张张正要出门。

珠儿在身后把他叫住："你去哪里？"王二慌急地应道："我去收债。"

"哼，收债为什么要带走全部的银票？"

王二暴怒道："这……臭婊子，你管老子。"

"我看啊，你不是去收银子，你是去逃命！"

"胡说！"

"哼，你这个畜生，我早料到你会有这一天。"

王二露出狰狞之相："你再敢胡说八道，老子杀了你！"珠儿一声惊叫，往屋里跑，一直上楼去："啊！"王二也不追她，径自跑出门去了。

此时，捕头王正率几个衙役奔入此巷。王二刚走到童家门前，就听到捕头王等人的脚步声传来。他神色一慌，一时无处可避，随手推开童家的门。

屋里的童四，听到巷子里的杂乱的脚步声，正想出去看看，忽见王二惊慌失措地走了进来。童四诧异地迎上去："啊，你干什么？"

那边，捕头王率衙役一直冲进王二酒店。他大叫着："王二！"却无人应声。倒是楼上忽然传来珠儿的大声喊叫："救命啊，救命啊！"

捕头王一听，快步窜上酒楼。只见珠儿站在窗口边，手向窗外指点着，"快，快去救人！"捕头王到窗前一看，对门童家里，王二正用手紧掐着童四的脖子。

捕头王一时急了，身子一跃，从窗口飞出。随着一阵衣袂风声，捕头王从天而降，魁梧的身子犹如一尊铁塔，往王二面前一站。

王二顿时就手一松，瘫倒在地……

衙役们押着王二往小巷外走去。街邻们一个个都以惊疑的目光看着王二。

三娘冲上街头，挤过人群一看，回头就边抹着泪边往大街上跑去。

三娘兴奋不已地跑到监狱门前，正遇着从里面出来的老禁子。她急急巴巴地对老禁子说着什么。老禁子让三娘进了牢房。三娘撒开步向吕文周的牢房跑去，边跑边喊着："官人，苍天真的开眼啦……"吕文周缓缓站了起来。

三娘跑到丈夫面前，隔着栅栏握住丈夫的手，"哇"地失声痛哭起来……

大堂后厅，宋慈和白贤为谁主持公堂，你谦我让着。

白贤连连摇手："不可不可，宋大人，此案都因卑职误判，险些铸成冤狱。老朽还有何脸面坐堂审案？还请宋大人亲自主审吧。"

宋慈笑着说："白大人虽误判在前，却能知错改错，这比那些明知犯了错，却将错就错，一错到底的贪官恶吏强过百倍！白大人只管理直气壮坐堂理案，宋某在一旁陪审就是。"白贤面带愧色："愧，愧啊……"

宋慈见说不动，就将白知县连推带扯地送上了大堂。老知县白贤坐上大堂，便有了威严之仪。他巡视着堂下，只见与此案有关的人都跪于堂下。稍顿，他举起惊堂木"啪"地拍下，厉声喝道："带王二上堂！"

衙役带上王二。那人在堂中一跪，一副死猪不怕开水烫的样子："大人，小民一向安分守己，今日不知为何被带上公堂？"

白贤喝道："安分守己？安分守己你为什么要跑？"

"谁说我跑了，小民是收账去的？"

"收账，收账收到童四家去了？"

"误会了，误会了，小民只是想去安慰安慰童家兄弟，可童老弟死了媳妇犯了迷糊，竟要杀我，我就和童家兄弟扯了起来。"

白贤气愤不已："事到如今，你还想狡辩！"

"小民句句实话！"

"你口称外出收账，却为何带着数百两银票？"

王二一时语塞，很快又编出话来："这……白大人有所不知，只因小人贱内不贤，小人怕她卷财出逃，所以出门时总把银票随身带着。"

白贤大喝道："刁民王二，你贪色起意奸杀人命，又设下圈套栽赃他人，手段何其恶毒！此案虽因本县误判而使你这恶徒逍遥一时，可法网恢恢，疏而不漏，多亏提刑宋大人明察秋毫，将你这衣冠禽兽缉拿归案，你还不从实招来！"

王二异常镇静了："听知县大人所言，那行奸杀人的色狼并非声名狼藉的吕文周，而是小民王二我了？但不知知县大人凭什么？"

白贤反倒有些口讷："就凭你奸诈无形，就凭你下流成性，就凭你……"

王二有点得意了："说到底还是空口无凭。哼！"

这时，宋慈缓缓站了起来："王二，让本官将此案从头说起如何？四月初三夜，童四之妻何氏被人割断了喉咙，并遭奸尸。在案发现场，发现一把似乎是作案人仓促间遗落的扇子，那扇面上有一首题诗，似乎可确凿无疑地证明作案遗扇者就是本城富豪吕文周。而吕文周恰恰又是一位拈花惹草、劣迹斑斑、声名狼藉的轻浮浪子，更凑巧的是，案发前还不止一人亲眼看见过吕文周公然调戏何氏。于是，吕文周顺理成章地成了本案的凶手。然而，正是在那看似天衣无缝的凶杀案中，宋某……哦，白大人在复审中却发现了一大疏漏：案发日乃四月初三夜，那是雨夜，天气较冷，而扇子乃夏日所用之物，作案人哪有冷夜携扇作案之理！所谓弄巧成拙，作案人原想用以嫁祸于人的这把扇子，恰恰成了他算尽机关的一大破绽。那么作案人既然不是吕文周，却又是何人？那天，一种特有的酒香，吸引着宋某走进了你的王二酒店，正遇上王老板与小妾一场难以启齿的争吵……"

王二脸色微变："这……这不过是夫妻间的小吵小闹，与何氏被杀又有何关系？"宋慈大声说："有关系！因为何氏的美貌足以让你这衣冠禽兽铤而走险！"

"小的虽然与童家对门而居，可何氏从来没来过小店，小民也从未见过何氏呀。"

"不！你见过何氏，不是在别处，是在你家酒楼上的窗口。从楼上窗口正好看到童家内室，你因偷窥美色而生淫意，并铤而走险！"

王二脸色骤变，"这……这也不能证明我杀人！"

"好，本官再来说说这把扇子。如果说那把写着吕文周大名的扇子是作案人遗扇嫁祸的圈套，那么真凶无疑就是此扇的主人。真可谓无巧不成书，那天在王二酒店喝酒时，我无意间看到了酒店墙上的题诗。回到县衙，宋某见了那扇子，才知那扇面的题诗和酒店墙上的原是一首诗。宋某因而重返酒店，查问题诗人李诗其人，遗憾的是，王老板当时竟说，已将此事忘得一干二净了。这唯一的线索就因店家的健忘而就此中断了。就在这山穷水尽之际，宋某突然想起店家小妾曾说过的一句意味深长的话。她说：凡上楼来的酒客都由我来侍候，这张桌子一向由我侍候的。店家小妾为何要在宋某面前强调说，那张桌子一向是由她侍候的呢？显然，她是在向宋某暗示她还记得些什么。可宋某当时并未想到这一点，所以当宋某再去酒店打听李诗时，已经过整整一个夜晚，而这一整夜正是王二所必需的时间。"

王二心中一惊："啊，宋大人此话何意？"宋慈说："你明明知道李诗家在何处，却为何要说记不起来了？可你头一天怎么也记不起来的事，隔了一夜，居然又全都记起来了，而且是记得那么滴水不漏。你说，李秀才说过，他是邻县凤阳人氏，家就住在凤阳城里，还说那李秀才在凤阳也算得上是家喻户晓的人物。当时，我还发觉，你这位足不出城的酒店老板，鞋面上竟沾着一些黄泥巴。"

王二张了张嘴，说不出话来了。宋慈接着说："我后来才知道，王二之所以要到第二天才记起这件事，是为了争取时间上黄岗。遗憾的是宋某因急于找到李诗，未立即识破你的诡计，让你钻了个空子，夜上黄岗，谋杀了柳颜子。"

王二急叫起来："没有没有哇，小人根本没上过黄岗。"宋慈大声质问："你没上过黄岗，那么只有黄岗才有的黄泥，怎么会沾在你的鞋上？"王二脸"唰"地白了，可嘴上仍然强争着抵赖："不，宋大人凭什么说是小民杀了柳颜子？"

"王老板难道忘了贵店有香传十里的特酿白酒？正是你连夜给柳颜子送去下了剧毒的佳酿，谋杀了柳颜子——"

夜色中，王二手提酒坛，到柳颜子家门前敲门。

柳颜子开门见是王二，乐道："哎呀，原来是王老板呀。又给我送酒来啦？"

"是啊是啊，酒店近日生意红火，白天抽不出身来，只好晚上给您送啦。"

"哎呀，这可实在过意不去。不过呀，王老板今天要是再不送酒上山，我明天非得亲自下山去不可。柳某此生别无所好，只对两样东西嗜之如命，一是墨，二是酒。哈哈……"

"这么说，小的今日来得还正是时候？"

"不瞒你说，已经断酒三天了。来来来，你我先干上一碗。"

"好的，小的就陪先生喝一碗。"柳颜子取来大碗，王二捧坛倒酒。

"来了，干！"柳颜子举碗一口气喝了一碗，亮了亮碗底，"好酒，好酒啊，哈哈哈。"王二却捧碗迟迟未喝。柳颜子问："欸，你怎么不喝？喝了！"

王二眼中露出一丝狞笑："柳先生，小的多有冒犯，实在对不起您了。"

话音一落，柳颜子突然捂腹："啊，这酒……为什么，你为什么……"痛苦地倒在地上，一阵抽搐后，气绝身亡。

王二面无表情地坐了一会儿，将手中酒慢慢洒在了柳颜子的脸上，笑道："嘿嘿……喝吧，喝吧，喝了这酒，可乘鹤西去，如入仙境，何其妙哉。哈哈……"随后，他像是一下子恢复了常态，小心扶正柳颜子倒地时碰翻的桌椅。收拾起沾过毒酒的碗和剩下的半坛毒酒，走出竹屋，拉上门，然后将碗和毒酒坛子一甩手扔下了山谷。

至此时，王二已大汗淋漓。宋慈接着说："王老板以为此案做得不留痕迹，可你忘了本官当初能在巷口闻到你的酒香，又怎么能分辨不出现场的酒香呢？"

王二还想辩说："可我……可我为什么要去谋杀柳颜子呢？"

宋慈大声道："灭口！你杀柳颜子意在灭口。因为那把用来栽赃吕文周的扇面题诗，正是你通过为柳颜子送酒的机会，请柳颜子为你题写的——"

王二提酒来到柳颜子家，柳颜子热情地将他迎入家中。

柳颜子笑着说："哎呀，有劳王老板经常为我送酒上山，实在是过意不去啊。哦，王老板要不嫌弃，这些字画，你随便取走几幅。"

"既然柳先生如此慷慨，在下倒有一事相求。"

"什么求不求的，有事尽管开口。"

王二从怀里取出一把扇子道："在下有位表兄，名叫郑玉，他和吕文周大官人是莫逆之交。因我郑表兄欠着吕大官人的人情，一直想报答人家，可谁不知道吕大官人是全城首富，要是用金银去送他人情，怕反而伤了朋友情谊。在下就给表兄出了个馊主意，我说书坛圣手柳颜子先生与我相熟，你何不买把上好的白面纸扇，我为你去求得柳先生的墨宝，那吕文周平日又喜欢附庸风雅，你以题有名家字画的扇子赠他，既免俗又投其所好，岂不是好？可在下话一出口就后悔了，柳先生的墨宝何等珍贵，怎么肯给我这无名之辈题写扇面呢？可说出的话就如泼出的水，要收回却也难了，这不……"

"哈哈……王老板何用这样客气，柳某的一支笔也不见得有如王老板想象得那么荟蓍，反正署的又不是我柳颜子的名字。拿来拿来，柳某这就给你题上。"

王二喜出望外："啊，这可让在下真不知如何报答先生呢！"

"别客气，别客气。题什么呢？"

"随便题上几句就成。"

"欸，那次我们兄弟几个在你酒店聚会你还记得吗？"

"这怎么会忘呢，当然记得。"

"那位凤阳才子李诗兄不是在你酒店墙上留下一首诗吗？我还记得起来呢，题上那诗如何？"

"要的就是柳先生的真迹墨宝，题什么诗句无所谓。"

"好，那我就给你题上。"柳颜子润笔题写，"夕阳上窗台……"

宋慈接着往下说："得到柳颜子的题诗后，你便开始了预谋已久的罪恶勾当。四月初三夜，你先躲在酒店楼上的窗台后，一直等到何氏房中吹灭了烛灯，才怀揣纸扇，偷偷潜入童四家——"

王二从酒店楼上的窗缝里向对街童四家偷窥。

童家房中，何氏关上房门，透过窗纱，可见何氏一件件地宽衣解带，然后，灯灭了……王二将纸扇揣进怀里，轻手轻脚地潜出店去。

王二悄悄潜入童四家。而后，他蹑手蹑脚地捱到房门前，轻轻地拨着门闩。

何氏尚未入睡，听到拨闩声，惊问："谁？"王二突然推门而进："是我，你的邻居大哥。"何氏本能地从床头取出刀："你深更半夜想干什么？"

"大哥天天都在楼上窗口看着你，见你这些天夜夜都是独守空房，想必寂寞，今夜就让大哥来陪陪你。"

何氏趁着夜黑无光，冷不防举刀向王二刺去。王二早有防备，一抬手就将刀夺了过去。"哈哈……大哥在对门窗口早就发现娘子枕下藏着这玩意儿，这可不是女人玩的东西，不小心会伤了相好的。"

何氏愤怒地说："谁是你的相好，你快滚出去！否则，我就喊人了。"

王二嬉皮笑脸地说："喊人？好，喊吧，你一喊，左邻右舍一定以为你丈夫出门日久，风骚女人耐不住寂寞，在家偷奸养汉呢，看你以后还怎么做人！"

何氏果然口气软了些："大哥，都是乡邻乡亲的，抬头不见低头见，我求求你快走吧。"

"你叫我什么？大哥！哎呀，你这一叫，让大哥怎么走得了呢？"

何氏厉声说："你快走！"

"要大哥走不难，可你今晚得和大哥亲热一番。"王二说罢，一把将何氏抱上床去，就是一阵狂吻。

何氏边挣扎边大声呼救："救命，救命呀……"王二急了："你！你还真敢喊？"何氏趁机翻身下床，呼叫着往外奔："救命……"

王二一时慌急，拾起刀，右手从背后捂住何氏的嘴，左手举刀狠狠地在何氏脖子上一拉，寒光闪处，何氏无声无息地倒了下去……王二喘着粗气，敞着衣衫从房内跑出来，取出扇子，丢在院中，然后整着衣衫潜回酒店。

宋慈将全部案情经过说完，大声喝道："这便是本案的全部真相。"

王二仍要挣扎："冤枉，冤枉……"

白贤怒不可遏："住口！案情大白，你还敢喊冤，王法岂能恕你！"

"全都死无对证的事，怎可判我行奸杀人？"

"你可是要宋某再给个真凭实据？"

"没有证据，小民抵死不服！"

"证据就在你自己的身上。"

"什么？"

宋慈大喝一声："就是你那左撇子！"

"什么……左撇子是父母天生，也能证明小民杀人？"

"白大人，宋某请命开棺验尸。"

白贤愣了一下："噢，开棺！"

坟地。棺材已被取出，棺盖一开，衙役们一个个都捂鼻避退。

英姑依次取糟醋、皂角液为宋慈洗手。旁边，一衙役捧一醋坛在一火堆边待命。宋慈洗了手，向衙役点了点头。衙役将坛中酸醋泼进火堆，火堆中顿时"嗤嗤"作响，腾起一股呛鼻的白雾。宋慈就从冒着白雾的火堆上缓缓跨过，到棺旁，屏息敛神，审视着棺中尸体……

宋慈朗声道："凶手若起杀心，下手必定是用尽全力，所以，必然是以其正手持刀。而王二的正手却是他的左手，左手持刀，从身后割断被害人的喉咙，其刀伤必定是右浅而左深，右窄而左宽。"宋慈看向白贤等人："请看！死者伤口正如宋某所料，呈右浅左深，右窄左宽状，行凶者必是左手下刀！"

白贤朝押解而至的王二厉声喝道："王二，你看到了吗？人证、物证俱在，你还有何话要讲？"王二吓得脸色苍白，翻起白眼，"扑通"一声，昏死过去……

牢门开处，强烈的阳光刺得刚走出黑牢的吕文周睁不开双眼，他不得不闭上双眼。适应了一会儿，才重新抬起头来看着那飘着白云的蓝天，随后深深地呼了口气，往外缓步走出。

"唉，苍天真的开了眼啦。苍天，吕某谢啦！"

他正要对天长跪，却被一双女人的手扶住了。这是来接他回家的三娘。

"真正要谢的，该是宋青天啊。"

吕文周抬头见三娘身后不远处正站着宋慈和白贤，忙上前行礼："宋大人，再生之恩，此生难报哇！"宋慈问他："前日死牢中，你问我那把扇子是怎么回事，我说你自己慢慢去想，不知此时可有答案？"

吕文周点头说："有啦。那王二之所以选我栽赃，正是我吕文周平素不积德行，声名不佳，容易让人相信我就是那行奸杀人的凶手。现在我懂了，为人在世，切不可忘了廉耻！"宋慈微笑道："看来，这场冤枉官司你受得还算是值。不过，你要不是遇上白大人这么一位知错改错的父母清官……咦，白大人呢？"

宋慈快步向大堂走来，忽然站住了。英姑正双手支着下巴坐在大堂门槛上出着神。宋慈问："英姑，白大人呢？"

英姑回过神来："白叔父能迈出这道门槛，我真为他高兴。"说完她把目光投向大堂。宋慈顺着英姑的视线往大堂上一看，案上端端正正地放着一顶乌纱和一袭蓝袍。宋慈顿时明白，返身出衙……

野外，山脚河边，走着一对老人，正是白贤和老伴儿。

脱去乌纱蓝袍的老知县白贤显得格外轻松，时而向水里扔块石头，时而又惊走树上的鸟儿，一路上竟像个孩子般地乐呵着。

白夫人只带着个简易的包袱，一路上不时发出爽朗的笑声……

忽然一阵马蹄声传来，宋慈和捕头王急追而至。

宋慈向对岸高呼："白大人留步……"白贤闻声站住，向对岸的宋慈抱拳道："宋大人，老朽不辞而别，请勿见怪。"

宋慈高声道："白大人，人非圣贤，孰能无过，你何必自责过重，快回来吧。"

白贤把手挡在耳边："啊，什么？白某老啦，不中用啦，耳朵听不见，听、不、见……"说完挽着老伴儿义无反顾地朝着火红的夕阳走去。

捕头王说："开始还听得见，怎么一会儿就听不见了？"

宋慈笑笑："他是执意要挂冠归田，才故意装聋作哑的。回去吧。"

书房。灯下，宋慈呆呆地站在那块题着"百官楷模"的御匾前。

英姑捧着卷宗推门进来，"大人，青阳县命案的卷宗都整理完备，从原犯吕文周到真凶王二，所有堂审笔录一份不少，明天就可送呈刑部。"

"白大人一世清白，却留下这么个污点，说起来还真令人遗憾。"

"可按章程，即便是改判的错案，卷宗也得如实上报。"

"我还不懂照章办事？拿来我看看。"

英姑把厚厚的卷宗递过去。

宋慈指指另一个案卷："不不，就那个。错判吕文周的那部分。"

英姑也像是早有准备似的，随手就抽了出来。宋慈假模假样地看着："嗯，其实，当时要是宋某遇上这么多巧事，恐怕也会顺着这个思路断的。人嘛，谁能一辈子不犯错？一辈子不犯错的不是人，是神！可谁真正见过哪路神下凡来为百姓断案申冤呢？而犯了错能自己知错改错，就难能可贵了，那才是真正的神明啊！欸，英姑，你能有办法把这几页从卷宗里删去吗？"

英姑笑答："啊！这不是弄虚作假吗？"

"那你就不能想个两全其美的办法？"

"我可想不出什么两全其美的办法。"

"那宋某今天就教你一个最简单的办法。"宋慈说着，取过烛火，竟把那几页点着了。英姑故作惊惶地说："啊，大人，这可是有违大宋律法章程的呀。"

"谁让你这么笨，想不出更好的办法呢？"

英姑动作很大，声音却压得很低："大人，快住手，快住手啊。"

"别假惺惺的，其实你心里在欢呼雀跃呢。"

英姑就不再喊不再叫了，心里充满感激地看着宋慈烧尽了最后的一片纸："大人，我替白叔父谢你了。"感动得热泪盈眶。

宋慈仰天一叹："宋某不仅仅是为你白叔父啊！"英姑问："那您还为谁呀？"

宋慈拍拍手上的余灰，感慨地说："是啊，宋某还为谁呢？"

捕头王进来，翕动着鼻翼："大人，屋里像是有焦味。"

宋慈掩饰说："嗯，哦，宋某刚才烧……烧纸钱来着。"

"无缘无故的，给谁烧纸钱啊？"

"嗯？哦，给天！给地！给九泉下的列祖列宗！也给这块御赐的金匾！"宋慈说完，走出了书房。捕头王莫名其妙："他说这些话什么意思呀？"

英姑与其说是回答捕头王，不如说是自语："他又思念起他的父亲了！"

"啊？"捕头王见宋慈独自木桩似的杵在天井里，想走上前去，可他身子一动，就被英姑暗中扯了一把。英姑轻声说："别打扰他吧。"

捕头王问："他在想什么？"英姑半是自语："他在收拾心情。"

捕头王看见英姑凝望宋慈的眼神里另有深意，就略微皱了皱眉头。

英姑感觉敏锐，捕头王细小的动作也没逃过她的眼睛，于是她就转过头来看着捕头王："大哥，你有话就说吧。"

英姑这么一说，倒让捕头王一时不知说什么好："嗯，啊，我没想说话。"

英姑浅浅一笑："是吗？不见得吧。"

捕头王就有一种骨鲠在喉的感觉："英姑，有句话……"捕头王的话没说完，宋慈就从天井里扔话过来："我出去走走。有事，该知道上哪儿找我。"

捕头王和英姑连忙出来，天井里早已没了宋慈的身影。

捕头王追了出去。英姑一个人留在天井里打着呆鼓，忽然"哈"地干笑了一声，仅一声，却笑不下去。而后她脸上挂着似笑非笑的表情把头一抬，就像孩子似的看着夜空，像是在数星星，其实她眼里什么也没有……